Gisa Pauly

DIE KURÄRZTIN VON SYLT

rütten & loening

Gisa Pauly

DIE KURÄRZTIN VON SYLT

DIE INSEL-SAGA

rütten & loening

MIX
Papier aus verantwortungsvollen Quellen
FSC® C083411
FSC
www.fsc.org

ISBN 978-3-352-00846-7

Rütten & Loening ist eine Marke der Aufbau Verlag GmbH & Co. KG

1. Auflage 2014

Umschlaggestaltung Mediabureau Di Stefano, Berlin
unter Verwendung zweier Motive von akg-images (Joaquin Sorolla y Bastida, Eugen Bracht)
und einem Motiv von Johannes Mejer
gesetzt aus der Adobe Caslon Pro durch Greiner & Reichel, Köln
Druck und Binden CPI – Clausen & Bosse, Leck
Printed in Germany

www.aufbau-verlag.de

Gewidmet meiner lieben Freundin
Dr. med. Ilse-Ruth Skoppek-Rutherford,
die uns im Juni 2014 für immer verlassen hat!

I.

»Davon geht die Welt nicht unter, sieht man sie manchmal auch grau …« Die Nachbarn zeigten, dass sie seit kurzem einen Plattenspieler besaßen und dazu alle Schallplatten von Zarah Leander. »Einmal wird sie wieder bunter, einmal wird sie wieder himmelblau …«

Tessa starrte aus dem Fenster des zweiten Stockwerks, in diese Welt, die tatsächlich nicht untergegangen war, obwohl es vor einer halben Stunde ganz danach aussah. Sie blickte auf die feucht glänzenden Dächer Berlins, die grauen Fassaden, auf die Fenster des gegenüberliegenden Hauses und sah zu, wie hinter einigen die Lichter angingen. Über die Straße trottete ein müder Arbeiter, zwei Kinder liefen ihm entgegen, eine Frau, die einen schweren Einkaufskorb am Arm trug, nutzte die Gelegenheit, ihn abzustellen und den Mann anzusprechen. Sie standen an der Ecke, um die Kurt vor wenigen Minuten verschwunden war. Zornig! Gekränkt! Auf der Treppe hatten seine Schritte noch bei jedem Absatz gezögert, aber auf der Straße waren sie schnell und entschlossen geworden. Er hatte nicht hochgesehen, als er die Straße überquerte. Es war vorbei! Schluss! Aus! Sie hatte getan, was sie vor ein paar Tagen nicht für möglich gehalten hätte: Sie hatte sich entschieden. Ihr schmales Gesicht mit den großen grauen Augen wurde für Augenblicke scharf und unbeugsam. Wer sie jetzt betrachtete, hätte gemerkt, wie viel Energie und eiserner Wille in ihr steckte.

»Davon geht die Welt nicht unter …«

Doch, für Kurt war sie untergegangen, seine Welt. Was bisher für ihn Gültigkeit gehabt hatte, sollte nun nichts mehr wert sein? Was Jahrtausende überdauerte hatte, war mit einem Mal über Bord geworfen worden. Von der Frau, die er liebte.

Vielleicht hatte sie wirklich zu viel verlangt. Vielleicht musste man eine Mutter wie Marika Melford haben, um achselzuckend dabei zuzusehen, wie die Welt sich veränderte. Aber Kurts Mutter war das genaue Gegenteil von Marika, und dass die beiden sich bis jetzt nicht kennengelernt hatten, war kein Zufall. Kurts Gesicht war jedes Mal voller Besorgnis gewesen, wenn seine Eltern davon sprachen, dass man Tessas Mutter, die bedauernswerte Kriegerwitwe, die ihr schweres Los so tapfer trug, die es geschafft hatte, ihre Tochter allein großzuziehen, endlich zum Tee begrüßen wolle. Kurts Mutter hatte in den letzten Wochen immer öfter davon gesprochen, und ihre Hände hatten immer nervöser mit der Perlenkette gespielt. Wenn sie sagte: »Wie aufopferungsvoll, Ihre arme Frau Mutter!«, dann wusste Tessa, dass Kurts Mutter eine ganz andere Frau vor Augen hatte als die, die sie zu sehen bekommen würde.

Es war gut, dass es dazu nicht gekommen war. Wer weiß, wie Kurts Eltern reagiert hätten, die schon Mühe aufbringen mussten, um sich mit einer Schwiegertochter abzufinden, die studiert hatte und seit neuestem sogar einen Doktortitel trug. Dass eine Hochzeit erst infrage kam, wenn auch Kurt der Doktorhut aufgesetzt worden war, stand außer Frage. »Wie sähe denn so eine Hochzeitsanzeige aus? Die Braut mit einem Doktortitel und der Bräutigam …«

Diese skandalöse Tatsache wurde nie ganz ausgesprochen und stets mit gesenkter Stimme vorgebracht. Und der Ton war jedes Mal vorwurfsvoller geworden, wenn Kurts Vater bedauerte, dass sie mit der Hochzeit noch eine Weile würden warten müssen. »Oder wären Sie bereit, in der Hochzeitsanzeige auf den Doktortitel zu verzichten?«

Nein, dazu war Tessa nicht bereit. Dass sie damit ihre Eignung als Ehefrau infrage stellte, war ihr klar. Und dass Kurt sich in solchen Momenten für seine unbeugsame Braut schämte, wusste sie auch.

»Eine Ärztin im Haus hat auch was Gutes«, hatte Kurts Mutter dann jedes Mal getröstet, die eine freundliche Frau war. »Wenn die Kinder mal krank sind … wenn wir alt und gebrechlich werden … medizinische Kenntnisse sind für eine Ehefrau und Mutter durchaus schätzenswert.«

Und ausgerechnet heute, an diesem Tag, der für Tessa bis vor einer Stunde noch zu den glücklichsten zählte, hatte Kurt sich unterstanden zu sagen, womit auch sein Vater jedes Für und Wider abschloss: »Frauen gehören nicht auf die Universität. Sie heiraten ja doch, und dann war das ganze Studium vergebens. Was für eine Verschwendung!« Kurt hatte sogar hinzugefügt, womit seine Mutter in solchen Fällen zu begütigen versuchte: dass es angenehm für einen gebildeten Mann sei, eine ebenso gebildete Frau zu Hause zu haben, mit der er sich unterhalten konnte, als hätte er einen Mann vor sich. Aber dafür gleich ein Universitätsstudium?

Ihr nächtelanges Lernen, das Durchbeißen, das Nichtaufgeben, wenn die Professoren sie auch noch so verächtlich ansahen und sogar ungerecht beurteilten – das alles sollte bestenfalls dem Amusement ihres zukünftigen Ehemannes dienen? Tessas Reaktion hatte Kurt fassungslos gemacht. Und sie hatte darauf verzichtet, ihm zu erklären, warum sie so wütend war. Er hätte es ja doch nicht verstanden. Am Ende hatte sie nur gesagt: »Ich werde diese Chance ergreifen, ob du es willst oder nicht. Ob du mitkommst oder nicht. Und wenn du davon unsere gemeinsame Zukunft abhängig machen willst, dann gehe ich erst recht.«

Tessa ließ sich vornübersinken und legte die Stirn an die kühle Fensterscheibe. Es tat weh, schrecklich weh! Aber sie hatte nicht den geringsten Zweifel, dass die Schmerzen, die ihre Seele jetzt zerrissen, irgendwann unerträglich geworden wären, wenn sie Kurt nachgegeben hätte. Sie wäre daran zerbrochen. Irgendwann …

»Geht's mal drüber und mal drunter, wenn uns der Schädel auch raucht, davon geht die Welt nicht unter, die wird ja noch gebraucht …«

Tessa drehte sich vom Fenster weg und betrachtete ihr Zuhause, als könnte sie Trost finden in den schönen Möbeln und den Nippesfiguren, die ihre Mutter reichlich aufgestellt hatte, als könnte es ihr helfen, dass sie in einer wesentlich angenehmeren Umgebung lebte als die meisten Berliner.

Die Wände des Wohnzimmers trugen eine dunkelgrüne Tapete mit so winzigen goldenen Ranken, dass man sie nur aus der Nähe erkennen konnte. Aber ihrer Mutter gefiel das sanfte Flimmern, das entstand, wenn die Sonne durchs Fenster fiel. Auf der einen Seite des Zimmers stand ein wuchtiger Bücherschrank mit gläsernen Türen, so vollgestopft mit Büchern, dass sie auch quer auf den stehenden liegen mussten, damit möglichst viele hineinpassten, an der anderen Wand gab es ein Sofa mit einer geschwungenen Rückenlehne, der ganze Stolz ihrer Mutter. Es war mit dunkelrotem Samt bezogen, der hölzerne Rahmen war schwarz lackiert. Vor dem Sofa stand ein kleiner runder Tisch, auf dem eine weiße Häkeldecke lag, auf ihr hatte eine gläserne Bonbonniere Platz gefunden, in der ein paar Pralinés lagen, die mittlerweile ungenießbar sein durften. Sie dienten lediglich zur Dekoration, denn sie waren in grünes und rotes Stanniolpapier eingewickelt worden, grün wie die Tapete und rot wie das Sofa. An den Wänden hingen gerahmte Familienfotos, Tessas Vater in Uniform, das Hochzeitsbild ihrer Eltern, ein Bild von Tessa als Baby auf einem Eisbärfell und eine gerahmte Kinderzeichnung aus einer Zeit, da Tessas Mutter der Überzeugung gewesen war, dass in ihrer Tochter die Anlagen zu einer genialen Malerin schlummerten.

Tessa schob die Blumentöpfe auf der Fensterbank zurecht, schloss die Gardine und ging auf den Flur, wo ein großer Spiegel im goldenen Rahmen hing. Als Kind hatte sie ihn für sehr wertvoll gehalten und war der Meinung gewesen, sie müssten reich sein, weil sie einen Spiegel in einem goldenen Rahmen besaßen. Sie betrachtete sich, als könnte ihr Gesicht andere Gedanken verraten als die, mit denen sie sich gerade auseinandersetzte, als könnten ihre großen grauen Augen schuldbewusst dreinblicken, ihr Mund entschuldigend lächeln und ihre Miene verraten, dass sie Kurt unrecht getan hatte. Aber ihr Spiegelbild zeigte die Frau, die sie sein wollte, die sie noch immer war. Jetzt erst recht! Eine kluge Frau, eigenständig, selbstbewusst, mit der Sicherheit, das Richtige zu tun. Zum Glück!

Sie überlegte, ob sie sich umziehen und zurechtmachen sollte, bevor sie sich auf die Suche nach ihrer Mutter machte, entschied sich dann aber dagegen. Der lange graue Rock, die dunkelgrüne Bluse, die praktischen Schuhe und der schlichte Haarknoten würden ihrer Mutter nicht gefallen, aber darauf kam es nicht an. Sie musste mit ihr reden! Unbedingt! Schon am Nachmittag hätte sie mit ihr reden sollen. Aber da war es ihr wichtig gewesen, zunächst Kurt die große Neuigkeit zu verraten. Der Mann, den sie liebte, an dessen Seite sie leben wollte, dieser Mann, von dem sie geglaubt hatte, dass er sie und ihre großen Wünsche akzeptierte, dass er sie sogar unterstützen würde … er sollte als Erster von ihren Plänen erfahren. Vor ein paar Stunden war er ja noch der wichtigste Mensch in ihrem Leben gewesen. Aber nun wusste sie, dass er nicht anders war als sein Vater, als ihr Professor, als die meisten männlichen Kommilitonen und die Nachbarn, der Bäcker, der Gemüsehändler, der Postbote sowieso. Anerkennung fand sie nur dort, wo ihre Mutter war, in dem Kreis, in dem sie sich aufhielt. Dort würde man sich mit ihr freuen. Und Tessa brauchte jetzt jemanden, der sich freute, damit sie sich selbst auch wieder freuen konnte.

Reimert Cruse war das, was man einen stattlichen Mann nannte. Groß und breitschultrig war er, hielt sich sehr gerade, wodurch er noch größer und muskulöser erschien. Sein kantiges Gesicht wurde von hellgrauen Augen dominiert, die stets kühl wirkten, was jedoch durch das Grübchen im Kinn wieder wettgemacht wurde, das mit der Ernsthaftigkeit seiner Augen spielte und den Betrachter das Energische, das in seinem Blick lag, vergessen ließ. Eine attraktive Erscheinung trotz seiner beinahe fünfzig Jahre! Dass er jünger wirkte, lag nicht nur an seinem vollen blonden Haar, sondern auch an seiner gepflegten Erscheinung, wenn er auch nichts auf Mode hielt.

Als er Kurdirektor des Seebades Westerland wurde, war ein Seufzen durch die weiblichen Badegäste gegangen. So ein gutaussehender, charmanter Kurdirektor! Dass er nicht verheiratet war, führte zwar zu verwegenen Vermutungen, die größtenteils nicht schmeichelhaft für Reimert Cruse waren, aber die Damenwelt kam bald zu der Auffassung, dass es nur gut sein konnte, wenn der Kurdirektor von Westerland noch zu haben war. Wahrscheinlich lagen ihm so viele Frauen zu Füßen, dass er sich nicht für eine hatte entscheiden können, wurde gemunkelt, oder er war unter den einfachen Frauen der Insel nicht fündig geworden und wartete auf einen weiblichen Kurgast, der ihm das Wasser reichen konnte. Diese Version aller Möglichkeiten war die beliebteste. Seit Reimert in sein Büro im Rathaus eingezogen war, erschienen dort gelegentlich brillantengeschmückte Mütter mit ihren unscheinbaren Töchtern und außergewöhnlichen Bitten, die nur der Kurdirektor persönlich erfüllen konnte. Er tat es jedes Mal, und immer sehr höflich und charmant, aber keine dieser unverheirateten Töchter hatte jemals sein Interesse erregt. Dass der Verdacht, er könnte schwul sein, sich dennoch nicht erhärtete, lag wohl daran, dass er die Avancen der schönen homosexuellen Männer, die in den zwanziger Jahren auf Sylt ihr Auskommen als Gigolos suchten, genauso strikt zurückwies. Einige große Hotels boten den Damen, die von ihren Männern oder Vätern zur Erholung auf Sylt abgeliefert worden waren, mittlerweile diese Tanztees, die es in Berlin angeblich an jeder Ecke gab und sogar als angemessene Zerstreuung für Damen galten, die mit der Zeit und der Mode gingen. Der Kurdirektor persönlich hatte dafür gesorgt, dass diese Art von Belustigung nun auch in Westerland eingeführt wurde. Er war ein aufgeschlossener Mann und hatte eingesehen, dass ein modernes Seebad den Gästen etwas bieten musste, die vom Leben in der Großstadt verwöhnt waren, wo die Frauen neuerdings einen Bubikopf trugen, in der Öffentlichkeit rauchten und abends ohne männliche Begleitung tanzen gingen. Viele beklagten die Folgen, die der Zusammenbruch des wilhelminischen Reiches hatte, aber Tatsache war nun einmal, dass in den Metropolen die Frauen unverzüglich nach ihren Chancen gegriffen hatten, als sie sich boten. Sie hatten den Ballast abgeworfen, der bis dahin ihr Leben eingeengt hatte, nicht nur Haarnadeln, Korsetts und lange Röcke, sondern noch viel mehr.

Kurz nach Reimert Cruses Wahl zum Kurdirektor waren also die ersten Eintänzer auf Sylt erschienen, die für den Erfolg der Tanztees unerlässlich waren. Das Gezeter der Matronen und die Forderungen nach Sitte und Anstand, die unter den Syltern laut geworden waren, hatte er mit dem ihm eigenen feinen Lächeln überhört und sie damit irgendwann zum Schweigen gebracht. Dass die Sylterinnen sich nun auf geradezu erbärmliche Weise von denen unterschieden, denen sie dienen mussten und die ihnen zum Wohlstand verhalfen, tat er mit einem Achselzucken ab. »So ist das Leben! Es muss uns nicht gefallen, aber wenn wir Westerland zur Blüte führen wollen, müssen wir damit umgehen können.«

Schon bald hatte man ihm recht gegeben. Reimert Cruse war ein guter Kurdirektor, das war allen schnell klar geworden. Nun allerdings war dieser Ruf ins Wanken geraten. Die Entscheidung, die er durchgesetzt hatte, wurde von vielen kritisiert. Auch von denen, die sich längst mit knielangen Röcken und Zigarettenspitzen abgefunden hatten.

»Moin, Herr Kurdirektor!«

Er grüßte nach links und rechts, tippte jedes Mal mit dem rechten Zeigefinger an seinen runden Hut und knöpfte die Jacke zu, während er Richtung Meer ging. Ein frischer Wind fuhr ihm entgegen, kalt noch, doch trug er schon den Duft des Frühlings auf die Insel. Ein Aprilwind, dem alles zuzutrauen war, keck, frühreif, unbesonnen. Die Dienstmädchen, die Reimert entgegenkamen, kurz anhielten, um zu knicksen, schienen in ihren leichten Blusen nicht zu frieren, die Damen jedoch, die neuerdings schon zu Ostern die gute Seeluft auf Sylt genossen, hüllten sich in leichte Pelze, versicherten sich gegenseitig, wie vorausschauend es gewesen war, sie mit ins Gepäck zu nehmen, und ließen sich in geschlossenen Kutschen befördern.

Reimert blieb, als er die Kurpromenade erreicht hatte, stehen, blickte aufs Meer und sah der Dämmerung zu, wie sie sich gemächlich über die Insel senkte. Am Horizont war der Himmel noch hell, dort schienen unsichtbare Hände die dünne Decke der Dämmerung aufzuschlagen und dann auf die Insel hinabwehen zu lassen. Bald würde auch der Wind einschlafen und nur noch die müde Brandung die Stille durchbrechen. Reimert lauschte auf die Klänge des Kurorchesters, die von der Kurpromenade herüberwehten. »Davon geht die Welt nicht unter …«

So würden all jene demnächst auch denken, wenn sie sich erst daran gewöhnt hatten, dass eine Kurärztin auf Sylt ihren Dienst tat. Davon ging die Welt nicht unter! Womöglich würden sie es irgendwann sogar begrüßen, von einer Frau behandelt zu werden. Jedenfalls dann, wenn es sich um eine gute Ärztin handelte. Und eine Frau, die sich dieses Ziel erkämpft hatte, die gegen allen Widerstand ihr Medizinstudium beendet und sogar promoviert hatte, musste einfach gut sein! Reimert selbst konnte sich kaum vorstellen, welche Willenskraft dazu nötig war. Wer sie aufbrachte, schaffte das nur in der festen Überzeugung, das Richtige zu tun. Und welcher Mann, der Arzt werden wollte, konnte schon behaupten, felsenfest davon überzeugt zu sein, für diesen Beruf befähigter zu sein als alle anderen? Nur die wenigsten, da war Reimert Cruse sicher. Die meisten studierten Medizin, weil ihre Väter ihnen eine Arztpraxis hinterlassen würden und weil man schließlich irgendwie seinen Lebensunterhalt verdienen und seine Familie ernähren musste. Aber wenn eine Frau sich der Medizin verschrieb, dann musste sie von dem Wunsch besessen sein, zu helfen und zu heilen. Und eine solche Frau musste gut sein für Westerland!

Trotzdem war er in der Sitzung, in der über den neuen Kurarzt abgestimmt werden sollte, niedergeschrien worden. »Eine Frau? Niemals! Wir werden Feriengäste verlieren, wenn sich das herumspricht! Kein Mann wird sich einer Frau anvertrauen, wenn er Hilfe braucht! Das ist das Ende unseres Seebades!«

Aber Reimert Cruse hatte sich nicht beirren lassen. Er war sogar so weit gegangen, das soziale Engagement der künftigen Kurärztin zu verschweigen, von dem nur er allein wusste. Sie hatte, da niemand ihr die Chance geben wollte, in einem Krankenhaus oder einer eigenen Praxis als Ärztin zu arbeiten, in den Armenvierteln Berlins bedürftige Frauen kostenlos behandelt. Da war es offiziell um Schwangerschaftsfürsorge gegangen, über die man vielleicht hätte reden können, aber Reimert hatte in Erfahrung gebracht, dass die junge Ärztin sich ebenfalls um Geburtenkontrolle und Familienplanung gekümmert hatte. Er wusste, dass sie den Frauen Pessare angepasst und den Männern Verhütungstipps gegeben hatte. Diese Arbeit, die ihm selber mächtig imponierte, wäre für ihre Gegner ein gefundenes Fressen gewesen. Reimert hoffte, dass niemand davon erfuhr, bevor die Kurärztin ihren Platz auf der Insel gefunden hatte.

Er lächelte, als jemand in seiner Nähe mitsummte: »Einmal wird sie wieder bunter, einmal wird sie wieder himmelblau …«

Ja, das Leben gab einem manchmal eine Chance, färbte sich bunter und sogar himmelblau. Man musste die Chance nur ergreifen. Und Reimert Cruse, Kurdirektor von Westerland, würde einer jungen Ärztin dabei helfen.

Er lauschte noch eine Weile auf die Klänge des Kurorchesters, dann machte er sich auf den Heimweg. Sein Haus lag in der Bismarckstraße, die von der Friedrichstraße abging, auf einem großen Grundstück, das von einem Friesenwall umgeben war. Es war sein Elternhaus, das an ihn übergegangen war, als nach dem Vater auch die Mutter gestorben war und seine beiden Geschwister längst die Insel verlassen hatten. Natürlich war es eigentlich zu groß für ihn, es hätte für eine ganze Familie Platz geboten, aber Reimert fühlte sich wohl dort und genoss es, mehr Raum zu haben als die meisten anderen, die in seiner Umgebung wohnten. Längst nannte man ihn einen eingefleischten Junggesellen, das wusste er. Und sie alle hatten recht. Eine Frau, mehrere Kinder … das konnte er sich nicht vorstellen. So schön der Traum von einer eigenen Familie auch war, er hatte erfahren, dass so ein Traum zum Alptraum werden konnte.

Seine Haushälterin war mit dem Abendessen beschäftigt, als er heimkam, und er musste lächeln, als er hörte, dass sie leise vor sich hin sang. »Davon geht die Welt nicht unter …« Früher hatte Aafke Witt die Arbeit mit alten Seemannsliedern begleitet, aber nun war auch sie von der Musik angesteckt worden, die die Kurgäste auf die Insel gebracht hatten.

»Moin, Aafke!«

Die Haushälterin hörte sofort auf zu singen. Sie hatte eine strenge Auffassung von Pflichtbewusstsein, und dazu gehörte, dass Gesang dem Zeitvertreib diente und nicht in eine Küche gehörte, in der gearbeitet wurde. Schuldbewusst senkte sie den Kopf und beeilte sich, auf den Tisch zu stellen, was sie für den Hausherrn vorbereitet hatte: Speckpfannkuchen!

Aafke war nur zwei Jahre älter als Reimert, hätte aber als seine Mutter durchgehen können, so sehr hatte das Leben sie verbraucht. Sie war die Tochter eines Fischers, der auf See geblieben war, noch bevor seine drei Kinder herangewachsen waren. Aafke, ihre Mutter und ihre Geschwister hatten sich ihr Brot mit Putzen und Waschen verdient. Nach ihrer Heirat hatte sie eine kurze Zeit des Glücks genießen können, aber dann war ihr Mann während der Arbeit in einer Schreinerei verunglückt, hatte drei Finger der rechten Hand eingebüßt und war damit unfähig geworden, das Geld für seine Familie zu verdienen. Klaglos sorgte Aafke seitdem für den Lebensunterhalt ihres Mannes und ihrer Kinder, auch dafür, dass der Schnaps, von dem ihr Mann immer mehr trank, bezahlt wurde. Die beiden Töchter hatten nach Morsum geheiratet, ihr Sohn aber war, als er eine eigene Familie gründete, im Elternhaus geblieben. Mit ihrer Arbeit bei Reimert sorgte Aafke dafür, dass es allen gutging, besser, als sie es selbst hatte. Ihr Sohn hatte zurzeit Arbeit, aber wie er seine Frau und die vier Kinder ernähren würde, wenn der Bahndamm, der demnächst die Insel mit dem Festland verbinden sollte, fertiggestellt war, wusste niemand. Viele Sylter hatten dort Arbeit gefunden, sie alle würden bei den Bauern, den Fischern, den Händlern und Hotelbesitzern vorstellig werden, wenn der Damm fertig war und die Arbeiter nicht mehr gebraucht wurden. Dann würde es schwer sein, eine Stelle zu finden, erst recht eine gut bezahlte. Alle, die Arbeit zu vergeben hatten, wussten dann, dass es mehr Arbeitswillige als Arbeitsstellen gab. Jeder würde sich mit wenig Lohn zufriedengeben müssen, weil wenig immer noch besser war als nichts. So war Aafke dankbar, dass sie die Stelle bei Reimert Cruse hatte, und ständig in Sorge, dass er einmal heiraten und seine Frau beschließen würde, dass man das Geld für die Haushälterin sparen könne.

Reimert zog die Jacke aus und holte den Stiefelknecht aus der Ecke, um sich von den hohen Lederstiefeln zu befreien, die von einem Onkel stammten, der sie aus dem Krieg mitgebracht hatte. Dieser Onkel war vor dem Krieg zur See gefahren, hatte von jeder seiner Fahrten Kostbarkeiten mitgebracht, sie zu Geld gemacht und war als vermögender Mann gestorben. Da seine beiden Söhne im Krieg geblieben waren, hatte Reimert als nächster Verwandter den Onkel beerbt und konnte seitdem ein sorgloses Leben führen. Er brauchte nur noch darauf zu achten, dass niemand merkte, wie gut es ihm ging. Reichtum war auf Sylt eine heikle Sache, Wohlstand gehörte zu den Feriengästen, die sich Verrücktheiten leisteten, über die ein alteingesessener Sylter nur den Kopf schüttelte. Auch Reimerts Onkel hatte nie über das gesprochen, was in seinen Truhen steckte, und niemand, Reimert am allerwenigsten, hatte geahnt, dass er einen Tresor besaß, der nun in Reimerts Haus stand. So gut versteckt, dass selbst Aafke, die jeden Winkel des Hauses sauberhielt, ihn noch nicht entdeckt hatte.

»Ist alles für die neue Kurärztin fertig?«, fragte er, während er die Petroleumlampe entzündete, die die sparsame Aafke sich erst gönnte, wenn sie die Bohnen nicht mehr von den Erbsen unterscheiden konnte.

Aafke nickte eifrig. »Das Häuschen ist geputzt und gelüftet, das Bett frisch bezogen, alles liegt bereit. Einen kleinen Lebensmittelvorrat lege ich an, wenn ich weiß, wann die Dame ankommt. Sie wird hoffentlich nicht so 'ne Piepeltrientje sein, die an allem was auszusetzen hat.« Man sah ihr an, dass sie Reimert gerne beim Stiefelausziehen geholfen hätte, aber da sie wusste, dass er solche persönlichen Handreichungen nicht schätzte, hielt sie sich zurück. »Eigentlich ist das Haus viel zu groß für eine einzige Person«, meinte sie und atmete auf, als Reimert seine Stiefel und auch den Stiefelknecht zur Seite stellte, ohne ihre Hilfe benötigt zu haben.

Er sah sie schuldbewusst an. Reimert wusste, unter welch beengten Verhältnissen Aafke wohnte und wie sehr sie es genoss, in seinem Haus zu schalten und zu walten, das ihr, wie sie immer wieder behauptete, wie ein kleiner Palast vorkam. Aafke schlief mit ihrem Mann zusammen in einem Alkoven, damit ihr Sohn und seine Frau ein Schlafzimmer hatten, in dem sie mit den beiden jüngsten Kindern die Nacht verbrachten. Die beiden älteren schliefen auf der Ofenbank in der Küche. Die Kurärztin würde in ein Haus ziehen, in dem es eine Küche, einen Wohnraum und zwei Schlafzimmer gab. Und sie würde dort allein leben.

»Du weißt doch, Aafke«, erklärte Reimert geduldig, »dass ich das Häuschen sowieso irgendwann herrichten wollte. Nun passt es ganz gut, dass die neue Kurärztin dort einzieht.«

Das Haus war noch vor einem Jahr eine bescheidene Behausung auf einem winzigen Grundstück gewesen, das sich Reimerts Garten anschloss. Er hatte es der Witwe des letzten Besitzers abgekauft, als diese beschloss, zu ihrem Sohn nach List zu ziehen. Die Frau war bettelarm gewesen, und kein anderer hatte Interesse daran gehabt, ihr die Kate abzukaufen. Mit dem Geld, das Reimert ihr dafür gegeben hatte, war sie glücklich gewesen. Als er den Friesenwall abriss und mit der Renovierung und Erweiterung begann, hatte er an Feriengäste gedacht, die dort wohnen könnten, und schon mit Aafke abgesprochen, dass sie demnächst auch diese Gäste versorgen sollte und damit ihren Lohn aufbessern konnte.

Nun aber war es mit dieser Aussicht erst mal vorbei. »Die wird sowieso nicht lange bleiben«, brummte Aafke. »Wenn die hört, was das hier für ein Gekabbel war, ehe sie eingestellt werden konnte …«

Aber Reimert wusste, dass sie die neue Kurärztin dennoch freundlich empfangen würde. Und er nahm sich vor, Aafke der Kurärztin zu empfehlen. Sie würde ihren Haushalt selber versorgen müssen, da brauchte sie jemanden, der ihr zur Hand ging. Zufrieden ließ er sich am Tisch nieder und griff nach dem Messer, um sich einen Kanten Brot abzuschneiden. Er fühlte sich so glücklich und zufrieden wie lange nicht mehr.

Babette von Keller ließ sich seufzend nieder und griff sich an die Schläfen. Diese Schmerzen! Diese immer wiederkehrenden heftigen Schmerzen! Würde das denn nie ein Ende haben? Ihre runden Wangen, die ihr normalerweise ein jugendliches Aussehen gaben, zeigten nun ein paar Falten, die ihr wahres Alter verrieten. Wenn sie lachte, sprangen Grübchen in ihre Wangen, der Blick aus ihren großen Augen hatte sich etwas Kindliches bewahrt, was die vollen Lippen noch unterstrichen.

Sie schloss die Augen, um sich vor den Blicken ihrer Kinder und ihres Mannes zu verstecken. Trotzdem spürte sie, dass sie von ihrer Familie aufmerksam betrachtet wurde, und sie wusste, was in den Köpfen vorging. Wird sie durchhalten?, das fragte sich ihr Mann. Muss das immer sein, kaum dass sie einen Schritt aus ihrem Alltag herausmacht?, das war ihre Tochter Norma, die sich neuerdings für Psychologie interessierte und alles, was nicht offensichtlich war, damit zu erklären versuchte. Frauen und ihre Kopfschmerzen!, so stöhnte unhörbar ihr Sohn Herbert, das mittlere ihrer drei Kinder. Und Katharina, das Nesthäkchen, würde sich fragen, ob sie mit ihren Asthmaanfällen nicht viel schlimmer dran war als ihre Mutter.

Babette öffnete die Augen wieder, sah aber erst auf, als sie sicher sein konnte, dass die Blicke ihrer Lieben weggehuscht waren, aus dem

Abteilfenster heraus, auf den Gang, zum Schaffner. Sie hasste sich dafür, dass sie ihrer Familie zur Last wurde, wenn es mal wieder so weit war, wenn jedes Geräusch sie quälte und ihr jede Bewegung schwerfiel.

»Reiß dich zusammen, Liebes«, sagte ihr Mann, der die Hilflosigkeit nicht ertragen konnte, zu der er verdammt war, wenn Babette wieder einen ihrer Migräneanfalle bekam.

Sie versuchte zu lächeln. »Kümmert euch nicht um mich! Genießt die Fahrt!«

Diese Bitte war ihrer Familie bekannt, so oder in ähnlicher Form. Unverzüglich steckten die Mädchen die Köpfe zusammen, Alwin von Keller sah aus dem Abteilfenster und kommentierte die Landschaft, die dort vorbeizog, und Herbert begann leise ein Lied zu trällern. »Davon geht die Welt nicht unter …«

»Hör auf«, rief Norma, die sich nur auf ein Gespräch mit ihrer wesentlich jüngeren Schwester eingelassen hatte, um der Mutter den Gefallen zu tun, nicht auf ihre Migräneattacke zu achten. Jetzt warf sie sich mit Begeisterung in einen Streit mit ihrem Bruder. »Das ist primitiv! Ein Schlager! Brrr!«

Aber Herbert ließ sich nicht beirren. »Wenn mal mein Herz unglücklich liebt, ist es vor Kummer unsagbar betrübt …« Er warf einen Blick zurück, um sicherzugehen, dass sie nach wie vor allein im Abteil saßen, und fuhr dann noch leiser fort: »Dann denk ich immer: Ach, alles ist aus, ich bin so allein …«

Er ließ sich erst durch eine verärgerte Handbewegung seines Vaters unterbrechen. »Schluss, Herbert!«

Alwin von Keller war immer ein ernsthafter Mann gewesen, auch in seiner Jugend, zielstrebig, was seine berufliche Entwicklung anging, eifrig in dem Bemühen, die Erwartungen seiner Eltern zu erfüllen. Dass er Apotheker wurde, fand er genauso selbstverständlich wie sein Vater, der eine gutgehende Apotheke führte, und dass er die Tochter eines befreundeten Apothekers heiraten sollte, gefiel ihm genauso gut wie seinen Eltern. Dass er sich vor fast fünfundzwanzig Jahren in Babette verliebte, war ein großes Glück gewesen. Geheiratet hätte er sie jedoch auch ohne dieses Gefühl, das ihn damals geradezu überrascht und unsagbar glücklich gemacht hatte, weil er niemals damit gerechnet hatte, aus Liebe zu heiraten. Wenn er seine Frau betrachtete, verlor sein Blick gelegentlich das Strenge, seine Kinder wussten sowieso, dass ihr Vater hinter der Maske des disziplinierten, erfolgreichen Geschäftsmannes ein warmherziger Mensch war, dem seine Familie über alles ging.

Babette hielt die Augen geschlossen, lauschte auf das Rattern des Zuges, das Schnaufen der Lokomotive und ihr gelegentliches Pfeifen. Es hatte keinen vernünftigen Grund gegeben, die Reise nach Sylt zu verweigern. Eigentlich erstaunte es Babette, dass es ihr bisher gelungen war, ihrem Mann einen Besuch in Westerland auszureden. Dabei gehörte sie weiß Gott nicht zu den Frauen, die es gewöhnt waren, ihre Wünsche durchzusetzen. Sie hatte von klein auf gelernt, sich zu fügen. Und sie hatte nie gefragt, ob es richtig war, was man von ihr forderte, ob sie selbst andere Wünsche für ihr Leben hatte.

»Du bist auf Sylt von deinem Asthma geheilt worden«, hatte ihr Mann ihr immer wieder vorgehalten. Und kein Hustenanfall hatte ihn davon überzeugen können, dass das Jahr, das sie als Sechzehnjährige auf Sylt hatte verbringen müssen, nicht gut für sie gewesen war. »Ich weiß, gelegentlich quält dich dein Husten noch, aber deine Eltern haben mir gesagt, dass er vor deinem Syltaufenthalt viel stärker war.«

Was sollte sie tun? Katharinas Asthmaanfälle waren in den letzten Monaten immer quälender geworden. Sollte sie, ihre Mutter, sich gegen eine Reise nach Sylt wehren, die ihrer Jüngsten guttun konnte? Es hatte keine stichhaltigen Argumente gegeben. Wenn Alwin vorher davon geredet hatte, dass er gerne einen Besuch auf der Insel machen würde, hatte er sich zum Glück davon abhalten lassen. Babettes schlechte Erinnerungen an Sylt, das Heimweh, unter dem sie damals gelitten hatte, die unfreundliche Gastfamilie, bei der sie wohnen musste, das schlechte Wetter, der verheerende Herbststurm, den sie miterlebt hatte … Aber seit Katharina mehr und mehr unter ihrem Asthma litt, hatte Alwin immer öfter von ihr gefordert, ihren Unwillen endlich zu überwinden. Egoistisch hatte er sie am Ende sogar genannt, weil sie nichts davon hören wollte, nach Sylt zu reisen, wo die Nordseeluft besonders gut war und für Atemwegserkrankungen nirgendwo so heilsam wie dort.

Sie wurde egoistisch genannt? Sie, die nur für ihre Familie lebte und jedes eigene Bedürfnis beiseiteschob, wenn es darum ging, ihren Mann und ihre Kinder glücklich zu machen? Nein, egoistisch wollte sie sich nicht nennen lassen. Aber die Wahrheit konnte sie Alwin auch nicht gestehen. Nicht nach so vielen Jahren! Also hatte sie schließlich eingewilligt, als auch der Arzt, der Katharina behandelte, dazu riet, mit dem Mädchen nach Sylt zu reisen. Sie musste es auf sich nehmen, so schwer es ihr fiel! Eine weitere Bürde, die man ihr auferlegte. Aber nachdem die Last, die ihr auf Sylt aufgebuckelt worden war, sie nicht erdrückt hatte, würde wohl auch die Erinnerung an das, was damals geschehen war, zu tragen sein. Katharina zuliebe! Ihrem Mann zuliebe! Alwin konnte nicht ahnen, was es für sie bedeutete, nach Sylt zurückzukehren.

»Wo ist ein Mensch, der mich versteht«, begann Herbert schon wieder, »so hab ich manchmal voll Sehnsucht gefleht …«

»Herbert!« Alwin von Kellers Stimme war so schneidend, dass sein Sohn aufhörte, noch ehe seine Schwestern aufbegehren konnten. Nun griff Alwin nach Babettes Hand und drückte sie. »Geht's dir besser, Liebes?«

Babette stellte fest, dass sie eingenickt war und dass es ihr nun tatsächlich etwas besser ging. Sie nickte lächelnd, ihre Wangen waren wieder rund und kindlich. »Ja, ein wenig.«

Mit fahrigen Händen strich sie ihren dunklen, langen Rock glatt, setzte sich aufrecht hin und hob den Kopf, der auf ihren hohen weißen Kragen gesackt war, während sie sich kurz aus der Gegenwart gestohlen hatte. Mit einer energischen Geste drückte sie den winzigen Hut auf ihre Haare und korrigierte den Sitz der Nadel, die ihn fest mit den Locken verband. Für Alwins erleichtertes Aufatmen lohnte es sich, die Schmerzen wegzulächeln und sich die Kraft nicht anmerken zu lassen, die dafür nötig war. Sie sah auf den Schatten, den der Zug auf die Felder warf, und folgte den Rauchfahnen, die die Lokomotive ausspie, so lange, bis sie sich aufgelöst hatten. Die Spitzen der Bäume spielten schon mit der Dämmerung, die sich von ihnen aufspießen und dann wieder vertreiben ließ, bis die Sonne untergegangen war und ihr Spiel erleichterte.

Es war gut, dass Alwin den Beschluss gefasst hatte, in Hoyer zu übernachten, bevor sie nach Sylt übersetzten. Sie sollte es bequem haben, sollte so wenig wie möglich angestrengt werden. Zwar hatte sie versucht, ihn von diesem Plan abzubringen, weil sie nicht wollte, dass ihretwegen Umstände gemacht wurden und Kosten entstanden, die zu vermeiden waren. Aber ihr Mann hatte nicht mit sich reden lassen. Und nun war sie geneigt, ihm recht zu geben. Wenn sie in der Nacht Ruhe fand und gut schlafen konnte, würden die Kopfschmerzen am nächsten Tag weg oder zumindest erträglich sein.

Sie griff nach der Hand ihres Mannes, der sie erschrocken ansah, weil sie sich solche Vertraulichkeiten in der Öffentlichkeit sonst nicht gestattete. Aber als er sah, dass sie lächelte, drückte er ihre Hand, ehe er sie feierlich in ihren Schoß zurücklegte. »Morgen wirst du schon die gute Seeluft spüren«, flüsterte er ihr zu.

Und Babette nickte tapfer, als glaubte sie auch daran, dass sich damit alles zum Guten wenden würde.

Eigentlich war sie stark. Stark genug, um sich der Vergangenheit zu stellen. Nach diesem schrecklichen Erlebnis auf Sylt hatte das Leben es gut mit ihr gemeint, sie versöhnt und wieder aufgerichtet, so konnte sie trotz allem stark werden. Ihre Ehe war harmonisch, die Kinder waren wohlgeraten, sie durfte sich nicht beklagen. Und diese Gewissheit würde ihr die Kraft geben, die folgenden Wochen durchzustehen.

Sie merkte, dass ihr die Sicherheit, die sie sich einredete, tatsächlich etwas von den Schmerzen nahm, von denen sie am Anfang der Reise noch geglaubt hatte, sie nicht aushalten zu können. Aber sie würde auch diesen Migräneanfall überstehen. So wie viele vorher. Und sie würde die Erinnerungen ertragen, wenn sie auf Sylt angekommen war. Irgendwie …

Tessa sprach mit ihrer Mutter nicht gerne darüber, aber sie wusste trotzdem, wo Marika Melford den Abend verbrachte, wenn sie sich von ihrer Tochter verabschiedete. So war es nicht schwer, sie zu finden. Zuerst hatte Tessa es im »Nationalhof« versucht. Er war um die Jahrhundertwende berühmt geworden, als man sich dort versammelte, um für die

Rechte der weiblichen Dienstboten zu kämpfen. Das hatte ihrer Mutter gefallen, die sich zwar keine Dienstboten leistete, aber trotzdem ein Herz für sie hatte. »Außerdem kann es ja sein«, ergänzte sie oft lachend, »dass mein Fräulein Tochter demnächst eine Zugehfrau einstellen kann. Jeder männliche Arzt kann das ja auch.«

Im »Nationalhof« trafen sich nun die Mitglieder des Clubs »Violetta«, dem Marika Melford zwar nicht angehörte, den sie aber dennoch gelegentlich besuchte. Wenn dort keine Bälle organisiert wurden, kümmerte man sich um die Rechte von homosexuellen Männern und Frauen. Der Damenclub, der aber auch Männern offenstand, gehörte mittlerweile zum »Bund für Menschenrechte«, der die Abschaffung des Paragraphen 175 forderte, unter dem Schwule zu leiden hatten, denn dieser Paragraph stellte sexuelle Handlungen zwischen Männern unter Strafe. Für Frauen gab es ein solches Verbot zum Glück nicht.

Das betonte Marika gern, wenn Tessa sie fragte, warum sie irgendeine Freundin in den Club »Violetta« begleitete. »Ich tu nichts, wofür man mich einsperren könnte!« Und dann setzte sie oft hinzu: »Ich möchte nur erreichen, dass unter solch unsinnigen Verboten demnächst nicht auch die Frauen zu leiden haben. Es gibt tatsächlich Versuche, den Paragraphen auf Frauenliebe auszudehnen!«

Tessa glaubte ihr kein Wort. Dass ihre Mutter ausschließlich das Wohl der armen Homosexuellen im Auge hatte, war eine glatte Lüge, aber eine, die sie auf keinen Fall entlarven wollte. Sie war froh, dass niemals deutlichere Worte fielen und dass sie die Augen vor dem verschließen konnte, was offensichtlich war.

Zum Glück musste sie das Gebäude nicht betreten, denn der Portier, der den Eingang bewachte, wusste, dass ihre Mutter an diesem Abend noch nicht dort gesehen worden war. Hans arbeitete hauptberuflich als Portier in einem Hotel, an dem Tessa täglich vorbeikam, wenn sie zur Universität ging, er kannte nicht nur sie, sondern auch ihre Mutter. Und aus demselben Grunde machte er ihr gegenüber keinen Hehl aus seiner Homosexualität, die er der Hotelleitung tunlichst verschwieg. »Aber sie ist hier vorbeigegangen«, erklärte er Tessa und wies mit dem Kinn die Schweriner Straße entlang, zu einem Haus, in dem der »Top-Keller« untergebracht war. »Da ist sie rein. Zusammen mit ihrer Freundin.«

Tessa bedankte sich und ging zögernd weiter. Ihre Freundin! Was hatte Hans damit gemeint? Das, was sie seit langem vermutete? Oder hatte er nur von einer Frau gesprochen, mit der ihre Mutter sich gelegentlich nachmittags zum Kaffee traf und an diesem Abend zufällig im »Top-Keller«? Sie überlegte, ob sie nicht einfach zurückkehren sollte. Aber es war noch früh, viel zu früh, um schon schlafen zu gehen. Und wie sollte sie diesen Abend verbringen? Allein, mit einem Buch auf dem Sofa? Unmöglich! Nicht, nachdem sie sich von Kurt getrennt hatte. Und nicht, nachdem sie den Brief erhalten hatte, mit dem sie Kurt hatte überraschen wollen. Sie lächelte bitter. Die Überraschung war in der Tat gelungen. Kurt hatte vollkommen anders als erwartet reagiert.

»Na, Fräuleinchen! Wollen Sie etwa in den ›Top-Keller‹?«

»Was geht Sie das an?«

»Sind Sie etwa auch so eine? Da hätte ich was Besseres zu bieten.«

Tessa fuhr zu dem vierschrötigen Kerl herum, der sie angesprochen hatte. »Scheren Sie sich zum Teufel!«

Der Mann gab seinem Freund einen Wink, der ein paar Schritte zurückgeblieben war. »Weiter, Hermann! Oder bist du scharf auf eine Lesbe?«

Das war Hermann zum Glück nicht. Er folgte seinem Freund unverzüglich, der verächtliche Blick, den er Tessa zuwarf, kümmerte sie nicht. Aber sie würde ihrer Mutter berichten, dass die Tarnung des »Top-Kellers« nicht so gut funktionierte, wie diese oft behauptete. Zwar gab es keine Lokalverbote mehr, aber die Polizei machte häufig Razzien und scheuchte die Damenclubs auf, in denen es nach Meinung des »Dezernats für sexuelle Verirrungen« unzüchtig zuging. Tessa wusste von ihrer Mutter, dass die Furcht vor den Razzien im »Top-Keller« besonders groß war, denn ihn traf es am häufigsten, wenn in Berlin mal wieder für Ordnung, Sitte und Anstand gesorgt werden sollte. Seitdem tarnten sich viele Clubs als Spar- oder Kegelvereine, aber wie man sah, nicht besonders erfolgreich. Wenn zwei Kerle wie Hermann und sein Freund genau wussten, was im »Top-Keller« geschah, dann wussten es andere auch.

Tessa strich sich mit einer sinnlosen Geste die Bluse glatt. Sinnlos deshalb, weil sie so oder so auffallen würde, da kam es auf den Zustand ihrer Bluse nicht an. Aber das musste ihr jetzt einfach egal sein. Sie wollte zu ihrer Mutter, wollte ihr erzählen, welche Wendung ihr Leben genommen hatte, wollte von ihr in den Arm genommen werden und hören, dass sie sich mit ihrer Tochter freute. Und das würde sie tun, darauf konnte sie sich fest verlassen! Ganz egal, in welcher Situation Tessa sie jetzt antreffen würde.

Sie war erleichtert, als sie ohne weiteres eingelassen wurde, denn ihre Mutter hatte ihr erzählt, dass die Türen zu einer bestimmten Zeit verschlossen wurden, damit kein Sittenwächter mehr Zugang erhielt. Zwar schenkte ihr der Portier einen erstaunten Blick und betrachtete sie von oben bis unten, ehe er die Tür öffnete, aber er ließ sie eintreten. Er? Tessa merkte erst im letzten Augenblick, dass sie eine Frau vor sich hatte, die sich einen Schnurrbart angeklebt hatte und eine Pagenuniform trug. Sie hatte eindeutig eine Frau vor sich, die trotz der männlichen Uniform und des angeklebten Bartes weiblich geschminkt war.

Tessa wurde gebeten, ihren Namen auf eine Liste zu setzen, was im »Top-Keller« üblich war. »Ich heiße Brigitte. Suchst du jemanden? Oder … willst du nur mal gucken?«

Tessa fasste sich ein Herz. »Ich suche meine Mutter. Marika Melford. Ist sie hier?«

Brigitte sah sie misstrauisch an, hatte mit einem Blick Tessas brave Kleidung und ihre schlichte Frisur taxiert. »Willst du etwa Ärger machen? Die Zeiten sind vorbei, Kindchen. Heute kann jede Frau tun und lassen, was sie will.«

»Ich mache keinen Ärger«, versicherte Tessa hastig. »Ich will nur … zu ihr.«

Brigitte lachte gutmütig. »Na, dann kommst du genau richtig. Der Busenwettbewerb beginnt in einer halben Stunde. Ich hoffe, du kannst bis elf bleiben. Dann werden die Türen verschlossen, und die Schwarze Messe beginnt.«

Weder unter dem Busenwettbewerb noch unter der Schwarzen Messe konnte Tessa sich etwas vorstellen, wollte es aber auch nicht genau wissen. Sie zerteilte den schweren Vorhang, der den Eingangsbereich abtrennte, und blieb erstaunt stehen. Hier verbrachte ihre Mutter den Abend? Den »Top-Keller« hatte sie sich ganz anders vorgestellt, nicht so sparsam ausgestattet, nicht so lieblos gestaltet. Einfache Holztische standen im Raum, parallel dazu genauso einfache Bänke, das war alles. Die Wände waren violett gestrichen, die Lampen, die von den Decken hingen, mit roten Stoffschirmen versehen, an denen lange Bänder hingen, die das Licht dämpften und gleichzeitig bewegten.

»Ein Neuzugang!«, stellte jemand hinter ihr fest. »Du bist zum ersten Mal hier, stimmt's?«

Zu ihrem Erstaunen war sie von einem Mann angesprochen worden. Dabei war sie sicher gewesen, dass es sich beim »Top-Keller« um einen Damenclub handelte.

Der Mann schien ihre Gedanken lesen zu können. »Hier kann jeder herkommen, Mann oder Frau, homosexuell oder nicht.« Er warf nur einen kurzen Blick auf ihre Bluse, ihren Rock, die praktischen Strümpfe und die Schuhe. »Lesbisch bist du nicht.«

»Ich suche meine Mutter.«

Damit verlor er das Interesse an ihr. »Viel Spaß dabei!«

Tessa sah sich um, konnte Marika aber nirgendwo entdecken. Verwundert betrachtete sie die Frauen, die sich hier aufhielten. Sie unterschieden sich kaum von den wenigen Männern, die an den Tischen hockten. Die meisten trugen Männerkleidung, auf den ersten Blick konnte man meinen, in einem Herrenclub gelandet zu sein. Viele Frauen hatten sich mit einem Monokel geschmückt, trugen Smokings mit glänzenden Kragenaufschlägen, die Haare glatt zurückgekämmt und mit Pomade befestigt, auf einem weißen Hemd eine dunkle Fliege oder Krawatte. Einige steckten auch in einer Pagenuniform und verbargen ihre sorgsam in Wellen gelegten Haare unter einer Kappe, auf der ein Hotelname stand. Viele rauchten, und ihre Zigaretten steckten in mehr oder weniger langen Spitzen. Niemand saß allein am Tisch, jede Frau hatte eine andere an ihrer Seite, den Arm um sie gelegt oder sich an sie geschmiegt, jeder Mann hatte einen anderen auf dem Schoß oder neben sich sitzen, der zu ihm gehörte. Sie küssten sich, griffen sich in den Ausschnitt oder an den Hosenschlitz und gaben sich derart unbekümmert, dass Tessa tief durchatmen musste, ehe sie sich entschließen konnte, nicht die Flucht zu ergreifen, sondern an ihrem Plan festzuhalten.

Ihre Blicke gingen zu den Frauen, die in Abendkleidern gekommen waren. Ihr Mutter hatte ein weißes Kleid getragen, als sie sich von Tessa verabschiedete, eins im griechischen Stil, das auf einer Schulter mit einer Spange geschlossen wurde, während die andere Schulter nackt geblieben war. Der weit fallende Stoff war in der Taille mit einem breiten Gürtel zusammengehalten worden. So eine Frau musste doch auffallen unter all den Anzügen, Smokings und Fräcken!

Aber es dauerte noch einige peinigende Minuten, bis Tessa sie entdeckte. Marika löste sich gerade von einer blonden Frau, die ebenfalls ein Abendkleid trug. Eine üppige Frau in einem blauen Kleid mit einem ausladenden Rock, in deren Umarmung ihre Mutter, klein und zierlich, praktisch verschwunden gewesen war. Jetzt schob sie die blonde Frau von sich, die sie jedoch festhielt und sie nicht freigeben wollte. Marikas Mund bewegte sich, aber Tessa konnte in dem Stimmengewirr nicht verstehen, was sie sagte, obwohl sie mittlerweile näher herangekommen war. Die blonde Frau griff erneut zu, Marika wehrte sie nun heftiger ab, in ihrer Miene stand Ungeduld.

Aber die löste sich in einem strahlenden Lächeln auf, als sie Tessa entdeckte. »Mein Kind! Hast du mich gesucht?«

Nun schüttelte sie die blonde Frau mit einer so ungestümen Bewegung ab, dass diese endlich aufgab. Mit gekränkter Miene wandte sie sich Tessa zu, betrachtete sie mit verlegenem Blick und legte dann die Hände überkreuzt auf den Tisch, als wollte sie darauf warten, dass Marika wieder nur für sie da war.

»Ich muss mit dir reden«, rief Tessa gegen den Lärm an.

»Komm her!« Marika streckte die Arme nach ihrer Tochter aus und zog sie neben sich auf die Bank. Dann rief sie in die neugierigen Gesichter der Umsitzenden: »Das ist meine Tochter! Doktor Tessa Melford!«

Jubel brach los. Tessa begriff, dass ihr Name in diesem Kreis wohlbekannt war, dass ihre Mutter ihren Stolz auf die erfolgreiche Tochter mit allen geteilt hatte. Die Kälte, die Kurt in ihrem Herzen zurückgelassen hatte, wurde nun von der Wärme vertrieben, die ihre Mutter ihr stets gegeben hatte. Bei ihr war es immer behaglich gewesen, bei ihr hatte sie sich geborgen fühlen können. Auch dann, als Marika sich ins Nachtleben warf, die Liebe in all ihren Formen ausprobierte, kurze Röcke trug, Charleston lernte, ins Kabarett ging, literarische Salons besuchte, sich mit erotischer Lyrik befasste und nicht um ihr Alter scherte. So weit sich Marika auch von dem Leben, das sie als Ehefrau geführt hatte, entfernte, ihrer Tochter war sie eine treusorgende Mutter geblieben, eine Löwenmutter, die für ihr Kind kämpfte.

»Frau Doktor!«, schrie eine Frau mit kippender Stimme. »Das hast du großartig gemacht, Mädchen!«

»Frauen sind genauso gut wie Männer!«, fiel eine andere ein und schüttelte die Faust. »Tessa hat es bewiesen!«

Tessa schwieg dazu, lächelte zuvorkommend, bedankte sich für das Glas, das man ihr hinstellte, und trank brav, als alle mit ihr auf den Doktortitel anstoßen wollten.

Marika Melford strahlte vor Stolz und lachte sogar noch, als sie berichtete: »Nur leider will kein Krankenhaus sie einstellen! Und kein Arzt will sie in seiner Praxis beschäftigen. Ich werde wohl noch lange sparen müssen, bis ich meinem Kind eine eigene Praxis einrichten kann.«

Dafür ließ man sie ausgiebig hochleben. Nur die blonde Frau blieb ernst. Schließlich sagte sie in einen Moment der Stille hinein: »Ihr seht euch gar nicht ähnlich.«

»Stimmt!« Marika betrachtete Tessa lächelnd, griff in ihre Haare und dann in ihre eigenen. Tessas Haare waren glatt und aschblond, Marikas sehr dunkel und kraus. Auch Marikas Augen waren von einem tiefen Braun, während Tessas hellgrau leuchteten. »Tessa kommt auf ihren Vater.«

»Schwarzer Teufel« hatte er seine Frau liebevoll genannt, daran erinnerte sich Tessa in diesem Augenblick. Auch bei seinem Abschied, als er zum letzten Mal zurück an die Front musste und alle schon hofften, dass der Krieg bald vorbei sein würde, hatte er sie so genannt. »Leb wohl, mein schwarzer Teufel.« Sein Flüstern hatte sie noch im Ohr. »Bald bin ich wieder bei dir.«

Sie hatte ihren Vater nie wiedergesehen, nur wenige Wochen vor Kriegsende war er gefallen. Und ihre Mutter tat von da an alles, um nicht mehr an den Krieg, den Hunger, an sämtliche Entbehrungen und an die Angst zu denken. Tessa kam es oft so vor, als wollte ihre Mutter das Schicksal bestrafen, das ihr den Mann genommen hatte, indem sie von nun an so lebte, wie sie niemals gelebt hätte, wenn ihr Mann ihr geblieben wäre.

Marika rutschte dicht an Tessa heran. »Warum bist du hier? Ist was passiert?« Das Lachen war nun aus ihren Augen verschwunden, Sorge erschien stattdessen darin. Ihr Teint wirkte mit einem Mal fleckig, die Schatten unter den Augen waren von der Schminke entblößt worden, Tessa sah Falten in ihren Augenwinkeln, die ihr vorher nie aufgefallen waren.

Die blonde Frau rückte nach, als wollte sie nicht allein bleiben. »Du hast mich deiner Tochter noch nicht vorgestellt.«

Das Lachen erschien wieder in Marikas Blick, die dunklen Schatten waren verschwunden, die Falten auch. »Das ist Edith.«

»Die Frau, die Ihre Mutter liebt«, ergänzte Edith und sah Tessa derart intensiv an, als fürchtete sie, dass sie ihr nicht glauben könnte.

Damit hatte sie vollkommen recht. Tessa nickte zwar höflich, aber dass diese lesbische Beziehung aus etwas anderem entstanden war als aus Neugier und Leichtsinn, glaubte sie nicht. Wenn Marika genug Freude daran gehabt hatte, etwas zu tun, was dem braven Bürgertum die Haare zu Berge stehen ließ, dann würde sie sich wieder für Männer interessieren.

Marika schien es recht zu sein, dass eine Frau die kleine improvisierte Bühne betrat und sich ausgiebig beklatschen ließ. Dann kündigte sie den Busenwettbewerb an, woraufhin der Applaus noch zunahm.

»Besser, wir gehen raus«, sagte Marika und wandte sich an Edith, ehe diese sich anschließen konnte. »Bin gleich zurück.«

Auf der Bühne versammelten sich die Frauen, die sich dem Wettbewerb stellen wollten, nestelten bereits an den Knöpfen ihrer Jacken herum oder dehnten die Ausschnitte ihrer Abendkleider. Marika griff nach Tessas Arm und führte sie ins Foyer, wo nur die schnurrbärtige Brigitte sich aufhielt.

Marika zog Tessa aus ihrer Hörweite, dann fragte sie: »Schieß los! Ist was mit Kurt?«

»Ich habe mich von ihm getrennt«, stieß Tessa hervor.

»Oh, Schätzchen!« Marika zog ihre Tochter an ihre Brust und strich ihr übers Haar. »Das tut mir leid.«

Aber Tessa schüttelte den Kopf und löste sich von ihrer Mutter, die kleiner war als sie, zu der sie sich unbequem hinabbeugen musste. »Ich habe erkannt, dass ich mit ihm nicht glücklich geworden wäre.«

Marika nickte düster. »Der feine Herr ertrug es nicht, eine Akademikerin an seiner Seite zu haben. Noch dazu eine, die sich eher mit dem Doktortitel schmücken kann als er selbst. Ich habe von Anfang an die Sorge gehabt, dass er dir ein Kind machen und dann von dir verlangen würde, zu Hause zu bleiben und nur noch Ärztin zu spielen, wenn das Baby Schnupfen hat und sein Papa eine Influenza.«

Tessa dachte an Kurts Mutter und fing plötzlich an zu lachen. So laut und so ungeniert, dass Marika nicht mitlachte, sondern ihre Tochter nur mit gerunzelter Stirn betrachtete. »Da ist also noch was«, sagte sie, als Tessa sich beruhigt hatte.

»Stimmt! Kurt war nicht bereit, mich nach Sylt ziehen zu lassen. Und ebenso wenig war er bereit, mitzukommen.«

Marika starrte ihre Tochter an. »Wieso … Sylt?«

»Ich habe mich als Kurärztin auf Sylt beworben. Schon vor Monaten! Die Bewerbung habe ich mit den vielen anderen in den Postkasten gesteckt. Und nun habe ich die Zusage.«

»Sylt«, flüsterte Marika. »Ausgerechnet Sylt?«

»Was meinst du damit?« Ängstlich sah Tessa ihre Mutter an. »Ich werde Kurärztin«, wiederholte sie eindringlich und so laut und betont, als hielte sie ihre Mutter für schwerhörig. »Der Kurdirektor hat mir geschrieben. Er hat sich für mich starkgemacht. Und er hat es geschafft. Sylt hat sich für mich entschieden.«

Nun endlich zeigte sich auf Marikas Gesicht das Lächeln, auf das ihre Tochter gewartet hatte. »Das ist ja wunderbar, Schätzchen«, flüsterte sie. Und dann rief sie laut heraus: »Sylt! Warum nicht Sylt?«

Friedrich Gottorf durchquerte die Halle, in der viele riesige Kessel in schnurgerader senkrechter und waagerechter Ausrichtung standen, mit großen, schnellen Schritten. Die Hitze und der Lärm machten ihm zu schaffen, er hielt sich nicht mehr gerne dort auf, wo die Kakaobohnen gemahlen und ihre Kerne geröstet, gerüttelt, gemischt und zerkleinert wurden. Und erst recht nicht in dieser Halle, wo die Basismasse der Schokolade erwärmt und gleichzeitig gerührt wurde. Dieses Conchieren geschah in den großen Kesseln, die die Hitze ausströmten, die Friedrich Gottorf nicht mehr behagte. Seit er die sechzig überschritten hatte, war das so. Oder war er seit seinem sechzigsten Geburtstag endlich bereit, es sich einzugestehen? Als junger Mann, als begeisterter Geschäftsmann, als Visionär mit einer großen Idee hätte er sich nicht erlaubt, vor einer Stufe des Herstellungsprozesses zu fliehen. Heute sagte er sich, dass ihm dieses Privileg zustand. Er durfte sich gelegentlich ausruhen, und das bedeutete auch, dass er sich nur noch um die Vermarktung seiner Schokolade kümmerte und alles andere seinem Nachfolger überließ. Aber was einmal zur Gewohnheit geworden war, musste beibehalten werden, sonst hätte am Ende jemand seine Schwäche bemerkt. Dazu gehörte, dass er sich am Abend in jeder Ecke seiner Fabrik blicken ließ. Zwar wünschte er niemandem eine gute Nacht, aber er wusste, dass seine Arbeiter seinen letzten Rundgang so verstanden. Ein letzter Gruß vor Feierabend.

Er steuerte auf die Tür zu, die ins Freie führte, da stutzte er. Hatte er in dem schweren Dröhnen, das die Halle durchdrang und vom Dach bis zum Boden ausfüllte, eine helle Stimme gehört? Ein Mädchenlachen? Er spürte wieder den Unmut in sich aufsteigen, der mit ungläubigem Staunen und sogar einer heimlichen Portion Stolz angereichert war. Eine gallige Mischung! Eine, die ihm gar nicht gefiel.

Obwohl er gern die Halle verlassen hätte, drehte er bei und ging auf die Tür zu, hinter der es einen winzigen Raum für seinen Werkleiter gab, in dem Berechnungen angestellt und Kontrollen durchgeführt wurden. Zornig, weil er wusste, was er dahinter finden würde, stieß Friedrich Gottorf die Tür auf. Und richtig! Über einem riesigen Plan von Schalttafeln fand er eine junge Frau vor, die sich gemeinsam mit Ernst Siering darüberbeugte und jetzt erschrocken in die Höhe fuhr. In ihren Augen erschien schlagartig Schuldbewusstsein, während in denen des Werksleiters pures Entsetzen stand.

»Herr Gottorf«, begann er zu stottern. »Es ist … ich wollte eigentlich nicht …«

»Ernst ist nicht schuld daran«, unterbrach Lilli Schuster ihn und sah ihren Vater heldenmütig an. »Ich habe ihn überredet, mir zu zeigen, wie die Maschine funktioniert.«

»Welche Maschine?«, fragte Friedrich Gottorf, obwohl er die Antwort auf diese Frage gar nicht hören wollte. Ihn interessierte einzig und allein die Frage, was seine Tochter an diesem Ort zu suchen hatte, an dem sich nie eine Frau aufhielt. Und auch hier ging es nicht um eine Antwort, sondern nur um diese Frage, die die Antwort bereits in sich barg.

Ohne ein weiteres Wort wies er mit ausgestrecktem Arm zur Tür, noch ehe Lilli Schuster anfangen konnte, ihm von der Maschine zu erzählen, von der sie viel zu viel wusste, und von den Vorgängen im Getriebe dieser Halle, von der sie ebenfalls zu viel wusste.

Lilli, die gerade noch um die richtige Antwort auf die Frage des Vaters rang, verstand sofort und wusste, dass sie auf eine Erklärung verzichten musste. Schweigend folgte sie der Richtung, die ihr Vater vorgab, drängte sich an ihm vorbei und lief durch die Halle auf die Ausgangstür zu.

Noch ehe sie sich öffnete, sagte Friedrich Gottorf zu seinem Werksleiter: »Wir sprechen uns noch.«

Auf die Entschuldigungen Ernst Sierings hörte er nicht, und auf dessen rot angelaufenes Gesicht, auf dem sich Angst breitmachte, achtete er nicht. Er folgte seiner Tochter und gab sich große Mühe, nicht zu laufen, um sie möglichst schnell zu erreichen, nach ihrer Schulter zu greifen, sie zum Stehenbleiben zu zwingen und ihr wieder einmal einzubläuen, was er ihr schon hundertmal auseinandergesetzt hatte. Aber ein Friedrich Gottorf ließ sich seine Gefühle nicht anmerken. Er bewahrte Contenance. Wenn Lilli sich nun noch unterstehen sollte, vor ihm ins Kontor oder ins Privathaus zu laufen und ihn zwang, ihr nachzuhetzen oder sie gar zu suchen …

Doch diesbezüglich war seine Sorge umsonst. Lilli erwartete ihn im Hof der Schokoladenfabrik, in dem es schon beinahe dunkel war, da sich die Dämmerung in den Höfen Berlins viel schneller in Finsternis verwandelte als außerhalb der Stadt. Sie stand weit genug von der Tür der Halle entfernt, durch die der Lärm zwar gedämpft, aber immer noch gewaltig drang, und nicht zu nah an irgendeiner anderen Tür, durch die ihr die Flucht vor ihrem Vater gelungen wäre. In Friedrich gab es einen kleinen Stich der Anerkennung, der in seine aufgeblasene Wut drang, aus der prompt das heftigste Gefühl entwich, so dass aus seinem Zorn bald eine schlaffe Gemütsbewegung werden würde. Er wusste das, und Lilli wusste es auch. Klüger wäre es sicherlich gewesen, wenn sie vor ihm geflohen wäre, weil sie natürlich längst die Erfahrung gemacht hatte, dass die erste Wut ihres Vaters vernichtend sein konnte, die zweite nur noch einer Ohrfeige gleichkam und nach einer Stunde verraucht war, was ihn im ersten Augenblick lichterloh hatte brennen lassen. Trotzdem war sie stehen geblieben und brachte nun allen Trotz auf, zu dem sie angesichts des väterlichen Zorns fähig war.

»Es interessiert mich eben«, sagte sie, ehe er zu seinen Vorhaltungen ansetzen konnte. »Und ich sehe nicht ein, dass es mich nicht interessieren darf, nur weil ich eine Frau bin.«

Ihr kleines energisches Kinn schob sich vor, sie warf den Kopf in den Nacken, als wollte sie ihre langen Haare schütteln, die aber selbstverständlich am Kopf festgesteckt waren und mit einem kleinen Hut daran gehindert wurden, sich irgendeine Freiheit zu erlauben. Äußerlich hatte Lilli sich korrekt an die Vorgaben ihres Vaters gehalten. Ihre Bluse war bis zum Kinn geschlossen, ihre schmale Taille verriet das Korsett, das in diesen Tagen von vielen Frauen abgelegt wurde, ihr Rock war so weit und lang, wie Friedrich Gottorf es wünschte.

»Ein dummes Gör bist du«, fuhr Friedrich sie an. »Wärst du eine vernünftige Frau, wüsstest du, dass ich recht habe, wenn ich dir den Zugang zur Fabrikation verwehre.«

»Ich werde bald dreißig«, begehrte Lilli auf. Ihre Augen blitzten, die Grübchen auf ihren Wangen tanzten. »Und ich war vor neun Jahren schon alt genug zum Heiraten. Ich bin sogar alt genug zur Kriegerwitwe. Aber wenn es um die Fabrik geht, bin ich nur ein dummes Gör?« Sie ahnte nicht, dass sie in diesem Augenblick so entzückend jung wie ein Schulmädchen aussah und die Freude am Ungehorsam sie nicht reifer, sondern jünger erscheinen ließ.

Friedrich wäre vermutlich aus der Fassung geraten, er hätte seine Tochter vielleicht sogar angeschrien, wenn nicht in diesem Augenblick zwei Arbeiter mit geschulterten Gerätschaften vorbeigekommen wären, die ihn auf keinen Fall bei einer aufbrausenden Reaktion beobachten sollten. Nur deshalb gelang es ihm, einigermaßen ruhig zu antworten: »Ich habe bereits einen Nachfolger. Henry wird die Fabrik übernehmen, und du wirst wieder heiraten. Und zwar so bald wie möglich. Noch bist du jung genug, um Kinder zu bekommen.«

»Vermutlich hast du sogar schon jemanden für mich ins Auge gefasst?«, kam es bockig zurück. »Bei meiner ersten Hochzeit hat es dich ja auch nicht interessiert, ob ich Anton liebe.«

»Wenn Anton nicht im Krieg geblieben wäre, hättest du mit dieser Hochzeit die richtige Entscheidung getroffen. Du wärst die Gattin eines erfolgreichen Rechtsanwaltes oder des Justitiars unserer Firma.«

»Ich habe mich entschieden?« Lilli lachte bitter. »Du hast die Entscheidung getroffen, und ich musste mich fügen. Du weißt ganz genau, wie meine eigene Entscheidung ausgesehen hätte. Ein Studium hätte ich begonnen. Apothekerin wäre ich geworden.« Sie trat jetzt sogar dichter an ihren Vater heran, als ahnte sie, dass nun auch ein vages Schuldgefühl auf seine Wut einstach und sie in den nächsten Minuten vollends verpuffen würde. »Noch einmal heirate ich nicht einen Mann, den du mir ausgesucht hast. Wenn überhaupt, dann heirate ich aus Liebe. Und ob ich Kinder haben will, weiß ich nicht einmal genau.«

»Das ist …«, fuhr Friedrich auf, kam aber nicht weit. Seine Tochter hatte ihn bereits in der Hand.

»… die Bestimmung jeder Frau, ich weiß.« Lilli wusste, dass sie nun gewonnen hatte. »Diese Zeiten sind längst vorbei, Kaiser Wilhelm hat abgedankt.« Nun erlaubte sie sich sogar ein spitzbübisches Lächeln. »Oder solltest du das nicht mitbekommen haben?«

Friedrich Gottorf war kein Mensch, der auf einen Scherz einging. Erst recht nicht, wenn er auf seine Kosten gemacht wurde. Mit dieser Unverschämtheit hatte Lilli es zu weit getrieben. »Dann willst du wohl demnächst auch in der Öffentlichkeit rauchen? Allein ausgehen? Herrenkleidung tragen oder in den Boxring steigen?« Er kniff die Augen zusammen und zeigte seiner Tochter, wie ernst es ihm war. »Aber das sage ich dir … solltest du hier mit einem Bubikopf oder einem kurzen Rock auftauchen, kannst du sehen, wie du woanders mit deiner Kriegerwitwenrente zurechtkommst. Dann wirst du dich in meinem Hause nicht mehr sattessen.«

Mit diesen Worten ließ er seine Tochter stehen und blickte sich nicht nach ihr um, als er sein Kontor betrat. Sonst hätte er gesehen, dass Lilli nicht etwa mit dem Fuß aufstampfte, wie er es erwartet hätte, sondern sich die Tränen aus den Augen wischte, ehe sie auf die Tür zuging, die ins Privathaus der Gottorfs führte.

Traute Berber schreckte auf, als Friedrich Gottorf eintrat. Sie saß vor ihrer Schreibmaschine und kontrollierte die Zeilen, die sie geschrieben hatte. Als Friedrich eintrat, begann sie sofort wieder, die Tasten zu bedienen. »Der Brief ist gleich fertig. Sie können in wenigen Minuten unterschreiben.«

Friedrich blieb stehen und sah ihr zu, obwohl er merkte, wie nervös sie dadurch wurde und dass sie sich prompt vertippte. Trotzdem beobachtete er, wie sie nach einem Radiergummi griff, ein Stück Papier hinter das Kohlepapier legte, mit bebenden Händen den falschen Buchstaben wegradierte, dann den Papierfetzen wegnahm und das gleiche mit dem Durchschlag machte. Anschließend schrieb sie den Brief zu Ende, ohne dass eine weitere Korrektur nötig war, und drehte ihn erleichtert aus der Maschine. Dass ein paar Arbeiter singend durch den Hof zogen, war ihr nicht aufgefallen. »Davon geht die Welt nicht unter, sieht man sie manchmal auch grau …«

Friedrich runzelte die Stirn. »Was ist das für ein merkwürdiges Lied, das man jetzt überall hört?«

Traute Berber errötete, als schämte sie sich dafür, dass sie das Lied kannte. »Das ist von Zarah Leander, Herr Gottorf.« Und sie errötete noch tiefer, während sie ergänzte: »Mein Onkel hat ein Grammophon, er besitzt auch Schallplatten von Zarah Leander. Daher kenne ich es.«

»So, so«, brummte Friedrich Gottorf, der nicht zugeben wollte, dass der Name Zarah Leander auch ihm bekannt war. Er nahm den Brief entgegen und unterzeichnete ihn neben ihrer Schreibmaschine, ohne ihn zu lesen. »Der muss morgen früh gleich raus«, sagte er, als er ihn zurückgab.

Traute Berber sicherte es ihm zu, glücklich über das Vertrauen, das ihr Chef ihr entgegengebracht hatte, indem er etwas unterschrieb, ohne es zu kontrollieren.

»Haben Sie etwas von meinem Sohn gehört?«, fragte er, während er in sein Büro ging. Er ließ die Tür offen, um das Gespräch mit Traute Berber weiterführen zu können. »Die ›Jacob Le Maire‹ müsste bald in Antwerpen anlegen.«

Aber seine Sekretärin konnte ihm nichts Neues sagen. »Ich habe nur erfahren können, dass das Schiff planmäßig in Abidjan abgelegt hat.«

»Sie können Feierabend machen«, war Friedrich Gottorfs Entgegnung. Dann schob er selbst alles zusammen, was sich auf seinem Schreibtisch im Laufe des Tages angesammelt hatte, und ordnete es als säuberlichen Stapel auf der linken Ecke seiner Arbeitsfläche. Wie jeden Abend! Und wie jeden Abend machte er auch einen Abstecher in das Büro seines Sohnes, obwohl es leer war, kein Licht dort brannte und die Luft abgestanden war, weil dieser Raum zurzeit nicht gelüftet wurde. Es war ein gutes Gefühl, zu wissen, dass hier demnächst wieder sein Nachfolger sitzen würde, dem er das Wohl seiner Firma anvertrauen konnte, wenn es einmal so weit war. Hoffentlich würde Henry mit einer guten Lieferung, neuen Kontakten und günstigen Geschäftsverbindungen zurückkehren!

Als er ins Vorzimmer zurückging, war Traute Berber bereits verschwunden. Friedrich löschte das Licht, verließ das Kontor und überquerte den Hof. Wieder hörte er Arbeiter singen, die sich auf den Heimweg machten. »Wenn uns der Schädel auch raucht! Davon geht die Welt nicht unter, die wird ja noch gebraucht …«

Er warf einen Blick in den Spiegel, als er die Diele seines Wohnhauses betrat. Was er dort sah, gefiel ihm nicht. Er hatte einmal als gutaussehender Mann gegolten, war groß und stattlich gewesen, hatte volles Haar besessen. Sein Gesicht war faltenfrei gewesen, seine Wangen rosig, seine Augen blitzend vor geschäftlichem Eifer. Jetzt schien er kleiner geworden zu sein, sein Bauchansatz war zu einem stattlichen Wanst geworden, von seinen Haaren war nicht mehr viel übrig geblieben, seine Wangen hingen schlaff herab, und seine Augen blickten müde. Nur sein Mund konnte noch etwas von der alten Tatkraft erzählen. Er hatte volle Lippen, die kräftige weiße Zähne freilegten und mit dem Speichel nicht so umgingen wie andere alte Männer, die ihre Worte nicht mehr kräftig herausbrachten, sondern sie in die Welt sabberten und spuckten.

Er zögerte, als er auf die Wohnzimmertür zuging, als hätte er Angst vor dem, was er dort zu sehen bekommen würde. Zwar drang ein Lichtschein unter der Tür hindurch, was darauf schließen ließ, dass jemand zu Hause war, aber ob er seine Frau dort vorfinden würde, war ungewiss. Vermutlich hatte Lilli sich dorthin verzogen, um über einem Buch die harschen Worte ihres Vaters zu vergessen.

Er öffnete die Tür leise, als sollte niemand gestört werden, und trat vorsichtig ein, als wollte er aus seiner Sorge noch keine Wahrheit machen. Er seufzte auf, als er Lilli unter einer Lampe sitzen sah, ein aufgeschlagenes Buch auf den Knien. »Ist deine Mutter nicht da?«

Lilli antwortete fröhlicher, als ihr zumute sein konnte: »Sie kommt sicherlich gleich zurück.«

Sie wusste, dass ihre Mutter oft erst sehr spät zurückkehrte und dass ihre Begründungen, warum sie so lange ausblieb, immer fadenscheiniger wurden. Oft war es schon Mitternacht oder sogar später, bis endlich ein Wagen vorfuhr, dem Edith Gottorf entstieg. Friedrich hörte gar nicht mehr hin, wenn sie ihm erklärte, mit wem sie zusammen gewesen war. Wozu auch? Er wusste es ja sowieso. Und natürlich wusste er genauso gut, dass Edith ihn belog. Und was er noch sicherer wusste als alles andere: Damit würde es ein Ende haben. Nicht umsonst hatte er die richtigen Kontakte geknüpft, nicht umsonst hatte er seinen Einfluss geltend gemacht und sich nicht einmal gescheut, mit Lieferungen von erlesenen Schokoladen seinem Wunsch Nachdruck zu verleihen. Edith wartete auf seine Wut, das wusste er, darauf, dass er sie zur Rede stellte, sie zwang und auf ihren Gehorsam pochte, aber er wusste, dass er damit das Ziel nur gestreift, dass sein Sieg ihn nicht befriedigt hätte. Er hatte andere Pläne.

Lilli beobachtete ihn genau, und sie schien froh zu sein, dass er nicht auf das Thema zurückkam, über das sie kurz vorher gestritten hatten. »Du glaubst doch nicht etwa, dass Mama was mit einem anderen Mann hat?«, fragte sie und lachte so exaltiert, als hätte sie einen Scherz gemacht.

Sie nickte beruhigt, als ihr Vater mit großer Sicherheit antwortete: »O nein, sie hat nichts mit einem anderen Mann.«

»Lass sie einfach gewähren«, sagte Lilli. »Das gibt sich wieder. Viele Frauen gehen heutzutage mit ihrer Freundin statt mit dem Ehemann ins Theater oder ins Kabarett. Das ist sozusagen en vogue.«

Friedrich Gottorf ging ins Esszimmer, um nachzusehen, ob die Haushälterin dort ein Abendessen für ihn bereitgestellt hatte. Er täuschte sich nicht. Immerhin hatte Edith noch so viel Pflichtbewusstsein, darauf zu achten, dass er versorgt wurde, und diese lästige Pflicht nicht auf ihre Tochter abgewälzt.

»Ich habe Frau Lewitz gesagt, sie soll dir was zu essen hinstellen«, rief Lilli in diesem Augenblick.

Erschrocken kam sie ins Esszimmer geeilt, als ein Porzellanteller zu Bruch ging und die metallene Glocke rasselnd über den Boden rollte, die den Teller abgedeckt hatte.

Friedrich drehte sich um, ging ohne ein weiteres Wort hinaus und stieg die Treppe zum Schlafzimmer hoch, ohne sich um die Fragen seiner Tochter zu kümmern, die sie ihm nachrief.

II.

Tessa blickte gespannt ihrem Ziel entgegen. Der Hafen von Munkmarsch! Die Insel, die ein neuer Anfang werden sollte! Ein Leben ohne Kurt, aber ein Leben mit ihrer Berufung. Ärztin würde sie sein, den Menschen helfen, die zu ihr kamen, allen Vorurteilen trotzen und denen, die einer Frau nichts zutrauten, zeigen, dass sie sich irrten. Die Vorfreude stieg so heiß in ihr auf, dass sie sich bewegen musste, um sie aus der Nähe des Herzens zu vertreiben und auf ihren ganzen Körper zu verteilen, damit sie sich nicht an ihr verbrannte.

Unwillkürlich lächelte sie, als sie an den Abschied in Berlin dachte. Heimlich, ganz heimlich hatte sie Ausschau nach Kurt gehalten, ein bisschen gehofft und ein bisschen gefürchtet, dass er kam, um ihr zu sagen, dass er ihr doch nach Sylt folgen werde, oder um sich von ihr zu verabschieden, damit sie wenigstens als Freunde auseinandergehen konnten. Aber Kurt war nicht gekommen, und kaum hatte sie die Enttäuschung heruntergeschluckt, konnte sie sich schon sagen, wie gut es war, dass sie ihn nicht noch einmal sehen musste. Sie hatte den letzten Beweis erhalten, dass sie richtig entschieden hatte.

Die Freundinnen ihrer Mutter jedoch waren alle zum Bahnhof gekommen, einige, die sie kannte, andere, die sie noch nie gesehen hatte. Jede von ihnen hatte eine Bemerkung zu Tessas schlichtem Reisekostüm gemacht, aber jede war von Marika zurechtgewiesen worden. »Das kann meine Tochter machen, wie sie will. Wir machen ja auch, was wir wollen.« Sie selbst hatte ihrem Alter von Mitte fünfzig getrotzt, indem sie zeigte, dass sie noch immer schöne Beine hatte, nach wie vor schlank war und ein Dekolleté besaß, das sich sehen lassen konnte.

Eine Journalistin war gekommen, die ihren Mann verlassen hatte, weil er ihr nicht die Erlaubnis geben wollte, berufstätig zu sein, eine Psychoanalytikerin, von der ihre Mutter behauptete, dass sie nachts das lockere Leben in Bars und Clubs genoss und tagsüber mit Berlins geistiger Elite verkehrte, eine Boxerin, die regelmäßig im Berliner Sportpalast in den Ring stieg, eine Kabarettsängerin, die so anstößige Texte sang, dass sie schon mehrmals verhaftet worden war, und eine Tänzerin, die in ihrem Bühnenkostüm zum Bahnhof kam, weil ihr keine Zeit zum Umziehen geblieben war.

»Das ist Valeska Gert«, tuschelte die Mutter ihr zu.

Die bekannte Tänzerin trug eine orangefarbene Seidenhose, hatte die Augen gelb geschminkt und trug grelle Bänder um den Hals und an den nackten Füßen. Sie, die es in Berlin zu einiger Berühmtheit gebracht hatte, war so freudig erregt wie Marika und ihre Freundinnen. Alle riefen sie Tessa Mut zu und Gratulationen hinterher, und sie dürfe sich nichts gefallen lassen, wenn sich ein männliches Wesen erdreisten sollte, ihre Kompetenz infrage zu stellen, nur weil sie eine Frau war.

Edith, deren Nachnamen Tessa nicht kannte, erschien als Letzte. Mit einem kleinen Lächeln stellte sie sich neben Marika, griff nach deren Arm und lehnte sich an sie, während sie Tessa mit leiser Stimme Glück wünschte. Dass Marika sich von ihrer Hand befreite, tat Tessa weh, als sie sah, dass Edith Tränen in die Augen schossen.

Kurz bevor der Zug abfuhr und der Schaffner alle Fahrgäste aufforderte, ihre Abteile aufzusuchen, nahm Tessa ihre Mutter fest in die Arme. »Spiel nicht mit Ediths Gefühlen«, flüsterte sie ihr zu. »Ich glaube, sie liebt dich wirklich.«

Marika weinte und lachte gleichzeitig, überschüttete ihre Tochter mit zärtlichen Worten und brachte es fertig, daneben noch zu antworten: »Ja, ich werde wohl mit ihr reden müssen. Meine Gefühle für sie sind nicht stark genug. Und überhaupt …« Sie nahm Tessas Gesicht in beide Hände und bedeckte es mit Küssen. »Ich glaube, ich bin gar nicht lesbisch.«

Tessa lächelte in Gedanken an diese Abschiedsszene und machte ein paar Schritte hin und her. Nun hatte sie ihre Gelassenheit wiedergefunden und konnte ihrer Ankunft ruhig entgegensehen. An der Mole standen mehrere Menschen, unter ihnen musste auch der Kurdirektor sein. Sie hatte nicht den geringsten Zweifel, dass er sein Versprechen wahrmachen und sie abholen würde. Sein Brief war so freundlich gewesen, seine Worte hatten so liebenswürdig geklungen und ihr so viel Zuversicht gegeben, dass sie voller Vertrauen war. Der Abschied von ihrer Mutter hatte zwar noch einmal Ängste in ihr geschürt, Fragen aufgeworfen, Zweifel geweckt, aber Marika hatte ihr zugeredet und ihr die Sicherheit gegeben, die sie brauchte.

»Du schaffst das! Dass du jetzt Angst hast, ist ganz normal. Kein Mensch geht sorglos auf etwas Neues los! Es sei denn, er ist dumm.«

Das Glück ihrer Mutter, ihr Stolz auf die Tochter, ihr Vertrauen in sie, das alles hatte ihr die größte Angst genommen. Marika hatte auch die Frage beantwortet, ob es nicht doch besser war, eine Versöhnung mit Kurt herbeizuführen, noch ehe Tessa sie gestellt hatte. »Denk nicht mehr an ihn. Er kann nicht der Richtige sein, wenn er so wenig Verständnis für dich hat. Sollst du umsonst studiert haben? Das nächtelange Lernen, der Kampf gegen ungerechte Professoren … das soll alles vergeblich gewesen sein?«

Tessa hatte sie fest umarmt und ergänzt: »Und die Opfer, die du gebracht hast, damit ich studieren konnte.«

Aber davon hatte Marika nichts hören wollen. »Das habe ich für mich getan«, hatte sie behauptet. »Ich will damit angeben, dass ich eine Tochter mit einem Doktortitel habe.«

»Ach, Mama!«

Marika war in den Tagen vor Tessas Abreise so rührend besorgt gewesen, dass sie sich sogar auf ein Gespräch über ihre eigene Zukunft eingelassen hatte. »Ich komme schon klar, mach dir keine Sorgen. Es ist noch Geld aus dem Erbe deines Vaters da. Und dann habe ich ja noch meine Witwenrente.« Sie hatte gelacht, denn natürlich wusste Tessa genauso wie sie, wie erbärmlich diese Rente war. Davon konnte man zwar existieren, aber nicht, wenn man an ein Leben wie Marika Melford gewöhnt war. »Wenn es nicht reicht, heirate ich eben einen Mann mit Vermögen«, hatte sie lachend erklärt.

Wie viel von dem Erbe ihres Vaters noch vorhanden war, was die Inflation verschlungen hatte, wie viel Marika für die Ausbildung ihrer Tochter hergegeben hatte, darüber wollte sie nicht sprechen. Nie hatte sie darüber ein Wort verlieren wollen! »Ich sage Bescheid, wenn das Geld weg ist. Aber ich habe gut gewirtschaftet, es wird noch eine Weile reichen.«

Ja, sie hatte das Geld so angelegt, wie es ihr der Mann, mit dem sie nach dem Krieg ein Verhältnis begann, vorgeschlagen hatte. Er war

Finanzexperte gewesen und hatte sie richtig beraten. Marika besaß kurz darauf mehrere Häuser, die ihren Wert behielten, als durch die verheerende Inflation das Geld jeden Wert verlor. Während das Land in einer tiefen Krise steckte und für ein Pfund Butter Billionen gezahlt werden mussten, rettete Marika alles, was sie besaß, über diese Zeit hinweg.

Wieland Melford, Tessas Vater, stammte von einem großen Bauernhof in der Nähe von Baden-Baden. Wieland war Zweitgeborener; dass sein älterer Bruder später den Hof übernehmen sollte, war ihm sehr recht gewesen. Wieland hatte kein Interesse an der Landwirtschaft gehabt und wollte aus dem engen Leben seines Dorfes heraus. Er ging nach Berlin, wo er ein eigenes Theater eröffnen wollte. Das Geld dafür besaß er, denn der Vater hatte ihm einen Teil seines Erbes vorzeitig ausgezahlt, weil er sich Sorgen um seinen zweiten Sohn machte und den Gedanken nicht ertragen konnte, dass Wieland sich in Berlin mühsam durchschlug, während der Rest der Familie auf dem Hof satt zu essen hatte.

Tatsächlich gelang es Wieland, ein kleines Theater zu eröffnen, wo er klassische Stücke im neuen Gewand aufführte. Besonders erfolgreich war er damit nicht gewesen, aber da er schon vom Film zu träumen begonnen hatte, waren ihm die Besucherzahlen bald nicht mehr wichtig gewesen. Um sein Erbe nicht frühzeitig aufzubrauchen, hatte er es mit Kabarett-Veranstaltungen versucht, die ihm tatsächlich so viele Zuschauer brachten, dass er von dem Erlös seines Theaters hatte leben können.

Zu dieser Zeit hatte er Marika kennengelernt, die bei ihm vorsprach, weil sie Schauspielerin werden wollte. Wieland erkannte ihr mangelndes Talent sofort, machte ihr aber Hoffnungen, damit sie nicht weglief und es woanders versuchte. Er hatte sich in sie verliebt und wollte sie an seiner Seite behalten. Schon nach wenigen Monaten dachte Marika nicht mehr an eine Schauspielkarriere, nachdem Wieland ihr eröffnet hatte, dass sie in der Rolle der Ehefrau auf jeden Fall mehr Erfolg haben würde als in der Rolle der Martha Krause, die sie sich in den Kopf gesetzt hatte. Marika glaubte ihm. Das Hauptmann-Stück »Vor Sonnenaufgang« wurde ohne sie aufgeführt, die Heirat fand schon kurz nach der Premiere statt.

Dann starb Wielands Vater, die Mutter folgte ihm kurz darauf. Nun wurde Wieland der Rest seines Erbes ausgezahlt, was die Idee, einen Film zu produzieren, in greifbare Nähe rückte. Der Krieg machte ihm allerdings einen Strich durch die Rechnung. Er vertraute sein Vermögen seiner jungen Frau an, von der er wusste, dass sie geschäftstüchtiger war als er selbst, und nahm seine Träume vom Film mit in den Krieg. Trotz aller Grausamkeiten, die er erlebte, verlor er sie nie, diese Träume. Der Glaube an die Menschlichkeit kam ihm zwar abhanden, die Hoffnung auf ein gutes und vor allem schnelles Ende hatte er schon begraben, als er zum ersten Mal Heimaturlaub hatte, der Traum vom Film jedoch war ihm geblieben. Tessa hatte gehört, wie er während seines letzten Urlaubs zu ihrer Mutter sagte: »Bald ist der Krieg vorbei. Und dann werde ich meinen ersten Film drehen. Den Stoff habe ich schon im Kopf ...«

Wielands Familie hatte verlangt, dass Marika mit ihrem Kind auf den Bauernhof zog, bis der Krieg vorbei war, aber sie wollte Berlin nicht verlassen. So verlebte Tessa die Kriegszeit in der Stadt und fragte sich später oft, warum ihre Mutter so entschieden hatte. Auf dem Hof ihres Onkels wäre es ihnen besser gegangen, sie hätten genug zu essen gehabt und wären sicherer gewesen. Aber Marika hatte sich geweigert, was die Familie ihres Mannes derart erzürnte, dass man später nie wieder etwas von ihr hörte. Eine einzige Mitteilung war noch gekommen, in der stand, dass Wielands Bruder gefallen sei. Sie kam zwei Tage vor der Nachricht, dass auch Tessas Vater den Heldentod gestorben war. Und mit ihm sein Traum vom Film.

Tessa konnte nun einzelne Gesichter unter den Wartenden auf der Mole unterscheiden, konnte erkennen, dass einige Mienen neugierig, andere verschlossen waren und dass sie allesamt schwiegen, die dort auf das Schiff warteten, weil sie aufs Festland übersetzen oder jemanden abholen wollten. Eine lähmende Stille lag über der Mole, die Tessa Angst machte. Zum Glück wurde sie abgelenkt durch den Pfiff einer Lokomotive, die helle Rauchwolken ausstieß. Die Inselbahn wartete auf Insassen, sie war mitteilsamer als die Bevölkerung von Sylt.

Während das Schiff anlegte, löste sich ein Mann aus der Gruppe der Wartenden und machte ein paar Schritte zur Seite. Tessa wurde auf ihn aufmerksam, was wohl an seiner aufrechten, ruhigen Haltung lag. Er hatte die Hände in die Taschen seiner Jacke gesteckt, so dass die Ellenbogen nach außen wiesen, als wollte er sich Platz verschaffen, die Hosenbeine hatte er in derbe Lederstiefel geschoben. Breitbeinig, breitbrüstig, breitarmig stand er da. Auch er schien ein Mensch zu sein, dem die Schwerfälligkeit der Inselbewohner eigen war, aber selbst aus dieser Entfernung war zu erkennen, dass sein Blick nicht stumpf und phlegmatisch war, sondern hellwach und aufmerksam. Er hob das Kinn, als wollte er eher sehen, was auf ihn zukam, als alle anderen. Sie war sicher, dass dieser Mann der Kurdirektor war. Genauso hatte sie sich den Schreiber des Briefes vorgestellt, der von Sylt gekommen war. Erdverbunden und ungeschliffen, aber auch offen und zugänglich.

Und richtig! Kaum hatte sie das Schiff verlassen, trat er auf sie zu. »Frau Doktor?« Er hob seinen Hut kurz, dann reichte er ihr die Hand. »Ich freue mich, dass Sie da sind.«

»Ich mich auch.« Nun freute sie sich tatsächlich. Nichts als Freude war in ihr, Vorfreude, Überschwang und Erleichterung! In dem wunderbaren Gefühl, für ein großes Wagnis belohnt worden zu sein, folgte sie Reimert Cruse zu einem Waggon der Inselbahn, den er für sie ausgesucht hatte. Der Blick, den er ihr schenkte, als er ihr beim Einsteigen half, erzeugte einen herrlichen Wirbel in ihrem Kopf. Als sich die Bahn in Bewegung setzte, sagte sie sich zwar, dass dieser Mann zu alt für sie war, aber sie sah keinen Grund, sich darüber Gedanken zu machen. Vermutlich war er sogar verheiratet, auch das würde sie nicht verdrießen. Was allein zählte, war, dass die Tür zu ihrem neuen Leben von einem Mann aufgestoßen worden war, der ihr suggerierte, dass dieses neue Leben genau richtig für sie war.

Der Himmel hob sich innerhalb weniger Minuten. Die Wolken, die noch am Vormittag auf Sylt gelastet hatten, stiegen mit einem Mal empor und lösten sich immer weiter auf, je mehr sie sich dem darunter verborgenen Blau näherten. Schließlich stand ein strahlender Himmel über Sylt, auf dem noch ein paar Wolkenfahnen vorüberzogen, die dem Blau aber nichts mehr anhaben konnten. Ein herrlicher Frühlingstag!

Sogar der Wind hatte ein Einsehen mit den kunstvollen Frisuren der Damen, riss nicht an ihnen, zupfte nur hier und da eine Locke unter einem Hütchen hervor oder warf einen Rocksaum spielerisch in die Höhe.

Babette überlegte, ob es sinnvoll gewesen wäre, einen Sonnenschirm mitzunehmen. Aber ihre Tochter schüttelte energisch den Kopf. »Das bisschen Sonne wird uns schon nicht den Teint ruinieren.«

Ihre Mutter war anderer Ansicht, aber sie schwieg, weil sie Katharinas Freude nicht mit Sorge verwässern wollte. Lächelnd beobachtete sie ihre Tochter, die mit federnden Schritten neben ihr herging, neugierig, lebenslustig, tollkühn und doch so unschuldig. Katharinas rundes Gesicht strahlte, die großen Augen leuchteten alles an, was sie sah, ihr Mund konnte lächeln wie kein anderer. Katharina von Keller war ein Mensch, der in seinem Gegenüber etwas Positives anrührte, das in fast jedem wie eine Knospe aufsprang und dieses Lächeln erzeugte, das Babette auch jetzt auf vielen Gesichtern sah. In ihrem Herzen rührte sich jedoch gleich die Sorge. Katharina war so vertrauensselig, so leichtgläubig, wenn ihr jemand etwas vormachen wollte. Hoffentlich wurde ihre Arglosigkeit nicht einmal enttäuscht. Hoffentlich ging es ihr nicht irgendwann so wie ihrer Mutter, die sich in einem Augenblick sicher gefühlt hatte und im nächsten für ihre Sorglosigkeit zahlen musste. Sie selbst war so alt wie Katharina gewesen, als es geschah. Und danach war es mit der Leichtigkeit des Lebens vorbei gewesen. Nie wieder hatte sie so vertrauensvoll in die Zukunft schauen können wie ihre Tochter heute.

Am Abend vorher hatte sie sich zum ersten Mal gewünscht, Alwin ihr Herz auszuschütten, ihn an ihrem schrecklichen Erlebnis teilhaben zu lassen. Er glaubte ja immer noch, dass er nur an die richtigen Erinnerungen rühren musste, damit sie sich auf Sylt wohlfühlte. »Ein ganzes Jahr allein auf dieser Insel, auf der du niemanden kanntest, das muss schlimm für dich gewesen sein. Du warst ja noch so jung.«

Sie war gerührt über die Mühe, die er sich gab, über das Verständnis, das er unbedingt für sie aufbringen wollte. »Ich würde Katharina niemals so lange allein lassen.«

Alwin bestärkte sie in dieser Ansicht. »Dennoch solltest du mehr an das Positive denken. Dein Asthma war vor dem Syltaufenthalt wesentlich schlimmer. Das hast du selbst gesagt.«

»Aber meine Migräne habe ich erst seitdem.«

Doch Alwin wollte nichts hören, was noch im Nachhinein gegen die Syltreise sprach. »Zeig mir das Haus, in dem du gewohnt hast. Wir können auch einen Besuch bei der Familie machen, die dich damals aufgenommen hat.«

»Bitte nicht! Das waren schreckliche Leute!«

»Jeder Mensch denkt gern an die Zeit zurück, in der er sechzehn war.« Alwin hatte wirklich keine Ahnung, wenn er darauf beharrte, dass dieses Alter unbeschwert sein musste! Er hatte sich mit sechzehn am Anfang seines Lebens gefühlt, zu allem bereit, zu allem fähig, stark genug, um das Leben zu meistern. Sie dagegen hatte mit sechzehn geglaubt, dass das Leben vorbei war, dass nach ihrem Syltaufenthalt nichts mehr kommen konnte, was sie glücklich machen würde. Aber woher sollte Alwin das wissen? Im Übrigen hatte sich der Fatalismus, mit dem sie damals in ihr Elternhaus zurückgekehrt war, auch nicht so lange gehalten, wie sie geglaubt hatte. Trotz aller Befürchtungen war sie doch wieder glücklich geworden, hatte lieben und lachen und manchmal sogar vergessen können. Wäre ihr nicht die Migräne geblieben, hätte sie das düstere Kapitel ihres Lebens vielleicht sogar bewältigt. Und wäre Alwin nicht auf die Idee gekommen, nach Sylt zu reisen …

Sie zwang sich zu einem Lächeln, das Katharina erleichtert erwiderte, die die Wolke über der Stimmung ihrer Mutter bemerkt hatte. »Wieder die Kopfschmerzen?«, fragte sie leise.

Aber Babette zwang sich, den Kopf zu schütteln. »Lass uns nicht darüber reden. Wir gehen jetzt zu Doktor Mommsen. Den Weg dahin werden wir genießen.«

Mutter und Tochter hatten sich beide herausgeputzt. Sie trugen lange Röcke, die nur wenige Zentimeter über dem Boden endeten, und gestärkte Blusen mit hohen Kragen, die bis zur Kinnspitze reichten. Katharina hatte sich am Morgen für ein blaues Jäckchen entschieden, das so eng war, dass das Korsett darunter besonders gnadenlos geschnürt werden musste. Babettes Jacke war dunkelgrau, genau wie das Wolltuch, das sie darübergelegt hatte. Davon hatte Katharina nichts hören wollen, die angeblich nicht fror. Aber Babette war sicher, dass es ihr nur darum ging, das Blau ihres Jäckchens zu zeigen, das mit ihren Augen um die Wette leuchtete.

Sie gingen Richtung Meer. Noch in Lübeck hatte Alwin sie bei Doktor Mommsen angemeldet, der seine Praxis in der Strandstraße hatte. Alwin hatte herausgefunden, dass dieser sich mit Atemwegserkrankungen auskannte und genau der Richtige zu sein schien, um das Asthma seiner Jüngsten zu heilen.

Da sie zu früh waren, schlug Babette ihrer Tochter vor, bis zum Warmbadehaus zu gehen, das direkt am Strand lag und durch seinen hohen Schornstein leicht auszumachen war. »Wir können uns dort nach einer Badekur erkundigen.«

Katharina war einverstanden. »Herbert sagt, Westerland hätte einen neuen Kurarzt bekommen«, meinte sie. »Einer der Kofferträger hat es erzählt.« Sie lachte verschmitzt. »Wenn er jung und attraktiv ist, wäre vielleicht er der bessere Arzt.«

»Katharina!« Babette war so empört, wie es sich für eine pflichtbewusste Mutter gehörte. »Was sind das für lockere Reden?«

Aber Katharina lachte nur. Sie stieß ihre Mutter an und deutete mit der Kinnspitze zu einem Herrn in den Fünfzigern, der peinlich berührt zur Seite blickte, als er merkte, dass er Katharinas Aufmerksamkeit erregt hatte. »Dem gefällst du! Ich habe genau gesehen, wie er dich angeblickt hat.«

»Katharina! Ich glaube, die Seeluft bekommt dir nicht.« Aber verhehlen, dass ihr die Bemerkung ihrer Tochter gefiel, konnte sie doch nicht. Sie war schon Mitte vierzig, hatte die Blüte ihres Lebens längst hinter sich und war alles andere als eine Frau, die Spaß an einer Liebelei signalisierte. Trotzdem hatte ein Mann ihr einen zweiten Blick gegönnt? Darüber konnte sie die Migräne, die sie nach wie vor quälte, für einen Augenblick vergessen.

Katharina hakte sich bei ihr ein. »Womöglich ist das Reizklima für deine Migräne gar nicht gut?«

»Kann sein.« Nein, das Klima war es nicht, das wusste Babette. Es waren die Bilder, die noch einmal ganz nah herangerückt waren, seit sie auf der Insel war, der ohnmächtige Schmerz, den sie damals empfunden hatte, die Entwürdigung, die Scham, die kaum zu ertragen gewesen waren. Sylt konnte kein Ort sein, an dem es ihr gutging. Aber da niemand etwas davon ahnte, ihre Kinder nicht und nicht einmal Alwin, würde sie für die Beschwerden, die heftiger waren als vor Antritt der Reise, eben das Reizklima verantwortlich machen. Hoffentlich überstand sie die kommenden Wochen. Der Lübecker Arzt hatte geraten, Katharina mindestens zwei Monate lang der Nordseeluft auszusetzen, so wie es damals auch der Arzt geraten hatte, der Babettes Eltern davon überzeugt hatte, dass ihre Tochter auf Sylt von ihrem Asthma befreit werden konnte. Babette jedoch hatte allein reisen und in einer Gastfamilie Zuflucht suchen müssen. Ihre Eltern hatten es sich nicht leisten können, die Tochter zu begleiten.

Das hatte sie Alwin gleich klipp und klar gesagt: »Ich lasse Katharina nicht allein auf Sylt! Niemals!«

Alwin war über ihren Ausbruch und ihre entschiedene Haltung erstaunt gewesen, denn beides war untypisch für sie. Aber wohl gerade deswegen hatte er gar nicht erst versucht, etwas anderes für Katharina zu arrangieren. »Wir werden ein paar Wochen gemeinsam Ferien machen. Nach der Einweihung des Bahndamms reise ich mit Norma und Herbert wieder zurück, vielleicht sogar mit der Bahn über den Damm und nicht mit dem Schiff. Du bleibst mit Katharina noch so lange auf Sylt wie nötig.«

Mit dieser Entscheidung war Babette zufrieden gewesen. Zwar hätte sie ihren Aufenthalt gern verkürzt, aber wenn es Katharina danach besser ging, würde sie dieses Opfer bringen. Schließlich wusste sie selbst am besten, wie quälend die Asthmaanfälle sein konnten, unter denen ihre Jüngste litt.

Sie wurde aus ihren Gedanken gerissen, als Katharina sie anstieß. »Schau mal!« Unauffällig machte sie ihre Mutter auf eine Frau aufmerksam, die sich in ihrer Aufmachung gründlich von ihnen unterschied. Sie trug ein dunkelgrünes Kleid mit tief sitzender Taille, unter dem kein Korsett für eine weibliche Form sorgte. Es reichte nur bis zu den Knien und bekam durch zwei tiefe Falten so viel Weite, dass die Frau zügig ausschreiten konnte. Auf ihrem Bubikopf trug sie einen runden Hut, den sie bis zu den Brauen gezogen hatte, an der Seite prangte eine aufgeplusterte Stoffblume. Sie trug auffälligen Schmuck, lange Perlenketten, die sich aber unter dem Pelzkragen, den sie umgelegt hatte, verbargen. Ohne Begleitung ging sie die Strandstraße hinab und scherte sich nicht um die anzüglichen Blicke der Männer und die Aufmerksamkeit der Frauen.

»Solche Frauen habe ich in Lübeck auch schon gesehen«, flüsterte Katharina. »In Hamburg sollen viele so rumlaufen und in Berlin fast alle!«

Aber Babette wollte davon nichts hören. »Das glaube ich nicht.«

»In Berlin soll es sogar ein Nacktballett geben«, tuschelte Katharina und hielt die Hand vor den Mund, um ihr Lachen zurückzudrängen. »Und Frauen, die in Männeranzügen promenieren.«

»Nun reicht's aber«, schimpfte Babette. »Ich möchte wissen, wer dir solchen Unsinn erzählt!«

Katharina löste sich von ihrer Mutter. Anscheinend hätte sie erklären können, woher sie erfahren hatte, wie es in Berlin zuging, aber sie hielt es für ratsam, das Thema nicht zu vertiefen. Dass sie sich selbst manchmal wünschte, auf das Korsett zu verzichten und einen kurzen Rock zu tragen, hätte sie niemals auszusprechen gewagt.

Als sie am Warmbadehaus ankamen, blieb Babette abrupt stehen. Katharina bemerkte erst nach zwei, drei Schritten, dass die Mutter nicht mehr an ihrer Seite war. »Was ist?«

Babette zeigte auf ein Schild, das neben der Eingangstür angebracht war. »Sieh mal, der neue Kurarzt ist eine Frau.«

Katharina las ungläubig: »Doktor Tessa Melford, Kurärztin.«

Babette starrte das Schild an. »Eine Ärztin! Ich habe ja schon davon gehört, dass Frauen inzwischen studieren dürfen …«

»Ich gehe zu Doktor Mommsen«, warf Katharina ein und versuchte, ihre Mutter weiterzuziehen. »Ich kann nicht glauben, dass eine Ärztin genauso gut ist wie ein Arzt.«

»Warum nicht?«, rief Babette. »Sie hat studiert, ihr Examen gemacht, promoviert ... genau wie die männlichen Studenten! Warum soll sie schlechter sein?«

Diese Frage konnte Katharina nicht sicher beantworten. Sie war sechzehn, das Leben hatte für sie noch nicht viele Fragen aufgeworfen, die unbedingt beantwortet werden mussten. Bisher hatten alle Antworten festgestanden, noch ehe sich die Fragen dazu gebildet hatten. »Papa sagt, Frauen können nicht analytisch denken«, plapperte sie etwas heraus, woran sie sich zufällig erinnerte.

Babette reagierte nicht auf diese Bemerkung. Leise, als spräche sie zu sich selbst, sagte sie: »Ich werde diese Ärztin konsultieren. Gleich morgen.«

Katharina war entsetzt. »Aber Papa hat gesagt, du sollst mit Doktor Mommsen über deine Migräne reden. Auch deswegen gehen wir zu ihm.«

»Wir gehen zu ihm, damit er dein Asthma behandelt«, korrigierte Babette.

»Aber du solltest bei dieser Gelegenheit ...«

Weiter kam Katharina nicht, ihre Mutter unterbrach sie: »Ich gehe zu der Ärztin. Wenn sie Kurärztin werden konnte, muss sie gut sein.«

»Die Rechnung einer Ärztin wird Papa nicht bezahlen.«

Aber Babette ließ sich nicht beirren. »Dann bezahle ich sie eben selbst. Du vergisst, dass ich über mein Erbe selbst verfüge. Es ist zwar kein Vermögen, aber den Besuch bei einer Ärztin kann ich mir gut und gerne leisten.«

Sie konnte ihrer Tochter nicht erklären, was ihr daran gefiel, sich einer Frau anzuvertrauen, sie wusste nur, dass sie sich bei diesem Gedanken wohlfühlte. Männerhände auf ihrem Körper, männliche Fragen, männliche Behauptungen, männliche Diagnosen ... in diesem Moment wurde ihr klar, dass sie den Ärzten, die sie bisher aufgesucht hatte, nie hatte vertrauen können, so vertrauenswürdig sie auch waren. Vielleicht würde das bei einer Frau anders sein. Sie würde es versuchen ...

Der »Top-Keller« war auch an diesem Tag gut besucht. Marika hatte zunächst gezögert, den Abend gerade hier zu verbringen, wo sie zum letzten Mal mit Edith als Paar aufgetreten war. Erst vor zwei Stunden hatte sie ihr erklärt, dass es ein Ende haben musste mit ihnen. »Mir ist klargeworden, dass ich nicht lesbisch bin«, hatte sie erklärt und sich viel Mühe gegeben, damit Edith ihr glaubte.

Sie hatte die Wahrheit gesagt, denn seit Edith von gemeinsamer Zukunft sprach, war ihr in der Tat aufgegangen, dass sie nicht mit einer Frau zusammenleben wollte. Aber Marika wusste auch, dass, selbst wenn sie mit einer Frau hätte glücklich werden können, ihre Wahl nicht auf Edith gefallen wäre. Seit diese immer öfter davon sprach, ihren Mann zu verlassen, war es ihr klargeworden. Nein, Edith war eine Freundin wie viele andere, ihre tiefen Gefühle konnte Marika nicht erwidern. Tessa hatte recht. Edith musste die Wahrheit erfahren, ehe die Verletzungen, die Marika ihr zufügte, nicht mehr zu heilen waren.

Edith hatte geweint, Marika angefleht, sich ihre Entscheidung noch mal zu überlegen, sie hatte gebettelt, sich erniedrigt und damit Marikas freundschaftliche Gefühle in Abneigung verwandelt, die nur schwer zu verhehlen war. Die Erleichterung, mit der sie zugesehen hatte, wie Edith in einen Wagen stieg und davonfuhr, hatte sie beschämt. Dass Edith den Fahrer nicht in die Richtung geschickt hatte, in der ihr Haus lag, fiel ihr erst auf, als der Wagen schon um die Ecke gebogen war …

Zu Hause war es kalt und einsam. Wenn Tessa da gewesen wäre, hätte Marika sich zu ihr gesetzt, ihr von Edith erzählt, von ihrem Mann, der seiner Frau anscheinend nicht mehr glaubte, dass sie sich mit Freundinnen für harmlose Literaturzirkel verabredete, der misstrauisch geworden war, der nicht zu denen gehörte, die klein beigaben, wenn sie betrogen wurden, und von Ediths Kindern, die sie nicht kannte. Sie hätte Tessa erzählt, dass Ediths Sohn einmal die Schokoladenfabrik erben sollte, dass er sich mit seinem Vater nicht gut verstand, der stets mehr forderte, als der Sohn leisten konnte, der gute Arbeit nie lobte, aber schlechte mit vernichtender Kritik bedachte. Und von Ediths Tochter hätte sie auch erzählt, die gerne in der Fabrik mitarbeiten würde, doch vom Vater keine Chance erhielt, sich zu bewähren.

Aber Tessa war nicht mehr da, und Marika war unfähig gewesen, sich in der kalten, dämmrigen Wohnung niederzulassen und den Abend mit einem Buch zu verbringen. Nein, sie brauchte Gesellschaft, sie hatte das Alleinsein längst verlernt.

»Wo ist Edith?«, fragte Brigitte, als sie den »Top-Keller« betrat. Der weibliche Portier drückte den angeklebten Bart fester auf die Oberlippe und strich sich die Pagenuniform glatt. »Will ihr Mann etwa mal wieder einen Abend mit seiner Frau verbringen?«

Marika winkte ab, und diese Geste reichte Brigitte, um zu wissen, was vorgefallen war. Anscheinend hatte sie längst gemerkt, dass die Gefühle zwischen Marika und Edith ungleich verteilt waren.

Brigitte nickte nur wissend und schrieb Marikas Namen gewissenhaft in die Liste, die sie zu führen hatte. Auch diese Liste trug dazu bei, dass in dem Club die Atmosphäre des Geheimen herrschte, erst recht die Tatsache, dass er zu späterer Stunde, wenn eine Razzia befürchtet werden musste, abgeschlossen wurde. Marika mochte das nicht. Sie fühlte sich dann im »Top-Keller« nicht sicher vor der Polizei, sondern nur eingesperrt.

Sie sah sich suchend um. Von ihren Freundinnen war niemand hier, die tummelten sich womöglich in der »Verona-Diele«, dem Club, der mindestens so beliebt war wie der »Top-Keller«, aber viel eleganter. Der »Top-Keller« dagegen besaß eher den Charme eines Bierlokals. Sie überlegte, ob sie wieder gehen und stattdessen die »Verona-Diele« aufsuchen sollte, aber aus purer Bequemlichkeit setzte sie sich dann doch an einen der Tische, an dem zwei sehr junge Frauen saßen. Sie sah sofort, dass es sich um Prostituierte handelte. Als Marika eine Weile ihrem Gespräch zugehört hatte, wusste sie, dass die beiden sich vorzugsweise am Nollendorfplatz aufstellten, in Männerkleidung, mit langen Stiefeln und einer Peitsche in der Hand. Dort wurden sie von Männern angesprochen, die eine Domina suchten. Einige von denen schienen den Weg in den »Top-Keller« gefunden zu haben. Marika sah, wie einer auf die beiden aufmerksam wurde und sich zwischen sie schob, um sie mit einem Angebot zu bedrängen.

Marika wechselte den Tisch, weil sie Sadisten und Masochisten nicht leiden konnte, und setzte sich neben eine Frau, von der sie schon einmal geküsst worden war. Daran ließ sich anknüpfen, wenn diese sich auch gerade mit einer Frau unterhielt, die aussah wie eine Tochter aus gutem Hause, soeben der Wohlanständigkeit ihrer Eltern entflohen. Die beiden nahmen Marika notgedrungen in ihr Gespräch auf, machten aber keinen Hehl daraus, dass sie sich von ihr gestört fühlten. Marika beschloss, noch den Höhepunkt des Abends abzuwarten. Dann würde sie nach Hause gehen und sich im Bett überlegen, wie ihr Leben weitergehen sollte. Es musste bald elf sein, dann wurde die Schwarze Messe aufgeführt. Dabei handelte es sich um einen rituellen Tanz, der von einer großen Frau angeführt wurde, die ganz in Schwarz gekleidet war und einen schwarzen Sombrero trug. Manchmal wurde getuschelt, dass sie die Eigentümerin des »Top-Kellers« sei, aber bewiesen war das nicht.

Marika erhob sich, als sie sah, dass die schwarze Frau eintrat und sich in die Mitte der Tanzfläche stellte. Mit einer lässigen Geste winkte sie die Frauen heran und wehrte die Männer ab, die immer versuchten, sich an der Schwarzen Messe zu beteiligen. Marika merkte, dass sie diesmal keine Lust zu tanzen hatte, aber sie folgte dennoch der Aufforderung, nahm wie alle anderen ihren Drink mit auf die Tanzfläche, griff nach dem Arm einer molligen Blonden, die Edith ähnelte, und tanzte mit ihr um die Frau herum, deren Gesicht unter dem Sombrero kaum zu erkennen war. Sie gab den Tanz vor, bestimmte die Bewegungen und verlangte, dass alle ihr folgten, selbst wenn sie es mit kleinen ob szönen Gesten übertrieb oder sogar ihre Bluse aufknöpfte. Alle machten es genauso wie sie. Der Tanz endete jedes Mal damit, dass die schwarze Dame den Befehl gab, auszutrinken und das leere Glas über die Schulter zu werfen. Eine jahrelange Tradition im »Top-Keller«!

Der Augenblick war gerade gekommen, als es im Vorraum laut wurde. Die Schwarze Messe wurde sofort unterbrochen, Angst erschien auf einigen Gesichtern, auf anderen Amüsement oder Verächtlichkeit.

»Razzia!«, drang es unter dem Sombrero hervor.

Einige Frauen versuchten zu fliehen, rissen die Tür zum Foyer auf, als könnte es dort einen Weg aus dem Club geben, der noch nicht versperrt war. Aber da Brigitte längst hatte nachgeben und die Eingangstür öffnen müssen, standen sie vor einer Horde Polizisten und wurden von ihnen in den Saal zurückgedrängt. Lautes Kreischen war die Antwort auf diese Gewalt, heftige Unmutsäußerungen folgten, männliche Stimmen übertönten die weiblichen.

Marika sah sich um. Gab es irgendwo eine Möglichkeit, sich zu verstecken? Zwar gehörte sie nicht zu denen, die Angst um ihren guten Namen hatten, die hier etwas taten, was geheim bleiben sollte, aber sie war schon zweimal in einer Zelle des Polizeipräsidiums gelandet und hatte keine Lust, so etwas noch einmal zu erleben. Aus reiner Schikane hielt man die lesbischen Frauen so lange wie möglich fest, obwohl von vornherein klar war, dass ihnen sexuelle Verirrungen nicht oder nur selten nachzuweisen waren. Allerdings hatte Marika schon mehrmals erlebt, dass einflussreiche Männer mit guten Beziehungen zum Polizeipräsidenten ihre Frauen mit einer Razzia zur Räson gebracht hatten. Das »Dezernat für sexuelle Verirrungen« war bestechlicher, als die meisten glaubten.

Marika hielt sich im Hintergrund, in der Hoffnung, dass die Polizisten die ersten zwanzig Frauen mitnahmen, die in ihre Streifenwagen passten, und es dann dabei beließen, allen anderen einen gehörigen Schreck eingejagt zu haben. Dass Brigitte sich an ihre Seite schob, bemerkte sie erst, als diese ihr zutuschelte: »Sieh zu, dass du dich unsichtbar machst. Ich habe deinen Namen gehört. Kann es sein, dass dir jemand was anhängen will?«

Marika starrte sie an, konnte kaum glauben, was Brigitte da sagte. Aber in deren Augen stand bereits die Antwort auf ihre Frage. Ja, das konnte sein! »Ediths Mann?«

Brigitte nickte. »Der hat Einfluss genug.«

»Aber …« Beinahe hätte sie Brigitte erklärt, dass sie sich längst von Edith getrennt hatte, dass es für deren Mann keinen Grund mehr gab, ihr zu schaden. Doch Grund zur Rache hatte er natürlich allemal. Und dass ihre Beziehung zu Edith beendet war, wusste er womöglich noch nicht.

Brigitte stieß sie unauffällig an und bedeutete Marika, ihr zu folgen. Während die Polizisten sich mit den kreischenden Frauen herumschlugen, die sich erbittert wehrten und versuchten, ihnen das Gesicht zu zerkratzen, huschten die beiden durch eine Tür, die zu den Toiletten führte.

»Meinst du, da suchen sie nicht?«, keuchte Marika.

Brigitte blieb ganz ruhig. »Wir nehmen eine andere Tür.«

Sie schob einen schweren Vorhang zur Seite, hinter dem eine Tür sichtbar wurde, von der Marika nichts wusste. »Die Besenkammer«, flüsterte Brigitte. »Wenn du Glück hast, sehen sie dort nicht nach.«

Und wenn ich Pech habe, dachte Marika, finden sie mich trotzdem und legen es gegen mich aus, dass ich mich verstecke. So was tun nur Menschen, die etwas zu verbergen haben.

Tessa ging durch jeden Raum und sah sich gründlich um. Immer wieder! Sie hatte mit einer einfachen Behausung gerechnet, hatte gewusst, dass es auf Sylt trotz der wachsenden Zahl an Feriengästen viel bescheidener zuging als in der Großstadt, und stellte jetzt fest, dass sie sich in Wirklichkeit nicht hatte vorstellen können, wie einfach die Menschen auf der Insel lebten. Dennoch fühlte sie sich wohl in dem Zuhause, das Reimert Cruse für sie hergerichtet hatte. Und Aafke Witt, seine Haushälterin, hatte ihr das neue Reich sogar präsentiert wie ein kleines Schloss. »Da können Sie aber froh sein, Fräulein Doktor! So schöne Häuser gibt's hier nicht viele. Das ist was für Grootschieter!«

Wenn Tessa an die Mietskasernen von Berlin dachte, gab sie der Haushälterin sogar recht. Eng waren die Wohnungen dort, dunkel, wenn die Fenster auf einen Hinterhof gingen, und laut, weil die Wände dünn und die Familien groß waren. Die Toilette auf dem Treppenabsatz teilte man sich, wenn man Glück hatte, nur mit einer Familie. Man konnte aber auch Pech haben, dann stand für ein ganzes Haus nur ein einziger Abtritt zur Verfügung, der niemals sauber war. Da war es doch wesentlich komfortabler, ein Plumpsklo ganz für sich allein zu haben, als sich ein Wasserklosett mit vielen zu teilen.

Sie trat ans Fenster ihres Wohnzimmers, das auf Sylt Pesel genannt wurde, und sah hinaus. Draußen war es stockfinster, nur die beleuchteten Fenster von Reimert Cruses Haus waren zu sehen. Manchmal bewegte er sich im Zimmer hin und her, einmal stellte er sich sogar ans

Fenster, als hätte er ihre Blicke bemerkt. Erschrocken war sie zurückgewichen und dann in die Küche geflohen, deren Fenster zur Straße führte. Klein war sie, diese Küche, der große Kohleofen füllte sie fast zur Hälfte aus. Ein schmaler Tisch hatte noch unter dem Fenster Platz gefunden, direkt daneben gab es einen Spülstein. Ein Schrank hätte nicht mehr hineingepasst, so waren das Geschirr und sämtliche Gerätschaften in einem offenen Regal untergebracht, das nicht viel Platz einnahm. Über dem Herd gab es außerdem ein Brett, auf dem in irdenen Töpfen Gewürze und getrocknete Kräuter aufbewahrt wurden.

Vor allen Fenstern hingen weiße Gardinen. Bunte Übergardinen, die bei Bedarf zugezogen werden konnten, gab es ebenfalls, und bunte Flickenteppiche vervollständigten die Gemütlichkeit. Die hölzernen Fußboden knarrten bei jedem Schritt, die Tür des schmalen Wohnzimmerschrankes quietschte, der Sessel vor dem Fenster ächzte, wenn man sich darin niederließ. Ein lautes Haus! Sogar der Tisch knarzte, als sie ihren Kopf darauf stützte, um ihr Reich aus dieser Perspektive zu betrachten.

Für die gehäkelten Deckchen und die prunkvoll bestickten Kissen hatte sicherlich Frau Witt gesorgt. Auch die beiden mageren Topfblumen hatte vermutlich sie aufs Fensterbrett gestellt. Aber für den dunkelblauen Anstrich der Wände war Reimert Cruse verantwortlich. Die Vorstellung, dass er hier mit dem Pinsel zu Werke gegangen war, um für sie alles so schön wie möglich zu gestalten, gefiel ihr außerordentlich.

Mit einem Seufzen erhob sie sich und ging ins Schlafzimmer. Ein einfaches, aber breites hölzernes Bett mit einem Nachttisch und ein Stuhl bildeten die gesamte Möblierung. Für die Aufnahme ihrer Kleidung gab es lediglich eine lange Stange, die von einer Wand zur anderen reichte und an der einige Kleiderbügel baumelten. Das andere Schlafzimmer sah genauso aus, nur dass das Bett dort nicht bezogen worden war.

»Das mache ich, wenn Sie mal Besuch haben sollten«, hatte Aafke Witt gesagt. »Einen Pisspott bringe ich Ihnen noch. Wenn es nachts mal pressiert oder wenn es regnet oder wenn Sie sich nicht allein raustrauen bei Dunkelheit … Man sagt ja, dass Großstädterinnen richtige Bangskitjer sind.«

Nachdem Tessa ihren Koffer ausgepackt, ihre Kleidung auf die Bügel und ihre Wäsche im Nachttisch untergebracht hatte, zog sie sich aus und wusch sich über der Waschschüssel, die Frau Witt ihr hingestellt und mit Wasser gefüllt hatte. Dann zog sie ihr Nachthemd an und ging ein letztes Mal in den Pesel, um einen Blick zu Reimert Cruses beleuchtetem Fenster zu werfen. Das Licht erlosch in dem Augenblick, in dem sie ans Fenster trat, kurz darauf flammte ein kleines in der ersten Etage auf. Sein Schlafzimmer!

Tessa nahm die Petroleumlampe vom Tisch und trug sie zu ihrem Nachttisch. Dort erst löschte sie das Licht, als sie sicher sein konnte, den Weg ins Bett zu finden. Als sie sich in die Kissen sinken ließ, fühlte sie sich so glücklich wie schon lange nicht mehr.

Reimert Cruse war am Abend noch einmal zu ihr gekommen und hatte ihr mitgeteilt, dass sich bereits eine Patientin angemeldet habe. »Macht es Ihnen was aus, schon morgen mit der Arbeit anzufangen?«

»Aber nein«, hatte sie gejubelt. »Ganz im Gegenteil!«

Zufrieden hatte er genickt. »Dann werde ich Ihnen gleich morgen Ihre Praxis zeigen, damit Sie sich auch dort einrichten können.«

Tessa drehte sich auf die Seite und schmiegte sich in ihr Kissen. Da hatte sie geglaubt, einer Ärztin könnte kein Vertrauen entgegengebracht werden – und nun schien man es kaum abwarten zu können, dass sie ihre Praxis bezog.

»Wird schon«, hatte Reimert geantwortet, als sie ihn gefragt hatte, wie die Sylter Bevölkerung zu einem weiblichen Kurarzt stand.

»Wird schon«, murmelte Tessa und fühlte, wie die Müdigkeit nach ihr griff. Sie sog den Geruch des unbekannten Raums ein, der eine wunderbare Mischung aus frischer Bettwäsche und Kernseife war, und bildete sich ein, auch eine Prise von Reimert Cruses Geruch darin zu finden. Ein männlicher Geruch umgab ihn, er roch wie die Luft von Sylt, frisch und sauber und ein wenig salzig. Schade, dass sie ihrer Mutter nicht von Reimert erzählen konnte …

Marika spürte, dass sie zitterte. Fest drückte sie sich an die Wand der Besenkammer, darum bemüht, sich nicht zu bewegen, damit keins der Putzgeräte, die hier aufbewahrt wurden, in Bewegung geriet und ein Geräusch verursachte. Die Schritte kamen näher, die scharfen Stimmen, die mal bedrohlich zischten und dann wieder roh polterten, machten ihr Angst. Schon bereute sie, sich auf Brigittes Sorge eingelassen zu haben. Es war unmöglich, dass ausgerechnet ihr Name gefallen war, als die Polizei in den »Top-Keller« einmarschiert war.

Sie hörte, dass sämtliche Toilettentüren aufgerissen wurden. »Verdammt, wo steckt diese Lesbe?«, hörte sie einen Mann fragen.

»Der Chef sagt, er will sie haben«, antwortete ein anderer »Ein Jahr Schokolade frei Haus für alle!«

Ein Dritter mischte sich ein. »Wenn wir ihr was nachweisen können, was sie für ein paar Jahre hinter Gitter bringt, sitzen auch noch ein paar Scheinchen drin.«

»Dann lass uns weitersuchen«, beschloss der Erste. »Prostitution können wir ihr immer anhängen.«

»Die ist doch schon über fünfzig!«, wandte der Zweite ein.

»Umso schlimmer! Das ist ja noch unmoralischer!« Der Erste lachte. »Der Chef hat mir Kokain mitgegeben. Damit kriegen wir sie auf jeden Fall, wenn wir das rein zufällig in ihrer Tasche finden.« Ein anderer lachte, noch hässlicher als der Erste.

»Also los!« Marika hörte, wie jemand tatkräftig in die Hände klatschte. »Weitersuchen! Sie muss hier irgendwo sein. Ihr Name steht auf der Liste, und die Bude war abgeschlossen.«

Die Zeit verstrich quälend langsam. Mal entfernten sich die Stimmen, so dass Marika schon hoffte, die Polizisten würden unverrichteter Dinge wieder abziehen, dann jedoch kamen sie erneut näher, und ihre Angst wuchs zu einer gewaltigen Macht heran. Manchmal war sie drauf und dran, sich zu stellen, weil ihr nichts entsetzlicher erschien als dieses bewegungslose Ausharren in ihrer Angst, dann wieder fürchtete sie nichts mehr, als ertappt zu werden und ins Gefängnis zu wandern. Der Rücken tat ihr weh, ihre Knie schmerzten, ihr wurde bewusst, dass sie nicht mehr jung war und ihr Körper schlechte Behandlung übelnahm.

Ganz vorsichtig rutschte sie an der Wand herunter, bis sie auf dem Boden saß und die Beine vorsichtig ausstrecken konnte. Jedenfalls so weit, dass ihre Fußsohlen an der gegenüberliegenden Wand Halt fanden. Hoffentlich würde sie schnell genug auf die Beine kommen, wenn es nötig oder endlich möglich sein sollte. Die Finsternis quälte sie, die Angst vor dem Eingeschlossensein machte ihr zu schaffen.

Einmal hörte sie Brigitte schreien. »Nein! Ich weiß nichts!« Ein Klatschen folgte, als hätte ihr jemand eine Ohrfeige verpasst. Dann wieder ihr Schrei.

Marika begann zu weinen, lautlos, ohne ein einziges Schluchzen, das sie verraten hätte. Die arme Brigitte! Würde sie durchhalten? Oder würde der Druck irgendwann so groß sein, dass sie Marikas Versteck preisgab? Preisgeben musste?

Das Stimmengewirr war längst verstummt. Alle Besucher waren entweder vorläufig festgenommen oder nach Hause geschickt worden. Brigitte schien die Einzige zu sein, die weiter verhört wurde. Und gelegentlich mischte sich eine andere Frauenstimme ein. Vielleicht die Hauptdarstellerin der Schwarzen Messe? Dann war sie wohl wirklich die Besitzerin des Clubs und kämpfte nun um den Ruf ihres Etablissements. Ihre Stimme war leise, aber bestimmt, während Brigittes immer schriller und angstvoller wurde.

Schließlich bellte eine männliche Stimme durch den Club: »Sie kann sich ja nicht in Luft aufgelöst haben, oder?«

Marika hörte, wie die fremde weibliche Stimme sehr nachdrücklich antwortete: »Ich habe Ihnen schon mehrmals gesagt, dass sie den Club verlassen haben kann, bevor wir abgeschlossen haben. Das ist die einzige Erklärung.«

Sie atmete auf. Wenn die Polizisten sich mit dieser Aussage zufriedengaben, kam sie vielleicht ungeschoren aus der Angelegenheit heraus. Sie schloss die Augen und versuchte sich zu entspannen. Nur nicht die Nerven verlieren! Am besten, sie dachte an Tessa, die nun auf Sylt ein neues Leben begann, die ihr ganzer Stolz war, die sie liebte wie keinen Menschen auf der Welt. Tessa, die etwas geschafft hatte, was bisher nur wenigen Frauen gelungen war …

Sie riss die Augen auf und lauschte. Mit einem Mal war es totenstill im Club. Eine Falle? Sollte sie herausgelockt und dann ergriffen und weggebracht werden? Sie wagte es nicht, aus ihrem Versteck hervorzukommen. Noch nicht.

Eine volle Stunde verharrte sie noch in dieser unheimlichen Stille und Finsternis, dann erst wagte sie es, sich zu bewegen. So leise wie möglich erhob sie sich und unterdrückte einen Schrei, als sie auf die Füße kam. Ihre Beine waren wie abgestorben, es tat weh, das Blut wieder zirkulieren zu lassen. Vorsichtig öffnete sie die Tür und starrte den Vorhang an, der sie vor den Blicken der Polizisten geschützt hatte. Um besser hören zu können, schloss sie die Augen und horchte so angestrengt, bis ihr Blut in den Ohren rauschte. Dann schob sie den Vorhang beiseite und machte einen Schritt voran. Das Geräusch, das sie verursacht hatte, war nur ein leichtes Scharren, mehr nicht. Wieder lauschte sie, dann erst wagte sie den nächsten Schritt. Alles blieb ruhig, nichts rührte sich. Sie atmete auf, weil sie dem Stockdunkel entkommen war. An der Decke des Raums gab es ein Oberlicht, das ein wenig Helligkeit hereinließ. Es herrschte Vollmond!

Sie schlich an den Toilettenkabinen vorbei bis zur Tür. Zum Glück war sie nur angelehnt, quietschte jedoch, als Marika sie aufschob. Ein Geräusch, das nur ganz leise und doch so durchdringend war, dass ihr die Angst wie ein heißer Strahl durch den Körper fuhr. Sie fror vor Angst, während sie vorher vor Angst geschwitzt hatte. Ihr Abendkleid war feucht von Schweiß, sie zitterte vor Kälte.

Als noch immer nichts geschah, wagte sie sich auf den Flur, der zum Clubraum führte. Auch hier war die Tür nur angelehnt. Sie sah durch den Spalt, aber dahinter war alles dunkel. Konnte es sein, dass sich in der Finsternis jemand versteckte, der unbedingt ein Jahr lang mit Schokolade eingedeckt werden wollte? Jemand, der nur darauf wartete, dass sie sich zu erkennen gab? Aber Marika war mit einem Mal ganz sicher, dass sie allein war. Der Raum, den sie nur warm kannte, aufgeheizt von vielen schwitzenden Körpern, war nun kalt, eiskalt. Und es fehlte das Vibrieren in der Luft, das ein anderer Atem erzeugte, die feine Schwingung einer anderen Kreatur, der Geruch eines anderen. Sie schob die

Tür auf und machte einen Schritt in den Raum hinein, ohne sich noch besondere Mühe zugeben, leise zu sein. Wenn hier jemand auf sie wartete, dann war es jetzt sowieso zu spät.

Aber nach wie vor geschah nichts. Marika bewegte sich voran, stieß schließlich an eine Bank, tastete mit den Händen über den Tisch und hielt mit einem Mal eine Kerze in der Hand. Es dauerte nicht lange, dann hatten ihre Fingerspitzen auch Streichhölzer ertastet. Und als sie ein Hölzchen aufflammen ließ, sah sie, dass sie tatsächlich allein war.

Sie zündete eine Kerze an und blickte sich um. Man sah, dass es hier einen schnellen Aufbruch gegeben hatte. Auf den Tischen standen noch halbvolle Gläser, eine Stola lag auf einer Bank, auf einer anderen ein vergessener Hut. Marika durchquerte den Raum und rüttelte an der Tür, die ins Foyer führte. Vergeblich! Sie war verschlossen. Die Angst vor dem Eingeschlossensein nahm wieder zu, Marika sah nur eine Möglichkeit, sie zu besiegen: Sie trank ein Glas Wein aus, dann noch eins und noch eins …

Reimert stand am Fenster seines Schlafzimmers und starrte das Haus an, in dem die neue Kurärztin sich soeben zur Ruhe begeben hatte. Übermenschliche Kraft hatte es ihn gekostet, sie ruhig und freundlich zu begrüßen und sie nichts von dem Aufruhr in seinem Innern merken zu lassen. Nun war es überstanden. Schon während der Zugfahrt war er ruhiger geworden. Das Gespräch mit ihr war nie ins Stocken geraten, am Ende hatte er ihr fröhliches Plaudern sogar genießen und sich von ihrer Vorfreude anstecken lassen können.

Sie auf dem Dampfer zu sehen, ihre aufrechte Haltung, ihr suchender Blick, der vorgereckte Kopf, der ihre Erwartung ausdrückte, all das war ihm nahegegangen, aber als sie dann auf ihn zukam, als er sie begrüßen konnte, hatte er sich im Griff gehabt. Und nun fühlte er tiefe Befriedigung, dass er ihre Einstellung durchgesetzt hatte. Sie würde es nicht leicht haben, sie hatte ja keine Ahnung, dass die meisten gegen sie gestimmt hatten, dass es nur mit der Kraft seines Amtes möglich gewesen war, alle anderen zu überstimmen. Aber er würde ihr helfen. Das Schicksal hatte ihm Doktor Tessa Melford auf die Insel, quasi direkt vor seine Füße gespült. Reimert glaubte nicht an Zufälle. Das Schicksal musste sich etwas dabei gedacht haben, wenn es ihm diese Chance einräumte.

Mittlerweile war nirgendwo mehr Licht zu sehen. In seiner Nachbarschaft hatten sich alle zur Ruhe begeben und die Lampen gelöscht. Nächtlicher Friede stand über seinem Haus, über Westerland, über der Insel. Er starrte das Fenster an, hinter dem Tessa schlief, bis es ihm so vorkam, als könnte er sie sehen, ihr friedliches Gesicht, die geschlossenen Augen, das winzige Auf und Ab ihrer Zudecke, wenn sie sich mit ihrem Atem bewegte. Er machte zwei Schritte zurück, bis er an sein Bettgestell stieß, dann ließ er sich auf die Matratze sinken. Die Müdigkeit überfiel ihn wie der Schatten eines Angreifers. Er verzichtete darauf, sich auszuziehen, ließ sich einfach hintenüberfallen und schloss die Augen. Als er kurz darauf zu frieren begann, zog er sich die Decke über den Körper, dann schlief er ein.

III.

Friedrich Gottorf ging nervös auf und ab, unfähig, sich zur Ruhe zu zwingen. In der Nacht hatte er keinen Schlaf gefunden, hatte sich bis zum Morgen im Bett gewälzt und war dann in aller Herrgottsfrühe aufgestanden, damit die Nacht endlich ein Ende hatte. Noch einmal war er in Ediths Schlafzimmer gegangen, dann hatte er sich selbst in der Küche ein hastiges Frühstück zubereitet, noch ehe die Haushälterin kam, die die Hände über dem Kopf zusammenschlagen würde, weil der Herr Fabrikant ohne den guten Kaffee in sein Kontor gegangen war, den sie ihm zu kochen pflegte. Noch vor Traute Berber war er an seinem Arbeitsplatz gewesen. Seine Sekretärin hatte ihn erschrocken angestarrt, als sie, wie immer auf die Minute pünktlich, eintrat und ihren Chef in der Tür seines Büros stehen sah.

»Guten Morgen, Herr Direktor! Ist was passiert?«

»Was soll schon passiert sein?« Ärgerlich hatte er sich abgewandt. Stand ihm seine Sorge etwa ins Gesicht geschrieben? Die Berber mit ihrem sechsten Sinn! Froh, auf einen anderen wütend zu sein als auf seine Frau und auf sich selbst, schlug er die Tür zu und verweigerte ihr eine Antwort. Dann, als ihm klargeworden war, wie ungerecht er sich verhielt, riss er sie wieder auf. »Haben Sie was von meinem Sohn gehört?«

Traute Berber sah ihn ängstlich an. »Wenn Sie wollen, kann ich mich gerne noch einmal bei der Reederei erkundigen.«

»Ja, tun Sie das.« Er wollte in sein Büro zurückgehen, wandte sich aber noch mal um. »Der Polizeipräsident muss jeden Augenblick kommen. Schicken Sie ihn dann unverzüglich zu mir.«

»Selbstverständlich, Herr Direktor.«

Friedrich nahm seine Wanderung wieder auf, vom Aktenschrank zum Fenster und wieder zurück, mal links am Schreibtisch vorbei, mal rechts. Was war in der vergangenen Nacht passiert? Irgendwas war nicht nach Plan gelaufen. Wenn der Polizeipräsident nicht mit einer befriedigenden Erklärung kam, würde er ihm die Schokolade, die er für seine Kinder zurückgelegt hatte, um die Ohren hauen! Vielleicht würde er ihn sogar daran erinnern, dass sein Sohn immer noch im Lager der Gottorf-Werke beschäftigt war, obwohl der Leiter des Lagers ihn dabei erwischt hatte, wie er Schokolade in seiner Jacke verschwinden ließ. Normalerweise wäre der junge Markmann sofort auf die Straße gesetzt worden. Aber Friedrich Gottorf hatte sich gesagt, dass es sich einmal auszahlen könne, sich die Dankbarkeit des Polizeipräsidenten zu sichern.

Nur gut, dass Lilli noch nicht aufgewacht war, als er das Haus verließ. Blieb nur zu hoffen, dass sie nicht bei ihm erschien, um zu fragen, wo ihre Mutter sei. Aber da Edith nicht selten bis mittags im Bett blieb, nachdem sie sich in der Nacht gründlich amüsiert hatte, würde Lilli vielleicht nicht so schnell misstrauisch werden. Er wollte nicht mit seiner Tochter reden, bevor er Gewissheit hatte.

Die Tür öffnete sich, Traute Berber meldete: »Der Herr Polizeipräsident!«

Erwin Markmann trat ein und begrüßte Friedrich mit polternder Freundlichkeit. »Guten Morgen, mein Lieber!«

Friedrich drückte ihm die Hand und zeigte auf einen der Besuchersessel. »Kaffee? Oder warme Schokolade?«

Zu seinem Ärger bat der Polizeipräsident um eine Schokolade. Friedrich hatte den Eindruck, dass er um den heißen Brei herumreden wollte und bemüht war, die Angelegenheit in die Länge zu ziehen. Die Sorge, dass ihm eine unangenehme Erkenntnis bevorstand, vertiefte sich. »Schießen Sie los! Wie ist es gestern Abend gelaufen?«

Er sah sofort, dass er mit seinen Befürchtungen recht gehabt hatte. Erwin Markmann zuckte mit den Achseln und gab seinem Gesicht einen ratlosen Ausdruck. »Die Razzia hat nichts gebracht. Wir haben die Dame nicht gefunden.«

Wütend sprang Friedrich Gottorf auf. »Und meine Frau?«

»Die auch nicht.«

Friedrich griff nach Arm- und Rückenlehne des Sessels, in dem der Polizeipräsident saß, und beugte sich über ihn. »Dann versuchen Sie es bei der Privatadresse der Melford! Nehmen Sie das Kokain mit.«

Dem Polizeipräsidenten war nicht wohl zumute. Er antwortete erst, als Friedrich Gottorf sich wieder aufrichtete und der Abstand zu seinem zornigen Gesicht erträglich geworden war. »Die Idee hatte ich selbst. Aber bei ihr öffnet niemand.«

»Weil die Dame sich noch in den seidenen Kissen wälzt«, fuhr Gottorf ihn an, als wäre es die Schuld des Polizeipräsidenten, dass Marika Melford die Nacht zum Tage machte und die Stunden, in denen anständige Menschen arbeiteten, verschlief.

Erwin Markmann zuckte mit den Schultern. »Es gab keinen Grund, die Tür aufzubrechen. Wir werden es später noch mal versuchen.«

Traute Berber brachte die heiße Schokolade und entfernte sich eilig wieder. Das Schweigen der beiden Männer, die nur darauf warteten, dass sie ging und das Gespräch fortgesetzt werden konnte, trieb sie aus dem Raum.

Gottorf ließ sich auf seinen Schreibtischstuhl sinken und sah mit einem Mal müde und niedergeschlagen aus. Der Zorn war von ihm abgefallen, es war, als hätte er an ihm gezehrt, so dass jetzt nur noch Trauer und Verzweiflung übrig waren. »Meinetwegen können Sie die Verhaftung der Melford vertagen.« Er wusste, ohne aufzublicken, dass der Polizeipräsident ihn nun verblüfft ansah. »Vertagen, habe ich gesagt, nicht aufgeben. Aber erst mal ist was anderes wichtiger.«

Der Polizeipräsident vergaß die Schokolade, setzte sich aufrecht hin und musterte Friedrich Gottorf aufmerksam. »Was ist wichtiger?«

»Meine Frau. Sie ist heute Nacht nicht nach Hause gekommen. So etwas hat sie noch nie gemacht.«

»Dann wird sie wahrscheinlich … woanders schlafen?« Erwin Markmann zog den Kopf ein, weil er wusste, wie gefährlich es war, solche Mutmaßungen auszusprechen.

Aber Friedrich Gottorf blieb erstaunlich ruhig. »Das glaube ich nicht«, sagte er mit leiser Stimme. »Sie hat noch nie bei der Melford übernachtet.«

»Kann sein, dass das bisher nicht möglich war. Die Melford wohnt ja nicht allein, sondern mit ihrer Tochter zusammen.« Gottorf sah erstaunt auf, und der Polizeipräsident erfreute sich daran, dass er beweisen konnte, wie gut er recherchiert hatte. »Aber jetzt ist die junge Dame ausgezogen. Frau Melford wohnt also allein. Insofern wäre es möglich …«

Friedrich Gottorf sprang auf. »Und wieso sagen Sie, es gab keinen Grund, die Tür aufzubrechen?«

Erwin Markmann wurde nervös. »Wir wollen der Melford den Besitz von Kokain nachweisen. Um keinen Verdacht zu erregen, muss die Polizei sich angemessen verhalten. Es ist keine Gefahr im Verzuge, also wäre es nur unnötig auffällig, mit Gewalt vorzugehen. Ich verspreche Ihnen …«

Weiter kam er nicht, denn nach einem hastigen Klopfen sprang die Tür auf. Traute Berber stand im Raum, aufgeregt, mit roten Wangen und fahrigen Fingern, die sie vor der Brust knetete. Ein sicheres Zeichen ihrer Nervosität. »Ein Polizeibeamter ist hier. Er möchte bei Ihnen vorsprechen, Herr Gottorf. Und auch bei Ihnen, Herr Polizeipräsident.«

Ein Uniformierter erschien hinter ihr, als könnte er es nicht erwarten, zum Eintreten gebeten zu werden.

»Lassen Sie ihn herein«, sagte Gottorf und erhob sich.

Auch der Polizeipräsident stand auf. Der Polizist, der sich nun an Traute Berber vorbeidrängte, wurde prompt nervös, als es so aussah, als hätten die Herren sich seinetwegen erhoben. Wenn er auch wusste, dass es nicht aus Höflichkeit geschehen war, sondern weil von ihm eine Meldung erwartet wurde, die vieles auf den Kopf stellen würde, begann er zu stottern: »Wir haben was gefunden. Eine … Leiche. Auf dem Bahndamm.« Nun wurde er sicherer. »Die Leiche einer Frau.«

Tessa fühlte sich gut. So gut wie schon lange nicht mehr. Mindestens so gut wie an dem Tag, an dem sie ihr Abitur bestanden hatte, und sogar noch besser als an dem Tag, an dem ihr die Doktorwürde verliehen worden war. Beides waren wunderbare Ereignisse gewesen, Meilensteine in ihrem Leben, aber noch nicht das Ziel. Das hatte sie jetzt erreicht. Endlich! Sie konnte als Ärztin arbeiten. Ihr größter Wunsch war in Erfüllung gegangen. Die Menschen würden zu ihr kommen, Hilfe bei ihr suchen, und sie würde ihnen Schmerzen nehmen, Linderung verschaffen und sie heilen. Dass die erste Patientin schon heute bei ihr erscheinen wollte, hielt sie für ein gutes Zeichen. Sie wurde akzeptiert, obwohl sie eine Frau war, angenommen vielleicht gerade deshalb, weil sie eine Frau war.

Sie ging auf das Miramar zu, wo es einen Übergang zum Strand gab, den Reimert Cruse ihr gezeigt hatte. Reimert! Tessa schloss die Augen und schmeckte seinen Namen, ließ ihn auf der Zunge zergehen und leckte ihn sich von den Lippen. Wie hatte sie sich je in einen Mann wie Kurt verlieben können? Einen Kleingeist, einen Frömmler, eine Krämerseele! Kein zweites Mal hätte sie ihn angesehen, wenn sie schon früher Reimert Cruse begegnet wäre. Natürlich war er nicht so gebildet wie Kurt, sein gesellschaftlicher Hintergrund war nicht mit Kurts vergleichbar, aber Reimerts Klugheit, seine Stärke, seine Natürlichkeit waren viel mehr wert. Sie waren in ihm entstanden. Was er wusste, war ihm nicht von Professoren vermittelt worden, seine Klugheit hatte er sich selbst erworben.

Mit einer Eloquenz, die sie erstaunte, hatte er ihr von dem Bahndamm erzählt, der demnächst die Insel mit dem Festland verbinden würde. »Ein Werk des Teufels nennen es immer noch einige. Und nach wie vor gibt es viele, die gegen den Damm sind.«

»Gegen den Fortschritt?«, hatte Tessa ungläubig gefragt.

»Die dagegen sind, halten den Dammbau nicht für einen Fortschritt. Zwar hätten wir den Damm im Krieg gut gebrauchen können, dann wäre die Versorgung der Insel leichter gewesen, aber als 1914 der Krieg ausbrach, war gerade erst mit der Planung begonnen worden. Tatsächlich schien der Damm unter einem schlechten Stern zu stehen. Als er nach Kriegsende erneut in Angriff genommen wurde, kam eine Sturmflut und riss alles, was bis dahin gebaut worden war, ins Meer. Die Gegner des Damms haben damals getönt, dass der Himmel auch dagegen sei. Er habe aus Sylt eine Insel gemacht, und das vermutlich aus gutem Grund. Das Inseldasein aufzugeben bedeute, sich gegen Gottes Wort zu richten.«

Reimert hatte ihr einen fragenden Blick zugeworfen, als wollte er herausfinden, wie sie zu Gottes Wort stand. Sie hatte ihn angelächelt und gebeten, weiter zu erzählen. Dass sie seiner Stimme lauschen wollte, dass es ihr egal war, worüber er redete, dass sie nur diese Situation auskosten wollte, in der er sich ihr zuwandte, ließ sie natürlich nicht erkennen.

»Es wurde ein dritter Versuch unternommen«, fuhr Reimert fort. »Die Arbeiten mussten ganz von vorne anfangen.«

»Und dann die Inflation«, sagte Tessa, froh, dass sie endlich einen Beitrag leisten konnte.

Reimert schien sich darüber zu freuen. »Ja, die Inflation hat natürlich zu weiteren Schwierigkeiten geführt. 1913 hatte der Reichstag zwölf Millionen für den Dammbau bewilligt, das bekam ein Arbeiter irgendwann als Wochenlohn.«

Tessa riss sich zusammen, damit Reimert nicht merkte, dass es ihr nur auf seine Stimme und nicht auf den Inhalt seiner Worte ankam. »Was ist es, was die Gegner des Damms noch immer auf die Barrikaden treibt?«, fragte sie.

»Viele befürchten, dass die Deutschen nicht mehr das Geld haben werden, um auf Sylt Urlaub zu machen. Sie glauben nicht, dass es wieder vorangehen wird, sie meinen, dass Deutschland immer ärmer werden und es immer weniger Badegäste geben wird.«

»Sie sind Befürworter des Damms?«, erkundigte Tessa sich.

Reimert nickte heftig. »Wenn die Bahn erst fährt, ist ein Syltaufenthalt auch für die interessant, die nicht lange bleiben können. Sie sind schnell auf der Insel und schnell wieder zu Hause.« Seine Stimme wurde plötzlich schroff. »Viele Sylter denken nur an ihre Bequemlichkeit. Manchmal möchte ich sie rütteln. Sie müssen endlich begreifen, dass man nicht die Augen vor dem Fortschritt verschließen kann.«

Es war eine Weile still zwischen ihnen geblieben, Tessa hatte dem Nachklang seiner Worte gelauscht, aus dem Fenster der Inselbahn geblickt und so getan, als merke sie nicht, dass sein Blick auf ihr ruhte. Gern hätte sie den Ausdruck seiner Augen erkannt und herausgefunden, warum er sie so intensiv betrachtete. Aber sie hatte von ihrer Mutter gelernt, niemals einem Mann zu zeigen, dass man an seinen Avancen interessiert war. Sie blickte ihn erst wieder an, als er weitersprach.

»Die Bauern verstehe ich natürlich. Durch den Badebetrieb können sie viel produzieren, alles wird gebraucht. Durch die schlechte Verbindung mit dem Festland kam es nie infrage, dass auch Bauern von dort ihre Produkte auf Sylt anboten. Das könnte in Zukunft anders sein. Bauern vom Festland könnten Eier, Gemüse und Obst nach Sylt bringen und würden reißenden Absatz finden, wenn sie billiger sind als die Sylter Bauern. Diese befürchten natürlich einen Preisverfall.«

»Verständlich«, hatte Tessa entgegnet.

»Aber sie vergessen, dass die Besucherzahlen abnehmen werden, wenn die Verbindung über Dänemark bestehen bleibt. Als Hoyer-Schleuse noch zu Deutschland gehörte, war die Anreise einfacher. Jetzt wird den Badegästen die Weiterfahrt von den Dänen schwergemacht. Unsere Badeorte sind abhängig vom Damm, und die Sylter Wirtschaft ist abhängig von den Badeorten. So einfach ist das!«

Sie war nun auf der Höhe des Miramar angekommen. Mit langsamen Schritten betrat sie die Kurpromenade und ging zur Konzertmuschel. Die Strandhallen versperrten ihr zunächst den Blick aufs Meer, aber hinter ihnen gab es einen Steg, der zum Flanieren und zum

Betrachten der Auslagen geeignet war. Vorsichtig, als hätte sie Angst vor der rauen Schönheit des Meeres, trat sie an das Geländer, vor dem einzelne Strandkörbe standen, in denen jedoch niemand saß. Sie hatte keinen Blick für die Auslagen der Geschäfte und auch kein Interesse daran, ein Getränk oder einen Imbiss zu sich zu nehmen. Viele Sylter boten in den Strandhallen Kaffee und Tee an, Grog und heiße Zitrone, Waffeln, Bratfisch oder frisch gepulte Krabben.

Tessa stieg die Holztreppe hinab und blieb überwältigt stehen. Nun breitete sich der Strand vor ihren Füßen aus, weißer, weiter und länger, als sie sich ihn jemals hätte vorstellen können, das Meer bewegte sich auf sie zu, winkte mit Gischtkronen, applaudierte mit der Brandung, jubelte ihr mit spitzen, kleinen Wellen weit draußen zu und überschlug sich dann, schäumend vor Begeisterung, im Sand.

Sie raffte ihren langen Rock und ging über den feinen Sand zum Ufersaum. So weit heran, dass die Wellen direkt vor ihren Füßen ausliefen. Sie schloss die Augen, hielt ihr Gesicht dem Wind und der Sonne entgegen und genoss das Frische, Unverbrauchte, das es in Berlin nicht gab. Dort war die Luft schon nach Sonnenaufgang mit Gerüchen zersetzt, die aus dem Haus, aus jedem Fenster drangen, auf Sylt jedoch gab es die Luft aus erster Hand.

Reimert war am Morgen zu ihr gekommen, als sie gerade aufgestanden war, und hatte sie in sein Haus zum Frühstücken gebeten. »Aafke hat Tee gekocht und Brot gebacken.«

Dankbar hatte sie die Einladung angenommen und vor ihm die warme, duftende Küche betreten, in der Aafke Witt schaltete und waltete. »Nehmen Sie Platz, Fräulein Doktor! Am besten passt Ihr Moors dahin.« Aafke hatte auf den bequemsten Stuhl gezeigt.

Tessa hatte sich willkommen gefühlt, von Reimert Cruse, von Aafke Witt trotz ihrer deftigen Ausdrucksweise, von der ganzen Insel. Als sie mit dem Kurdirektor aufgebrochen war, damit er ihr die Praxis zeigte, in der sie demnächst ihre Tage verbringen würde, hatte sie jedem entgegengelächelt, jedes »Moin!« erwidert und Hände geschüttelt, wenn Reimert es für richtig gehalten hatte, sie jemandem vorzustellen. Die Begrüßung war jedes Mal verhalten gewesen, aber sie wusste ja, dass die Menschen im Norden zurückhaltend und verschlossen waren, nach innen gewandt und schwer zugänglich, wenn sie auf Fremde trafen. Sie musste geduldig sein und warten, bis sie dazugehören würde. Irgendwann würde es so weit sein.

Reimert zeigte ihr das Rathaus, in dem er sein Amt verwaltete. Ein symmetrischer Bau, in dem vormals das Hotel Royal untergebracht war, davor die Statue des Roland von Westerland, die nach dem Krieg aus Findlingen erbaut worden war, ein Geschenk der auf Sylt stationierten Soldaten. Tessas Praxis war im Warmbadehaus hinter den Dünen untergebracht, direkt neben dem Rathaus. Stolz zeigte Reimert ihr das Warmbadehaus, das aus über vierzig Warmbädern für medizinische und therapeutische Kuren bestand. »Die größte Einrichtung dieser Art an der deutschen Küste«, berichtete er stolz. »Wir haben Bäder sowohl mit Süß- als auch mit Meerwasser!«

Sie betraten eine große Halle, in deren Mitte auf einem Podest eine kümmerliche Palme für südliches Flair sorgen sollte. Zwei Treppen führten nach links und rechts in die oberen Stockwerke, dazwischen eine Treppe hinab zu den Bädern. Auf den Posten der Treppengeländer standen ebenfalls Palmengewächse in tönernen Töpfen.

Reimert stieg vor ihr die linke Treppe hinauf, die zu ihrer Praxis und dem Inhalatorium führte. Auch hier war sie nicht auf überschwängliches Entgegenkommen gestoßen. Die Menschen, die im Badehaus tätig waren, grüßten nur mit einem verhaltenen »Moin!«, vermieden es, ihr die Hand zu reichen, und wandten sich schleunigst wieder ihrer Arbeit zu. Nicht einmal Neugier erntete sie. Aber auch das konnte ihr Glück nicht trüben.

Der Moment, in dem Reimert die Tür zu ihrer Praxis aufschloss, war ein feierlicher Augenblick gewesen. Ihr Vorgänger, der nun auf dem Festland seinen Ruhestand genoss, hatte ihr alles hinterlassen, was nötig war. »Die Praxis gehört der Stadt Westerland«, erläuterte Reimert. »Aber Sie dürfen natürlich alles nutzen, als wäre es Ihr Eigentum.«

Das Glück machte sie übermütig. Sie ließ sich an ihrem Schreibtisch nieder und sah Reimert spitzbübisch an. »Wo fehlt es? Wie kann ich Ihnen helfen, mein Herr? Schnupfen, Husten oder Rheumatismus?«

Reimert lachte und schenkte ihr einen Blick, der ihr durch und durch ging. Für einen winzigen Augenblick war etwas in seinen Augen aufgeblitzt, was anders war als seine gleichbleibende Freundlichkeit. Aber Tessa hatte es trotzdem gesehen. Gefiel sie ihm? Gehörte er nicht zu den Männern, die sich vor akademisch gebildeten Frauen ängstigten? Männer, die der Meinung waren, dass solche Frauen sich etwas herausnahmen, was ihnen nicht zustand? Die mit Kurt und seinen Eltern die Ansicht teilten, dass mit der Bildung Schluss sein musste, sobald eine Frau heiratete und Kinder bekam?

Sie wurde wieder ernst. »War es schwierig, meine Einstellung als Kurärztin durchzusetzen?«

Reimert versuchte die Frage wegzulächeln, aber es gelang ihm nicht. »Es ging«, gab er schließlich zu. »Ich hatte viele gute Argumente, da mussten sie schließlich nachgeben.«

Was ›sie‹ bedeutete, erläuterte er nicht. Tessa vermutete, dass es um ein Gremium ging, das über die Einstellung eines neuen Kurarztes abzustimmen hatte. Wenn alle gegen sie gewesen waren, dann hatte Reimert Cruses Meinung Gewicht, da es ihm trotzdem gelungen war, ihre Einstellung durchzusetzen.

»Sie sind also für die Gleichberechtigung der Frau?«

Nun sah er regelrecht erschrocken aus, als hätte er sich diese Frage noch nie gestellt. »Man sollte es wohl nicht gleich übertreiben«, brummte er und griff zur Türklinke. »Sie wissen, wo Sie mich finden, wenn Sie was brauchen. Und nicht vergessen: Ihre erste Patientin kommt um elf.«

Sie nickte lächelnd und lächelte noch, als die Tür hinter ihm ins Schloss gefallen war. Anschließend hatte sie alles betrachtet, jedes einzelne Instrument aufgenommen, das sie im Schrank fand, den kompletten Medikamentenschrank durchforstet und alles so eingerichtet, wie es ihr am bequemsten war. Da es danach erst zehn Uhr war, hatte sie sich auf den Weg zum Strand gemacht.

Sie hockte sich in den Sand und nahm sich vor, so oft wie möglich zum Meer zu gehen. Wenn sie viele Patienten gehabt hatte, würde sie hier Entspannung finden und sich ausruhen können. Sie lächelte, als sie an ihre Mutter dachte. Wie glücklich und stolz wäre sie, wenn sie jetzt sehen könnte, wie gut es ihr ging. Sie musste dafür sorgen, dass Marika sie bald besuchte. Ihr hatte sie es zu verdanken, dass ihr Traum wahr geworden war, dass sie nun als Ärztin arbeiten konnte. Es gab nicht viele fortschrittliche Eltern, die ihre Tochter in diesem Wunsch unterstützten. Aber ihre Mutter hatte keinen Moment gezögert, als Tessa darum gebeten hatte, Medizin studieren zu dürfen. Sie war ihr damals sehr dankbar gewesen. Und jetzt, in diesem Augenblick, war sie ihr dankbarer als je zuvor.

Babette von Keller machte sich auf den Weg. Alwin hatte es für vertretbar gehalten, sie allein zu der Ärztin gehen zu lassen, die sie unbedingt aufsuchen wollte. Eigentlich schätzte er es nicht, wenn seine Frau sich allein auf die Straße begab. Auch in Lübeck bestand er darauf, dass sie von einem Dienstmädchen begleitet wurde, das außerdem dafür zuständig war, seiner Frau die Einkäufe nach Hause zu tragen. Das war Babette recht, aber Spaziergänge unternahm sie gerne allein. Doch auch das erlaubte Alwin nur in Ausnahmefällen.

Diesmal hatte sie es seiner Verärgerung zu verdanken, dass er sie allein gehen ließ, obwohl er laut darüber lamentierte, welchen Eindruck es machte, wenn die Gattin von Apotheker Alwin von Keller allein über die Straße lief wie eine dieser Großstadtpflanzen, die neuerdings meinten, sie könnten sich benehmen wie Männer. Aber begleiten wollte er sie nicht, nachdem sie sich seinem Wunsch widersetzt hatte.

»Was hast du gegen Doktor Mommsen einzuwenden?«, hatte er sie gefragt.

»Gar nichts«, war Babettes Antwort gewesen. »Er scheint ein guter Arzt zu sein. Und Katharina fühlt sich wohl bei ihm. Aber ich möchte die Ärztin konsultieren. Ich war noch nie bei einer Frau in Behandlung und möchte es ausprobieren.«

Alwin war es nicht gewöhnt, dass seine Frau sich ihm widersetzte. Deswegen war er nicht nur verärgert, sondern auch verblüfft. Und da sie sich nicht auf seine Argumente einlassen und einfach nicht glauben wollte, dass eine Frau komplizierte Vorgänge wie die in einem kranken Körper so gut erkennen konnte wie ein Mann, hatte er schließlich aufgegeben. »Aber erwarte nicht, dass ich Verständnis für deine Migräne aufbringe, wenn du nichts Vernünftiges unternimmst, um sie heilen zu lassen.«

Babette hatte darauf nichts erwidert, sondern sich insgeheim beglückwünscht, dass sie gleich Nägel mit Köpfen gemacht hatte. Als sie erfuhr, dass die neue Kurärztin erst am nächsten Tag auf der Insel eintreffen würde, hatte sie sich an den Kurdirektor gewandt und um einen Termin gebeten.

Sie wurde schon an der Tür der Arztpraxis erwartet. Frau Doktor Melford begrüßte sie freundlich und führte sie in ihr Sprechzimmer. »Was kann ich für Sie tun?«, fragte sie liebenswürdig, nachdem Babette Platz genommen hatte.

Die Ärztin schien Zeit zu haben, deswegen schilderte Babette ihr zunächst die Asthmaerkrankung, an der sie als junges Mädchen gelitten hatte und die nun auch ihre Tochter Katharina quälte. Sie fing den fragenden Blick der Ärztin auf und hätte sich am liebsten auf die Zunge gebissen. »Sie lässt sich von Doktor Mommsen behandeln. Mein Mann meint …« Sie brach verlegen ab und wusste nicht, wie sie den Satz zu Ende bringen sollte.

Doktor Melford lächelte verständnisvoll. »Er meint, dass eine Ärztin nicht so gut sein kann wie ein männlicher Kollege?«

Babette nickte und sah auf ihre Hände, die sie im Schoß gefaltet hatte.

»Schön, dass Sie mich trotzdem konsultieren«, sagte die Ärztin herzlich. »Das Asthma ist heute nicht mehr Ihr Problem?«

Babette atmete erleichtert auf, als die Peinlichkeit überwunden war. »Ich war als junges Mädchen ein ganzes Jahr auf Sylt. Die Nordseeluft und das Reizklima haben mir geholfen.«

»Deshalb haben Sie auch Ihre Tochter nach Sylt gebracht?«

Babette nickte. »Ich allerdings … das Asthma ist tatsächlich viel besser geworden, aber … die Migräne. Ich war sechzehn, als ich auf Sylt war. Vom Asthma war ich anschließend weitgehend geheilt, aber mit schwerer Migräne kam ich nach Hause zurück. Und seitdem quält sie mich. Manchmal in kurzen Abständen, manchmal in größeren. Seit ich auf Sylt bin, also seit gut einer Woche, war ich keinen Tag ohne Kopfschmerzen.«

Doktor Melford untersuchte sie gründlich. Als sie sich freimachen sollte, war Babette glücklich, sich für diese Ärztin entschieden zu haben. Wie schwer war es ihr immer gefallen, ihren Körper einem Mann anzuvertrauen. Dieser Frau gegenüber fiel es ihr viel leichter, die Kleidung abzulegen.

Die Ärztin sah sie, während sie ihre Bluse zuknöpfte, so lange und nachdenklich an, dass Babettes Herz von Angst erfüllt wurde. »Ist es gar keine Migräne? Ist es was … Schlimmeres?«

Aber Doktor Melford lächelte beruhigend. »Nein, machen Sie sich keine Sorgen. Sie sind ansonsten kerngesund. Wie hat mein Kollege in Lübeck Ihre Migräne behandelt?«

Babette antwortete zögernd: »Aspirin, Bettruhe in einem abgedunkelten Raum, absolute Stille und kalte Kompressen. Einmal, als es besonders schlimm war, hat er mir auch ein opiathaltiges Medikament gegeben.«

»Das kann zur Sucht führen.«

Babette nickte. »Deswegen wollte er es mir auch kein weiteres Mal verschreiben.«

»Hat er mit Ihnen darüber gesprochen, dass Migräne auch psychosomatisch bedingt sein kann?«

»Psycho… was ist das?«

»Eine körperliche Erkrankung kann auch seelischen Ursprung haben. Viele Krankheiten sind psychosomatisch bedingt, ganz besonders Migräne. Ich bin sogar überzeugt davon«, fuhr die junge Ärztin fort, »dass die psychologische Seite des Gesundungsprozesses von der Medizin bisher unterschätzt worden ist. Diese Erkenntnis ist noch ziemlich neu.« Sie nickte Babette aufmunternd zu. »Sie müssen wissen, dass ich mich während meines Studiums auch intensiv mit Psychologie beschäftigt habe.«

»Psychosomatisch?«, wiederholte Babette nachdenklich. »Davon habe ich noch nie etwas gehört.«

Die Kurärztin erhob sich, ihr Blick wurde nun eifrig, sie wirkte sehr überzeugend, weil sie selbst von dem, was sie sagte, überzeugt war. »Der Körper reagiert auf seelische Verletzungen. Es gibt also körperliche Symptome – vielleicht eine Migräne – als Reaktionen auf unbewältigte seelische Konflikte. Viele Krankheitsbilder muss man in einem lebensgeschichtlichen Zusammenhang sehen.« Sie setzte sich wieder und lächelte Babette an. »Haben Sie schon von Sigmund Freud gehört?«

Babette wurde unsicher. »Ich glaube ... ja.«

»Er behauptet, dass eine psychische Verletzung, die nicht richtig verarbeitet werden konnte, sozusagen in einen Körperteil springt. Das körperliche Leiden ist dann in Wirklichkeit das unverarbeitete Trauma. Körper und Seele sind eben untrennbar miteinander verbunden.« Sie betrachtete Babette lange, ehe sie fragte: »Kann es sein, dass es in Ihrem Leben etwas gibt, das Sie nicht verarbeiten konnten?«

Babette ließ sich Zeit mit einer Antwort. Schließlich entschloss sie sich zu einer Gegenfrage: »Und wenn es so wäre?«

»Dann brauchen Sie kein Aspirin, erst recht kein Opium. Dann brauchen Sie eine Gesprächs- oder Verhaltenstherapie. Dann muss nur Ihr Konflikt gelöst werden, und damit wären Sie ebenfalls von Ihrer Migräne befreit.« Frau Doktor Melford lehnte sich zurück und kreuzte die Arme vor der Brust. »Möglicherweise reicht es schon aus, herauszufinden, warum Sie ausgerechnet hier, auf Sylt, besonders heftig und lange von Migräne geplagt werden.«

Babette starrte die Ärztin an, als wären ihr mit einem Mal die Augen geöffnet worden. »Sie meinen ...« Aber sie konnte nicht erklären, was sie meinte.

Doktor Melford nahm es ihr ab. »Waren Sie damals glücklich auf Sylt?«

»Oh, nein!« Babette brauchte keinen Moment zu überlegen, ehe sie antwortete. »Todunglücklich war ich! Ein ganzes Jahr von zu Hause weg. Und dann noch bei dieser schrecklichen Familie. Niemand kümmerte sich um mich. Denen kam es nur auf das Geld an, das meine Eltern schickten. Ich war ganz auf mich allein gestellt. So einsam bin ich in meinem Leben nie wieder gewesen.«

Doktor Melford nickte, als hätte sie alle Vermutungen bestätigt bekommen. »Vermutlich wollten Sie deswegen nicht mit Ihrer Familie nach Sylt reisen? Wegen Ihrer schlechten Erinnerungen?«

Nun kamen Babette sogar die Tränen. »Aber wenn Katharina das Reizklima guttut …«

Es entstand eine kurze Stille, so, als wartete die Ärztin darauf, dass Babette den Satz fortsetzte, und als hoffte Babette darauf, dass sie erriet, was in ihr vorging.

»Weiß Ihre Familie, wie ungern Sie sich hier aufhalten?«

Babette nickte erst, dann schüttelte sie den Kopf. »Mein Mann weiß, dass ich hier unglücklich war. Aber … er weiß nicht alles.«

Erschrocken sah sie auf und blickte in Doktor Melfords interessierte Augen. »Wollen Sie mir erzählen, was Ihr Mann nicht erfahren hat?«

Babettes Hände begannen zu zittern, ihr Atem kam plötzlich stoßweise, sie rang mit einem Hustenanfall und spürte die Migräne mit einem Mal wie tausend Nadelstiche in ihrem Kopf. Verzweifelt rang sie nach Luft und griff sich an die Schläfen. Sie fürchtete, ohnmächtig zu werden, und hielt sich an den Stuhllehnen fest, um nicht zu Boden zu sinken.

Doktor Melford sprang auf und lief zu ihrem Medikamentenschrank. Mit einem Fläschchen Riechsalz kehrte sie zurück, das sie aufdrehte und Babette unter die Nase hielt. »Durch die Nase einatmen«, forderte sie. »Immer schön langsam ein und aus.«

Tatsächlich beruhigte Babette sich. Der Hustenreiz erstarb, die Kopfschmerzen wurden erträglich, sie zitterte nicht mehr, und die Leere in ihrem Kopf füllte sich allmählich wieder.

Frau Doktor Melford nickte zufrieden und setzte sich wieder auf ihren Platz. »Es ist Ihnen sicherlich klar, dass ich der ärztlichen Schweigepflicht unterliege. Was in diesem Raum gesprochen wird, dringt nicht nach außen. Was immer Sie mir anvertrauen, ich werde darüber schweigen.«

Plötzlich war alles ganz einfach. Fast dreißig Jahre hatte ihr diese Last auf der Brust gelegen, nun ließ sie sich in Worte kleiden, und damit löste sie sich Stein für Stein aus dem Fels ihrer traumatischen Erinnerung. Einem Mann hätte sie niemals anvertrauen können, was damals geschehen war …

Friedrich Gottorfs Gesicht war versteinert, als er die Stufen zum Leichenschauhaus hinaufschritt. Die Worte des Polizeipräsidenten erreichten ihn nicht, dessen beschwichtigende Gesten nahm er nicht wahr. Wie es in seinem Herzen aussah, ließ sich nur erahnen. Er selbst hätte nicht beschreiben können, wie er sich fühlte: hilflos, zornig, erschüttert und hasserfüllt, alles gleichzeitig. Und traurig … ja, traurig war er auch. Viel trauriger, als er erwartet hatte.

Er sprach kein Wort, erwiderte keinen Gruß, nickte höchstens oder schüttelte den Kopf. Friedrich Gottorf tat, was getan werden musste, so wie er immer, sein Leben lang, getan hatte, was getan werden musste. In angemessener Haltung, mit der ihm eigenen Würde und selbstverständlich in angemessener Kleidung. Sein schwarzer Anzug war makellos, sein schneeweißes Hemd frisch geplättet, die Kette seiner Taschenuhr war auch an diesem Morgen poliert worden, und seine Haare hatten den Hauch Pomade erhalten, der für einen Anlass wie diesen genau richtig war.

Seine Lippen bewegten sich, als er vor der Bahre stand, über die ein grünes Laken gedeckt war, das bis zur Erde reichte. Aber es war kein Wort zu hören. Als der Polizeipräsident es übernahm, das Laken zu heben, wurde Friedrich Gottorf steif, drückte den Rücken durch, beugte seinen Oberkörper so weit wie möglich nach hinten, als wollte er den größtmöglichen Abstand zu dem haben, was ihn erwartete. Dann lehnte er den Kopf zurück, so dass er seine Frau von oben herab anblicken konnte. Wie zu ihren Lebzeiten! Auch da hatte er sie, die einen Kopf kleiner war, gern von oben herab angeblickt. Er schien sich genau überlegt zu haben, mit welchem Gefühl man einer Selbstmörderin begegnete, und hatte sich für Verächtlichkeit entschieden. Jedenfalls, was den äußeren Ausdruck anging, den er in seinen herabgezogenen Mundwinkeln präsentierte. Wie es in seinem Innern aussah, fragte sich der Polizeipräsident vergeblich.

»Ist das Ihre Frau?«, erkundigte er sich der Form halber.

Friedrich Gottorf machte mit der rechten Hand eine Bewegung, als wollte er sein Monokel hervorziehen, dann jedoch nickte er und ließ die Hand wieder sinken. Ohne ein weiteres Wort drehte er sich um und verließ den Raum wieder.

Erwin Markmann eilte hinter ihm her. »Ich bin untröstlich, Herr Gottorf. Aber das musste leider sein. Gerne hätte ich es Ihnen erspart, das dürfen Sie mir glauben.«

Friedrich Gottorf blieb so abrupt stehen, dass der Polizeipräsident beinahe in ihn hineingelaufen wäre. »Unsere Verabredung gilt noch. Nehmen Sie Marika Melford fest. Sie ist die Mörderin meiner Frau.«

Der Polizeipräsident erschrak. »Ihre Frau hat eindeutig Selbstmord begangen.« Er zog einen Brief aus der Innentasche seiner Jacke und hielt ihn Friedrich Gottorf hin. »Hier, ihr Abschiedsbrief. Wir haben ihn in der Kleidung gefunden.«

Gottorf nahm ihn unbewegt entgegen und steckte ihn ein. »Sie ist die Mörderin meiner Frau«, wiederholte er. »Auch wenn sie Edith nicht auf die Schienen gestoßen hat.«

Nun verstand Erwin Markmann. »Sie meinen, dass sie für den Tod Ihrer Frau verantwortlich ist. Ich werde die Melford selbstverständlich zu diesem Fall vernehmen. Vielleicht verwickelt sie sich in Widersprüche, dann können wir ihr eine Mitschuld anhängen …« Hastig redete er weiter, unsicher, ob er den Witwer richtig verstanden hatte. »Und dann haben wir ja immer noch die Möglichkeit, ihr etwas unterzuschieben …«

»Ich sehe, wir verstehen uns«, antwortete Friedrich Gottorf und verließ das Gebäude so zügig, dass der Polizeipräsident es irgendwann aufgab, ihm zu folgen. Er musste einsehen, dass der Schokoladenfabrikant an seiner Gesellschaft nicht weiter interessiert war.

Zu Hause erwartete ihn Lilli mit roten Augen und einem verweinten Gesicht. Schluchzend warf sie sich in seine Arme. »Hast du sie gesehen?«

Er nickte und ging zur Bar, um sich einen Brandy einzugießen. Friedrich Gottorf trank niemals tagsüber. Aber den Tod seiner Frau hielt er für eine angemessene Gelegenheit, sich einmal über diesen Grundsatz hinwegzusetzen.

»Wie sah sie aus?«, fragte Lilli.

»Ganz friedlich«, antwortete Friedrich nach längerem Überlegen und dachte an die verzerrte Grimasse, die zum Vorschein gekommen war, als das Laken von Ediths Gesicht entfernt worden war, die nur halb geschlossenen Augen, die aufgerissenen Mundwinkel, die aufgeplatzte Stirn, das zertrümmerte Gebiss …

»Warum hat sie das getan?«, weinte Lilli.

Friedrich setzte sich zu ihr, ließ den Abschiedsbrief aber, wo er war. »Deine Mutter hatte ein Verhältnis«, begann er.

»Niemals!«, rief Lilli. »Mama hätte nie was mit einem anderen Mann angefangen.«

»Das stimmt. Es war eine Frau. Deine Mutter unterhielt eine lesbische Beziehung. Anscheinend hatte sie vor, mich … uns zu verlassen. Aber diese Frau hat mit ihr Schluss gemacht. Das war für deine Mutter Grund genug, nicht mehr leben zu wollen.«

Lilli starrte ihn mit offenem Mund an. Aus einem Mundwinkel tropfte Speichel, ihre Nase lief, ohne dass sie auf die Idee kam, sich zu schnäuzen.

Friedrich konnte diesen Anblick nicht ertragen und erhob sich. »Wenn Henry nur da wäre! Er gehörte an unsere Seite, wenn wir eure Mutter beisetzen.«

Lilli stand auf, lief zu ihm und schmiegte sich an seinen Arm. »Ich bin ja da, Papa!«

Friedrich stand stocksteif da. »Wasch dir das Gesicht, Kind. Du ruinierst meine Anzugjacke.«

»Es war schon dunkel«, flüsterte Babette. »Meine Eltern hätten mir nie erlaubt, bei Dunkelheit das Haus zu verlassen, aber die Jansens kümmerten sich ja nicht um mich. Denen war es ganz egal, wo ich mich aufhielt. Hauptsache, das Geld von meinen Eltern kam pünktlich.«

Tessa beobachtete sie unauffällig. Babette von Keller wirkte einerseits entschlossen, als wollte sie endlich die Gelegenheit wahrnehmen, sich ihr Trauma von der Seele zu reden, aber andererseits auch ängstlich, als wäre sie ihrer Sache nicht wirklich sicher. Es hätte Tessa nicht gewundert, wenn Babette sich gefragt hätte, ob es ihrem Mann recht sein könne, was sie hier tat. Tessa wurde immer sicherer, dass sie sich das tatsächlich fragte, aber sie sprach es nicht aus.

»Was sollten Sie bei Dunkelheit draußen?«, fragte sie. »Hatten Sie eine Verabredung? Wollten Sie jemanden besuchen?«

»Ich kannte ja niemanden. Nein, ich wollte einfach raus. Weg von dieser schrecklichen Familie! Die Eltern stritten sich nur, die Kinder waren dreckig und primitiv und versuchten, mich zu bestehlen.«

»Sie sind also spazieren gegangen?«

Babette senkte den Kopf. »Am Strand. Da, wo es besonders dunkel und einsam ist. Heute verstehe ich mich selbst nicht.«

»Was geschah dort?«

»Ein Mann war mir gefolgt. Die Brandung war heftig an diesem Abend, seine Schritte im Sand waren nicht zu hören. Ich bemerkte ihn erst, als er …« Babette von Keller stockte, musste erst die Kraft finden, um weiterzusprechen. »… als er mich von hinten packte. Sein Unterarm drückte auf meine Kehle, ich dachte, er erwürgt mich. Vor Angst und Schreck konnte ich mich nicht wehren, aber auch weil er mir sofort die Kehle zudrückte, als ich versuchte, ihn abzuschütteln.«

»Was geschah dann?«

»Er schleifte mich zu den Dünen.«

Tessa beugte sich vor. »Wer war es? Würden Sie ihn wiedererkennen?«

»Ich habe ihn nicht gesehen. Nur gespürt. In den Dünen hat er mich vornüber in den Sand geworfen und dafür gesorgt, dass ich mich nicht umdrehen konnte. Kein Wort hat er gesprochen, wahrscheinlich, damit ich ihn später nicht an seiner Stimme identifizieren konnte. Ich lag da, mit dem Gesicht im Sand, und dachte, er bringt mich um.«

»Aber er brachte Sie nicht um.« Tessas Stimme war leise und ganz sanft.

Babette suchte nach einem Taschentuch. »Nein, umgebracht hat er mich nicht. Aber … er hat etwas in mir getötet, für immer zum Schweigen gebracht. Mit sechzehn ist man so voller Optimismus und Fröhlichkeit. Das hat er mir genommen.«

»Was hat er getan?«, beharrte Tessa. »Sprechen Sie es aus! Nur so können Sie sich von dem Alptraum befreien.«

Babette putzte sich umständlich die Nase, faltete sorgsam das Taschentuch zusammen, das mit feiner Spitze gesäumt war, und steckte es weg. Dann erst sagte sie so leise, dass Tessa sie kaum verstehen konnte: »Er hat mich vergewaltigt.«

Tessa zögerte. »Auf eine Weise, dass Sie ihn nicht sehen konnten?«

»Er war immer hinter mir. Die ganze Zeit. Und als er … fertig war, hat er mich liegen lassen und ist weggelaufen.«

»Haben Sie sich dann umgedreht?«

»Erst später. Mir tat ja alles weh. Er hatte mir das Gesicht in den Sand gedrückt, so dass ich kaum Luft holen konnte. Es hat eine Weile gedauert, bis ich es endlich schaffte, mich aufzusetzen. Da war er schon weit entfernt. Ich kann heute nicht einmal sagen, ob er groß oder klein war, kräftig oder zierlich. Er roch nach Alkohol, nur das weiß ich. Und ein Muttermal habe ich gefühlt. Ein großes erhabenes Mal in der Armbeuge. Bei dem Versuch, ihn wegzuschieben, habe ich es in meiner Handfläche gespürt. Ganz deutlich!«

»Rechts oder links?«

Babette überlegte. »Das weiß ich nicht mehr. Aber es muss groß gewesen sein. Mindestens so groß wie ein Geldstück.«

Tessa stand auf und holte ihr ein Glas Wasser. Als sie es Babette reichte, lächelte sie anerkennend. »Sie haben es geschafft, Frau von Keller. Sie haben ausgesprochen, was Sie so viele Jahre belastet hat. Sicherlich sollten wir noch öfter darüber reden, damit Sie endlich verarbeiten können, was damals geschah. Aber den ersten Schritt, den wichtigsten, haben Sie getan. Ich glaube, dass es Ihnen bald besser gehen wird.«

Babette trank gierig. Als sie das Glas absetzte, konnte sie sogar ein wenig lächeln. »Das Reden hat gutgetan«, gestand sie. Und leise ergänzte sie: »Danke.«

Tessa setzte sich wieder. »Was geschah danach? Wie haben Ihre Gasteltern reagiert?«

»Ich habe ihnen nichts davon gesagt. Am nächsten Tag habe ich behauptet, ich wäre krank. Sie haben mich liegen lassen und sind ihrer

Arbeit nachgegangen. Abends, als sie heimkamen, hatte ich mich einigermaßen erholt. Sie haben sich nur aufgeregt, weil ich nicht auf die Idee gekommen war, das Abendessen zu machen. Das gnädige Fräulein ist natürlich zu fein dafür, hieß es, die muss sich ausruhen, weil sie unpässlich ist.« Babette schüttelte sich. »Zum Glück weiß ich nicht mehr, wo das Haus ist. Es lag außerhalb des Ortes, Richtung Wenningstedt. Mein Mann wollte, dass ich ihm das Haus zeige, aber ich will es nicht sehen. Und erst recht nicht die Leute, die da wohnen. Die Eltern leben vielleicht nicht mehr, aber die Kinder waren auch nicht besser.«

»Jansen ist ein häufiger Name auf Sylt«, überlegte Tessa. »Wir werden später entscheiden, ob es sinnvoll ist, sich auch dieser Erinnerung zu stellen.«

Babettes Miene wurde ängstlich. »Sie meinen, ich muss zu diesen Leuten hin? Nein, das will ich nicht.«

Tessa beruhigte sie. »Wir tun nichts, was Sie nicht möchten. Die Vergangenheitsbewältigung soll Sie entlasten, nicht weiter belasten.«

Marika erwachte hinter einem Schleier, der mit den Augen nicht zu durchdringen war. Sie kniff sie zusammen und öffnete sie erneut, aber noch immer konnte sie nicht erkennen, was sich hinter dem Schleier befand, der nur wenig Helligkeit durchließ. Sie fühlte sich schlecht. Ihr Kopf schmerzte, hinter der Stirn gab es ein dumpfes Pochen, ihre Kehle brannte, Übelkeit fiel über sie her, sie begann zu würgen.

Sie hörte Schritte, eine Hand griff nach ihrem Arm und ließ ihn erst los, als das Würgen ein Ende hatte. Marika wollte sich den Mund abwischen, aber ihre Lippen waren trocken. Das erleichterte sie. Sie hatte nichts hervorgewürgt, sie brauchte nicht aufzustehen, um etwas wegzuwischen, sie konnte sich wieder fallenlassen. Gerne hätte sie noch einmal die Augen geöffnet, fühlte sich aber zu schwach. Dankbar nahm sie ein Geraschel wahr, ließ sich in die Erleichterung sinken, dass sie nicht allein war, und schlief wieder ein.

Als sie erneut erwachte, hatte der Schleier sich gelichtet. Das Bild, das sie vor sich sah, war immer noch verschwommen, aber einige Konturen stachen hervor. Ein Schrank, den sie noch nie gesehen hatte, eine ihr unbekannte Lampe, die von der Decke baumelte, ein paar Plakate an der Wand, die sie nicht erkennen konnte. Nur dass sie diese ebenfalls noch nie gesehen hatte, wusste sie. Auch der Geruch war ihr nicht vertraut. Säuerlich war er, unangenehm, und er war in ihrer Nähe entstanden, das spürte sie. Ein Geruch, der von ihr ausging. Erbrochenes? Sie verzog das Gesicht. Ekelhaft! Wo war sie? Wie war sie hier hingekommen? Und warum ging es ihr so schlecht?

Sie versuchte sich aufzurichten, aber es gelang ihr nicht. Stöhnend drückte sie den Hinterkopf in ein flaches Kissen und dachte nach. Der »Top-Keller«! Die Polizeirazzia! Das Versteck in der Besenkammer. Und dann Gläser mit Wein, mit Sekt, mit Bier. Viele Gläser! Auch Schnapsgläser mit dunklen Flüssigkeiten erschienen vor ihrem geistigen Auge. Als sie daran dachte, setzte gleich wieder das Würgen ein. Aber auch diesmal trat nichts hervor. Anscheinend gab es in ihrem Körper nichts mehr, was herausgewürgt werden konnte.

»Kommst du allmählich zu dir?«, fragte eine Stimme, die ihr bekannt, aber nicht vertraut war.

Sie öffnete die Augen erneut und starrte ein Gesicht an, das Gesicht einer Frau, die sich über sie beugte. Sie kannte es, aber irgendwas war anders als sonst …

»Du kennst mich nur mit dem angeklebten Bart.« Brigitte lächelte.

Marika stöhnte auf. »Ich habe mich betrunken, als ich allein war«, brachte sie mühsam heraus.

Brigitte lächelte. »Das haben wir gemerkt, als wir dich heute Morgen gefunden haben. Du hattest sogar eine handfeste Alkoholvergiftung.«

»O Gott!«

»Wir mussten einen Arzt holen.«

»Wir?«

»Die Chefin und ich. Sie hat einen Wagen kommen lassen, der dich zu mir gebracht hat.«

»Tessa …«

»Ja, deine Tochter hätten wir gut gebrauchen können. Eine Ärztin! Die wäre genau richtig gewesen. So aber hat dich Doktor Hindemith versorgt. Er wohnt in der Nähe. Und er erwartet eine angemessene

Bezahlung. Ich habe ihm gesagt, du kommst in den nächsten Tagen und begleichst seine Rechnung.«

Nun war der Schleier zerrissen, Marika sah alles mit scharfen Umrissen und erkannte auch die Einzelheiten.

»Er hat sich gefragt, wie sich eine Frau in deinem Alter derart betrinken kann.« Brigitte lachte leise. »Aber keine Sorge, ich habe ihm nicht verraten, wie es kam, dass du mit unzähligen Wein-, Bier- und Schnapsgläsern allein warst.«

Marika hob den Oberkörper an, indem sie sich auf den Ellbogen aufstützte. »Danke.«

Brigitte saß an einem kleinen Holztisch in der Nähe des Bettes, vor ihr stand ein Becher mit einer dampfenden Flüssigkeit. Marika durfte nicht hinsehen, damit sich ihr der Magen nicht schon wieder umdrehte.

»Auch dafür«, fuhr sie fort, »dass du mich gestern versteckt hast. Oder war das schon vorgestern?«

Brigitte lächelte belustigt. »Erstaunlich, dass niemand hinter den Vorhang gesehen und die Tür entdeckt hat.«

»Warum bist du nicht in der Nacht zurückgekommen und hast mich da rausgeholt?«

Brigitte trank aus und stellte den Becher energisch zurück. »Das wäre zu riskant gewesen. Man musste damit rechnen, dass der ›Top-Keller‹ für den Rest der Nacht unter Beobachtung steht. Wie hätte ich das erklären sollen, wenn mich dort jemand erwischte?« Sie stand auf und setzte sich auf Marikas Bettkante. »Heute Morgen bin ich sofort losgegangen. Noch bevor die Putzfrauen kamen. Himmel, ich dachte zuerst, du bist tot, als ich dich zwischen den Tischen auf der Erde liegen sah.«

Marika war nun in der Lage, klar zu denken und sich in Grund und Boden zu schämen. Sie sah an sich herab und stellte fest, dass sie noch immer ihr Abendkleid trug. Es war in einem entsetzlichen Zustand. Was das für Flecken waren, die es von oben bis unten besudelt hatten, wagte sie sich nicht auszumalen.

Sie versuchte aufzustehen, aber Brigitte hielt sie zurück. »Nicht so eilig! Doktor Hindemith sagt, du musst erst was im Magen haben, was drinbleibt. Eher darfst du nicht aufstehen. Vor allem musst du was trinken. Du trocknest sonst aus.«

Brigitte verließ das Zimmer und kehrte mit einem Glas Wasser zurück, das sie Marika an die Lippen setzte. Sie trank gehorsam, schluckte mühsam, merkte aber, dass das Wasser ihr guttat, und hatte die Hoffnung, dass sie es bei sich behalten würde.

Brigitte betrachtete sie grinsend. »Eigentlich siehst du ja für dein Alter noch verdammt gut aus. Aber heute Morgen könnte man dich für siebzig halten.«

Marika ließ sich stöhnend zurücksinken. »Wo bin ich hier eigentlich? Ist das deine Wohnung?«

Brigitte nickte. »Besonders komfortabel ist sie nicht. Ich weiß, dass du was Besseres gewöhnt bist. Aber ich habe keinen Mann, den ich beerben konnte.«

Marika tat so, als nähme sie die Anzüglichkeit nicht zur Kenntnis. Sie hatte sich nie Gedanken über Brigitte gemacht, hatte sich nie gefragt, wie sie leben mochte, ob ihre Arbeit als Portier im »Top-Keller« überhaupt zum Überleben reichte oder ob sie noch andere Stellen hatte, damit sie genug Geld verdiente. »Du lebst allein?«

»Meine Freundin hat sich von mir getrennt. Ihr gehörten die meisten Möbel. Mir hat sie nur das Nötigste gelassen.«

Marika nahm sich vor, Brigitte angemessen für das, was sie getan hatte, zu entlohnen. Aber sie sprach es nicht aus, um sie nicht zu kränken. Sie würde einen Weg finden, Brigitte Geld zukommen zu lassen, ohne dass diese beschämt wurde.

»Wie spät ist es eigentlich?«

»Sechs. In zwei Stunden muss ich los zur Arbeit.«

»Ich will nach Hause.«

»Das würde ich dir nicht raten.« Brigittes Stimme klang sehr bestimmt.

»Ich soll mit dir in den ›Top-Keller‹ gehen?«

Nun lachte Brigitte. »Ich könnte mir sogar vorstellen, dass du ihn für mindestens eine Woche meidest wie die Pest.«

»Also muss ich nach Hause. Ich will in die Badewanne und mir frische Sachen anziehen. Ob es einen Taxifahrer gibt, der mich in diesem stinkenden Kleid befördert?«

Brigitte wurde mit einem Mal sehr ernst. »Du scheinst deine Situation nicht zu erkennen. Obwohl du mittlerweile aus der Wäsche guckst, als könntest du bis zehn zählen.«

Marika starrte sie lange an, dann kam allmählich das Begreifen. Die Polizei, die keine ihrer üblichen Razzien gemacht, sondern nach ihr gesucht hatte. Und der Mann, der dahintersteckte! Der womöglich weiter nach ihr suchte. Der Mittel und Wege fand, damit sie sich seiner Frau nicht mehr näherte. Der aus Edith wieder eine brave Ehefrau machen wollte.

»Aber … er wird mittlerweile wissen, dass es vorbei ist mit Edith und mir. Es gibt keinen Grund mehr für ihn, mich aus dem Weg zu schaffen.«

»Rache!«, gab Brigitte mit finsterer Miene zurück. »Das beste aller Motive.«

»Edith wird nicht zulassen, dass er mich vernichtet. Zwar habe ich sie sehr enttäuscht, aber das wird sie trotzdem verhindern.«

Brigitte setzte sich nun wieder auf ihre Bettkante. »Da gibt es etwas, was du noch nicht weißt …«

Aafke empfing sie am Abend mit der stoischen Freundlichkeit, die ein typisches Merkmal der Sylter zu sein schien. Sie lächelte nicht, zeigte Tessa aber, dass sie willkommen war. Auf dem Herd stand ein Topf mit dampfender Gemüsesuppe, ihr Bett war gemacht, ihr Waschgeschirr gesäubert worden. »Ihren ganzen Klitterkram habe ich ins Kabuff geräumt. Ohrringe, Ketten und so einen Tünterkram brauchen Sie hier nicht.«

Tessa wusste nicht, was sie von Aafkes Eigenmächtigkeit halten sollte. Zwar war sie froh gewesen, als Reimert ihr den Vorschlag gemacht hatte, dass sie seine Haushälterin auch in ihre Dienste nehmen könne, aber dass Aafke so selbstverständlich das Regiment in ihrem kleinen Haushalt übernahm, verblüffte sie. Und sie konnte nicht sagen, dass sie darüber erfreut war.

»Herr Cruse sagt, ich soll mich darum kümmern, dass es Ihnen an nichts fehlt«, rechtfertigte sich Aafke Witt, die offenbar erkannte, dass

Tessas Freude über die getane Arbeit ambivalent war. »Er meinte, Sie könnten auch in seinem Haus essen, aber ich dachte, Sie wollen sicherlich für sich sein.« Sie warf Tessa einen kritischen Blick zu und ergänzte dann: »Nach einem anstrengenden Tag in Ihrer Praxis. Zu den Flappschöttels gehören Sie ja anscheinend nicht.«

»Flapp …?«

»Schwatzhaft, meine ich, sind Sie wohl nicht.«

Die Freude, mit Reimert gemeinsam eine Mahlzeit einnehmen zu können, wich schlagartig der Erkenntnis, dass Aafke recht hatte. Nein, sie durfte sich Reimert Cruse nicht mit großen Schritten nähern, sie musste vorsichtig Fuß vor Fuß setzen. Und ihr ging genauso jäh auf, dass sie sich die Haushälterin zur Freundin machen sollte, damit sie erfuhr, was es mit Reimert auf sich hatte, warum er zum Beispiel unverheiratet war.

Tessa gab sich also hochzufrieden über die Sauberkeit und Ordnung in ihrem Hause, lobte die Suppe und ließ sogar zu, dass Aafke Witt ihr auftat, kaum dass sie sich an den kleinen Küchentisch gesetzt hatte. »Herr Cruse kommt erst später aus dem Rathaus zurück. Seine Suppe ist schon fertig. Sobald er kommt, gehe ich rüber.« Damit hatte sie klargemacht, dass er für sie der wichtigere Arbeitgeber war, dass er Vorrang hatte und Aafke Witt nur für Tessa da sein würde, wenn der Kurdirektor sie nicht brauchte.

»Schön für ihn, dass er durch Sie eine Frau im Haus hat«, versuchte es Tessa. »Wie soll ein Mann, der nicht verheiratet ist, sonst seinen Haushalt bestellen?«

Aafke lehnte sich an den Spülstein und sah Tessa bei der Mahlzeit zu, als wollte sie sichergehen, dass sie alles aufaß. »Herr Cruse hält nichts von der Ehe«, erklärte sie, als wollte sie Tessa von vornherein jede Hoffnung nehmen. »Wenn dem so eine Waggelmoors unter die Augen kommt, guckt der weg, dass Sie's nur wissen.« Oder hatte die Haushälterin Angst, dass sie im Falle einer Heirat die Stelle bei Reimert verlor? Womöglich wollte sie deswegen gleich klarstellen, dass ihr Arbeitgeber nicht zu haben sei.

Doch nun ergänzte sie: »Das liegt wohl an der Ehe seiner Eltern. Die war nicht gut. Da gab's dauernd Parammel, dem alten Cruse rutschte ständig die Hand aus. Der war so ein richtiger Rusebuser. Wie oft die Petrina mit einem blauen Auge durch den Ort gelaufen ist! Und dann hat sie jedes Mal behauptet, sie hätte sich am Fenstergriff gestoßen! Dabei war sie so eine Kluckhenn, immer fürsorglich und lieb.«

»Der Vater war gewalttätig?« Tessa war schockiert.

Aafke überlegte, ob sie das so nennen wollte. Anscheinend gehörte die Handgreiflichkeit eines Ehemannes nach ihrer Meinung noch nicht in den Bereich der Gewalttaten, die für Aafke wohl erst mit Mord und Totschlag begannen. »Jedenfalls ging's da nicht besonders fröhlich zu«, erklärte sie und beendete das Thema mit einer energischen Geste. Stattdessen begann sie, von ihrer eigenen Familie zu sprechen. Von ihrem Mann, den beiden Töchtern, dem Sohn, der sein Geld beim Dammbau verdiente, der Schwiegertochter, die ihr nichts recht machen konnte, und den vier Enkelkindern, die sie vergötterte. Das dauerte so lange, bis Tessa mit ihrer Mahlzeit fertig war. Aber Anstalten, sich ins Nachbarhaus zu begeben, machte Aafke noch immer nicht. Tessa wehrte zwar ab, als sie sich ans Geschirrspülen machte, Aafke wollte jedoch nichts davon hören, dass das Fräulein Doktor so etwas selber erledigen könne. »Dafür bin ich da.«

Dann sah sie Tessa erwartungsvoll an, und diese begriff schnell, dass es nun an ihr war, aus ihrem Leben zu erzählen. Eine Hand wusch die andere. Wer etwas erfahren wollte, musste genauso viel von sich selbst preisgeben. Und da Tessa darauf hoffte, noch viel über Reimert Cruse in Erfahrung zu bringen, berichtete sie bereitwillig von ihren Eltern, ihrem Vater, der im letzten Kriegsjahr gefallen war, und ihrer Mutter, der sie zu verdanken hatte, dass sie Medizin studieren durfte.

Aafke schüttelte missbilligend den Kopf. Eine Mutter, die so etwas zuließ, war nicht nach ihrem Geschmack. Tessa verkniff sich ein Lächeln. Wenn Aafke gewusst hätte, dass ihre Mutter nachts durch Lesben-Clubs tanzte und kurze Röcke trug, wäre sie vermutlich hellauf entsetzt gewesen.

»Sie hätten doch auch heiraten können«, meinte sie, als gäbe es nur das eine oder das andere.

Tessa lachte. »Das kann ich immer noch. Schließlich bin ich noch keine dreißig.«

Aafke warf ihr einen Blick zu, als wollte sie sich vergewissern, dass sie wirklich eine Frau vor sich hatte, die weiblich geblieben war trotz ihrer männlichen Bildung. »Na, dann suchen Sie sich mal einen Kerl, der bereit ist, so eine Studierte zu heiraten. Hier auf Sylt finden Sie so einen Dummbart nicht, das sage ich Ihnen gleich.«

Tessa dachte prompt an Reimert Cruse, der Aafkes Abneigung gegen Frauen, die sich das Recht nahmen, eine Universität zu besuchen, offenbar nicht teilte. »Es gibt auch Männer, die anders denken«, sagte sie selbstbewusst.

Aber Aafke machte eine wegwerfende Handbewegung, so dass das Spülwasser durch die Küche spritzte. »Die über die Einstellung des Kurarztes zu bestimmen haben, waren jedenfalls alle gegen Sie, Fräulein Doktor. Dass Sie sich da bloß nichts einbilden.«

»Ach«, antwortete Tessa gedehnt. »Und warum bin ich trotzdem Kurärztin geworden?«

»Weil das Wort unseres Kurdirektors Gewicht hat«, antwortete Aafke, und nun war ihr rundes Gesicht voller Stolz auf ihren Arbeitgeber. »Der hat gesagt, unsere Insel würde von fortschrittlichen Gästen besucht. Und die wollten fortschrittliche Menschen hier antreffen. Auf dem Festland wäre es gar nicht mehr so selten, dass Frauen studierten und dann sogar einen Doktor vor ihrem Namen stehen haben.«

»Da hat Herr Cruse ganz recht«, gab Tessa lächelnd zurück.

»Er wollte unbedingt, dass Sie Kurärztin werden«, bekräftigte Aafke. »Einige haben sich gefragt, warum er so daran interessiert ist. Der Bürgermeister meinte sogar, dass der Kurdirektor Sie kennt, dass er Sie auf die Insel holen will, weil er was mit Ihnen hat. Er fährt ja gelegentlich aufs Festland. Da könnte er Sie kennengelernt haben.« Aafke warf Tessa einen Blick zu, den diese jedoch so unbefangen erwiderte, dass die Haushälterin zufrieden nickte. »Der Bürgermeister hat gesagt, wenn eine ganz Hübsche auf Sylt aufkreuzt, so'n Fliertje, der unser Kurdirektor schöne Augen macht, dann wissen wir Bescheid. Er kann ja ein richtiger Scharmantje sein, wenn er will.«

Aafke warf Tessa einen kritischen Blick zu, aber ob sie zu der Ansicht gekommen war, dass Tessa zu diesen ganz Hübschen gehörte, war nicht zu erkennen. Aafke Witt war keine Frau, die Komplimente machte. Aber es kam Tessa so vor, dass sie auch nicht in die Schublade mit den Fliertjes geworfen wurde. Denn was das bedeutete, konnte sie sich vorstellen. In Berlin sprach man dann von Flittchen.

»Außer dem Herrn Kurdirektor waren alle gegen Sie«, wiederholte Aafke, »dass Sie's nur wissen.«

Tessa machte den Versuch, sich zu verteidigen. »Aber ich hatte heute schon eine Patientin. Gleich am ersten Tag!«

Das beeindruckte Aafke Witt nicht. »Wahrscheinlich eine Frau vom Festland. Ein Pudel, ein Badegast! Die mag so was gewöhnt sein. Die Sylter werden weiter zu Doktor Mommsen gehen, das sage ich Ihnen gleich, Fräulein Doktor.«

»Abwarten«, sagte Tessa zuversichtlicher, als sie sich fühlte.

»Ist ja auch egal«, beendete Aafke das Thema. »Der Kurarzt ist in erster Linie für die Badegäste da. Wenn die sich mit einer Ärztin zufriedengeben … das geht mir am Moors vorbei.«

Tessa beschloss, den Verschlag im Garten aufzusuchen, in dem sie sich hoffentlich vor Aafkes Meinungen so lange verbergen konnte, bis diese mit dem Spülen fertig war. Alles in ihr frohlockte! Reimert Cruse hatte ihre Einstellung durchgesetzt, obwohl es nur Gegenstimmen gegeben hatte! Was für ein fortschrittlicher, liberaler Mann! Ein Visionär, der auch als einer der Ersten erkannt hatte, wie wichtig ein Bahndamm für die Insel war! Wieder verglich sie ihn mit Kurt, und erneut kam sie zu der Ansicht, dass Intelligenz nichts mit Bildung zu tun haben musste. Kurt wusste alles über Juristerei, Reimert dagegen wusste alles über das Leben. Viel mehr als Kurt …

Die Dunkelheit war schon vor Stunden hereingebrochen. Je mehr sie sich vom Zentrum entfernten, desto düsterer wurde die Stadt. Leiser allerdings nicht. Nur die Art des Lärms veränderte sich. Während dort, wo das Nachtleben pulsierte, Motorenlärm, Musik und Gelächter zu hören waren, drangen hier keifende Stimmen aus geöffneten Fenstern,

Kindergeschrei und das Klappern von Gerätschaften. In den Hinterhöfen war es noch schlimmer. Dort wurde auch schon mal ein Nachttopf über dem Kopf eines anderen ausgeleert, mit dem Messer gedroht und die Drohung nicht selten wahrgemacht. In den Vorderhäusern ging es ruhiger zu, dort waren die Wohnungen komfortabler, die Mieten höher und die Bewohner auf Ruhe bedacht.

»Es bleibt dabei«, flüsterte Brigitte. »Du hältst dich zurück. Dann werden wir ja sehen, wie ernst es der einflussreiche Herr meint.«

Sie hatte Marika, als sie endlich so weit war, dass sie aufstehen konnte, mit einer Hose versorgt, die zwar sauber, aber viel zu groß war, und mit einem Hemd, das ihr ebenfalls zwei Nummern zu weit war. Aber alles war besser als ihr schmutziges Abendkleid. Dass sie zu Hose und Hemd elegante Riemchensandaletten trug, war nicht weiter schlimm. In Berlin waren zu dieser Zeit so viele verrückte Leute unterwegs, dass niemand auf solche Feinheiten achtete, sondern bei ihrem Aufzug womöglich sogar an eine neue Mode dachte.

Sie drückten sich in den Schatten einer Hauswand und beobachteten eine Weile die Straße. Ein Betrunkener suchte sich den Weg nach Hause, ein alter Mann kam mit seinem Hund über die Straße und sorgte dafür, dass er sich im Rinnstein erleichterte, zwei Prostituierte machten sich auf den Weg zu ihrem Platz in der Innenstadt. Kein Verdächtiger weit und breit!

»Vielleicht habe ich mich doch getäuscht«, flüsterte Brigitte, »und sie haben aufgegeben.«

»Sicher ist sicher«, meinte nun auch Marika, die sich lange gegen Brigittes Plan gewehrt hatte, weil sie ihn für eine völlig übertriebene Vorsichtsmaßnahme hielt.

»Es ist ja nicht einmal klar, wer hinter dieser Razzia steckte«, hatte sie am Tag zuvor noch gesagt. »Vielleicht hat Ediths Mann gar nichts damit zu tun.«

Aber davon war Brigitte nicht abzubringen gewesen. Und schließlich hatte Marika nachgegeben. Als sie sich erholt und die erste normale Mahlzeit zu sich genommen hatte, waren die beiden Frauen losgezogen. Brigitte voll von detektivischem Spürsinn, Marika müde, noch immer schwach und so traurig, dass ihr beinahe alles egal war. Das Schuldgefühl, das Brigitte ihr ausreden wollte, drückte so schwer, dass die Aussicht, verhaftet und unter eine absurde Anklage gestellt zu werden, keinen Schrecken für sie hatte. Kaum, dass sie wieder ihre Kräfte gespürt und der Kopfschmerz nachgelassen hatte, behauptete sie sogar, sie wolle gerade das. »Ich hätte es verdient.«

Aber Brigitte hatte ihre Selbstanklagen vom Tisch gefegt. »Davon wird Edith nicht wieder lebendig.«

Marika lehnte sich kraftlos an die Hauswand. In ihrem Kopf drehte sich schon wieder alles, die Beine wurden ihr schwer. »Mach schon«, flüsterte sie. »Ich klappe gleich zusammen.«

Wieder mal fühlte sie sich alt. Im »Top-Keller« lachte sie jedes Mal, wenn die Rede aufs Alter kam, und behauptete, seit ihrem fünfzigsten Geburtstag ginge es ihr besser als in ihrer Jugend, nun aber fürchtete sie tatsächlich, dass sie zu alt für dieses Abenteuer war. »Vergiss den Namen nicht: Begowsky! Und vor allem: Denk an alles, was ich brauche.«

»Ich hab's mir aufgeschrieben.«

»Also gut.« Marika verpasste Brigitte einen aufmunternden Klaps, dann beobachtete sie, wie diese loslief.

Als zu erkennen war, auf welches Haus sie zuging, änderte sich prompt etwas. Aus einem gegenüberliegenden Hauseingang löste sich eine Gestalt, am anderen Ende der Straße gab es plötzlich Bewegung. Zwei Männer gingen den Bürgersteig entlang, in ein angeregtes Gespräch vertieft. Aber Marika hielt es durchaus für möglich, dass sie die harmlosen Bürger nur spielten. Vorsichtig zog sie sich zurück. Dass sie nur nicht bemerkt wurde! Dann wäre alles umsonst gewesen.

Kaum ging Brigitte auf die Eingangstür des Hauses zu, in dem Marika wohnte, bekam sie den Beweis geliefert, dass die Vorsichtsmaßnahme begründet gewesen war. Sie hörte, wie Brigitte von dem Mann, der im gegenüberliegenden Hauseingang gespäht hatte, angesprochen wurde: »Wohin wollen Sie?«

Brigitte antwortete frech: »Was geht Sie das an?«

Nun waren auch die beiden anderen herangekommen. Einer von ihnen griff in seine Jackentasche. Anscheinend präsentierte er Brigitte seinen Ausweis. »Also noch einmal: Wo wollen Sie hin? Oder wohnen Sie in diesem Haus?«

»Ich will einen Besuch machen«, gab Brigitte zurück.

»Bei Melford?«

»Nein, bei Begowsky! Wieso fragen Sie?«

Marika konnte beobachten, wie einer der drei die Namenschilder neben der Tür kontrollierte. Dann murmelten sie etwas, was sie nicht verstehen konnte, und entfernten sich. Wie gut, dass Brigitte im »Top-Keller« stets einen angeklebten Bart trug! Sonst hätten die Polizisten sie womöglich erkannt! So aber trat sie unbehelligt ein und galt als Besucherin der Familie Begowsky, die ihre Wohnung auf derselben Etage hatte wie die Melfords.

Marika lief die schmale Seitengasse bis zu einem Zaun, hinter dem sich der Hühnerstall eines Nachbarn befand, in dem schon lange kein Huhn mehr gackerte. Nachdem er ein Federvieh nach dem anderen an Hühnerdiebe verloren hatte und es ihm auch selten vergönnt gewesen war, seine Eier selber zu essen, hatte er es aufgegeben. Der Stall war nun leer, immer noch von Hühnerkot überkrustet und wurde gelegentlich als Abtritt benutzt. Einmal hatte ein junges Mädchen dort sogar ihr Baby zur Welt gebracht. Kein schöner Ort! Aber genau richtig für das, was Brigitte vorhatte. Im Schutz des Hühnerstalls konnte sie auf das Gerümpel steigen, was sich dahinter angesammelt hatte, und die beiden Koffer, die sie für Marika gepackt hatte, über die Mauer werfen.

Marika wartete etwa eine Stunde, in der sie oft angesprochen wurde, in der sie sich verteidigen musste, in der ihr sogar jemand ein Messer an die Kehle hielt und Geld forderte. Als er sich aber davon überzeugt hatte, dass ihre Taschen leer waren, steckte er das Messer weg und begann eine Unterhaltung mit ihr, die ihr beinahe noch lästiger war als sein jäher Angriff. Sie musste allein sein, wenn Brigitte die Koffer zum Hühnerstall geschleppt hatte. Dieser Kerl würde sie ihr abnehmen, kaum dass Brigitte sie über die Mauer geworfen hatte.

»Mach, dass du wegkommst«, sagte sie nun. »Mein Mann taucht hier gleich auf. Und wenn der dich mit mir zusammen sieht, kriegst du einen auf die Nase.«

Der Kerl trollte sich endlich, und Marika fragte sich gerade, was Brigitte in die Quere gekommen sein mochte, da hörte sie Geräusche auf der anderen Seite der Mauer.

»Endlich!«

Schon wenige Minuten später saß Marika auf einem Koffer, hielt den anderen zwischen den Beinen und wartete darauf, dass Brigitte das Haus durch die Tür verließ, wie ein Gast, der einen Besuch gemacht hatte.

Kurz darauf stand sie neben Marika. »Ich habe alles gefunden.« Sie streckte Marika den Schlüssel entgegen. »Oder soll ich ihn für dich aufbewahren?«

Aber Marika steckte ihn in einen der Koffer. »Wer weiß, wann ich zurückkomme. Und wer weiß, ob ich dich dann antreffe.« Sie musste schon an der nächsten Ecke eine Pause einlegen und stellte schnaufend den Koffer ab. »Warum tust du das alles für mich, Brigitte?«

Der Portier des »Top-Kellers« wurde nun sehr verlegen. »Ich hatte noch nie eine Freundin. Ich meine … eine richtige.«

Marika verstand. Brigitte bewegte sich in der Welt der lesbischen Beziehungen, wo für Freundschaft zwischen Frauen kein Platz zu sein schien, wo es nur Liebe zwischen Frauen gab oder das, was man dafür hielt. »Jetzt hast du eine«, erwiderte sie herzlich und umarmte Brigitte.

Während sie ihren Koffer weiterschleppte, dachte sie, dass wohl auch Edith eine Freundin hätte werden können. Eine richtige Freundin zum Lachen und Teetrinken, Einkaufen und Kuchenbacken, Kleidertauschen und für Gesellschaftsspiele. Sich von Edith zur Geliebten machen zu lassen, war ein riesengroßer Fehler gewesen.

Reimert Cruse hatte das Bedürfnis, für eine Stunde allein zu sein. Er musste raus aus seinem muffigen Büro, weg von den Antrag- und Bittstellern, von den Beschwerdeführern, Pedanten und Besserwissern und denen, die ihm mit immer neuen Ideen kamen. Er musste eine Weile mit seinen Gedanken allein sein, weil sie ihm ständig und überall in die Quere kamen. Eine Stunde vor der Mittagspause verließ er sein Büro, schlug aber nicht den Weg nach Hause ein, wo Aafke Witt ihn mit dem Essen erwartete, sondern ging auf den Strandübergang am Miramar zu, um zum Meer zu kommen. Eine halbe Stunde den Blick auf den Horizont richten, der Brandung lauschen, die Gischt beobachten, die Füße den auslaufenden Wellen hinhalten und spüren, wie sich der Sand unter ihnen bewegte, nachgab und sie hinabzog.

Er hatte es sich leichter vorgestellt, das sagte er sich, kaum dass er das Meer vor Augen hatte, das in jedem Menschen die Wahrheit weckte. Es war schwer, die neue Kurärztin in seiner Nähe zu haben, sie an einem beleuchteten Fenster vorbeigehen zu sehen, sie im Garten zu beobachten, von Aafke zu hören, welche Gewohnheiten sie hatte, und während seiner Arbeit im Rathaus zu wissen, dass sie nur wenige Meter entfernt auf Patienten wartete. Es war viel schwerer, als er gedacht hatte. Wie ein ungeheurer Glücksfall war es ihm erschienen, als er ihre Bewerbung auf den Tisch bekommen hatte, wie ein Lotteriegewinn. Für nichts auf der Welt hätte er sie sich von dem Gremium, das für die Einstellung des Kurarztes zuständig war, ausreden lassen. Wohl deswegen war er auch so überzeugend gewesen, dass alle Gegenargumente schließlich verpufft waren. Dass sie noch immer ohne Patienten war, konnte ein Problem werden. Reimert wusste, dass es nur eine einzige Frau gab, die sich von ihr behandeln ließ, diejenige, die gleich am ersten Tag zu ihr gekommen war. Wenn sich da nichts änderte, würde er zugeben müssen, die falsche Entscheidung getroffen zu haben. Und dann würde ihm, wenn der Vertrag ausgelaufen war, nichts anderes übrigbleiben, als der Entlassung der Kurärztin zuzustimmen. Das musste er unbedingt verhindern.

Er hatte schon den Eingang des Miramar hinter sich gelassen, als er von hinten angesprochen wurde. Drei Männer waren aus dem Hotel herausgetreten, die dort anscheinend eine Mittagsmahlzeit eingenommen hatten. Peter Lauritzen, der Besitzer des Grand-Hotels, Geik Lorenzen, der Tierarzt, und der Bürgermeister Rasmus Dirks. Einer der drei rief Reimerts Namen, es blieb ihm nichts anderes übrig, als stehenzubleiben und zu hoffen, dass er mit ein paar höflichen Floskeln davonkam.

Aber es sah nicht danach aus. »Wir haben gerade über Sie gesprochen«, rief Geik und winkte Reimert heran.

»Und über die Kurärztin«, ergänzte der Bürgermeister und sah Reimert bedeutungsvoll an. »Wie es aussieht, trifft genau das ein, was wir befürchtet haben. Niemand will sich von einer Frau behandeln lassen.«

»Sie ist gerade mal zwei Wochen hier«, antwortete Reimert. »Und die Hochsaison hat noch nicht begonnen. Im April sind nur wenige Badegäste auf Sylt. Es ist zu früh, schon ein Urteil zu fällen.«

Er war dankbar, dass Peter Lauritzen, obwohl er am Anfang einer der schärfsten Gegner der Kurärztin gewesen war, nun um Vermittlung bemüht war. »Frau von Keller hat sich sehr positiv geäußert«, sagte er. »Die Familie von Keller wohnt in meinem Haus. Die Frau hat die Kurärztin aufgesucht.«

»Die Tochter aber konsultiert Doktor Mommsen«, wusste Geik Lorenzen, ein vierschrötiger Mann, der einen Schnauzbart hatte, dessen Spitzen ihm bis zum Kinn wuchsen.

»Und Frau von Keller ist die bisher einzige Patientin«, ergänzte der Bürgermeister, ein Mann von schmalem Körperbau, mit einem ebenso schmalen Gesicht und einer spitzen Nase, die wie bei einer schnuppernden Ratte ständig in Bewegung war. »Wie stellen Sie sich das vor, Herr Kurdirektor? Soll Doktor Mommsen in der Hochsaison zusätzlich zu seinen Patienten noch sämtliche Badegäste versorgen?«

»Warten Sie doch erst mal ab«, rief Reimert. »Frau Doktor Melford muss ihre Chance bekommen. Sie scheint eine gute Ärztin zu sein, davon konnte ich mich bereits überzeugen.«

»Ach«, kam es gedehnt vom Bürgermeister zurück. »Sie durfte bei Ihnen schon Hand anlegen?«

Der Tierarzt lachte meckernd, und auch Peter Lauritzen fiel ein, während Rasmus Dirks sich schmunzelnd in der Wirkung sonnte, die seine Bemerkung hervorgerufen hatte.

Reimert spürte Wut in sich aufsteigen und steckte die Hände in die Hosentaschen, damit er sie dort unauffällig zu Fäusten ballen konnte. »Ich verbitte mir solche Unterstellungen!«

Rasmus Dirks sah ihn erstaunt an. »Wieso? Habe ich irgendwas Despektierliches gesagt? Wenn Sie das so verstanden haben, Herr Kurdirektor, dann haben Sie mehr Phantasie als ich.«

Reimert kannte das Gefühl, das ihn durchzuckte. Er wusste, dass er jetzt sehr vorsichtig sein musste. Tatsächlich gelang es ihm, ruhig zu bleiben, aber er konnte nicht verhindern, dass seine Stimme schwankte, als er antwortete: »Ich möchte mich nicht auf das Niveau hinabbegeben, auf dem Sie das Gespräch anscheinend führen möchten. Wenn Sie aber bereit sind, sich sachlichen Argumenten zu öffnen, dann sage ich Ihnen noch einmal, was ich schon während der Diskussionen im Gremium gesagt habe: Gerade auf unserer Insel, gerade in Westerland, der Stadt, die sich ein aufstrebendes Seebad nennt, muss man mit der Zeit gehen. Und Tatsache ist nun einmal, dass sich das Frauenbild ändert, auch wenn Sie, meine Herren, dagegen sind und sogar die Augen davor verschließen. Und auch wenn unsere Frauen von diesem Zeitgeist noch nicht angesteckt wurden.«

»Gott sei Dank!«, warf Geik Lorenzen ein.

Aber Reimert ließ sich nun nicht mehr beirren. Seine Fäuste lösten sich, er konnte die Hände wieder aus den Hosentaschen nehmen. »Die Städterinnen, die sich bei uns erholen wollen, sind es gewöhnt, dass Frauen nun berufstätig sind und ganz neue Freiheiten genießen. Sie gehören womöglich selbst dazu. Diese Frauen werden es zu schätzen wissen, dass auch auf Sylt ein neuer Zeitgeist herrscht. Wie sollen wir uns ein aufstrebendes Seebad nennen, wenn wir nicht bereit sind, neue Wege zu gehen?«

»Ja, ja, unser Kurdirektor immer vorneweg«, rief der Bürgermeister, »wenn es um das Neue, Fortschrittliche geht! Beim Dammbau war er ja auch von Anfang an dafür.«

»Und dass die neue Kurärztin jung und hübsch sein soll, ist reiner Zufall?«, warf Geik Lorenzen ein.

»In der Tat«, antwortete Reimert Cruse und verbeugte sich leicht. »Und jetzt entschuldigen Sie mich bitte.«

Er wandte sich um, wollte mit energischen Schritten Richtung Meer gehen … und blieb abrupt stehen. Doktor Tessa Melford hatte anscheinend die gleiche Idee gehabt, allerdings ein wenig früher. Sie kehrte von einem Strandspaziergang zurück und stand nun vor ihm, nur wenige Meter entfernt. Reimert ärgerte sich im nächsten Augenblick, weil er sich umdrehte, um zu sehen, was Tessas Erscheinen auf den Gesichtern der drei Männer anrichtete. Es war so, wie er befürchtet hatte. Geik Lorenzen grinste breit, Rasmus Dirks zog den rechten Mundwinkel arrogant in die Höhe, und sogar Peter Lauritzen, der Wohlwollendste der drei, lächelte anzüglich. Alle waren sie offenbar der Meinung, dass hier eine Verabredung vertuscht werden sollte.

Tessa schien nichts von der angespannten Situation zu bemerken. Sie nickte grüßend zu den drei Männern und wandte sich dann mit einem so strahlenden Lächeln an Reimert, dass im Lauf des Nachmittags vermutlich ein Gerücht durchs Rathaus huschen würde, das Reimert überhaupt nicht gefiel. »Sie wollen zum Strand? Dann mache ich gerne noch ein paar Schritte mit Ihnen gemeinsam.«

Es blieb ihm nichts anderes übrig, als zuzustimmen. Aber als es so schien, dass sie nach seinem Arm greifen wollte, vergrößerte er den Abstand mit einem Schritt zur Seite.

Schweigend gingen sie Richtung Meer, Reimert mit festen Schritten, Tessa vorsichtig und darauf bedacht, dass kein Sand in ihre Schuhe kam, so dass Reimert immer wieder gezwungen war, stehenzubleiben und auf sie zu warten.

Als sie endlich an der Wasserkante angekommen waren, wurde ihm klar, dass sie weite Teile des Gesprächs mitbekommen hatte. Der Wind hatte wohl günstig gestanden.

»Danke, dass Sie mich verteidigt haben«, sagte sie. Nun griff sie tatsächlich nach seinem Arm, und Reimert hoffte inständig, dass die drei sich mittlerweile abgewandt hatten und verschwunden waren. »Liberale Männer wie Sie gibt es nicht viele. Nicht einmal in Berlin. Ich bewundere Sie wirklich. Jetzt begreife ich erst, wie schwierig es für Sie war, meine Einstellung durchzusetzen. Anscheinend haben Sie sich damit sogar Feinde gemacht.«

»Alles halb so wild«, entgegnete Reimert und wünschte sich, sie würde seinen Arm loslassen.

Er spürte, dass Tessa lächelte, obwohl sie ihn nicht ansah. »Dass es

Ihnen nicht um meine Person gegangen ist, kann ich jederzeit bestätigen, wenn Sie wollen. Sie kannten mich ja vorher nicht, Sie wussten nicht, ob ich jung und hübsch bin.«

Reimert blieb stocksteif stehen, als er spürte, wie sich ihre Hand auf seinem Arm bewegte und sie ihn auch dann nicht losließ, als sie einen Schritt zurückmachen musste, weil eine vorwitzige Welle auf ihre Schuhspitzen zuschnellte. Als sie wieder an seine Seite trat, wurde er nicht nur von ihrem Arm berührt, sondern auch von ihrem langen Rock angeweht, konnte ihren Duft einatmen und in einer winzigen Bewegung, als würde er von den Flügeln eines Schmetterlings berührt, die linke Seite ihrer Brust spüren. Es war nur der Bruchteil einer Sekunde, aber für Reimert Cruse zu viel. Er machte einen Schritt zurück, Tessas Hand fiel herab. Verzweifelt suchte er nach Worten, wollte ihr ein Kompliment machen, wollte andererseits aber nicht in den spöttischen Tonfall der drei Männer geraten, wollte auch nichts sagen, was unangemessen sein könnte … und schwieg am Ende.

Das Meer zog sich zischend zurück, zwischen der Brandung und ihren Füßen lagen mit einem Mal mehrere Meter. Das machte es ihr leicht, sich vor ihn hinzustellen, mit dem Rücken zum Meer, mit dem Blick in sein Gesicht. »Sie weichen mir aus«, sagte sie. »Warum?«

Reimert wusste nicht, was er antworten sollte, wusste nicht einmal genau, was sie meinte.

»Ich sehe Sie oft am Fenster stehen und zu mir herüberschauen«, erklärte sie. »Aber immer, wenn ich Ihnen zuwinken will, wenden Sie sich ab, wenn ich Sie auf ein Glas zu mir bitte, haben Sie viel zu tun, und wenn ich mit Ihnen plaudern möchte, fällt Ihnen prompt etwas ein, was sofort erledigt werden muss. Passt das zu dem weltoffenen, modernen Mann, der die Gleichberechtigung der Frau unterstützt?«

Reimert wurde einer Antwort enthoben, denn die nächste Welle schwappte in Tessas Hacken. Mit einem kleinen Schrei warf sie sich vor, direkt in seine Arme. Es blieb ihm nichts anderes übrig, als zuzugreifen und sie zu halten. Ihr Körper fühlte sich an wie Mettas, er roch wie ihrer nach Meer und Salz. Ihr Lachen vor seinem Gesicht, das Leuchten ihrer Augen, das in seine stach, die dünne Haarsträhne, die an seine Wangen geweht wurde … das alles wurde ihm zu viel. Mit einer heftigen Bewegung zog er sie von der Brandung weg. »Nun haben Sie nasse Füße«, sagte er tadelnd, hasste sich für diese Worte und hasste seine Stimme für ihren Klang. »Sie werden wohl nach Hause gehen müssen, um Ihre Schuhe zu wechseln.« Die Enttäuschung auf ihrem Gesicht tat ihm weh, trotzdem ergänzte er, weil er glaubte, auf ihre Worte etwas erwidern zu müssen: »Ein Kurdirektor hat eben viel zu tun.« Kaum hatte er ihn ausgesprochen, hätte er diesen dummen, lapidaren Satz am liebsten wieder zurückgeholt. Er musste auf sie wie eine Beleidigung wirken. »Ich wollte sagen …«, setzte er verzweifelt neu an. Aber sein Gefühl gab ihm recht. Sie war tatsächlich gekränkt.

»Schon gut«, sagte sie, wandte sich ab und ging mit schnellen Schritten vor ihm her. Es schien ihr nun nicht mehr wichtig zu sein, ob Sand in ihre Schuhe kam. »Ich muss Ihnen vorkommen wie eine Frau, die nicht nur gleichberechtigt sein, sondern alles auf den Kopf stellen will, auch das, was gut und richtig ist.« Sie drehte sich um und sah ihn jetzt sehr ernst an. »Bitte, verzeihen Sie mir. Ich habe vergessen, dass ich nicht mehr in Berlin bin. Dort pfeift man zurzeit auf alle Konventionen. Eigentlich wollte ich da nicht mitmachen, meine Mutter wirft mir ständig vor, dass ich mich verhalte wie eine Frau vor dem Krieg.« Sie lächelte verlegen und sogar ein bisschen traurig. »Abgesehen davon natürlich, dass ich studiert und promoviert habe, wie es vor dem Krieg nicht möglich war.«

Reimert rang nach Worten, öffnete den Mund, schloss ihn aber wieder. Ihm wollte einfach nichts einfallen, was er ihr sagen, was sein Verhalten zurechtrücken konnte, was für dieses große Thema nicht zu klein war.

Sie sprach schon weiter, als hätte er etwas entgegnet, was der Rede wert wäre. »Die neue Mode gefällt mir nicht. Meine Mutter trägt kurze Kleider und einen Bubikopf. Sie geht sogar …« Tessa stockte. Reimert kam es so vor, als wäre ihr beinahe etwas entschlüpft, was ihrer Mutter nicht zur Ehre gereicht hätte. »Mir gefallen lange Kleider und lange Haare besser«, sagte sie stattdessen. »Aber anscheinend bin ich in Berlin doch öfter dem neuen Zeitgeist begegnet, als gut ist.« Sie versuchte ein Lächeln, das ihr gründlich misslang. »Und moderner, als ich dachte.«

Nun fand Reimert endlich seine Stimme wieder. »Nein, das ist es nicht …«, begann er, wusste dann aber schon nicht mehr, was er sagen wollte.

»Sie können es ruhig zugeben.« Ihr Lächeln wurde wehmütig, trotzdem war Reimert froh, dass sie lächelte. »Aber wenn Sie das nächste Mal am Fenster stehen und herüberschauen, dann möchte ich, dass wir uns zuwinken. Und außerdem möchte ich, dass Sie mich demnächst mal auf ein Glas einladen, wenn Frau Witt nicht mehr da ist.« Er war unendlich erleichtert, als ihr Lächeln nun spitzbübisch wurde. »Ich verspreche Ihnen auch, es niemandem zu verraten. Vor allem nicht den drei Herren, die Ihnen gerade so zugesetzt haben.«

Damit drehte sie sich um, stapfte davon und schien nicht zu erwarten, dass er sie begleitete. Also blieb Reimert stehen und sah ihr nach. Was für eine wunderbare Frau! So wunderbar und einzigartig wie Metta! Nein, so schwer hatte er es sich wirklich nicht vorgestellt …

Tessa wusste, dass sie jetzt ihre ganze Kraft zusammennehmen musste. Babette von Keller vertraute sich ihr an, hatte sogar ganz besonderes Zutrauen bewiesen, indem sie sich an sie, die Kurärztin wandte, die von den anderen verschmäht wurde. Jeder Patient hatte ein Recht auf die ungeteilte Aufmerksamkeit des Arztes, Babette von Keller jedoch erst recht. Tessa musste vergessen, was geschehen war, jedenfalls für eine Stunde.

Als Babette von Keller eintrat, fiel es ihr mit einem Mal ganz leicht. Ihre Patientin wirkte so gelöst und heiter, dass Scham und Reue von Tessa abfielen. »Mir scheint, ich brauche Sie nicht zu fragen, wie es Ihnen geht! Man kann es sehen.«

Babette von Keller nahm lächelnd Platz. Das Lächeln blieb auf ihrem Gesicht, als sie antwortete: »Sie haben recht, es geht mir besser. Heute bin ich zum ersten Mal, seit ich mich auf Sylt aufhalte, ohne Kopfschmerzen aufgewacht.«

Es war ihre dritte Konsultation. Nach ihrem ersten Besuch, der so erfolgreich verlaufen war, hatten sie gleich einen nächsten Termin vereinbart. Während dieser Stunde war wiederholt und vertieft worden, was Babette durchlitten hatte, wie sie sich während der Vergewaltigung gefühlt, wie sie ihre Hilflosigkeit empfunden hatte und wie es ihr ergangen war, als sie anschließend nirgendwo Hilfe fand. »Sie müssen sich Ihr Unbewusstes bewusst machen«, hatte Tessa erklärt. »Dort setzt die Heilung an. Wir werden alles hervorholen, was Sie bis jetzt verdrängt haben.«

Babette von Keller hatte nicht so ausgesehen, als verstünde sie, was Tessa meinte, aber nachdem sie es während der ersten Konsultation geschafft hatte, über ihr Trauma zu reden, das sie vor vielen Jahren in sich verschlossen hatte, war sie zu allem bereit. Zum ersten Mal in ihrem Leben konnte sie an Heilung glauben. Nicht nur an die Heilung ihrer Migräne, sondern vor allem an die Heilung ihrer Seele. Dass beides im Zusammenhang stand, konnte sie noch nicht recht glauben, war aber bereit, diese Möglichkeit in Erwägung zu ziehen.

»Das Unbewusste«, hatte Tessa erklärt, »beeinflusst das Bewusste viel mehr, als wir lange geglaubt haben. Sobald Sie sich das Unbewusste klarmachen, kann das Bewusste korrigiert werden. Die Gewalterfahrung, die Sie machen mussten, war nicht das einzige schreckliche Erlebnis Ihrer Jugend. Fast genauso schrecklich war die Tatsache, dass Sie jahrelang versucht haben, die Gewalt in Ihr Unterbewusstsein zu verdrängen. Nun haben Sie den ersten Schritt aus ihrem Unterbewusstsein getan. Indem Sie mir anvertraut haben, was damals geschah, haben Sie alles in Ihr Bewusstsein geholt. Und dort werden wir es nun verarbeiten.«

Während dieser dritten Konsultation wollte Tessa versuchen, Babette von Keller zu konditionieren, damit sie auch in der Lage sein würde, ihrem Mann zu gestehen, was sie als junges Mädchen auf Sylt erlebt hatte. Noch war sie nicht bereit dazu, noch hatte sie Angst, von ihrem Mann zurückgewiesen zu werden, wenn er wusste, dass sie sich als Sechzehnjährige nicht an die Regeln gehalten hatte und als Folge davon vergewaltigt worden war. Dass sie sich immer noch eine Mitschuld daran gab, war ein bisher ungelöstes Problem. Aber Tessa war optimistisch, sie auch davon zu befreien.

Am Ende der Stunde schlug Tessa ihr noch einmal vor, das Haus der Jansens aufzusuchen, in dem sie so unglücklich gewesen war. Doch noch wollte Babette davon nichts hören. Sie wehrte so heftig ab, dass Tessa den Vorschlag nicht wiederholen mochte.

Während sie sich verabschiedete, sah Babette von Keller eine Glückwunschkarte auf Tessas Schreibtisch liegen und wies darauf. »Sie haben Geburtstag?«

Tessa lachte. »Noch nicht! Erst am 18. Meine Mutter hat die Karte losgeschickt, kaum dass ich auf Sylt angekommen war. Sie glaubt, solange der Bahndamm nicht fertig ist, dauert es Wochen, bis die Post da ist.«

»Am 18. April?«, fragte Babette versonnen. »Meine älteste Tochter ist an demselben Tag geboren.«

»Aber vermutlich erst Jahre später«, meinte Tessa. »Ich stamme aus dem vorigen Jahrhundert. 1899 bin ich geboren!«

Sie akzeptierte, dass Babette von Keller vom Thema abgewichen war, und gab ihr nicht einmal zu verstehen, dass sie es gemerkt hatte. Freundlich verabschiedete sie sich von ihrer Patientin und brachte sie zur Tür.

Als Babette von Keller gegangen war, warf sie einen Blick ins Wartezimmer, das jedoch leer war. »Der Nächste bitte!«, rief sie trotzdem und lauschte auf den Hall, der von den Wänden zurückfiel. Irgendwann würde sie diese Aufforderung durch die Tür rufen, und nicht der Hall würde ihr antworten, sondern ein Patient, der ihr ins Sprechzimmer folgen würde. Schon wegen Reimert Cruse musste sie das schaffen. Sie würde es als persönliches Versagen empfinden, wenn seine Widersacher mit all ihren Befürchtungen recht behalten sollten.

Sie ließ sich auf ihren Schreibtischstuhl fallen und schloss die Augen. Reimert Cruse! Anscheinend hatte sie alles falsch gemacht, was falsch zu machen war. Wie konnte sie vergessen, dass es auf Sylt anders zuging als in Berlin? Jedenfalls unter den Inselbewohnern! Eigentlich hatte sie ja geglaubt, anders zu sein als ihre Mutter und deren Freundinnen, die versuchten, alles auf den Kopf zu stellen, was bisher Gültigkeit gehabt hatte. Gleichberechtigung war für die, mit denen Marika sich in den

Lesben-Clubs traf, längst keine Freiheit der Entscheidung mehr, sondern der Zwang, sich anders zu entscheiden als die Generationen vor ihnen. Viele entschieden sich sogar gegen die Mutterschaft, obwohl sie sich Babys wünschten, und diejenigen, die Kinder hatten, ließen sie verwahrlosen, weil sie damit ihre Unabhängigkeit bewiesen. Gut, dass Marika es so weit nicht getrieben hatte. Sie war ihr immer eine gute Mutter gewesen, hatte Tessa über ihr Leben selbst entscheiden lassen und sie dabei unterstützt. Sie hatte auch akzeptiert, dass Tessa die neue Mode nicht mitmachen wollte, dass sie keine kurzen Kleider trug und keinen Bubikopf, dass sie weder rauchen noch allein tanzen gehen wollte und nicht im Traum daran dachte, die Sexualität mit einer Frau auszuleben. Nein, Marika hatte ihre Tochter immer angenommen, wie sie war. So war es Tessa leichtgefallen, ihre Mutter ebenso anzunehmen.

Sie beugte sich vor und stützte ihr Kinn auf. »Ach, Mama!« Sie hätte etwas darum gegeben, jetzt den Rat ihrer Mutter einholen zu können. Wie sollte sie nun mit Reimert Cruse umgehen? Sich zurückziehen, sich vor ihm verstecken, eine andere Wohnung suchen? Nein, Marika hätte ihr davon abgeraten. Sich entschuldigen, sich schämen? Nein, das wäre das Eingeständnis einer Schuld gewesen, die sie nicht empfand. Was hatte sie schon Schreckliches getan? Einem Mann gezeigt, dass sie in ihn verliebt war. Ihre Strafe hatte sie schon erhalten: Sie war abgewiesen worden.

Marika würde sagen: »Na und? Warum sollen nur Männer sich zu ihrer Liebe bekennen dürfen? Du hast es richtig gemacht, jetzt weißt du wenigstens, woran du bist.«

Vielleicht war es ja auch so, dass ihr Unterbewusstsein einen Weg gesucht hatte, mit der Trennung von Kurt fertigzuwerden. Wenn das so war, dann hatte die Sache zwar nicht funktioniert, aber sie hatte gelernt, was Babette von Keller noch nicht verinnerlicht hatte: dass Verdrängung keine Lösung war.

IV.

Reimert Cruse ging häufig zum neuen Damm, der nun seiner Vollendung entgegensah. Zwar hatte er als Kurdirektor nichts mit dem Dammbau zu tun, aber da er mit der Zukunft, dem Zustrom weiterer Feriengäste, zu tun bekommen würde, schickte ihn niemand weg, wenn er auftauchte und sich über den Fortgang der Arbeiten informierte. Dabei interessierten ihn weniger die technischen Details als vielmehr das große Ganze. Gern ging er so weit wie möglich den Damm hinauf, bis zu dem Punkt, wo er schief angesehen wurde, weil er störte, und ließ dann den Blick umherschweifen, Richtung Festland, zum Bahnhof zurück, nach Norden und Süden, als wollte er sich vorstellen, wie es demnächst den Reisenden ging, die auf Westerland zufuhren. Außerdem beeindruckte ihn das gewaltige Ausmaß dieses Baus.

Nach zwei Fehlversuchen hatte das Preußische Wasserneubauamt kein Risiko mehr eingehen wollen. Nachdem 1913 der Damm geplant und die Summe für den Bau bewilligt worden war, sorgte der Krieg dafür, dass mit den Arbeiten gar nicht erst begonnen werden konnte. Dabei war er gerade im Hinblick auf die Kriegsgefahr, die Versorgung der Bevölkerung und der Garnisonen geplant worden. Dann, im August 1923, war es eine Sturmflut gewesen, die zunichtegemacht hatte, was schon errichtet worden war, alles, was der Inflation getrotzt hatte, die die Finanzierung auf den Kopf stellte. Beim dritten Versuch sollte alles so zügig und so sicher wie möglich vorangehen. 1500 Arbeiter waren in Tag- und Nachtschichten auf dem Damm beschäftigt, täglich rollte ein Materialzug mit siebzig Wagen auf der Festlandseite heran. Auf Sylt waren es dreißig Segler, drei Schlepper und zwanzig Schuten, die die Arbeiter mit Baustoffen versorgten. Seit vier Jahren war der Bau nun im Gange, in diesem Jahr sollte der Damm zur Vollendung gebracht werden. Fünfundzwanzig Millionen Reichsmark hatte der gut elf Kilometer lange Eisenbahndamm dann gekostet. Eine gewaltige Summe! Aber Reimert Cruse war davon überzeugt, dass sie gut angelegt war. Sylt würde von da an keine Insel mehr sein! Alle Nachteile, die eine Insellage hatte, würde es nicht mehr geben.

Er schlenderte über die quergelegten Bohlen, die den Damm befestigten, der noch nicht auf ganzer Länge mit Schienen belegt war, immer darauf bedacht, niemandem in die Quere zu kommen, keinen Arbeitsvorgang zu behindern. Die ungefähr zehn Mann starke Gruppe, an der er sich vorbeigeschoben hatte, schaute ihm verärgert nach, brummte ihm unverständliche Wörter hinterher, wagte es aber nicht, ihn zurückzuschicken. Der Kurdirektor war kein Mann, der sich fortjagen ließ.

Reimert hatte eigentlich ein paar freundliche Worte mit den Arbeitern wechseln wollen, aber dann war sein Blick auf Fokko gefallen. Sie hatten, seit Metta die Insel verlassen hatte, kein Wort mehr miteinander gewechselt. Wo immer sie sich begegneten, waren sie einander ausgewichen, was zum Glück leicht war, denn sie bewegten sich auf unterschiedlichen gesellschaftlichen Ebenen. Doch der Blick, den Mettas Bruder ihm jedes Mal nachwarf, konnte tagelang in Reimerts Rücken brennen. Fokko besaß etwas Düsteres, einen dunklen Blick aus tief überschatteten Augen, den Reimert immer gefürchtet hatte. Das Gesicht war kantig mit ausgeprägten Wangenknochen und einer flachen Stirn. Dichte Augenbrauen verfinsterten es zusätzlich. Wenn ihm die Haare ins Gesicht fielen, gab es Kinder, die sich bei seinem Anblick fürchteten.

Reimert fand ein Fleckchen, an dem er ungestört war und selbst niemanden störte. Dort ließ er sich auf einem der Balken nieder, schaute auf die Wiesen hinaus und lächelte die Schafe an, die sich demnächst an einen vorbeistampfenden Zug gewöhnen mussten. Vor seinen Augen dampfte die Lokomotive durchs Watt, vom auflaufenden Wasser umbrandet, von hochspritzenden Wellen begleitet. Die Wolkenfetzen, die über den Himmel jagten, stellte er sich als den Rauch vor, den die Lokomotive ausstieß, er hörte förmlich das Rattern der Wagenräder. Ein großer Tag würde es werden, wenn der Damm eingeweiht wurde. Reichspräsident Paul von Hindenburg hatte bereits sein Erscheinen zugesagt. Er würde mit dem ersten offiziellen Zug nach Sylt fahren und am Bahnhof Westerland empfangen werden.

Reimert starrte in den Himmel, dachte an Doktor Tessa Melford und stellte sich ihr Gesicht vor, wie sie aus dem Fenster eines Zugabteils winken würde. Ach, Metta! Alles, was sie damals getan hatte, war richtig gewesen. Und auch das, was er selbst getan hatte, war nun nicht mehr falsch. Die neue Kurärztin bewies es, ohne eine Ahnung davon zu haben.

Er wusste nicht, wie lange er so dagesessen hatte, als er auf Unruhe aufmerksam wurde. Plötzlich glaubt er auch, einen Schrei gehört zu haben. Er richtete sich auf und starrte zurück. Die Männer, zu denen Fokko gehörte, hatten die Arbeitsgeräte zur Seite gelegt und sich zusammengerottet, standen alle mit gebeugten Rücken da, als läge etwas zu ihren Füßen. Stimmen wehten zu Reimert herüber.

Er hielt sich zurück, darauf bedacht, sich in nichts einzumischen, was ihn nichts anging, beobachtete aber aufmerksam, was geschah. Er sah einen Arbeiter hastig über die Bohlen klettern und schließlich, als er auf sicherem Land stand, davonlaufen. Reimert zog es noch immer vor, aus der Ferne zu betrachten, was sich abspielte. Es dauerte nur eine halbe Stunde, da kehrte der Mann zurück, mit hilflosen Gesten, als hätte er nicht erreicht, was er wollte.

Nun beschloss Reimert, sich der Sache annehmen. Gab es einen Materialengpass? Wurde ein Wagen gebraucht, der Holz oder Sand heranschaffen sollte? Dann würde er dafür sorgen, dass er zur Verfügung gestellt wurde. Froh, dass er nicht als jemand erscheinen würde, der sich in etwas einmischte, wovon er nichts verstand, sondern als jemand, der Hilfe anzubieten hatte, stieg er über die Bohlen. Je näher er der Gruppe der Arbeiter kam, desto sicherer wurde er, dass dort ein Unglück geschehen war. Als er herankam, fing er erste Gesprächsfetzen auf. »Wenn der nicht bald Hilfe bekommt, verblutet er.« Und: »Wieso hat eigentlich niemand Verbandszeug dabei?«

So schnell wie möglich kletterte Reimert nun über die Bohlen, bis er bei der Gruppe angekommen war. »Was ist los?«

Niemand antwortete ihm, aber einige Männer machten ihm bereitwillig Platz, auch Fokko. Vor Reimert lag ein Arbeiter mit einer gewaltigen Fleischwunde am rechten Oberschenkel, neben ihm eine Säge, blutverschmiert. Der Mann stöhnte, versuchte, nach der Wunde zu greifen, und warf den Kopf hin und her.

»Er braucht einen Arzt«, schrie jemand.

»Bist du taub?«, schrie ein anderer zurück. »Doktor Mommsen ist nicht da.«

»Dann müssen wir eben den Arzt aus Keitum holen.«

»Bis wir einen Wagen aufgetrieben haben, ist Nermin längst verblutet.«

Reimert stieß einen Arbeiter, der sich ihm in den Weg gestellt hatte, blindwütig zur Seite. »Warum habt ihr nicht die Kurärztin gerufen?«, schrie er.

Man wollte ihm mit einer flegelhaften Bemerkung antworten, aber sein Gesicht war verzerrt vor Wut, seine Augen sprühten. in den Gesichtern der Arbeiter konnte er sich selbst wie in einem Spiegel erkennen. Sie wichen ängstlich zurück, nur Fokko wagte es, stehen zu bleiben und dem Kurdirektor mit misstrauischer Miene zu begegnen.

Und einer, der nicht aufgesehen hatte und weiterhin seinen verletzten Kollegen anstarrte, entgegnete: »Eine Frau auf dem Damm? So was bringt Unglück!«

Ein anderer, der nun mutiger geworden war, ergänzte: »Die kippt doch um, wenn sie so eine Wunde sieht.«

Nun fiel sogar ein Dritter ein: »Das ist eine aus der Stadt. Eine, die sich noch gar nicht auskennt. Die kann vielleicht einen Mückenstich behandeln oder meine Hämorrhoiden.«

Wenn der Kurdirektor nicht zugegen gewesen wäre und wenn er nicht ausgesehen hätte, als wollte er jeden von ihnen in der Luft zerreißen, hätten die Umstehenden vielleicht trotz des schrecklichen Unglücks gelacht. So aber starrten alle nur Reimert Cruse an, um zu sehen, wie er reagierte und ob er eine Lösung parat hatte, die ihren Kollegen retten konnte.

»Ihr Idioten!«, brüllte er und stieß den Ersten, der ihm im Wege war, zur Seite. »Ihr gottverdammten Idioten!«

Tessa verließ ihre Praxis und ging in die Bäderabteilung, um sich dort umzusehen, um die Langeweile zu vertreiben, um die Frage, warum ihr Wartezimmer leer blieb, zu verdrängen. Den langen weißen Kittel, unter dem ihr Rock hervorsah, ließ sie an. Sie fühlte sich wohl in dem starken, steif geplätteten Tuch, es fühlte sich sauber und glatt an und machte sie stark.

Die Enttäuschung nagte an ihr. Was konnte sie tun, damit man sich ihr anvertraute? Sie hatte sogar schon daran gedacht, zu Doktor Mommsen zu gehen, damit er einige Patienten zu ihr schickte. Aber noch ließ ihr Stolz es nicht zu, zur Bittstellerin zu werden. Wenn sie jedoch an Reimert dachte, an die Kraft, mit der er sie verteidigt, seine Beharrlichkeit, mit der er ihre Einstellung durgesetzt hatte, dann wusste sie, dass sie am Ende jeden Preis zahlen würde. Sie würde auch ihren Stolz fahren lassen, um ihm zu beweisen, dass seine Entscheidung richtig gewesen war.

Sie grüßte die Männer und Frauen, die im Badehaus Dienst taten, erntete aber keine Freundlichkeit. Sie schaute in die Räume, in denen warme Güsse verabreicht wurden, griff selbst nach einem Schlauch, um einen weiblichen Badegast von einer Schlammpackung zu befreien, und blickte in jede Badewanne. In einer lag ein alter Mann, der erschrocken aufsah, als sie neben ihm erschien.

»Wer hat Ihnen das Bad verschrieben?«

»Doktor Mommsen.«

»Er ist nicht der Kurarzt.«

»Ist mir egal.«

»Es gibt einen Kurarzt.«

»Eine Kurärztin!« Der Mann verzog verächtlich das Gesicht. Offenbar hatte er keine Ahnung, dass die Kurärztin vor ihm stand. »Zu der gehe ich nicht.«

»Warum nicht?«

Der Mann kam nicht mehr zu einer Antwort. Hinter Tessa erschien eine Badewärterin und fragte mit schneidender Stimme: »Was tun Sie hier?«

Tessa sah sie selbstbewusst an, obwohl ihr nicht danach zumute war. »Ich bin die Kurärztin. Ich sehe nach, ob es den Patienten an nichts fehlt. Das ist meine Pflicht.«

»Das sind nicht Ihre Patienten. Die haben ihre Kuren alle von Doktor Mommsen verschrieben bekommen.«

Tessa ging ohne eine Entgegnung zurück in ihre Praxis, durchquerte das leere Wartezimmer, ging ins Sprechzimmer, stellte sich dort ans Fenster und blickte hinaus. Was sollte sie tun? Warten? Aber worauf? Es war nicht anzunehmen, dass sich an der Einstellung der Sylter etwas änderte. Es blieb ihr wohl nur, auf die Hochsaison und die vielen Badegäste zu warten, die dann nach Sylt kamen. Unter ihnen würde es hoffentlich einige geben, die bereit waren, sich von einer Frau behandeln zu lassen. Solche Gäste kamen aus den Großstädten, dort zeichnete sich längst ein Wandel ab. Und wenn erst einige mit ihr zufrieden waren, würden weitere kommen …

Sie drehte sich um, betrachtete den Schreibtisch und dachte daran, dass sie auch in Berlin, wo das Leben pulsierte, wo alles möglich war, wo das Verrückteste normal genannt wurde, von allen Krankenhäusern und Arztpraxen abgewiesen worden war. »Unsere Patienten wollen nicht von einer Frau behandelt werden.«

Sie zuckte zusammen, als sie am Ende der Straße einen Mann bemerkte, der auf das Warmbadehaus zugerannt kam, als ginge es um sein Leben. Er schien schon eine beträchtliche Strecke hinter sich zu haben, denn er keuchte, war schweißüberströmt und hielt sich die Seiten, als er vor der Tür des Warmbadehauses angekommen war.

»Herr Cruse!« Tessa lief hinaus und traf ihn in der Halle. »Ist was passiert?«

»Auf dem Damm … ein Arbeiter … tiefe Fleischwunde … eine Säge.« Er folgte ihr atemlos, mit schleppenden Schritten in die Praxis, wo Tessa bereits alles zusammenpackte, was sie für einen Notfall brauchte. Nun kam er wieder zu Atem und konnte sich verständlich äußern. »Er liegt schon länger dort. Und er scheint viel Blut verloren zu haben.«

»Warum holen Sie mich erst jetzt?«

Reimert antwortete nicht, sah sie nur an. Und sie verstand ihn auch ohne Worte. »Die Männer wollen nicht, dass eine Frau auf den Damm kommt?«

Reimert nickte. »Aber Doktor Mommsen ist nicht da.«

Tessa schrie nun: »Die Kerle lassen eher einen Kollegen verbluten, als mich zu holen?« Sie wartete nicht auf seine Entgegnung, sondern stand schon an der Tür. »Begleiten Sie mich?«

Reimert folgte ihr, die trotz ihrer schweren Arzttasche leichtfüßiger war als er. Kein Wunder, sie war bei Kräften, während er sich auf dem Weg zu ihr völlig verausgabt hatte. Er hielt sie nicht auf, wies in die Richtung, in die sie laufen musste, und folgte ihr nur so schnell, dass er sie nicht aus den Augen verlor.

So lange wie möglich lief sie neben dem Damm her, dann kletterte sie hinauf und folgte den Bohlen, die zum Teil nur locker auflagen, noch nicht verschraubt waren und sie immer wieder ins Wanken brachten.

»Vorsicht!«, hörte sie Reimert hinter sich rufen.

Prompt lief sie langsamer, sah ein, dass sie kein Risiko eingehen durfte. Wenn sie auf dem Weg zu dem Verletzten stürzte und am Ende selbst Hilfe brauchte, wäre ihr Ruf nicht mehr zu retten.

Reimert holte jetzt auf. Seine Schuhe waren besser geeignet, auf den glatten Bohlen zu laufen. Tessa hatte zwar festes Schuhwerk an den Füßen, aber die Sohlen waren glatt, und immer wieder rutschte sie aus und war nahe daran, zu stolpern und zu fallen. Immer wieder sah sie auf, um sich zu vergewissern, dass der Abstand zu der Männertraube geringer wurde, aber es kam ihr so vor, als dauerte es Stunden, bis sie endlich ein Gesicht vom anderen unterscheiden konnte. Feindseligkeit schlug ihr entgegen, obwohl sie gekommen war, um zu helfen. Auf ihren Gruß reagierte niemand, wortlos wurde der Kreis geöffnet, in dem der Verletzte lag.

Er reagierte nicht, als sie ihn ansprach. Tessa sah auf den ersten Blick, dass er viel Blut verloren hatte. Viel zu viel! Sie kniete sich neben ihn, öffnete ihre Arzttasche und entnahm ihr Wundkompressen, Mullbinden und eine Schere. »Was haben Sie bisher getan, um ihm zu helfen?«, fragte sie die Umstehenden, die sie misstrauisch musterten.

Nur einer entschloss sich zu antworten: »Ich habe versucht, die Wunde zu stillen«, antwortete er und zeigte auf sein Hemd, das er dem Verletzten ums Bein geschlungen hatte. »Aber sie blutet immer noch.«

Mit flinken Fingern schnitt Tessa dem Verletzten das Hosenbein auf und verzog das Gesicht, als sie die große Wunde betrachtete, aus der immer noch Blut trat. Sie sah dem Mann ins Gesicht und stellte fest, dass er ungewöhnlich blass war. Ein schlechtes Zeichen!

»Wie heißt er?«, fragte sie.

»Nermin Grothe«, antwortete jemand.

Tessa legte mehrere Kompressen auf die Wunde und umwickelte sie mit einer Mullbinde. »Herr Grothe? Hören Sie mich?«

Aber der Verletzte reagierte nicht.

»Ich brauche etwas, um das Bein hochzulegen.«

Es dauerte lange, aber endlich schob ihr jemand eine kurze Bohle hin, auf der sie das Bein des Verletzten lagerte. »Er ist nicht mehr bei Bewusstsein«, flüsterte sie Reimert zu, der nun neben ihr kniete. »Er hat sehr viel Blut verloren.«

Als wollte er das Gegenteil beweisen, begann Nermin Grothe zu zittern und bewegte die Arme unruhig hin und her. Tessa legte eine Hand auf seine Haut. Sie war kalt und feucht.

»Wann ist der Unfall geschehen?«, fuhr sie die umstehenden Arbeiter an, die erschrocken zurückwichen, ohne zu antworten. »Sind Sie taub? Oder haben Sie meine Frage nicht verstanden?«

»Weiß nicht …« Das war das Einzige, was schließlich einer murmelte, während die anderen nach wie vor schwiegen.

»Er hätte viel früher behandelt werden müssen«, sagte Tessa und beobachtete sorgenvoll, dass Nermin Grothe immer heftiger zitterte. »Geben Sie mir etwas, um ihn zu wärmen.«

Während einige Männer ihre Jacken auszogen, wurde Nermin Grothe erneut bewusstlos. Die Blutung war so heftig, dass die Kompressen, die Tessa aufgelegt hatte, schon blutdurchtränkt waren. Sie nahm einen ganzen Kompressenstapel, legte ihn auf den ersten Verband und befestigte ihn mit einer Mullbinde so straff wie möglich. »Die Blutung muss gestoppt werden«, flüsterte sie. »Ich muss die zuführende Ader abdrücken.«

Sie beugte sich über den Verletzten, in diesem Moment ging ein letztes Zittern durch Nermin Grothes Körper, dann erschlaffte er.

Tessa starrte ihn an, als könnte sie es nicht glauben. »Herr Grothe!«

Hektisch begann sie mit Wiederbelebungsmaßnahmen. Dass sie nichts bewirkten, mochte sie erst glauben, als Reimert sanft ihren Arm berührte und sich die Arbeiter schweigend wegdrehten. Einer nach dem anderen entfernte sich.

Tessa sprang auf. »Er ist verblutet!«, schrie sie ihnen nach. »Warum haben Sie so lange gewartet?«

Aber niemand antwortete ihr, keiner drehte sich um, jeder versuchte, sich von dem Toten zu entfernen.

»Sie hätten mich sofort rufen müssen! Warum haben Sie das nicht getan?« Sie machte ein paar Schritte auf den Letzten der Männer zu, den sie zu fassen bekam. Erschrocken drehte er sich um und starrte in Tessas aufgebrachtes Gesicht. »Warum nicht?«

Mit einer heftigen Geste schüttelte der Mann sie ab und folgte seinen Kollegen.

»Sie haben ihn auf dem Gewissen«, schrie Tessa. »Sie alle! Nur weil Sie so ignorant sind! So dumm in Ihrem Männlichkeitswahn! So arrogant, so aufgeplustert, so …«

»Aufhören, Tessa!« Reimerts Stimme hielt sie zurück. Nicht seine Worte, nicht der Klang seiner Stimme, nur dass er sie beim Vornamen nannte, brachte sie zur Vernunft. »Es hat keinen Sinn.« Er griff nach ihrer Schulter und drehte sie zu sich herum. »Vorwürfe machen den Mann nicht wieder lebendig.«

Sie warf sich an seine Brust und begann zu weinen. »Er ist verblutet«, schluchzte sie. »Weil diese Kerle mich nicht rechtzeitig geholt haben.«

Reimert schob sie sanft von sich. »Nicht, Frau Doktor! Hören Sie auf zu weinen, und lassen Sie mich los.« Seine Stimme klang hart und sehr bestimmt.

Sie starrte ihn erschrocken an. Sein Gesicht war verschlossen, seine Augen blickten streng. Sie fuhr herum und starrte die Männer an, die nun, in einiger Entfernung, stehen geblieben waren und zurückblickten. Entsetzt wurde ihr klar, wie das Bild, das sie geboten hatte, auf sie gewirkt haben musste. Die Ärztin weinte und warf sich an die Brust des Mannes, mit dem ihr eine Liebelei unterstellt wurde.

Sie wischte sich die Augen trocken und rückte ihre Stimme zurecht. »Das wird Konsequenzen haben«, sagte sie.

»Nicht drohen«, raunte Reimert. »Das bringt gar nichts.«

»Konsequenzen wird das haben«, wiederholte Tessa noch lauter. »Sie alle sind verantwortlich für Nermin Grothes Tod.«

Friedrich Gottorf stand am Grab seiner Frau und starrte auf den Deckel des schweren Eichensargs, auf das Bukett von weißen Lilien, das ihn schmückte, und hatte dabei Ediths Gesicht vor Augen. Er weinte nicht, weil er niemals in der Öffentlichkeit weinte, aber die Trauer stand in seinen Augen wie Tränen. Doch es war Friede in ihm, solange er Ediths Gesicht sah, wie es einmal gewesen war: freundlich, liebevoll, mit einem naiven Lächeln, wie er es bei Frauen mochte, aber mit einer Ruhe in ihrem klaren Blick, der dem Gegenüber sagte, dass er ihre Intelligenz nicht unterschätzen durfte. Wann hatte sich Ediths Gesicht verändert? Er konnte es nicht sagen. Aber irgendwann war aus ihrem Gesicht die Einfältigkeit verschwunden, ihre Intelligenz hatte die Ruhe verloren, sie hatte nur noch aus Klarheit bestanden. Edith hatte mit einem Mal gewusst, was sie wollte, und vor allem, was sie nicht mehr wollte. Sie hatte noch in seinem Haus gewohnt, aber längst nicht mehr im Kreis ihrer Familie und erst recht nicht mehr in seinem Herzen, als ihm endlich auffiel, dass sich etwas verändert hatte. Und als er um seine Ehe zu fürchten begann, für die er ein Jahr vorher noch die Hand ins Feuer gelegt hatte, war es schon zu spät gewesen.

Das Gesicht, das er unter dem schweren Sargdeckel zu erkennen glaubte, veränderte sich und wurde zu dem zerrissenen Antlitz, das er in der Pathologie gesehen hatte. Nun überfiel ihn die Wut wie übermächtige Trauer, so dass er doch beinahe in Tränen ausgebrochen wäre. Die Rose, die er auf Ediths Sarg fallen ließ, schien auf das polierte Holz zu poltern, als wäre der Sarg leicht und leer und alles, was ihn traf, schwer und zerstörend. Als hätte es den zerstückelten Körper und das verzerrte Gesicht nie gegeben, als stünde Edith noch an seiner Seite und lächelte ihr naives Lächeln.

Lillis Hand schob sich in seine, er hörte das Schluchzen seiner Tochter und dachte doch nur daran, dass sein Sohn fehlte, sein Erbe, sein Nachfolger. Wie würde Henry regieren, wenn er heimkam und seine Mutter nicht vorfand?

Die Beileidsbekundungen nahm er gefasst entgegen, jeder Kondolierende erhielt, was Friedrich Gottorf für angemessen hielt: die Honoratioren ein dankbares Lächeln, die Verwandten ein trauriges, Freunde ein Nicken, das sagen sollte, er wisse genau, wer mit ihm fühle, und die unsicher hervorgebrachten Worte seiner Angestellten quittierte er mit einer milden Überraschung, als wunderte er sich, dass sie zu diesem Mitleid fähig waren. Nur Traute Berber erhielt das Nicken, das Friedrich Gottorf auch seinen Freunden schenkte. Von seinem Zorn merkte niemand etwas. Höchstens der Polizeipräsident, der diesen Zorn als Einziger kennengelernt hatte.

Friedrich nahm ihn nach dem Leichenschmaus beiseite. »Sie haben dafür gesorgt, dass nicht über Selbstmord geredet wird?«

»Selbstverständlich, Herr Gottorf! Es war ein bedauerlicher Unfall. Ihre Frau hat die Schranke nicht beachtet, als sie von einem Verwandtenbesuch zurückkehrte.«

»Ich will nicht, dass die Leute sich das Maul darüber zu zerreißen, warum meine Frau das getan hat.«

»Sie haben mein vollstes Verständnis, Herr Gottorf.«

Friedrich war zufrieden. »Und was ist mit dieser … Frau?«

Das Gesicht des Polizeipräsidenten verlor den freundlichen Eifer. »Leider haben wir sie nicht gefunden. Anscheinend hat sie Wind bekommen, dass sie gesucht wird. Sie ist abgetaucht.«

Gottorfs Gesicht verzog sich ärgerlich. »Wer kann sie gewarnt haben?«

Der Polizeipräsident hob die Schultern und ließ sie ausdrucksvoll wieder fallen. »Bei der Polizei gibt es keine undichte Stelle, da bin ich ganz sicher.« Er beugte sich vor und sprach leise: »Ich habe bei den Nachbarn nachgefragt. Die Melford hat ja sicherlich Topfpflanzen, die sie versorgt wissen will. Aber diese Begowskys sagen, sie wären nicht ums Blumengießen gebeten worden. Angeblich wissen sie nicht, wo Marika Melford sich aufhält.«

»Glauben Sie ihnen?«

Der Polizeipräsident nickte. »Da gibt es etwas Merkwürdiges … Ich habe die Begowskys auf eine Besucherin angesprochen. Während wir die Wohnung der Melford observierten, ging eine Frau in das Haus, die wir überprüft haben. Sie behauptete, sie wolle einen Besuch bei der Familie Begowsky machen. Aber die Begowskys haben seit Wochen keinen Besuch erhalten.«

Friedrich Gottorf kniff die Augen zusammen. »Wer war das?«

»Auf jeden Fall eine Frau, die von der Melford geschickt wurde. Ich nehme an, sie ist von ihr beauftragt worden, alles aus der Wohnung zu holen, was sie für eine Flucht braucht.«

»Haben Sie gesehen, dass sie das Haus wieder verließ?«

Der Polizeipräsident nickte. »Schon nach kurzer Zeit. Aber Gepäck hatte sie nicht dabei. Alles ganz unauffällig!«

»Eigenartig.« Friedrich Gottorf bemerkte, dass sich einige der Trauergäste erhoben, um sich zu verabschieden, und flüsterte dem Polizeipräsidenten hastig zu: »Machen Sie weiter! Es soll Ihr Schaden nicht sein. Vielleicht möchten Sie, dass Ihr Sohn demnächst eine verantwortungsvollere Position bekommt?«

Tessa trug einen schwarzen langen Rock, der nur die Fußspitzen freiließ, und eine weiße Bluse. Um den hohen Kragen hatte sie eine schwarze Schleife gelegt. An diesem Tag hatte sie sogar ihr Korsett angezogen, das ihre Mutter ihr lange vergeblich auszureden versucht hatte. Nachdem Tessa jedoch erfahren hatte, wie bequem es sich ohne Korsett leben ließ, wie frei sich der Körper fühlte und wie leicht alle Bewegungen waren, verzichtete sie immer öfter darauf. Nach ihrer Ankunft auf Sylt hatte sie es nie wieder getragen. Zwar wollte sie Reimert Cruse noch immer gefallen, aber er schien kein Mann zu sein, der auf die schmale Taille einer Frau achtete oder auf das, womit sie sich schmückte. Manchmal kam es ihr so vor, als hätte er überhaupt keinen Blick für das Weibliche, das jeden anderen Mann sofort aufmerken ließ, für einen weichen, biegsamen Körper, einen koketten Blick, einen lachenden Mund. Er sah darüber hinweg. Nicht nur bei Tessa, auch wenn ihm andere Frauen begegneten, galten ihnen kein aufmerksamer Blick und kein Lächeln. Man konnte glauben, dass er an Frauen nicht interessiert war. Trotzdem hatte er sich für eine Frau eingesetzt, die etwas haben wollte, was eigentlich Männern vorbehalten war …

Sie zog ihre schwarze Jacke über, die so schmal war, dass sie sich nur schließen ließ, wenn sie ihr Korsett trug, feuchtete die Finger an und rieb jeden der goldenen Knöpfe, damit sie glänzten. Dann griff sie nach dem kleinen Hut, ebenfalls schwarz, mit einem winzigen Schleier über der Stirn.

Aafke Witt kam ins Schlafzimmer, ohne anzuklopfen. Tessa hatte sich noch immer nicht daran gewöhnt, dass sie bei ihr ein- und ausging, wie sie wollte, und sich in ihrem Hause bewegte, als gehörte es ihr. Und sie würde sich niemals daran gewöhnen. Aber da sie auch nicht auf Aafkes Hilfe verzichten wollte und schon oft beobachtet hatte, dass Aafke es bei Reimert genauso hielt, ließ sie die Haushälterin gewähren. Aafke war es so gewöhnt. Und es war natürlich nicht zu verachten, dass sie Tessa alles abnahm, was neben der Sprechstunde nicht zu bewältigen gewesen wäre. Obwohl Tessa während dieser Zeit nichts zu tun hatte, nur in Fachliteratur blätterte und sogar manchmal einen Roman las.

Aafke musterte die Ärztin kritisch, dann sagte sie: »Sehr hübsch, aber … vielleicht zu hübsch?«

Tessa wurde unsicher. »Was meinen Sie damit?«

»Dass Sie sich aufgetakelt haben. So was tut man hier nicht, wenn jemand beerdigt wird.«

Tessa sah an sich herab. »Andere schwarze Kleidung habe ich nicht.«

»Dann verzichten Sie wenigstens auf das Hütchen. Nehmen Sie stattdessen ein Kopftuch.«

Aafke öffnete, ohne zu fragen, eine Kommodenschublade und zog ein schwarzes Tuch hervor, das sie Tessa reichte. Sie schien sich in den Schränken bestens auszukennen. »Der Kurdirektor sagt, Sie hätten alles richtig gemacht. Ein Quacksalber sind Sie nicht, sagt er. Und wenn er das sagt, dann ist es so.«

»Obwohl die Arbeiter behaupten, ich wäre zu spät gekommen? Und ich hätte Nermin Grothe nicht fachgerecht versorgt?«

»Die haben nur Angst, man könnte ihnen vorwerfen, dass sie nicht sofort zu Ihnen gelaufen sind.«

»Nermin würde noch leben, wenn sie mich unmittelbar nach dem Unfall verständigt hätten.«

Aafke betrachtete sie, nachdem sie Tessa das Tuch über den Kopf gelegt hatte. »So war das auf Sylt schon immer. Wo der Mann die Herrschaft besitzt, hat die Frau nichts zu suchen. Da bringt sie sogar Unglück. Auf einem Fischerboot, in einer Schreinerei, auf einer Baustelle … im Arbeitsgebiet der Männer sind die Frauen schuld, wenn dort etwas passiert. Jedenfalls dann, wenn sie sich mehr herausgenommen hat, als den Männern etwas zu trinken und zu essen zu bringen. Eine Frau muss sich hüten, sich zu sehr für die Arbeit der Männer zu interessieren. Wenn anschließend ein Unfall geschieht, dann hat sie das Unglück heraufbeschworen.«

»Wenn sie Ärztin werden will, auch«, ergänzte Tessa.

Aafke nickte. »Demnächst wird der liebe Gott nichts mehr damit zu tun haben, dass er einen Sylter zu sich holt. Von nun ist die Kurärztin schuld daran.«

Tessa schüttelte fassungslos den Kopf. Wollte sie unter diesen Umständen wirklich auf der Insel bleiben? Am Morgen hatte sie zum ersten Mal daran gedacht, die Segel zu streichen und Sylt zu verlassen. Sie hatte sogar mit ihrer einzigen Patientin darüber gesprochen, als diese zur Konsultation gekommen war.

Babette von Keller hatte erschrocken reagiert. »Damit würden Sie alle Vorurteile bestätigen. Die Leute werden sagen, Sie hätten schnell klein beigegeben, weil eine Frau eben nicht stark genug ist, ein bisschen Gegenwind auszuhalten.«

Sie hatte versprochen, bei jeder Gelegenheit darüber zu reden, wie dankbar sie Tessa sei und wie sehr die Kurärztin ihr geholfen habe. Aber dem therapeutischen Gespräch, das sie anschließend geführt hatten, war nicht viel Neues hinzugefügt worden. Babette sprach jetzt zwar ohne Stocken und Zögern über ihre Vergewaltigung und darüber, was sie in ihr angerichtet hatte, aber weitergekommen waren sie nicht. Noch fühlte Babette sich nicht stark genug, auch mit ihrem Mann darüber zu sprechen. Und sich der Vergangenheit stellen, indem sie der Familie Jansen einen Besuch abstattete, wollte sie auch nicht. An diesem Morgen war sogar wieder die Angst in ihrem Gesicht erschienen, von der Tessa geglaubt hatte, dass sie bewältigt war.

»Ich weiß nicht, wer mir das angetan hat. Vielleicht lebt er noch hier, vielleicht bin ich ihm schon begegnet. Was, wenn er mich erkannt hat?«

»Er kann Ihnen nichts mehr anhaben«, hatte Tessa versichert.

»Ich schaue allen Menschen ins Gesicht«, hatte Babette von Keller leise gesagt. »Es ist wie ein Zwang. Und ich frage mich, ob ich die Menschen, die ich sehe, von früher kenne, ob sie mich an etwas erinnern.«

»Sie fürchten, Ihrem Vergewaltiger wieder zu begegnen?«

»Ich würde ihn nicht erkennen.«

»Aber die Jansens? Die würden Sie erkennen?«

Babette von Keller hatte auf ihre Schuhspitzen geschaut und erst geantwortet, als Tessa sie ermuntert hatte. »Vielleicht. Es liegt ja alles so lange zurück. Weit über zwanzig Jahre …«

Das erste und einzige Erfolgserlebnis, das Tessa als Ärztin auf Sylt gehabt hatte, fing an zu verwässern. Babettes Migräne war am Vorabend wieder aufgetreten, und Tessa hatte sich entschließen müssen, ihrer Patientin ein Schmerzmittel zu verschreiben. Was konnte sie tun, damit Babette von Keller sich noch weiter öffnete?

Sie hörte ein Klopfen an der Haustür und dann Reimert, der hereinkam. Tessa trat aus dem Schlafzimmer und strich sich mit beiden Händen über die Taille. Sah er, wie schlank sie war? Wie anmutig sich der weite Rock unter ihrer Taille bauschte?

Er blickte wie immer darüber hinweg. Doch auf seinem Gesicht breitete sich mit einem Mal etwas Spitzbübisches aus. Dass er beide Hände auf dem Rücken hielt, fiel ihr erst auf, als er sie hervorzog und ihr einen Blumenstrauß entgegenhielt. »Herzlichen Glückwunsch zum Geburtstag!«

Verblüfft nahm sie die Narzissen entgegen, die so fröhlich leuchteten, als gäbe es keinen jungen Mann, der sinnlos gestorben war. »Wie konnten Sie das wissen?«

»Es gibt eine Personalakte«, antwortete Reimert, »mit einem Lebenslauf. Und darin steht Ihr Geburtsdatum.«

Auf das Glück, das Tessa in sich spürte, war sie nicht vorbereitet. Sie hatte sich auf einen traurigen Geburtstag eingerichtet, traurig wegen der Beerdigung, traurig, weil niemand ihr gratulieren würde, traurig, weil sie zum ersten Mal an ihrem Geburtstag allein war … und nun das! Sie drehte sich schnell um, damit Reimert die Tränen in ihren Augen nicht sah, und suchte einen Krug, den sie mit Wasser füllte. Sie blickte Reimert erst wieder an, als sie den Krug mit den Narzissen auf den Tisch gestellt hatte.

Sein Gesicht war längst wieder ernst geworden. »Haben Sie sich das wirklich gut überlegt?«, fragte er, und sie wusste, was er meinte.

Tessa nickte. »Alles andere käme mir feige vor«, antwortete sie. »Wenn ich nicht zu dieser Beerdigung gehe, könnte es so aussehen, als hätte ich ein schlechtes Gewissen. Als wäre ich wirklich schuldig.«

Reimert reichte ihr seinen Arm. »Dann lassen Sie uns gehen.«

Tessa war überrascht, als sie sah, dass er seinen Wagen angespannt hatte. »Wir können doch auch zu Fuß gehen.«

Reimerts Miene war undurchdringlich. »Besser, wir nehmen die Kutsche.«

Als sie vor dem Friedhofstor abstiegen, begriff Tessa, was er ihr hatte ersparen wollten: die Blicke der anderen, vor denen in einer Kutsche zu fliehen war, hingeworfene Worte, die sie verletzen konnten, die Verächtlichkeit derer, die sie für schuldig hielten. Während Reimert für die Kutsche und sein Pferd sorgte, wurde ihr Gruß zweimal nicht erwidert, ein paarmal gab man ihr nicht die Gelegenheit zum Gruß und ging gesenkten Kopfes an ihr vorbei. Nur Doktor Mommsen lüftete seinen Hut, aber auch er verzichtete auf ein freundliches Wort. Dabei hatte Tessa erwartet, dass er sich auf ihre Seite stellen würde. Er musste doch wissen, was geschehen war.

Sie machte einen Schritt auf ihn zu. »Moin, Herr Kollege.«

Er blickte sie an, als sähe er sie zum ersten Mal. »Sie wünschen bitte?«

Tessa blickte ihm fassungslos ins ablehnende Gesicht. Erkannte er sie wirklich nicht? Reimert hatte sie einander vorgestellt, in seinem Büro im Rathaus hatten sie sich, wenn auch nur kurz, die Hand gereicht, bevor Doktor Mommsen zu einem Patienten gehastet war.

»Kommen Sie in meine Sprechstunde«, sagte der Arzt, »wenn Sie ein gesundheitliches Problem haben.« Damit ging er weiter, ohne Tessa einen zweiten Blick zu gönnen.

Reimert trat an sie heran. »Warum tun Sie sich das an?«

Sie fuhr zu ihm herum. »Hat er mich wirklich nicht erkannt?«

»Natürlich hat er Sie erkannt«, entgegnete Reimert, ohne ihr eine weitere Erklärung zu geben.

Tessa war froh, dass sie seinen Arm nehmen konnte, als sie sich der Trauergesellschaft anschlossen, die in die Kirche St. Niels strömte. In die letzte Bank drängte Reimert sie und setzte sich an den Rand, als wollte er sie mit seinem Körper beschützen.

Der Trauergottesdienst dauerte nicht lange, schon bald forderte der Pfarrer die Anwesenden auf, den verstorbenen Nermin Grothe zu seiner letzten Ruhestätte zu begleiten. Die Trauergemeinde stand auf, die Kirchentür öffnete sich und gab den Blick auf den Sarg frei, der davor wartete. Die Familie des Toten erhob sich von der ersten Bank und schritt durch den Mittelgang, angeführt vom Pfarrer. Rosa Grothe, Nermins verwitwete Mutter, ging allein, die Hände gefaltet, den Blick zu Boden gerichtet, ihre Söhne folgten ihr, die den Blick schweifen ließen. Und einer von ihnen erkannte Tessa.

Sie selbst bemerkte es erst, als Reimert plötzlich seine Rechte über ihre Hand legte, die auf dem Gebetbuch ruhte. Erschrocken sah sie auf, direkt in das grobe Gesicht von Nermins ältestem Bruder, das vor Zorn rot angelaufen war.

Es hallte durch die ganze Kirche: »Wagen Sie es nicht, an das Grab meines Bruders zu treten! Die Ärztin, die schuld an seinem Tod ist, hat da nichts verloren. Scheren Sie sich zum Teufel!«

Tessa stand da wie erstarrt. Reimert zog seine Hand weg, und sie sah, dass sie sich zur Faust ballte. Er schien Mühe zu haben, auf eine Reaktion zu verzichten. Aber er schaffte es. Er schwieg, und seine Hand löste sich allmählich wieder.

Nermins Bruder ging weiter, die Trauergemeinde folgte ihm schleppend, kein Einziger verzichtete darauf, Tessa mit einem Blick anzusehen, der die Forderung, die ihr entgegengeschleudert worden war, wiederholte. »Scheren Sie sich zum Teufel!«

Schließlich stand sie mit Reimert alleine da. Er trat nicht aus der Reihe, machte keine Anstalten, dem Zug der Trauernden zu folgen. »Gehen Sie nur«, sagte Tessa schließlich. »Es ist wohl besser, wenn ich nicht mit ans Grab trete.«

»Ja, das ist es wohl«, bestätigte Reimert. »Aber dann gehe ich auch nicht.«

Ohne ein Wort verließen sie die Kirche, betrachteten eine Weile die schwarzen Gestalten, die sich im Rhythmus der Sargträger voran bewegten, dann bestiegen sie Reimerts Kutsche und fuhren nach Hause. Immer noch schweigend!

Die Straße lag ruhig da, kein Mensch war zu sehen. Wer hier wohnte, hatte Nermin Grothe gekannt und war jetzt auf dem Friedhof. Die Stille, die über Reimerts Anwesen lag, war so dicht, als könne man sie mit den Händen greifen. Als wäre außen sichtbar, dass Aafke innen weder in Reimerts noch in Tessas vier Wänden den Haushalt besorgte.

Tessa sah zu, wie Reimert das Pferd ausspannte, es zum Grasen auf die angrenzende Weide führte und dann die Kutsche in die Remise stellte, die seinem Haus angebaut worden war. Er kam heraus, klopfte sich die Hände ab, wollte auf seine Haustür zugehen … und blieb überrascht stehen, als sie immer noch dastand und auf ihn wartete.

»Ich möchte jetzt nicht allein sein.«

Er nickte nur, öffnete die Tür und ließ sie eintreten. Von dem schmalen Flur ging eine Stiege in die obere Etage, rechts war die Wohnzimmertür, hinter der karge, aber behagliche Schmucklosigkeit herrschte, links ging es in die Küche, Aafkes Reich, die daraus etwas gemacht hatte, was ihren Vorstellungen entsprach, die sie in ihrem eigenen Haus nie erreichen würde. Der große Schrank war gut gefüllt, die gläsernen Türen zeigten, wie üppig die Vorratshaltung in diesem Hause war. An der anderen Wand gab es einen hüfthohen Schrank, dazwischen war der Spülstein, darüber ein Regal mit zwei Böden, auf denen irdene Töpfe standen, in denen Zucker, Mehl, Salz und Gewürze aufbewahrt wurden. Auf dem oberen Brett gab es größere Schalen und Krüge, an dicken Haken hingen Becher und Tassen. Der Herd stand direkt neben der Tür. Er war angefeuert, der Kessel darauf summte.

Reimert betrat vor Tessa die Küche. »Ich könnte Ihnen einen Tee machen.« Er versuchte ein kleines Lächeln. »Weil Sie Geburtstag haben.«

Tessa setzte sich an den großen Tisch in der Mitte des Raumes und sah ihm zu, wie er zwei Becher vom Haken holte und von vielen Töpfen den Deckel heben musste, bis er Tee und Kandis gefunden hatte.

»Man wird Ihnen übelnehmen, dass Sie nicht zu Nermins Beisetzung gegangen sind«, sagte sie schließlich.

Reimert streute Teeblätter in eine Kanne, offenbar ohne zu wissen, ob er sich für die richtige Menge entschied, aber auch, ohne Tessa um Hilfe zu bitten. Dann füllte er Wasser auf, schloss den Deckel und setzte sich zu ihr. »Ich lasse nicht zu, dass Sie schuld sein sollen. Diejenigen sind schuld, die keine Frau auf dem Damm haben wollten.«

»Wie werden sie es aufnehmen, dass Sie sich auf meine Seite gestellt haben?«

Er betrachtete sie aufmerksam, ehe er antwortete: »Sie denken an das Gespräch, das ich am Strand mit dem Bürgermeister, dem Tierarzt und dem Besitzer des Grand-Hotels geführt habe?«

Sie nickte. »Die drei waren der Meinung, dass es Ihnen nicht um die Ärztin geht, sondern um mich als Frau.«

»Das ist mir egal. Ich werde Sie verteidigen. So lange, bis niemand mehr glaubt, dass Sie an Nermins Tod schuldig sind. Ich war dabei. Ich weiß, was geschehen ist. Mein Wort gilt etwas.«

Tessa starrte die Teekanne an, so lange, bis sich ein tiefer Atemzug aus ihrer Brust löste. »Vielleicht ist es wirklich besser, wenn ich aufgebe. Ich glaube, ich schaffe es nicht.«

»Das dürfen Sie nicht sagen«, entgegnete Reimert heftig. Und Tessa schien es so, als wäre es ihm wirklich wichtig. »Bitte, bleiben Sie auf Sylt.«

»Aber es hat keinen Sinn, wenn man mir keine Chance gibt.«

»Ich werde mit den Grothes sprechen. Und mit allen anderen auch.« Und leise, sehr leise ergänzte er: »Bitte!«

Tessa beugte sich vor und legte eine Hand auf seine. Er regte sich nicht, zog die Hand nicht weg, sah ihr aber nicht in die Augen, sondern starrte auf den Fußboden. Erst als ihre Hand mit einer zarten Bewegung über seinen Handrücken huschte, sprang er auf. »Ich bin zu alt für Sie«, stieß er hervor.

Tessa schob ihre Hand unter die Tischplatte, als wollte sie damit die sanfte Berührung ungeschehen machen.

Entschlossen setzte er sich wieder zu ihr. »Sie haben mir von Kurt erzählt … dass er Ihren Beruf nicht akzeptieren wollte … dass er Ihnen den Doktortitel neidete … dass er Sie zurückgehalten hat, als Sie diese Stelle antreten wollten …«

Sie sah ihn erwartungsvoll an. Worauf wollte er hinaus?

»Kann es sein, dass ich zufällig das habe, was Kurt nicht hatte? Dass ich Bildung bei einer Frau genauso respektiere und bewundere wie bei einem Mann? Kann es sein, dass Sie sich deswegen einbilden, in mich verliebt zu sein?« Seine Stimme wurde immer kräftiger, immer lauter und nachdrücklicher. »Ja, diese Anerkennung würden Sie bei mir finden. Aber alles andere …«

»Außerdem sind Sie ein Gegner der Ehe, hat Aafke gesagt.«

»Aus gutem Grund. Ich habe gesehen, was aus meinen Eltern geworden ist, die sich mal füreinander entschieden hatten. Nein, danke!«

Tessa erhob sich und ging zum Fenster, weil sie es nicht mehr schaffte, ihn anzublicken. Sie wollte etwas erwidern, suchte nach Worten … fand sie aber nicht, weil etwas anderes ihre Aufmerksamkeit in Anspruch nahm. Es sprang sie an, übermannte sie, nahm ihr so viel Kraft, dass sie zu schwanken begann. »Mein Gott! Schauen Sie sich das an!«

»Warum darf ich dir nicht helfen?« Lilli sah ihren Vater verzweifelt an. »Ich kenne die Abläufe in der Fabrik inzwischen gut.«

»Weil ich einen Sohn habe, der mein Nachfolger ist. Du wirst wieder heiraten und endlich Mutter werden.«

»Und wenn ich das nicht will?«

Sie standen sich vor dem Tor der Werkhalle gegenüber. Warmer Nieselregen hatte eingesetzt, aber Lilli schien es nichts auszumachen, dass ihre Locken kraus wurden, die sie sich am Morgen mit viel Aufwand eng an den Kopf gebürstet hatte.

»Zum letzten Mal, Lilli! Ich habe einen Nachfolger, und eine Sekretärin habe ich auch. Ich will nicht, dass meine Tochter in der Firma arbeitet. Für deine Mutter ist das auch nie infrage gekommen.«

»Meine Mutter!«, wiederholte Lilli so verächtlich wie möglich. Sie wollte ihn mit einem Lachen strafen, aber es wurde ein Schluchzen daraus. »Und du glaubst, dass sie damit glücklich und zufrieden war? Dann hätte sie sich wohl kaum das Leben genommen!«

»Das hat damit nichts zu tun!«, brüllte Friedrich Gottorf so unbeherrscht, dass sich ein paar Arbeiter, die am anderen Ende des Hofes Material aufstapelten, erschrocken umdrehten. Friedrich Gottorf riss sich zusammen. »Den Tod deiner Mutter kannst du mir nicht anlasten«, sagte er leise, aber mit umso deutlicherer Schärfe. »Sie hatte sich verirrt. Sie fand sich in ihrem Leben nicht mehr zurecht.«

»Sie hatte keine Aufgabe«, fiel Lilli ein.

»Natürlich hatte sie das!«, gab Friedrich zurück. »Sie war die Herrin dieses Hauses.« Er wies aufgeregt zu dem Eingang des Privattraktes.

»Das Haus wird von Putzfrauen gesäubert, das Essen von der Haushälterin zubereitet. Mama sollte ihre Zeit damit verbringen, dem Personal auf die Finger zu schauen und sich anschließend im netten Nachmittagskleid in den Wintergarten zu setzen und zu warten, dass sie jemand anspricht.«

Friedrich Gottorf war drauf und dran, mit der Faust an die Tür der Werkhalle zu schlagen. »Was wollt ihr Frauen eigentlich? Je besser es euch geht, desto unzufriedener werdet ihr!« Er beugte sich so weit vor, dass Lilli ängstlich zurückwich. »Deine Mutter hat mich monatelang betrogen. Mit einer Frau! Sie hat die Nächte in Lesbenclubs verbracht, hat mich damit in der Öffentlichkeit lächerlich gemacht, hat sich sogar mit ihrer Liebhaberin nachts allein auf der Straße blicken lassen! Vielleicht könntest du dir mal Gedanken über meine Zufriedenheit machen?«

In Lillis Augen waren Tränen getreten, trotzdem gab sie nicht nach. »Du hast dich nie um Mama gekümmert. Es war dir egal, wie sie ihre Tage verbrachte. Aufmerksam bist du auf sie erst geworden, als sie nicht mehr tat, was du von ihr erwartet hast. Es geht ja immer nur um deine Erwartungen. Wir müssen alle so funktionieren, wie du es willst. Henry auch! Der am allermeisten!«

»Lass Henry da raus.«

»Natürlich! Dein Kronprinz! Mich würde nicht wundern, wenn er gar nicht zurückkommt, wenn du dich in ein paar Wochen fragen musst, wo denn eigentlich das Schiff bleibt, mit dem er zurückkehren sollte. Oder glaubst du, dass Henry glücklich ist? Nur, weil er dein Nachfolger werden darf und sich deswegen schikanieren lassen muss? Henry geht es so wie Mama. Alles, was er tut und was er gut und richtig macht, ist selbstverständlich. Aber wehe, es unterläuft ihm ein Fehler! Dann wird ihm der Kopf abgerissen. Gute Leistungen sind nicht erwähnenswert, schlechte werden gnadenlos kritisiert. Ein Gottorf leistet täglich von morgens bis abends Übermenschliches.«

»Hör auf, Lilli!«

Aber nun war es seine Tochter, die so dicht an ihn herantrat, dass Friedrich Gottorf, der Direktor der Schokoladenfabrik Gottorf, Mühe hatte, nicht zurückzuweichen. »Mama habe ich verloren, weil sie das Leben nicht mehr aushielt. Wenn ich meinen Bruder auch noch verliere, weil er es hier nicht mehr aushält, dann wirst du über kurz oder lang sehr einsam sein.«

Sie drehte sich um und ging davon. Friedrich starrte ihr hinterher, bis sie in der Tür seines Hauses verschwunden war. Dann erst lief er ins Kontor.

Kaum trat er durch die Tür, rief ihm Traute Berber entgegen: »Ich habe gerade mit der Reederei telefoniert. Unsere Fracht ist an Bord.«

Friedrich Gottorf brummte etwas Zustimmendes, dann ging er in sein Büro und schloss fest die Tür hinter sich. Aufatmend ließ er sich auf seinen Stuhl sinken, lehnte sich zurück und schloss die Augen. Gott sei Dank! Nur noch ein paar Tage, und Henry würde zurück sein. Er öffnete die Augen wieder und starrte das gerahmte Foto an, das seine Frau zeigte. Bei seiner Rückkehr musste Henry erfahren, was mit seiner Mutter geschehen war. Friedrich Gottorf behauptete gern, er kenne keine Angst. Aber in diesem Augenblick gestand er sich ein, dass er Angst hatte.

»Bleiben Sie im Haus!«, rief Reimert. »Ich mache das!«

Die Farbe war noch frisch, und derjenige, der den Pinsel geführt hatte, war schnell und unvorsichtig gewesen. Er hatte sich keine Zeit genommen, den Pinsel nach dem Eintauchen in die Farbe abzustreifen. Aus jedem Strich flossen dicke Tränen, beinahe sah es so aus, als wäre das beabsichtigt, als sollten diese Tränen die grausige Bedeutung des Wortes unterstreichen.

»Mörderin!«, murmelte er vor sich hin. »Diese Feiglinge!«

Mit einem alten Lappen wischte er alles weg, was noch feucht und klebrig war. Aber das reichte nicht. Blass war die Schrift zwar geworden, aber immer noch gut zu erkennen.

Reimert lief in seinen Schuppen und kam mit einem Topf blauer Farbe wieder heraus. Mit wütenden Pinselstrichen deckte er die rote Schrift zu. Immer und immer wieder fuhr er mit dem Pinsel über das schreckliche Wort, so lange, bis es nicht mehr zu erkennen war. Der riesige blaue Klecks an der Wand von Tessas Häuschen nahm sich absonderlich aus, aber das spielte keine Rolle. Hauptsache, das Wort war ausgemerzt – aus der Welt geschafft.

Schwer atmend ließ er den Pinsel sinken und starrte auf den blauen Fleck. Wie lange würde die Kurärztin das noch aushalten? Keine Patienten und dann noch diese offene Feindschaft! Dabei wäre Nermins Unfall die Gelegenheit gewesen, den Syltern zu zeigen, was sie konnte. Nicht weniger als Doktor Mommsen!

Er steckte den Pinsel in den Farbeimer und trug ihn in den Schuppen zurück. Wie sollte er sie hier behalten? Was konnte er tun, damit sie nicht aufgab? Er wollte sie nicht verlieren. Nicht, nachdem das Schicksal sie in seine Arme geführt hatte.

In den Augenwinkeln sah er, dass sie aus dem Haus trat, und hörte ihre Schritte im Gras. Trotzdem drehte er sich nicht zu ihr um. Als sie neben ihm stand, griff sie nach seinem Arm. Er hätte gern ihre Hand genommen, unterließ es aber und erwiderte ihre Berührung nicht. Er ließ sie nicht einmal wissen, dass er sie zur Kenntnis genommen hatte.

»Wer hat das getan?«, fragte Tessa leise.

»Vermutlich einer der Arbeiter«, antwortete Reimert. »Einer, der weiß, beim wem die Schuld liegt. Und der nun dafür sorgen will, dass die neue Kurärztin zur Schuldigen gemacht wird.«

Sie standen schweigend da und starrten den riesigen blauen Klecks an. Es war kühler geworden, der Wind hatte aufgefrischt, wirbelte auf, was er bekommen konnte, und zog sich in düstere Wolken zurück, um von dort erneut herabzufahren.

»Warum tun Sie das für mich?«, fragte Tessa leise.

»Weil ich weiß, dass Sie mit Nermins Tod nichts zu tun haben. Ich weiß es genauso gut wie die Arbeiter auf dem Damm.«

»Aber Sie machen sich die Sylter zu Feinden, wenn Sie auf meiner Seite stehen.«

»Ich bin Kurdirektor, nicht der Bürgermeister. Ich kümmere mich um unsere Feriengäste, nicht um Leute wie diese Arbeiter auf dem Bahndamm.«

»Aber …«

Doch er ließ sie nicht mehr zu Wort kommen. »Das Wetter schlägt um. Sieht nach Sturm aus.«

Er ging noch einmal zum Schuppen, verschloss die Tür und stapelte ein paar herumliegende Eimer ineinander. Als er sich zu ihr umdrehte, sah es so aus, als wollte er noch etwas ergänzen, aber er wurde von etwas abgelenkt, was sich in Tessas Rücken abspielte. Nun hörte Tessa es auch. Pferdegetrappel, das Knarren von Rädern, ein Kutscher, der »Brrr!« rief.

»Die Inselbahn ist vor einer halben Stunde angekommen«, sagte Reimert. »Mir scheint, wir kriegen Besuch.«

Aus der Kutsche stieg eine Frau von Mitte fünfzig. Sie trug einen Bubikopf, war ohne Hut und steckte in einem schwarzen Reisekostüm, das ihr nur bis zu den Knien reichte. Darüber hatte sie sich einen Mantel mit einem auffälligen Pelzkragen geworfen. Reimerts Unterlippe sackte herab, als sie ein Bein auf den Boden stellte, das einen seidig schimmernden Strumpf trug. Ehe der Kutscher sich bequemt hatte, stand sie schon auf dem Weg und sah sich um. Dann erkannte sie Tessa und begann zu winken. »Huhu!«

»Mama«, flüsterte Tessa. Und dann lauter: »Mama!« Sie raffte ihren Rock und flog auf ihre Mutter zu. »Mama!«

Sie warf sich in Marikas Arme und genoss es, die festen Arme ihrer Mutter zu spüren, die sie so hielten, wie sie ihre Tochter immer gehalten hatte. Ihr Leben lang!

»Gerade noch rechtzeitig zu deinem Geburtstag!«, flüsterte Marika. »Na, wie habe ich das hingekriegt?«

Schließlich löste Tessa sich von ihr und lachte sie unter Tränen an. »Wie kommst du hierher?«

»Das ist eine lange Geschichte«, gab Marika zur Antwort. »Sag mir erst mal, warum du ein Korsett trägst!«

Marika ging mit ausgestreckter Hand, strahlenden Augen und ihrem koketten Lächeln auf Reimert zu, das sie anknipsen konnte wie ein elektrisches Licht und das immer funktionierte, wenn ein attraktiver Mann in der Nähe war. »Der Kurdirektor? Ich bin entzückt, Sie kennenzulernen. Einer der wenigen fortschrittlichen Männer! Ich weiß, dass Sie Tessas Einstellung durchgesetzt haben! Sie sind ein wunderbarer Mann!«

Reimert, der solch unverblümte Komplimente nicht gewöhnt war, reichte Marika verwirrt die Hand, schien sogar an einen Handkuss zu denken, entschied sich dann aber dagegen, vermutlich, weil er noch nie in seinem Leben eine Frau mit Handkuss begrüßt hatte.

Marika verzieh ihm. Dass er sich tief über ihre Hand beugte, reichte ihr, denn seine Augen verrieten, dass sie ihn in Aufruhr versetzt hatte. Das war das Mindeste, was sie erwartete, aber in diesem Fall wohl auch das Höchste, das sah sie sofort. Der Sylter Kurdirektor war kein Mann, der geschmeidig auf Avancen einging. Obwohl der Umgang mit weiblichen Badegästen, die aus den Metropolen Deutschlands kamen, zu seinem Beruf gehörte, schien er sich seine Urwüchsigkeit bewahrt zu haben. Marika beschloss umgehend, dass diese Tatsache den Mann noch interessanter machte als sein bewundernswerter Umgang mit akademisch gebildeten Frauen.

Sie streckte beide Arme in die Höhe. »Sylt! Wie schön, dass ich mal wieder hier bin!«

Tessa runzelte die Stirn und sah sie erstaunt an. »Du warst schon mal auf Sylt?«

»Habe ich dir das nie erzählt? Das war kurz vor deiner Geburt.« Sie entlohnte den Kutscher mit großer Geste und gab ihm ein Trinkgeld, das den guten Mann überaus erfreute. Er beförderte daraufhin das Gepäck so schwungvoll neben das Gartentor, dass man beinahe von einem Temperamentsausbruch sprechen konnte. Schon wieder jemand, den Marika Melford aus seiner Lethargie gerissen hatte!

»Zeig mir, wo du wohnst.« Sie wies zunächst zu Reimerts Haus, dann zu dem kleinen Nachbarhaus, in dem Tessa lebte. »Da oder dort?«

»In dem großen Haus wohnt natürlich der Kurdirektor«, erklärte Tessa. »Das kleine reicht für mich völlig aus.«

»Sie wohnen direkt nebenan?« Marika sandte ihr tirilierendes Lachen in die Sylter Luft. »Wie nett!«

Was sie damit meinte, verriet sie nicht. Zum Glück fragten weder Tessa noch Reimert nach, denn Marika hätte es selbst nicht zu erklären gewusst. Aber da sie sich gerade von allen Lesbenclubs Berlins verabschiedet hatte und darüber informiert war, dass es solche Einrichtungen auf Sylt nicht gab, hatte sie sich zu der Überzeugung durchgerungen, dass Männer zwar die Frauen unterdrückten und ihre Befreiung und ihr Fortkommen verhindern wollten, aber dennoch ihre Reize hatten, wenn ein bisschen Ritterlichkeit gerade gut zu gebrauchen war.

Während sie Tessas Haus besichtigte, wurde sie allerdings still. Und ihre Freude, als sie die Tür des zweiten Schlafzimmers öffnete, klang künstlich. »Da kann ich ja länger bleiben! Na, wir werden es uns hier schon gemütlich machen.« Sie drehte sich zu Tessa um. »Und wo ist das Badezimmer?«

Tessa wies auf das Waschgeschirr, das in jedem Schlafzimmer auf dem Waschtisch stand. »Frisches Wasser gibt's im Hof oder in der Küche. Und den Rest erledigst du dort.« Sie zeigte aus dem Fenster zu dem Verschlag am Ende des Gartens.

Marika riss entsetzt die Augen auf, hatte sich aber schnell wieder im Griff. »Warum nicht? In Berlin haben wir zwar ein Wasserklosett, müssen es aber mit den Begowskys teilen. So wahnsinnig komfortabel ist das auch nicht.« Sie griff nach ihrer Tochter und drückte sie ein weiteres Mal an sich. »Nun sag mir endlich, warum du diese schwarze Kleidung trägst! Ich hatte erwartet, dich im weißen Arztkittel anzutreffen.«

»Ich komme von einer Beerdigung«, antwortete Tessa.

»Hoffentlich kein Patient von dir!« Marika lachte schon, bevor Tessa reagiert hatte.

Reimert übernahm es zu antworten: »Ein Arbeiter, der am Bahndamm verunglückt ist.«

Diese Information reichte Marika voll und ganz. »Wunderbar, dass der Bahndamm bald fertig ist! Da wird das Reisen demnächst leichter. Hoffentlich bin ich noch da, wenn er eingeweiht wird. Was meinst du, Kind? Kann ich so lange bleiben?«

»Natürlich«, stotterte Tessa. »Aber … unsere Wohnung in Berlin …« Und dann fragte sie ahnungsvoll: »Ist was passiert?«

»Das erzähle ich dir später«, gab Marika zurück.

Reimert begriff sofort, dass er die Zweisamkeit zwischen Mutter und Tochter störte. »Ich werde Aafke Bescheid sagen, dass wir heute Gäste haben.« Er bedachte Marika mit einer kleinen Verbeugung. »Ich würde mich freuen, wenn Sie heute bei mir zu Abend essen würden.«

Marika bedankte sich hocherfreut und warf dem Kurdirektor einen langen Blick durchs Fenster nach. »Schade, dass er vom Alter her nicht zu dir passt«, sagte sie zu Tessa. »Der wäre richtig für dich. Ein Mann, der an die intellektuelle Kraft der Frauen glaubt! Für den Gleichberechtigung selbstverständlich ist! So einen Mann solltest du dir aussuchen.«

Tessa wurde ärgerlich. »Wenn ich heiraten will, muss ich den Mann vor allem lieben.«

»Wenn ich mich recht erinnere«, gab Marika zurück, während sie sich im Wohnzimmer in einen Sessel fallen ließ, »war von Liebe die Rede, als du mit Kurt zusammen warst. Aber was ist diese Liebe wert, wenn der Mann nur fordert und die Frau verzichten soll? Nichts!«

Tessa setzte sich zu ihr. »Mama, warum bist du hier? Was ist geschehen?«

»Das ist eine lange Geschichte, Kind. Sag mir lieber, wie es hier für dich läuft. Sind die Badegäste begeistert von ihrer neuen Kurärztin?«

»Das ist keine lange, sondern eine kurze Geschichte, Mama.«

Der Abend in Reimerts Haus war anstrengend gewesen, nicht unkompliziert und heiter wie nach Tessas Eintreffen auf Sylt, sondern angefüllt von vielen überflüssigen Worten, grundlosem Gekicher und falschen Argumenten. Ein Abend, der nicht vergangen, sondern verrauscht war, Stunden, die nicht gefüllt, sondern übergelaufen waren, Gespräche, die nichts anderes bewirkt hatten, als Stille zu vermeiden. Tessa kannte diese Abende, wenn ihre Mutter Freundinnen oder befreundete Paare einlud, kannte aber auch andere Abende, wenn Marika sie in einen der literarischen Salons mitgenommen hatte, wo es zu interessanten Diskussionen gekommen war, hitzig und kontrovers häufig, aber immer kurzweilig und aufschlussreich. Marika beherrschte eben beides: die belanglose Plauderei genauso wie das Ringen um neue Lebensinhalte und -formen und die Auseinandersetzung mit Gedanken und Ideen, die ihr kurz vorher noch fremd gewesen waren. In diesem Fall hatte sie sich aufs Plaudern beschränkt, dabei aber vergessen, dass auch eine seichte Unterhaltung einen Inhalt brauchte, der allen anderen vertraut war. Zwischen Berlin und Sylt lagen jedoch Welten! Reimert staunte Marika nur unverhohlen an, und Aafkes Blick, in dem zunächst Neugier gestanden hatte, wurde abweisend, als von Claire Waldoff, Berlins populärer Kabarettistin, die Rede war und von der Schriftstellerin Vicki Baum, die täglich ins Boxstudio ging, um zu trainieren. Als Marika berichtete, dass Bertolt Brecht behauptet habe, Sport sei für die Damen der Gesellschaft nur Ersatz für fehlenden Sex, reichte es Aafke. Sie knallte die Schüssel mit den Krabben auf den Tisch, verkündete, dass sie in der Küche noch klar Schiff machen wolle, und wünschte einen vergnüglichen Abend. Das Wort »vergnüglich« hatte Tessa noch nie aus ihrem Munde gehört. Es zeigte, wie ernst es Aafke mit ihrer Ablehnung war. Tessa begann zu fürchten, dass die Anwesenheit ihrer Mutter ihrem angeschlagenen Ruf auf Sylt nicht guttun würde.

Marika jedoch schien nichts davon mitzubekommen. Sie saß später in Tessas Wohnzimmer und machte einen sehr zufriedenen Eindruck. »Wie alt ist der Kurdirektor? Schon fünfzig?«

»Er hat gesagt, er sei zwanzig Jahre älter als ich.«

»Also achtundvierzig. Ein gutes Alter! Ich bin nur sechs Jahre älter. Nicht der Rede wert!«

Tessa hatte den dringenden Wunsch, ihre Mutter abzulenken. »Nun erzähl mir endlich, was in Berlin passiert ist.«

Marikas Gesicht veränderte sich prompt. Die Heiterkeit, die immer in ihren Augen stand, erlosch. Von einem Moment zum anderen sah sie so alt aus, wie sie wirklich war. Und als sie von Ediths Selbstmord und den beängstigenden Folgen erzählt hatte, sah sie sogar noch älter aus. Tessa hatte ihre Mutter selten weinen sehen, und wenn, dann hatte Marika sich schnell die Augen trocken gerieben und gesagt: »Davon geht die Welt nicht unter …« Die Tränen, die sie nun um Edith vergoss, waren nicht nur Tränen der Trauer, sondern auch Tränen der Schuld. Und die waren nicht so leicht wegzuwischen. Wenn eine getrocknet war, rollte schon die nächste die Wange herab. »Ich habe ihre Gefühle unterschätzt«, schluchzte Marika. »Ich hätte ihr eher sagen müssen, dass wir beide keine Zukunft haben.«

Als Tessa hörte, dass ihre Mutter von Ediths Witwer verfolgt wurde, bekam sie es mit der Angst zu tun. »Was hat er vor?«

Marika war noch voll von der Trauer um Edith, sonst wäre sie um eine lapidare Antwort nicht verlegen gewesen. Nun aber verriet sie ihre Sorge: »Anscheinend hat er was gegen mich in der Hand. Er will mich verhaften lassen.«

»Was kann das sein?«, fragte Tessa aufgeregt.

Aber Marika zuckte nur mit den Schultern. »Ich habe mir nichts zuschulden kommen lassen. Im juristischen Sinne, meine ich. Friedrich Gottorf muss also dafür sorgen, dass er einen Verdacht gegen mich konstruiert.«

»Er plant ein Komplott gegen dich? Mit Hilfe der Polizei?«

»Er ist gut mit dem Polizeipräsidenten bekannt. Und er hat genug Geld, um die ganze Berliner Polizei zu bestechen. Wenn die einen Grund haben wollen, mich zu verhaften, dann finden sie einen.«

»Dann ist es wirklich besser, du bleibst erst mal auf Sylt. Weit weg von Berlin! Hier vermutet dich niemand.«

Marika atmete erleichtert auf. »Und nun erzähl mir, wie es dir ergangen ist.«

Reimert war froh, dass Aafke bald gegangen war und er nach dem Aufbruch der Kurärztin und ihrer Mutter allein sein konnte. Die Haushälterin hatte noch eine Weile in der Küche rumort und, als er zu ihr gegangen war, von dieser unmöglichen Person gesprochen, die so ganz anders als das Fräulein Doktor war. »Dabei sagt man doch, der Apfel fällt nicht weit vom Stamm.«

Dann wollte sie sich noch all das erklären lassen, was sie nicht verstanden hatte, und war endlich, als Reimert ihr auf die Schnelle auseinandergesetzt hatte, was lesbische Liebe bedeutete, derart empört gewesen, dass sie es keinen Augenblick länger in diesem Haus aushalten wollte, in dem dieses entsetzliche Wort gefallen war. Zwar würde sie am nächsten Morgen wiederkommen, aber anscheinend erwartete sie, dass das böse Wort bis dahin den Weg durch den Schornstein gefunden hatte.

Nun war Ruhe eingekehrt, in seinem Haus, in Westerland, auf der Insel. Nur in seinem Herzen herrschte noch Aufruhr, und er hoffte inständig, dass weder Tessa noch ihre Mutter gemerkt hatten, wie sehr ihn der Besuch von Marika Melford aufgewühlt hatte. Auf Tessas Erscheinen hatte er sich vorbereiten können, ihre Ankunft auf Sylt hatte er selbst herbeigeführt, aber mit ihrer Mutter hatte er nicht gerechnet. Wie sie sich verändert hatte! Sie war eine elegante Person gewesen, hatte mit Vorliebe schmale, lange Röcke getragen, die ihre schlanke Figur betonten und erst unterhalb der Knie zu weiten Glocken aufsprangen. Auch ihre Jacken waren schmal geschnitten gewesen, nur die Blusen hatten bauschige weite Ärmel besessen und ihre Stofffülle über den engen Miedergürtel fallen lassen.

Natürlich hatte sie ihn nicht erkannt. Wie auch? Er hatte sich ihr nie genähert. Alles, was geschehen war, hatte er aus der Ferne verfolgt. Auch Marika Melford und ihren Mann.

Er löschte das Licht in allen Zimmern. In Tessas Wohnzimmer

brannte noch die Öllampe, aber die beiden Frauen konnte er nicht sehen. Manchmal huschte ein Schatten über die Wand, wenn eine von ihnen sich bewegte oder aufstand, einmal hatte er auch die Hintertür knarren und Schritte im Garten gehört, kurz darauf die Tür des Verschlages am Ende des Gartens. Marika Melford würde damit nicht zufrieden sein. Vielleicht sollte er etwas ändern? Sie hatte es verdient. Sie und natürlich auch Doktor Tessa Melford, die neue Kurärztin.

V.

Marika lebte sich erstaunlich schnell ein. Nach der ersten Nacht war sie mit Kreuzschmerzen aufgewacht und stöhnend, mit einer Hand im Rücken, durchs Haus gelaufen, in der zweiten hatte sie sich bereits an das harte Bett gewöhnt. Und schon am dritten Tag machte sie Pläne.

»Ich habe mit Reimert darüber gesprochen«, sagte sie beim Frühstück und verdrehte die Augen in Richtung Aafke, die zwar eifrig das Mittagessen vorbereitete, aber dabei ihr Gespräch ungeniert verfolgte.

Tessa hätte sie gerne gefragt, warum sie den Kurdirektor beim Vornamen nannte, wenn sie von ihm sprach, aber sie verbot es sich in Aafkes Gegenwart. Auch von den Plänen ihrer Mutter wollte sie in Gegenwart der Haushälterin nichts hören.

»Besuch mich in der Praxis«, bat sie. »Dann kommt wenigstens mal jemand.«

Dort erfuhr sie, dass ihre Mutter einen literarischen Salon auf Sylt plante, mit dem sie versuchen wollte, ihre Tochter unter den Badegästen bekannter zu machen. »Wenn die einerseits meinen Salon besuchen, können sie sich nicht andererseits von Doktor Mommsen behandeln lassen.« Sie sah ihre Tochter an, als hätte sie soeben das Rad erfunden. »Reimert will in der Kurdirektion dafür sorgen, dass über meinen literarischen Salon geredet wird, und dann werden wir ja sehen, ob sich ein paar Damen finden, die daran interessiert sind.« Marika strahlte ihre Tochter unbefangen an. »Ich werde zeitgenössische Gedichte vortragen. Reimert findet, das ist eine gute Idee.«

»Reimert?« Jetzt konnte Tessa geradeheraus fragen. »Habt ihr euch näher kennengelernt, während ich hier in der Praxis auf Patienten warte?«

Nun wurde Marika verlegen. »Reimert ist ein interessanter Mann. Warum soll ich nicht …?«

Tessa sprang erregt auf. »Westerland ist nicht Berlin! Was dort ohne weiteres möglich ist, nennt man hier unmoralisch.«

Marika rümpfte die Nase. »Deswegen soll ich wie eine Nonne leben?«

Bereits die nächste Nacht verbrachte sie in Reimerts Haus. Aafke quittierte diese ungeheuerliche Tatsache mit entrüstetem Geschirrgeklapper. Eigentlich war es ihre Gewohnheit, zunächst das Frühstück für den Kurdirektor zuzubereiten und sich erst danach dem Haushalt der jungen Ärztin zu widmen. Aber an diesem Morgen hatte sie sich geweigert, in einem Haus zu arbeiten, in dem es zuging wie in Sodom und Gomorrha. »Sie sollten mal mit Ihrer Mutter reden, Fräulein Doktor.«

Tessa war mindestens genauso erschüttert, wenn ihr Gefühle auch anders aussahen, weniger mit Empörung zu tun hatten, sondern vielmehr mit Enttäuschung und unbeantworteten Fragen. Warum hatte Reimert sie zurückgewiesen und sich von ihrer Mutter in wenigen Tagen um den Finger wickeln lassen? Hatte er sich wirklich Hals über Kopf in Marika verliebt, während sie selbst sein Herz nicht berühren konnte? Ob er ihrer Mutter im Bett erzählt hatte, dass auch ihre Tochter Gefühle für ihn hegte? Hoffentlich nicht! Die Loyalitätskonflikte, in die ihre Mutter käme, würde sie ihr gern ersparen.

»Mama soll glücklich sein«, flüsterte sich Tessa zu. »Und wenn sie mit Reimert glücklich wird, dann ist das eben so.« Hoffentlich ging sie sorgsamer mit Reimerts Gefühlen um als mit Ediths.

Aafke meldete sich erneut zu Wort. »So was darf gar nicht erst einreißen. Tun Sie was dagegen, Fräulein Doktor!« Kopfschüttelnd betrachtete sie Tessa. »Sie tun mir leid. Wer mit so einer Mutter gesegnet ist …«

»Sprechen Sie nicht so über meine Mutter«, fuhr Tessa auf. »Sie mag nicht so leben, wie es Ihnen gefällt, aber sie ist immer eine gute Mutter gewesen. Eine bessere gibt es nicht.«

Aafke duckte sich erschrocken. »Entschuldigung, Fräulein Doktor. Ich bin aber auch eine Babbeltriene! War nicht böse gemeint. Jedenfalls werde ich dafür sorgen, dass Ihre Mutter Ihnen den Ruf nicht vollends verdirbt. Erst die Sache mit Nermin und dann noch eine Mutter, die den Kurdirektor verführt …«

»Für beides kann ich nichts«, entgegnete Tessa heftig. »An Nermins Tod bin ich unschuldig, und für das, was meine Mutter tut, bin ich nicht verantwortlich.«

»Sie haben recht, Fräulein Doktor.« Aafke wischte sich die Hände an ihrer Schürze ab, trat an den Tisch und sah Tessa mitleidig an. Dann schnitt sie eine Scheibe Brot ab und legte sie Tessa auf den Teller. »Das werde ich allen sagen, die mich fragen und die ich über Sie reden höre.«

Tessa wollte über diese Worte nicht erleichtert sein, wollte nicht auf die Unterstützung der Haushälterin angewiesen sein, aber es ließ sich nicht vermeiden. Sie war erleichtert. Und sie war froh, dass Aafke nicht ins selbe Horn tutete, wie es die Sylter mit großer Wahrscheinlichkeit tun würden. Sie stützte den Kopf auf und war nahe daran, in Tränen auszubrechen. Ihre Mutter hatte hier Zuflucht gesucht, konnte es zurzeit nicht wagen, nach Berlin zurückzukehren, also hatte sie selbst nicht mehr die Möglichkeit, Sylt zu verlassen. Nein, sie würde gezwungen sein, in den nächsten Wochen und Monaten jeden Morgen in eine Praxis zu gehen, in der niemand erschien und um ihre Hilfe bat. Außer Babette von Keller …

Sie schrak zusammen, als es an der Haustür klopfte. »So früh schon Besuch?«

Aafke trocknete sich die Hände an der Schürze ab und ging, um zu öffnen. »Herr Bürgermeister?« Ihre Stimme klang überrascht, während die Stimme des Besuchers nicht zu verstehen war. »Selbstverständlich ist das Fräulein Doktor schon auf. Was denken Sie? Das Fräulein Doktor muss gleich in die Praxis. Aber sie hat sicherlich nichts dagegen, dass Sie einen Tee mit ihr trinken.«

Rasmus Dirks sah verlegen aus, als er in der Küchentür erschien. Er warf einen langen Blick den Flur entlang zur Wohnzimmertür, dann ließ er sich von Aafke über die Schwelle schieben und fand sich damit ab, nicht mit Tessa allein zu sein, sondern sein Anliegen in Aafkes Gegenwart vorzubringen.

Tessa ahnte, was den Bürgermeister zu ihr führte. Aber sie würde es ihm nicht leichtmachen, indem sie ihm das Wort aus dem Mund nahm. Was er ihr zu sagen hatte, musste er selber klar und deutlich aussprechen. Aafke setzte einen Teebecher vor ihn hin, Tessa beobachtete, wie Rasmus Dirks die Beine dicht nebeneinanderstellte, sich bemühte, die Ellbogen eng am Körper zu halten und alles zu vermeiden, was breit und ausladend erschien. Er fühlte sich nicht wohl in der Enge ihrer winzigen Küche, das war offensichtlich. Vermutlich hätte er für das, was er ihr zu sagen hatte, gerne mehr Platz beansprucht.

»Geht es um Ihre Gesundheit?«, fragte Tessa scheinheilig. »Dann wären Sie besser in meine Praxis gekommen.«

Aber Rasmus Dirks wehrte ab. »Ich bin als Bürgermeister von Westerland hier. Ich hielt es für besser, zunächst ein inoffizielles Gespräch zu führen, deswegen habe ich Sie zu Hause aufgesucht.« Er warf Aafke einen Blick zu, der die Aufforderung enthielt, ihn mit der Kurärztin allein zu lassen. Aber die Haushälterin wollte ihn nicht verstehen.

»Der Unfall auf dem Damm«, begann er nun vorsichtig.

Tessa blieb bei ihrem Vorsatz, ihm nicht entgegenzukommen. »Sie meinen den Unfall, zu dem ich nicht gerufen wurde? Weil diese bornierten Kerle glauben, eine Frau auf dem Damm bringe Unglück?«

»So sind sie nun mal, die Sylter!«

»Sie sind auch feige und hinterhältig«, gab Tessa zurück. »Die Arbeiter wissen genau, dass Nermin gestorben ist, weil er nicht rechtzeitig ärztliche Hilfe erhalten hat. Sie hätten seinen Tod verhindern können, wenn sie richtig gehandelt hätten. Aber mich nennen sie eine Mörderin! Ich soll den Kopf dafür hinhalten, dass diese Kerle lieber einen Kollegen verbluten lassen, als eine Frau zur Hilfe zu holen!«

»Die Arbeiter sagen …«

»Sie lügen!«, schnitt Tessa ihm das Wort ab. »Sie haben mich nicht verständigt, als Doktor Mommsen nicht zu erreichen war. Der Kurdirektor war es, der mich geholt hat. Aber da war es längst zu spät.«

»Die Arbeiter sagen auch, Sie wären mit der schweren Wunde nicht fertiggeworden.«

»Können die Männer das wirklich beurteilen?« Tessa stand zornig auf. »Der Mann ist gestorben, weil er zu viel Blut verloren hatte. Das ist den Arbeitern längst klargeworden. Deswegen schieben sie mir die Schuld zu, damit ihnen niemand einen Vorwurf machen kann. Aber sogar Sie, Herr Bürgermeister, glauben den Arbeitern mehr als mir?«

Rasmus Dirks fühlte sich sichtlich unwohl, als er sah, dass Aafke ihn spöttisch anlächelte, weil sie offenbar die Ärztin für die Siegerin dieser Debatte hielt. Er stand nun ebenfalls auf und richtete seinen schmalen Oberkörper hoch auf, damit seine Autorität die Kurärztin überragte, obwohl er keinen Zentimeter größer war als sie. »Ich rate Ihnen jedenfalls, die Insel zu verlassen. Es war ein Fehler, Sie angestellt zu haben, das dürfte mittlerweile sogar der Kurdirektor einsehen.«

Tessa dachte an die Wohnung in Berlin, in die sie wieder einziehen könnte, dachte aber auch an ihre Mutter, die nicht nach Berlin zurückkehren konnte, weil Friedrich Gottorf dort nur darauf wartete, sie verhaften zu lassen. »Ich habe einen Vertrag«, entgegnete sie. »Sie können mir nicht kündigen. Und ich denke nicht daran, die Flinte ins Korn zu werfen.«

»Sie wollen es auf einen Prozess ankommen lassen?«

»Ich habe mir nichts vorzuwerfen, das wissen die Arbeiter so gut wie ich. Und der Kurdirektor weiß es auch, er wird für mich aussagen. Ich lasse es darauf ankommen. Mal sehen, ob die Arbeiter es wirklich fertigbringen, auch vor Gericht zu lügen.«

»Das wagen sie nicht«, behauptete Aafke. »Vor einem Richter haben die genauso viel Schiss wie vor dem Blanken Hans. Von denen ist doch jeder ein Zegenbart. Piepeler! Allesamt!«

Der Bürgermeister verbeugte sich steif und ging zur Tür. »Sie haben natürlich recht, Fräulein Doktor, den Vertrag kann ich nicht kündigen. Es sei denn, es stellt sich heraus, dass Sie tatsächlich einen schweren Fehler begangen haben. Das würde zur sofortigen Auflösung des Vertrages führen.«

Reimert sah Marika durchs Fenster nach, wie sie eilig zum Nachbarhaus lief. Sie hatte eigentlich zurück sein wollen, ehe Tessa aufwachte, aber er hatte dafür gesorgt, dass sie sich noch einmal zurücklegte, sich noch einmal küssen ließ und ihn ein letztes Mal in sich aufnahm. Befriedigung hatte es ihm nicht gebracht, aber die Klarheit, die er damit geschaffen hatte, tat ihm gut. Tessa würde nun einsehen, dass eine Beziehung mit ihm nicht infrage kam. Zwar tat es ihm weh, wenn er sich vorstellte, wie bitter die Erkenntnis für sie war, dass die eigene Mutter den Mann bekommen hatte, den sie selbst wollte, aber sie würde irgendwann merken, dass niemand ihn wirklich bekam. Diese Stunden mit ihrer Mutter im Bett hatten wenig für ihn zu bedeuten. Genauso wenig wie für Marika. Er brauchte das nicht. Und eigentlich wollte er es auch nicht. Es forderte ihm viel mehr Kraft ab, als die Frauen, von denen er sich gelegentlich verführen ließ, zu glauben vermochten.

Er wollte sich gerade abwenden, da sah er, dass sich die Tür von Tessas Haus öffnete. Rasmus Dirks trat heraus! Reimert beugte sich erschrocken vor. Was hatte ein Besuch des Bürgermeisters bei der Kurärztin zu bedeuten? Kopfschüttelnd sah er zu, wie Marika ihn begrüßte. Sie schaffte es tatsächlich, ihm die Hand zu reichen, als erwartete sie einen Handkuss, obwohl jeder auf den ersten Blick erkennen musste, dass sie nicht in ihrem eigenen Bett geschlafen hatte, sondern direkt aus dem eines Mannes gestiegen war. Die Verächtlichkeit, die Rasmus Dirks ihr entgegenbrachte, erkannte Reimert sogar auf die Entfernung. Auf den Handkuss wartete Marika auch vergeblich, die knappe Verbeugung war eher Beleidigung als Ehrerbietung, und der Blick, mit dem er sie von Kopf bis Fuß maß, eine Unverschämtheit. Reimert wusste nicht, ob er Marika bewundern oder wütend auf sie sein sollte. Entweder schaffte sie es, mit beispielloser Blasiertheit zu reagieren, oder sie war wirklich so blasiert, die herablassende minimale Höflichkeit des Bürgermeisters dem kühlen norddeutschen Temperament zuzuschreiben.

Er fuhr sich mit beiden Händen durch die Haare und zog sich ein Hemd über den Kopf. Während er es zuknöpfte, betrachtete er das Laken, auf dem es verräterische Flecken gab. Er war versucht, es abzuziehen und durch ein frisches zu ersetzen, unterließ es dann aber. Auch

Aafke sollte wissen, was in diesem Bett geschehen war. Über kurz oder lang würde es ganz Westerland wissen, und das Gerücht, er habe die Einstellung der Kurärztin durchgesetzt, weil er an ihr als Frau interessiert war, weil er in sie verliebt war, würde verstummen.

Hastig erledigte er seine Morgentoilette, dann stieg er die Treppe hinab. In seiner Küche war es kalt, der Herd war noch nicht angefeuert, nichts für sein Frühstück vorbereitet.

Ein Lächeln ging über sein Gesicht. Aafke wusste also schon Bescheid! Dass sie seine Küche bestreikte, solange er mit einer unpassenden Frau im Bett lag, sah ihr ähnlich.

Babette von Keller hatte sich bei ihrem Sohn eingehakt, der sie um Haupteslänge überragte. »Schön, so ein junger Kavalier!«, scherzte sie.

Herbert grinste nur spöttisch. »Ich bin der Anstandswauwau, weil mein werter Herr Vater mit einem literarischen Salon nichts zu tun haben will.«

»Dabei gibt es das in Lübeck auch«, protestierte Babette.

»Aber du gehst nicht hin. Das ist der Unterschied.«

»Ich könnte aber hingehen. Und weißt du was? Wenn wir zurück sind, tu ich's auch. Lena Eumann veranstaltet einmal im Monat einen Salon. Sie hat einmal sogar einen echten Schriftsteller eingeladen, der aus seinen Werken vorlas.«

»Aber mein Vater wollte dich nicht gehen lassen?«

»Es gab niemanden, der mich begleiten konnte. Du weißt ja ...«

»... eine Frau, die sich allein auf die Straße traut, läuft Gefahr, ausgeraubt und vergewaltigt zu werden.«

Babette verstummte, das Lächeln, das gerade noch auf ihrem Gesicht gestanden hatte, fiel in sich zusammen. »So kann es gehen«, bestätigte sie leise. »Da hat dein Vater recht.«

Herbert tätschelte die Hand seiner Mutter, die auf seinem rechten Unterarm lag. »Diese Ärztin ...«, begann er vorsichtig. »Sie hat keinen guten Ruf auf Sylt. Papa hat mir gestanden, wie wenig es ihm gefällt, dass du sie konsultierst.«

»Du spielst auf den Todesfall auf dem Bahndamm an?« Babette reagierte heftiger, als sie wollte. »Frau Doktor Melford hat mir erklärt, wie es dazu gekommen ist. Wenn es nicht so viele Männer gäbe, die einer Frau nichts zutrauen, dann würde der Arbeiter noch leben!«

»Red keinen Unsinn, Mama«, tadelte Herbert. »Papa könnte dir verbieten, diese Ärztin aufzusuchen. Und ich nehme an, dass er es bald tun wird.«

Babette blieb stehen und sah ihren Sohn aufgebracht an. »Für Frau Doktor Melford wäre es wohl besser gewesen, wenn sie gar nicht zu dem Verunglückten gekommen wäre. Dann würden jetzt diejenigen am Pranger stehen, die wirklich schuld sind.«

Herbert verzog das Gesicht. »Ist ja klar, dass sie sich rausreden will. Und dass du ihre einzige Patientin bist, sollte dir auch zu denken geben. Wahrscheinlich ist sie wirklich keine gute Ärztin.«

»Mir hat sie geholfen!«, betonte Babette. »Und wie sollen eigentlich alle anderen wissen, ob sie gut oder schlecht ist, wenn niemand sie konsultiert?«

Das Grundstück des Kurdirektors kam in Sicht. Von der anderen Seite näherten sich zwei Damen in eleganter Kleidung, offensichtlich Feriengäste, hinter ihnen ging die Frau des Bürgermeisters, Omine Dirks. Alle drei hatten das gleiche Ziel und gingen auf die Tür des Kurdirektors zu.

»Das Haus der Ärztin ist zu klein für so viel Besuch«, erklärte Babette und sah ihren Sohn lächelnd an. »Die letzten Meter schaffe ich allein, ohne ausgeraubt zu werden.«

Herbert wandte sich um und ging mit federnden Schritten zurück, als hätte er noch etwas vor, was mehr Vergnügen versprach als die Begleitung seiner Mutter.

Omine Dirks blieb stehen, als sie Babette erkannte. »Frau von Keller? Schön, dass Sie auch kommen.« Sie beugte sich vor und tuschelte: »Die einzige Patientin unserer neuen Ärztin.«

»Die sehr zufrieden mit ihr ist«, betonte Babette.

Frau Dirks winkte ab. »Ganz ehrlich, ich bin hier, weil ich die Mutter sehen will. Das soll ja so eine richtige Städterin sein. Ganz anders als ihre Tochter. Was ich von der schon gehört habe …«

Sie waren an der Eingangstür angekommen, die sich prompt öffnete. Marika stand in der Tür und bat die Damen herein. Sie trug ein blassblaues changierendes Kleid, knieumspielend, das am Saum eine breite Bordüre mit dunklen orientalischen Mustern aufwies. Um die Hüften hatte sie sich einen Gürtel in gleicher Farbe geschlungen, dessen Schnalle direkt auf einer Stelle ihres Körpers prangte, die keine anständige Frau betonen durfte.

Omine Dirks blickte an Marika herab, als hätte sie von einer sauren Gurke abgebissen. Der Blick in ihr Dekolleté folgte ganz ungeniert. Frauen, die ihre Beine, den Ansatz ihrer Brüste zeigten und mit einem Gürtel darauf hinwiesen, wo sich ihre Scham befand, wurden von der Frau des Bürgermeisters nicht mit Höflichkeit behandelt. Sie selbst trug das, was sie auch zu Nermins Beerdigung getragen hatte: ein schwarzes Kleid, dem sie, um die vergnügliche Seite dieser Abendunterhaltung anzuzeigen, einen weißen Kragen umgelegt hatte.

Drei Frauen saßen bereits auf Reimerts Sofa, die Frau eines Industriellen aus Hamburg, die den Sommer allein auf Sylt verbrachte und froh über jede Abwechslung war, eine Kapitänsfrau, deren Mann auf großer Fahrt war und ihr daher nicht verbieten konnte, einen literarischen Salon zu besuchen, den es bis dato auf Sylt noch nicht gegeben hatte, und die Hausdame des Grand-Hotels, die von ihrem Chef geschickt worden war, damit sie später erzählen konnte, wie es bei der Kurärztin zuging.

Aafke machte keinen Hehl daraus, dass sie diese Veranstaltung ungern unterstützte. Sie füllte mürrisch die Teegläser und reichte Gebäck herum, das sie zu diesem Zweck gebacken hatte. Wenn sie auch Zweifel hatte, dass ein literarischer Salon etwas für anständige Frauen war, sollte ihr doch niemand nachsagen, dass sie sich nicht gastfreundlich gezeigt habe. Reimert hatte es ihr eingeschärft, nachdem er vor der geballten Weiblichkeit in seine Werkstatt geflohen war, wo er sich mit der Reparatur eines wackeligen Stuhls beschäftigen wollte, bis in seinem Haus wieder Ruhe eingekehrt war. »Ich verlasse mich darauf, Aafke, dass die Damen sich bei mir wohlfühlen.«

Also tat Aafke alles, um den Kurdirektor nicht zu enttäuschen, und entschuldigte sich sogar bei Marika, als ihr etwas Tee auf eins der Bücher getropft war, aus denen gelesen werden sollte. Aafke hatte noch nie in ihrem Leben ein Buch besessen, nicht einmal die Bibel war in ihren Haushalt geraten. Dass Marika ein kleiner Schrei entfuhr, als auf den Buchdeckel Tee tropfte, konnte sie nicht verstehen. »So 'n Fimmel!«

Babette beobachtete sie schmunzelnd. Dass Reimerts Haushälterin mit der Mutter der Kurärztin nicht gut auskam, war auf den ersten Blick zu erkennen.

»Wie nett, dass der Kurdirektor Ihnen sein Haus zur Verfügung stellt«, rief Omine Dirks und bewies damit, dass ihr der skandalöse Umstand, dass Marika ihre Nächte in Reimerts Haus verbrachte, bereits zu Ohren gekommen war. »Wo er Sie doch nur flüchtig kennt!«

Tessa wurde immer nervöser. Es war offensichtlich, dass die meisten lediglich gekommen waren, um die erfolglose Ärztin zu betrachten, die nur eine einzige Patientin hatte, und deren Mutter, der es in ein paar Tagen gelungen war, in Westerland von sich reden zu machen. Und das, obwohl mittlerweile auch auf Sylt Frauen Urlaub machten, die so gekleidet waren und sich so selbstständig gaben wie sie. Aber Marika hatte pikanterweise außerdem ein Verhältnis mit dem Kurdirektor angefangen, um das sie von einigen beneidet und von vielen mit Empörung bedacht wurde. Somit war sie zu einer Frau geworden, deren Einladung man annahm, wenn sich die Gelegenheit bot, um unauffällig hinter die Kulisse ihres Lebens zu gucken. Zu der Literatur, die Marika vortrug, hatte kaum jemand etwas zu sagen. Die Frau des Bürgermeisters gähnte sogar unverhohlen, als Marika einen lyrischen Text ankündigte und die Teilnehmerinnen ihres Salons bat, sich darüber Gedanken zu machen, damit man über die Absichten des Dichters diskutieren könne.

Marika warf Tessa einen Blick zu, der verriet, dass sie in Erwägung zog, ihren literarischen Salon schon an diesem Abend wieder zu schließen, in dem es in Berlin immer lebhaft zuging, mit heftigen Debatten über die Aussage eines Textes oder über seine Berechtigung. Hier hatte es bisher nicht mehr als »Gefällt mir«, »Mag ich nicht« oder »Ich weiß nicht ...« gegeben. Marikas Blick war ungeduldig, als sie nun ein Gedicht ankündigte: »Es stammt von einer jungen Berliner Lyrikerin.«

Tessa bemerkte, dass die Damen sich entspannten, die nun wohl ein paar liebliche Worte erwarteten, die man nur mit einem wohligen Seufzen zur Kenntnis nehmen und schön zu finden brauchte. Aber sie sah ihrer Mutter an, dass sie sich nicht auf schöne Worte verlassen würde, und hoffte, dass alles, was jetzt kam, von den teilnahmslosen Zuhörern nicht verstanden werden würde.

»Wiegen auf den Wellen unserer Hände …«

Omine Dirks wischte unsichtbare Krümel von ihrem Rockschoß, zwei andere sagten sich mit den Augen, dass es Zeit wurde zu gehen, Babette von Keller war die Einzige, die aufmerksam zuhörte.

»… fließen in dem Strom unserer Lust …«

Tessas Blick hing an ihrer Mutter. Sie sah feine Linien in ihrem Gesicht, die ihr bisher nicht aufgefallen waren, entdeckte ein paar graue Fäden in ihrem Haar und Tränensäcke, die es früher nicht gegeben hatte. Marika war jung, wenn sie fröhlich war, nun jedoch, ernst und konzentriert, wirkte sie älter. Vielleicht auch deshalb, weil sie sich heimlich ärgerte über den Misserfolg ihres literarischen Salons. Tessa verglich sich heimlich mit ihr. Sie wusste, dass sie nicht den Esprit ihrer Mutter hatte, nicht ihren Witz, erst recht nicht ihre Selbstsicherheit. Aber Männer zogen die Jugend vor! Warum nicht Reimert? Warum ließ er sich von der Mutter im Sturm erobern und erteilte der Tochter eine Absage?

»… und unter der Kraft der Stöße rudern wir …«

Sie dachte an ihre Mutter, wie sie vor dem Krieg gewesen war, auch heiter und leicht im Umgang mit anderen Menschen, aber leiser und näher am Boden als heute. Nicht immer bereit wegzufliegen.

»… dem Katarakt entgegen …«

Dann war die Angst vor dem Krieg durchs Haus geschlichen. Tessa hatte sie an jeder Ecke lauern sehen, obwohl in ihrer Gegenwart nicht über die Kriegsgefahr gesprochen wurde. Aber sie hatte gewusst, dass ihre Eltern voller Angst waren, dass auch die Nachbarn Angst hatten und die Eltern ihrer Freundinnen ebenfalls. Schließlich hatte ein Lehrer im Unterricht über diese Angst gesprochen, da erst waren ihre Eltern bereit gewesen, ihre eigene Angst mit Tessa zu teilen.

»… der uns auf dem Gipfel seiner Brandung …«

Ihr Vater wurde schnell eingezogen. Die Heiterkeit und alles Leichte fielen von ihrer Mutter ab, als sie ihren Mann zum Bahnhof brachte. Tessa musste bei einer alten Nachbarin bleiben, wie auch zwei andere Mädchen, deren Väter an die Front mussten. Sie hätte gerne die Gefühle der Mutter geteilt, die ihr durch den Abschied am Bahnhof in der Trauer voraus war. Damals wusste sie nicht, dass dieser Vorsprung nie aufzuholen sein würde.

Der Vater fehlte, der Ehemann fehlte, aber irgendwann hatten Mutter und Tochter sich eingerichtet, wie alle anderen Mütter und Kinder es auch tun mussten. Sie richteten sich ein Leben vor der Tür des bisherigen Lebens ein, ein Parallel-Leben, das Leben ohne Männer. Tessas Mutter wurde wieder heiter, ihre Leichtigkeit flog manchmal sogar davon, so überdreht war sie, wenn sie nur den geringsten Grund fand, fröhlich zu sein. Und alles begann von vorne, wenn ihr Vater auf Heimaturlaub gewesen war und es eine Weile dauerte, bis das Parallel-Leben wieder funktionierte.

»… tanzen lässt und warten …«

Dann kam der Vater zum letzten Mal, der Krieg endete, aber nichts von dem, was Marika ihrer Tochter versprochen hatte, wurde wahr. Ihr Vater würde nie mehr zurückkommen, obwohl die Mutter so sicher gewesen war, das Parallel-Leben war nun das wahre Leben, das andere nannten sie von da an Erinnerung.

»… auf den Sturz kopfüber …«

Die Erinnerung verblasste immer mehr, Marika sorgte dafür, dass die Gegenwart so wenig Erinnerung wie möglich zuließ. Schon ein Jahr nach Kriegsende durfte Tessa nicht mehr weinen, wenn sie an ihren Vater dachte, ihre Mutter verlangte von ihr zu lachen, wenn sie von ihm sprach, und glücklich zu sein, weil es ihn gegeben hatte.

Von da an wurde Marika eine andere, Tag für Tag ein wenig mehr. Sie veränderte sich äußerlich und irgendwann wohl auch innerlich, ergriff jede Chance, die es für Frauen früher nicht gegeben hatte, ohne zu fragen, ob sie all diese Chancen überhaupt wollte. Und sie griff nach einem Mann, ohne zu fragen, ob sie ihn wollte.

Tessa schüttelte den Gedanken ab. Sie durfte ihrer Mutter nichts vorwerfen. Wenn Marika gewusst hätte, dass dieser Mann das Herz ihrer Tochter besetzt hielt, wäre sie ihm ausgewichen. Ganz sicher.

»… in das Maß des Friedens …«

Die Damen applaudierten höflich, und Tessa atmete auf. Niemand hatte verstanden, was die Lyrikerin beschrieben hatte. Tessa kannte das Gedicht und wusste, wie es überschrieben war. Sie war ihrer Mutter dankbar, dass sie darauf verzichtet hatte, dem Gedicht seinen Titel voranzusetzen: Orgasmus! Die Frau des Bürgermeisters hätte vermutlich auf der Stelle des Haus verlassen, und Aafke Witt hätte mit Kündigung gedroht. Es sei denn, den beiden wäre dieses Wort unbekannt gewesen …

Doch sie hatte sich zu früh gefreut. Lächelnd teilte Marika Melford mit, wie dieses Gedicht überschrieben war und bot an, es gleich noch einmal vorzulesen. »Erst mit Kenntnis des Titels erschließt sich, was die Dichterin uns sagen will.«

Es stellte sich heraus, dass das Wort Orgasmus allen Damen ein Begriff war, sogar Omine Dirks. Diejenigen, die sich für offen und modern hielten, suchten nach Gründen, auf die Wiederholung des Vortrags zu verzichten, der Frau des Bürgermeisters fehlten noch die Worte.

Tessa blickte ihre Mutter fragend an. Würde Marika jetzt darauf bestehen, mit ihren Zuhörerinnen den Gedanken der Lyrikerin nachzuspüren, auf das Recht der Frau auf sexuelle Erfüllung zu sprechen kommen, sogar auf das Recht auf Orgasmus zu pochen? Marika hatte zweifellos genau das vor, da sagte Omine Dirks: »Es riecht verbrannt.«

Babette von Keller sprang auf. »Feuer! Es brennt!«

Nun hörten sie Rufe auf dem Weg vor dem Haus, der Schrei, der von draußen hereindrang, hielt das Leben für einen Augenblick an. Dann Knistern, Splittern, unheilvolles Knirschen Und nun eine Stimme, donnernd, furchterregend, so laut, dass sie kippte, und der helle Schrei eines Jungen, furchtsam, dann schrill wie in Todesangst …

Henry Gottorf stand an der Reling und starrte auf den Horizont, der zum Himmel stieg und wieder verschwand, hinauf und wieder herab, in einem bedrohlichen Wechsel, mal so langsam, dass jede Verzögerung Angst erzeugte, dann so rasant, dass es das Schiff auf die Wellen zurückwarf und die Angst noch größer wurde.

Ein Matrose kam vorbei und schlug ihm vor, unter Deck zu gehen. »Da sind Sie sicherer.«

Aber Henry fühlte sich an der Luft wohler. »Später!«

»Der Sturm nimmt zu«, sagte der Matrose. »Nicht, dass Sie über Bord gehen.«

Aber Henry glaubte nicht, dass er in Gefahr war. Er fürchtete sich nicht vor schwerer See und nicht einmal vor Seenot. Natürlich wollte er gesund nach Hause kommen, aber dort würde er sich nicht sicherer fühlen als hier. In der Zukunft, die auf ihn wartete, würde er sich ebenso an eine Reling klammern müssen, auf einen schwankenden Horizont blicken und in schwerer See einen kühlen Kopf behalten oder aber versuchen, den Lauf der Dinge durch Seenot aufzuhalten. Schon lange lebte er auf einem schwankenden Schiff, er hatte es nur nicht gewusst.

Henry Gottorf war zweiunddreißig Jahre alt, ein schlanker, gut aussehender Mann mit einem schmalen Gesicht und hellen, freundlichen, aber melancholischen Augen. Ob er froh gestimmt, vielleicht sogar ausgelassen war, ob er neugierig und wissensdurstig war oder seine Pflicht erfüllte, nie verloren seine Augen die sanfte Trauer, die ihn als Heranwachsenden überkommen und dann nie wieder verlassen hatte. Auch wenn Henry das Leben genoss, sah es so aus, als hätte er sich lediglich mit ihm abgefunden. Er wusste nicht, dass sich der Ausdruck seiner Augen in den vergangenen Monaten verändert hatte, dass die Melancholie von einem neuen Grundgefühl in die äußeren Augenwinkel gedrängt worden war. Hätte man es ihm jedoch gesagt, wäre ihm der Grund sofort klar gewesen: Er hatte die Lust am Leben kennengelernt, er hatte am Glück der Freiheit genascht.

Ihm war schnell klargeworden, dass es nicht für ihn bestimmt war, dieses Glück, aber gerade deswegen hatte er es ausgekostet. Nie wieder würde er auf die Freiheit verzichten können, ohne sich zu fragen, wie sie zurückzugewinnen war. Das war der Preis, den er für dieses kurze Glück zu zahlen hatte. Nun wusste er, wie die Freiheit aussah, die er früher Ungebundenheit oder Selbstbestimmung genannt hätte. Nein, das allein war keine Freiheit. Frei sein bedeutete vor allem, sich von seinem Vater zu entfernen, ihm aus den Augen zu sein, seinen Blick nicht im Nacken zu spüren, seiner Kritik nicht ausgesetzt zu sein, seinen Spott nicht ertragen zu müssen. Freiheit war ein Leben ohne Friedrich Gottorf!

In seinem Rücken hörte er jemanden pfeifen: »Davon geht die Welt nicht unter …«

Henry summte mit. »… sieht man sie manchmal auch grau. Einmal wird sie wieder bunter, einmal wird sie himmelblau …«

Vielleicht, dachte er und hoffte, dass er sich ein wenig Optimismus bewahren konnte. Vielleicht wird sie einmal himmelblau für mich sein.

Aber er vertraute nicht darauf. Er hatte in Westafrika Menschen kennengelernt, die nur deshalb noch nicht aufgegeben hatten, weil ihnen das Vertrauen auf eine buntere, himmelblaue Welt nicht verlorengegangen war. Menschen ohne Zukunft, aber mit Vertrauen. Er war ein Mann, der eine Zukunft hatte. Wie also sollte er von der Zukunft überrascht werden?

Ein Brecher kam über die Reling, Henry stand da wie aus dem Wasser gezogen. Er schüttelte sich wie ein junger Hund.

»Jetzt aber unter Deck!« Der Matrose, der ihn schon mehrmals gebeten hatte, sich in Sicherheit zu bringen, wurde energisch. »Ein Mann-über-Bord-Manöver käme uns nicht zupass.«

Henry sah ein, dass er sich den erfahrenen Seeleuten fügen musste. Er zog sich in seine Kabine zurück, wo er die nasse Kleidung ablegte, in eine warme wollene Hose stieg und sich einen Pullover über den Kopf zog. Die Haare rubbelte er mit einem Handtuch trocken, dann betrachtete er sich in seinem kleinen Rasierspiegel, den er über einen Haken gehängt hatte. Ihm war, als wäre er in den vergangenen Monaten um Jahre älter geworden. Würden auch seine Mutter und seine Schwester merken, dass er das Leben kennengelernt hatte, das überall dort brandete und schäumte, wo sein Vater nicht war? Er musste aufpassen, dass das

Selbstvertrauen, wie es jetzt aus seinen Augen leuchtete, nicht wieder in Resignation und Gehorsam erlosch.

»Henry Gottorf«, flüsterte er sich zu. »Du musst auf dich Acht geben.«

Tessa war die Erste, die vor dem Haus stand, und die Erste, die sah, was geschehen war. Die Fensterläden ihres Hauses brannten, eine Fensterscheibe war zerborsten, die Gardine flatterte heraus und fing gerade Feuer. »Wasser!«, schrie sie. »Wir brauchen Wasser!«

Sie sah, dass einige Nachbarn mit Eimern angelaufen kamen, wollte selbst ins Haus zurück, um Wasser aus der Küche zu holen, fragte sich, wo Reimert war … da sah sie ihn. Er hatte einen Jungen in seiner Gewalt. Blass und schmächtig war er, der Kraft des Kurdirektors hilflos ausgeliefert. Reimert hatte ihn mit dem Rücken an die Hauswand gedrängt, nicht weit von den Flammen entfernt, die über die hölzerne Wand züngelten, und stieß seinen Körper grob dagegen. »Was hast du getan? Soll das die Rache für deinen Bruder sein? Du gottverdammter Idiot!«

Im Rhythmus seiner Worte stieß er den Jungen an die Wand, dessen Kopf jedes Mal hart anschlug. Sein Körper gab nach, er ging in die Knie, verdrehte die Augen, ließ die Arme hängen …

»Reimert!« Marika drängte sich an Tessa vorbei, lief zu ihm und hängte sich an seinen Arm. »Hör auf! Du bringst ihn ja um!«

Nun stürzte auch Aafke aus dem Haus, mit einem Wassereimer in der Hand, der eine Menge seines Inhalts einbüßte, bis sie ihn in die Nähe der Brandstelle getragen hatte. »Herr Cruse! Kümmern Sie sich um das Feuer!«

Babette kam mit zwei gefüllten Eimern aus dem Haus. Tessa nahm ihr einen ab, und gemeinsam liefen sie zu ihrem Haus. Zum Glück schossen die Flammen schon nicht mehr empor, züngelten nur noch, zischten und fielen mit dem nächsten Eimer Wasser in sich zusammen. Rauchschwaden stiegen nun auf, nur gelegentlich huschte hier und da etwas Rotes in die Höhe, das sofort gelöscht wurde.

Tessa warf den Eimer zur Seite und lief zu Reimert, der Marika abzuschütteln versuchte. »Lass mich!«, schrie er.

Wütend stieß er Marika weg, die den Halt verlor und zu Boden stürzte. Noch immer hielt Reimert den Jungen an beiden Oberarmen fest, dessen Kopf nun an seine Brust sank. Mit dem Ausdruck großer Verwunderung in seinem Gesicht stieß er ihn ein letztes Mal an die Wand, starrte in das bleiche Gesicht des Jungen, der versuchte, sich das Bewusstsein zu erhalten, aber schon Mühe hatte, die Augen auf Reimert zu richten.

»Schluss jetzt«, sagte Tessa leise, aber bestimmt.

Sie sah, dass Reimerts Hände sich lösten, und fing den Körper des Jungen auf. So weit wie möglich zog sie ihn weg von dem Rauch, der aus ihrem Küchenfester drang, und ließ ihn im weichen, kühlen Gras zu Boden gleiten.

Er kam sofort wieder zu sich und wollte sich erheben. »Ganz ruhig!« Tessa drückte ihn sanft zu Boden. »Du bleibst jetzt erst mal liegen.«

Reimert kniete sich neben sie. »Habe ich ihn verletzt?«

Tessa konnte diese Frage nicht beantworten. »Warum sind Sie derart auf ihn losgegangen?«

»Ich habe gesehen, dass er eine Brandfackel warf. Er ist der jüngste von Nermins Brüdern. Hennes Grothe.«

»Sie meinen, er wollte sich an mir rächen?«

»Natürlich!« Er beugte sich über den Jungen, dessen Augen sich sofort vor Schreck weiteten, als erwartete er einen erneuten Angriff. »Hast du nicht eben ›Mörderin!‹ geschrien?«

Tessa schob ihn zur Seite. »Lassen Sie ihn in Ruhe.« Sie betrachtete den Jungen näher. Sein Gesicht war kindlich, der Ausdruck seiner Augen gimpelhaft. Tessa merkte, dass Hennes Grothe wenn nicht behindert, so doch geistig zurückgeblieben war. »Wer hat dir gesagt, dass du das tun sollst?«

Hennes sah zu Boden und schwieg verstockt.

»Deine Brüder haben dir also auch gesagt, dass du keine Fragen beantworten darfst?«

Er zuckte zusammen, als Reimert mit einer heftigen Armbewegung andeutete, dass er Prügel verdient hatte.

»Kümmern Sie sich um den Brand«, sagte Tessa zu ihm und wies mit dem Kopf zu ihrem Haus.

Aber Reimert rührte sich nicht von ihrer Seite. »Darum kümmern sich andere.«

Leise fragte Tessa: »Kennen Sie die Familie? Was sind das für Leute?«

Reimert ließ sich neben Hennes ins Gras sinken, der nun seine Angst vor dem Kurdirektor verlor, denn dieser wirkte von einem Augenblick auf den anderen genauso schwach wie er selbst. Er stützte seinen Kopf auf ein Knie und betrachtete Hennes kopfschüttelnd. »Doktor Melford ist nicht schuld an Nermins Tod. Wie oft soll ich dir das noch sagen?«

Sofort verschloss sich das Gesicht des Jungen wieder, das sich vorher in Angst und Not geöffnet hatte. »Sie hat was falsch gemacht. Sonst würde Nermin noch leben.«

»Er ist verblutet, Hennes! Schuld sind diejenigen, die Doktor Melford nicht alarmiert haben.«

Aber Hennes hatte zu oft gehört, wer schuld an Nermins Tod war. Seine Brüder hatten ihm gesagt, dass die Ärztin schuld sei, seine Mutter hatte es bestätigt, Nermins Kollegen hatten allesamt genickt, wenn es um die Schuld der neuen Kurärztin gegangen war. Und da der Kurdirektor im Verdacht stand, ein besonderes Interesse an ihr zu haben, galt sein Wort nicht viel. Hennes hatte zwar die Zusammenhänge nicht erkannt, aber er hatte gelernt, dass ein trotziger Blick die gleiche Wirkung haben konnte wie harte Worte, die ins Ziel der Wahrheit trafen. Entsprechend aufsässig starrte er Reimert an.

Mutlos ließ Tessa von ihm ab. »Bleib noch ein bisschen liegen. Erhol dich, ehe du nach Hause läufst.«

Reimert erhob sich ebenfalls. »Hennes ist geistig behindert«, erklärte er Tessa. »Der weiß nicht, was er tut. Und vor allem: Der kann nicht verantwortlich gemacht werden. Er wird immer vorgeschoben, wenn was getan werden muss, worauf Gefängnis steht.«

Marika war hinter Tessa aufgetaucht. »Er ist ein Brandstifter. Wir müssen die Polizei holen.«

Tessa wandte sich zu ihr um, wollte etwas sagen … aber die Mauer des Schweigens, die sich hinter ihrer Mutter schloss, ließ sie verstummen. Die Nachbarn, die zwar bereitwillig den Brand gelöscht hatten, standen nun neben ihren Eimern und Schüsseln und starrten Doktor

Tessa Melford feindselig an. Sie begriff es sofort: Nicht Hennes Grothe war schuld an dem, was geschehen war, sondern sie, die Kurärztin, die auf dem Bahndamm versagt hatte, die sich etwas anmaßte, was Frauen nicht zustand, und nun bewies, dass alle recht gehabt hatten. Sie hatte sogar eine Rache herausgefordert, die für alle hätte verhängnisvoll werden können. Wäre der Brand nicht so schnell entdeckt worden, stünden jetzt womöglich mehrere Häuser in Flammen.

Tessa sah sich nach den Gästen ihrer Mutter um. Außer Babette von Keller hatten sich alle verdrückt. Omine Dirks, die Frau des Bürgermeisters, war die Letzte, die sich davonmachte. Sie hastete gerade um die Hausecke und würde ihrem Mann eine Menge zu erzählen haben.

»Keine Polizei«, sagte Tessa leise und war dankbar, als sie spürte, dass Babette von Keller sich an ihre Seite stellte.

Reimert fühlte sich sehr unwohl. Er hatte sich gehen lassen, hatte seine Wut nicht beherrscht, hatte aus Schreck und Entsetzen Gewalt gemacht. So wie sein Vater. Er hasste es, wenn er sich gehen ließ, dann empfand er Abscheu vor sich selbst. Wie er Abscheu vor seinem Vater empfunden hatte, wenn der auf seine Mutter einschlug, die sich nur geduckt und nie gewehrt hatte, auf seine kleine Schwester, die zu schwach für Gegenwehr gewesen war, auf seinen Bruder und auf ihn selbst. Irgendwann hatten sie versucht, sich zur Wehr zu setzen, was aber nur gelingen konnte, wenn der Vater betrunken war. In vielen anderen Fällen hatten sie dadurch alles nur noch schlimmer gemacht.

Einmal hatte Laurids gesagt: »Wir sind zu zweit, wir schaffen das.«

Aber sie hatten es nicht geschafft. Damals war ihnen klargeworden, dass man für diese Gewalt nicht nur Kraft, sondern auch Gewissenlosigkeit brauchte. Laurids war vierzehn gewesen, Reimert sechzehn. Beide waren sie nicht gewissenlos, nur stark. Aber das hatte nicht gereicht. Metta hatte es ihm damals erklärt, die sich genauso gegen das Keifen ihrer Mutter, gegen ihr ständiges Klagen und ihre nicht enden wollenden Vorwürfe gewehrt hatte. Von Metta hatte er gelernt, dass Worte genauso verletzen konnten wie Schläge. Damals war es ihm so vorkommen, als wären sie Seelenverwandte.

Babette von Keller hatte sich verabschiedet, als ihr Sohn vor dem Haus erschienen war, und auch Hennes war abgeholt worden. Irgendwann hatten sich zwei seiner Brüder aus dem Hinterhalt getraut, ihn in ihre Mitte genommen und nach Hause gebracht. Angeblich hatten sie keine Ahnung, was Hennes zu dieser Tat getrieben hatte, wussten auch nicht, wie er an die Brandfackel gekommen war, und behaupteten sogar, rein zufällig in der Nähe gewesen zu sein. Auf weitere Fragen hatte Reimert nur ein Schulterzucken und Tessa lediglich einen verächtlichen Blick geerntet. Aafkes Beschimpfungen hatten sie gar nicht zur Kenntnis genommen und auf ihre Forderung, dankbar zu sein, weil niemand die Polizei geholt habe, nur gelacht. »Wenn einer von uns ins Gefängnis geht, geht die Ärztin mit. Dafür sorgen wir. Aber von uns wird keiner verhaftet. Hennes ist blöde. Den kann man nicht bestrafen.«

Nun saßen sie in Reimerts Küche. Nebenan waren ein paar Handwerker, die Reimert geholt hatte, damit beschäftigt, das Fenster mit Brettern zu vernageln, damit Marika und Tessa sich in der Nacht sicher fühlen konnten, und Aafke hatte sich bereiterklärt, das Haus wieder herzurichten, die Brandschäden zu beseitigen und das Löschwasser aufzuwischen.

Marika war ungewöhnlich schweigsam. Während sie Tee kochte, sprach sie kein einziges Wort, als sie die Teebecher auf den Tisch stellte, schien sie in Gedanken versunken zu sein. Schließlich gab sie sich einen Ruck und sagte zu ihrer Tochter: »Du musst hier weg.«

Reimert zuckte zusammen. »Aufgeben?«

»Gegen Gewalt ist kein Kraut gewachsen«, gab Marika zurück. »Wenn meine Tochter hier in Gefahr ist, dann ist es besser, sie gibt auf.«

Tessa sah ihre Mutter lange an, ehe sie antwortete: »Du weißt am besten, warum es besser ist, hierzubleiben und nicht nach Berlin zurückzugehen.«

Reimert wurde unruhig. »Wovon redest du?«, fragte er Marika. »Warum kannst du nicht nach Berlin zurück?«

Marika wehrte ab. »Das erzähle ich dir später.«

Tessa schien seine Frage gar nicht gehört zu haben. »Vielleicht sollten wir eine Weile auf dem Hof von Papas Bruder leben? Schließlich bin dich dort geboren!«

Doch davon wollte Marika nichts hören. »Ich weiß gar nicht, was aus meiner Schwägerin geworden ist. Vermutlich hat einer der Söhne den Hof übernommen, den ich nicht einmal kenne. Nein, nein, nach so vielen Jahren …«

»Jedenfalls würde man uns dort keine Brandfackel ins Fenster werfen«, wandte Tessa ein.

Reimert schob sich den Hemdsärmel hoch, weil ihn dort etwas störte, ein feiner Schmerz, ein Brennen, etwas Feuchtes klebte an seinem Ärmel.

Tessa wurde sofort aufmerksam. »Sie haben eine Brandwunde«, rief sie und sprang auf. »Die muss behandelt werden.«

Sie holte eine Schüssel mit kaltem Wasser, während Marika sich besorgt über Reimerts Arm beugte und ihm half, den Ärmel aufzukrempeln, ohne dass die Wunde berührt wurde. Tessa stellte die Schüssel auf den Tisch, nahm Reimerts Hand und tauchte sie ins Wasser. »Die Schmerzen werden gleich nachlassen. Ich hole Panthenolsalbe.«

In ihrem Haus sah sie sich nicht um, sondern ging schnurstracks in ihr Schlafzimmer, wo ihre Arzttasche stand. Wenige Minuten später trat sie mit der Salbe an den Tisch, griff nach Reimerts Hand, hob sie aus dem Wasser und betrachtete die Brandwunde. Plötzlich stutzte sie und schob den Ärmel höher. »Was ist das?«

Reimert mochte es nicht, wenn er dort berührt wurde. Er hasste diesen Fleck, den auch sein Vater besessen hatte. An der gleichen Stelle! Der bewies, dass er sein Sohn war! Dem Alten hatte es gefallen, Reimert war es zuwider.

Tessa begrüßte Babette von Keller besonders freundlich und rückte den Stuhl vor ihrem Schreibtisch zurecht. »Wie schön, dass ich Gelegenheit habe, Ihnen zu danken. Dafür, dass Sie gestern da waren und uns unterstützt haben.«

Babette lächelte. »Ich habe nichts getan, wofür Sie mir danken müssten.« Sie zögerte, ehe sie fortfuhr: »Das tut mir alles so leid. Es ist schrecklich, wie man mit Ihnen umgeht.« Sie saß kerzengerade auf ihrem Stuhl, in einer Haltung, wie man sie in gutbürgerlichen Familien den Töchtern beibrachte, auf dem Gesicht die ruhige Freundlichkeit, die Tessa so mochte.

»Sie glauben mir, dass ich nicht schuld am Tod des Arbeiters bin?«

»Man will Sie loswerden, das sieht doch ein Blinder.«

Tessa dachte an den Weg, den sie am Morgen zurückgelegt hatte, an die Menschen, die ihr begegnet waren, an den scheuen Gruß, den einige ihr geschenkt hatten, und an die verschlossenen Mienen, mit denen andere wortlos an ihr vorübergegangen waren. Sie griff sich in den Nacken, wo sich eine Nadel aus ihrem Knoten gelöst hatte. Als sie sie feststeckte, merkte sie, dass ihre Hände zitterten. Die Erinnerung an den vergangenen Abend war viel quälender, als Babette von Keller ahnte. Tessa antwortete erst, als ihre Hände wieder ruhig auf der Schreibtischplatte lagen. »Nur, weil ich eine Frau bin!«

Babette sah nachdenklich vor sich hin. »Das tut mir auch für Ihre Mutter sehr leid. Sie hat Ihnen Ihr Studium ermöglicht ... und nun das. Vermutlich haben Sie auch Schuldgefühle Ihrer Mutter gegenüber? Sie sind wirklich nicht zu beneiden.«

Tessa fühlte sich in ihrer Gegenwart immer wohler. Babette von Keller war eine Frau, die sich in andere hineinversetzen und viel Verständnis aufbringen konnte. »Aber lassen Sie uns nicht von mir sprechen ...« Sie räusperte sich, warf einen Blick auf das einzige Blatt ihrer Patientenkartei, als müsste sie sich den Fall Babette von Keller erst ins Gedächtnis rufen, ehe sie fortfuhr: »Wir sollten noch einmal auf Ihre Vergewaltigung zurückkommen. Auf den Ablauf der Tat.« Sie stand auf, damit sie Babette von Keller den Rücken zudrehen konnte, falls diese Schwierigkeiten haben sollte, ihr ins Gesicht zu sehen. Viele Vergewaltigungsopfer hatten Probleme damit, das wusste sie, seit sie in Berlin in der Schwangerschaftsfürsorge gearbeitet hatte, wo sie auch mit jungen Frauen zu tun gehabt hatte, die aufgrund einer Vergewaltigung schwanger geworden waren. »Sie haben den Täter nicht gesehen. Er hat Sie von hinten angegriffen und die ganze Zeit dafür gesorgt, dass Sie ihn nicht zu sehen bekommen.« Sie wusste, dass ihre Stimme jetzt wanken würde.

Sie atmete zu schnell, in ihrer Kehle saßen Tränen … »Nur das Muttermal haben Sie gefühlt.«

Sie drehte sich zu Babette von Keller um. Diese schloss die Augen, als wollte sie noch einmal nachempfinden, was damals in ihr vorgegangen war. Dass Tessas Stimme gezittert hatte, war ihr offenbar nicht aufgefallen. »Groß wie ein Geldstück«, sagte sie, »mit einem ausgefransten Rand. So, als hingen zwei Regentropfen an dem Geldstück, die sich gerade lösten.« Leise, so dass es kaum zu verstehen war, ergänzte sie: »Oder zwei Blutstropfen.«

Tessa kniff die Augen zusammen. Sie sah das Muttermal vor sich, groß wie ein Markstück, dick und wulstig, am unteren Rand zwei kleinere Male, nur leicht erhaben, das große Mal dunkel, die beiden kleineren heller, fast durchsichtig.

»Gibt es sonst noch irgendeine Erinnerung? Etwas, woran Sie den Mann wiedererkennen würden?«

Babette von Keller sah sie erstaunt an. »Nein, nichts! Das habe ich Ihnen doch schon gesagt.«

»Was würden Sie tun, wenn Sie einen Mann mit diesem Muttermal sehen?«

»Ihn anzeigen!« Das kam wie aus der Pistole geschossen.

»Es wird nicht funktionieren. Der Mann würde die Tat bestreiten, es stünde Aussage gegen Aussage. Ihre Erinnerung ist kein Beweis.«

Babette von Keller zuckte mit den Achseln und sah Tessa erwartungsvoll an. Sie schien zu spüren, dass etwas hinter den Fragen steckte, was sie nicht durchschaute.

»Besser ist«, fuhr Tessa fort, »Sie söhnen sich mit Ihrem Vergewaltiger aus. Eine späte Bestrafung wird nicht möglich sein. Den Hass auf ihn zu bewahren, ist Ihrem Seelenleben nicht zuträglich. Wir sollten einen Weg finden, auf dem Sie ihm verzeihen können. Zu Ihrem eigenen Besten!«

Babette von Keller zögerte, dann aber sagte sie: »Nein, ich will ihm nicht verzeihen. Ich kann nicht. Warum sollte ich?«

»Um abzuschließen.«

Babette von Keller zögerte, dann sagte sie klar und deutlich: »Nein!«

Es war das erste Mal, dass eine Konsultation mit einem Missklang endete. Unglücklich ließ Tessa sich, nachdem sie sich von Babette von Keller verabschiedet hatte, an ihrem Schreibtisch nieder. Wusste Reimert, wie leicht er sich verraten konnte? Vermutlich ahnte er nicht, dass sein Opfer etwas gegen ihn in der Hand hatte. Er war sehr vorsichtig gewesen, hatte sie nicht sein Gesicht sehen lassen. Er hatte keine Ahnung, dass es etwas gab, das ihn entlarven konnte. Reimert! Der Mann, dem sie ihr Herz geöffnet hätte, wenn er nur daran interessiert gewesen wäre, dort einzuziehen. Ein wunderbarer Mann, weltoffen, modern, liberal. Kein Spießer, der vorgefasste Meinungen übernahm und nach ihnen urteilte, ein Mann, der offen und ehrlich war. Davon war sie überzeugt gewesen. Und nun … ein Mann, der eine Frau vergewaltigt hatte?

Sie hob den Kopf und dachte nach. Reimert trug immer langärmelige Hemden, sie selbst hatte das Muttermal vorher nie gesehen. Achtete er darauf, dass es niemandem unter die Augen kam? Nein, er konnte nicht wissen, dass es seinem Opfer aufgefallen war. Erst recht konnte er nicht wissen, dass das junge Mädchen, dem er Gewalt angetan hatte, nun als erwachsene Frau auf Sylt war und hier zum ersten Mal über ihr schreckliches Erlebnis sprach. Tessa schlug sich verzweifelt vor die Stirn, als ihr einfiel, dass die beiden sich schon gegenübergestanden hatten. Babette hatte beim Kurdirektor vorgesprochen, nachdem ihr das Schild der neuen Kurärztin aufgefallen war. Ihm hatte sie den Wunsch vorgetragen, so bald wie möglich einen Termin bei Tessa zu bekommen.

Sie spürte die Kraft des Schicksals wie einen körperlichen Schmerz. Die beiden hatten sich die Hände gereicht. Babette hatte dem Mann, der ihre Jugend zerstört hatte, um etwas gebeten, ihn freundlich angelächelt, sich nett bedankt und hinterher womöglich gedacht, dass der Kurdirektor ein sehr liebenswürdiger Mann sei. »Mein Gott«, flüsterte Tessa.

Die schrecklichen Gedanken, die sie am Abend zuvor mit einem Glas Rum betäubt hatte, vervielfältigten sich, aus einem entstand unverzüglich der nächste. Was war mit ihrer Mutter? Sie teilte fast jede Nacht das Bett mit einem Gewalttäter. Wie viele Frauen mochte es geben, die sich ahnungslos in einen Vergewaltiger verliebten?

Sie brauchte ihre Vorstellungskraft nicht auf eine Probe zu stellen, denn in diesem Augenblick geschah etwas Unfassbares. Die Fensterscheibe zerbarst, ein dicker Stein landete auf Tessas Schreibtisch. Entsetzt fuhr sie zurück und stieß einen Schrei aus. Und sie begann am ganzen Körper zu zittern, als von draußen der Ruf hereinscholl: »Runter von unserer Insel!«

Was sie am Abend zuvor nicht fertiggebracht hatte, was ihr nicht einmal in der Nacht Erleichterung verschaffen konnte, als sie allein in ihrem Bett lag und niemand sie hätte hören können, was sich wohl erst Bahn brechen musste, damit Tessa einsehen konnte, dass es so sein musste, wie es allem Anschein nach war ... das hatte nun aus ihrem Entsetzen einen Stein gemacht. Er lag vor ihr wie eine Verkörperung des Hasses. Und er vermittelte ihr die Einsicht, dass auf die größte Enttäuschung immer eine noch größere folgte.

Sie legte den Kopf auf die Schreibtischplatte und begann zu weinen. Endlich! Sie konnte so lange weinen, bis die Traurigkeit aus ihr herausgeschwemmt und ein Bodensatz zurückgeblieben war, den sie Wut nennen konnte.

Der Bürgermeister sah aus, als fürchtete er sich. Dafür hatte jeder Verständnis, der Zeuge geworden war, wie Reimert Cruse ins Bürgermeisterbüro gestürmt war. Er riss Türen auf, ohne anzuklopfen, und scherte sich nicht einmal darum, dass ein Aktenbote, als die letzte Tür aufgestoßen wurde, wimmernd in die Knie ging, weil ihn das Türblatt an der Stirn getroffen hatte.

»Jetzt reicht's!«, schrie der Kurdirektor und stemmte die Fäuste auf die Schreibtischplatte des Bürgermeisters. »Entweder, Sie unterbinden diese Angriffe, oder wir erstatten Anzeige, die Kurärztin und ich!«

Rasmus Dirks fing sich schnell wieder. Mit kühler Geste bot er dem Kurdirektor einen Platz an und sprach erst, als dieser sich niedergelassen hatte. »Mein lieber Cruse«, begann er so gönnerhaft, dass Reimert sofort misstrauisch wurde. »Selbstverständlich geht es nicht an, dass die Kurärztin bedroht wird. Ich werde auch nicht zulassen, dass ihr etwas zustößt, nur weil ...« Er zögerte wohldosiert und sah Reimert an, als wollte er zunächst an dessen Gesicht ablesen, was ihm zuzumuten war.

»Weil?« Reimerts Stimme klang bedrohlich. Dann antwortete er gleich selbst: »Weil sie eine Frau ist und diese unbelehrbaren, engstirnigen Kerle auf dem Damm nicht einsehen wollen, dass sie genauso gut ist wie jeder männliche Arzt?«

Rasmus Dirks überhörte diese Worte. »Die Familie Grothe ist der Meinung, dass die neue Kurärztin schuld ist an Nermins Tod. Wäre sie dem Verletzten rechtzeitig zur Hilfe geeilt …«

»Wäre sie rechtzeitig gerufen worden«, korrigierte Reimert wütend.

»Die Arbeiter haben ausgesagt, einer von ihnen wäre zu ihr gegangen, aber sie habe keine Zeit gehabt. Sie komme später, soll sie gesagt haben.«

»Das ist eine Lüge!«, brüllte Reimert. »Ich war dabei!«

Der Bürgermeister sah ihn erstaunt an, wies auf den Stuhl und wartete, bis Reimert sich gesetzt hatte. »Sie waren dabei, als der Arbeiter zu Frau Doktor Melford ging?«

»Ich war dabei, als er zurückkehrte und davon sprach, dass Doktor Mommsen nicht erreichbar sei.«

»Dann hat er wohl vergessen zu erwähnen, dass er auch bei der neuen Kurärztin war?«

»Nein!« Wieder brüllte Reimert, so dass es im ganzen Rathaus zu hören sein musste. »Auf meine Frage hieß es, eine Frau habe auf dem Damm nichts zu suchen. Einem so schweren Fall sei sie sowieso nicht gewachsen!«

Der Bürgermeister gab sich bedauernd. »Das wird nicht leicht zu beweisen sein, Cruse. Ihr Wort gegen zehn andere Aussagen!«

»Zehn Männer, die lügen? Das halten sie nicht durch. Einer wird umkippen. Das ist nur eine Frage der Zeit.«

»Warum sollten sie lügen?«

»Das liegt doch auf der Hand! Weil sie für Nermins Tod verantwortlich sind! Sie sind schuld daran, dass ärztliche Hilfe zu spät kam. Deswegen versuchen sie, die Schuld auf Frau Doktor Melford abzuwälzen. Und deswegen wollen sie auch, dass sie von Sylt verschwindet.« Er beugte sich vor und sah voller Befriedigung, dass Rasmus Dirks leicht zurückwich. »Aber ich werde aussagen, wie es sich wirklich zugetragen hat.«

»Andererseits«, entgegnete Dirks langsam, »wissen alle, dass Sie befangen sind.«

Reimert war verblüfft. »Ich? Befangen? So ein Unsinn!«

»Ich gebe zu, ich habe mich zunächst getäuscht«, räumte Dirks ein. »Ich dachte, Sie hätten ein persönliches Interesse an der Kurärztin. An ihr als … Frau. Nun, das war ein Irrtum. Wir wissen jetzt alle, dass es ihre Mutter ist, in die Sie verliebt sind. Es heißt sogar, die Dame verbringt jede Nacht in Ihrem Haus? Sie müssen sie also schon lange kennen«, fügte er mit einem anzüglichen Grinsen hinzu. »Keine anständige Frau würde schon ein paar Tage nach ihrer Ankunft auf Sylt im Bett des Kurdirektors landen.« Rasmus Dirks grinste nun siegessicher. »Da ist es verständlich, dass Sie an der neuen Kurärztin festhalten wollen. Ihre Mutter verlangt es von Ihnen. Wenn das Fräulein Doktor gehen muss, wird die Mutter ihr folgen. Und Ihr Bett, mein lieber Cruse, bliebe dann leer.«

»Sie wollen mir unterstellen«, fragte Reimert gefährlich leise, »dass ich aus ganz persönlichen Interessen lüge?«

Der Bürgermeister antwortete mit einem anzüglichen Lächeln. »Wir waren alle gegen die Ärztin. Jeder hat aber letzten Endes geglaubt, dass es Ihnen darum ging, einer jungen Frau eine Chance zu bieten. Nun fühlt sich das komplette Gremium betrogen. Sie wollten die Mutter in Ihr Bett holen, deshalb muss Sylt sich mit einem weiblichen Kurarzt abfinden. Sie sollten sich schämen, Herr Cruse! Und dann noch eine solch schamlose Person! Meine Frau hat mir erzählt, wie es in ihrem so genannten literarischen Salon zugegangen ist. Erotische Lyrik! ›In dem Strom unserer Lust … unter der Kraft der Stöße …‹ Das geht zu weit, Cruse! Erst die Gigolos in den neuen Hotels und nun das! Mir scheint, Sie nutzen Ihr Amt aus.«

VI.

Marika Melford fühlte sich nicht wohl. Eigentlich war sie eine Meisterin im Verdrängen, aber mit einem Mal gelang es ihr nicht mehr, Probleme zu vergessen und Fragen unbeantwortet zu lassen. Mit Ediths Tod hatte es begonnen. Ihr Selbstmord war der Beweis dafür, dass das Leben kein Karussell war, auf das man jederzeit aufspringen, dessen Geschwindigkeit man selbst bestimmen konnte und das langsam fuhr, wenn man aussteigen wollte, ohne sich den Hals zu brechen. Edith war zu früh abgesprungen. Und warum? Weil Marika sie nicht gehalten hatte. Sie hatte Ediths Liebe nicht erwidern können, nicht in dem gleichen Maße, wie sie ihr entgegengebracht worden war. Edith hatte alles falsch verstanden. Sie sollte nur der Beweis dafür sein, dass die Frauen sich befreit hatten, dass alles möglich war, was früher undenkbar gewesen wäre. Aber für Edith war es mehr gewesen, eine ganz persönliche Befreiung, ihr ganz eigenes Schicksal, das sich nun erfüllen sollte. Das hätte Marika erkennen müssen, als sie ihr vor Augen führte, wie eng die Grenzen ihrer Zuneigung waren. Wahllos war sie kurze Beziehungen mit Männern eingegangen, die alle nur den Sinn gehabt hatten, Edith zu zeigen, dass die Zeit der Treue vorbei war, dass Friedrich Gottorf genauso wenig ein Recht auf die Treue seiner Frau hatte wie Edith ein Recht auf Marikas Treue. Aber Edith hatte ihr jedes Mal verziehen und ihr immer wieder erneut Treue geschworen. Da hätte Marika wissen müssen, wie gefährlich diese Liebe war.

Sie blieb stehen und sah in den Himmel, um sich nicht mit einem unvorsichtigen Schritt von ihrem Körper übertölpeln zu lassen. Was sich in ihrem Unterleib abspielte, begann ihr Angst zu machen. Sie würde sich Tessa anvertrauen müssen. Aber wie erklärte man der eigenen Tochter diese Beschwerden und die damit verbundenen Befürchtungen?

Langsam ging sie weiter, obwohl es sie eigentlich antrieb, nach Hause zu kommen, um dort so schnell wie möglich die Unterwäsche zu wechseln. Doch sie fühlte sich sicherer, wenn sie gemächlich ausschritt, weil es ihr so vorkam, als könnte sie damit auch das Verhängnis verzögern.

Oder sollte sie Doktor Mommsen konsultieren? In einem Augenblick erschien ihr diese Idee wie eine glückliche Lösung, aber schon im nächsten schämte sie sich für ihre Feigheit. Wie kränkend wäre es für Tessa, wenn ihre Mutter sich so verhielte wie all die Sylter und die spießbürgerlichen Badegäste, die einem männlichen Arzt den Vorzug gaben! Obwohl niemand in der Nähe war, zwang sie sich, mit beiden Händen ihren Sonnenschirm zu drehen und nicht dorthin zu greifen, wo sie gequält wurde.

Als das Anwesen des Kurdirektors in Sicht kam, sah sie, dass sie in Tessas Haus nicht allein sein würde. Das Küchenfenster war geöffnet, dahinter machte sie eine Bewegung aus. Aafke Witt bei der Arbeit! Marika stöhnte leise. Sie mochte die Haushälterin genauso wenig, wie sie von ihr gemocht wurde. Aafke Witt ließ mit jedem Wort und jeder Geste erkennen, wie sehr sie Frauen, die aus der Tradition herausgetreten waren und sich nicht mehr um Althergebrachtes scheren wollten, verachtete. Sie hatte genaue Vorstellungen von dem, was sich gehörte, alles andere war unanständig. Und was Marika tat, gehörte sich auf keinen Fall. Dass sie in Reimerts Bett schlief, dass sie kurze Röcke trug und sich mit erotischer Literatur befasste, statt sich ihren Lebensunterhalt mit ehrlicher Arbeit zu verdienen. Das alles taten Frauen, die Aafke Witt für anständig hielt, auf keinen Fall. Anders sah ihre Beurteilung allerdings aus, wenn es um den Kurdirektor ging. Dass er Marika in sein Bett ließ, war bedauerlich, aber andererseits kein Wunder, denn Männer waren nun mal so, sie konnten einem solchen Angebot nicht widerstehen. Genau deswegen hatte der liebe Gott den Frauen die Wohlanständigkeit gegeben, damit alle, Frauen und Männer, ein gottgefälliges Leben führen konnten. Was Marika der Haushälterin von der Selbstbestimmung der Frau und dem Abschneiden alter Zöpfe erzählt hatte, war nur mit empörtem Geschirrgeklapper und friesischen Kraftausdrücken beantwortet worden, die Marika zum Glück nicht verstanden hatte.

Aafke Witt hatte einen großen Topf mit Kochwäsche auf dem Ofen stehen, das ganze Haus roch nach Seife und Sauberkeit. Als Marika eintrat, holte sie gerade mit einem großen Holzlöffel eine von Marikas Unterhosen aus der Lauge und hielt sie in die Höhe. »Kennt sich Ihr

Fräulein Tochter eigentlich auch mit so was aus? Oder muss man dafür Frauenärztin sein?«

Marika wollte nicht verstehen, was Aafke Witt meinte, wollte sich nur darüber empören, dass die Haushälterin in ihr Zimmer gegangen und sich ihrer Wäsche bemächtigt hatte, ohne darum gebeten worden zu sein.

»Sie sollten Monatsbinden tragen, wenn Sie einen derart starken Ausfluss haben. So 'n Schweinkram!«

Marika schnappte nach Luft. »Wie kommen Sie dazu ...?«

Aber Aafke Witt ließ sie nicht ausreden. »Das Fräulein Doktor hat mich eingestellt, um den Haushalt zu besorgen. Dazu gehört auch die Wäsche.«

»Der Zustand meiner Schlüpfer geht Sie gar nichts an!«

»Dann müssen Sie die Dinger in Zukunft selber waschen.«

»Und mein Schlafzimmer werde ich demnächst abschließen.«

»Dann müssen Sie es auch selber putzen.«

Marika starrte sprachlos in das Gesicht der Haushälterin, das in der unerschütterlichen Freude leuchtete, recht zu haben und zu tun. Zu gerne hätte sie Aafke Witt diese grässliche Sicherheit genommen und ihre moralischen Grundsätze mit einer einzigen gut gezielten Bemerkung zerfetzt, aber dann war sie doch nur froh, dass Aafke Witt nicht die gleichen Befürchtungen hegte wie sie selbst. Auf Sylt gab es die unterschwellige Sorge anscheinend nicht, die in Berlin immer mit dabei war.

Tessa fragte sich, warum sie ausgerechnet Reimert zu Hilfe geholt hatte, den Mann, in dem sie sich so getäuscht hatte, den Mann, hinter dessen Fassade aus Hilfsbereitschaft und Toleranz ein Gewalttäter schlummerte. Aber der Schreck war so groß gewesen, dass sie nicht in der Lage gewesen war abzuwägen. Sie war losgerannt, in Reimerts Büro, hatte in wenigen Sätzen berichtet, was sich zugetragen hatte, war dankbar gewesen, als er mit ihr kommen und dafür sorgen wollte, dass ihr Fenster unverzüglich repariert wurde, war auch dankbar, als er sich bereit erklärte, umgehend mit dem Bürgermeister zu reden, damit diesen Halunken endlich das Handwerk gelegt wurde. Am Ende hatte sie sich sogar in seine Arme ziehen lassen. Und sie war froh gewesen, an seiner Brust ausruhen zu dürfen, und dankbar, dass er sie nicht wegschob.

Tessa nahm wieder den Strandübergang am Miramar, um sich von dem feigen Überfall zu erholen. Kaum hatte sie den Schutz des Holzsteges, der Verkaufsstände und Strandrestaurationen aufgegeben, wickelte sie ihr Wolltuch enger um sich. Der Wind war kalt und so heftig, dass er ihr wie ein eisiger Angriff ins Gesicht fuhr. Aber sie wich nicht zurück. Das Heftige tat ihr gut, das Kalte, das durch ihren ganzen Körper zog, ebenfalls. Vereisung machte die Haut gefühllos, das wusste sie besser als die meisten anderen. Jetzt kam es ihr so vor, als würde auch ein Teil ihrer Seele gefühllos. Das half ihr, in Ruhe über das, was ihr geschah, nachzudenken, kühl und mit klarem Verstand.

Eigentlich sollte sie Sylt verlassen. Besser heute als morgen! Hier wurde sie verleumdet und gehasst. Es gab keinen Grund, an einem Ort auszuharren, wo sie nicht willkommen war. Reimert war kein Grund mehr, im Gegenteil. Seit sie sein Muttermal gesehen hatte, war aus ihrer spontanen Zuneigung eine Ablehnung geworden, der sie noch keinen Namen gegeben hatte, die aber groß und mächtig war. Hass oder Ekel oder beides? Enttäuschung und Verbitterung auf jeden Fall. Widerwärtigkeit! Ja, dieses Wort passte am besten. Dazu war Reimert Cruse ein Lügner und Blender, einerseits ein Mann, der einer Frau eine großartige Chance einräumte, andererseits einer, der vor vielen Jahren eine Frau auf die schlimmste Weise erniedrigt hatte. Konnte so ein Mann seine Schuld abgebüßt haben und ein anderer geworden sein? Nein, daran glaubte Tessa nicht. Wer einmal zu so einer Tat fähig war, würde ein Gewalttäter bleiben. Wenn es auch niemand merkte, wenn er es auch schaffte, eine Fassade zu errichten, die niemand durchdrang.

Tessa war am Ufersaum angekommen und kaum in der Lage, die Augen zu öffnen, so heftig war der Wind. »Mama!« Sie fühlte das Wort auf ihren Lippen, hörte es aber nicht, weil es im Augenblick des Entstehens schon vom Sturm weggerissen worden war. Nein, sie musste auf Sylt ausharren. Ihre Mutter war hier vor Friedrich Gottorf sicher. Und sie allein mit Reimert Cruse zurücklassen? Das kam nicht infrage.

Tessa musste durchhalten, auch wegen Babette von Keller. Sie war es ihrer einzigen Patientin schuldig, dass sie ihr half, ihrem Peiniger zu verzeihen. Dass sie damit auch Reimert half, gefiel ihr nicht, ließ sich aber nicht ändern. Täter und Opfer würden sich fremd bleiben, dafür musste sie sorgen.

Sie wandte sich um und ließ sich vom Wind zurücktreiben. Vor dem Miramar hielt eine Kutsche, zwei Männer stiegen aus, die ihr einen vielsagenden Blick zuwarfen. So laut, dass sie es verstehen musste, sagte einer zum anderen: »Ich war immer dagegen, die Universität für Frauen zu öffnen. Man sieht ja, dass sie mit dem, was sie dort lernen, nicht umgehen können.«

»Schlimmer!«, war die Antwort. »Sie bringen sogar andere in Gefahr.«

Tessa ging mit niedergeschlagenen Augen vorbei. Wahrscheinlich hatte Reimert recht, wenn er forderte, Anzeige zu erstatten. Gegen diejenigen, die sie bedrohten, und auch gegen die, von denen sie verleumdet wurde.

»Gegen Gewalt muss man sich wehren!«, hatte er gesagt. »Notfalls mit Gegengewalt!«

Reimert Cruse, Kurdirektor von Westerland, Mann mit einer schwarzen Vergangenheit, redete von Gerechtigkeit und den Folgen von Gewalt. Ob sie es wirklich schaffte, ihr Wissen für den Rest ihres Lebens in sich einzuschließen? Reimert nicht zu sagen, was sie von ihm wusste? Babette von Keller nicht zu verraten, wer ihr die Jugend genommen hatte? Der Wunsch, von Sylt zu fliehen, wuchs erneut heran wie der Sturm, der ihr den Sand hinterherjagte und sie mit seinem Fauchen verfolgte.

Doktor Mommsens Praxis lag in der Friedrichstraße. Tessa wäre es lieber gewesen, sie hätte nicht täglich daran vorbeigehen müssen. Durch die großen Fenster konnte sie ins Wartezimmer blicken, das niemals leer war. Bewohner Westerlands kamen heraus, Badegäste gingen hinein, ein ständiges Kommen und Gehen. Tessa nahm sich vor, Doktor Mommsen noch einmal ihre Aufwartung zu machen. Vielleicht war er doch bereit, ihr zu helfen? Aber wenn sie an seine eisige Zurückweisung dachte, sank ihr der Mut. Nein, von Doktor Mommsen war wohl keine Hilfe zu erwarten.

Schon wieder öffnete sich die Tür, und heraus trat ein Mann, den Tessa gut kannte. Er sah nicht nach rechts oder links, sondern überquerte die Straße und ging aufs Rathaus zu, wo er im Nu verschwand. Verblüfft sah Tessa ihm hinterher. Reimert Cruse, der Kurdirektor, der ihre Einstellung als Kurärztin durchgesetzt hatte, konsultierte Doktor Mommsen? Die Enttäuschung war so gewaltig, dass sie sich für einen Moment an eine Straßenlaterne lehnen musste, weil die Welt um sie herum zu schwanken begann. Was war der Kurdirektor nur für ein Mann? Sie wurde nicht schlau aus ihm.

Babette von Keller hatte sich aufgelehnt. Zum ersten Mal in ihrem Leben! Nach einem Disput mit ihrem Mann hatte sie das Hotel verlassen, ohne darauf zu warten, dass sich jemand bereiterklärte, sie zu begleiten. Ihr Mann trug noch den Morgenmantel, den er für den Mittagsschlaf anzulegen pflegte, ihr Sohn trank in einem Café auf der Friedrichstraße einen Mokka, ihre Töchter waren damit beschäftigt, neue Frisuren auszuprobieren. So verließ sie einfach das Hotel, blieb vor der Tür kurz stehen, um durchzuatmen und eine Position für ihren linken Arm zu suchen, der sich sonst auf den rechten Arm eines anderen legte. Der Portier trat auf sie zu und fragte, ob er eine Kutsche kommen lassen solle, aber sie winkte ab und machte sich zu Fuß auf den Weg. Sie fühlte sich gut, obwohl sie etwas tat, was Alwin nicht billigte. Als Sechzehnjährige hatte sie sich gar nicht gut gefühlt, als sie das Haus der Jansens unerlaubt allein verlassen hatte. Aber nun wurde sie von der Überzeugung gestützt, dass eine erwachsene Frau nicht um Erlaubnis fragen musste, wenn sie einen Spaziergang oder einen Besuch machen wollte. Außerdem war helllichter Tag, während damals der Strand schon im Dunkeln gelegen hatte und menschenleer gewesen war.

Sie hatte mit Marika Melford über die neue Selbstbestimmung der Frau gesprochen, über ihre Rechte, die den Rechten der Männer gleichen sollten, über das neue Frauenbild, das in den Großstädten entstand. Marika Melford führte in Berlin ein Leben, wie Babette es sich nicht vorstellen konnte. Wäre da nicht ihre wunderbare Tochter gewesen, die offenbar eine gute Erziehung genossen hatte, wäre Babette vielleicht auf die Meinung hereingefallen, die in ihren Kreisen über Frauen wie Marika Melford schnell und bedenkenlos gefällt wurden. Solche Frauen waren flatterhaft und leichtfertig!

Babette hatte darauf geachtet, als sie von Marikas literarischem Salon zurückkehrte, nicht allzu schwärmerisch von der Mutter der Kurärztin zu reden. Sie hatte sich auch längst angewöhnt, über Doktor Tessa Melford so wenig wie möglich zu sprechen. Alwin war noch immer voller Misstrauen und versuchte nach wie vor, sie zu einem Arztwechsel zu überreden. Dass sie, seit sie von der Kurärztin behandelt wurde, nur noch selten unter Migräne litt, wollte er der Ärztin auf keinen Fall zugutehalten.

»Zufall! Vermutlich kommst du ganz ohne ärztliche Hilfe aus. Die gute Seeluft ist schon heilsam genug.«

Er hatte nie gefragt, welche Therapie die Ärztin anwandte, so hatte sie ihn nicht belügen müssen. Denn dass ihre Heilung voranschritt, je öfter sie von ihrer Vergewaltigung sprach, das konnte sie Alwin nicht erzählen. Dass das Gespräch mit ihrem Mann der letzte und wichtigste Teil ihrer Therapie sein sollte, glaubte sie Tessa zwar, aber sie traute sich noch immer nicht zu, die Wahrheit auszusprechen. Die Kurärztin war der Meinung, dass eine seelische Qual körperliche Beschwerden verursachen konnte, dass es demnach einer körperlichen Säuberung gleichkam, wenn man sämtliche seelischen Nöte Wort für Wort aus dem Empfindungsleben herausspülte. Aber es gab Erlebnisse, die außerhalb der Seele noch mehr Schaden anrichteten als unter dem Verschluss eines lebenslangen Schweigens. Nein, Babette von Keller brauchte sich nur das Entsetzen ihres Mannes vorzustellen, und sie wusste, wie schwierig es sein würde, den Ratschlägen der Kurärztin zu folgen.

Erst recht, wenn sie daran dachte, wie Alwin mittlerweile von Doktor Melford sprach. »Die Frau hat einen schlechten Ruf! Sie ist der lebende Beweis dafür, dass Frauen als Medizinerinnen überfordert sind.« Und anzüglich hatte er hinzugefügt: »Man sieht ja, dass sie einen schlechten Einfluss auf dich ausübt.«

Damit hatte er darauf angespielt, dass sie den Wunsch geäußert hatte, allein auszugehen. Alwin gehörte nicht zu den despotischen Ehemännern und Familienvätern, von denen Babette viele kannte. Zwar war er streng, wenn es um die Erziehung seiner Kinder ging, aber auch nachgiebig. Er war jemand, dem es schwerfiel zu fordern, der eher nach Ausflüchten suchte, um etwas durchzusetzen, und oft auch die Augen verschloss, um nicht sehen zu müssen, dass man sich über seine Anordnungen hinwegsetzte. Einmal hatte er dafür gesorgt, dass ein Dienstmädchen Herberts Zimmer abschloss und den Schlüssel verschwinden ließ, damit sein Sohn sich nicht ins Berliner Nachtleben stürzen konnte. Am nächsten Tag hatte er dann so getan, als wäre dem Dienstmädchen ein Irrtum passiert, hatte es vor der Familie getadelt und ihm später ein Geldstück zugesteckt. Offene Konfrontation fiel Alwin schwer.

Babette hörte, dass jemand ihren Namen rief, blieb stehen und sah sich um. Die Kurärztin kam auf sie zugelaufen. »Wollen Sie zu mir?«, fragte sie atemlos.

Babette von Keller nickte. »Wenn ich nicht störe …«

»Ich freue mich!« Tessa nickte zur Tür ihres kleinen Hauses, das gerade in Sicht kam, und hakte sich bei Babette ein. »Oder ist es kein privater Besuch? Möchten Sie lieber in der Praxis mit mir sprechen?«

Babette von Keller wehrte ab. »Nein, ich wollte Ihnen nur sagen …« Der weiche, junge Körper, den sie an ihrer Seite spürte, verwirrte sie, die ungewohnte Nähe zu einer Fremden, die sich ihr so ungeziert näherte, brachte sie durcheinander. Daran war sie nicht gewöhnt. Bei den von Kellers hielt man Abstand, in ihrem Freundeskreis gab es gelegentlich sogar Diskussionen darüber, ob ein intensiver Körperkontakt die Kinder verzärtle.

Babette riss sich zusammen. »Ich möchte Ihnen sagen, dass ich auf Ihrer Seite stehe und Sie unterstützen werde, wenn ich kann. Ich glaube Ihnen! Das Gerede, dass Sie gezögert hätten, ehe Sie auf den Damm zu dem Verletzten geeilt sind … dass Sie zu spät gekommen wären … dass Sie nicht gewusst hätten, was zu tun war … davon glaube ich kein Wort.«

»Wie nett von Ihnen!« Tessa drückte ihren Arm.

Babette wurde nun sicherer und überzeugter davon, dass sie etwas Richtiges sagte. »Sie dürfen nicht aufgeben.«

Tessas Arm lockerte sich leicht. »Manchmal träume ich davon, einfach meine Koffer zu packen und Sylt zu verlassen.«

»Damit würden Sie die Schandmäuler bestätigen.«

Sie waren an Tessas Haus angekommen. Marika, die die beiden anscheinend vom Fenster aus gesehen hatte, öffnete schon die Tür, als das Gartentörchen noch nicht hinter ihnen ins Schloss gefallen war. »Wir bekommen Besuch?« Erfreut streckte sie Babette von Keller die Hand hin. »Wie nett!«

Aafke Witt öffnete die Küchentür und erschien in einem nach Seife duftenden Schwaden. Sie strich sich die feuchten Haare aus der Stirn und rieb sich die Hände an der Schürze trocken. »Ich habe die Wäsche auf dem Ofen und deswegen kein Mittagessen kochen können. Aber einen Tee kann ich machen.«

»Bitte, keine Umstände«, bat Babette von Keller.

Tessa gab der Haushälterin jedoch mit einem Wink zu verstehen, dass der Tee willkommen war.

Ein paar Minuten später saßen sie sich in dem kleinen, einfach eingerichteten Pesel gegenüber, und Babette kam sich mit einem Mal fehl am Platze vor. Sie selbst auf dem bequemsten Sessel, Marika und Tessa in dem Sofa, dessen Federn quietschten, wenn man sich setzte. Gemeinsam sanken die beiden mit dem nachgiebigen Polster hinab, durch die Schwerkraft dicht aneinandergedrängt.

Babette betrachtete sie. Bildete sie selbst auch so eine schwere Einheit, wenn sie mit ihren Kindern im Foyer des Hotels oder in einem Teesalon saß? So wuchtig und derart unverwundbar und stark saßen die beiden nebeneinander, dass sie sich selbst nun unscheinbar und schwach vorkam. Obwohl ihr fester Platz in der Gesellschaft sie mit Sicherheit und Selbstbewusstsein versorgte, fühlte sie sich dieser Einheit von Mutter und Tochter unterlegen. Vielleicht deshalb, weil deren Verbundenheit wie eine Emulsion war, aus Öl und Wasser entstanden. Die Kurärztin, die mit ihrem Beruf alles Moderne, vor allem den Sieg über die alten Zöpfe verkörperte, in ihrem Äußeren jedoch dem Althergebrachten entsprach, mit dem langen Rock, den soliden Schuhen, dem locker geschlungenen Haarknoten. Und ihre Mutter, der es vor allem darum zu gehen schien, das Moderne, Fortschrittliche nach außen zu tragen, indem sie alles zeigte, was die Moralisten entsetzte.

»Ich bin gekommen, um mich für Ihr Fräulein Tochter einzusetzen«, sagte Babette würdevoll zu Marika. Aber selbst die Feierlichkeit, in die sie sich angesichts der erhabenen Einigkeit von Mutter und Tochter rettete, konnte ihr die Befangenheit nicht nehmen, die im Angesicht von etwas Großem entsteht. »Was ich tun kann, werde ich tun, um den Ruf meiner Ärztin zu verteidigen.« Noch immer wandte sie sich ausschließlich an Marika. »Ihre Tochter hat mir sehr geholfen. Meine Migräne hat mich, seit ich sie konsultiere, nur ein einziges Mal heimgesucht, und da in sehr schwacher Form.«

Marika tätschelte strahlend Tessas Hand. »Ich wusste es. Meine Tochter ist großartig. Wenn man sie nur ließe, dann hätte Sylt die beste Kurärztin, die die Insel sich wünschen kann.«

»Wie haben Sie das nur gemacht?«, fragte Babette, nach wie vor an Marika gewandt. »Sicherlich war es nicht leicht für Sie, Ihre Tochter auf diesen Weg zu führen, sie zu begleiten und zu unterstützen.«

Sie erwartete, dass der Ausdruck tapferen Leidens auf Marikas Gesicht erschien, wie ihn jede Frau hervorzubringen vermochte, die glaubte, sich zwischen den Pflichten einer Ehefrau, Hausfrau und Mutter aufzureiben.

Aber Marika lachte unbefangen. »Ich wusste von Anfang an, dass meine Tochter etwas ganz Besonderes ist. Erst dachte ich, ihre größte Begabung liege im künstlerischen Bereich. Ich wollte eine große Malerin aus ihr machen. Aber dann stellte sich heraus, dass ihr Interesse woanders lag.« Sie griff um Tessas Schultern und drückte ihr einen Kuss auf die Wange, was in Babette einen kurzen Schmerz auslöste. Alwin wäre entsetzt, wenn sie ihren Kindern in Gegenwart Fremder eine solch intime Form der Herzlichkeit entgegenbrächte. »Ich hoffe, Sie führen Ihren literarischen Salon fort«, wich sie aus. »Mich haben die Gedichte sehr angeregt, die Sie vorgelesen haben.« Auch das erotische Gedicht, hätte sie am liebsten ergänzt, brachte diese Verwegenheit dann aber doch nicht über die Lippen.

Aafke betrat mit einem Tablett den Raum, auf dem eine Teekanne, eine Dose mit Kandis und drei Porzellanbecher standen. Sie brachte einen Schwall nach Kernseife duftender Luft mit ins Wohnzimmer.

»Ich fand es schade«, fuhr Babette fort, »dass die Diskussion nicht in Gang kam.«

Marika verzog das Gesicht. »Das lag daran, dass meine Gäste nicht an Literatur interessiert waren, sondern nur an der neuen Kurärztin und ihrer leichtlebigen Mutter …«

Tessa verpasste Marika einen Stoß mit dem Ellbogen. »Red nicht so, Mama.«

»… und außerdem«, fuhr Marika unbeirrt fort, »hat uns ja ein Attentat an einem Meinungsaustausch gehindert.«

Babette suchte nach Worten, um das unliebsame Vorkommnis, die Brandfackel, die in Tessas Haus gelandet war, mit sorgsam ausgewählten Worten zu kommentieren, da gab es ein Poltern an der Haustür. Sie wurde aufgerissen, zwei, drei schwere Schritte waren zu hören, dann sprang die Wohnzimmertür auf, ohne dass angeklopft worden war. In der Tür stand Reimert Cruse, das Gesicht in Wut verzerrt …

Henry Gottorf hatte Angst. Nicht diese Angst vor seinem Vater, die ihm ständig im Nacken saß, nicht die Angst vor dem Versagen, vor Fehlern, vor der Frage, ob er der richtige Nachfolger für Friedrich Gottorf sein würde, die Angst, die ihn wie ein ständiges Unwohlsein begleitet hatte. Nein, diesmal war es die Angst um sein Leben. Oft hatte er, wenn sein Vater ihn mit Verachtung strafte und wenn er keinen Ausweg wusste, sich in den Gedanken geflüchtet, dass es im schlimmsten Fall einen Notanker gab, der für seinen Vater zu schwer sein würde, um ihn zu heben: die Flucht in den Selbstmord. Diese Vorstellung, von der sein Vater nichts ahnte, hatte ihm oft geholfen. Was am meisten half, war, dass sein Vater, der glaubte, Macht über sein Leben zu haben, keine Ahnung hatte, dass sein Nachfolger manchmal auf dem Sprung war, alles hinter sich zu lassen.

Aber jetzt wusste er, dass er leben wollte. Als der Kapitän ihm kurz mitgeteilt hatte, dass das Schiff durch einen Maschinenschaden manövrierunfähig geworden war, hatte er begriffen, dass sein Überlebenswille viel größer war als seine Mutlosigkeit, wenn er daran dachte, seinem Vater wieder gegenüberzutreten. Verzweifelt klammerte er sich fest, hörte das Brüllen des Sturms, das Toben der Wellen und die Schreie der Besatzung. Die See ging hoch, Brecher schlugen über Deck, Henry hörte den Bootsmann schreien: »Notsignale setzen!«

»Wo sind wir?«, fragte er, als ein Matrose vorbeihetzte.

»Wir treiben die Sylter Küste entlang«, bekam er zur Antwort. »Der Achtersteven ist gebrochen, das Ruder nicht mehr funktionsfähig.«

Henry schloss die Augen und klammerte sich noch fester an das Geländer der Gangway. Das Schiff schlingerte und bockte, der Sturm machte mit ihm, was er wollte. »Mama«, flüsterte Henry. »Mama, ich will dich wiedersehen.«

Das Schiff legte sich schwer auf die Seite, Henry hörte, wie auf Deck etwas Schweres verrutschte, zwischen zwei Brechern klatschte etwas aufs Wasser, ein gewaltiger Ruck ging durch das Schiff, es krängte noch mehr. Im Laderaum hörte er Kisten verrutschen und Säcke übereinanderfallen. Ein entsetzlicher Schrei übertönte die nächste Sturmbö.

»Mann über Bord!«

Henry zog die Schultern bis zu den Ohren hoch, damit er nichts hören musste.

Allmählich richtete sich das Schiff wieder auf, aber es zitterte schwer, schwankte immer noch bei jeder Bö, neigte sich zur Seite, hob sich aber jedes Mal wieder. Das Tosen der Brandung wurde immer lauter. Oder kam es Henry nur so vor, weil die Stimmen der Matrosen plötzlich schwiegen? Wo waren die Schritte geblieben, die eben noch zu hören gewesen waren? Die Kommandos, die Fragen, die Bestätigungen, das Mutmachen? Still war es auf Deck, unheimlich still. Das Schiff schwankte jetzt wieder stärker, fiel nach Steuerbord, wogte nach Backbord, als gäbe es auf der Brücke niemanden, der den Versuch machte, es auf Kurs zu halten. Dann plötzlich, in einem winzigen Augenblick, der das Tor zur Ewigkeit öffnete, schwieg der Sturm, es herrschte Stille, Totenstille. Und dann, wie in einem letzten Auflehnen, hob sich der Bug des Schiffes, es schien unter einem entsetzlichen Schmerz zu brüllen, bäumte sich auf, fiel zurück, richtete sich erneut auf … dann erschütterte ein schrecklicher Stoß den Schiffskörper. Er drehte sich, Henry verlor das Gefühl für sämtliche Dimensionen. Wo war oben, wo war unten, wo rechts und links? Wassermassen schlugen den Niedergang hinab, an dessen Geländer er sich nach wie vor klammerte. Der nächste Schwall löste seine Hände, sein Körper wirbelte herum, er schlug mit dem Kopf irgendwo an und schrie vor Schmerz auf. Er spürte das äußerste Zipfelchen des Friedens, der sich über seine Seele legte, tiefschwarz und leise wie der Tod. Und dann … ließ Henry Gottorf das Leben los, bereitwillig. Sein letzter Gedanke galt seiner Mutter, und das weitaus Schrecklichste an diesem Augenblick war der Gedanke an ihre Trauer. Dann verließ ihn das Bewusstsein …

Tessa erwachte unter einer schweren Decke, die auf ihr lastete und sich nicht zur Seite schieben ließ. Mit einer guten Portion Baldrian hatte sie selbst dafür gesorgt, dass kein Laut zu ihr durchdrang, dass sie bis zum Morgen unter dieser bleiernen Decke Schlaf finden würde. Aber gelungen war es ihr nicht. Als sie unter großer Kraftanstrengung die Augen öffnete, stellte sie fest, dass vor den Fenstern noch Finsternis herrschte. Die Nacht war sternenlos, der Mond hinter einer dichten Wolkendecke verborgen. Eine schwarze Nacht.

Nun begriff sie, warum sie geweckt worden war. Der Sturm, der sich am Abend erhoben hatte, war stärker geworden. Er heulte ums Haus, rüttelte am Dach und an den Traufen, klapperte mit den Fenstern und Türen. Mal war es ein tiefes Stöhnen, dann ein Fauchen und Jaulen, und in den winzigen Augenblicken vollkommener Stille schien die Welt den Atem anzuhalten.

Im nächsten Moment hatte der Sturm Reimerts Augen, und seine Wut war genauso unbeherrscht wie er. Tessa setzte sich auf und schob sich ein Kissen in den Nacken. Jetzt wusste sie wieder, warum sie Baldrian eingenommen hatte, weil sie sonst nicht zur Ruhe gekommen wäre. Reimerts Jähzorn war am Nachmittag ins Haus gefahren wie die Brandfackel, die Hennes Grothe geworfen hatte. Babette von Keller war erschrocken aufgesprungen, Reimert hatte einen Schritt ins Wohnzimmer gemacht, und Tessa hatte nur auf diese beiden blicken können, die sich gegenüberstanden, als wären sie soeben Feinde geworden. Sie allein wusste, wie alt und tief ihre Feindschaft war, aber Babette ahnte es nicht. Und in diesem Augenblick war Tessa ganz sicher, dass Reimert es ebenfalls nicht wusste. Babette von Keller war für ihn ein Badegast wie jeder andere. Seine Wut war an ihr vorbeigefahren, direkt auf Marika zu. Wie eine Faust, die sie zu Boden strecken wollte.

Tessa wollte aufspringen, musste sich aber anstrengen, aus dem tiefen Sofa hochzukommen, rappelte sich mühsam auf und reichte ihrer Mutter die Hand, damit sie ebenfalls in die Höhe kam.

Babette von Keller, die merkte, dass hier ein gewaltiger Streit in der Luft lag, stotterte einen Abschiedsgruß und ließ sich von Aafke zur Haustür bringen. Die Haushälterin war aus der Küche gestürzt, als wollte sie sich ihrem Dienstherrn in den Weg stellen, jetzt war sie froh, dass sie eine Aufgabe erhielt, die sie dem Geschehen entzog. Mit freundlichen Worten geleitete sie Babette von Keller aus dem Haus, hatte sogar noch die Ruhe, ein paar Sätze über das Wetter zu verlieren und mit Babette die Sorge über den Sturm zu teilen, der heraufzog.

Mittlerweile hatte Reimert die Wohnzimmertür hinter sich ins Schloss gedrückt und Aafke damit ausgeschlossen. »Was hast du mir da angehängt?«, fragte er Marika, die ihn nur verständnislos ansah, mit leiser, aber schneidender Stimme. »Du Schlampe!«

Tessa verschlug es die Sprache. Erschrocken machte sie einen Schritt vor, um sich Reimert entgegenzustellen, aber der schob sie mit einer einzigen Bewegung beiseite. »Sie sollten Ihre Mutter mal untersuchen, Frau Doktor.«

Schlagartig hatte Tessa begriffen, wovon er sprach. Im selben Moment war ihr auch klargeworden, warum er Doktor Mommsen aufgesucht hatte, statt zu ihr zu kommen. Und als sie in das schuldbewusste Gesicht ihrer Mutter sah, brauchte sie sich nicht zu vergewissern.

»Ich hatte ja keine Ahnung«, begann Marika sich zu verteidigen. »Ich spüre es selbst erst seit ein paar Tagen.«

Aber das konnte Reimert Cruse nicht beruhigen. »Du hättest mich warnen müssen. Vielleicht bin ich ja erst gestern von dir angesteckt worden? Dann hätte ich mich gestern noch davor schützen können.«

»Ausgeschlossen«, warf Tessa ein. »Jede Inkubationszeit ist länger.«

Sie schüttelte die Erinnerung ab und entschloss sich, das Bett zu verlassen. Zwar sorgte das Baldrian noch für eine gewisse Benommenheit, aber sie spürte, dass sie keine Ruhe mehr finden würde. Nicht nur das Wüten des Sturms würde sie daran hindern, wieder einzuschlafen, auch der Gedanke an die Erkrankung ihrer Mutter. Marika hatte eine Untersuchung verweigert, aber zugegeben, dass sie seit Tagen unter vaginalem Ausfluss litt. Später, wenn der Sturm sich gelegt hatte, würde Tessa noch einmal darauf dringen, einen Abstrich zu machen, damit sie sichergehen konnten. Sie würde ihre Mutter zwingen, in ihre Praxis zu kommen. Geschlechtskrankheiten waren meldepflichtig, Marika konnte sich nicht darauf berufen, dass es ihre Privatangelegenheit sei, wie sie mit einem Tripper oder gar der Syphilis umging.

Tessa legte sich ein Wolltuch um und ging in die Küche, um sich einen heißen Tee zu machen. Reimerts Augen, seine Wut, seine Unbeherrschtheit machten ihr nach wie vor zu schaffen. War das der Reimert Cruse, der imstande war, ein wehrloses junges Mädchen zu vergewaltigen? Tessa merkte, dass sie den Kopf schüttelte. Nein, ein solch berechtigter Zorn war etwas anderes als ein feiger Überfall, der geplant gewesen sein musste. Wenn nicht von langer Hand, so doch in dem Augenblick, in dem Reimert seinem Opfer zum Strand gefolgt war.

Sie hörte Geräusche aus dem zweiten Schlafzimmer und wartete darauf, dass ihre Mutter in der Küche erschien. Aber die Tür öffnete sich nicht, Marika war wohl nicht auf Gesellschaft aus, weil sie Vorwürfe erwartete und sich zu Bekenntnissen gedrängt gefühlt hätte.

Der Wasserkessel begann gerade zu summen, da hörte Tessa Stimmen und Schritte auf dem Weg vor dem Haus. Sie stand auf und trat ans Fenster. Mehrere Männer hasteten die Bismarckstraße hinauf. Sie beugte sich vor und sah, dass sie eilig in die Friedrichstraße einbogen, Richtung Meer. Kurz darauf wurde im Haus des Kurdirektors die Tür ins Schloss geworfen. Reimert zog sich die Jacke über, während er auf die Straße lief. Was war da los? Nun kamen auch mehrere Frauen die

Straße hinabgelaufen, sogar einige Kinder waren dabei. Sie riefen sich etwas zu, und Tessa konnte einige Wortfetzen aufschnappen. »Gestrandet! Strandgut! Ein Frachter mit großer Ladung!«

Jetzt begriff sie. Das Ziel war der Strand, es musste einen Seenotfall gegeben haben. Wenn die Sylter sich in der Nacht aufmachten, dann vermuteten sie wohl, dass Schiffbrüchige in Not waren und Hilfe brauchten. Nun war auch eine Sirene zu hören, die die Rettungsmannschaften aus dem Bett holte, damit die Seeleute, die sich noch an Bord des havarierten Schiffs befanden, gerettet werden konnten.

Tessa ging ins Schlafzimmer zurück und zog sich an. Wenn es Überlebende gab, benötigten sie ärztliche Hilfe. Sie würde unverzüglich zum Strand gehen, damit ihr nicht noch einmal vorgeworfen wurde, sie sei zu spät gekommen.

So warm wie möglich kleidete sie sich an, griff nach ihrer Notfalltasche, dann verließ sie das Haus und lief einer kleinen Gruppe hinterher, die es eilig hatte voranzukommen. Junge Männer waren es, große Kinder noch, und Tessa beschlich die Ahnung, dass es ihnen nicht ausschließlich darum ging, verletzten Seemännern zu Hilfe zu eilen.

Reimert lief so schnell er konnte. Er überholte einige, aber da alle es eilig hatten, kam er kaum schneller voran als die meisten, die genau wie er wussten, dass sie ihr Ziel schnell oder gar nicht erreichen würden. Sobald die Rettungsmannschaften am Strand waren, würde man sie hindern, und wenn erst die Obrigkeit auftauchte, wurde es sogar gefährlich. Niemand wollte eine Strafanzeige riskieren, alle wollten später nur von einem Strandgang sprechen, der dem Strandrecht nicht zuwiderlief.

Als Kurdirektor war Reimert zwar nicht für die Einhaltung des Strandrechts zuständig, aber er wollte dennoch dafür sorgen, dass das Unrecht, das die alteingesessenen Sylter ganz anders nannten, nicht ausuferte. Natürlich war nichts dagegen einzuwenden, wenn bei einem Strandgang Treibgut gesammelt wurde. Wenn es jedoch so weit ging, dass wertvolle Güter, die von einem havarierten Schiff an Land getrieben worden waren, eingesammelt und mitgenommen wurden, sah das anders aus. Diese Güter gehörten nach wie vor dem Schiffseigner, der

Besatzung oder demjenigen, der die Fracht bestellt und bezahlt hatte. Dann war eindeutig von Strandraub die Rede.

Früher war zwischen dem passiven und dem aktiven Strandraub unterschieden worden. Das Strandgut, das sich am Spülsaum fand, egal ob Holz, Kleidung, Wertgegenstände oder Ausrüstung der Schiffe, gehörte dem Strandgänger, der diese Dinge gefunden hatte, vorausgesetzt, der bisherige Besitzer war bei der Havarie ums Leben gekommen und konnte keine Ansprüche mehr stellen. Aus dieser Bedingung hatte sich der aktive Strandraub entwickelt. Mit falschen Leuchtfeuern waren die Schiffe auf Untiefen gelockt und geplündert und überlebende Schiffbrüchige sogar erschlagen worden, damit man sich deren Hab und Gut aneignen konnte. Denn herrenlos musste es sein, das Strandgut, sonst durfte es niemand an sich nehmen. Diese Art von Strandräuberei war gottlob vorbei, aber noch immer redeten die Sylter vom Fundrecht, wenn sie auf Strandgut stießen. Reimert Cruse jedoch vertrat die Ansicht, dass dieses Recht nur beansprucht werden konnte, wenn es sich um Gegenstände geringen Wertes handelte. Außerdem wurde früher aus reiner Armut nach Strandgut geschaut, das eine willkommene Ergänzung des geringen Einkommens war. Heute konnte jeder Sylter auf redliche Art seinen Lebensunterhalt verdienen.

Das Bild, das sich ihm bot, kaum dass er die Düne erklommen hatte, war schrecklich. Die See peitschte, es herrschten hoher Seegang und schwere Brandung. Der Havarist, ein Frachter, schwankte im Sturm, seine Lichter tanzten, er schien manövrierunfähig zu sein und trieb parallel zur Küste, also quer zur Brandung, die ständig über das Schiff hinwegging. Sie hatte schon einen Teil der Ladung fortgerissen, die aufs Ufer zutrieb. Dann plötzlich, das war sogar aus der Ferne und bei Dunkelheit zu erkennen, ging ein Ruck durch den Schiffskörper, er wandte sich zur Insel, die Lichter erloschen mit einem Schlage. Schwere Brecher gingen über das nun seewärts gerichtete Heck, auch das war zu erkennen.

Wie gebannt standen alle am Strand und starrten hinaus. Wenn die Wolkendecke sich schloss, schien der Frachter gesunken zu sein, sobald sie sich ein wenig öffnete und Mondlicht durch einen Wolkenspalt sickerte, war der hilflose Frachter wieder zu erkennen.

Und dann ein Schrei: »Hier! Ein Toter!«

Mehrere Männer liefen zu der Stelle, die Frauen blieben schaudernd zurück. Reimert lief den Männern hinterher und stieß zwei zur Seite, damit er besser sehen konnte. Tatsächlich lag ein Matrose vor ihm, mit aufgeschlagenem Schädel und totenbleichem Gesicht.

»Was ist da los?«, hörte er eine Frauenstimme fragen.

Reimert Cruse drehte sich um und sah der Kurärztin erschrocken ins Gesicht. »Tessa!«

Er hatte sich nicht in der Gewalt. So unvermutet stand sie ihm gegenüber, dass er seine Gefühle nicht zurechtrücken und sich nicht einmal räuspern konnte, um seiner Stimme einen angemessenen Klang zu geben. Sie war voll sanften Staunens, das hörte er selbst, so, als hätte er Tessa lange nicht gesehen und wäre nun voller Glück, sie wiedergefunden zu haben. Und genauso empfand er ihr Erscheinen am Strand. »Tessa.«

Sie griff nach dem Tuch, das der Sturm ihr vom Hals zu reißen drohte, dann schob sie ihn zur Seite. »Lassen Sie mich sehen, ob ich noch was tun kann.«

Aber er hielt sie zurück. »Quälen Sie sich nicht mit diesem Anblick.«

Sie stieß ein bitteres Lachen aus. »Ich bin Ärztin, schon vergessen? Dies ist nicht die erste Leiche, die ich sehe.«

Sie beugte sich über den Mann, erhob sich aber bald wieder. »Sie haben recht, da ist nichts mehr zu machen.«

»Noch einer«, hörten sie eine Frau rufen.

Tessa wollte loseilen, wurde aber von Reimert zurückgehalten. »Es tut mir leid, Tessa«, sagte er leise, und wieder sprach er ihren Namen aus, als hätte jeder Buchstabe Bedeutung und Gewicht. In dieser Nacht hatte er sich einfach nicht in der Gewalt. »Ich habe mich schlecht benommen heute Abend.«

Sie zog die Stirn kraus. »Schon gut. Ich kann verstehen, dass Sie sehr erregt waren.«

Er griff nach ihrem Arm, aber sie machte sich sofort wieder frei. »Hat Doktor Mommsen Ihnen ein Medikament verschrieben?«

Reimert nickte. »Sandelbaumöl.«

»Ich werde mich morgen um meine Mutter kümmern. Ob sie will oder nicht.«

Wieder drang eine Stimme durch den Sturm: »Noch einer!«

Schon wieder wollte er nach ihrem Arm greifen, aber sie wich zurück, als hätte sie Angst vor ihm. »Ich muss nach den beiden sehen. Vielleicht kann ich ihnen noch helfen.«

Reimert blickte ihr nach, betrachtete sie, während sie sich über den Mann beugte, der noch mit den Füßen im Wasser lag, beobachtete, wie sie half, ihn aufs Trockene ziehen, und sich neben ihn in den Sand kniete. »Tessa«, wiederholte er unhörbar.

Bereits fünf Tote waren angeschwemmt worden, einer mit einem abgetrennten Arm, ein anderer mit aufgerissener Seite, schwere Kopfwunden wiesen sie alle auf. Jedes Mal hatte Tessa ein Blick genügt, um festzustellen, dass keine ärztliche Kunst mehr etwas ausrichten konnte. Und jedes Mal war die Kluft zwischen Tessa und denen, die sich mit ihr über die Toten beugten, schmaler geworden. Anfänglich war jeder darauf bedacht gewesen, einen angemessenen Abstand zu wahren und mehr die Ärztin als den Toten zu betrachten, aber schließlich hatten sich ihre Schultern berührt, und der eine oder andere war sogar bereit gewesen, Tessa beim Umdrehen der Leiche zu helfen oder sie mit ihr aufs Trockene zu ziehen.

Doktor Mommsen hatte sich bisher nicht blicken lassen. Ihm war anscheinend entgangen, dass es vor der Sylter Küste einen Seenotrettungsfall gegeben hatte. Und Tessa war froh und dankbar, dass niemand es für nötig hielt, ihn zu alarmieren für den Fall, dass es Überlebende geben sollte.

Mittlerweile wurden Fässer angespült, die Wein enthielten, Kisten mit unbekanntem Inhalt und Säcke mit großen, harten Früchten, die niemand kannte. Reimert Cruse hatte zum Bürgermeister geschickt, aber keiner der Jungen, die er angesprochen hatte, war bereit gewesen, die Beute im Stich zu lassen, die angestrandet wurde.

»Ich sage nichts, wenn ihr Holz und Masten mitnehmt«, hörte Tessa seine Stimme, durch den Sturm beinahe unkenntlich gemacht. »Aber die Fracht bleibt unangetastet!«

Sie wusste, dass er damit seine Kompetenzen als Kurdirektor überschritt, dass er nicht zuständig war für Strandgänge und Strandraub, dennoch hielt sich jeder daran. Reimert Cruse war eine Respektsperson. Die Fracht blieb tatsächlich unangetastet, was genommen wurde, wanderte hastig und heimlich von einer Hand zur anderen.

Aber Tessa sah, dass Reimert mitbekam, wie die Kleidung des ersten Toten hastig durchsucht wurde und ein junger Mann dem zweiten Toten die Stiefel von den Füßen zog. »Schämt euch!«, rief er. »Die Männer sind noch nicht richtig kalt, und ihr bestehlt sie schon!«

Der junge Zimmermann ließ sofort von dem Mann ab, versteckte die Stiefel aber hinter seinem Rücken. Tessa war sicher, dass Reimert es bemerkte, aber er gab sich dennoch damit zufrieden, dass er zumindest die Freunde des Zimmermanns eingeschüchtert hatte.

Nun begann das Warten auf die Rettungsmannschaft. Reimert kam es so vor, als wäre alles um ihn herum erstarrt. Die Luft, sogar der Sturm, die Kälte, die Nacht, das bleiche Morgenlicht, das kalt durch die Wolken sickerte, erst recht die Menschen, die sich um die Toten geschart hatten. Aber auch diejenigen, die weiter entfernt standen, neben und hinter ihm, die in dem Abstand entweder Hochachtung oder Angst zeigten, standen so bewegungslos da, als wären sie tatsächlich erstarrt. Schweigend blickten sie aufs Meer hinaus, auf dem die Umrisse des verunglückten Frachters immer klarer wurden, ließen den Sturm an ihrer Kleidung zerren und an ihren Schultern rütteln und warfen nur gelegentlich scheue Blicke zu den Toten, die am Fuß der Dünen lagen.

Endlich erschien die Rettungsmannschaft mit ihren Raketenapparaten, den Leinenschießgeräten und Hosenbojen am Strand. Von vier Pferden wurde der Leinenwagen gezogen, auf dem Bock saßen zwei Männer, mit hohen Stiefeln, schweren Mänteln und breitkrempigen Hüten gegen das Wetter geschützt. Vier weitere liefen dem Wagen nach. Ein Motorrettungsboot, das wurde Reimert in diesem Augenblick klar, würde es bei diesem schweren Seegang nicht schaffen, in die Nähe des Frachters zu gelangen.

Bisher hatte er nur bei Übungen zusehen können, wie die Retter mit ihrem Raketenapparat eine Verbindungsleine zu dem Schiff schossen, die dort von der Mannschaft so hoch wie möglich befestigt werden musste. Von diesem Jolltau wurde dann die Hosenboje mit jeweils einem Mannschaftsmitglied in einem Pendelverkehr zwischen Festland und dem Havaristen bewegt. Ein Rettungsring am oberen Rand der Hosenboje verhinderte ein Untertauchen des Schiffbrüchigen bei stürmischer See.

Während die Rettungsmannschaft das Gerät klarmachte, kam Tessa zu ihm. »Was geschieht mit den angestrandeten Toten? Werden sie auf dem Friedhof der Heimatlosen bestattet?«

Reimert schüttelte den Kopf. »Der ist längst geschlossen. Sie bekommen alle ein christliches Begräbnis auf dem neuen Friedhof.«

Sie nickte und wandte sich ab. Während er ihr Profil betrachtete, fiel ihm auf, dass sie sich neuerdings oft von ihm abwandte, dass ihr Blick misstrauisch geworden war, ihre Körperhaltung ablehnend. Was war geschehen? Er half ihr doch, wo er konnte. Für seine Unbeherrschtheit, als er festgestellt hatte, dass er von Marika angesteckt worden war, hatte er sich entschuldigt. Er hatte sogar den Eindruck gehabt, dass Tessa Verständnis für seine Erregung aufbrachte, sogar dafür, dass er mit seinen Beschwerden nicht zu ihr, sondern zu Doktor Mommsen gegangen war. Nein, etwas anderes war zwischen sie getreten, an dem Abend, an dem Nermins Bruder die Brandfackel in Tessas Haus geworfen hatte. Aber er konnte nicht sagen, was es war.

Das Band der Hoffnung, das für Minuten, seit die Rettungsmannschaft angekommen war, über den Strand geflattert war, wurde jäh zerrissen, als ein furchtbares Dröhnen, begleitet von einem dämonischen Zischen, die Luft erfüllte. Der Sturm brüllte, als wollte er niemanden hören lassen, was dort auf See passierte, dennoch hörte es jeder, und alle sahen es schließlich auch. Das Schiff bäumte sich auf, stand für ein paar entsetzliche Sekunden aufrecht, als flehte es zum Himmel, und dann … dann fuhr es zur Hölle. Eine riesige Fontäne, eine gewaltige

Brandungswelle, das Brüllen von berstendem Metall ... und das Schiff verschwand. Der Sturm tobte weiter, das Meer brandete weiter, die Wellen überschlugen sich weiter, aber von dem Frachter war nichts mehr zu sehen. Das kalte Seemannsgrab hatte sich geöffnet und es verschlungen. Wie viele Seeleute es mit sich in die Tiefe gerissen hatte, mochte Reimert sich nicht vorstellen.

In seiner Nähe faltete jemand die Hände und begann zu beten. »Vater unser ...« Mehrere fielen ein, einige Frauen begannen zu schluchzen, Reimert selbst schaffte es nicht, sich aus seiner Erstarrung zu lösen. Er wusste, dass Tessa noch neben ihm stand, spürte sie, hatte ihren unterdrückten Schrei gehört, war aber unfähig, sich ihr zuzuwenden und etwas zu sagen, was ihn mit ihr verband.

Dies war einer jener Augenblicke, in denen jeder Mensch allein war, auch in Gegenwart vieler anderer. Nun war er Zeuge eines Schauspiels geworden, von dem jeder Junge, der am Meer aufwuchs, vom Vater oder Großvater hörte und es dennoch nicht glauben konnte. Alle Jungen wollten immer nur von abenteuerlichen Rettungsmanövern hören, von heldenhaften Leistungen der Rettungsmannschaften, der Angst der Schiffbrüchigen und ihrer Dankbarkeit, weil sie dem sicheren Tod entronnen waren. Aber nun hatte er erlebt, wie es aussah, wenn der Blanke Hans den Sieg davontrug.

Mit einem Mal löste sich seine Erstarrung. Eine Stimme rief: »Der lebt noch!«

Fokko Jansens Stimme! Reimert näherte sich nur zögernd. Er wollte mit Mettas Bruder nichts zu tun haben. Bevor er ihm auf dem Bahndamm begegnet war, hatte er viele Jahre kein Wort mit ihm gesprochen, war ihm ausgewichen, so wie Fokko jedes Mal ausgewichen war, wenn sie sich trafen. Reimert machte nur zwei, drei Schritte und ließ zu, dass sich andere vor ihn drängten. Über deren Schultern konnte er sehen, dass ein weiterer Mann an Land getrieben worden war. Völlig erschöpft, matt und entkräftet lag er da, bäuchlings, die Stirn im Sand, verzweifelt bemüht, sich mit den Handflächen hochzudrücken. Aber er war viel zu schwach. Seine Kräfte hatten genau so weit gereicht, dass er die Finger in den Sand graben konnte. Die Brandung lief über ihn hinweg, er hob nur den Kopf, als die Woge sich zurückzog, ließ aber gleich darauf wieder die Stirn in den Sand sinken, als wolle er sich hier, kurz vor dem Ziel, von der Brandung überwältigen lassen, weil er die letzten Meter nicht mehr schaffte. Fokko drehte den Mann auf den Rücken und zog ihn mit einem anderen aufs Trockene, so weit den Strand hinauf, dass er vor weiteren Brechern sicher war.

»Vorsichtig ablegen«, rief Tessa, die ihnen folgte.

Mittlerweile war das Morgengrau heller geworden, das Gesicht des Mannes gut zu erkennen. Er hielt die Augen geschlossen, Reimert glaubte aber, dass er bei Bewusstsein war, nur zu kraftlos, um die Augen zu öffnen, vielleicht auch zu ängstlich, weil er nicht wusste, was er zu sehen bekommen würde.

Tessa kniete sich neben ihn und schlug ihm sanft auf die Wange. »Hören Sie mich? Bitte, öffnen Sie die Augen.«

Seine Lider flatterten, mühsam fand sein Blick ins Leben zurück. Reimert war mit einem Mal sicher, dass dieser Mann längst mit seinem Leben abgeschlossen hatte, bevor er dennoch versucht hatte, sich schwimmend an Land zu retten.

»Wer sind Sie? Wie heißen Sie?«, fragte Tessa.

Aber die Augen schlossen sich wieder, der Mann sank in einen tiefen Schlaf. Eine Ohnmacht? Oder war er gerade jetzt, unmittelbar nach seiner Rettung, vom ewigen Schlaf übermannt worden? Tessa legte ihr Ohr auf seinen Brustkorb, fühlte seinen Puls, dann nickte sie zufrieden. »Er muss sofort ins Warme. Und er braucht trockene Kleidung.« Sie sah Reimert an. »Können Sie für einen Wagen sorgen?«

Reimert nickte. »Ein Verwandter von mir wohnt in der Nähe. Er wird mir auch warme Decken geben.« Tessa blickte ihn dankbar an, als er seine Jacke ablegte und sie über den Überlebenden deckte. »Am besten, wir bringen ihn zu mir. Er muss in den folgenden Stunden unter ständiger Beobachtung stehen.«

Friedrich Gottorf erwachte mit schweren Kopfschmerzen. Die besserten sich nicht, als er aufgestanden war und seinen Kopf unter eiskaltes Wasser gesteckt hatte. Im Gegenteil! Der Druck hinter den Schläfen wurde unerträglich. Im Pyjama wankte er ins Erdgeschoss und begab sich in die Küche. Er brauchte dringend einen starken Kaffee.

Hilflos sah er sich um, bis er die Kaffeemühle auf einem Regalbrett entdeckte. Er betrachtete sie von allen Seiten und öffnete dann jeden Schrank, bis er eine Tüte mit Kaffeebohnen entdeckte. Der metallene Kreis unter der Kurbel der Kaffeemühle ließ sich zur Hälfte öffnen, und Friedrich erkannte in der Öffnung darunter das Mahlwerk. Er füllte die Kaffeebohnen ein, ließ sich auf einen Hocker sinken und klemmte die Kaffeemühle zwischen die Knie, wie er es bei der Haushälterin gesehen hatte. Kräftig drehte er die Kurbel, zunächst gegen einen klaren Widerstand, dann aber ging es immer leichter. Und schließlich lief die Kurbel ins Leere. Vorsichtig öffnete er die kleine hölzerne Schublade und stellte fest, dass er tatsächlich zum ersten Mal in seinem Leben selber Kaffee gemahlen hatte.

Schritte waren auf der Treppe zu hören. »Sie sind aber früh heute«, sagte seine Tochter – und starrte ihren Vater derart entgeistert an, dass er sich fragte, ob sie ihn jemals im Pyjama gesehen hatte.

»Du? Ich dachte, Frau Lewitz sei schon da. Habe ich nicht gerade die Kaffeemühle gehört?«

Friedrich streckte sie Lilli hin. »Was muss nun damit geschehen? Ich brauche dringend einen starken Kaffee.«

Lilli stellte die Kaffeemühle beiseite, füllte einen Kessel mit Wasser und setzte ihn auf den Herd. Sie war noch im Nachthemd, ihre bloßen Füße steckten in viel zu großen Pantoffeln, der Morgenmantel stand offen, die Bindebänder hingen bis zum Boden. »Du hast noch nie selber Kaffee gekocht.«

Friedrich setzte sich an den Küchentisch. Er schloss gequält die Augen und stöhnte. »Ich habe schlecht geschlafen. Dieser Wind heute Nacht …«

Lilli setzte sich zu ihm. »Du denkst an Henry? An der Küste wurde in der Nacht ein Sturm erwartet.«

Friedrich wollte nicht darüber reden. Nicht mit Lilli und nicht, bevor er wusste, was mit Henry geschehen war. »Was hast du heute vor?«, lenkte er ab.

Lilli band sich den Morgenmantel zu und setzte sich kerzengerade hin. Sofort war Friedrich alarmiert. Er wusste, dass seine Tochter sich, wenn sie unangenehme Nachrichten für ihn hatte, durch eine aufrechte Haltung Mut machte. »Ich habe mich zu einem Kurs angemeldet. Buchführung, Kassenwesen, Sekretariatsaufgaben. Was man so braucht, wenn man in einer Firma eine Anstellung sucht.«

»Ich habe dir gesagt …«, fuhr Friedrich Gottorf auf, aber Lilli ließ ihn nicht ausreden.

»Das habe ich verstanden. In deiner Firma willst du mich nicht haben. Also werde ich mir eine Stelle woanders suchen.«

»Woanders?« Friedrich starrte seine Tochter entgeistert an. »Das ist nicht dein Ernst.«

»Solltest du mich unter diesen Umständen nicht mehr in deinem Haus haben wollen, ziehe ich eben aus. Wenn ich mit einer Arbeit Geld verdiene, komme ich zurecht. Die Witwenrente habe ich ja auch noch.«

Sie stand auf, weil das Wasser zu kochen begann, holte die Kaffeekanne und setzte ihr einen Porzellanfilter auf. Dann kramte sie eine Packung aus einer Schublade, die viele von diesen Papierfiltern enthielt, die Edith irgendwann voller Begeisterung angeschafft hatte. Früher hatte ein Kaffeesieb ausgereicht, dann hatte eine Dame namens Melitta Bentz eine Erfindung gemacht, die ihren Vornamen erhielt: Kaffeefilter aus einer Art Löschpapier, die nur einmal verwendet wurden. Schnellfilter hatte Melitta Bentz sie genannt, aber es setzte sich schnell der Name Melitta-Filter durch. Lilli schüttete den Kaffee in dieses Papier, das sie in den Porzellanfilter gesteckt hatte, dann goss sie langsam das kochende Wasser darüber. Augenblicklich füllte sich die Küche mit dem köstlichen Duft frischen Kaffees, Friedrich hörte, wie der Kaffee in die Kanne floss, und fühlte sich schon ein wenig besser.

Er beschloss, auf Lillis Eröffnung nicht weiter einzugehen. Sie würde rechtzeitig herausfinden, wie es war, wenn man für den eigenen Lebensunterhalt selbst sorgen musste. Diesen Kurs würde sie nicht durchhalten, wenn sie dafür jeden Morgen früh aufstehen musste, eine Anstellung würde sie vielleicht finden, aber gewiss nicht lange behalten, wenn sie gemerkt hatte, wie schwer es war, von morgens bis abends in einem Kontor zu arbeiten. Vielleicht sollte er Traute Berber bitten, mit seiner Tochter zu reden. Dann würde Lilli zu hören bekommen, dass sie ihr Geld nicht leicht verdiente. Zwar war Friedrich Gottorf der Meinung, dass seine Sekretärin es bequem bei ihm hatte und einen guten Lohn kassierte, aber im Vergleich zu Lillis bisherigem Leben fiel seine Beurteilung anders aus. Doch natürlich würde er Traute Berber nichts von dieser Einschätzung verraten.

Als er merkte, dass Lilli ihn erwartungsvoll ansah, sagte er: »Mach, was du willst. Du wirst es sowieso nicht durchhalten.« Dann verlangte er, dass sie endlich mit dem Kaffeekochen weitermachte, damit er seine Kopfschmerzen loswurde.

Lilli antwortete nicht darauf. Sie goss ohne ein Wort noch einmal Wasser in den Filter, wartete schweigend, bis er den Filter durchlaufen hatte, und goss ihrem Vater ein, ohne etwas zu sagen. Anschließend verließ sie die Küche, noch immer ohne ein einziges Wort.

Friedrich Gottorf war es recht. Er hasste Diskussionen auf nüchternem Magen, erst recht diese Streitgespräche, die zu nichts führten. Mit Edith hätte er sie führen sollen, ja, das sah er jetzt ein. Vielleicht hätte er verhindern können, was geschehen war. Womöglich hätte seine Frau sich dann nicht so weit von ihm entfernt, dass sie nicht wieder zurückfinden konnte. Er vermisste sie. Obwohl sie sich in den Monaten vor ihrem Tod nur selten gesehen und kaum ein Wort miteinander gewechselt hatten, vermisste er sie. Um Edith war es immer still gewesen, trotzdem war die Stille, die sie umgab, zu hören gewesen. Ein warmer, vertrauter Klang! Wie unsichtbar hatte sie in einem Sessel gekauert und gelesen oder im Wintergarten gesessen und hinausgeschaut. Erst jetzt fiel ihm auf, dass sie seit Weihnachten nicht mehr Klavier gespielt hatte. Er stürzte den Kaffee herunter und stand auf. Ja, schon möglich, dass er sie ein paarmal gebeten hatte, mit dem Geklimper aufzuhören, damit er seine Ruhe hatte, wo sie doch den ganzen Tag Zeit hatte, *Für Elise* zu üben, wenn er in der Fabrik war.

Frau Lewitz erschien und schlug die Hände über dem Kopf zusammen, als sie hörte, dass er bereits Kaffee getrunken und ihn sogar selbst, nur mit Lillis Unterstützung, gekocht hatte. »Aber Sie brauchen noch Ihre Rühreier, Ihr Honigbrot, Ihr …«

Doch Friedrich Gottorf unterbrach sie: »Ich habe jetzt keine Zeit. Vielleicht komme ich später zu einem zweiten Frühstück zurück. Ich musst erst hören …«

Was er hören wollte, ergänzte er nicht. In der schlaflosen Nacht, in der ihn die Geräusche des Windes bedrängt hatten, jedes Heulen ihn erschreckt und jede Bö bange Vermutungen erzeugt hatte, war eine einzige große Sorge und Frage entstanden: Was war mit Henry?

Er hastete über den Fabrikhof, reagierte nicht, wenn er von einem Arbeiter gegrüßt wurde, und riss die Tür zu dem Gebäudetrakt auf, in dem sein Büro lag. Plötzlich wurde er von einer schrecklichen Sorge angetrieben, die mit jeder Stufe, die er erklomm, größer wurde. Er stürmte ins Kontor, als könnte er noch verhindern, was er befürchtete, da sah er Traute Berber mit dem Telefonhörer in der Hand dastehen, bleich, mit großen, erschrockenen Augen. Und er wusste, dass er in der vergangenen Nacht nicht hatte schlafen können, weil er geahnt hatte, dass irgendwo in der Nordsee das Schicksal zuschlug.

Trotzdem fragte er: »Was ist los?«

Seine Sekretärin legte den Telefonhörer so behutsam auf, als könnte er zerbrechen. »Das war die Reederei«, flüsterte sie. »Die ›Jacob Le Maire‹ ist letzte Nacht in Seenot geraten.«

Gottorf starrte sie unbewegt an. »Gesunken?«

Traute Berber nickte nur stumm.

»Wie können die das jetzt schon wissen?«, fragte Gottorf ärgerlich.

»Funkentelegraphie«, gab Traute Berber tonlos zurück. »Das Schiff ist in den frühen Morgenstunden gesunken.«

Friedrich starrte sie an, als überlegte er, welche Strafe sie für diese entsetzliche Mitteilung verdiente. Dann stieß er mit großer Mühe hervor: »Überlebende?«

Traute Berber hob verzweifelt die Schultern. »Es ist zu früh, um etwas Genaues zu sagen. In der Reederei sagt man, wir sollen abwarten. Man wird Sie verständigen, sobald man etwas weiß. Noch ist nicht einmal klar, wo das Schiff gesunken ist. Und ob Ihr Sohn überhaupt an Bord war.«

»Er hat versprochen, zusammen mit der Fracht heimzukehren.«

»Vielleicht hat er es sich ja anders überlegt.«

Friedrich Gottorf ging in sein Büro, mit steifen Beinen, aufrechter Haltung und unbeweglicher Miene. »Ein Gottorf steht zu seinem Wort. Wenn Henry ein anderes Schiff genommen hätte, wären wir von ihm verständigt worden.«

»Aber es heißt, die ›Jacob Le Maire‹ habe keine Passagiere an Bord gehabt.«

»Er wird mich anrufen«, sagte Friedrich Gottorf, ehe er die Tür schloss. »Stellen Sie das Gespräch unverzüglich durch, wenn er sich meldet. Egal, wie beschäftigt ich gerade bin.«

Er schlief. Schon seit Stunden. So tief und fest, dass Tessa sich immer wieder über ihn beugte und sich erst aufrichtete, wenn sein Atem ihr Gesicht gestreift hatte. Reimert hatte ihr geholfen, den Schiffbrüchigen ins Haus zu tragen, dann hatte sie ihn weggeschickt. Sie wollte Reimert nicht in ihrer Nähe haben. Und sie wollte ihn auch nicht in der Nähe ihrer Mutter sehen. Mittlerweile fragte sie sich sogar, was die Gefühle, die er in ihr ausgelöst hatte, ihr vorgegaukelt hatten. Würde es nun immer so sein, dass ein Mann, der ihren Beruf und ihren unbändigen Wunsch, zu helfen und zu heilen, akzeptierte, in ihr etwas erzeugte, was sie voreilig Liebe nannte? Vielleicht war es so. Seit der Trennung von Kurt teilte sie die Männer ein in solche, die akademisch gebildete Frauen, berufstätige Ehefrauen und Mütter, weibliche Ärzte nicht guthießen, und solche, die tolerant genug waren, einer Frau die gleichen Rechte zuzubilligen wie einem Mann, die sogar die Bemühungen einer Frau unterstützten, weil sie wussten, dass sie diesen Beistand bitter nötig hatte. So wie Reimert Cruse! Er hatte sich für sie eingesetzt, ihm war sie zu Dank verpflichtet. Dass sie diese Hochgefühle Liebe genannt hatte, konnte sie nun nicht mehr verstehen. Er war ein Mann, der einer Frau Gewalt angetan hatte. Unmöglich, so einen Mann zu lieben! Wie seine Tat mit der Unterstützung einer Frau, wie sie es war, einhergehen konnte, wollte sie sich nicht überlegen. Vielleicht hatte er bereut und wollte auf diese Weise Buße tun?

Tessa schüttelte diese Fragen ab, sie wollte sich nicht mit ihnen befassen. Dass sie Reimert Cruses Geheimnis kannte, sollte niemand erfahren. Er selbst nicht und erst recht nicht Babette von Keller. Das Unheil, das dadurch heraufbeschworen werden würde, konnte ihrer Patientin nicht helfen und Reimert Cruse nicht bestrafen. Es wäre sinnlos, die Wahrheit zu offenbaren, Babette von Kellers Unglück konnte nur größer werden.

Marika kam in Tessas Schlafzimmer, stellte sich neben ihre Tochter und betrachtete mit ihr zusammen den schlafenden Mann, auf dessen Gesicht noch immer die Blässe der Erschöpfung lag. »Ist er wirklich unverletzt?«

Tessa nickte. »Ich habe ihn gründlich untersucht. Er hat Schürfwunden und einige Blessuren, aber nichts Ernstes. Ich habe alle Wunden versorgt, er hat es nicht einmal bemerkt. Vermutlich hat er eine Gehirnerschütterung, ansonsten scheint er davongekommen zu sein. Wie ein kleines Wunder.«

»Er muss sich woanders aufgehalten haben. Nicht dort, wo die Mannschaft um das Schiff gekämpft hat«, mutmaßte Marika. »Vielleicht war er dort geschützt, während die Besatzung dem Sturm ausgeliefert war.«

Tessa betrachtete den schlafenden Mann nachdenklich. »Ich nehme an, er ist ein Passagier. Vielleicht jemand, der seine Fracht begleitete.« Sie nahm die Kleidung des Mannes, die sie über einen Stuhl gelegt hatte, nachdem sie ihm mit Hilfe ihrer Mutter in eines der Nachthemden gesteckt hatte, die Reimert noch von seinem Onkel im Schrank hatte. Sie trug sie in die Küche, faltete sie dort auseinander und betrachtete sie. »Das ist auf keinen Fall die Kleidung eines Seemanns.«

»Gute Qualität!« Marika rieb die Stoffe zwischen zwei Fingern und betrachtete die Teile auch unter dem modischen Aspekt. »Der Mann hat gewusst, was zurzeit en vogue ist.«

Ein Stöhnen drang aus dem Schlafzimmer, Tessa lief sofort ans Bett des Mannes, der sie aus weit aufgerissenen Augen anstarrte. »Alles gut«, flüsterte sie und strich sanft über seine Stirn. »Sie können schlafen. Sie sind in Sicherheit.«

Ob ihre Worte ihn erreicht hatten, war nicht zu erkennen. Sein Blick blieb so ratlos und fragend, wie er sie angesehen hatte, als sie das Zimmer betrat. Nichts ließ darauf schließen, dass er wusste, was mit ihm geschehen war. Schließlich wurde sein Blick trübe und verhangen, die Augen schlossen sich wieder, sein Atem ging schwer, aber gleichmäßig.

»Er wird noch eine Weile brauchen«, sagte Tessa leise.

Sie hörte Aafke ins Haus kommen und war froh, dass Marika zu ihr ging, um ihr von dem Schiffbrüchigen zu erzählen. Sie selbst zog sich einen Stuhl heran und ließ sich neben dem Bett nieder. Sie brauchte eine Weile Ruhe. Die Stunden am Strand, in der Kälte, in dem Sturm, waren ermüdend gewesen.

Tessa legte den Kopf in den Nacken und schloss die Augen, um sich ein wenig Entspannung zu gönnen. Doch gleich tauchten wieder die Bilder auf, die sie vermutlich ihr Leben lang verfolgen würden. Das letzte Aufbäumen des Schiffes, das Getöse, Dröhnen und Brausen, als es nur noch einen einzigen Schritt vom Untergang entfernt war, dann der gewaltige Aufruhr auf See, der es schaffte, den unerbittlichen Sturm zu übertönen. Und schließlich das Ende, die Gewissheit, dass das Schiff nicht mehr zu retten war und keiner der Menschen, die noch an Bord waren …

Sie öffnete die Augen, beugte sich vor und betrachtete den schlafenden Mann. Nur dieser Eine war der Katastrophe entkommen. Was mochte das für ein Mann sein?

Marika sah Tessa fragend an, als sie in der Küche erschien. »Er schläft immer noch?«

Tessa nickte, ließ sich aufseufzend am Tisch nieder und fuhr sich über die Stirn.

Marika griff nach ihrer Hand. »Leg dich ein Stündchen hin. Ich passe auf ihn auf.«

Tessa wollte zunächst zustimmen, dann sah sie ihre Mutter eindringlich an. »Wir beide haben noch was zu erledigen. In meiner Praxis.«

Marika warf einen unruhigen Blick zu Aafke, die sich am Ofen zu schaffen machte, um für Tessa einen Tee zu kochen. »Das hat Zeit«, zischte sie ihrer Tochter zu.

Aber Tessa schüttelte nur nachdrücklich den Kopf, vertiefte dieses Gespräch jedoch nicht. Unauffällig griff Marika sich unter dem Tisch zwischen die Beine, wo es verteufelt juckte. Aber wenn sie geglaubt hatte, sie könnte diese Geste vor Tessa verheimlichen, hatte sie sich getäuscht. Ein vielsagender Blick traf sie, und Marika wusste, dass sie um einen Besuch in Tessas Praxis nicht herumkommen würde.

Von der eigenen Tochter untersucht werden? Marika hatte, während sie ihr ausschweifendes Leben in Berlin genoss, viele Hemmungen verloren, aber nun fühlte sie sich wie ein junges Mädchen, das zum ersten Mal den Frauenarzt aufzusuchen hatte.

»Das Fräulein Doktor hat recht«, kam es von Aafke. »Ich habe Ihnen schon mal gesagt, Frau Melford, dass Sie mit Ihrer Tochter darüber reden sollen.«

Marika spürte, dass sie rot anlief, während Tessa erstaunt von einer zur anderen sah. »Frau Witt weiß Bescheid?«

Marika kam nicht zum Antworten. »Ich mache hier schließlich die Wäsche«, erklärte Aafke. »Da sieht man, wenn im Untergeschoss was nicht in Ordnung ist.«

Mit hektischen Gesten versuchte Marika, ihrer Tochter klarzumachen, dass Aafke Witt an ein gynäkologisches Problem dachte, aber von einer Geschlechtskrankheit nicht geredet hatte, und Tessa solle um Himmels willen kein verdächtiges Wort in den Mund nehmen …

»Bei Herrn Cruse machen Sie ja auch die Wäsche.« Tessa schien Marikas Nöte nicht zu bemerken.

Nun drehte Aafke sich erstaunt um. »Wie meinen Sie das?«

Tessa sah erstaunt von einer zur anderen und begriff zu Marikas Erleichterung endlich, dass Aafke zwar ein gesundheitliches Problem bei ihrer Mutter entdeckt, aber keine Ahnung hatte, worum es sich handelte.

»Ach, nichts«, entgegnete sie hastig und widmete sich ausgiebig dem Teebecher, den Aafke vor sie hinstellte. Gemächlich ließ sie den Kandis in den Tee fallen, lauschte auf das Knacken, mit dem er sich auflöste, und ließ das Sahnekännchen über dem Becher kreisen, damit sich die Sahne in einem weißen Wirbel auflöste. So hatte sie es schon als Kind getan.

Marika fühlte Angst in sich aufsteigen, als sie an Tessa als Baby, als kleines Mädchen, als heranwachsende Frau dachte. Schon oft war diese Angst wie eine schwere Übelkeit in ihr hochgekommen, aber immer hatte sie sie heruntergeschluckt und sich gesagt, dass sie schon irgendwann zu verdauen sein würde. Oder sie musste tatsächlich die Wahrheit von sich geben und danach auf Genesung hoffen. Dafür jedoch musste der richtige Zeitpunkt gekommen sein! Schon mehrmals war er im Kalender aufgetaucht, dieser richtige Zeitpunkt, Tessas bestandene Abiturprüfung, ihre Volljährigkeit, die Zulassung zum Studium, ihr Examen, die Doktorwürde … viele Gelegenheiten, endlich die ganze Wahrheit zu sagen. Aber jede war verstrichen, weil Marika letzten Endes doch lieber unter ständiger Übelkeit litt, als einmal die ganze Qual zu erleiden, um danach befreit zu sein.

Vielleicht war es richtig, sich auf diese Untersuchung einzulassen? Vermutlich würde sie sowieso nicht darum herumkommen, Tessa würde darauf bestehen, würde sicher sein wollen, damit sie die richtige Behandlung einleiten konnte. Und wenn es sowieso nicht zu vermeiden war, dann konnte sie diese Untersuchung auch als Wink des Himmels bezeichnen. Dann war es kein Risiko, sondern eine Chance. Wenn Tessa nichts merkte, dann wollte der Himmel, dass alles ungesagt blieb.

Sie warf ihrer Tochter einen Blick zu, den diese mit der gleichen Intensität beantwortete. Dann nickte Marika, und Tessa fragte Aafke: »Können Sie heute Nachmittag ein Stündchen auf den jungen Mann aufpassen? Er darf nicht allein bleiben.«

»Natürlich, Fräulein Doktor«, gab die Haushälterin zurück und bedachte nun sogar Marika mit einem leutseligen Blick. Wie gut, dass Aafke Witt nichts von Geschlechtskrankheiten wusste! Sie wäre in allen Vorurteilen bestätigt worden, die Marika Melfords Erscheinen auf Sylt in ihr ausgelöst hatten. Für einen winzigen Augenblick, in einem kurzen Wetterleuchten, das ein grelles Licht auf ihr eigenes Leben warf, war Marika sogar geneigt, der Haushälterin recht zu geben. Dies war vielleicht der richtige Zeitpunkt umzukehren. Ediths Tod hatte sie schon bei den Schultern gepackt und in eine andere Richtung gedreht, nun war es wohl so weit, dass sie loslaufen musste. In die entgegengesetzte

Richtung! Die neue Freiheit der Frau, wie sie sie verstanden hatte, war vielleicht doch nichts anderes als Zügellosigkeit. Was echte Freiheit war, bewies ihre Tochter, die frei sein wollte in dem, was ihr wirklich wichtig war. Tessa hatte ihre Freiheit nie in zwielichtigen Clubs und in Gesellschaft von Müßiggängern gesucht, die Freiheit mit Ausschweifungen verwechselten. Sie nahm es sich fest vor. Wenn Tessa an diesem Tag die Augen geöffnet wurden, dann würde sie zu der Wahrheit stehen. Zu der ganzen Wahrheit! Wenn nicht, hatte der Himmel ihr verziehen, und ihr Schweigen war richtig gewesen.

»In Ordnung«, sagte sie mit fester Stimme. »Lass uns nachher in deine Praxis gehen.«

Ein Sturm, der sich zeigte, machte weniger Angst als der, der sich in der Nacht versteckte. Als Reimert sich gegen den Wind stemmte, um voranzukommen, erzeugte die Kraft, die er aufwenden musste, nicht mehr die Angst und Sorge, die ihn in der Nacht befallen hatte und die mit jedem Schritt größer geworden war. Die Rettungsmannschaften waren nach wie vor unterwegs, aber sie hatten niemanden mehr aus Seenot zu retten, sondern kümmerten sich um arme Fischer, deren Katen vom Wind abgedeckt worden waren, und um leichtsinnige Badegäste, die vom Sturm übertölpelt worden und gestürzt waren. Reimert stand eine Weile auf dem höchsten Punkt des Strandübergangs und sah aufs Meer hinaus, wo nichts mehr darauf hinwies, dass dort Stunden vorher eine Katastrophe geschehen war. Neben ihm unterhielten sich Gäste des Miramar darüber, wer von seinem Fenster den besten Blick auf das Geschehen gehabt hatte, stellten Mutmaßungen darüber an, welche Fehler der Kapitän gemacht hatte und wie viele Seeleute den Tod gefunden haben mochten.

Reimert ging bald zurück, steuerte das Rathaus an und sah sich in der Nähe des Eingangs sichernd um. Erst als er feststellte, dass niemand ihn beachtete, lief er weiter, am Rathaus vorbei, schlug den Kragen seiner Jacke hoch, zog den Kopf ein und betrat eilig Doktor Mommsens Praxis. Die Tür des Wartezimmers ließ er links liegen. Er setzte sich in eine Kabine, die durch Vorhänge vor Blicken geschützt wurde. In ihr nahm der Arzt Untersuchungen an Patienten vor, die an ansteckenden Krankheiten litten, das hatte er Reimert am Tag zuvor erklärt. Zum Glück hatte Doktor Mommsen Verständnis dafür, dass der Kurdirektor nicht im Wartezimmer gesehen werden wollte. Zwar hatte der Arzt keinen Hehl daraus gemacht, dass er gegen jede weibliche Konkurrenz war, aber da es nun so aussah, als hätte Reimert sich eines Besseren besonnen, behandelte er ihn mit ausgesuchter Höflichkeit.

»Frauen sind unfähig, schnelle Entscheidungen zu treffen, die für lebensrettende Maßnahmen unerlässlich sind«, erklärte er gönnerhaft. »Krankenpflege ist selbstverständlich die biologische Pflicht der Frauen, aber Heilung und Pflege darf man nicht verwechseln. Selbst wenn es das eine oder andere Frauenzimmer gibt, mein lieber Kurdirektor, das fähig wäre, den Arztberuf zu ergreifen, so müssen wir uns doch fragen, ob wir das wirklich unterstützen wollen.« Leutselig hatte er Reimerts Schulter geklopft. »Der Arztberuf vermännlicht eine Frau. Wollen wir das wirklich? Denken Sie an all die unangenehmen, oft widerlichen Situationen, die auf jeden Arzt warten.«

»Die warten auch auf eine Frau, die in der Krankenpflege tätig ist!«

»Natürlich, lieber Kurdirektor, die Frau kann sie aushalten! Aber überdies Entscheidungen treffen, die über Leben und Tod entscheiden? Das würde sich auf eine Weise auf ihren Charakter auswirken, die wir Männer uns nicht wünschen dürfen. Das Weibliche würde hinter dem Männlichen zurücktreten. Diese schrecklichen Frauenrechtlerinnen sehen das vielleicht als Vorteil, wir Männer müssen das anders sehen.«

Reimert wusste genau, warum Doktor Mommsen Verständnis heuchelte. Er hatte einen Neffen, der sich ebenfalls auf die Stelle des Kurarztes beworben hatte, und war sehr ärgerlich gewesen, als Reimert dafür gesorgt hatte, dass Doktor Tessa Melford die Stelle bekam. Dieser Neffe war ein Verwandter von Omine Dirks, so dass auch der Bürgermeister es gerne gesehen hätte, dass Doktor Mommsens Neffe Kurarzt von Sylt geworden wäre. Aber Reimert wusste auch, dass beide längst wieder Hoffnung schöpften. Sie kannten natürlich Tessas Schwierigkeiten, und es war ein gefundenes Fressen für den Arzt und den Bürgermeister, dass Reimert Cruse, der sich für die Einstellung eines weiblichen Kurarztes eingesetzt hatte, sein besonderes gesundheitliches Problem lieber von einem Mann behandeln ließ. Reimert war in großer Sorge, dass Doktor Mommsen, trotz seiner Pflicht zur Verschwiegenheit, in Westerland durchblicken lassen würde, der Kurdirektor sei noch immer bei ihm in Behandlung und nicht etwa der Patient der Kurärztin geworden. Mit der Bereitschaft, ihm das Wartezimmer und neugierige Blicke zu ersparen, erkaufte er sich die Einstellung seines Neffen als Kurarzt, sobald Doktor Tessa Melford die Segel gestrichen hatte und nach Berlin zurückgekehrt war.

Zehn Minuten später hatte Doktor Mommsen einen Harnröhrenabstrich genommen. »Damit wir sichergehen. Aber ich sage Ihnen jetzt schon: Es ist der Tripper. Entzündung des vorderen Harnröhrenabschnittes und Schmerzen beim Wasserlassen … zu mir sind schon viele Seeleute mit diesen Beschwerden gekommen. Ich hoffe, ich kann eine Entzündung der Vorhaut und der Eichel verhindern.« Reimert sah Doktor Mommsen nicht ins Gesicht, als dieser ergänzte: »Man sollte sich seine Sexualpartner gewissenhaft aussuchen, Herr Kurdirektor.«

Reimert antwortete nicht, nickte auch nicht, wollte keine guten Ratschläge hören, sie aber auch nicht zurückweisen.

Doktor Mommsens Stimme war anzuhören, dass er breit grinste: »Nun stellen Sie sich bitte vor, eine Frau wäre gezwungen, eine solche Untersuchung vorzunehmen. Eigentlich sollten Sie jetzt eingesehen haben, dass zu all den Gründen, die gegen ein Medizinstudium für Frauen sprechen, ein weiterer gewichtiger Grund hinzukommt: das Schamgefühl der Frau, das viel ausgeprägter ist als beim Mann.«

Reimert reagierte auch hier nicht, obwohl er am liebsten an das Schamgefühl der Frauen erinnert hätte, die sich von männlichen Gynäkologen untersuchen lassen mussten.

»Ich empfehle Ihnen zusätzlich zu der Behandlung mit Sandelholzöl das Einreiben mit der grauen Quecksilbersalbe.« Doktor Mommsen sah zu, wie Reimert sich ankleidete, und ergänzte, als der Kurdirektor sich den Hut aufsetzte. »Ich nehme an, Frau Melford lässt sich von ihrer Tochter kurieren?« Als Reimert noch immer nicht reagierte, fragte er beunruhigt: »Oder hat eine andere Dame Sie angesteckt?«

Reimert verbat es sich erneut, dem Arzt zu antworten. Er reichte ihm die Hand und tat so, als hätte er seine Fragen nicht verstanden. »Vielen Dank, Herr Doktor.«

Doktor Mommsen zog die Vorhänge zur Seite und trat vor Reimert aus der Kabine. »Den Alarm in der letzten Nacht haben Sie wohl nicht gehört?«, fragte Reimert anzüglich.

»Ich habe einen festen Schlaf. Warum hat niemand an meiner Tür geklopft?«

»Das war nicht nötig. Frau Doktor Melford war zur Stelle.«

Mommsen kniff die Augen zusammen. »Ich habe gehört, dass es nur einen einzigen Überlebenden mit geringen Verletzungen gegeben hat. Damit dürfte sie zurechtgekommen sein.«

Reimert atmete tief durch, als er wieder auf der Friedrichstraße stand. Seine ganze innere Kraft hatte er aufwenden müssen, um Doktor Mommsen seine Überheblichkeit nicht heimzuzahlen. Aber er musste vorsichtig sein. Jedes unbedachte Wort konnte Tessa schaden. Alles wäre natürlich einfacher gewesen, wenn er sie hätte konsultieren können. Aber das hätte er nicht fertiggebracht. Nein, auf keinen Fall!

Als er angesprochen wurde, merkte er, dass er sich noch nicht weit genug vom Eingang zu Doktor Mommsens Praxis entfernt hatte. Er blickte erschrocken auf und sah in das grinsende Gesicht des Bürgermeisters. »Sieh an! Sie selbst vertrauen einem männlichen Arzt also auch mehr als einem weiblichen?«

»Keineswegs«, gab Reimert so hochmütig wie möglich zurück. »Ich hatte etwas Privates mit Doktor Mommsen zu besprechen.«

»So, so.« Es war dem Bürgermeister anzusehen, dass er Reimert kein Wort glaubte. »Aber was spielt das noch für eine Rolle? Die Kurärztin wird nicht mehr lange auf Sylt praktizieren. Die Grothes werden sie anzeigen.«

In Reimert schoss die Wut hoch. »Dann werde ich die Arbeiter wegen unterlassener Hilfeleistung anzeigen und jeden Eid darauf schwören, dass Frau Doktor Melford nicht schuld an Nermins Grothes Tod ist. Außerdem kann ich bestätigen, dass einer der Grothe-Söhne eine Brandfackel in das Haus der Kurärztin geworfen hat. Der Stein, mit dem das

Fenster der Praxis eingeworfen wurde, ist mit Sicherheit auch von einem der Grothes geschleudert worden. Finden Sie das in Ordnung?«

Der Bürgermeister wehrte entsetzt ab. »Natürlich nicht! Aber man muss die Jungen verstehen. Sie sind emotional sehr angegriffen. Und dass Sie für die Melford sprechen …«

Reimert schnitt ihm das Wort ab: »Kommen Sie mir nicht wieder mit meiner Befangenheit. Daran ist kein Wort wahr.«

Rasmus Dirks schien es darum zu gehen, das Thema zu wechseln und dabei in Reimert das ungute Gefühl zu hinterlassen, nicht verstanden zu sein und abgebügelt zu werden, weil jedes weitere Wort in den Wind geredet war. »Ich habe gehört, Sie haben die Fracht des gesunkenen Schiffes gesichert?«

»Jedenfalls das, was übrig ist«, gab Reimert unfreundlich zurück. »Vieles ist dem Strandraub zum Opfer gefallen. Alles andere liegt in meinem Schuppen. Es kann da bleiben, bis die Reederei es abholen lässt.«

»Nichts Verderbliches?«

Reimert zuckte mit den Schultern. »Es sind merkwürdige Früchte dabei, die ich noch nie gesehen habe. Wie leicht sie verderblich sind, kann ich nicht sagen.«

»Ich werde mich darum kümmern, mein lieber Kurdirektor«, sagte Rasmus Dirks mit einer Freundlichkeit, die Reimert als durch und durch falsch entlarvte, ohne es sich jedoch anmerken zu lassen. »Ist eigentlich der Name des Schiffes bekannt?«

»Auf einigen Säcken und einem Fass stand der Name ›Jacob Le Maire‹.«

»Dann werde ich nachforschen, welche Reederei ein Schiff dieses Namens besitzt.«

Sie verabschiedeten sich mit vorgetäuschter Herzlichkeit voneinander, und keiner von ihnen sagte ein Wort, als sie Marika Melford und ihre Tochter vorübergehen sahen. Die beiden steuerten aufs Warmbadehaus zu, in dem Tessas Praxis lag.

Reimert bemerkte Fokko erst, als er auf den Eingang des Rathauses zuging. Mettas Bruder trat ihm in den Weg, als wollte er ihn am Weitergehen hindern. »Moin«, sagte er und steckte verlegen die Hände in die Hosentaschen.

Reimert blieb stehen, verzichtete jedoch auf einen Gruß. Was war los mit Fokko? Irgendetwas hatte sich verändert. Seit dem Unfall auf dem Bahndamm schien sich das Kräfteverhältnis verschoben zu haben. Fokko, der einfache Arbeiter, war sich immer der Tatsache bewusst gewesen, dass der Kurdirektor ihm haushoch überlegen war. Woher nahm er den Mut, Reimert anzusprechen? Nach unzähligen Jahren, in denen sie einander ausgewichen waren und nie ein Wort miteinander gewechselt hatten! Es musste mit Nermin Grothes Tod zusammenhängen.

»Was willst du?«, fragte Reimert.

Die Antwort kam prompt: »Verhindern, dass die Kurärztin uns wegen unterlassener Hilfeleistung anzeigt.«

Reimert stieß ein verächtliches Lachen aus. »Das hättest du dir früher überlegen müssen.«

»Ich war es nicht, der zu Doktor Mommsen gelaufen ist. Wenn ich ihn nicht angetroffen hätte, wäre ich auf jeden Fall zu Frau Doktor Melford gegangen.«

»Das sagst du jetzt!«

»Ich brauche bald eine neue Arbeit. Meine Frau erwartet ein Kind. Wir haben uns ein Häuschen gebaut. Richtung Keitum! Mein Schwager hat uns Geld geliehen, das muss ich Monat für Monat zurückzahlen.«

»Wenn das Gericht Nermins Kollegen für schuldig befindet, wirst du so schnell keine neue Arbeit bekommen.«

»Das weiß ich. Und wenn die Grothes die Ärztin anzeigen …«

»… wird auch sie Anklage erheben.«

»Dazu darf es nicht kommen. Ich hoffe, dass ich weiterhin am Bahndamm arbeiten kann. Da werden Männer für die Instandhaltung und Kontrolle gebraucht. Sieht so aus, als könnte ich dort demnächst arbeiten. Das wäre eine sichere Sache.«

Reimert wurde jetzt ruhiger, seine alte Überlegenheit kehrte zurück. Fokko glaubte, ihn um etwas bitten zu können? Nur, weil er Mettas Bruder war? Weil er wusste, was Metta ihm bedeutet hatte? Was bildete der Kerl sich ein? »Tut mir leid, ich kann nichts für dich tun.«

»Da bin ich anderer Meinung.«

Reimert hatte sich eigentlich abwenden wollen, um das Rathaus zu betreten, in das Fokko ihm nicht folgen würde. Aber dessen Tonfall hielt ihn zurück. »Spuck's aus! Aber sag klar und deutlich, was du willst.«

»Wenn ich mit Nermins Tod in Verbindung gebracht werde, kann ich die Arbeit auf dem Bahndamm vergessen. Ich möchte, dass du die Kurärztin dazu bringst, auf eine Anzeige zu verzichten. Und die Grothes auch.«

Reimert starrte ihn an. »Warum sollte ich das tun?«

Diese Frage beantwortete Fokko nicht. »Du hast Einfluss auf die Kurärztin, das sagen alle. Du kannst sie dazu bringen, auf eine Anzeige zu verzichten. Und du hast Geld, das wissen auch alle. Mit Geld kannst du die Grothes dazu bringen, die Ärztin nicht anzuzeigen.«

Reimert verzichtete darauf, Fokko auszulachen, obwohl er es gern getan hätte. Aber etwas flüsterte ihm zu, dass Fokko einen Trumpf im Ärmel hatte, den er kennen musste, bevor er falsch reagierte.

Fokko trat nun dichter an ihn heran. Reimert sah, dass er die gleiche Augenfarbe hatte wie Metta und auch so dichte Wimpern wie sie. »Ich weiß, warum dein Bruder Hals über Kopf die Insel verlassen hat und warum er nie wieder hier aufgetaucht ist. Und meine Eltern wissen es ebenfalls. Wenn du nicht willst, dass es auch alle anderen erfahren, solltest du mir den Gefallen tun, um den ich dich bitte.« Nun trat er einen Schritt zurück, und Reimert stellte fest, dass die Ähnlichkeit mit Metta doch viel geringer war, als er gedacht hatte. Mettas Stirn war höher und klarer gewesen und ihr Mund weicher. Metta war schön gewesen, Fokko war es nicht.

VII.

Marika sah sich mit leuchtenden Augen um, obwohl sie Tessas Praxis längst besichtigt und bestaunt hatte. »Endlich hast du eine eigene Praxis!«

»Sie gehört der Stadt Westerland.«

»Aber du bist die Chefin.«

Tessa ging ins Untersuchungszimmer. »Eine tolle Chefin, die keine Arbeit hat.«

»Das wird schon, Kind.« Marika war ihrer Tochter gefolgt. »Vielleicht sollte ich noch einmal einen literarischen Salon veranstalten, um deinen Namen bekannt zu machen?«

»Ich fürchte, mein Name ist schon bekannt genug.«

»Über meinen ersten Salon ist viel gesprochen worden. Frau von Keller hat es mir gesagt.«

»Wegen der Brandfackel, nicht wegen der erotischen Lyrik.«

Tessa holte zwei Beinstützen hervor, die sie ihrer Behandlungsliege anschraubte, damit sie einen gynäkologischen Stuhl ergab. »Zu deinem nächsten Salon würden nur die Frauen kommen, die sich fragen, warum du diesmal in das Haus deiner Tochter einlädst, und ob es stimmt, dass deine Beziehung mit dem Kurdirektor beendet ist. Und vor allem, warum.« Sie zeigte Marika die Kabine, in der sie sich auf die Untersuchung vorbereiten konnte. »Es ist doch so, dass du nicht mehr bei Herrn Cruse übernachten wirst? Und dass er dir sein Wohnzimmer nicht noch einmal zur Verfügung stellen würde?«

Sie lauschte ihrer eigenen Frage nach und konzentrierte sich auf das Gefühl, dass sie erzeugte. Erleichterung! Ihre Mutter war aus den Fängen des Kurdirektors befreit, wenn sie auch einen hohen Preis dafür zahlen musste. Aber die Liebe zu Reimert Cruse, wenn die Beziehung diese Bezeichnung überhaupt verdient hatte, musste vorbei sein. Und sie selbst durfte dankbar sein, dass er auf ihre Avancen nicht eingegangen war.

Sie konnte Marikas Murmeln kaum verstehen. »Er ist immer noch wütend auf mich.«

»Verständlich, Mama! Du hättest dich schützen müssen. Bist du nie auf die Idee gekommen, Kondome bei dir zu tragen?«

»Kondome sind Männersache«, gab Marika zurück.

Tessa schüttelte den Kopf. »Ein Tripper ist nicht nur Männer-, sondern auch Frauensache. Also musst du dich auch selbst darum kümmern, nicht angesteckt zu werden. Sonst legst du großen Wert darauf, dass es diese Männer- und Frauensachen nicht mehr geben soll. Wenn das die Frauenrechtlerinnen gehört hätten, mit denen du in Berlin zusammen warst!«

Marika trat aus der Kabine und ging zu dem Stuhl, den Tessa für sie vorbereitet hatte. Zärtlich strich sie ihrer Tochter über den Arm. »Weißt du eigentlich, wie sehr ich dich liebe, mein Kind? Und wie stolz ich auf dich bin?«

Tessa nahm ihre Mutter in den Arm und drückte sie an sich. »Ich liebe dich auch. Und wenn du mir jedes Jahr einen Tripper in die Praxis bringst – an meiner Liebe ändert das nichts.«

Marika antwortete nicht, sondern ließ sich auf dem Stuhl nieder. »Was tust du jetzt?«

»Ich mache einen Abstrich.«

»Wo?«

»Am Gebärmutterhals.« Tessa hatte die Stimme ihrer Mutter schon lange nicht mehr so verzagt und ängstlich gehört. Genau genommen seit dem Tod ihres Vater nicht. Als die Nachricht gekommen war, dass Wieland Melford auf dem Feld der Ehre sein Leben gelassen hatte, war Marika auch so mutlos gewesen, und ihre Stimme hatte gezittert, wenn sie von der Zukunft sprach.

»Es tut nicht weh«, sagte Tessa, weil sie glaubte, dass ihre sonst so draufgängerische Mutter Angst vor Schmerzen hatte. Um sie abzulenken, sprach sie weiter, während sie mit der Untersuchung begann. »Hoffentlich passt Aafke gut auf den Schiffbrüchigen auf. Er wird bald wach werden, dann sollte er nicht allein sein. Aber auf Frau Witt ist ja Verlass. Und außerdem werden wir bald zurück sein.«

Doch Marika schien auf Ablenkung keinen Wert zu legen. Sie starrte zur Decke, während sie fragte: »Wenn deine Diagnose sich bestätigt … wenn es wirklich der Tripper ist … was dann?«

»Wir werden es mit Salvarsan versuchen, das ist eine organische Arsenverbindung. Damit wird auch die Syphilis kuriert. Ich hoffe, ich kann es auf Sylt beschaffen. Bis ich es habe, versuchen wir es mit Sandelholzöl und mit der Einnahme von Cubebenpfeffer und Schwefel. Früher hat man den Tripper mit Quecksilbersalbe behandelt, aber das ist veraltet, sie hat zu viele schlimme Nebenwirkungen.« Sie schwieg einen Moment, ganz auf ihre Arbeit konzentriert, dann fragte sie: »Von deinem Ausfluss weiß ich bereits. Hast du auch Schmerzen beim Wasserlassen?«

Marika bestätigte es mit einem wimmernden Laut.

»Wir müssen schnell etwas unternehmen, damit die Infektion nicht aufsteigt. Dann drohen Eierstock- und Bauchfellentzündung und …« Sie stutzte, konnte nicht weitersprechen, setzte ihre Untersuchung mit großer Intensität fort, wiederholte sie einmal, dann brach sie ab und schob die Geräte, die für die Entnahme des Abstrichs bereitlagen, fürs Erste beiseite.

»Mama! Was hat das zu bedeuten?«

Alwin von Keller war kein Mann von lauten oder heftigen Worten. Auch jetzt blieb er in seiner Ausdrucksweise gemessen, obwohl er sehr erregt war. »Seit du zu dieser Ärztin gehst, hast du dich verändert.«

»Ich verstehe dich nicht«, gab Babette von Keller zurück. »Sie hilft mir. Seit sie mich behandelt, ist es mit meiner Migräne viel besser geworden.«

Sie waren ins Miramar gegangen, um dort Kaffee und Kuchen einzunehmen, und saßen an einem Tisch am Fenster mit einem herrlichen Blick aufs Meer. Der Sturm rüttelte noch immer an den Fenstern, er peitschte die Wellen auf, und das Donnern der Brandung drang bis zu ihnen. Von der Schiffskatastrophe, von der man ihnen berichtet hatte, war nichts mehr zu erkennen. Das Strandgut war eingesammelt worden, nichts wurde mehr an die Oberfläche getrieben. Doch es liefen immer noch Männer am Ufersaum entlang und hielten nach Treibgut Ausschau.

»Dass nur keine Leichen mehr angespült werden«, sagte Babette und schüttelte sich.

»Die Männer, die sich unter Deck aufgehalten haben, werden wohl für immer in dem Wrack eingeschlossen sein«, gab Alwin zurück. »Ich will es jedenfalls hoffen. Als Kurgast möchte man am Strand ja nicht auf eine Wasserleiche stoßen.«

Er trug einen dunklen Anzug mit Weste, dazu ein weißes Hemd mit hohem Kragen. Seinen Hut hatte er neben sich auf einen freien Stuhl gelegt. Seine Frau saß ihm gegenüber, in ihrem hellgrauen Taftkleid ebenso formell gekleidet wie er, mit kunstvoll aufgesteckter Frisur. Auch ihr Kleid hatte einen hohen Kragen, der so aussah, als sollte sie von ihm gezwungen werden, den Kopf hocherhoben zu tragen.

Der Kellner kam und trug die Friesentorte auf, die sie beide besonders schätzten. Sie bestand aus Blätterteigböden, die mit Sahne und Pflaumenmus gefüllt waren. Als der Kellner sich entfernt hatte und sie beide einen Schluck Tee genommen hatten, setzte Alwin von Keller das Gespräch fort: »Katharina ist sehr zufrieden mit der Behandlung von Doktor Mommsen. Sie fühlt sich schon viel besser. Ihre Bronchien schmerzen nicht mehr, und sie hustet weniger als sonst.«

»Ich weiß«, entgegnete Babette. »Und es freut mich sehr. Aber ich bin sicher, dass die Behandlung der Kurärztin zu dem gleichen Erfolg geführt hätte.«

»So wie deine Migräne sich auch durch Doktor Mommsens Behandlung gebessert hätte«, ergänzte Alwin.

»Da bin ich nicht so sicher.« Babette wunderte sich selbst über ihre unbeugsame Haltung. Eigentlich durfte sie sich über die Erregung ihres Mannes nicht wundern. Er war es nicht gewöhnt, dass sie sich ihm widersetzte und sogar seine Meinung in Zweifel zog. »Frau Doktor Melford hat einen ganz anderen Ansatz als die Ärzte, die mich bisher behandelt haben.«

So deutlich hatte sie es noch nie formuliert. Bisher war das auch nicht nötig gewesen, da Alwin von Keller nie gefragt hatte, wie die Behandlung der Kurärztin aussah. Ärztliche Konsultationen gehörten für ihn in den Bereich der Intimitäten, über die man nur sprach, wenn es sich gar nicht vermeiden ließ. Manchmal hatte Babette sich sogar gefragt, ob er eigentlich wusste, wie eine Geburt vonstatten ging.

Jetzt allerdings erkundigte er sich: »Andere Medikamente, andere Spritzen, andere Untersuchungsmethoden?«

Babette wusste, dass sie sich Ärger einhandelte, dennoch antwortete sie: »Sie versucht es mit einer Gesprächstherapie.«

Alwin ließ verblüfft die Kuchengabel sinken, die er gerade zum Munde führen wollte. »Was soll das heißen? Sie redet mit dir? Und dafür lässt sie sich bezahlen?« Kopfschüttelnd betrachtete er seine Frau. »So was kann nur einer Frau einfallen. Und nur eine Frau kann sich auf so etwas einlassen.«

Vor allem der letzte Satz hatte so verächtlich geklungen, dass sich in Babette weiterer Widerstand rührte. »Was kann daran falsch sein, wenn es mir hilft?«

Alwin warf ihr einen Blick zu, der Babette verletzte. Er hätte auch einer heranwachsenden Tochter gelten können, die noch nicht auf den Ernst des Lebens vorbereitet war und väterliche Unterstützung brauchte, um zu lernen, worauf es ankam. »Ihr plaudert also ein wenig, und anschließend hast du keine Kopfschmerzen mehr?«

Sein Lachen war künstlich und ärgerte Babette. Sonst erzeugte sein Lachen immer so etwas wie Erleichterung in ihr, weil ihr Mann sehr selten lachte und ihr dann jedes Mal bewusst wurde, dass er ein guter Mensch war, ein vorbildlicher Ehemann und liebevoller Vater.

»Die Plauderei mit der Kurärztin hat wahrscheinlich auch etwas damit zu tun, dass du neuerdings ohne Begleitung ausgehst?« Ärgerlich schob er den Teller von sich weg, als wäre ihm der Appetit vergangen. »Ich zahle für ein Teestündchen! Nicht zu glauben! Ich werde mir sehr genau überlegen, ob ich dazu weiterhin bereit bin.«

»Dann bezahle ich die Ärztin selbst«, gab Babette zurück.

»Hat dir das auch die Ärztin eingebläut? Während dieser Gesprächstherapie? Sie hat ja früher in Berlin gewohnt, und an ihrer Mutter zeigt sich, wie es dort zugeht. In den Großstädten wollen die Frauen neuerdings alles selbst bestimmen. Auch alles selbst bezahlen.« Alwin beugte sich vor und sah seine Frau an, als überlegte er, ob er sie demnächst einsperren sollte, damit sie nicht mehr zu der Kurärztin gehen konnte. »Das eine sage ich dir … wenn ich herausbekommen, dass die Kurärztin einen schlechten Einfluss auf dich hat, verbiete ich dir, sie aufzusuchen. Dann melde ich dich bei Doktor Mommsen an und verlange, dass du in seine Praxis gehst.«

Babette hatte schon einmal daran gedacht, dass Alwin sie zwingen könnte, über die Behandlung zu sprechen, dass er ihr damit helfen würde, sich die Last, von der sie sich in der Praxis der Kurärztin zu einem guten Teil befreit hatte, auch im Gespräch mit ihm von der Seele zu reden. Würde er sie zwingen, könnte sie es schaffen! Aber so viel Autorität Alwin von Keller auch besaß, er war kein Mann, der seine Frau zu etwas zwang. Er würde sie auch nicht zwingen, Doktor Mommsen zu konsultieren. Und sie war ihm dankbar dafür.

»Frau Doktor Melford ist davon überzeugt, dass viele Krankheiten aus seelischen Problemen entstehen, dass sie einen Ursprung in der Psyche haben und deswegen dort geheilt werden müssen.«

Sie sah ihn erwartungsvoll an, mit großen Augen, angefüllt mit einer überdimensionalen Frage. Jetzt musste er doch nach ihren seelischen Problemen fragen! Er musste sich erkundigen, ob sie etwas bedrückte, ob sie mit ihrem Leben unzufrieden, in ihrer Ehe unglücklich sei, und dann … dann würde sie es vielleicht schaffen, ihm zu gestehen, was ihr als Sechzehnjährige widerfahren war, was zu einer so schrecklichen Erinnerung geworden war, dass sie sich bisher nicht in Worten hatte ausdrücken lassen und in einer Migräne nach Beachtung schrie.

Aber Alwin lachte schon wieder, und auch diesmal war es ein Lachen, das Babette enttäuschte. »So, so, wenn die Verkäufe in der Apotheke zurückgehen, bekomme ich Zahnschmerzen? Und dann braucht es nur eine Epidemie zu geben und sich der Verkauf eines Medikamentes zu steigern, damit ich meine Zahnschmerzen loswerde?«

Wieder lachte er, und diesmal wusste Babette, dass aus dem Gespräch mit Alwin nichts werden konnte. Zwar würde er nicht mehr lachen, wenn sie ihm erzählte, was ihr in der Praxis der Kurärztin Erleichterung verschaffte, aber selbst wenn er nur anders reagieren würde, als sie erwartete und er für angemessen hielt, würde das Gespräch womöglich mehr schaden als nützen. Nein, sie würde der Kurärztin erklären müssen, dass ihrer Behandlung Grenzen gesetzt waren. Sie konnte nicht mit Alwin über ihre Vergewaltigung reden. Genauso wenig, wie sie den Jansens gegenübertreten konnte, um sich durch diese Konfrontation bestätigen zu lassen, dass sie selbst als Sechzehnjährige nicht schuldig geworden war. Der immer wiederkehrende Gedanke, dass ihr Ungehorsam an jenem Abend mit einer Vergewaltigung bestraft worden war, hatte sich mittlerweile von ihr gelöst. Sie brauchte diese Konfrontation nicht mehr. Aber was sie brauchte, waren weitere Konsultationen bei der Kurärztin. Sie taten ihr gut. Alwin würde sie nicht davon abbringen können. Auch nicht davon, dass sie die wenigen Meter zum Warmbadehaus allein zurücklegte.

Als sie aufsah, merkte sie, dass ihm das Lachen gründlich vergangen war. Er beobachtete sie aufmerksam und schien sich nun tatsächlich zu überlegen, ob in ihren Worten etwas Wahres gelegen haben könnte und ob er ihr Unrecht tat, wenn er über sie lachte. Aber die Frage, auf die sie wartete, kam nicht. Wollte er nicht wissen, was ihr auf der Seele lastete? Vielleicht wollte er es nicht in dieser Umgebung erfahren, die für Geständnisse nicht geeignet war. Möglich, dass er sie nach ihrer Rückkehr ins Hotel fragen würde. Möglich aber auch, dass er wieder versuchte, was er meisterlich beherrschte: ein Problem durch Schweigen zu lösen, es so lange zu verdrängen, bis es sein Gesicht verloren hatte und nicht mehr zu erkennen war.

Reimert Cruse ging die Strandstraße hinab und bog dann links in die Norderstraße ein. Ihm war, als ließe der Wind nach, als wäre seine Kraft gebändigt, als hätte er seine zerstörerische Wut verloren. Die Bebauung wurde spärlicher, je weiter er stadtauswärts lief, die Häuser wurden ärmlicher, der Geruch, der sie umgab, bedrängte ihn. Stinkende Abfalleimer, offene Latrinen, Kinder, die sich mit Hunden und Katzen im Dreck balgten. Hier war der Badebetrieb noch nicht angekommen, niemand, der hier lebte, hatte gelernt, an den neuen Möglichkeiten, die die Insel durch den Zustrom der Badegäste schuf, mitzuverdienen. Hier lebten Fischer und Tagelöhner, viele Behausungen würden den nächsten Winter nicht überstehen. Hier lebten auch die Arbeiter, die auf dem Bahndamm beschäftigt waren. Bald würde er fertig sein, dann mussten sie sehen, dass sie woanders ihr Geld verdienten.

Kurz vor der Einmündung in die Brandenburger Straße stand das Haus der Grothes. Ein Backsteinhaus, dem anzusehen war, dass ihm der Mann fehlte, der es instand hielt. Die erwachsenen Söhne dachten anscheinend nicht daran, die Dachrinne und die Tür, die schief in den Angeln hin, zu reparieren. Der kleine Gemüsegarten hinter dem Haus wurde nicht mehr bestellt, weil Frau Grothe vermutlich damit beschäftigt war, als Dienstmädchen für das Überleben ihrer Familie zu sorgen.

Reimert wurde zornig beim Anblick dieses Verfalls. Warum halfen die Söhne, die auf dem Bahndamm ihr Geld verdienten, ihrer Mutter nicht? Wie konnte das Haus in so kurzer Zeit in einen derart schlechten Zustand geraten?

Er blieb in der Nähe stehen und dachte nach. Kurze Zeit? Nein, er konnte lange nicht in dieser Gegend gewesen sein. Und wenn er mit dem Wagen nach Wenningstedt fuhr, blickte er immer nach links, um die Häuser auf der rechten Seite nicht sehen zu müssen. Jahrelang war er nicht mehr zu Fuß hier gewesen. Und es war vielleicht ein Fehler, es heute zu tun. Er hatte sich eingebildet, auf das Haus der Grothes zuzugehen, ohne einen einzigen Blick auf das Anwesen der Jansens zu werfen. Jetzt merkte er, dass das nicht möglich war. Und dass es vor allem unmöglich war, die Erinnerungen zurückzudrängen. Sie kamen, ob er wollte oder nicht. Und die Bilder stürzten auf ihn ein, ohne dass er es verhindern konnte. Er stand da, als hätte jemand einen Eimer voller Erinnerungen über ihn ausgegossen. Metta, wie sie am Zaun stand, sich hin und her wiegte und kokett den Rock ihres neuen Kleides schwingen ließ. Wie sie ins Haus zurückging und genau wusste, dass er ihr nachblickte. Und wie dann die Zeit begann, in der sie sich vor ihm versteckte, ihre Geschwister zum Lügen anstiftete, damit sie nicht verrieten, wo sie sich aufhielt, und nicht den Mut besaß, ihm die Wahrheit zu sagen. Aber er hatte sie trotzdem herausgefunden … »Metta!«

Reimert erschrak. Hatte er den Namen laut ausgesprochen? War er von jemandem gehört worden? Aber nur ein Fischer mit seinen Netzen ging vorbei, ohne ihn zu beachten. Weder im Haus der Grothes noch in dem der Jansens rührte sich etwas. Mit großen Schritten ging er auf die Haustür zu und pochte.

Die Frau, die ihm öffnete, sah verhärmt aus, ihre strähnigen Haare hatte sie unordentlich im Nacken zusammengefasst, ihre Kittelschürze zeigte vor dem Bauch Spuren, wo sie ihre Hände abzuwischen pflegte. »Frau Grothe?«

Sie nickte und betrachtete ihn misstrauisch. »Sind Sie nicht der Kurdirektor?«

Reimert bejahte. »Darf ich hereinkommen?«

Sie zögerte, ehe sie die Tür weiter öffnete, und machte keinen Hehl daraus, dass ihr sein Besuch nicht behagte. »Was wollen Sie?«

Reimert trat ein und sah sich um. Das Haus bestand offenbar nur aus einem großen Raum, in dem gelebt, gekocht, geschlafen wurde. Düster war es hinter den kleinen Fenstern, die wenig Licht hereinließen, aber andererseits auch die Wärme im Haus hielten. Rosa Grothe hatte den Herd angefeuert, darauf stand ein großer Kessel mit Wäsche. Der Geruch der Lauge war scharf und unangenehm, Reimert hätte sich am liebsten die Hand vor Mund und Nase gehalten, um vor den Dünsten der Kernseife verschont zu bleiben.

»Was wollen Sie?«, wiederholte Rosa Grothe. Sie blieb in der Nähe der Tür stehen, als wollte sie klarmachen, dass sie diese in wenigen Minuten öffnen würde, um Reimert herauszulassen.

»Es geht um Ihre Söhne.«

»Um die lebenden oder die toten?« Die Frage war so beißend wie der Geruch der Kernseife.

Durch Reimerts Kopf raste die Frage, ob Nermin etwa nicht der erste Sohn war, den Rosa Grothe verlor, aber er wusste es nicht. Jede Familie, die kein Geld für Arztbesuche und Medizin besaß, verlor ein oder zwei Kinder, bevor sie erwachsen geworden waren. In solchen Häusern verliefen harmlose Kinderkrankheiten oft tödlich.

»Es geht um Nermin«, antwortete Reimert, »und um seine Brüder, die behaupten, die Kurärztin sei schuld an seinem Tod.«

»Ist sie das etwa nicht?« Rosa Grothe stemmte die Fäuste in die Seiten. Trotz der Erschöpfung sah sie angriffslustig aus.

»Ich war dabei, Frau Grothe. Frau Doktor Melford hätte Nermin helfen können, wenn sie sofort geholt worden wäre. Aber es gibt Männer, die trauen Frauen nichts zu. Die glauben sogar, Frauen brächten Unglück, wenn sie in der Domäne der Männer auftauchen. Es gibt

Männer, die fühlen sich selbst schwach und unbedeutend, wenn sie von einer Frau Hilfe annehmen müssen, die mehr weiß und mehr kann als sie selbst.«

Frau Grothe wand sich. »Meine Söhne haben gesagt, die Kurärztin hätte Nermin auf dem Gewissen.«

Reimert machte einen Schritt auf sie zu und sah sie lange aus zusammengekniffenen Augen an. So lange, bis sie seinem Blick nicht mehr standhalten konnte. »Sie sollten Ihre Söhne warnen, Frau Grothe. Wenn sie ihre Behauptung nicht zurücknehmen, wird es böse für sie enden.«

»Alle Kollegen stehen auf ihrer Seite.«

»Klar! Sie wissen, was sie falsch gemacht haben. Ihnen kommt es gut zupass, dass die Kurärztin schuld sein soll.«

»Sie sind viele.«

Reimert trat noch dichter an sie heran. »Aber mein Wort wiegt mehr als die Behauptungen von ein paar jungen Schnöseln. Halten Sie Ihre Söhne zurück, Frau Grothe. Sie haben eine Brandfackel in das Haus der Kurärztin geworfen. Und für den Stein, der durch das Fenster ihrer Praxis geflogen ist, sind auch Ihre Söhne verantwortlich, da bin ich sicher.« Er sah über Frau Grothes Kopf hinweg, betrachtete die offene Tür eines Alkovens, das schmuddelige Bettzeug, das zu sehen war, den Krug auf dem Tisch, über dem einige Fliegen kreisten. »Wenn Sie auf mich hören, soll es Ihr Schaden nicht sein.«

Sie sah ihn nun an, als erwartete sie ein konkretes Angebot, aber darauf wollte Reimert sich nicht einlassen. »Denken Sie über meine Worte nach«, schloss er und wandte sich zur Tür. »Wenn Sie sich gegen mich stellen, können Sie nur verlieren.«

Die Gier flackerte in Rosa Grothes Blick auf, trotzdem machte sie einen letzten Versuch, einen Trumpf auszuspielen. »Das Fräulein Doktor muss Ihnen ja viel bedeuten, wenn Sie sich so für sie einsetzen.«

Er bestrafte sie mit einem verächtlichen Blick, öffnete die Tür und trat ins Freie. »Ich hoffe, wir haben uns verstanden.« Dass er keine Antwort erhielt, wunderte ihn nicht. Er war sicher, dass Rosa Grothe nun wusste, was sie zu tun hatte. Die Frage war nur, ob ihr Einfluss auf ihre Söhne groß genug war.

Reimert zuckte zusammen, als sich im nächsten Haus die Eingangstür öffnete. Instinktiv drehte er sich weg, aber er brachte es nicht fertig, dem Haus der Jansens die kalte Schulter zu zeigen. Ein Blick sprang aus seinen Augenwinkeln hinüber, dann, als er merkte, dass niemand ihn beachtete, drehte er sich um.

Die Jansens, ein Ehepaar von etwa sechzig Jahren, traten heraus. Beide trugen schwarze Kleidung, Herr Jansen hielt einen kleinen Koffer in der Hand. Er stellte ihn ab und verschloss die Eingangstür sorgfältig, während seine Frau abwartend daneben stand, den Blick auf ihre Füße gerichtet. Umständlich verstaute Herr Jansen den Türschlüssel, dann nahm er den Koffer auf und ging seiner Frau voraus.

»Andere haben auch ihr Päckchen zu tragen«, sagte Rosa Grothe hinter Reimerts Rücken. »Die Jansens haben gestern eine Todesnachricht erhalten. Ich habe ihre Tochter ja nicht gekannt. Als sie Sylt verließ, wohnten wir noch nicht hier.«

»Ihre Tochter?« Reimert fuhr zu ihr herum. »Etwa … Metta?«

»Ja, so hieß sie wohl.« Rosa Grothe zuckte gleichgültig mit den Schultern. »Der einen Familie stirbt der Sohn, der anderen die Tochter. Es ist nicht richtig, wenn Eltern ihre Kinder beerdigen müssen.«

»Metta«, flüsterte Reimert.

Rosa Grothe merkte auf. »Haben Sie sie gekannt?«

Reimert nickte, antworten konnte er nicht. Metta … tot? Warum hatte Fokko davon nichts gesagt?

»Die Tochter muss ungefähr in Ihrem Alter gewesen sein.« Rosa Grothe schlurfte ins Haus zurück. »Warum die von der Insel weg ist und nie einen Besuch bei ihren Eltern gemacht hat, konnte mir bisher keiner erzählen. Die Jansens reden nicht darüber.« Reimert hörte, dass sie stockte, die Tür zwar bewegte, aber zögerte, sie zu schließen. »Wissen Sie was davon?«

Er antwortete nicht, und Rosa Grothe schloss die Tür hinter ihm. Er hörte ihre Schritte im Haus, das Klappern eines Holzlöffels und ihr leises Schimpfen.

Mit schleppenden Schritten ging Reimert zur Straße und sah dem Ehepaar Jansen hinterher. Die beiden gingen sehr langsam, so langsam, dass Reimert Mühe hatte, ihnen zu folgen, ohne sie einzuholen und an ihnen vorbeizugehen. Er hatte sie in den vergangenen Jahren oft gesehen, aber immer nur aus der Ferne, und er hatte es nie gewagt, sie anzusprechen und nach Metta zu fragen. Und nun war es unmöglich, von Metta zu sprechen. Metta war tot. Sie war doch noch zu jung zum Sterben!

Er war etwa fünf Meter von den beiden entfernt, die kein Wort miteinander wechselten. Sie wirkten, als müssten sie sich anstrengen, um den Weg zu schaffen, als bemühten sie sich, zügig voranzukommen, aber in Wirklichkeit bewegten sie sich so langsam und mühsam weiter, dass Reimert zunächst keinen Rhythmus fand, in dem er ebenso langsam gehen konnte wie sie. Überholen wollte er sie auf keinen Fall, sich ihnen nicht zeigen, nicht von ihnen gesehen werden. Er machte ganz kleine Schritte, dann noch kleinere und ging noch ein wenig langsamer. Schließlich war er in einen Rhythmus gefallen, der ihrem entsprach. Winzige, schleppende Schritte, langsame Bewegungen, ganz langsam.

Er hielt diese Langsamkeit nicht lange durch. Bei der nächsten Gelegenheit bog er nach links ab und lief auf die Stephanstraße zu. Rechts standen zwei, drei Häuser, dann ging es an freiem Feld vorbei, auf dem einige Schafe grasten. Er blieb stehen und ließ den Blick schweifen, ohne den Kopf zu drehen. Seine Augäpfel bewegten sich nach links, dann nach rechts. Als er niemanden sah, konnte er glauben, dass er allein war. Er wusste, dass er sich belog, dass er sich nur zur einen oder anderen Seite drehen musste, um einen Bauern mit einer Mistforke oder eine Frau zu sehen, die mit einem Eimer auf die Schafsweide ging, um den Dung einzusammeln, mit dem in den Katen das Feuer gemacht wurde. Aber er blickte weiter geradeaus, damit er sich allein fühlen konnte. Er weinte nur, wenn er allein war. Nur, wenn niemand sehen konnte, wie schwach er sich fühlte. So schrecklich schwach. »Metta!« Nie mehr konnte er an sie denken mit der wahnwitzigen kleinen Hoffnung, sie wiederzusehen. Nie mehr! Er wusste nicht einmal, wo man sie begraben würde. Und er würde es wohl nie erfahren, weil er niemals jemanden nach Metta fragen würde.

»Wer bin ich?«, wiederholte Tessa. »Deine Tochter kann ich nicht sein. Du hast eine verkümmerte Gebärmutter. Du warst nie fähig, ein Kind zu bekommen.«

Marika hatte sich mittlerweile wieder angekleidet und war zu Tessa gegangen, die noch immer fassungslos auf dem Stuhl vor der Behandlungsliege saß. Schüchtern umarmte sie ihre Tochter von hinten und legte ihre Wange auf Tessas Haar. »Ich hätte es dir längst sagen sollen …«

Nun saßen sie im Sprechzimmer, Tessa an ihrem Schreibtisch, Marika davor. Ihr gefiel es nicht, noch immer die Patientin zu sein, die sich der Ärztin erklärte, aber in diesem Raum gab es keine anderen Sitzmöglichkeiten. Sie mussten miteinander reden, als gäbe es keine persönliche Beziehung zwischen ihnen.

»Es kam uns vor wie ein Wink des Schicksals. Niemand musste erfahren, dass du ein Adoptivkind warst. Du konntest ganz und gar unsere Tochter sein.«

»Wink des Schicksals?«, wiederholte Tessa. »Was meinst du?«

Marika wurde nun eifriger in ihren Erklärungen, sie konnte sie gar nicht schnell genug vorbringen, so sicher war sie, dass alle Argumente stichhaltig waren und jeder Mensch einsehen musste, dass sie richtig gehandelt hatte. »Es war im Spätsommer 1898. Dein Vater wollte mit dem damaligen Kurdirektor von Sylt über ein Theater in Westerland verhandeln. Er wünschte sich ein fahrendes Theater, das im Sommer auf Sylt gastierte und im Winter in einer Großstadt auf dem Festland. Ich habe Wieland begleitet, weil ich auf der Insel eine Bäderkur machen wollte. Währenddessen habe ich von einer jungen Frau gehört, die ein Kind erwartete, das sie nicht behalten konnte.«

»Eine Sylterin?«, fragte Tessa tonlos.

»Vermutlich«, antwortete Marika. »Wir haben sie nie gesehen, auch nie ihren Namen erfahren. Sie wollte es so, es war ihr wichtig, anonym zu bleiben.« Tessas Miene war noch immer wie versteinert, kein Gefühl zeigte sich dort, kein Verständnis, keine Liebe, aber auch kein Zorn und kein Hass. Rasch fuhr Marika fort, schnell, damit Tessas Miene sich endlich veränderte, damit sie so bald wie möglich wusste, was sie zu erwarten hatte: »Ich war glücklich, weil sich alles so wunderbar fügte. Ich bin auf Sylt geblieben, Wieland ist allein nach Berlin zurückgekehrt. Dort hat er erzählt, ich sei schwanger und wolle die Zeit bis zur Geburt auf dem Hof seiner Familie zubringen. Dort sei ich gut versorgt, dort ginge es mir besser als in Berlin. Jeder hat ihm geglaubt.« Wieder versuchte sie, etwas in Tessas Gesicht hineinzustarren, was dort zu einer Veränderung führte.

Aber Tessa sah sie nicht einmal an, sie schien Marikas beschwörenden Blick nicht zu bemerken. »In Wirklichkeit warst du hier? In der Nähe meiner leiblichen Mutter?«

»Ich habe sie nie zu Gesicht bekommen. Häufig bin ich spazieren gegangen und habe nach einer schwangeren jungen Frau Ausschau gehalten. Die ich gesehen habe, hatten einen Mann, eine Familie. Nie habe ich eine Frau bemerkt, von der ich mir vorstellen konnte, dass sie ein Kind erwartete, das sie weggeben würde. Schließlich kam die Hebamme zu mir und teilte mir mit, dass ein Mädchen geboren worden war. Sie hat dich zu mir gebracht, Wieland kam, um alle Formalitäten zu erledigen, und damit warst du mein Kind, Tessa. Meine eigene Tochter! Als ich mit dir nach Berlin kam, hat niemand daran gezweifelt, dass du unser leibliches Kind warst. Auf keinen Fall wollte ich, dass es hieß: Sie ist ja nur adoptiert.« Marika kämpfte mit den Tränen. Das Glück, das sie damals empfunden hatte, schien plötzlich im Unglück einer jungen Mutter aufzulodern und in Tessas Verwirrung zu verbrennen. Sie ballte ihre Fäuste, als könnte sie damit ihr Glück festhalten und vor diesem Feuer schützen. »Ich weiß, du hättest es längst erfahren müssen. Am Tag deiner Volljährigkeit wollte ich es dir sagen.«

»Aber du hast es nicht getan«, stellte Tessa tonlos fest. Und dann heftig: »Mama, wer bin ich? Woher komme ich?«

Marika stellte erleichtert fest, dass sie noch immer »Mama« genannt wurde. »Bevor du heiratest, solltest du es erfahren. Spätestens! Ich hatte es mir fest vorgenommen. Es stand ja in den Papieren, es wäre gar nicht zu verheimlichen gewesen. Aber dann …« Marika schluckte und fuhr mühsam fort: »Die Papiere gingen verloren, als im Nachbarhaus ein Feuer ausbrach. Alle haben versucht zu retten, was zu retten war. Als wir alles wieder in die Schränke räumten, fehlten die Papiere. Und ich dachte … vielleicht ist das ein Zeichen. Der liebe Gott will nicht, dass du es erfährst.« Sie sah ihre Tochter flehentlich an, aber Tessas Blick veränderte sich nicht. Er war noch immer fassungslos und auch hart und unbeugsam. »Doch ich habe bald gemerkt, dass man damit nicht leben kann. Dass du ein Recht darauf hast, es zu erfahren. Aber … es ist so schwer, etwas zu beichten, wenn die Wahrheit eigentlich viel zu spät kommt.«

»Hier bin ich geboren?«, flüsterte Tessa. »Auf Sylt?«

Sie stand auf, ging zum Fenster und sah hinaus. Marika starrte auf ihren Rücken und merkte, dass ihre Tochter sich entfernte, mit jedem Augenblick, den sie ihr den Rücken zukehrte, ein Stück weiter. »Tessa …«

»Jede Frau im passenden Alter, die an diesem Fenster vorbeigeht, könnte meine Mutter sein.« Tessa fuhr herum, und obwohl Marika sich nichts sehnlicher gewünscht hatte, als ihr wieder ins Gesicht zu sehen, erschrak sie heftig. »Ich hätte nicht nach Sylt gehen dürfen.«

»Du warst so glücklich, endlich eine Stelle zu bekommen.«

»Du hättest mich hindern müssen.«

»Wie denn?«

»Indem du mir sagtest, dass ich hier geboren bin. Das wäre der letzte richtige Moment gewesen.«

Marika senkte den Blick. »Ja, du hast recht.«

Einen Fehler nach dem anderen hatte sie gemacht. Nur an ihr Vergnügen hatte sie gedacht, die neue Freiheit ausgekostet, das Unverbindliche genossen, das Flüchtige vergöttert, sich Tag für Tag erneut daran erfreut, dass die Zeit der Schuldigkeiten vorbei war, dass das Leben so war, wie man es selbst gestaltete, und dass es jederzeit verändert werden konnte. Wie dumm war sie doch gewesen! Wie schrecklich dumm! Was hatte ihr dieses blanko unterschriebene Leben gebracht? Edith war daran zerbrochen, sie selbst hatte sich durch all die unverbindlichen Affären eine Krankheit eingehandelt, die sie überdies weitergetragen hatte, und das vermutlich nicht zum ersten Mal. Unverbindlich! Alles ganz unverbindlich! Dass Tessa nun die Wahrheit erfahren hatte, war richtig, aber sie hätte sie zu einer anderen Zeit, an einem anderen Ort erfahren müssen.

»Wir können nicht weg von hier«, flüsterte Tessa.

Noch eine Strafe für ihre Unverbindlichkeit! Sie waren auf Sylt inhaftiert, konnten nicht nach Berlin zurück, weil dort Ediths Mann nur darauf wartete, sich an der Frau zu rächen, die seine Ehe zerstört hatte.

»Ich gehe allein zurück«, sagte Marika. »Es wird Zeit, dass ich beginne, für meine Fehler einzustehen.«

Ehe Tessa etwas erwidern konnte, waren Schritte auf dem Gang zu hören. Jemand pochte an die Tür, die schon aufgerissen wurde, ehe Tessa reagieren konnte.

Ein etwa zehnjähriger Junge stand im Raum, mit zerzausten Haaren und hochrotem Gesicht. »Aafke schickt mich«, stieß er hervor. »Ich soll der Kurärztin sagen, dass sie nach Hause kommen soll. Es ist was mit dem Schiffbrüchigen …«

Friedrich Gottorf überquerte mit schleppenden Schritten den Hof seiner Fabrik. Er achtete nicht auf die Arbeiter, die ihm begegneten und ihn scheu grüßten. Er sah auf seine Füße, er kannte ja den Weg zu seiner Haustür, ohne hinzusehen, war ihn unzählige Male gegangen. Mit verbundenen Augen hätte er ihn zurücklegen können, hätte gewusst, wo es unter seinen Füßen knirschte, wo es eine kleine Kante gab, weil dort der Belag erneuert worden war, wo der Geruch sich veränderte, an welcher Stelle aus der Hitze der Geschäftigkeit die kühle Ruhe wurde, die ihn stets in seinem Haus empfing. Nach Ediths Tod, aber auch schon, als sie noch lebte.

Lilli stürzte aus dem Wohnzimmer, wo sie anscheinend auf ihren Vater gewartet hatte. Ihre Augen waren verweint, ihr Gesicht war rot, ihre Nase geschwollen vom vielen Putzen. Sie war nachlässig gekleidet und schlecht frisiert, was ihr Vater unverzeihlich fand. Auch in schwersten Zeiten wäre es ihm nicht passiert, sich gehenzulassen.

Oft hatte er seinen Kindern gepredigt: »Wenn dir dein Äußeres egal ist, ist dir dein ganzes Leben egal. Solange du dich um eine gepflegte Erscheinung bemühst, wird dich das Unglück nicht zu Boden werfen.«

Lilli sah so aus, als wollte sie sich dem Unglück ohne jeden Widerstand unterwerfen. »Hast du was erfahren?«

Friedrich legte umständlich den Mantel ab und hängte ihn auf einen Bügel. »Nichts Neues«, sagte er müde.

»Nichts Neues?«, schrie Lilli. »Was heißt das?«

»Dass es anscheinend keine Überlebenden gibt«, antwortete Friedrich Gottorf, und wer ihn nicht kannte, hätte meinen können, dass es um etwas ging, was ihm gleichgültig war.

Lilli aber kannte ihren Vater und wusste, dass sein Tonfall keine Gefühlsleere, sondern tiefe Trauer und Verzweiflung ausdrückte. »Henry ist tot?«

Friedrich wollte darauf nicht antworten. Aber schließlich sah er ein, dass er Lilli mit ihrer Frage nicht stehenlassen konnte. »Die Reederei kann sich irren. Wenn Henry überlebt hat, wenn er sich retten konnte, wird er sich bei uns melden. Wir wissen nicht einmal sicher, dass er auf dem Schiff war. Nur, dass er die Absicht hatte, das Schiff zu nehmen, das auch unsere Fracht beförderte.«

»Du meinst, er könnte sich anders entschieden haben?«

»Dann wird er uns Bescheid geben, mit welchem Schiff er kommt und wann wir ihn in Hamburg erwarten sollen.«

Lilli ließ sich einfach vornüberfallen, und Friedrich war derart überrascht, dass seine Hände beinahe zu spät gekommen wären, um seine Tochter zu halten. Nun lag sie an seiner Brust, weinte, klammerte sich an ihn, ließ sich nicht wegschieben, und es schien ihr egal zu sein, dass sie ihm mit ihren Tränen das Hemd ruinierte. Friedrich Gottorf atmete tief ein und aus, um sich zu beruhigen, denn derart schamlos präsentierte Emotionen brachten ihn aus der Fassung. Er musste unbedingt Haltung bewahren, sich in seiner makellosen Kleidung sicher fühlen, seine Rolle ausfüllen und so lange Stärke zeigen, bis seine Schwäche ihm nicht mehr gefährlich werden konnte.

Behutsam schob er seine Tochter von sich weg. »Was ist mit deinem Kurs? Hast du nicht gesagt, dass er heute beginnt?«

Prompt löste sich Lilli von ihm und sah ihn fassungslos an. »Ich soll einen Kurs besuchen, wenn ich nicht weiß, ob mein Bruder noch lebt?«

Friedrich Gottorf sah sie schulmeisterlich an. So wenig er mit diesem Kurs einverstanden war, so wenig Verständnis hatte er für Lillis Haltung. »Auf diese Weise wirst du es zu nichts bringen. Ich würde eine Mitarbeiterin nicht beschäftigen, die bei der ersten seelischen Erschütterung ihre Arbeit vergisst.«

Er war erleichtert, als er spürte, wie dieser Tadel und Lillis Zurückweichen ihn aufrichteten. Zu wissen, was richtig und falsch war, gab ihm Kraft, und Lilli für ihre Pflichtvergessenheit mit Verachtung zu strafen schnitt so tief in seine Trauer, dass sie die Wucht des Ganzen verlor und sich aufbrechen ließ. Er spürte es gleich, zweigeteilt war sie schon viel leichter zu ertragen. Er würde sie noch vierteln und achteln und so immer weiter verkleinern, bis sie zerstückelt und zerbröselt und am Ende mit der Faust der Erinnerung zermalmt worden war. Das war die Art, mit der Friedrich Gottorf auf sein Schicksal zuging und es beim Kragen packte. So wollte er auch Ediths Tod bewältigen, was ihm bisher nur deshalb nicht gelungen war, weil die Frau, die Edith in den Selbstmord getrieben hatte, noch immer nicht gefunden worden war.

Er verzog das Gesicht, als er sah, dass die Tränen über Lillis Wangen liefen, ohne dass sie Anstalten machte, sie wegzuwischen. Während einer schnellen Kopfbewegung war ihr eine Haarsträhne ins Gesicht gefallen und klebte nun an den feuchten Wangen fest.

Angeekelt wandte er sich ab. »Ich bin in der Bibliothek. Sorg bitte dafür, dass ich nicht gestört werde.«

Lilli fuhr sich mit der Handfläche übers Gesicht und drückte die Fäuste kurz auf die Augen. »Kann ich dir nicht helfen?«, fragte sie dann. »Du brauchst doch jemanden, der dir beisteht. Und mir würde es auch helfen.«

»Frau Berber erledigt alles, was getan werden muss.«

»Traute Berber gehört nicht zur Familie. Wenn es um Henry geht, kann ich dir besser helfen.«

Friedrich Gottorf seufzte auf. »Also gut … sag mir Bescheid, wenn Nachricht von Notker kommt. Möglich, dass er sich heute noch meldet.«

Lilly sah ihren Vater entgeistert an. »Notker? Du meinst meinen Cousin aus Hamburg?«

»Ich habe ihm ein Telegramm geschickt.«

»Warum?« Lilli folgte ihrem Vater zur Tür der Bibliothek. Der Gürtel ihres Morgenmantels, den sie noch immer nicht geschlossen hatte, geriet ihr zwischen die Füße, so dass sie stolperte und beinahe gestürzt wäre.

Friedrich Gottorf blieb stehen und maß seine Tochter von Kopf bis Fuß. Als sie jedoch noch immer nicht zu verstehen schien, was er ihr mit diesem Blick sagen wollte, fühlte er sich gezwungen, es klar und deutlich zu äußern. »Zieh dir was an, Kind! Oder geh ins Bett! Du siehst schrecklich aus.«

Lilli blickte an sich herab und schien erstaunt über das zu sein, was sie zu sehen bekam. Hastig raffte sie den Morgenmantel vor der Brust zusammen und schlang die Bindebänder um die Taille. »Was willst du von Notker?«

»Er soll sein Jurastudium abgeschlossen haben. Wie ich hörte, hat er in diesen Tagen sein Examen abgelegt. Erfolgreich.«

»Und?«

Friedrich Gottorf ging zu seinem Sessel, griff nach der Zeitung, die auf einem Tisch daneben lag, und öffnete, bevor er sich niederließ, die drei Knöpfe seiner Jacke, damit er es bequem hatte.

Obwohl er sie keines Blickes mehr würdigte, war Lilli ihm gefolgt. »Heißt das, du willst Notker einstellen?« Als ihr Vater nicht antwortete, begann sie zu schreien: »Du holst schon einen Ersatz für Henry ins Haus? Du rechnest nicht damit, dass er überlebt hat? Du kümmerst dich schon um seine Nachfolge, noch ehe seine Leiche gefunden worden ist?«

Friedrich warf die Zeitung zur Seite und erhob sich wieder. »Red nicht so laut!«, fuhr er Lilli an, dann bemühte er sich um seinen gemäßigten Tonfall: »Ich treffe nur Vorsorge. Ich will verhindern, dass Notker andere Zusagen macht, ehe ich … ehe wir klarer sehen.«

Lilli starrte ihn an, sah ihm zu, wie er sich erneut setzte, die Zeitung vom Fußboden klaubte, nun sogar einen Knopf seiner Weste öffnete und sich hintenübersinken ließ, als hätte er der Trauer ein Schnippchen geschlagen und könnte sicher sein, dass er selbst stärker war als sie.

»Ich ziehe aus«, flüsterte Lilli. »Gleich morgen suche ich mir eine Wohnung. In diesem Haus bleibe ich nicht länger.«

»Hat Frau Lewitz keinen Imbiss für mich vorbereitet?«, fragte ihr Vater hinter seinem Zeitungsblatt. »Wie kann sie unter diesen Umständen überhaupt pünktlich Feierabend machen? Kümmern sie die Nachrichten über die gesunkene ›Jacob Le Maire‹ nicht?«

»Dass sie heimgegangen ist, mag daran liegen«, antwortete Lilli mit klirrender Stimme, »dass sie zu Hause noch eine Familie zu versorgen hat, einen kranken Mann und drei Kinder. Frauen schaffen so was.«

Friedrich Gottorf ließ erst die Zeitung sinken, als er die Schritte auf der Treppe hörte. Ja, es war bedauerlich, dass Lilli als Mädchen geboren war …

Tessa war Marika vorausgelaufen. Erst hatte ihre Mutter versucht, mit ihr Schritt zu halten, aber dann war sie stehengeblieben und hatte auf ihre Schuhe mit den hohen Absätzen gezeigt, die nur für zierliche Schritte geeignet waren. »Ich schaffe das nicht.«

Tessa hatte kurz genickt, dann war sie in die Bismarckstraße eingebogen und hatte sich nicht mehr nach ihrer Mutter umgesehen. Mit weit ausholenden Schritten ging sie nun die Straße hinab, hielt ihr Gesicht dem Wind hin und ließ sich die Verwirrung aus den Augen und von den Wangen pusten. Adoptiert!, rief es in ihr im Rhythmus ihrer Schritte. Rechts, links, adoptiert! Rechts, links, adoptiert! Bilder stürmten und wetterten durch ihren Kopf und zerfaserten direkt hinter der Stirn. Ihr Vater, der zurück an die Front musste, der ihr zum Abschied sagte, wie sehr er sie liebte, sie und ihre Mutter, und dass das Leben schön werden würde, wenn er zurückkehrte. Marikas Trauer, als die Todesnachricht kam. Ihre Arme, die Tessa tröstend umschlossen, sie wiegten, und ihr Mund, der an ihrem Ohr flüsterte, dass Wieland immer bei ihnen, in ihren Herzen bleiben würde, weil Tessa seine Augen geerbt habe und so lächeln konnte wie er. Geerbt, geerbt! Sie humpelte leicht bei diesem Wort. Die erste Silbe war leichter als die zweite.

Geerbt, geerbt! Müheloser lief es sich beim nächsten Wort, müheloser, aber langsamer. Lüge, Lüge! Das Wort bereitete ihr Seitenstiche, das Atmen fiel ihr schwer, sie musste das Tempo zurücknehmen. Der Hof der Familie Melford! Nun musste sie sogar für ein paar Augenblicke stehenbleiben und Luft schöpfen. Sie hatten nie einen Besuch dort gemacht, nachdem Tessa in die Schule gekommen war, weil sie dann hätte erfahren können, dass sie nicht auf dem Hof in der Nähe von Baden-Baden geboren worden war.

»Tessa!«, hörte sie ihre Mutter rufen, und ihre Stimme klang besorgt.

Aber Tessa zwang sich weiterzugehen. Welche Lügen waren ihr noch aufgetischt worden? Was hatte sie alles glauben müssen, damit Marika Melford Mutter und Wieland Melford stolz auf sein Mädchen sein konnte? Was hatte sie zur Antwort bekommen, wenn sie fragte, warum es keine Geschwister gab? Egal, egal! Sie lief wieder schneller. Völlig egal! Was man ihr auch gesagt hatte, es waren Lügen gewesen. Egal, egal! Mit diesen Silben ließ sich sehr schnell laufen.

Eine junge Frau kam ihr entgegen, im dunklen Kleid, mit einer vorgebundenen weißen Schürze. Vermutlich ein Dienstmädchen, das in einem der Häuser arbeitete, die Fremdenzimmer vermieteten. Sie sah Tessa so erschrocken und besorgt an, als wäre ihre Erschütterung am Gang zu erkennen und als stünde sie auf ihrer Stirn geschrieben. »Moin, Fräulein Doktor!«

Tessa nickte ihr zu. Sie merkte, dass ihr für Worte der Atem fehlte. Als die junge Frau vorüber war, fiel sie in einen gemächlicheren Schritt, und als sie vor der Tür ihres Hauses angekommen war, konnte sie ruhig atmen.

Der Schiffbrüchige saß in der Küche am Tisch, er trug einen dunkelblauen Troyer von Reimert, weil Aafke seine Kleidung zwar gewaschen hatte, der Sturm aber zu heftig gewesen war, um sie auf die Leine zu hängen. So würde es eine Weile dauern, bis sie trocken war.

Der Überlebende der ›Jacob Le Maire‹ war ein großer, schlanker Mann mit einem schmalen Gesicht, dessen untere Hälfte von einem kurzen Bart verdeckt wurde, der ihm vermutlich während der Überfahrt gesprossen war. Er hatte hellgraue Augen, die in der leicht gebräunten

Haut heller erschienen, als sie waren. Sein Haar trug er kurz geschnitten, seine kräftigen Augenbrauen waren dunkler als seine Haare. Ein angenehmes, sympathisches Gesicht mit klugen Augen, wenn sie jetzt auch ratlos und fragend dreinblickten.

Aafke stand vor ihm und redete auf ihn ein. »Das Fräulein Doktor kommt gleich«, hörte Tessa sie sagen, und es klang, als wiederholte sie diesen Satz zum hundertsten Mal.

Die Augen des Mannes waren dunkel vor Angst, sein Blick war unstet, die Arme und Hände zitterten, sein ganzer Körper war in Bewegung, die Schultern zuckten, die Augenbrauen hoben sich in einem schnellen Rhythmus, die Füße bewegten sich hin und her, die Augen huschten durch den Raum.

»Er weiß nicht, wie er heißt«, erklärte Aafke. »Stellen Sie sich das vor! Er weiß nichts! Auch nicht, woher er kommt.«

Die Blicke des Mannes hielten sich nun an Tessa fest. Sie war die Frau, die Aafke angekündigt hatte, die Frau, von der ihm Hilfe versprochen worden war. Er wurde ruhiger, als Tessa sich zu ihm setzte, seine Schultern sanken herab, sein Blick blieb auf ihrem Gesicht liegen. »Wo bin ich? Was ist los?«

Tessa griff nach seiner Hand. Sie war schmal und weich, keine Hand, die schwer arbeiten musste. Sie zwang sich zu lächeln. »Ich heiße Tessa Melford.«

»Doktor Tessa Melford«, korrigierte Aafke, und durch Tessas Körper fuhr ein Strahl der Freude, wie das erste Sonnenlicht des Frühlings, das wärmte, weil der Winter endlich vorbei war. Aafke war stolz darauf, für eine Frau zu arbeiten, die einen Doktortitel trug. Das Glück darüber sprang auf wie der erste Krokus, der nur etwas Sonne gebraucht hatte, um zu erblühen.

»Ich bin Ärztin. Ich habe Sie nach dem Schiffbruch versorgt und hierhergebracht.«

»Schiffbruch?« Wieder stieg Angst in sein Gesicht.

Tessa beugte sich vor und sah ihm in die Augen. »Wie heißen Sie? Woher kommen Sie? Denken Sie nach.«

Er erwiderte ihren Blick verzweifelt und erkannte in ihren Augen, wie es um ihn bestellt war. »Ich weiß es nicht«, flüsterte er. »Ich weiß nicht, wer ich bin. Und ich weiß nicht, woher ich komme. Ich … weiß gar nichts.«

Tessa nickte und lächelte beruhigend, als hätte sie nichts anderes erwartet. »Sie haben einen Schock erlitten, da ist es nicht ungewöhnlich, dass das Gedächtnis versagt.«

»Was ist mit mir passiert?«

»Sie waren auf einem Schiff, das in der vergangenen Nacht in Seenot geraten ist. Es ist gesunken. Viele sind ertrunken, aber Sie sind lebend an Land gespült worden.«

»An Land«, wiederholte er. »Wo ist das? An Land?«

»Sie sind auf Sylt«, erklärte Tessa. »Kennen Sie Sylt?«

Er schüttelte den Kopf. »Sylt«, wiederholte er noch einmal, als hätte er Hoffnung, mit diesem Namen einen Gedanken, eine Erinnerung zu verbinden. Dann nickte er. »Ja, Sylt.«

»Ihr Schiff hieß vermutlich ›Jacob Le Maire‹. Sagt Ihnen der Name etwas? Wissen Sie, woher das Schiff kam und welchen Hafen es anlaufen wollte?«

Er schüttelte den Kopf und starrte auf seine Hände.

Aafke mischte sich ein. »Wie kann das sein?« Sie pochte sich an den Schädel. »Hat er eins auf die Rübe bekommen?«

Tessa zuckte mit den Schultern. »Schon möglich. Aber diese Amnesie ist nicht ungewöhnlich nach einem so traumatischen Erlebnis. Er hat einen Schock erlitten.«

»Amnesie?«, wiederholte Aafke, und auch der Mann schien an diesem Wort so interessiert zu sein, als läge in ihm die Erklärung für alles, was ihm gerade widerfuhr.

Tessas Erläuterungen waren vor allem für ihn bestimmt. »Eine Amnesie ist eine Gedächtnisstörung, nach Unfällen keine Seltenheit. So eine Amnesie ist fast immer vorübergehend.«

»Er hat wirklich vergessen, wie er heißt?«, fragte Aafke.

Marika betrat nun die Küche, sie hatte Aafkes Frage mitbekommen und wiederholte sie verblüfft. »Auch, woher er kommt?«

»Das kann nicht sein«, behauptete Aafke. »Dann hätte er ja auch vergessen, wie man einen Pullover anzieht und mit dem Besteck umgeht. Er hat aber sofort zum Löffel gegriffen, als ich ihm eine Suppe hingestellt habe.«

Tessa lächelte, damit die Sorge, die prompt in das Gesicht des Mannes gestiegen war, sich wieder auflöste. »Sein prozedurales Gedächtnis ist nicht gestört. Fähigkeiten wie lesen, laufen, schwimmen sind noch da. Nur sein episodisches Gedächtnis ist weg. Autobiographische, persönliche Erlebnisse sind ausgelöscht.« Schnell ergänzte sie: »Vorübergehend! Vielleicht fällt Ihnen morgen schon Ihr Name wieder ein, dann wissen Sie auch, wer Ihre Angehörigen sind, woher Sie kommen und wen Sie benachrichtigen müssen.« Sie griff erneut nach seiner Hand, weil sie den Eindruck hatte, dass es dem jungen Mann guttat und ihm Sicherheit gab, wenn er nicht nur hörte, sondern auch spürte, dass man es gut mit ihm meinte. »Sie brauchen Ruhe. Das ist im Moment die beste Medizin. Ich werde Ihnen nachher einen Baldriantee kochen, damit sie heute Nacht gut schlafen können. Vielleicht sieht morgen alles anders aus.«

Aafke hatte nun ihre Bestürzung überwunden. »Er weiß, wie man sich wäscht«, verkündete sie, »und was in dem Holzhaus im Garten geschehen muss, weiß er auch. Ich hab's ihm gezeigt, er wusste sofort Bescheid.« Sie fuhr ihm resolut, aber herzlich durch die Haare, so dass sie wirr vom Kopf abstanden. »Wie nennen wir den Pluderkopp denn, bis er wieder weiß, wie er heißt? Und bis er seinen Duselkopp überwunden hat?«

Tessa beobachtete erleichtert, dass der Mann lächelnd auf Aafkes raue Herzlichkeit reagierte. Er schien zu merken, dass er ihr vertrauen konnte.

»Wie wär's mit Jacob?«, fragte Tessa. »So hieß sein Schiff.«

»Das passt«, beschloss Aafke. »Morgen kümmere ich mich um seine Kleedasje, vielleicht kommt ihm eine Erinnerung, wenn er in seine eigene Büx steigen kann. Solange er in meiner Obhut ist, wird er nicht als Muddel rumlaufen. Das ist er ja wohl auch nicht gewöhnt. Seine eigene Kleedasje sieht aus, als wäre er ein ganz Vornehmer. Ein Seemann ist er jedenfalls nicht.«

Er war froh, als die Aufmerksamkeit sich auf etwas anderes lenkte, als die drei Frauen ihn nicht mehr anstarrten, Mutmaßungen über ihn anstellten und die Ärztin sich nicht mehr darum bemühte, optimistisch auszusehen. Er wusste, was eine Ärztin war, er kannte den Namen der Insel, auf der er gestrandet war, aber an den Ort, an dem er selbst zu Hause war, erinnerte er sich nicht. Nichts von seinem eigenen Leben wusste er, nicht seinen Namen, nichts von seiner Herkunft, keine Ahnung hatte er von den Menschen, die zu ihm gehörten. Angehörige! Eltern, Geschwister, vielleicht sogar eine Ehefrau und Kinder? Er wusste es nicht. In seinem Kopf gab es einen gedankenleeren Raum, der nicht zu füllen war. Aber die Ärztin hatte gesagt, das wäre nichts Außergewöhnliches und würde bald vorbei sein. Bald! Hoffentlich bald! Die Hilflosigkeit war nicht leicht zu ertragen. Er hoffte und betete heimlich darum, dass er am nächsten Tag erwachen und wissen würde, wie er hieß.

Er betrachtete Tessa. Sie war hübsch, hatte große, kluge Augen und ein schmales, sensibles Gesicht. Sie gefiel ihm. Er wusste, dass er Frauen mochte, die sich Bildung verschafften, obwohl sie viele Widerstände überwinden mussten. Ob er noch mehr Frauen kannte, die studiert hatten und einen Doktortitel trugen? Er zermarterte sich das Hirn, aber kein einziges Gesicht tauchte vor ihm auf. Er mochte auch Frauen wie Aafke, zupackende, ehrliche Frauen, die Stütze ihrer Familie, die gutherzig waren und alles für die taten, die ihnen anvertraut waren. Ob er auch so eine Mutter hatte? Oder eine wie Marika Melford, die den neuen Frauentyp verkörperte, von dem er ebenfalls wusste? Ja, er hatte davon gehört, dass es neuerdings Frauen gab, die sich über alles hinwegsetzten, was bis vor kurzem Geltung gehabt hatte, die nicht mehr von ihren Ehemännern abhängig sein wollten, die einen Beruf und ihr eigenes Geld beanspruchten, die so selbstständig lebten wie ein Mann. Sein Blick wanderte zu der Ärztin. Er spürte, dass ihm Frauen, die sich so kleideten wie sie, besser gefielen als Frauen wie Marika Melford.

Aafke schimpfte, dass in ihrer Küche geraucht wurde, aber Marika kümmerte sich nicht darum. »Ich brauche eine Zigarette.«

»Warum gehen Sie nicht in den Garten?«

Marika antwortete nicht, sondern hielt Jacob ihre Zigarettenpackung hin. »Rauchen Sie auch?«

Er betrachtete die Packung, dann schüttelte er den Kopf. »Nein, ich glaube nicht.«

Tessa machte Aafke und Marika ein Zeichen, damit sie ihn in Ruhe ließen, und er war ihr dankbar dafür. Sein Kopf tat weh, die Verwirrung in ihm war gewaltig. Es war anstrengend, Fragen zu beantworten, er wollte einfach nur dasitzen und zuhören, ohne zu versuchen, an sein eigenes Leben anzuknüpfen. Wenn er auch hoffte, dass hier etwas geschah, was ihn zu einer Erinnerung führte, so spürte er doch ganz deutlich, dass es ihm nicht guttat, wenn er etwas erzwingen wollte. Die Ärztin hatte gesagt, seine Erinnerung würde bald zurückkehren, und er glaubte ihr. Er musste sich einfach gedulden, hatte sie ihm gesagt, alles würde von selbst wieder gut.

Aafke Witt redete, erzählte von ihrer Familie, von Nachbarn und Verwandten, und er hörte ihr zu, während er die Ärztin und ihre Mutter beobachtete. Zwischen den beiden herrschte keine Harmonie, das spürte er. Sie rückten so weit wie möglich voneinander ab, vermieden es, sich anzusehen, und wenn sich ihre Blicke ungewollt kreuzten, floh eine vor der Aufmerksamkeit der anderen. Entweder verstanden sie sich nicht gut, oder sie hatten Streit gehabt.

Das schien auch Aafke Witt zu spüren, die weiterredete, als wollte sie verhindern, dass zwischen der Ärztin und ihrer Mutter Platz für ein böses Wort entstand. Sie sprach von einem Mann, den in dieser Küche anscheinend alle kannten. Reimert Cruse, der Kurdirektor Westerlands. Aafke redete voller Hochachtung von ihm und lobte alles, was er tat. Anscheinend arbeitete sie nicht nur für die Ärztin, sondern auch für ihn. Marika Melfords Gesicht wurde jedoch ablehnend, als der Name fiel, und das Gesicht der Ärztin verschloss sich. Irgendetwas stimmte nicht mit diesem Mann. Jacob spürte es ganz deutlich. Jacob! Der Name gefiel ihm. Vielleicht hieß er wirklich so?

»Der alte Cruse war ein unangenehmer Mensch«, erzählte Aafke. »Was hat die Familie unter ihm gelitten! Die arme Frau konnte einem leidtun. Und die Kinder auch! Vor allem die Tochter! Die hat immer die ersten Ohrfeigen kassiert. Wenn der Alte getrunken hatte, behauptete er gern, die Kleine wäre nicht von ihm. Seine Frau hätte ihn betrogen, wahrscheinlich mit irgendeinem Matrosen, der auf Sylt an Land gegangen war. Dabei wusste jeder, dass sie eine treue Seele war. Die hätte ja auch viel zu viel Angst gehabt. Wenn der Alte wirklich gewusst hätte, dass seine Frau ihn betrog, hätte er sie umgebracht.«

Jacob spürte, dass die beiden Frauen eigentlich kein Interesse an der Erzählung hatten, dass sie nur die Zeit damit füllen wollten oder froh waren, dass nichts anderes zur Sprache kam, was entweder für die Ohren der Haushälterin nicht geeignet war oder aber für seine eigenen Ohren, für die eines Fremden. Er konnte es verstehen. Es musste für die Ärztin nicht angenehm sein, einen Mann in ihrem Hause zu beherbergen, den sie nicht kannte, der nicht einmal sich selbst kannte. Umso dankbarer war er ihr, dass sie alles tat, um ihm den Aufenthalt in ihrem Hause angenehm zu machen.

»Wie kam er zu der Behauptung«, fragte sie, »die Tochter wäre nicht von ihm?«

»Weil sie nicht dieses Muttermal hat.«

Jacob merkte auf. Er sah, dass die Ärztin zusammenzuckte. Die Ruhe, zu der sie sich gezwungen hatte, fiel schlagartig von ihr ab, sie schaffte es nicht, ihre Spannung zu verbergen, obwohl er spürte, dass sie gerne gleichmütiger reagiert hätte. »Was für ein Muttermal?«

Aafke warf Marika einen anzüglichen Blick zu. »Ihre Mutter kennt es sicherlich.«

Marika antwortete nur mit einem kühlen Blick und schien den Wunsch zu haben, die Haushälterin für diese Bemerkung zu bestrafen. Obwohl sie gerade erst ihre Zigarette ausgedrückt hatte, holte sie schon die nächste hervor und steckte sie mit großer Geste in ihre Spitze, die sie so affektiert handhabte, als wollte sie Aafke Witt unbedingt ärgern.

»Ich habe es auch gesehen«, sagte Tessa, und ihre Stimme klang aufgeregt. »Als ich seine Brandwunde versorgt habe.«

Aafke machte sich daran, den Baldriantee für ihn zu kochen. Bald erfüllte ein Duft die Küche, der ihm fremd war. Anscheinend hatte er noch nie Baldriantee getrunken.

»Ein auffälliges Muttermal in der Armbeuge! Beide Söhne haben es, genauso groß wie bei ihrem Vater und exakt in derselben Form. Die Tochter hat es aber nicht.«

Marika pustete den Rauch in Aafkes Richtung. »Als wenn das ein Beweis ist!«

»Nein, das ist es nicht«, gab Aafke zurück. »Doktor Mommsen hat es dem alten Cruse mehrmals erklärt.«

»Sie sagen, beide Söhne haben es geerbt?«, fragte Tessa.

Jacob betrachtete sie aufmerksam, die ihre Erregung kaum unterdrücken konnte. Aber anscheinend merkte nur er, wie aufgeregt sie war. Aafke und Marika achteten nicht darauf. »Reimert Cruse und sein Bruder haben beide das gleiche Muttermal?«

Aafke nickte. »Sag ich doch. Die gleiche Form wie beim Vater und genauso groß.«

Es entstand Stille in der Küche. Nur der Kessel summte, der Wind stöhnte ums Haus, draußen ratterte ein Wagen vorbei, der Kutscher schimpfte, eine Peitsche knallte. Marikas Schweigen war gleichgültig, Aafkes müde und Tessas voller Atemlosigkeit. Jacob konnte den Blick nicht von ihr lassen.

»Was ist mit dem Bruder?«, fragte sie mit bebender Stimme. »Lebt er auf Sylt?«

Aafke nahm den Kessel vom Herd und goss den Tee auf. »Schon jahrelang nicht mehr«, antwortete sie. »Zwischen den Brüdern ist es zu einem schweren Streit gekommen, danach hat Laurids die Insel verlassen und ist nie zurückgekehrt.«

»Und die Schwester?«

»Die hat die Flucht ergriffen, kaum dass sie volljährig war. Sie wollte die Mutter mitnehmen, aber die hat sich nicht getraut. Wer sich immer ducken muss, schafft es irgendwann nicht mehr, sich aufzurichten. Tomke hat sich erst wieder auf Sylt blicken lassen, als der Alte tot war. Heute lebt sie mit ihrer Familie in Eckernförde. Wo Laurids ist, weiß niemand. Der Kurdirektor jedenfalls nicht, da bin ich sicher. Aber fragen kann man ihn ja nicht, er wird wütend, wenn der Name seines Bruders in seiner Gegenwart genannt wird.«

»Warum?« Tessa beugte sich weit über den Tisch, sie schien ihren fremden Gast vergessen zu haben.

Aafke stellte Jacob den Teebecher hin und eine Schale mit Kandis daneben. »Herr Cruse hat nie darüber gesprochen. Mit niemandem! Aber irgendwas hat Laurids anscheinend getan, was den Kurdirektor so aufgebracht hat, dass er mit seinem Bruder nichts mehr zu tun haben wollte.«

Marika stand noch vor dem Bett, als Tessa hereinkam. Sie trug ein nachtblaues kurzes Negligé, die Haare hatte sie mit einem Band aus dem Gesicht genommen, damit sie nicht mit der Fettcreme in Berührung kamen, mit der sie nachts dafür sorgte, dass sie am nächsten Morgen um keinen Tag gealtert war.

Sie zögerte, ehe sie die Bettdecke zurückschlug. »Ich könnte Reimert fragen, ob ich bei ihm übernachten kann, solange der Schiffbrüchige in meinem Zimmer schläft.«

Tessa schüttelte sie den Kopf. »Ich glaube, er kann dir noch nicht verzeihen, dass du ihn angesteckt hast.« Sie selbst hatte sich ein langes weißes Baumwollnachthemd über den Kopf gezogen und schien zu müde für Diskussionen zu sein. »Das Bett ist breit genug, es wird schon gehen.«

Marika sah zu, wie Tessa sich hinlegte, auf die Seite drehte und bis an die Bettkante rutschte. Marika machte es genauso, legte sich ebenfalls an die Bettkante, so dass nun in der Mitte so viel Platz war, als erwarteten sie noch eine dritte Person. Die gemeinsame Bettdecke spannte sich von einer zur anderen, in der Mitte öffnete sich ein Schlund, in den kalte Luft eindrang.

Tessa drehte sich auf den Rücken, um die Kluft zu schließen. Marika folgte ihr prompt, so dass sie sich nun berührten und gegenseitig wärmen konnten.

»Du hättest es mir früher sagen müssen«, flüsterte Tessa.

»Ja«, raunte Marika zurück. »Ich war zu feige.«

»Wovor hattest du Angst?«

»Dass ich deine Liebe verliere, wenn du weißt, dass ich nicht deine Mutter bin.«

»Du bist meine Mutter, und du bleibst es. Du hast mich großgezogen. Alles, was ich habe und bin, verdanke ich dir.«

Marikas Hand tastete sich verstohlen in Tessas. »Ich weiß wirklich nichts von deiner leiblichen Mutter. Ich hoffe, du glaubst mir das.«

Tessa brauchte nicht lange zu überlegen. »Ja, das glaube ich dir. Vielleicht ist es auch gar nicht so wichtig.« Es folgte eine kurze Zeit der Stille, so lange wie ein Atemanhalten. Dann sagte Tessa so entschlossen, dass Marika ihr nicht glauben konnte: »Nein, es ist nicht wichtig, wer meine leibliche Mutter ist. Sie wollte mich nicht. Warum soll sie mich interessieren?«

Die Stille drängte sich zwischen sie, unmerklich trennten sich ihre Hände, rückten sie auseinander, Tessa entfernte sich mit einer winzigen Körperbewegung, Marika gab ihre Tochter mit einer Bewegung des Kopfes frei.

»Was wäre aus mir geworden, wenn ihr mich nicht zu euch genommen hättet?«, fragte Tessa so leise, dass Marika sie kaum verstand.

Sie hätte ihrer Tochter am liebsten ausgemalt, dass sie dann in einem Waisenhaus gelandet wäre oder bei lieblosen Pflegeltern, vielleicht auch bei einer armen Bauersfamilie, die ihre Arbeitskraft ausgenutzt hätte, aber sofort schämte sie sich für diesen Gedanken und sprach nichts aus, was als Entschuldigung für ihr Verhalten hergehalten hätte. Sie wusste, dass sie einen schweren Fehler gemacht hatte. Wieland hatte ihr oft vor Augen gehalten, was es für Tessa bedeuten konnte, wenn man sie irgendwann, viel zu spät, mit ihrer wahren Herkunft überrumpeln würde. Nun war es geschehen. So, wie Wieland es vorhergesehen hatte. Marika wollte nichts mehr sagen und tun, was ihre Schuld kleiner machte. Büßen wollte sie für die wunderbaren Jahre als Mutter einer Tochter, auf die sie so unbändig stolz war. »Vielleicht hätte deine Mutter dich besucht, wenn du auf Sylt geblieben wärst. Vielleicht hätte sie deinen Lebensweg verfolgt und sich irgendwann bei dir gemeldet, um dir zu erklären, warum sie dich weggegeben hat. Womöglich habe ich ihr die Chance genommen, indem ich dich nach Berlin gebracht habe. Kann sein, dass sie dich längst sucht und nicht finden kann, weil niemand weiß, was aus dir geworden ist.«

»Unsinn«, antwortete Tessa träge. »Keine Mutter gibt erst ihre Tochter weg und hat dann den Wunsch, sich um sie zu kümmern.«

Aber Marika wollte nicht zulassen, dass der Frau, die ihr ein Kind geschenkt hatte, Unrecht getan wurde. »Vielleicht konnte sie damals nicht anders. Sie musste dich weggeben, ohne es zu wollen. Und später …«

»Lass es gut sein!« Tessas Stimme war so schwach, dass sie kaum noch zu verstehen war. »Ich bin zu müde.«

Tessa erwachte, als die Haustür ging. Schlaftrunken fuhr sie in die Höhe und brauchte eine Weile, bis sie sich zurechtfand. Es war so viel geschehen. Ihre Mutter schlief neben ihr, eine Frau, die gar nicht ihre Mutter war. In deren Zimmer schlief ein Mann, der seinen Namen nicht kannte. Und Aafke hatte von Reimert Cruses Vater berichtet, der nicht nur ihm, sondern auch seinem Bruder ein Muttermal vererbt hatte. Beiden! Das nagende Gefühl, Reimert Cruse unrecht getan zu haben, verscheuchte ihre Müdigkeit. Schuldbewusstsein war meist stärker als Trauer. Dass sie Reimert heimlich einen Vergewaltiger genannt hatte, machte ihr nun schwer zu schaffen. Wenn er auch nichts davon wusste, sie musste versuchen, dieses Unrecht wiedergutzumachen.

Die Schritte verklangen, die Küchentür wurde leise ins Schloss geklinkt. Kurz darauf drangen die Geräusche an Tessas Ohr, die anzeigten, dass Aafke ins Haus gekommen war. Die Ofentür war zu hören, das Klappern des Holzes, der Kessel, in den sie Wasser einließ, kurz darauf das Knistern von Holz und der Geruch der Wärme, die langsam ins Haus sickern würde.

Tessa warf einen Blick auf ihre Mutter, die noch fest schlief, dann erhob sie sich vorsichtig und öffnete leise die Tür. Auf nackten Füßen ging sie in die Küche. »Frau Witt! Sie sind früher als sonst.«

»Moin, Fräulein Doktor. Der Kurdirektor will sich sein Frühstück selber machen. Er meint, ich werde hier dringender gebraucht.«

»Er kann rüberkommen, wir frühstücken dann alle zusammen.«

»Mir soll's recht sein«, gab Aafke zurück.

»Dann mache ich mich schnell fertig«, beschloss Tessa, »und gehe zu ihm, damit er Bescheid weiß.«

Sie lauschte an der Tür, hinter der der Schiffbrüchige schlief, aber es drang kein Laut heraus. Vielleicht gab es heute eine Wende. Die Chance, dass er sein Gedächtnis im Laufe des Tages wiederfand, war groß. Häufig dauerte eine Amnesie, die durch einen Unfall verursacht worden war, nicht länger als vierundzwanzig Stunden.

Sie ließ sich von Aafke warmes Wasser geben und wusch sich in dem Raum hinter der Küche, der für die Vorbesitzerin die Waschküche gewesen war. Dann holte sie so leise ihre Kleidung aus dem Schlafzimmer, dass ihre Mutter nicht geweckt wurde, zog sich an und lief ins Nachbarhaus.

Reimert öffnete in Unterhemd und Hose die Tür, mit eingeschäumtem Kinn, dem Rasiermesser in der einen Hand und einem Handtuch in der anderen. Er sah sie verblüfft an. »Tessa!«

Diesmal störte es sie nicht, dass er sie mit dem Vornamen ansprach. Sie lächelte, als er die Tür weiter öffnete, und trat ein, obwohl sie merkte, dass er nicht damit rechnete. Erstaunt betrachtete er sie und hatte anscheinend vergessen, dass er beim Rasieren gestört worden war.

»Frau Witt sagte mir, dass Sie heute Morgen Ihr Frühstück allein zubereiten müssen«, erklärte Tessa. »Ich wollte Sie bitten, zu mir zu kommen, dann frühstücken wir zusammen.«

»Was ist mit dem Schiffbrüchigen?«

»Er schläft noch. Vielleicht hat er die Amnesie überwunden, wenn er aufwacht. Dann sollen Sie diesen denkwürdigen Augenblick miterleben.«

»Danke! Nett von Ihnen!« Reimert merkte nun, was er in Händen hielt, und ging in die Küche, um seine Rasur fortzusetzen.

Tessa folgte ihm, und es blieb ihr auch diesmal nicht verborgen, dass er sich wunderte. Sie setzte sich an den Tisch, ohne aufgefordert zu sein, und sagte: »Machen Sie ruhig weiter. Ich sehe Ihnen dabei zu.« Und als er aus seinem Erstaunen keinen Hehl mehr machte, ergänzte sie: »Bei mir ist es noch kalt, Frau Witt hat gerade erst angefeuert.« Sie warf einen Blick zu Reimerts Küchenherd, in dem bereits ein Feuer loderte. »Hoffentlich setzt der Frühling sich bald durch.«

Reimert schien sich nun damit abgefunden zu haben, dass Tessa ihm beim Rasieren Gesellschaft leistete. Er wandte sich dem Spiegel zu, den er an ein Regalbrett gehängt hatte, und setzte das Rasiermesser an.

»Hat Doktor Mommsens Behandlung Erfolg?«, fragte Tessa.

Reimert warf ihr im Spiegel einen Blick zu. »Seien Sie mir nicht böse, dass ich mit meinen Beschwerden nicht zu Ihnen gekommen bin. Ich hätte mich in Grund und Boden geschämt.«

»Ich verstehe das, seien Sie unbesorgt.«

Reimert schien ihr zu glauben. »Die Behandlung hat gerade erst begonnen. Sandelholzöl und Quecksilbersalbe! Ich hoffe, es hilft.«

»Mama tut es sehr leid, dass Sie krank geworden sind.«

»Ich hoffe, ich werde wieder richtig gesund.« Er rieb sich den restlichen Schaum vom Kinn und beugte sich dann über eine Waschschüssel, um sich das Gesicht zu waschen. »Und Ihrer Mutter wünsche ich das auch.« Er nahm den Spiegel vom Haken und räumte das Rasierzeug weg.

Tessa wagte es nun: »Frau Witt hat gestern von Ihrer Familie erzählt«, begann sie. »Von Ihrer Schwester und Ihrem Bruder …«

»… und natürlich von meinem Vater, dem alten Schläger.«

»Von Ihrer Mutter auch, die am Ende zu schwach war, um sich zu wehren.«

Reimert setzte sich zu Tessa an den Tisch. »Nun wissen Sie, warum ich nie geheiratet habe. Meine Mutter hat mir mal erzählt, dass sie in meinen Vater sehr verliebt war.« Er stieß ein bitteres Lachen aus. »So kann eine Liebe enden!«

»Warum haben Sie keinen Kontakt zu Ihren Geschwistern?«

»Tomke besuche ich gelegentlich in Eckernförde. Sie hat sechs Kinder, Reisen nach Sylt sind für sie nicht einfach.«

»Und Ihr Bruder?«

»Zu ihm habe ich tatsächlich keinen Kontakt. Ich weiß nicht einmal, wo er wohnt.«

»Warum nicht?«

Reimert sah auf seine Hände, und Tessa wartete ein paar bange Minuten darauf, dass er sie fragte, was sie eigentlich seine Familie anging und warum sie diese Fragen stellte. Aber dann antwortete er doch: »Er hat etwas Unverzeihliches getan.«

»Wollen Sie mir davon erzählen?«

Die Antwort kam sofort: »Nein!«

Tessa lächelte. »Ich verstehe.«

Sein Gesicht war freundlich, aber er lächelte nicht zurück. »Sie verstehen gar nichts.«

»Ich verstehe mehr, als Sie glauben.« Sie lächelte in sein Schweigen, dann, als er nicht antwortete, sagte sie: »Wollen wir nicht du zueinander sagen?«

Erschrocken sprang er auf. »Die Beziehung mit Ihrer Mutter habe ich zwar beendet, aber das bedeutet nicht …«

Sie schnitt den Satz mit einer so energischen Geste ab, dass er tatsächlich schwieg und sich wieder setzte. »Ich weiß, dass Sie an mir als Frau nicht interessiert sind. Ich habe auch längst eingesehen, dass ich mich geirrt habe. Sie hatten recht! Nach meiner Trennung von Kurt musste ich von jedem Mann beeindruckt sein, der mir meinen Beruf zugestand. Und da Sie sich sogar für mich eingesetzt und dafür gesorgt haben, dass ich die Stelle als Kurärztin bekam, dachte ich tatsächlich …« Sie brach ab und ergänzte hilflos: »Aber jetzt weiß ich, dass das keine Liebe war. Ich habe mich geirrt.«

Endlich konnte er lächeln. »Es gibt nichts mehr, was zwischen uns steht?«

Obwohl sie wusste, dass er etwas anderes meinte als sie selbst, nickte sie. »Nichts mehr.« Sie streckte ihm die Hand hin. »Also sag nun Tessa zu mir.«

»Und du nennst mich Reimert.«

Sie standen auf, sahen sich eine Weile in die Augen, dann zog er sie an seine Brust, und sie lehnte ihren Körper an seinen. »Alles ist gut«, murmelte er in ihr Haar.

Während Reimert in seine Stiefel stieg, dachte er angestrengt nach. Was war geschehen? In den Tagen zuvor hatte er sich die gleiche Frage gestellt, weil Tessa seine Gegenwart gemieden hatte, weil sie ihn häufig, wenn sie glaubte, er merke es nicht, heimlich beobachtet hatte, weil sie ihm einen Vorwurf zu machen schien, ohne dass er eine Ahnung hatte, was sie ihm vorwarf. Und nun diese unerwartete Veränderung! Er konnte sich keinen Reim darauf machen.

Als er ihr Haus betrat, stand der Schiffbrüchige in der Küche und sah sich hilflos um. Reimert brauchte nicht zu fragen. Dass der arme Mann sich noch immer nicht an seinen Namen erinnerte, war auf den ersten Blick zu erkennen.

»Das wird schon«, tröstete Tessa, die aus dem Garten hereinkam, den Mann zum Tisch schob und auf einen Stuhl drückte.

Marika erschien im Schlafrock in der Küche, was Aafke mit einem missbilligenden Kopfschütteln quittierte. Dass sie darunter ein kurzes Negligé trug, blieb niemandem verborgen, der locker gebundene Schlafrock sprang bei jeder Bewegung auf und ließ ihre nackten Beine sehen. Für Aafke ein Skandal, für Reimert eine Qual, der er gern ausgewichen wäre. Seit er wusste, dass er von Marika angesteckt worden war, musste er, wenn er sie sah, gegen seinen Widerwillen ankämpfen. Wenn er aus dem Fenster seines Hauses blickte und sie in den Garten gehen sah, bereitete ihm ihr geschmeidiger Gang Übelkeit, wenn er sie lachen hörte, stieg der Wunsch nach Rache heiß und schwer in ihm auf, wenn sie mit ihrer Kleidung, ihrer Frisur, ihrer ganzen Lebensart demonstrierte, wie leicht das Leben für eine Frau neuerdings sein konnte, hätte er ihr gerne ins Gesicht geschrien, was er von ihrer Leichtfertigkeit hielt. Und er nahm sich vor, sie bald zu fragen, ob die Quittung, die das leichte Leben ihr präsentiert hatte, sie zur Umkehr bewogen hatte. Wahrscheinlich würde er ihr dann sogar ihre Tochter als leuchtendes Beispiel vorhalten. Auch Tessa genoss neue Freiheiten, neue Möglichkeiten, die früher einer Frau verschlossen gewesen waren, aber sie nutzte all das für ein Lebensziel, das es wert war, alte Tugenden über Bord zu werfen. Während Marika glaubte, neue Türen aufzustoßen, würde Tessa es sein, die durch sie hindurchging und ein neues Land mit neuen Möglichkeiten betrat. Marika würde dort bleiben, wo sie immer gewesen war, und sich einbilden, dass sich etwas änderte, indem sie alles anders machte als vorher. Vielleicht würde sie sogar glauben, sie wäre Tessa gefolgt. Aber sie würde Tessa niemals folgen können. Niemals!

Dass er ungerecht war, wenn er Marika verurteilte, wollte er sich nicht eingestehen. Noch nicht! Das würde er wohl erst schaffen, wenn er gute Gründe gefunden hatte, sein eigenes Verhalten zu entschuldigen. In der vergangenen Nacht war ihm die Einsicht erschienen, dass er selbst einen Teil der Schuld trug, dass er Marikas Flatterhaftigkeit genutzt hatte und damit selber leichtfertig geworden war. Er hatte genauso schamlos nach ihrem Angebot gegriffen, wie sie es ihm gemacht hatte, wenn auch aus einem anderen Grund. Marika hatte an ein flüchtiges Vergnügen gedacht, er selbst hatte sich vor Tessa schützen wollen. Ein Grund war so erbärmlich wie der andere.

Tessa ging schweigend neben Reimert her, in Gedanken versunken. Sie dachte an Marika, an deren Lügen, aber auch daran, dass sie eine wunderbare Mutter gewesen war, auch dann noch, als sie sich ins Berliner Nachtleben warf und alles anders machen wollte. Eine wunderbare Mutter war sie dennoch geblieben. Sie dachte auch an ihre leibliche Mutter, die womöglich noch auf Sylt lebte und nicht ahnte, dass sie ihrer Tochter nah war. Sie dachte an den Mann ohne Gedächtnis, der ihr so gut gefiel, dass sie beunruhigt zum nächsten Gedanken sprang. Zu Laurids, der offenbar von seinem Bruder durchschaut worden war. Sie hörte förmlich Reimerts harte Stimme: »Verschwinde von Sylt, oder ich zeige dich an.« Laurids war daraufhin verschwunden, hatte sich nie wieder bei Reimert gemeldet, und dieser hatte geschwiegen, zu niemandem davon gesprochen, was Laurids getan hatte. Und schließlich dachte sie an Reimert selbst, der zum Glück nicht wusste, welchen schrecklichen Verdacht sie gehegt hatte. Still ging er neben ihr her, wandte nur gelegentlich den Kopf, um ihr ins Gesicht zu sehen. Ihr Schweigen schien ihn zu beunruhigen. »Du denkst an den Mann ohne Gedächtnis?«

»Ich frage mich, wie wir herauskriegen können, wer er ist.«

»Du sagtest, es wird nicht lange dauern mit seiner Amnesie.«

»Normalerweise ist das so, aber es gibt auch Fälle, da hat es monatelang gedauert, und ich weiß auch von Menschen, die ihr Gedächtnis nie wiedergefunden haben.«

Reimert antwortete nachdenklich: »Ich werde den Bürgermeister fragen, ob er Kontakt mit der Reederei aufgenommen hat.«

»Danke.«

»Der Mann kann ja nicht monatelang bei dir wohnen.« Reimert zögerte. »Er schläft im Zimmer deiner Mutter?«

Tessa nickte. »Aber mach dir keine Gedanken. Dass sie nicht mehr bei dir übernachten kann, ist klar.« Sie grinste schief. »Das ist auch für ihren Ruf besser. Für deinen sowieso.«

Reimert wollte etwas antworten, wurde aber durch das Erscheinen des Bürgermeisters davon abgehalten. Rasmus Dirks kam auf ihn zu, als hätte er auf ihn gewartet. Tessa würdigte er keines Blickes. »Ich habe mit der Reederei telefoniert, der die ›Jacob Le Maire‹ gehörte.«

Reimert griff nach Tessas Arm, um den Bürgermeister zu zwingen, sie in das Gespräch mit einzubeziehen. »Die Frau Doktor und ich haben gerade darüber geredet.«

Rasmus Dirks Blick war so flüchtig, als wollte er Tessa zeigen, wie unerheblich ihre Anwesenheit für ihn war. »Ich habe den Reeder persönlich auf den Mann angesprochen, der als Einziger überlebt hat. Er will den Namen wissen.«

Reimert verzichtete auf eine Antwort, er wollte Tessa Gelegenheit geben, sich zu äußern, damit Rasmus Dirks gezwungen war, sich ihr zuzuwenden. »Er hat sein Gedächtnis verloren.«

Der Bürgermeister starrte sie so entsetzt an, als wollte er ihr vorwerfen, an der Amnesie des Schiffbrüchigen schuld zu sein. »Die Reederei braucht den Namen des Mannes.«

»Solange er ihn selbst nicht kennt …«

Reimert unterbrach sie: »Er muss ein Passagier sein. Die Kleidung, seine Hände, seine Art zu sprechen … Er gehört mit Sicherheit nicht zur Besatzung.«

»Aber der Reeder sagt, der Kapitän habe in Antwerpen gemeldet, dass keine Passagiere an Bord sind. Nur die Besatzung.«

»Dann ist er entweder erst danach an Bord gekommen, oder der Kapitän hat es vorgezogen, ihn nicht zu melden, um das Geld für die Passage in die eigene Tasche zu stecken.«

»Unerhört!« Der Bürgermeister plusterte sich auf. »Und was sage ich nun dem Reeder?«

»Die Wahrheit«, schlug Tessa vor. »Ich werde Ihnen sofort Bescheid geben, wenn die Identität des Mannes bekannt ist.«

Rasmus Dirks schien es nicht zu gefallen, dass er ausgerechnet auf die Auskunft der Kurärztin angewiesen war. »Und wenn er sein Gedächtnis überhaupt nicht zurückbekommt?«

»Das ist unwahrscheinlich«, antwortete Tessa.

»Wollen Sie ihn wirklich so lange bei sich wohnen lassen?« Der Bürgermeister musterte Tessa, als könnte hinter dem Aufenthalt des Schiffbrüchigen in ihrem Hause ein unmoralischer Gedanke stecken. »Schläft er etwa in Ihrem Bett?«

Tessa war vor Empörung sprachlos. Reimert jedoch reagierte unverzüglich. Er griff nach den Kragenaufschlägen des Bürgermeisters und zog ihn zu sich heran. »Wagen Sie es nicht noch einmal, solche Bemerkungen zu machen.«

Rasmus Dirks befreite sich unwirsch und gab sich große Mühe, kein Erschrecken zu zeigen. »Liegt so eine Vermutung nicht nahe? Der Apfel fällt nicht weit vom Stamm. Sie wissen doch selbst am besten, was die Mutter unserer Kurärztin …«

»Schluss!«, fuhr Reimert dazwischen. »Noch ein Wort und ich vergesse mich.«

Rasmus Dirks wandte sich prompt an Tessa. »Glauben Sie nur nicht, dass die Familie Grothe nach Nermins Tod einfach zur Tagesordnung übergeht. Das ist eine Familie, die sich nichts gefallen lässt.«

»Ich lasse mir auch nichts gefallen«, entgegnete Tessa ruhig. »Notfalls muss eben ein Gericht entscheiden.«

Diese Entgegnung hatte Rasmus Dirks nicht erwartet. Er wollte etwas erwidern, aber Reimert machte dem Gespräch ein Ende, indem er nach Tessas Arm griff und sie mit sich zog. »Schönen Tag noch, Herr Bürgermeister!«

Er wartete nur so lange, bis sie außer Hörweite waren. »War das klug, Tessa? Willst du wirklich Anklage erheben? Dann machst du dich endgültig zur Außenseiterin.«

Tessa sah ihn verwundert an. »Aber … du hast mir selbst dazu geraten.«

Reimert wehrte ab. »Im ersten Moment dachte ich, das müsste sein, aber wenn ich es mir recht überlege …«

»Wenn ich es nicht tu«, unterbrach Tessa »wird das wie ein Zugeständnis aussehen.«

»Wenn du es aber tust, läufst du Gefahr, dass die Arbeiter übereinstimmend lügen und dann ein Urteil gegen dich gefällt wird. Das darfst du nicht riskieren.«

Tessa blieb stehen und sah Reimert hilflos an. »Meinst du wirklich?«

»Es ist ein Risiko«, beschwor Reimert sie. »Du kannst nicht sicher sein, dass man dir Glauben schenkt. Du weißt doch, wie man mit Frauen umgeht, die die Universität besuchen wollen. Du hast sogar einen Doktortitel! Für viele Männer unverzeihlich! Richter sind sehr konservativ. Wenn du an einen gerätst, der der Meinung ist, dass Frauen wie du sich etwas herausnehmen …«

»… dann wird er mir nicht glauben wollen«, ergänzte Tessa.

»Dein Schicksal wäre besiegelt. Niemand würde dich mehr als Ärztin arbeiten lassen nach einem solchen Urteil, auch die nicht, die akademisch gebildeten Frauen unvoreingenommen gegenüberstehen. Alles wäre umsonst gewesen. Denk an deine Mutter! Marika ist doch so stolz auf dich.«

VIII.

Diesmal hatte Babette von Keller es nicht einmal für nötig gehalten, ihren Mann davon zu unterrichten, dass sie einen Spaziergang auf der Friedrichstraße machen wollte. Und sie hatte keins ihrer drei Kinder darum gebeten, sie zu begleiten. Alwin hatte sich ins Raucherzimmer des Hotels begeben, Herbert wollte mit dem Sohn eines anderen Hotelgastes zum Strand gehen, und die Mädchen hatten beschlossen, sich auf der Hotelterrasse von jungen Männern bewundern zu lassen. Niemand kümmerte sich um Babette, niemand fragte sie nach ihren Plänen, keinem ihrer Angehörigen fiel auf, dass sie das Hotel verließ. Das war ihr sehr recht, denn sie wollte nicht erklären, dass sie die Absicht hatte, außer der Reihe einen Besuch bei der Kurärztin zu machen. Alwin kannte ihre Konsultationstermine, seit sich die Geringschätzung der Behandlungsmethoden in deutliche Abneigung verwandelt hatte.

Aber Babette wollte sich nicht zurückhalten lassen. Sie hatte am Tag zuvor eine Begegnung gehabt, über die sie unbedingt mit der Ärztin sprechen wollte. Nach ihrem Besuch im Miramar war es gewesen. Alwin hatte die Absicht, sich in den Gesellschaftsraum des Hotels zurückzuziehen und eine Zeitung zu lesen, Babette aber wollte sich in den Modeläden der Friedrichstraße umsehen. Alwin war einverstanden gewesen, hatte aber darauf bestanden, dass eine der Töchter sie begleitete.

Norma war dazu bereit gewesen, hatte aber schon nach wenigen Metern eine Gleichaltrige mit ihren Eltern getroffen, die ebenfalls im Grand-Hotel logierten, und die Erlaubnis erhalten, diese Familie zum Strand zu begleiten. Mit dem Entschluss, ihre Einkäufe allein zu erledigen, hatte Babette sich zwar einen erstaunten Blick der anderen Familienmutter eingehandelt, aber sie hatte ihren Wunsch tapfer verteidigt. »Das Leben hat sich geändert. Wenn ich auch nichts von Frauenrechtlerinnen halte, so bin ich doch sehr für die neuen Rechte der Frauen.«

Einen derartigen Satz hatte sie noch nie von sich gegeben, und als sie sich nach einem höflichen Abschied entfernte, brannte ihr der entgeisterte Blick ihrer Tochter im Rücken, noch mehr als die konsterniert hochgezogenen Augenbrauen des befremdeten Familienvaters sie verunsichert hatten.

Beides war nach wenigen Schritten vergessen. Das Gefühl der Befreiung, das am Vormittag noch eng gewesen war, eingeschnürt in ein Korsett aus Trotz und Scheu, und ihr Atemnot verursachte, wurde nun zu einer berauschenden Bestätigung. So wie sie mussten sich die Frauen fühlen, die in den Großstädten die Korsetts weggeworfen hatten und sich die Haare abschneiden ließen. Das kam für Babette von Keller natürlich nicht infrage, aber sie war schon zufrieden damit, dass sie sich auf einmal vorstellen konnte, es zu tun.

Sie rückte ihr Hütchen zurecht, das klein und kreisrund auf ihren Locken saß, kontrollierte den Sitz der großen hölzernen Nadel, die es fest mit den Haaren verband und dafür sorgte, dass der Wind es ihr nicht vom Kopf riss. Ihr hellgraues Kostüm stand ihr gut, das wusste sie. Es bestand aus einem schmalen langen Rock und einer knapp geschnittenen Jacke mit bauschigen Ärmeln. Die weiße Bluse hatte einen hohen Kragen, der die Kinnspitze berührte. An diesem Tag öffnete Babette den oberen Knopf und verzichtete darauf, den Kopf so hoch erhoben zu tragen, dass das Kinn den Kragen nicht berührte. Ihre Schritte waren federnd, auf ihrem Gesicht lag ein winziges Lächeln, hinter ihrer Stirn gab es nicht den geringsten Druck, ihre Schläfen waren schmerzfrei. Schuldbewusst schickte sie ihre Gedanken zu dem grausigen Schiffsunglück, den Seelen der toten Seeleute und dem Leid ihrer Angehörigen, um den eigenen Übermut zu dämpfen. Dann glaubte sie, genug für ein bisschen Glück, Freiheit und Erleichterung hingeblättert zu haben.

Von dem großen Gebäude des Warmbadehauses, das die Stuttgarter Zeitschrift »Moderne Bauformen« kurz nach der Einweihung als imposante Erscheinung gefeiert hatte, ging eine große Ruhe aus. Zwar war es sehr ausgedehnt, denn man hatte sich bemüht, alles unter einem Dach anzubieten, was der Badegast brauchte, es strömte aber dennoch friesische Gemütlichkeit aus und hatte den Charakter des Friesischen trotz seiner Ausmaße behalten. Die unterschiedlichen Dachformen nahmen ihm das Monumentale, die kleinen Fenster mit den weißen Rahmen und Sprossen waren wie heller Putz auf dem dunklen Klinker, wie weiße Krägelchen auf dunkler Wolle. Babette kam es so vor, als hätte der Architekt sich darum gesorgt, dass das Warmbadehaus nicht ernst genommen werden könnte mit seiner anheimelnden Front, und hatte sich deshalb entschlossen, dem Eingang einen arkadengeschmückten Giebel vorzusetzen, der dem Gebäude Bedeutung verlieh. Fünf große Bögen waren es, und Babette entschied sich für den mittleren, um das Haus zu betreten.

Im Warmbadehaus war es ruhig, die Eingangshalle war menschenleer. Babette umrundete die Marmorinsel mit der schütteren Palme und stieg den linken der beiden Aufgänge hoch, der zur Praxis der Kurärztin führte. Dort war es so still, wie sie erwartet hatte. Das Wartezimmer war leer, die Tür zum Sprechzimmer nur angelehnt. Vermutlich wollte Frau

Doktor Melford sichergehen, dass sie einen Patienten bemerkte, falls sich einer zu ihr verirrte, der sich nicht von dem abschrecken ließ, was über die Kurärztin geredet wurde.

Babette war im Begriff, sich bemerkbar zu machen, blieb dann aber wie angewurzelt stehen. Der schmale Spalt der offenen Sprechzimmertür war breit genug, um einen Blick auf die Gestalt der Kurärztin zu geben, die am Fenster stand, in Gedanken versunken, ohne hinauszusehen. Der weiße Kittel schien ihr an diesem Tag zu groß zu sein, ihre Gestalt war schmaler als sonst, zerbrechlich, ohne die Energie, die sie sonst ausstrahlte. Ihre Schultern waren nach vorn gefallen, die Arme hielt sie vor der Brust verschränkt, als wollte sie verhindern, dass etwas bis zu ihrem Herzen vordrang.

In Babette stieg tiefes Mitgefühl auf. Die Kurärztin war nicht so stark, wie sie vorgab. Sie litt unter der Ablehnung der Sylter und dem Widerstand der Badegäste, die sich keinem weiblichen Kurarzt anvertrauen wollten oder sich von denen beeinflussen ließen, die der Kurärztin nicht wohlgesinnt waren. Sie litt unter dem Todesfall auf dem Bahndamm, an dem sie schuld sein sollte, und sicherlich auch unter der Angst, dass man sie anzeigen und ein Richter sie schuldig sprechen könnte, der wie alle anderen der Meinung war, dass eine Frau sich nicht herausnehmen durfte, was das Privileg der Männer war.

Babette räusperte sich, klopfte an die geöffnete Sprechzimmertür und wartete, bis sie die Schritte der Kurärztin hörte und die Tür geöffnet wurde.

»Frau von Keller! Hatten wir einen Termin?«

Babette schüttelte den Kopf. »Ich würde trotzdem gerne mit Ihnen sprechen. Und da dachte ich, ich schaue mal …«

»… ob mein Wartezimmer überfüllt ist?«, ergänzte Frau Doktor Melford. »Wie Sie sehen, hält sich der Ansturm in Grenzen.« Sie wies mit einladender Geste zu dem Stuhl, der vor ihrem Schreibtisch stand. »Bitte, nehmen Sie Platz.« Die Ärztin betrachtete Babette, während sie sich niederließ, dann stieg ein Lächeln in ihre Augen. »Sie sehen gut aus. Keine Migräne?«

Babette strahlte. »Schon seit Tagen nicht.«

»Das freut mich.« Die Ärztin setzte sich ebenfalls, legte die Unterarme auf die Schreibtischplatte und die Finger übereinander. Sie strahlte Kompetenz und Entgegenkommen aus. »Haben Sie mit Ihrem Mann gesprochen? Haben Sie es geschafft?«

»Das nicht, aber … ich habe es versucht, es ging nicht.«

Die Ärztin sah sie abwartend an, nickte nur kurz, damit sie nicht den Mut verlor und weiterreden konnte.

»Aber ich habe die Jansens gesehen«, platzte es nun aus Babette heraus. »Gestern Nachmittag!«

»Zufällig?«

»Ich habe einen kleinen Bummel gemacht, da sah ich sie. Herr Jansen hatte einen Koffer in der Hand, es war unschwer zu erkennen, dass die beiden auf dem Weg zum Bahnhof waren.«

»Sie selbst waren allein?« Die Ärztin sah sie ungläubig an.

Babette verzog den Mund zu einem Lächeln, das sie sich in Gegenwart ihres Mannes niemals erlaubt hätte. »Ich gehe jetzt öfter allein aus. Mein Mann ist zwar nicht damit einverstanden, aber was soll mir schon passieren? Hier, auf Sylt?«

Das Lächeln der Kurärztin war ein Spiegelbild von Babettes Lächeln. Sie saßen sich gegenüber, wie in einer Kumpanei miteinander verbunden. »Auf Sylt ist Ihnen schon mal etwas Schreckliches passiert.«

Babettes Lächeln vertiefte sich sogar. »Damals war es dunkel, beinahe Nacht. Ich war allein. Und … ich war jung und schwach.« Sie richtete ihren Oberkörper auf und löste ihr Kinn von dem hohen Kragen. »Jetzt bin ich älter und stärker.«

Die Kurärztin schien sehr zufrieden zu sein. »Sie fühlten sich sicher, als Sie die Jansens sahen? Sie waren dem Anblick gewachsen?«

»Absolut!« Babette schöpfte tief Luft. »Sie hatten recht, als Sie mir geraten haben, mich den Jansens zu stellen. Es sind ja nur zwei schwache alte Leute, die mir nichts mehr anhaben können. Sie waren schwarz gekleidet, als wären sie auf dem Weg zu einer Beerdigung. Sie schleppten sich dahin, wie unter einer schweren Last, so traurig, so entmutigt.«

»Sind Sie von ihnen gesehen worden? Haben sie Sie erkannt?«

Babette schüttelte den Kopf. »Zuerst bin ich ihnen in großem Abstand gefolgt, am Bahnhof aber habe ich mich in ihre Nähe gestellt und so getan, als wartete ich ebenfalls auf den Zug. Bei dieser Gelegenheit fiel der Blick von Frau Jansen auf mich, aber sie schaute gleichmütig über mich hinweg. Nein, sie hat mich nicht erkannt.«

»Was hat diese Begegnung in Ihnen ausgelöst?«

Babettes Antwort kam spontan. »Sie hat mir gezeigt, dass ich keine Angst mehr haben muss. Die Jansens können mir nichts mehr anhaben. Damals waren sie gemein zu mir, haben mir täglich gezeigt, wie lästig ich ihnen war und dass sie mich nicht mochten, dass ich nur bei ihnen wohnen durfte, weil meine Eltern sie dafür bezahlten. Ich habe mich so klein gefühlt, so hässlich, so wenig liebenswert. Ich fühlte mich verachtet von ihnen. Und irgendwann war ich dann wirklich ein Mädchen geworden, das diese Verachtung verdiente.«

»Sie wissen nun, dass Sie ein Mensch sind, der geachtet und geliebt wird. Und dass die Jansens damals nicht Sie meinten, sondern jemanden, der ihnen lästig war. Ihre Gefühle hätten jedem Mädchen gegolten, das sich in ihrem Haus breitmachte.«

»Ja.« Babette sah nun auf ihre Hände, die in ihrem Schoß lagen, bewegte sie hin und her und schien plötzlich zu merken, dass eine Stille entstanden war, die bei der Kurärztin zu großer Aufmerksamkeit geführt hatte. »In meiner Nähe wurde getuschelt. Da standen ein paar Leute am Bahnhof, die wussten, zu welcher Beerdigung die Jansens fuhren. Ihre Tochter ist gestorben. Ich wusste nicht, dass sie nicht auf Sylt geblieben war. Sie hat wohl geheiratet und lebte seitdem auf dem Festland. Ich weiß nicht, in welcher Stadt.«

Doktor Melford sah betroffen aus. »Die beiden fuhren zur Beerdigung ihrer Tochter?«

Babette senkte den Kopf. »Sie tun mir jetzt nur noch leid. Auch Metta! Obwohl sie mich damals gequält hat.« Sie zuckte hilflos die Schultern. »Vielleicht hätte ich mehr Verständnis für sie haben sollen. Wenn nicht damals, so doch später. Metta musste mit mir den Alkoven teilen, in dem sie vorher allein schlafen durfte.«

»Auch Metta hat nicht Sie gehasst, sondern ein Mädchen, mit dem sie das Bett teilen musste. Das hätte jedes Mädchen sein können.«

Babette flüsterte nun. »Ja. Sie musste auch ihr Essen mit mir teilen. Oft sollte sie mich begleiten, weil die Jansens meinen Eltern versprochen hatten, mich nicht aus den Augen zu lassen, damit mir nichts passierte.«

»Aber Metta hatte keine Lust dazu.«

»Sie hat sich einfach geweigert, und die Jansens haben es ihr durchgehen lassen. Ich war ihnen nicht wichtig genug, um dafür zu sorgen, dass mir nichts geschah.«

»Aber auch das hatte nichts mit Ihrer Person zu tun.«

»Manchmal hat Metta so getan, als wollte sie mich begleiten. Dann ist sie so lange neben mir hergegangen, bis wir vom Haus nicht mehr zu sehen waren. Und anschließend hat sie sich mit ihrem Freund getroffen. Ihre Eltern wollten nicht, dass sie einen Freund hat. Sie war ihnen noch zu jung dafür.«

»Sie hat ihn heimlich getroffen? Dann waren Sie ihr ja gewissermaßen eine Hilfe.«

»An solchen Tagen war sie freundlicher zu mir. Manchmal habe ich auch für sie gelogen. Aber das haben die Jansens rausbekommen. Da habe ich die erste und einzige Ohrfeige meines Lebens kassiert. Meine Eltern haben mich nie geschlagen.«

»Und Metta?«

»Die ist noch heftiger verprügelt worden. Und ich war angeblich schuld daran, dass ihre Eltern sie erwischt hatten. Sie hatte nämlich schon den nächsten Freund. Der eine verehrte sie, mit dem anderen traf sie sich heimlich. Ich wollte so etwas nicht unterstützen. Daraufhin hat sie mich noch mehr gehasst. Sie hat es mir täglich mehrmals gesagt: ›Ich hasse dich! Ich bin froh, wenn du wieder weg bist.‹«

»Metta wollte an Stärke gewinnen, und dafür mussten Sie schwächer werden.«

Wieder nickte Babette. »Es fiel mir wie Schuppen von den Augen, als ich die beiden alten Leute sah. Und dass ich nun Mitleid mit Metta haben kann, tut mir gut. Sie ist tot, und ich darf leben. Ich bin glücklich – ob sie es geworden ist, weiß ich nicht.«

Die Stimme der Ärztin war weich und zufrieden. »Wie schön, dass Sie sich als glücklich bezeichnen.«

Babette schien nun erst klarzuwerden, was sie gesagt hatte. »Ja, ich bin glücklich! Meine Kinder sind gesund und wohlgeraten, und mein Mann liebt mich.« Sie horchte diesen Worten hinterher, schien jede Silbe, jeden Buchstaben zu kontrollieren, dann bestärkte sie: »Ja, er liebt mich. Auf seine Weise, aber ich bin sicher, dass ich ihm sehr viel bedeute.« Nun konnte sie die Kurärztin wieder ansehen. »Ich werde dafür sorgen, dass er nicht mehr unter meiner Migräne zu leiden hat.«

Nun wurde aus dem Lächeln der Kurärztin ein leises Lachen. »Das wird leicht, wenn Ihre Migräne geheilt ist.«

Babettes Augen wurden groß. »Sie halten es wirklich für möglich, dass ich nie wieder Kopfschmerzen haben werde?«

»Jedenfalls viel, viel seltener. Und wenn, dann nicht mehr so quälend. Sie konnten verzeihen. Vergebung wirkt Wunder.«

Babette lauschte noch einmal in sich hinein. »Ja, stimmt.«

»Vielleicht könnten Sie auch Ihrem Vergewaltiger verzeihen?«

Prompt verdüsterte sich Babettes Miene, ihre Stirn zog sich in Falten, ihr Mund wurde ein gequälter waagerechter Strich. »Nein, ihm nicht.«

Doktor Melford ging zu ihr und legte eine Hand auf ihre Schulter. »Das ist in Ordnung, Frau von Keller. Machen Sie sich deswegen keine Vorwürfe.«

Babette rührte sich nicht, blieb stocksteif sitzen, als hätte die Berührung der Kurärztin sie erstarren lassen. Erst als Frau Doktor Melford die Hand von ihrer Schulter löste, sagte sie: »Vielleicht hat er auch nicht mich gemeint.«

»Ich bin ziemlich sicher«, entgegnete Tessa Melford, als sie sich wieder gesetzt hatte. »Er wollte eine Frau. Irgendeine!«

Babettes starre Haltung löste sich nun auf, ihr Oberkörper sackte zusammen, ihre Schultern fielen herab, sogar ihr Kiefer sackte auf den Kragen. »Vielleicht wollte er aber auch gerade mich! Mir Gewalt antun! Mich unterwerfen! Mich quälen! Mich!«

»Gibt es dafür einen Anhaltspunkt?«

»Nein. Aber möglich wäre es.«

»Unwahrscheinlich«, sagte die Kurärztin.

Wieder trat eine Stille zwischen sie. Diesmal war sie wie ein Despot, der um Ruhe bat, ohne seinen Wunsch zu begründen. Und als wollte sie die Stille nicht herausfordern, wechselte Babette das Thema: »Mir scheint, dass auch Sie ein Gespräch nötig haben. Sie wirken heute sehr angegriffen.«

Aafke hatte beschlossen, Radieschen und Kopfsalat zu ernten, und angekündigt, mit einem Rohkostsalat für die Gesundheit der ihr Anvertrauten zu sorgen. »Der Porree ist auch so weit. Den gibt's dann morgen! Vielleicht schaffe ich es auch noch, die Kartoffeln auszupflanzen. Die Frühkartoffeln sind längst ausgekeimt, die müssen in die Erde.« Sie sah Marika streng an. »Können Sie sich ein Stündchen um den Schiffbrüchigen kümmern? Das Fräulein Doktor sagt, er darf nicht allein bleiben.«

Marika sah Jacob auffordernd an. »Wir könnten einen Spaziergang machen. Vielleicht sollten wir zum Strand gehen. Dorthin, wo Sie angeschwemmt wurden. Könnte ja sein, dass das Ihrer Erinnerung auf die Sprünge hilft.«

Jacob war einverstanden, erhob sich und zog sich seine Jacke über, die von Aafke getrocknet und sorgsam gebürstet worden war. Erwartungsvoll blickte er Marika an. »Gehen wir also!«

Sie sah kopfschüttelnd an sich herab. »So schnell geht das nicht.« Stirnrunzelnd betrachtete sie ihn. »Sie haben wohl nicht viel Erfahrung mit Frauen? Oder haben Sie nicht nur Ihren Namen vergessen, sondern auch, dass eine Frau ein bisschen länger braucht, bis sie aus dem Haus gehen kann?«

Sie sah, dass Jacob sich sein Hirn zermarterte, aber anscheinend konnte er auf keinen Erfahrungsschatz zurückgreifen. Doch er zog bereitwillig seine Jacke wieder aus und ging in Reimerts Garten, um Aafke seine Hilfe anzubieten. Marika konnte durchs geöffnete Fenster hören, wie die Haushälterin auf das Angebot reagierte. »Wer weiß, ob Sie so was können! Sie wissen es ja selbst nicht einmal.«

Jacob verzog bedauernd das Gesicht und betrachtete mit einem verzweifelten Blick seine Hände. »Ich weiß nicht, ob die so was schon mal gemacht haben. Es fühlt sich nicht so an.«

»Dann lassen Sie das mal lieber«, entgegnete Aafke resolut. »Einen Kiekindiewelt kann ich hier nicht gebrauchen.«

Also steckte er die Hände in die Hosentaschen und sah Aafke zu. Marika betrachtete, während sie in eine Hose mit weiten Beinen stieg, seinen breiten Rücken und seine gerade Haltung. Dieser Mann war es nicht gewöhnt zu buckeln, er war einer, der Befehle erteilte, eine Führungspersönlichkeit.

Sie strich die Hose glatt und lächelte in sich hinein. In Westerland würde ein Spießrutenlaufen einsetzen, wenn die Sylter einer Frau begegneten, die eine Hose trug. Sie trieb es sogar noch toller, zog ein weißes Hemd über und band sich eine Krawatte. Auch die Jacke, die sie überzog, war ausgesprochen maskulin, dafür entschied sie sich für besonders auffällige Schminke, damit letzten Endes das Weibliche überwog. Ihre Lippen waren knallrot, als sie auf Jacob zutrat. »Ich bin so weit.«

Er betrachtete sie verblüfft, und Marika lachte. »Eins kann ich Ihnen schon mal sagen: Sie leben in konservativen Verhältnissen. Die Frauen in Ihrer Nähe kleiden sich wie Tessa.«

»Ihre Tochter sieht sehr hübsch aus«, entgegnete Jacob.

»Jedenfalls wie ein anständiges Weibsbild«, ließ Aafke sich vernehmen. »Nicht wie so ein Pudel.« Und streng sagte sie zu Jacob: »Ich hoffe, Sie können sich morgen nicht plötzlich erinnern, dass Sie so einer wie die Gigolos sind, die neuerdings auf Sylt herumlaufen. Oder so ein Jedelkopp, der überall nach einem Spiegel guckt.«

Jacob lachte, und Marika beschloss, auf den Pudel, wie Aafke sie nicht zum ersten Mal nannte, nicht weiter einzugehen. Jacob hatte ein sympathisches Lachen. Wenn es zwischen ihren Beinen nicht immer noch das unangenehme Brennen und Jucken gegeben hätte, wäre sie vielleicht in Versuchung geraten, ihn öfter zum Lachen zu bringen.

Aber als er auf dem Weg zum Strand auf Tessa zu sprechen kam, wurde ihr klar, dass sie bei ihm keine Chance gehabt hätte, auch wenn sie kerngesund gewesen wäre. Er wollte alles über ihre Tochter erfahren, vor allem, ob es irgendwo auf dem Festland einen Mann gab, den sie liebte. Und besonders interessiert war er an ihrem beruflichen Werdegang. »Wie hat sie es geschafft, Medizin zu studieren, ihren Doktor zu machen und nun als Ärztin zu arbeiten?«

Dieses Thema gefiel Marika. Sie konnte vergessen, dass Tessa nicht ihr leibliches Kind war, sonnte sich in ihren Erfolgen, freute sich über die Anerkennung, die Jacob nicht nur Tessa, sondern auch ihrer Mutter zollte, die die Tochter beim Erreichen ihrer hohen Ziele unterstützt hatte. Der Mutterstolz machte sie gesprächig. Wie immer, wenn sie über Tessa redete, verlor sie sich in Einzelheiten und vergaß, sich zu fragen, ob sie für einen Fremden interessant sein konnten.

In diesem Fall war jedoch jede Frage überflüssig. Jacobs Interesse war unverkennbar, und so hatte er, als sie am Strand angekommen waren, viel mehr erfahren, als Marika sonst preiszugeben pflegte. Dass sie maßlos übertrieb, sämtliche Erfolge ausmalte und jeden Misserfolg verschwieg, fand sie selbst legitim. Sogar an Tessas Beziehung zu Kurt fand sie während dieses Gesprächs nur Positives, lobte seine Familie, seine Herkunft, schilderte seine Liebe zu Tessa in glühenden Farben und ihre Entscheidung, sich von ihm zu trennen, wie einen Sieg der Intelligenz über das Proletariat. »Er wollte aus meiner klugen, gebildeten Tochter eine kleine Hausfrau machen und sie so bald wie möglich mit einem Säugling ans Haus binden. Aber das hat Tessa nicht mitgemacht. Sie hat früh genug erkannt, dass sie sich auf eine solche Ehe nicht einlassen durfte.« Marika sah Jacob kritisch an. »Hat es Sinn, Sie zu fragen, wie Sie zu akademisch gebildeten Frauen stehen? Haben Sie Erfahrungen, an die Sie sich erinnern können?«

Jacob nahm die Hände aus den Taschen und den Blick von seinen Füßen. »Ich spüre, wie gut es mir gefällt, wenn Frauen sich etwas erkämpfen, was ihnen früher nicht zugestanden wurde. Und außerdem gefällt es mir, wenn Frauen zwar neue Rechte bekommen, sie aber nicht unter allen Umständen ergreifen, sondern abwägen, was sie wirklich wollen.«

Marika verstand, was er meinte, als er einen kritischen Blick auf ihre maskuline Aufmachung warf. Tessa ging nicht mit der neuen Mode. Sie besaß immer noch ein Korsett, wenn sie es auch nicht mehr täglich trug, sie bevorzugte lange Röcke und hochgeschlossene Blusen, sie wollte sich auch die Haare nicht abschneiden lassen und lehnte die grelle Schminke, die ihre Mutter liebte, rundheraus ab.

Marika nahm das Urteil, das Jacob damit über sie gefällt hatte, gelassen hin. »Sie mögen Tessa, stimmt's?«

Sie waren am Miramar angekommen und blieben stehen. Fast jeder, der diesen Weg zum Meer nahm, hielt an dieser Stelle inne, weil das gewaltige Bild, das sich so unvermittelt bot, zum Anhalten geradezu zwang. Jacob schloss die Augen, als blendete ihn die Schönheit des Meeres. Erst nach einer Weile antwortete er: »Ja, Ihre Tochter gefällt mir. Sehr sogar. Aber ich weiß ja gar nicht, ob mir eine Frau gefallen darf.«

Marika hatte sich diese Frage längst gestellt. »Sie wissen nicht, ob Sie verheiratet sind.«

Jacob nickte. »Hoffentlich dauert es nicht mehr lange mit meiner Amnesie.«

Marika zog ihn weiter. »Lassen Sie uns ans Wasser gehen. Schauen Sie aufs Meer hinaus! Dort hat sich Ihr Schicksal entschieden. Vielleicht erinnern Sie sich, wenn Sie die Stelle sehen, wo das Schiff untergegangen ist.«

Jacob folgte ihr widerstandslos auf die Promenade, auf die Bretterstege, die parallel zum Ufersaum verliefen, vorbei an den vielen kleinen Restaurationsbetrieben und Andenkenläden, und stieg dann mit ihr die Holztreppe zum Strand hinab. Wo die Brandung auslief, blieb er neben ihr stehen und starrte zum Horizont. Marika brauchte ihn nicht zu fragen. Dass seiner Erinnerung nicht auf die Sprünge geholfen wurde, sah sie sofort.

Sie warf einen Blick auf seine Hände, wo einige Schürfwunden noch sichtbar waren, und auf das Pflaster am Haaransatz, das kaum zu erkennen war. »Sie haben großes Glück gehabt. So geringe Verletzungen! Und alle anderen …«

»Ich versteh's nicht«, sagte Jacob. »Warum habe nur ich überlebt?«

»Sie müssen sich woanders aufgehalten haben als die Besatzung«, antwortete Marika. »Die Leichen, die angeschwemmt worden sind, hatten alle schwere Blessuren. Kopfverletzungen, abgetrennte Glieder, große offene Wunden! Sie dagegen haben nur ein paar Schürfwunden davongetragen, leichte Schnittverletzungen und einige Prellungen.« Sie schwieg eine Weile, und da Jacob nicht reagierte, ergänzte sie schließlich: »Sie müssen Passagier gewesen sein. Vermutlich waren Sie in einem Raum des Schiffes, der Sie geschützt hat. So verlief die Sache für Sie ganz anders als für die Matrosen.«

»Glück gehabt«, flüsterte Jacob.

»Ja, Glück gehabt«, bestätigte Marika.

Das Gespräch hatte ihr gutgetan, und den Gedanken, dass sie einen Fehler machte, schüttelte sie schnell ab. Sie musste sich sagen, dass sie Babette von Keller nicht als Ärztin Vertrauen schenkte, sondern als Freundin. Ja, sie mochte ihre einzige Patientin sehr gern, nahm an deren Schicksal viel stärkeren Anteil, als es eigentlich üblich und richtig war. Ein Arzt musste sich eine gesunde Distanz bewahren, durfte nicht jedes Schicksal nah an sich herankommen lassen, sonst würde er bald nicht mehr in der Lage sein, jedem Patienten unvoreingenommen gegenüberzutreten. Aber in diesem Fall lag die Sache anders, auch deshalb, weil sie sich persönlich hineingezogen fühlte in die Bewältigung der sexuellen Misshandlung, da sie schließlich den Bruder des Täters gut kannte und sogar ihn zunächst in Verdacht gehabt hatte. Die Nähe zu Babette von Keller hatte sie schon vorher gespürt und genossen, vielleicht, weil sie hier zum ersten Mal ihre Kenntnisse über Gesprächstherapien angewandt hatte, eine Form der Heilung, die noch von vielen Medizinern abgelehnt wurde und auf die sich nur wenige Patienten einließen.

Babette von Keller hatte recht gehabt, als sie vermutete, dass es nun Tessa war, die sich etwas von der Seele reden musste, dass sie jemanden nötig hatte, der von außen auf ihre Vergangenheit schauen konnte, ohne emotional beteiligt zu sein. Zur Verschwiegenheit brauchte sie Babette nicht zu verpflichten, Tessa war sicher, dass diese verantwortungsvoll mit dem ihr Anvertrauten umgehen würde.

»Ich habe erfahren, dass ich ein Adoptivkind bin«, war es aus ihr herausgeplatzt. »Gestern erst! Stellen Sie sich das vor! Ich bin Ende zwanzig, und erst jetzt ist mir die Wahrheit gesagt worden. Mein Leben lang bin ich angelogen worden.«

Babette von Keller hatte zugehört, ohne zu unterbrechen, und immer, wenn Tessa die Empörung über das Verhalten ihrer Mutter in Babette von Keller hervorrufen wollte, war deren Gesicht unbeweglich geblieben. Dass ihre Mutter ihr weisgemacht hatte, sie sei auf dem Hof ihrer Verwandten zur Welt gekommen, dass sie Tessa nach Sylt hatte gehen lassen, ohne ihr zu verraten, dass sie auf dieser Insel geboren worden war … »Wenn ich meine Mutter nicht hätte untersuchen müssen, wäre ich womöglich niemals aufgeklärt worden!«

»Anscheinend hat sie es nicht fertiggebracht, es auszusprechen. Sie konnte es Ihnen nur zeigen, nicht sagen.«

»Warum nicht?«

Babette von Keller zögerte. »Aus Angst, Sie zu verlieren.«

»Sie hätte wissen müssen, dass sie mich niemals verliert.«

Über Babettes Gesicht ging ein feines Lächeln. »Sie sind ein Mensch, der verzeihen kann. Das muss Ihre Mutter wissen. Sie werden weiterhin zu ihr stehen, da bin ich ganz sicher. Sie ist Ihnen doch immer eine gute Mutter gewesen. Nur diesen einen Fehler hat sie gemacht.«

»Ja, nur diesen einen«, flüsterte Tessa.

»Verzeihen Sie ihr«, bat Babette eindringlich. »Sie hat den Fehler aus Liebe zu Ihnen begangen. Sie können das. Sie würden sogar den Grothes verzeihen und allen, von denen Sie angefeindet werden. Oder … wollen Sie noch Anzeige erstatten?«

»Nein«, gab Tessa leise zurück. »Aber nicht, weil ich ein großherziger Mensch bin. Ich habe Angst vor den Falschaussagen, davor, dass man mir nicht glauben wird, davor, dass ich verurteilt werde und danach überhaupt keine Chance mehr habe, als Ärztin zu arbeiten.«

Babette von Keller sah nun sehr entschlossen aus. »Ich habe schon einmal versprochen, Ihnen zu helfen, wenn ich kann. Scheuen Sie sich nicht, mich zu bitten, wenn ich etwas für Sie tun kann.«

»Warum wollen Sie mir helfen?«

»Weil ich Ihnen dankbar bin. Sie sind eine gute Ärztin, ohne Ihre Gesprächstherapie würde ich noch immer unter Migräne leiden.«

Als Tessa ihre Praxis abschloss, fragte sie sich, wie Babette von Keller ihr helfen wollte. Sie konnte es sich nicht vorstellen, aber es tat dennoch gut, zu wissen, dass sie eine Fürsprecherin an ihrer Seite haben würde, wenn sie jemals eine nötig haben sollte.

Ihre Gedanken blieben bei Babette von Keller, während sie zum Meer ging. Lange betrachtete sie dort den weiten, mit bunten Kostümen und schwarzen Anzügen getupften Strand, die tanzenden Schaumkronen auf dem Wasser und die tief hängenden Wolken. Tessa ging dem Wind, dem Wasser, dem Horizont entgegen und atmete tief die kalte Luft ein, die schmeckte, als hätte sie ein Pfefferminzbonbon gelutscht. Erst hinter den Rippenbögen verlor sich der kalte Strahl und verschwand in der Wärme ihres Körpers. So, wie die eiskalte Gefahr, die von der Familie Grothe ausging, von dem Vorsatz gewärmt wurde, Reimerts Rat zu folgen. Wenn er sie warnte und ihr riet, gegen Nermins Kollegen keine Anklage zu erheben, dann würde sie es so halten.

Auf Marika und Jacob wurde sie erst aufmerksam, als sie ihren Namen hörte. »Tessa!«

Die beiden standen in der Nähe der auslaufenden Brandung und sahen so aus, als wären sie durch Tessas Erscheinen aus einem intensiven Gespräch geholt worden. Jacob hatte sich rasiert und wirkte jünger und vollwangiger, seine Gesichtskonturen waren weicher geworden ohne den struppigen Bart. Er sah ihr lächelnd entgegen, mit einem Blick, der ihr durch und durch ging. Er bestand aus einem tiefen Interesse, an dessen Grund es viele Fragen gab, die er nicht zu stellen wagte, aus einem flirrenden Gefühl, das auf der Oberfläche seiner Aufmerksamkeit tanzte, und einer dunklen Ungewissheit, die in einer Untiefe lauerte und den stillen, klaren See tückisch machte. So rätselhaft der Blick auch war, Tessa verstand ihn. Jacob geschah das, was nur ein Mensch durchmachte, der unter Amnesie litt. Er sah und erlebte etwas, was er nicht mit seinem eigenen Leben, seiner Vergangenheit, seinen Erfahrungen verknüpfen konnte. Er kannte den Untergrund seiner Empfindungen nicht, sie konnten nirgendwo andocken und schwirrten in seinem Kopf herum, ohne sich ergreifen und halten zu lassen.

Marika erklärte ihrer Tochter, warum sie mit Jacob zum Strand gegangen war. »Ich dachte, hier kommt ihm vielleicht eine Erinnerung.«

Tessa sah Jacob fragend an, aber er schüttelte den Kopf. »Nein, ich weiß noch immer nicht, wer ich bin.«

»Machen Sie sich keine Sorgen«, beruhigte Tessa ihn. »Das ist völlig normal nach diesem schrecklichen Erlebnis.« Sie zögerte, ehe sie weitersprach: »Leider weiß die Reederei nichts von einem Passagier auf der ›Jacob Le Maire‹. Entweder hat der Kapitän das Geld für die Passage in seine eigene Tasche gesteckt, oder Sie waren ein blinder Passagier.«

Jacob lachte. »Ein Betrüger? Dann will ich meinen Namen gar nicht erfahren.«

Marika fiel von einem Augenblick auf den anderen ein, dass sie sich mit der Vorbereitung ihres nächsten literarischen Salons beschäftigen wollte. »Jacob hat mir zugeraten. Es gibt da ein paar wunderbare Gedichte von einem jungen Lyriker in Berlin … Jacob weiß übrigens, was ein literarischer Salon ist.«

»Weiß er auch, dass die Frau des Bürgermeisters sich über deine erotische Poesie empört hat?«

»Diese bigotte Person! Die wird nicht noch einmal eingeladen.«

»Mama, es ist besser, wenn du dir die Fortsetzung deines literarischen Salons aus dem Kopf schlägst.«

»Ich tu's doch nur für dich. Du musst endlich in das gesellschaftliche Leben der Insel integriert werden.«

»Ich glaube nicht, dass dein literarischer Salon der richtige Weg ist.«

»In Berlin führt jeder Weg über literarische Salons.«

»Sylt ist nicht Berlin.«

Marika antwortete mit einer wegwerfenden Geste, dann machte sie sich auf den Heimweg. Tessa und Jacob blieben zurück.

Er griff nach ihrer Hand, als gäbe es weder Verlegenheit noch Zweifel zwischen ihnen. »Lassen Sie uns ein paar Schritte gehen.«

Tessa wollte ihm ihre Hand entziehen, aber Jacob ließ es nicht zu. Es schien ihm nicht nur um die Nähe zu ihr zu gehen, sondern vor allem um den Wunsch, sich festzuhalten, sich ihrer Unterstützung zu vergewissern. Als Tessa merkte, wie gut auch ihr diese Berührung tat, ließ sie es zu. Ihre Körper fanden sich im Gleichschritt, ihre Arme jedoch schwangen nicht mit, versagten sich den Rhythmus, blieben starr und fest. Tessa genoss seine Nähe, seine warme Haut, seine festen Hände.

»Wer seine Vergangenheit nicht kennt«, sagte Jacob, »hat keine Zukunft. Nichts darf ich tun, was Auswirkungen auf die Zukunft hat. Ich weiß ja nicht, ob ich damit meine Vergangenheit angreife.«

Tessa ahnte, was er sagen wollte, trotzdem fragte sie: »Was meinen Sie damit?«

Jacob antwortete, ohne zu zögern: »Sie sind eine großartige Frau, Tessa. Mir scheint, als hätte ich in meiner Vergangenheit eine Frau wie Sie gesucht.«

»Aber Sie wissen nicht, ob Sie sie schon gefunden haben.«

»Oder eine ganz andere …«

Mehrere Paare kamen ihnen entgegen, vor ihnen liefen Kinder, Mädchen in Matrosenkleidern, Jungen in Kniebundhosen und weiten Hemden. Die Sonne brach durch die Wolken, woraufhin die Frauen sofort ihre Schirmchen aufspannten, um ihren Teint zu schützen. Tessa fühlte sich in ihrer schlichten Kleidung, ohne die Accessoires, die für die Badegäste selbstverständlich waren, plötzlich unwohl. Obwohl sie Jacobs Stirnrunzeln bemerkte, mit dem er den Schrei einer Frau quittierte, deren Rocksaum mit feuchtem Sand in Berührung gekommen war, kam sie sich unscheinbar und reizlos vor. Auch in Berlin gab es diesen Einschnitt in die Gesellschaft, er trennte die Frauen in die modernen, die so lebten wie Marika, und die konservativen, die sich aus dem Putz nichts machten. Aber dort war es der Unterschied zwischen den Lebenseinstellungen, hier war es der Gegensatz der Möglichkeiten, die Darstellung von Arm und Reich.

»Ich bewundere Sie«, fuhr Jacob fort. »Dass Sie es geschafft haben, ein Studium zu vollenden, den Doktortitel zu erwerben, als Ärztin zu arbeiten. Das verdient Respekt.«

»Sie wüssten gern, ob es in Ihrem Leben auch Frauen gibt, die das geschafft haben?« Tessa spürte die gleiche Unruhe in sich, die sie durcheinandergebracht hatte, als sie Reimert kennenlernte. Wieder ein Mann, der Ihren Wunsch, als Ärztin zu arbeiten, respektierte und sogar bewunderte!

»Ihre Mutter hat mir von Kurt erzählt«, fügte Jacob an. »Es war richtig, dass Sie sich von ihm getrennt haben. Sie verdienen keinen Mann, der Ihre Arbeit nicht zu schätzen weiß.«

Die Unruhe wurde stärker, der Tumult in ihrem Innern nahm zu. Ein Mann, der anders war als Kurt! So, wie Reimert anders war. Tessa löste ihre Hand so plötzlich aus Jacobs, dass dieser zu überrascht war, um sie festzuhalten. Fragend sah er sie an, aber Tessa übersah seinen Blick. »Sie sollten sich bei Gelegenheit den Teil der Fracht ansehen, der bei Reimert Cruse eingelagert ist.«

Der Themenwechsel verwirrte ihn. »Sie meinen die Fracht der ›Jacob Le Maire‹?«

»Vielleicht ist Ihr Eigentum dabei. Vielleicht waren Sie auf dem Schiff, um Ihre Fracht zu begleiten. Dann könnte es sein, dass Ihre Erinnerung zurückkehrt, wenn Sie mit diesem Teil Ihrer Vergangenheit konfrontiert werden.«

Jetzt verstand Jacob. »Ich kann's versuchen. Nicht zu wissen, wer ich bin, ist unerträglich.« Er blieb stehen und zwang Tessa, ihn anzusehen. »Ich will endlich wissen, ob ich Ihnen den Hof machen darf, Tessa. Ob ich meine Gefühle für Sie zulassen kann, ob ich auf mehr hoffen darf.« Tessa wollte antworten, aber er ließ sie nicht zu Wort kommen. »Sagen Sie nichts. Ich will gar nicht wissen, wie Sie dazu stehen. Das werde ich Sie erst fragen, wenn ich weiß, dass ich frei bin. Sollte ich es nicht sein, möchte ich es nie erfahren.«

Als hätte er diese Worte nicht gesprochen, als hätte Tessa sie nicht gehört, als käme es auf ihren Sinn nicht an, zog er sie an sich. Trotz allem! Und Tessa missachtete ebenso den Sinn seiner Worte und legte den Kopf an seine Brust. Zögernd, als dürfte es nicht sein, solange Jacob seine Identität nicht zurückhatte, legte sie die Arme um ihn. Es war falsch, es musste falsch sein! Aber es war schön. So schön, dass sich alle Fragen und sogar die Antworten erübrigten. Und als Jacob sie küsste, gab es nichts mehr, was vernünftig oder unvernünftig genannt werden musste. Tessa fragte sich nicht mehr, ob die Gefühle, die sie durchströmten, das richtige Ziel trafen, ob sie sich auch hier vor allem in einen Mann verliebte, der ihre beruflichen Pläne akzeptierte, oder ob sie einen Mann küsste, der einer anderen gehörte. Die Fragen waren gestellt worden, aber auf die Antworten kam es nicht an.

Reimert war auch diesmal zu Fuß zu Rosa Grothe gegangen. Er wollte sich vergewissern, dass die Dachdecker, die er bestellt hatte, ihrer Arbeit nachgingen und die Grothes im Gegenzug zu seinem Angebot klar und deutlich die Bereitschaft erklärten, Nermins Tod auf sich beruhen zu lassen.

Aber die Dachdecker waren ihm entgegengekommen und hatten ihm erklärt, Frau Grothe habe sie weggeschickt. »Die will kein neues Dach.«

Reimert starrte das heruntergekommene Haus an, klopfte, rüttelte an der Klinke, die Tür öffnete sich jedoch nicht. Als er Schritte im Innern hörte, pochte er erneut, und schließlich drehte sich ein Schlüssel im Schloss. Rosa Grothe erschien vor ihm. »Was soll der Lärm?« Sie wischte die feuchten Hände an ihrer Kittelschürze ab und fuhr sich über die müden Augen. »Was wollen Sie?«

»Warum haben Sie die Dachdecker weggeschickt?«

Ihre Antwort kam prompt. »Weil meine Jungen sagen, sie wollen sich nicht von Ihnen bestechen lassen. So leicht werden sie es der Kurärztin nicht machen.«

»Sie hätten es sich selber leichter gemacht.« Reimert sah Rosa Grothe an, dass sie es gern gehabt hätte, wenn ihre Söhne eine andere Entscheidung getroffen hätten. Aber sie war machtlos. Reimerts Drohung »Das werden Sie alle noch bereuen!« hatte sie mit einem Schulterzucken beantwortet.

Nun befand er sich auf dem Rückweg, voller Zorn und Hilflosigkeit. Den Mann, der ihm entgegenkam, hätte er beinahe übersehen. Jannes Hamsen, ein untersetzter, vierschrötiger Kerl, war mit ihm zur Schule gegangen, Reimert hatte jedoch seit Jahren nicht mit ihm gesprochen, weil Jannes als einfacher Arbeiter es nicht wagte, den Kurdirektor als seinesgleichen zu betrachten und das Wort an ihn zu richten.

Nun aber war sein Blick, den er sonst unterwürfig zu Boden schickte, sobald er Reimert Cruse begegnete, ungeniert, und er unternahm nichts, um der Begegnung auszuweichen, wie es sonst seine Art war. »Moin, Reimert!«

Reimert Cruse spürte sofort, dass sich etwas geändert hatte, ahnte auch, was es war, wollte sich aber nicht mit Vermutungen zufriedengeben und blieb daher stehen. »Moin, wie geht's?«

Jannes Hamsen zuckte mit den Schultern. »Bald ist der Damm fertig, aber die nächste Arbeit noch nicht in Sicht.«

»Also nicht so gut?«

»Immerhin hat mein Junge schon eine Stelle in Aussicht. Im August wird er in einer Schreinerei anfangen.«

Plötzlich fiel Reimert ein, dass Jannes und auch dessen Sohn Enno dabei gewesen waren, als Nermin Grothe starb. War das der Grund, dass Jannes mit einem Mal ohne Furcht und Verlegenheit mit ihm sprach? »Das freut mich«, sagte er vage.

Jannes' Blick wurde noch draufgängerischer. »Vielleicht kannst du mir ja eine Stelle besorgen?« Er warf einen bedeutungsvollen Blick zu Rosa Grothes Haus. »Wie man hört, kann man von dir die eine oder andere Gefälligkeit erwarten, wenn dafür der Kurärztin kein Haar gekrümmt wird.«

Reimert fühlte, wie ihm der Atem kurz wurde. So ruhig wie möglich antwortete er: »Was soll das dumme Geschwätz?«

Jannes steckte beide Hände in die Taschen seiner Arbeitshose. »Dass dir viel an der Kurärztin liegt, weiß jeder. Erst hieß es, du willst sie heiraten, aber nun wissen ja alle, dass dir die Mutter lieber ist als die Tochter. Befangen nennt man das wohl vor Gericht.«

»Pass auf, was du sagst, Jannes.« Reimert trat dichter an ihn heran und hoffte, dass seine Haltung als drohend empfunden wurde. »Sonst bist du dran wegen unterlassener Hilfeleistung. Und dein Junge auch. Ich weiß, dass ihr die Kurärztin zu spät geholt habt und dass Nermin deswegen gestorben ist. Solltest du je etwas anderes behaupten, wird dein Junge nicht lange in der Schreinerei arbeiten. Dafür sorge ich dann.«

Jannes nickte, als hätte er nichts anderes erwartet. »Das dachte ich mir wohl, dass du mir drohen würdest. Du bist ja einer, der vor nichts zurückschreckt, wenn er sich in eine Frau verguckt hat. Wenn du liebst, dann mit aller Kraft. Bei Metta war es auch so.« Er warf einen Blick zum Hause Jansen. »Ich sehe dich noch vor der Tür hocken. Stundenlang hast du auf sie gewartet. Und als sie nichts mehr von dir wissen wollte, bist du ihr nachgestiegen. Regelrecht verfolgt hast du sie.«

»Hör auf mit dem Unsinn«, fuhr Reimert ihn an. »Damals war ich ein junger Bursche. Da verrennt man sich leicht und will immer mit dem Kopf durch die Wand.«

»Es heißt, bei der Kurärztin wärst du auch mit dem Kopf durch die Wand gegangen. Keiner wollte eine Frau als Ärztin auf der Insel haben, aber du hast es trotzdem durchgesetzt.«

Reimert ließ Jannes nicht weiterreden, sondern schob ihn zur Seite und setzte seinen Weg fort. Sein Atem zitterte, und er musste sich beherrschen, damit er sich nicht im Laufschritt entfernte, als sei er auf der Flucht. Aber er schaffte es, sich mit gemessenen Schritten fortzubewegen, wie ein Mann, der ein großes Ziel im Auge hatte und sich seiner Sache sicher war. Er hätte sich gerne umgesehen, aber natürlich verbot er es sich. Jannes' Schritte waren nicht mehr zu hören, er schaute ihm also nach. Reimert richtete sich so hoch auf wie möglich und warf den Kopf in den Nacken. Von Jannes und dessen Sohn ließ er sich nicht einschüchtern. Von niemandem! Wenn es um Tessa ging, war er zu jedem Kampf bereit. Sollten die Leute doch reden! Hauptsache, die Angelegenheit kam nicht vor Gericht. Dann würde Fokko Jansen schweigen. Und nur darauf kam es an.

Die Sonne brach plötzlich durch die Wolken, ganz unvermittelt, durch einen schmalen Spalt, der die Kraft bündelte und den Sonnenstrahl scharf und grell machte. Reimert beschattete die Augen mit der Hand, als schmerzte ihn die Sonne. Erst als sich die Wolkendecke wieder schloss, nahm er die Hand herunter, kniff aber die Augen zusammen, als müsste er sich immer noch vor dem grellen Licht schützen. Jannes' Worte hatten ihn verletzt. Nicht das, was er gesagt hatte, sondern allein die Tatsache schmerzte, dass er Mettas Namen ausgesprochen hatte. Fokko gestand er es zu – er war Mettas Bruder –, allerdings nicht Typen wie Jannes Hamsen. Niemand sprach mehr von ihr. Er selbst bewegte ihren Namen zwar ständig in seinem Kopf, aber das war etwas anderes. Ja, Jannes hatte recht, er liebte immer mit ganzer Kraft. Das hatte sich nicht geändert, als Metta seine Gefühle nicht mehr erwiderte. Nicht einmal dann, als er von ihrer Schwangerschaft erfahren hatte. Es war schrecklich gewesen, nie hatte es einen schwärzeren Tag in seinem Leben gegeben. Aber geliebt hatte er Metta immer noch …

Dem Sturm, dem die ›Jacob Le Maire‹ zum Opfer gefallen war, folgte ein weiterer, aber kein so verheerender, sondern ein kecker Frühjahrssturm, der tagsüber zwar viel Schaden anrichtete, aber am Abend bereits wieder einschlief, als hätte er Angst vor der Nacht. Das Wetter war wendisch, an einem Tag roch die Luft nach Frühling, am nächsten nach Winter, an einem war sie milde, am anderen stach sie mit kalten Spitzen zu. Und als der Mai anbrach, klagten die Badegäste über das kühle Frühjahr, über die fehlende Sonne und über den Regen, der keinen Tag verschonte. Sie saßen missmutig in den Gesellschaftsräumen ihrer Hotels und starrten durch die großen Fenster nach draußen. Wenn es morgens geregnet hatte, traute sich nachmittags niemand an den Strand, und wenn der Vormittag trocken gewesen war, fegten die dunklen Wolken, die jeden Mittag aufzogen, den Strand leer. Ein unbeständiger Frühling und Maitage ohne Wonne und Verheißung.

Reimert hatte vergeblich versucht, die Grothes zum Stillschweigen zu bewegen. Sein Angebot, ihr Häuschen vor dem Verfall zu retten, hatten sie nicht angenommen, aber andererseits hatte es keine weiteren Anschläge auf Tessa gegeben. Vielleicht wollten sie seine Hilfe nicht annehmen, um ihr Gesicht nicht zu verlieren, hatten seine Drohungen aber womöglich trotzdem ernst genommen. Dass der Kurdirektor ein einflussreicher Mann war, wussten die Grothes so gut wie alle anderen.

Tessa war nicht so sicher wie Reimert. Ob es wirklich richtig war, das Schicksal auf diesen Abweg zu führen, statt es dorthin zu bringen, wo für Gerechtigkeit gesorgt wurde? Aber Reimert war dabei geblieben, dass sie ihre berufliche Zukunft aufs Spiel setzte, wenn sie einen Prozess anstrengte. Und schließlich hatte sie ihre Zweifel begraben. Sie musste damit rechnen, dass man den Arbeitern mehr Glauben schenkte als einer Frau wie ihr. Es gab Richter, die ein Urteil gegen eine Frau sprachen, von der sie wussten, dass sie unschuldig war, damit sie sie für etwas ganz anderes bestrafen konnten, nämlich für die Tollkühnheit, in ein männliches Herrschaftsgebiet einzudringen, für die Unverfrorenheit, sich mit ihrer weiblichen Rolle nicht mehr zufriedenzugeben.

Das Getuschel jedoch, dem sie seit dem Unfall auf dem Bahndamm ausgesetzt war, blieb. Tessa selbst wurde mit Missachtung gestraft, ihrer Mutter begegneten die Sylter mit sittlicher Entrüstung, dazu gesellte sich das Geifern der Frömmler. Als Marika ihren nächsten literarischen Salon ausrief, erschien niemand. Nur Babette von Keller! Marika Melford wurde wie eine Aussätzige behandelt. Tessa fragte sich sogar, ob das wirklich nur die Folge der erotischen Lyrik sein konnte, die Marika vorgestellt hatte, oder ob etwas von der Geschlechtskrankheit durchgesickert sein konnte, unter der ihre Mutter litt.

»Ich gehe nach Berlin zurück«, sagte Marika eines Tages zu Tessa. »Ich schade dir nur.«

»Auf keinen Fall!« Tessa ging zu ihrer Mutter, die im Garten neben Aafkes Gemüsebeeten stand und rauchte, ohne ihre Zigarette vorher in eine ihrer auffälligen Spitzen gesteckt zu haben. »Friedrich Gottorf sucht wahrscheinlich immer noch nach dir. Bisher hat er dich nicht gefunden, also bist du hier sicher.« Sie legte den Arm um Marikas Schultern und spürte, dass sie zitterte. »Irgendwann wird es vorbei sein«, flüsterte sie.

Marika begann zu weinen. »Solange ich hier bin, wird deine Praxis leer bleiben. Dein Studium, deine Doktorarbeit … alles umsonst!«

»Ich werde woanders etwas finden«, versuchte Tessa sie zu beruhigen. »Aber bis mein Vertrag ausläuft, bleibe ich hier. Auf Sylt bist du sicher.« Sie legte ihr Gesicht auf die Haare ihrer Mutter, die trotz ihrer hohen Absätze kleiner war als sie. »Nicht traurig sein, Mama!«

Marika weinte nun laut und hemmungslos. »Ich habe das nicht verdient. Ich bin nicht …«

»Doch!«, unterbrach Tessa sie. »Du bist und bleibst meine Mutter.«

»Ach, Kind …« Marika trocknete sich die Augen und lächelte wie ein kleines Mädchen, das sich Jahr für Jahr fragt, wie der Weihnachtsbaum ins Wohnzimmer kam. »Deine leibliche Mutter tut mir leid. Sie wird nie erfahren, was für ein wunderbarer Mensch du geworden bist.«

Tessa versuchte, die Schwere des Augenblicks wegzulächeln. »Wenn du überhaupt recht hast, dann habe ich das nicht meiner leiblichen Mutter, sondern dir zu verdanken.« Plötzlich verschloss sich ihr Gesicht, ihre Augen wurden stumpf, ihre Gedanken schienen sich zu entfernen. »Wenn sie noch auf Sylt lebt, dann erfährt sie jetzt, wie es mir geht, wie ich ausgestoßen und verleumdet werde. Vielleicht gehört sie sogar zu denen, die mich denunzieren. Gut, dass sie nicht weiß, wen diese Gemeinheiten treffen.«

Sie sah, dass Reimert aus dem Haus trat. Im selben Moment drangen Geräusche aus der Scheune, die am Ende von Reimerts Grundstück stand, hinter der Weide, auf der er seine beiden Pferde grasen ließ. Lautes Hämmern war zu hören.

»Der Schiffbrüchige«, erklärte Reimert. »Er beschäftigt sich seit Tagen mit der Ladung der ›Jacob Le Maire‹. Diese merkwürdigen Früchte mit der harten Schale, die niemand kennt, haben es ihm angetan.«

Tessa blickte nachdenklich zur Scheune. Ja, diese Früchte schienen etwas in Jacob anzurühren. Ob er nach Westafrika gereist war, um sie nach Hause zu bringen? Ob er sie kannte?

Er war schweigsam geworden, seit er das erste Mal einen Tag in Reimerts Scheune verbracht hatte. Tessa beobachtete ihn manchmal, ohne dass er es merkte. Sie war sicher, dass er kurz davor stand, seine Amnesie zu durchbrechen. Er durfte jetzt nicht bedrängt werden. Die Natur musste sich ihren eigenen Weg suchen, auf dem Jacobs Erinnerungen zurückfanden.

Die Stunde am Strand, die Umarmung und ihr erster Kuss standen manchmal zwischen ihnen wie ein Lächeln, von dem nur sie beide wussten, wie es entstanden war. Die Frage, ob sie sich in Jacob verliebt hatte, weil er ihren Beruf akzeptierte, stellte Tessa sich nicht mehr. Die Gefühle, die sie einmal für Kurt gehegt, die spontane Liebe, die sie für Reimert empfunden hatte, gehörte einem anderen Leben an. Sie war nicht mehr dieselbe Frau, nicht mehr die Tochter ihrer Eltern, sondern das Kind irgendeines jungen Mädchens, das nicht hatte schwanger werden dürfen, und eines Mannes, der nichts von seiner Verantwortung hatte hören wollen. Seit sie das wusste, kam ihr die Erinnerung vor wie ein Leben, das in einem Roman beschrieben wurde. War das wirklich ihr eigenes Leben? Ja, das war es, aber … musste sie sich diesem Leben verpflichtet fühlen? Konnte und wollte sie darauf aufbauen? Mit ihren Erfahrungen weiterleben? Sie kamen ihr vor, als wären es nicht ihre eigenen, sondern die der Frau, die sie gewesen war, bevor Marika sie über ihre wahre Abstammung aufklärte.

Als sie mit Kurt eine Zukunft aufbauen wollte und sich in Reimert verliebt hatte, wusste sie nichts von ihrer wirklichen Vergangenheit. Die Erfahrungen mit diesen beiden gehörten zu der Frau, die die Tochter der Melfords gewesen war, Jacob dagegen gehörte zu der Frau, die in ihrem Leben gestrandet war, wie er selbst auf Sylt gestrandet war. Tessa log, wenn sie Marika immer wieder sagte, dass sich nichts geändert habe. Alles war anders geworden! Und deshalb stellte sie sich nicht mehr dieselben Fragen. Warum sie sich in Jacob verliebt hatte, war nicht mehr wichtig. Dass sie ihn liebte, war sicher. Die Vernunft, die zu ihrem früheren Leben gehört hatte und die viele Fragen und Zweifel aufgeworfen hatte, streifte sie ab. Sollte sich herausstellen, dass Jacob verheiratet war, dann würde sich ihr Leben erneut verändern, dann würde sie wieder ein paar Wurzeln ausreißen und einen Teil ihres Lebens verpflanzen müssen. Diese Aussicht verlor ihren Schrecken, je länger sie mit Jacob in einem Haus lebte, je öfter sie ihn betrachtete, seine Lippen auf ihren spürte, seine Hände auf ihrem Körper, seine gehauchten Worte an ihren Ohren, seinen Blick auf ihrem Gesicht …

Reimert spannte seine Pferde an, er wollte Holz von Wenningstedt holen, um seinen Gartenzaun zu erneuern. Tessa folgte ihm auf die Weide und ging bis zur Scheune. Die Tür war jedoch verschlossen, Jacob wollte offenbar allein bleiben.

Sie ging zu dem winzigen Fenster und versuchte hindurchzublicken. Es war lange nicht gesäubert worden, die Scheiben waren blind und von Spinnweben verhangen, aber sie konnte Jacob erkennen. Er stand vor einer Werkzeugbank, die Reimert in der Scheune aufbewahrte, und starrte etwas an, was Tessa nicht identifizieren konnte. Mit einer liebkosenden Bewegung strich er darüber, immer wieder, als könnte er nicht glauben, was er sah, oder als zögerte er, etwas zu tun, was getan werden musste. Sie achtete nicht auf seine Hände, sondern sah nur sein Gesicht und seine Augen. Gebannt blickte er auf das, was vor ihm lag, auf nichts anderes konzentriert, abgeschnitten von der Umwelt, von dem, was vor der Scheune geschah. Tessa konnte ihn ungeniert betrachten, er merkte nichts. Zärtlichkeit stieg in ihr auf. Sie schluckte schwer, als ließe sich dieses Gefühl herunterwürgen. Seine sanften Lippen spürte sie noch auf ihren, sein Geruch war noch gegenwärtig, die Zungenspitze spürte sie noch an ihrer eigenen. Sie war noch nie so zart berührt worden wie von Jacob. Seine Hände hatten keinen Druck ausgeübt, als sie sich in ihre Taille legten, sie hatten gewartet, bis sie sich ihnen entgegendrängte, dann erst hatten sie zugegriffen und sie gehalten.

Jacob hatte vor dem Warmbadehaus gestanden und darauf gewartet, dass ihre Sprechstunde zu Ende war. Zwar blieb ihr Wartezimmer nach wie vor leer, aber Tessa zwang sich Tag für Tag, dennoch in ihre Praxis zu gehen, damit sie zur Stelle war, falls doch jemand sie aufsuchte. Alles andere wäre ihr wie Kapitulation vorgekommen.

Jacob hatte nach ihrer Hand gegriffen und sie mit sich zum Strand gezogen. »Ich möchte endlich mal wieder mit dir allein sein. In deinem Haus sind wir es nie.«

Weit waren sie gelaufen, gen Norden, immer an der Wasserkante entlang, viel weiter als die Badegäste kamen, die keine geeigneten Schuhe für lange Strandspaziergänge trugen. Endlich waren sie allein gewesen, vor sich nur der menschenleere Strand, links das Meer mit den unruhig aufspringenden Wellen, rechts die Dünen, über ihnen schreiende Möwen. Tessa wusste nicht, ob es einen bestimmten Grund gab, dass er mit ihr allein sein wollte, aber schon bald hatte sie sich nicht mehr gefragt. Er bat sie, aus ihrem Leben zu erzählen, fragte nach Kurt, nach ihrer Zeit auf der Universität, ließ sich von den Ungerechtigkeiten der Professoren und der männlichen Kommilitonen berichten und hörte schließlich aufmerksam zu, als sie ihm von dem Unfall auf dem Bahndamm berichtete und von Nermin Grothes Tod.

Als sie stehenblieben, weil es Zeit wurde umzukehren, kam es ihr so vor, als hätte sie vor ihm ihr ganzes Leben ausgebreitet. Nur von ihrer Adoption hatte sie nicht gesprochen. Auch Reimert, dem sie voll und ganz vertraute, hatte nichts davon erfahren. Sie war von Marika nicht darum gebeten worden, dennoch war Tessa sicher, dass es ihr wichtig war, vor aller Welt nicht ihre Adoptivmutter, sondern weiterhin ihre Mutter zu sein. Es wäre ihr wie Verrat vorgekommen, darüber zu sprechen. Das musste Marika selber tun, und wenn sie es nicht wollte, dann würde Tessa das akzeptieren.

Wieder küsste Jacob sie, wieder erklärte er ihr, wie sehr er sich zu ihr hingezogen fühlte, aber auch diesmal ergänzte er, dass er nichts tun dürfe, was er womöglich später bereuen könne. Sie hatte zu allem genickt und daran gedacht, dass es gut war zu warten. Für ihn war es gut! Sie selbst wollte nicht mehr wissen, ob sie sich erneut Hals über Kopf in einen Mann verliebt hatte, nur weil er ihr berufliches Ziel akzeptierte und anerkannte. Sie war sich sicher, so sicher, wie sie nicht einmal gewesen war, als sie Kurts Heiratsantrag annahm.

»Vielleicht täuschst du dich«, hatte Jacob geflüstert. »Vielleicht hast du dich in mich verliebt, weil ich kein eigenes Leben habe. Vielleicht liebst du mich nur, weil dein Leben meins aufsaugen kann, weil es nichts gibt, was nicht in dein Leben passt. Aber was ist, wenn meine Amnesie vorübergeht? Wenn sich herausstellt, dass wir uns nicht lieben dürfen?«

Tessa war nur kurz unsicher geworden. Die Vernunft, an die sie gewöhnt war, griff noch einmal nach ihr. Vielleicht würde es wieder so sein wie bei Reimert? Dadurch, dass er ihre Mutter in sein Bett geholt hatte, war ihr klargeworden, dass sie von seiner Einstellung geblendet worden war und deren Glanz auf seine Person übertragen hatte. Mit Kurt hatte sie ihn verglichen und aus der Enttäuschung über ihn das Glück gemacht, das eigentlich Kurt ihr hatte schenken sollen. Es war um ihren Beruf gegangen, nicht um sie beide, um Mann und Frau. Nicht genug, um einen Mann zu lieben! Sehr wichtig, aber nicht genug …

Die Vernunft fiel wieder von ihr ab. Nein, all das war jener Tessa Melford widerfahren, die noch nicht wusste, wo ihre Lebenswurzeln waren. Jetzt wusste sie es, jetzt war sie ein anderer Mensch. Und diese andere Frau griff nach Jacob und erwiderte seinen Kuss voller Leidenschaft. Der Wind wurde Teil ihres Liebesspiels, liebkoste sie beide, riss sie auseinander und brachte sie wieder zusammen, nahm die Hitze und machte aus der Kälte heiße Leidenschaft. Dieser zweite Kuss war so unwirklich, als geschähe er auf einer Leinwand über ihren Köpfen, als könnten sie sich selbst beim Küssen zusehen, als gehörte der Kuss zur Arbeit von Leni Riefenstahl, die zurzeit als Filmregisseurin Furore machte. Als sie später zurückliefen, hatten beide das Gefühl, einer Liebe zugesehen zu haben, die keine Wirklichkeit war, sondern nur ein Spiel.

IX.

Traute Berber hatte die Anweisung erhalten, den Raum gründlich zu lüften und alles Persönliche zu entfernen, was an den früheren Besitzer dieses Büros erinnerte. Trotzdem kam es Friedrich Gottorf so vor, als stünde die Luft schwer im Raum, überhitzt und verbraucht, als röche es nach Staub und Schimmel und als hätte jemand mit Ruß den Namen seines Sohnes an die Wand geschrieben. In Wirklichkeit stand das Fenster offen, frische Luft drang herein, Henrys Büro war gereinigt worden, und die Modellflugzeuge, mit denen er ein Regal dekoriert hatte, waren verschwunden. Friedrich hätte gern den oberen Hemdkragen geöffnet, um besser atmen zu können, aber er unterließ es und schaffte es sogar, ein Lächeln aufzusetzen, als er sich zu seinem Neffen umdrehte.

Notker stand verlegen in der offenen Tür und scheute sich, den Raum zu betreten. Erst als sein Onkel ihn aufforderte, setzte er einen Fuß über die Schwelle und sah sich um. Wie unwohl er sich fühlte, bewies seine Körperhaltung. Die Arme hielt er vor der Brust verschränkt, den Kopf hatte er eingezogen, als wollte er sich noch kleiner machen, als er sowieso schon war. Notker Fuhrmann war von seiner Mutter, Friedrichs Schwester, eindringlich gebeten worden, das Angebot seines Onkels anzunehmen, das sie für eine große Chance hielt. Der Erbe der Gottorf-Fabrik! Was konnte ein junger Mann sich mehr wünschen?

Notker schien die Worte seiner Mutter vergessen zu haben. »Ist es nicht noch zu früh?«, fragte er. »Willst du nicht warten, Onkel Friedrich, bis du sicher weißt, dass Henry tot ist?«

»Er kann nicht mehr leben.« Friedrich Gottorf drehte sich zum Fenster und sah hinaus. Er beugte sich sogar vor, um zwei Arbeitern nachzublicken, als interessierte es ihn wirklich, wohin sie gingen. »Wir hatten verabredet, dass Henry das Schiff nimmt, in dem auch die Kakaobohnen befördert werden. Henry hat neue Liefermöglichkeiten in Französisch-Westafrika gefunden, bessere Ware, günstigere Preise.« Er ärgerte sich, dass seine Stimme nun zitterte. »Das Schiff ist gesunken, ich habe nichts mehr von meinem Sohn gehört. Worauf soll ich noch warten?« Nun hatte er sich gefangen und drehte sich zurück. »Man muss den Tatsachen ins Auge blicken. Ich möchte, dass die Firma in der Familie bleibt, einen Fremden will ich in der Geschäftsleitung nicht haben. Und mir ist natürlich klar, dass du jetzt entscheiden musst, wie deine berufliche Zukunft aussehen soll, nicht erst in einem Jahr.«

Notker schien seinen guten Willen unter Beweis stellen zu wollen. Er ging zum Schreibtisch, zog den Stuhl vorsichtig zurück und ließ sich darauf nieder. Weit von der Schreibtischplatte entfernt, so dass er nur die flachen Hände darauflegen konnte. Er sah aus wie ein Eindringling, der sich dieses Arbeitsplatzes bemächtigen wollte, aber Angst vor seiner eigenen Courage hatte. »Und Lilli?«, fragte er.

Friedrich Gottorf wischte den Einwand ärgerlich beiseite. »Lilli ist eine Frau.« Er ging zur Tür und legte die Hand auf die Klinke. »Sieh dich gründlich um. Wenn du Fragen hast, weißt du ja, wo du mich findest.«

Er drückte die Tür leise ins Schloss, weil er spürte, dass Notker durch alles Laute erschreckt würde, dann durchschritt er sein Vorzimmer, ohne Traute Berber zur Kenntnis zu nehmen, betrat sein eigenes Büro und ließ die Tür geräuschvoll hinter sich zufallen. Er rückte seinen Stuhl hin und her, als sollte Traute Berber glauben, dass er an seinem Schreibtisch Platz nahm, ging dann aber zum Fenster und legte die Stirn an die kalte Klinke, wie er es in den letzten Tagen häufig gemacht hatte. Manchmal spürte er am Abend noch den Abdruck des glatten Metalls auf seiner Stirn.

Notker war eine Notlösung, das war ihm soeben klargeworden. Für ihn sprach lediglich, dass er der Sohn seiner Schwester war. Ob er jemals ein würdiger Erbe der Gottorf-Fabrik sein würde? Friedrich bezweifelte es in diesem Augenblick genauso wie Notker selbst. Aber ein Mann wuchs an seinen Aufgaben! Friedrich schlug seine Stirn an die Klinke, vier-, fünfmal, dann war er davon überzeugt, dass Notker nur mit seinen Aufgaben gründlich vertraut gemacht werden müsse, anschließend würde er wissen, worauf es ankam.

Wissen, worauf es ankam … Diesen Satz hatte Lilli ihm am Abend zuvor entgegengeschleudert. Sie wisse nun, worauf es ankomme! Auf ein eigenständiges Leben, auf eigene Entscheidungen, ein eigenes Lebensziel und eigenes Geld, das sie verdiente und auszugeben gedachte, wie sie selbst es für richtig hielt. »Ich kann inzwischen gut verstehen«, hatte sie ergänzt, »dass Mama dieses Leben nicht länger ausgehalten hat. Immer nur dein Anhängsel! Mehr durfte sie ja nicht sein! Und Henry? Der hat sich gewissermaßen auch verdrückt. So wie Mama!«

Friedrich war schockiert gewesen. »Wie kannst du so reden? Henry ist bei einem schrecklichen Unglück ums Leben gekommen.«

»Wenn einem das Leben keinen Spaß macht, zieht man das Unglück an«, hatte Lilli behauptet.

Das Leben sollte Spaß machen? Fassungslos hatte Friedrich Gottorf zugesehen, wie Lilli ihre Koffer packte und den Hausdiener rief, damit er sie zu dem Wagen trug, den sie bestellt hatte. Auf seinen Hinweis, dass sie demnächst ihre Koffer selbst würde tragen müssen, reagierte sie nicht. Und auf seine Frage nach ihrer Adresse gab sie keine Antwort.

»Ich komme dich besuchen, wenn ich mich in meinem neuen Leben eingerichtet habe!« Das war das Einzige gewesen, was er zum Abschied zu hören bekommen hatte. »Bis dahin hat sich vielleicht auch Notker eingerichtet, und du weißt, ob er ein würdiger Nachfolger ist.« Ihr letzter Blick war voller Trotz, aber auch voller Kraft und Optimismus gewesen. »Ich mache meinen Kurs zu Ende, und eine Stelle als Kontoristin habe ich bereits in Aussicht.«

Kontoristin! Seine Tochter! Lilli kam aus bester Familie, hatte Chancen auf eine gute Heirat, Aussichten auf ein bequemes Leben … und sie würde Kontoristin werden und ihr Geld selbst verdienen. Friedrich Gottorf wollte eigentlich verächtlich lachen und sich sagen, dass sie bald zurückkehren würde, weil das Leben auf Papas Schoß doch angenehmer gewesen war, aber aus dem Lachen wurde ein verzweifeltes Stöhnen. Vermutlich würde Lilli demnächst in kurzen Röcken, mit einem Bubikopf und knallrot geschminkten Lippen bei ihm auftauchen.

Er ging zum Schreibtisch und ließ sich schwer auf seinen Stuhl fallen. Nun hatte er alles verloren. Innerhalb kurzer Zeit. Seine ganze Familie! Erst Edith, dann die Kinder! Was hatte er nur falsch gemacht?

Nein, Friedrich Gottorf machte keine Fehler. Dass Lilli ihn gefühllos genannt hatte, zeigte nur, wie recht er hatte. Frauen waren nicht fähig, ein Unternehmen zu leiten und Verantwortung für eine Familie und viele Mitarbeiter zu übernehmen. Eine Fabrik brauchte einen Direktor, der nicht über Gefühle, sondern über Bilanzen nachdachte, und dieser brauchte einen Nachfolger, der alles gelernt hatte, was er wissen musste, damit der Seniorchef sich irgendwann in den Ruhestand zurückziehen konnte. Gefühllos! Ha! Pragmatisch war er. Hart gegen sich selbst! Und das war verdammt nötig. So musste ein Unternehmer sein. So konnte eine Frau niemals sein! Trauer und Verzweiflung durften das Geschäft nicht bestimmen. Weitermachen! Das war die Devise. Wenn nicht auf dem einen Weg, dann eben auf einem anderen. Wenn nicht mit Henry, dann eben mit Notker. Oder mit Lilli? Nein, mit einer Tochter, die obendrein von Gefühlen redete, niemals!

Der Zorn überkam ihn, wie immer, wenn das Schicksal nicht nach seinen Regeln spielte. Und immer, wenn er zornig war, rief er den Polizeipräsidenten an, der seiner Meinung nach seinen Zorn verdiente.

»Was ist los mit der Berliner Polizei?«, schnaubte er ins Telefon. »Haben Sie Marika Melford immer noch nicht gefunden?«

Seit zehn Tagen ging er Morgen für Morgen in Reimert Cruses Scheune. Zum Glück war der Kurdirektor großzügig, ließ ihn gewähren und bedrängte ihn nicht mit Fragen. Jacob mochte ihn, er rechnete es ihm hoch an, dass er ihm nicht nur diesen Raum, sondern auch die Ruhe gab, die er brauchte. Reimert Cruse hatte sofort erkannt, dass die harten Früchte, die in seiner Scheune lagerten, etwas mit ihm zu tun hatten, mit dem Mann, den alle Jacob nannten. War er nun seinem wahren Namen auf der Spur? Er wusste, wie die Früchte hießen, und hatte nicht gezögert, als Reimert gefragt hatte, wie sie zu öffnen waren. Mit einer Axt hatte er sie aufgeschlagen, und dann war ihm der Name der Frucht eingefallen: »Kakaobohnen!«

Er hatte die Bottiche, die in Reimerts Scheune standen, gründlich gesäubert, dann das weiße, zuckerhaltige Fruchtfleisch aus der harten Schale gelöst und darin ausgebreitet. »Es wird bald zu gären beginnen«, hatte er Tessa erklärt, die häufig in die Scheune kam, um ihm bei der Arbeit zuzusehen. Jedes Mal blickte sie ihn dann mit großen Augen an, aber auch sie stellte keine Fragen. Und sie hinderte ihre Mutter und auch Aafke daran.

Einmal hatte er gehört, wie sie zu den beiden sagte: »Wenn er bedrängt wird, blockiert er. Seine Amnesie ist nicht zu bezwingen, sie muss sich von allein lösen.« Und leise hatte sie angefügt: »Über diese komischen Früchte wird es gelingen. Lasst ihn in Ruhe damit arbeiten, irgendwann wird ihm einfallen, wer er ist.«

Nun stand er da und starrte auf das Fruchtfleisch in den Bottichen. »Fruchtpulpe«, flüsterte er. Ja, so hieß es, das wusste er genau. Die Fruchtpulpe entwickelte in der Gärung hohe Temperaturen, der dadurch entstehende Alkohol verhinderte die Keimung der Samen, und die Bohnen verloren einen Teil ihrer Bitterstoffe. »Fermentation!« Damit erhielten sie ihre typischen Geschmacks- und Aromastoffe sowie ihre Farbe.

Es war ein schöner warmer Tag. Die Sonne stieg in einen wolkenlosen Himmel. Sie hatte Kraft und wärmte alles, was vor dem kalten Wind geschützt war. Jacob nahm die Bottiche auf und trug sie nach draußen. Die Sonne würde das Fruchtfleisch trocknen, das wusste er. Was ihm nicht einfallen wollte, war, wie lange das dauern würde. Und was dann geschehen musste, versteckte sich noch irgendwo in seinem Kopf. Aber er fühlte, dass es vorhanden war. So wie er auch fühlte, dass seine Erinnerung irgendwo hockte und darauf wartete, dass er die Tür öffnete, hinter der sie sich versteckte. Die Nähe zu ihr hatte er nie so deutlich gespürt. Bis zu diesem Tag war dort, wo er seine Erinnerung vermutet hatte, ein schwarzes Loch gewesen, jetzt merkte er, dass es eine verschlossene Kammer gab, zu der er nur noch den Schlüssel finden musste.

Er deckte die Bottiche mit sauberen Laken ab, um darunter die Wärme zu speichern. Nun fiel ihm auch ein, dass er die Früchte in den nächsten Tagen wenden musste, damit sie keinen Schimmel ansetzten.

Jacob zuckte zusammen, als ein Schmerz wie ein greller Blitz durch seinen Kopf fuhr. Stöhnend griff er sich an die Schläfen, aber schon war der Schmerz wieder davongehuscht. Doch die Erinnerung an den Schmerz war geblieben. Erinnerung an Lärm, an großen Lärm, an eine Halle, in der es heiß war, in der er sich nicht wohlfühlte, an einen Mann, der vor ihm herging und die Halle verließ, draußen an der frischen Luft tief durchatmete. Er kannte den Mann, er wusste, dass er ihm vertraut war, aber sein Gesicht war noch verschwommen, es schwankte vor seinen Augen, verschwand im Nebel. Zurück blieb ein fader Geschmack im Mund, eine Angst in der Nähe seines Herzens, ein Widerwille, der ihn zurückweichen ließ, etwas, was ihn von den Kakaofrüchten wegtrieb. So, wie sie ihn zunächst angezogen hatten, stießen sie ihn nun plötzlich ab.

Er durfte sich nicht zwingen. Tessa hatte es ihm eingeschärft. Nichts zwingen wollen! Damit blockierte er seine Erinnerungen. Und irgendwann würden sie dann ganz verschwinden. Er musste behutsam mit ihnen und mit sich selbst umgehen. Tessa! Wann würde er endlich wissen, ob er frei für sie war?

Die Zeit war zäh geworden. Sie strömte nicht mehr, sie sickerte in Tessas Leben und in das der Menschen, die zu ihr gehörten. Tessa war es, als watete sie mühsam durch die Zeit, als verginge sie langsamer als sonst, als wollte sie ihr zeigen, worauf es ankam, indem sie ihr Gelegenheit gab, es herauszufinden. Ihr jedoch kam es so vor, als klebte die Zeit an ihren Füßen, als ließe sie sich nicht abschütteln, als sorgte sie dafür, dass nichts zur Klärung kam, als ließe sich nichts durch ihren Verlauf heilen oder enträtseln, als wäre die Zeit wie ein Spinnennetz, in dem sie zappelte, ohne eine Chance haben, sich jemals daraus zu lösen.

In ihrer Praxis hatte sich nichts geändert. Sie blickte jeden Morgen in ein leeres Wartezimmer, hatte nur einmal die Gelegenheit erhalten, einen gequetschten Finger zu versorgen, als Doktor Mommsen zu einem Hausbesuch unterwegs und nicht zu erreichen gewesen war. Jeden Morgen wurde sie auf dem Weg ins Warmbadehaus mitleidig, verächtlich oder sogar gehässig angeblickt, von einigen scheu gegrüßt, von den meisten jedoch nicht.

Nicht einmal die Reederei, der die »Jacob Le Maire« gehört hatte, tat etwas, um den Fluss der Zeit zu beschleunigen. Sie schien kein Interesse daran zu haben, die Fracht, die bei Reimert eingelagert war, an sich zu nehmen, anscheinend hatte man sie längst verloren gegeben. Das hatte wenigstens einen Vorteil. So konnte Jacob versuchen, ein Stück im Fluss der Zeit voranzukommen. Er durfte sich ungestört mit den Kakaobohnen beschäftigen, und jedes Mal, wenn Tessa ihre Praxis abschloss, um nach Hause zu gehen, fragte sie sich, ob sie endlich von ihm mit der Mitteilung empfangen wurde, dass er sich an seinen Namen und an seine Vergangenheit erinnerte. Aber bisher hatte es diesen Erfolg nicht gegeben. Auch Jacob war nicht in einen Fluss eingetaucht, auch in ihm gab es nur ein langsames Sickern, das ihn in die Vergangenheit zurückführte. Aber immerhin! Er spürte von Tag zu Tag mehr, dass die Nebel lichter wurden. Der eine oder andere Blitz, so hatte er es ausgedrückt, hatte bereits für Licht im Dunkel seines Vergessens gesorgt. Er wusste inzwischen, dass es einen Mann in seiner Vergangenheit gab, der sein Leben bestimmte, dem er entweder viel zu verdanken oder unter dem er gelitten hatte. Vielleicht sein Vater? Aber wenn Tessa ihm helfen wollte, sich genauer zu erinnern, schüttelte er den Kopf, als wollte er diesen Zustand zwischen der Amnesie und seinem Erinnerungsvermögen nicht aufgeben.

Jacob schien nicht zu merken, wie genau sie ihn beobachtete, wie oft sie hinter den Fenstern der Scheune stand, um zu sehen, was er dort tat. Die Masse der Früchte, die er in der Sonne getrocknet hatte, war etwa zur Hälfte geschrumpft, da hatte er Reimert um eine große Pfanne gebeten, um die Kakaobohnen zu rösten.

Reimert hatte Tessa fragend angesehen, ehe er ihm antwortete: »Sie wissen, was Sie tun?«

Jacob hatte mit niedergeschlagenen Augen zurückgegeben: »Ja, ich bin ganz sicher. Und ich merke, dass ich mit dem Kakao zu meiner Erinnerung zurückkomme.«

»Also gut!« Reimert hatte schnell Rat gewusst. »Mit einer Haushaltspfanne und einem Küchenherd sind Sie ja wochenlang beschäftigt. Ich besorge etwas anderes.«

Schon am nächsten Tag hatte er Jacob dabei geholfen, auf der Weide in einer gusseisernen Wanne ein Feuer zu entfachen. Dann war er mit einer riesigen Pfanne angekommen, die er dem Küchenchef eines Hotels abgeluchst hatte, dem vom Hotelbesitzer soeben eine neue in die Küche gebracht worden war.

Reimert und Tessa hatten danebengestanden und zugesehen, wie Jacob die Kakaobohnen röstete. Zwei ganze Tage war er damit beschäftigt. Als die letzte Bohne geröstet war, wagte Tessa ihn zu fragen: »Hat diese Arbeit etwas bewirkt?«

Er schüttelte den Kopf, aber er sah sie dabei nicht an. Von diesem Augenblick an glaubte Tessa ihm nicht mehr voll und ganz. Seine Zurückgezogenheit, die Nachdenklichkeit, die neuerdings auf seinen Zügen lag, die Verzweiflung, die gelegentlich in seinen Blick stieg, das alles zeigte ihr, dass er mehr von seiner Vergangenheit wusste, als er zugeben wollte. Sie war plötzlich sogar sicher, dass er seine Amnesie überwunden hatte. Wenn nicht ganz, so doch zu einem großen Teil, oder er stand kurz davor. Und wenn er nicht darüber reden wollte, dann konnte das nur einen Grund haben: Jacob wusste, dass seine Liebe zu ihr keine Zukunft hatte.

Gerade in dieser Zeit kam er oft zu ihr und bat sie, mit ihr allein sein zu dürfen. Einmal versuchte er sogar, sie in sein Schlafzimmer zu locken, aber Tessa entzog sich ihm jedes Mal. Wollte er ihre Gefühle herbeirufen und überlisten? Wollte er ihr Herz lodern lassen … und ihr dann erst erklären, dass er verheiratet war?

Tessa merkte, dass sie drauf und dran war, in einen Sog zu geraten, aus dem sie nicht wieder herausfinden würde. Nein, er musste ihr die Wahrheit sagen, ihr die Möglichkeit geben, eine wirkliche Entscheidung zu treffen, er durfte sie nicht hineinziehen in ein Leben, von dem er nichts verriet. Sie musste ihn beobachten, und irgendwann würde sie ihm auf den Kopf zusagen können, dass er sich erinnerte. Manchmal lächelte sie bei diesen Gedanken. Sie war doch immer noch die Tessa Melford, die sie immer gewesen war, vernünftig und auf sichere Entscheidungen bedacht. Dass ihr die eigene Vergangenheit unbekannt war, hatte nichts verändert.

Während Jacob damit zu tun hatte, die gerösteten Kakaobohnen zu zerteilen, nahm Reimert sie zur Seite. »Ich glaube, er liebt dich«, flüsterte er ihr zu. »Und du? Liebst du ihn auch?«

Tessa sah ihn verlegen an. »Manchmal kommt es mir so vor, als wüsste ich gar nicht genau, was Liebe ist. Kurt habe ich zu lieben geglaubt, aber er hat mich enttäuscht. Bei dir …« Sie sprach es nicht aus, weil sie wusste, dass Reimert unter dieser Wahrheit litt. »Da habe ich mich auch geirrt«, fuhr sie fort. »Warum soll ich jetzt richtig liegen mit meinen Gefühlen?«

»Es gibt also Gefühle?« Reimert lächelte, als wollte er ihr Mut machen.

Tessa zuckte mit den Schultern. »Ja. Aber ich weiß nichts von ihm.«

»Du musst warten, bis er die Amnesie überwunden hat.«

Tessas Stimme wurde nun noch leiser, obwohl es niemanden in ihrer Nähe gab, der sie hören konnte. »Ich glaube, er erinnert sich bereits. Aber er spricht nicht darüber. Und das kann nur bedeuten …« Verzweifelt brach er ab.

»… dass er verheiratet ist?«

In Tessas Augen stiegen Tränen. Antworten konnte sie nicht.

Reimert griff nach ihrer Hand und drückte sie. »Mal sehen, vielleicht bekomme ich etwas heraus …«

Nun schaffte sie es zu lächeln. »Reimert Cruse, der Helfer in allen Notlagen!«

Es war das erste Mal, dass sie so heiter über das sprechen konnte, was sie verband, und sie sah ihm an, dass er es genoss. Ihre spontane Verliebtheit stand nun nicht mehr zwischen ihnen. Reimert wusste, dass sie diese Gefühle überwunden hatte. Nun endlich schien er es wirklich glauben zu können.

Tessa nutzte den Moment der Vertrautheit. »Wie geht's dir gesundheitlich? Kommt Doktor Mommsen voran mit seiner Behandlung? Bei meiner Mutter schlägt sie gut an.«

Reimerts Miene verdüsterte sich. »Doktor Mommsen sagt, es kann zwei bis drei Jahre dauern. Diese Kur mit der Quecksilbersalbe muss mehrmals wiederholt werden, bis man sicher sein kann, dass ich geheilt bin. Er sagt, der Tripper macht immer wieder Pausen, in denen man denkt, er sei besiegt. Aber dann …«

»… kehrt er zurück«, ergänzte Tessa. »Ja, da hat er recht.« Vorsichtig fuhr sie fort: »In Berlin nennt man die Kur mit Quecksilbersalbe längst veraltet. Sie ist hochgiftig, die Körperbehaarung wird womöglich ausfallen, vielleicht auch der eine oder andere Zahn.«

Reimert sah sie erschrocken an. »Davon hat mir Doktor Mommsen nichts gesagt.«

Tessa unterdrückte ihren Ärger. »Meine Mutter bekommt von mir Salvarsan, ein Arsenpräparat. Es ist auch nicht ganz harmlos, aber zurzeit gilt es als das modernere Heilmittel.«

»Ich werde Mommsen darauf ansprechen«, brummte Reimert, dem das Thema unangenehm war.

»Dann wird er davon ausgehen, dass du diese Information von mir hast«, erinnerte Tessa, »und sich kritisiert fühlen.«

»Ist mir egal. Ich will die beste Medizin.«

Tessa hatte den Eindruck, dass sie zum ersten Mal offen mit ihm reden konnte, dass er diesmal das Gespräch nicht abbrechen würde, wie er es sonst immer tat, weil es ihm peinlich war, über die Geschlechtskrankheit zu reden. »Ich hoffe, Doktor Mommsen hat dich gewarnt. Du wirst womöglich jahrelang auf Geschlechtsverkehr verzichten müssen. Jedenfalls ohne Kondom! Aber auch ein Kondom ist nicht hundertprozentig sicher.«

»Sei unbesorgt, ich halte mich daran. Ich werde nicht wissentlich eine Frau anstecken.«

Er hatte das erste Wort des letzten Satzes betont, und Tessa wusste, was er meinte. »Meine Mutter hat dich nicht wissentlich angesteckt. Sie ahnte nichts von dem Tripper. Bei Frauen sind die Symptome schwächer, sie merken es deshalb oft zu spät.«

Reimert nickte. »Gut, dass ich sowieso keine Kinder will.«

»Achte gut darauf, dass der eitrige Ausfluss nicht in deine Augen gerät. Du musst dir häufig die Hände waschen, noch häufiger als sonst.«

»Ich passe auf.« Er hatte auf seine Stiefelspitzen gesehen, nun blickte er auf. »Vielleicht sollte ich mich doch von dir behandeln lassen.«

»Überleg's dir gut«, meinte Tessa. »Beantworte dir erst die Frage, wie Doktor Mommsen darauf reagieren wird.«

»Das muss mir egal sein. Er unterliegt der ärztlichen Schweigepflicht. Über meine Erkrankung darf er nicht reden. Auch nicht, wenn ich nicht mehr sein Patient bin.«

Tessa bestätigte es. Trotzdem war sie nicht so zuversichtlich wie Reimert. Doktor Mommsen konnte sich denken, bei wem er sich angesteckt hatte. Das war eine Waffe, die er gegen sie, die Kurärztin, richten konnte, die seinem Neffen das Amt streitig gemacht hatte. Davon hatte Reimert ihr erzählt. Er hatte gehofft, Tessa ertrüge die Abneigung des Arztes besser, wenn sie wusste, dass sie sich nicht gegen ihre Person richtete. Doktor Mommsen war mit dem Bürgermeister befreundet, über dessen Frau sogar mit ihm verwandt, sie hatten beide das gleiche Interesse, die Stelle des Kurarztes anders zu besetzen. Aber bisher war es dem Bürgermeister nicht gelungen, die neue Kurärztin loszuwerden, indem man sie wegen unterlassener Hilfeleistung verurteilte. Dabei war er mit einer Frau verheiratet, die sich überall und immer maßloser über die Mutter der Kurärztin empörte und sich nicht scheute, Tessa in jeden Verdacht einzubeziehen, den sie gegen Marika hegte. Die Tatsache, dass der Schiffbrüchige, ein Mann, von dem niemand etwas wusste, der nicht einmal seine eigene Vergangenheit kannte, bei ihnen wohnte, trug nicht zur Vertrauensbildung bei. Und die Frage, warum der Kurdirektor alles tat, um Tessa und ihre Mutter zu schützen, führte mittlerweile zu immer gewagteren Antworten. Dass er die Grothes bestochen hatte, war ein offenes Geheimnis, dass Marika nicht mehr in seinem

Bett schlief, hatte ebenfalls längst die Runde gemacht, und wenn Tessa wieder einmal schief angesehen wurde, wenn man ihr nachtuschelte und mit dem Finger auf sie zeigte, fragte sie sich nicht nur, was über sie geredet wurde, sondern auch, ob sich Reimerts Ruf mittlerweile verändert hatte. Ja, sein Name war beschädigt worden, seit sie Kurärztin auf Sylt war. Wenn jetzt noch jemand erfuhr, dass er unter dem Tripper litt, würde sein Ruf ruiniert sein.

Aafke sah Marika stirnrunzelnd an. Nicht, weil diese sich schon wieder unterstand, in der Küche eine Zigarette anzuzünden, sondern weil die aufmerksame Haushälterin die Wäsche inspizierte, die sie einzuweichen gedachte. »Wieso waschen Sie Ihre Buxen neuerdings selbst? Mache ich Ihnen das nicht gut genug?«

Marika, die gerade den Rauch inhalierte, begann zu husten. Sie hielt sich länger als nötig damit auf, zu Luft zu kommen, und Aafke merkte sofort, dass sie um eine Antwort verlegen war. »Ich habe Ihnen schon am Anfang gesagt«, behauptete Marika schließlich, »dass es mir peinlich ist, wenn eine Fremde sich um meine Unterwäsche kümmert.«

»So, so«, brummte Aafke. »Und was ist mit den Unterbuxen des Kurdirektors? Warum ist der plötzlich auch so schanierlich?«

Marika merkte, dass ihre Hand zu zittern begann. Eilig drückte sie ihre Zigarette aus und bemühte sich um einen besonders gleichgültigen Tonfall: »Was geht mich die Unterwäsche des Kurdirektors an?«

»Nun tun Sie mal nicht so!«, schimpfte Aafke. »Nur weil Sie plötzlich nicht mehr bei ihm schlafen, wollen Sie von seinen Unterbuxen nichts mehr wissen?«

»Worauf wollen Sie eigentlich hinaus?«, fragte Marika ärgerlich, die genau wusste, was Aafke meinte, aber hoffte, dass die Haushälterin es nicht aussprechen würde.

»Auf Ihre Probleme im Untergeschoss«, kam es prompt zurück. »Das Fräulein Doktor hat Sie doch untersucht! Ist das denn immer noch nicht besser? Waschen Sie etwa Ihre Buxen selber, damit ich mich nicht anstecke?«

»Unsinn!« Marika erschrak. »Es ist mir nur peinlich.«

»Und was ist dem Kurdirektor peinlich? Das Gleiche?«

Marika sprang auf. »Lassen Sie mich mit dem Kurdirektor in Ruhe!«

»Ja, das weiß ich schon, dass es vorbei ist mit Ihnen beiden. Aber Sie scheinen mich für einen Döskopp zu halten. Hier auf Sylt sind wir zwar nicht so verlottert wie in Berlin, aber von Geschlechtskrankheiten haben wir auch schon was gehört.«

Marika ließ sich auf ihren Stuhl zurückfallen. »Pscht! Dass das bloß niemand erfährt!«

Aafke gab sich unbeeindruckt. Sie setzte sich zu Marika und fragte in sachlichem Ton: »Was ist es? Tripper oder Syphilis?«

Marika blieb der Mund offen stehen. Sprachlos starrte sie die Haushälterin an, unfähig zu antworten.

Das nahm Aafke als Bestätigung. »Dann wissen Sie ja nun, dass es was für sich hat, wenn man es nicht so toll treibt wie Sie in Berlin. Unser Herrgott hat sich schon was dabei gedacht, als er uns die Treue aufgedrückt hat.« Sie strich sich die Haare aus dem Gesicht und steckte alles in ihrem Knoten fest, was sich während der Arbeit gelöst hatte. So schockierend sie ihre Entdeckung augenscheinlich fand, Marika erkannte auch eine gewisse Zufriedenheit in ihren Zügen. Bisher hatte sie es geschafft, ihre Überlegenheit auszuspielen, jetzt freute Aafke sich daran, dass es etwas gab, was sie Marika voraushatte: Gesundheit durch Wohlanständigkeit!

Aafkes Blick wurde plötzlich zornig. »Sie haben den Kurdirektor angesteckt.«

»Wieso?«, gab Marika so hochmütig wie möglich zurück. »Er kann doch auch mich angesteckt haben.«

»Das können Sie mir nicht weismachen. Der Kurdirektor ist keiner, der von einem Bett ins andere hüpft. Der hatte seit Jahren keine Frau. Das hätte ich gemerkt.«

Marika verlegte sich aufs Flehen. »Bitte, Frau Witt … erzählen Sie niemandem davon. Meine Tochter hat schon so viele Probleme auf Sylt …«

»Besser wäre es wirklich, Sie würden wieder nach Berlin zurückgehen.« Aafke stand auf und machte mit der Wäsche weiter. »Glück haben Sie Ihrer Tochter wahrlich nicht gebracht.«

Marika saß da, als hätte jemand einen Kübel Beleidigungen über ihr ausgeschüttet. Tränen sprangen in ihre Augen, aber noch war sie nicht bereit, Verzweiflung zuzulassen, wo sich Wut leichter ertragen ließ. »Was kann ich dafür, dass die Leute hier so verbohrt sind und meinen, ein weiblicher Kurarzt wäre nicht so tüchtig wie ein männlicher?«

»Und was ist mit Ihren literarischen Salons? Über den ersten mit den Schweinkram-Gedichten regt sich die Frau des Bürgermeisters heute noch auf, und zum zweiten ist außer Frau von Keller niemand gekommen. Nicht einmal die Badegäste, die mit so kurzen Röcken auf der Insel herumspazieren wie Sie. Glauben Sie etwa, das hat dem Ruf Ihrer Tochter gutgetan?«

Jetzt konnte Marika die Tränen nicht zurückhalten. »Ich will nur ihr Bestes«, schluchzte sie hilflos.

Aafke ließ sich von ihrem Jammer nicht beeindrucken. »Deswegen hatten Sie auch nichts Besseres zu tun, als auf der Stelle mit dem Kurdirektor ins Bett zu gehen«, schimpfte sie. »Dass Ihre Tochter sich in ihn verguckt hatte, haben Sie natürlich nicht gemerkt.«

Marikas Tränen versiegten in der Verblüffung. »Was sagen Sie da?«

Aafke winkte ab. »Genau weiß ich es nicht. Aber mir kam es jedenfalls so vor, als das Fräulein Doktor hier ankam.« Die kurze Sanftmut schob sie gleich wieder beiseite. »Sie meinen wohl, in der ganzen Welt geht es so zu wie in Berlin! Aber dafür haben Sie ja nun die Quittung bekommen.«

In Marikas Kopf drehte sich noch die Behauptung, die Aafke soeben aufgestellt hatte. »Bitte, Frau Witt«, flehte sie, »reden Sie nicht darüber. Das darf niemand erfahren.«

Aafke warf ihr einen finsteren Blick zu. »Nicht Ihnen zuliebe, das sage ich Ihnen gleich. Aber Ihr Fräulein Tochter soll nicht unter Ihrem Lotterleben leiden. Und der Kurdirektor auch nicht. Er kann üble Nachrede zurzeit auch nicht gebrauchen. Wo dem alle hinterhertuscheln, er hätte die Grothes bestochen …«

Die Kopfschmerzen waren eine einzige Qual. Kein bohrender Schmerz war es, sondern ein heftiges Gewitter in seinem Kopf, mit grellen Blitzen, heranrollendem und vergehendem Donner und immer wiederkehrendem Wetterleuchten, das ihn ein ums andere Mal zusammenzucken ließ. Wenn es dann in seinem Erinnerungsvermögen für ein paar Momente dunkel und still wurde, war jedes Mal mehr zurückgeblieben als vor dem letzten Ausbruch. Und schließlich ließ er sich auf einen wackeligen Hocker sinken und die Kurbel der Mühle stillstehen, die Reimert Cruse für ihn aufgetrieben hatte. Als er angefangen hatte, den Kakaobruch zu mahlen, war es losgegangen. Die Erinnerung an den kleinen Burschen, der zum ersten Mal dabei zusehen durfte, hatte ihn angesprungen, wie der Nachbarsjunge es von da an tat, der ihm neidete, einen Vater zu haben, der eine Schokoladenfabrik besaß.

Er war noch längst nicht fertig mit dem Mahlen, aber er brauchte nun eine Pause. Als der Kurdirektor ihm die Mühle in die Scheune brachte, hatte er gesagt: »Ich bin gespannt, ob es was nützt. Ob Sie mit dem Kakao Ihrer Erinnerung auf die Sprünge helfen.«

Ja, es hatte was genützt. Wenn er sich auch fühlte wie nach einer heftigen Schlägerei, in der er der Unterlegene gewesen war. Sein Kopf dröhnte, sein Leben schlug auf ihn ein, als wollte es ihn dafür bestrafen, dass er es für eine Weile vergessen hatte. Die Stimme seines Vaters schrie gegen einen Maschinenlärm an, der seinen ganzen Kopf ausfüllte: »Ein Gottorf entzieht sich nicht feige. Er ist immer an Bord, als Erster und als Letzter!«

Er musste sich Mühe geben, die dünne Mädchenstimme zu verstehen, die sich einmischte. »Lass Henry in Ruhe, Papa!«

Seine Schwester Lilli! Henry fühlte, dass er lächelte, trotz der Schmerzen und dem Durcheinander in seinem Kopf.

Und dann eine kühle Hand, die sich auf seine Stirn legte. »Mama!«, flüsterte er.

Ihre Stimme war nur zu hören gewesen, wenn alle anderen schwiegen, wenn sein Vater in die Fabrik gegangen war und Lilli mit der Kinderfrau einen Spaziergang machte. Seine Erinnerungen nahmen nun auch Feinheiten auf. Er wusste mit einem Mal, dass die Zärtlichkeiten seiner Mutter ein Geheimnis waren. Das Geheimnis, das nur ihnen beiden gehörte. Sein Vater durfte nichts davon wissen, dass er gern auf ihrem Schoß saß, dass er oft weinte, wenn sein Vater nicht in der Nähe war, dass er dann schwach und ängstlich sein durfte, weil seine Mutter es ihm gestattete. Heimlich!

»Ein Gottorf ist keine Memme!«

Wenn die Tür hinter dem Vater ins Schloss gefallen war, hatte die Mutter ihn zu sich gewinkt und ihn an ihre Brust gezogen. Als er älter war, hatte sie sich neben ihn gesetzt, ihm übers Haar gestrichen und ihm zugeflüstert, dass sie stolz auf ihn sei. Und als er nach Afrika reisen wollte, hatte sie ihn unterstützt und sich zum ersten Mal in die Arbeit seines Vaters eingemischt. »Es ist sicherlich gut, wenn jemand aus der Geschäftsleitung bei den Plantagenbesitzern erscheint. An Ort und Stelle lässt sich besser verhandeln.«

Henry war es wie ein Wunder vorgekommen, dass sein Vater sich darauf einließ und ihr zustimmte. Die Reise, die vor ihm lag, schien sein ganzes Leben zu verändern. Obwohl sie nur ein paar Monate dauern würde, hoffte er dennoch darauf, dass alles anders sein würde, wenn er zurückkehrte. Aber wie es nach seiner Rückkehr sein würde, darüber hatte er sich keine Vorstellungen gemacht. Nur anders! Die Reise war eine derart gigantische Unternehmung, ein so einzigartiges Abenteuer, noch dazu eins, das er ganz allein bestehen durfte, eigenverantwortlich, auf eigenes Risiko, mit ganz eigenen Freuden und Gefahren, dass sie einfach etwas bewirken musste! Irgendetwas! Nach einer solchen Reise konnte nichts mehr sein wie vorher.

Die Kopfschmerzen wurden wieder heftiger, als er sich an die letzten Tage in Abidjan erinnerte, als ihm klargeworden war, dass er nur bis zum Ende der Reise und keinen Schritt weiter gedacht hatte. Als die Verträge gemacht waren, als die ersten Lieferungen verschifft wurden, während er die Arbeit beaufsichtigte und seine Passage nach Antwerpen buchte, hatte er begriffen, dass die Reise nichts verändert hatte. Gar nichts! Die Angst war schon wieder da, die Angst, etwas falsch zu machen, die Angst, zu hören zu bekommen, dass er versagt hatte, dass sein Vater einen viel besseren Preis ausgehandelt hätte, dass ein Gottorf sich nicht über den Tisch ziehen ließ. Seine Mutter hatte nur dafür gesorgt, dass er sich später an eine schöne Zeit erinnern konnte, die ihm helfen würde, alles andere zu ertragen. Mehr nicht! Aber immerhin …

Ihre Stimme ertönte in seinem Kopf, ohne dass er sich auf ihre Worte einen Reim machen konnte: »Pass gut auf dich auf! Und prüf dich genau, ehe du jemandem deine Liebe schenkst.«

Hatte sie das wirklich gesagt? Oder hatte er einem Gedanken die Stimme seiner Mutter gegeben? Er wusste es nicht. Er wusste auch nicht, warum die Stimme seiner Mutter so dünn und schwach war, so weit weg, kaum hörbar.

Der Aufruhr in seinem Kopf endete, die Schmerzen ließen nach, die quälende Tortur, die seine Erinnerungen daran gehindert hatte, in alle Richtungen zu springen, löste sich allmählich. Jede Erinnerung rückte nun an ihren Platz. Er atmete tief ein und aus. Nun war er nicht mehr Jacob, der Schiffbrüchige. Er war wieder Henry Gottorf, Erbe der Schokoladenfabrik Gottorf.

Als Tessa zurückkehrte, wurde sie sowohl von Marika und Aafke als auch von Reimert und Jacob erwartet. Erschöpft ließ sie sich auf einen Stuhl und ihre Arzttasche daneben fallen. »Das ist gerade noch mal gut gegangen.«

Marika sprang auf und setzte sich auf den Stuhl direkt neben Tessa. »Erzähl!«

Tessa war zu einem Notfall gerufen worden. Ein Gast des Grand-Hotels hatte einen Herzanfall erlitten, und Babette von Keller, die zufällig zugegen gewesen war, hatte dafür gesorgt, dass nicht Doktor Mommsen, sondern die Kurärztin gerufen worden war. Endlich eine Gelegenheit, sich zu bewähren!

»Hast du den Mann gerettet?«, fragte Marika.

Tessa machte nicht viele Worte, berichtete kurz und bündig von dem Zustand des Mannes und den Maßnahmen, die sie ergriffen hatte. Als sie endete, lächelte sie versonnen. »Babette von Keller hat mir mehrmals versprochen, mir zu helfen. Nun hat sie es tatsächlich getan. Dem Patienten wäre es sicherlich lieber gewesen, wenn sie nach Doktor Mommsen hätte rufen lassen. Aber als es ihm besser ging, hat er mir gedankt.«

Alle redeten aufgeregt durcheinander. Aafke versprach, aller Welt davon zu erzählen, Marika jubelte, das könne der Durchbruch sein, wenn es sich herumspräche, Reimert nickte anerkennend und stimmte Marika sogar zu. Nur Jacob schwieg. Aber seine Augen und sein Lächeln sprachen Bände. Während Aafke für alle Tee eingoss, Marika es wagte, sich an Reimert zu wenden, und dieser sich einmal nicht wegdrehte, sondern auf ihre Worte einging, entstand zwischen Tessas und Jacobs Augen ein Weg, ein sanfter, gewundener Pfad, von ihrem Blick in seinen, aus seinen Augen in ihre. Er war entstanden in einer stürmischen Nacht, die mit einer Katastrophe geendet hatte, über das holprige Pflaster seiner Amnesie, durch den Garten, der durch ihren ersten Kuss zum Blühen gebracht worden war, und seine Arbeit in Reimerts Scheune, die durch die nebelige Strecke dieser Straße führte und allmählich die Sonne aufgehen ließ. Dass sie vor einem Bergrutsch gestanden hatten, als ihr der Verdacht gekommen war, Henry hätte seine Amnesie längst überwunden, vergaß Tessa in diesem Augenblick. In wenigen Sekunden war einer beim anderen angekommen. Und als sich ihre Augen voneinander lösten, weil sie den drei anderen nichts von diesem Weg zeigen wollten, blieben sie doch miteinander verbunden. Tessas Verdacht spielte für Augenblicke keine Rolle. Ob Jacob seine Amnesie durchbrochen hatte, wollte sie in diesem Augenblick nicht wissen.

»Doktor Mommsen wird nicht glücklich sein«, sagte Aafke gerade, »wenn er hört, dass er nicht gerufen wurde.«

»Und der Bürgermeister erst!«, fügte Reimert an.

»Doktor Mommsen wurde dann doch noch gerufen«, unterbrach Tessa. »Der Besitzer des Grand-Hotels vertraute mir nicht. Aber mein Kollege konnte nichts tun, was ich nicht schon getan hatte.«

Aus der Euphorie wurde schlagartig Empörung. Reimert nannte Peter Lauritzen einen Idioten, der nie dazulernen würde, Aafke hatte immer schon gewusst, dass ihm nicht zu trauen war, und Marika machte es noch pauschaler, indem sie alle Männer dumm und ignorant nannte.

Tessa lächelte. Und obwohl sie Jacob nicht ansah, galt ihr Lächeln vor allem ihm. Die anderen redeten miteinander, sie selbst war nicht mehr der Mittelpunkt, sondern nur das, was sie getan hatte, dass sie einen Menschen gerettet hatte. Auf diese Weise wurde das Band, das sie mit Jacobs Augen verband, nicht unterbrochen, niemand stellte sich in diesen Weg, er wurde nicht einmal bemerkt.

Aber dann erhob sich Jacob, als brauchte er Zeit für sich allein, als müsste er Atem schöpfen nach dieser Wegstrecke, und sagte: »Ich gehe wieder in die Scheune.«

Niemand reagierte darauf, dass er die Küche verließ, nur Tessa nahm es zur Kenntnis. Und nur sie bemerkte, dass er von etwas getrieben wurde. Eine unsichtbare Kraft, die an ihm gezerrt hatte, der er sich nicht widersetzen konnte oder wollte. Die Arbeit in der Scheune schien ihm viel zu bedeuten.

Eine halbe Stunde später murmelte sie eine Entschuldigung und folgte Jacob. Während sie die Weide überquerte, kam es ihr zunächst so vor, als hätte er sich anders entschlossen, als wäre die Scheune leer. Kein Geräusch drang heraus, hinter den Fenstern war keine Bewegung zu erkennen. Aber als Tessa sich näherte, hörte sie es doch: Er war mit dem Mahlen der Kakaobohnen fortgefahren. Und als sie vorsichtig an ein Fenster trat, sah sie ihn. So lange hatte er die Kakaobohnen gemahlen, bis nun eine dickflüssige Kakaomasse entstanden war. Fasziniert beobachtete sie, wie er dieser Masse Zutaten zufügte, die er schon bereitgestellt hatte: Zucker und Milch und etwas, was Tessa noch nie gesehen hatte, ein hellgelbes Fett, das aussah wie Seife. Vermutlich handelte es sich um die Kakaobutter, von der er einmal gesprochen hatte. Er hatte sie den Kakaobohnen nach dem Rösten abgepresst. Sie war das Ausgangsmaterial für das, was er in Reimerts Scheune herstellen wollte.

Seine Hände waren so geschickt, seine Bewegungen so sicher, dass sie sofort erkannte: Er tat etwas, was er gelernt hatte. Sein frühes Staunen war überwunden, die erste Unsicherheit auch, und über das Erkennen war er längst hinaus. Jacob wusste, was zu tun war. Seine Handgriffe waren routiniert, er zögerte an keiner Stelle.

Sie fürchtete, ihn zu stören, wenn sie die Scheune betreten würde. Die Zurückgezogenheit, in der er arbeitete, war keine Einsamkeit, keine Isolation, höchstens eine Weltentfremdung, ganz sicher aber eine Ausgeschlossenheit, für die er sich selber entschieden hatte. Er wollte es so! Und das konnte nur einen Grund haben: Er war seiner Erinnerung nicht nur auf der Spur, er hatte sie längst zurück. Die Vermutung, die Tessa schon einmal gekommen war, wurde in diesen Augenblicken vor dem Fenster der Scheune zur Gewissheit. Sie beobachtete, wie Jacob gedankenvoll die Fäuste aufstützte, das Ergebnis seiner Arbeit betrachtete und sich dann mit dem Handrücken über die Stirn wischte, als wollte er vergessen, was er gesehen hatte, als quälte es ihn.

Er griff nach einem langen Holzschlegel und begann die Masse zu rühren, die er in einem großen Trog vor sich hatte. Er rührte und rührte, der Schweiß trat ihm auf die Stirn, aber er wandte sich nicht von seiner Arbeit ab.

In diesem Augenblick verließ Tessa den Weg der Liebe, der kurz zuvor zwischen ihnen entstanden war. Jacob hieß nicht mehr Jacob, er hatte sich längst seinen Namen zurückgeholt, sie war ganz sicher. Er hatte sein altes Leben zurück. Warum verriet er es nicht? Tessa brauchte nicht lange nachzudenken. Es gab dafür nur einen einzigen Grund …

Jacob schien zu spüren, dass er nicht mehr allein war. Mit einem Mal drehte er sich um, ihre Blicke trafen sich, aber der Weg zwischen ihnen war durch eine schwere Erkenntnis versperrt worden. Sie türmte sich vor Tessa auf, nahm Jacob die Sicht auf das, was sie fühlte, und trennte sie. Er erkannte es zwar, wusste aber nicht, wodurch sie getrennt wurden, und lief zur Tür, um zu ihr zu kommen.

Doch Tessa war schneller. Sie steuerte schon auf ihr Haus zu, als er aus der Scheune trat, und verbot sich, einen Blick zurückzuwerfen. Sie öffnete die Küchentür, hinter der sie lebhafte Stimmen hörte. Als sie sich wieder zu Marika, Aafke und Reimert setzte, kam es ihr so vor, als wäre ihre Abwesenheit gar nicht bemerkt worden.

X.

Reimert traf Fokko nun öfter. Er hatte sogar den Verdacht, dass Mettas Bruder sich ihm in den Weg stellte, wann immer sich die Gelegenheit bot. Wenn Reimert in Gesellschaft war, ließ Fokko es bei einem Nicken bewenden oder drehte sich um, als hätte er den Kurdirektor nicht gesehen – so, wie er es seit Jahren hielt –, doch wenn Reimert allein war, sprach er ihn an. »Moin! Wie geht's?«

Reimert verzichtete meist auf eine Antwort, aber Fokko schien jeden Respekt verloren zu haben. Reimert wusste, warum. Fokko hatte ihn unter Druck gesetzt, er war auf seine Erpressung eingegangen, und damit hatte er einen Teil seiner Freiheit eingebüßt. Er konnte nicht mehr entscheiden, dass er Fokko nicht mochte und deshalb nichts mit ihm zu tun haben wollte, er konnte nicht einmal unfreundlich zu ihm sein, weil er fürchten musste, dass Fokko dann auf seine Zusage pfiff und trotz seines Versprechens verriet, warum Laurids damals die Insel verlassen hatte und nie zurückgekehrt war.

Wieder hörte er Fokkos Stimme, als er aufs Rathaus zuging. »Moin.« Er machte ein paar schnelle Schritte und war im Nu an Reimerts Seite. »Wie geht's?«

Reimert antwortete mit einer Gegenfrage: »Warum hast du mir nicht gesagt, dass Metta tot ist?«

Fokko tat so, als wäre er über alle Maßen erstaunt. »Das hätte dich interessiert? Damit habe ich nicht gerechnet.«

Reimert schwieg ein paar Augenblicke, wartete darauf, dass Fokko ihm mehr über Mettas Tod verriet, hätte ihn aber um nichts in der Welt danach gefragt. Und als Fokko stumm blieb, war er froh, dass er nichts hören musste. Metta und eine schwere Krankheit, Metta und langes Siechtum, Metta und schreckliche Schmerzen … nein, das durfte seine Erinnerung nicht trüben. Es wär schon schwer genug gewesen, sich Metta in den Wehen vorzustellen, ihr schmerzverzerrtes Gesicht, ihr Stöhnen, ihr Wimmern, ihr Flehen. Nein, Metta musste für ihn immer schön und lächelnd sein, gesund und stark.

»Was willst du?«, fragte er. »Ich habe getan, was du verlangt hast.«

Fokko bestätigte es. »Ja, aber die Grothes sind auf dein Angebot nicht eingegangen.«

»Was kann ich dafür?«, gab Reimert ärgerlich zurück.

»Wenn ich eine neue Arbeit suche, könnte das ein Problem werden. Also, ich sage dir … wenn ich nichts finde … wenn man mich nicht einstellen will, weil ich zu denen gehöre, die dabei waren, als Nermin verblutete …«

»Was dann?« Reimert nahm nun eine drohende Haltung an.

Fokko bekam es prompt mit der Angst zu tun, das konnte er nicht hinter seiner Miene aus Überlegenheit und Dreistigkeit verbergen. »Dann könnte es bei mir den einen oder anderen finanziellen Engpass geben.«

»Du willst Geld?« Reimert wartete Fokkos Antwort nicht ab. Er griff nach den Aufschlägen seiner Jacke und zog ihn zu sich heran. Dass Fokko keine Anstalten machte, sich zu wehren und sich aus Reimerts Händen zu lösen, machte aus seiner Angst vor Fokkos Verrat die Sicherheit des Stärkeren. »Nimm dich in Acht! So kannst du mit mir nicht umspringen. Ich bin einmal auf deine Forderungen eingegangen, aber ein zweites Mal werde ich es nicht tun. Verstanden? Meinetwegen kannst du dann auf Sylt erzählen, was du willst. Es wird auf dich zurückfallen, dafür werde ich sorgen. Ein Wort von dir, und du musst sehen, dass du irgendwo auf dem Festland Arbeit findest.«

Damit ließ er Fokko stehen und ging in aufrechter Haltung und mit zügigen Schritten ins Rathaus. Erst in seinem Büro stieß er die Luft aus, die sich in seinem Brustkorb angestaut hatte. Fokko, dieser Mistkerl! Reimert hieb so gewaltig auf die Platte seines Schreibtisches, dass die Bleistifte, die dort lagen, in die Höhe sprangen. Am liebsten hätte er Laurids' Namen geschrien. Nein, er würde nicht zulassen, dass jemand erfuhr, was sein Bruder getan hatte. Niemals!

Es klopfte, die Tür öffnete sich, noch ehe er »Herein!« gerufen hatte. Der Bürgermeister stand in seinem Büro. »Sie hatten eine reichlich lange Mittagspause, Herr Cruse. Schon vor einer guten Stunde wollte ich mit Ihnen die Feierlichkeiten zur Eröffnung des Bahndamms besprechen.«

Reimert fühlte sich nicht verpflichtet, bei der Wahrheit zu bleiben. »Ich war nach dem Mittagessen am Bahndamm und habe mich vergewissert, dass die Arbeiten so gut wie fertig sind. Einige Arbeiter richten schon den großen Torbogen auf, durch den Reichspräsident Hindenburg schreiten soll. Umkränzt wird er natürlich erst einen Tag vor der Einweihung, damit das Laub noch frisch ist.«

Der Bürgermeister fiel auf seine Ausrede herein, er nickte zufrieden. »Sagen Sie mal, Cruse … was ist eigentlich mit dem Schiffbrüchigen im Haus der Kurärztin? Hat der sein Gedächtnis immer noch nicht wieder?«

Reimert schüttelte den Kopf, auch hier blieb er nicht ganz bei der Wahrheit. Er hatte ebenso wie Tessa bemerkt, dass sich etwas verändert hatte, seit Jacob sich in seiner Scheune mit den Kakaobohnen beschäftigte. »Die Kurärztin glaubt aber, dass er kurz davor steht, die Amnesie zu durchbrechen.«

Der Bürgermeister runzelte die Stirn. »Und bis dahin füttert sie ihn durch?«

»Was soll sie machen? Ihn auf die Straße setzen? Oder will die Stadt Westerland ihm ein Hotelzimmer anbieten?«

Der Bürgermeister wehrte ab. »Um Gottes willen! Die ersten Gäste reisen schon an, die bei der Einweihung des Bahndamms dabei sein wollen. Wenn es so weit ist, wird hier jedes Bett gebraucht.«

»Na, also! Dann wird der Kurärztin wohl nichts anderes übrigbleiben.« Reimert erlaubte sich ein kleines Lächeln. »Aber machen Sie sich keine Sorgen. Frau Doktor Melford ist sehr sozial eingestellt. Sie ist keine, die einen hilflosen Menschen im Stich lässt. Und notfalls bin ich ja auch noch da.«

Der Bürgermeister fand einen Weg, der Kurärztin keine Bewunderung zollen zu müssen. »Die Kleidung des Schiffbrüchigen sah ja teuer aus. Vermutlich kann er ihr später, wenn er seine Erinnerung zurück hat, Kost und Logis bezahlen.«

Reimert war dieses Gespräch lästig, er nickte stumm.

»Komisch nur«, fügte Rasmus Dirks noch an, »dass ihn keiner zu vermissen scheint. Die Reederei war zuversichtlich, dass sich seine Identität schnell klären lässt. Wenn er auch nicht auf der Passagierliste stand, muss doch jemand wissen, dass er mit dem Schiff nach Hamburg unterwegs war, und sich fragen, wo er bleibt.«

Reimert setzte sich an seinen Schreibtisch und zog eine Akte heran. »Es wird sich schon alles klären«, meinte er, ohne den Bürgermeister anzusehen.

Rasmus Dirks begab sich zur Tür. Als er die Hand auf die Klinke legte, sagte er: »Haben Sie übrigens mitbekommen, dass Metta gestorben ist?«

»Ja.« Mehr gab Reimert nicht zur Antwort. Nur dieses eine Wort.

Dirks zögerte, es schien ihm noch etwas auf den Lippen zu liegen, aber er sprach es dann doch nicht aus. Stattdessen sagte er: »Man hört, die Kurärztin hat sich vorgedrängt, als im Grand-Hotel ein Arzt gebraucht wurde.«

»Vorgedrängt?« Reimerts Blick schnellte hoch. »Sie wurde gerufen. Frau von Keller hat zur Kurärztin schicken lassen.«

»Ach ja!« Rasmus Dirks erlaubte ich sich eine wegwerfende Handbewegung. »Die einzige Patientin der Kurärztin. Man hört, sie wurde durch ein bisschen Gerede geheilt. Hokuspokus? Oder wie würden Sie das nennen?«

Reimerts Blick wurde eisig, seine Stimme messerscharf. »Ich nenne das Gesprächstherapie. Eine moderne Form der Medizin. Aber es wundert mich nicht, dass Sie noch nichts davon gehört haben, Herr Bürgermeister. Vermutlich hat nicht einmal Doktor Mommsen eine Ahnung von Gesprächstherapie.«

Rasmus Dirks stieß ein meckerndes Lachen aus, als hielte er Reimerts Entgegnung für einen Scherz, dann verließ er das Büro.

Kaum war die Tür hinter ihm ins Schloss gefallen, warf Reimert sich gegen die Rückenlehne seines Stuhls, einmal, zweimal, bis das Holz knirschte. Er kniff die Augen fest zusammen und öffnete sie erst wieder, als Mettas Bild verschwunden war.

Marika musste allen Mut zusammennehmen. Sie wusste nicht, wie Reimert reagieren würde, und was Tessa von ihrer Idee hielt, war ihr ebenfalls nicht klar. Sie vermutete sogar, dass ihre Tochter dagegen sein würde. Und deshalb hielt sie es für sinnvoll, alles schon so weit in die Wege zu leiten, dass Tessa sie nicht mehr an der Durchführung ihres Plans hindern konnte. Ein großartiger Plan! Marika war fest davon überzeugt, ein neues Ziel gefunden zu haben. Dass sie auch Jacobs Meinung dazu nicht kannte, bedrückte sie am wenigsten, obwohl er der Dreh- und

Angelpunkt war. Solange er nichts von seinem Leben, seiner Identität, seiner Abstammung wusste, würde er nichts dagegen haben, etwas Sinnvolles zu tun. Wie oft schon hatte er angeboten, Aafke in Haus und Garten zu helfen oder Reparaturarbeiten am Haus vorzunehmen. Jedes Mal hatte sich jedoch herausgestellt, dass er dafür nicht geschaffen war. Jacob musste einsehen, dass er in seinem Leben noch keine Reparaturarbeiten erledigt und nicht die geringste Ahnung von Hausarbeit hatte.

»Ich bin völlig nutzlos«, hatte er schon mehrmals geklagt. »Ich brauche eine Aufgabe. Außerdem will ich mich irgendwie erkenntlich zeigen für die Gastfreundschaft in diesem Hause.«

Deswegen war Marika sicher, dass er ihren Plan unterstützen würde. Damit hätte er dann eine Aufgabe gefunden. Sogar eine, die Geld einbringen würde. Und wenn er sein Gedächtnis nicht wiederfand, wenn es ihm nicht gelang, in sein altes Leben zurückzukehren, dann würden sie Geschäftspartner werden. Eine wunderbare Idee! Dass Jacob keine Ruhe geben würde, bis er zu seiner Identität zurückgefunden hatte, vergaß sie der Einfachheit halber. Wenn Marika Melford eine Idee verfolgte, ließ sie sich nicht gern von vernünftigen Einwänden abhalten.

An diesem Morgen war es so weit gewesen. Als Marika aufgewacht war, hatte Aafke allein in der Küche hantiert und auf ihre Frage nach Jacob zur Scheune gezeigt. »Er werkelt schon wieder mit den Kakaobohnen herum. Leider lässt er niemanden herein. Aber ich war eben vor der Tür. Ein Duft ist das! Richtig lecker!«

Marika hatte Jacob am Tag zuvor das Geständnis entlockt, dass er Schokolade herstellte. Er wusste, wie es ging, er wusste, wie Schokolade zu schmecken hatte, er wusste, was das Besondere an Schokolade war, wie sie zu veredeln war und wann es sich um ein alltägliches Kakaoprodukt handelte, das nicht viel wert war. Er hatte Marika alles erklärt.

Tessa war dazugekommen. »Woher weißt du das?«, hatte sie auf eine Art und Weise gefragt, die Marika nicht gefiel. Herausfordernd und aggressiv!

»Scheint so, als hätte ich in meinem früheren Leben mit Schokolade zu tun gehabt«, hatte Jacob geantwortet.

»Daran erinnerst du dich? Aber nicht an deine Identität?«

Marika war erschrocken gewesen. Tessas Frage hatte sich angehört, als vermutete sie, dass Jacob etwas verschwieg. »Aber, Tessa! Wie sprichst du mit unserem Gast?«

Sie hatte die beiden schleunigst allein gelassen. In einen Streit wollte sie nicht hineingezogen werden. Dass sich zwischen Jacob und ihrer Tochter etwas veränderte hatte, war ihr längst aufgegangen, dass sie sich duzten, war nur ein äußerliches Zeichen. Doch was dahintersteckte, wusste sie nicht. Jacob war in Tessa verliebt, das sah eine Frau wie Marika sofort, die viele Liebesbeziehungen hatte entstehen und zerbrechen sehen. Aber Tessa? Marika hatte manchen Blick aufgefangen, den Jacob und Tessa wechselten, hatte bemerkt, wie Tessa ihm hinterhersah – und dann irgendwann festgestellt, dass sie seinem Blick auswich und sich nicht mehr gern in seiner Nähe aufhielt. In den Gesprächen, die sie kurz vor dem Einschlafen führten, seit sie im selben Bett schliefen, war Marika darauf zu sprechen gekommen, hatte aber keine Antwort erhalten. Nein, sie wusste nicht, was geschehen war. Seit sie erfahren hatte, dass Tessa mal in Reimert verliebt gewesen war, zweifelte sie ihre eigene Kompetenz an, die in Berlin über jeden Zweifel erhaben gewesen war. Marika, die Beziehungsexpertin! Aber dann hatte sie Ediths Liebe unterschätzt und nicht einmal gemerkt, dass sie ihrer Tochter wehtat, indem sie sich an den Hals des Kurdirektors warf. Seitdem war Marika vorsichtiger geworden. Womöglich wusste sie doch nicht mehr aus der Welt der zwischenmenschlichen Beziehungen als das, was offensichtlich war. Hatte sie ihr Leben lang zu selten hinter die Kulissen der Liebe geschaut? Immer nur auf das, was sich auf der Bühne, für alle sichtbar, abspielte?

Sie war froh, als das Rathaus in Sicht kam und sie damit von den Fragen erlöst wurde. Über den misstrauischen Blick einer Frau, die ihr entgegenkam, sah sie hinweg, über das Getuschel der beiden Pförtner ebenfalls. Zum Glück brauchte sie nicht nach Reimerts Büro zu fragen, sie wusste, wo es sich befand. Und von dem Bürodiener ließ sie sich nicht aufhalten, erst recht nicht von dem Aktenboten, der gerade aus Reimerts Büro kam und versuchte, die Tür vor ihrer Nase zu schließen, damit sie sich erst ordnungsgemäß anmeldete, bevor sie zum Kurdirektor vorgelassen wurde.

Marika schob den Mann einfach beiseite und riss die Bürotür auf. »Ich muss mit dir reden, Reimert!«

Seine Verblüffung wischte sie mit einer Handbewegung weg und seine Frage, ob das nicht Zeit bis zum Mittagessen habe, ebenfalls. »Ich möchte mit dir allein sprechen.«

Sein Blick wurde misstrauisch, wachsam und kühl. Er schien etwas Unangenehmes zu erwarten und zu fürchten, dass sie an ihre kurze gemeinsame Zeit anknüpfen wollte. Das hatte sie nicht vor, hoffte aber dennoch, dass diese Zeit, die leidenschaftlich und voller Genussfreude gewesen war, die Sache erleichterte, wegen der sie gekommen war. Natürlich konnte es sein, dass durch die Krankheit, die ihre kurze Beziehung so jäh beendet und die Zukunft überschattet hatte, alles andere in Vergessenheit geraten war, aber sie wollte es dennoch versuchen.

Tatsächlich erhob Reimert sich nun zuvorkommend und wies zu der Sitzgruppe, die in einer Ecke seines geräumigen Büros stand. Marika war ihm dankbar, dass er sie nicht wie eine Bittstellerin behandelte, sondern wie einen Besuch, der höflich empfangen werden musste. Zum ersten Mal, seit er erfahren hatte, dass er von ihr angesteckt worden war, sah er sie wieder aufmerksam an, statt ihrem Blick auszuweichen. Und sie hatte sogar die Hoffnung, dass er merkte, wie sorgfältig sie sich geschminkt und wie viel Mühe sie sich gegeben hatte, um besonders attraktiv auszusehen.

»Was willst du?« Seine Frage klang zwar barsch, aber seine Stimme war freundlich und warm.

»Ich möchte ein Geschäft eröffnen«, begann Marika ohne Umschweife. »Brauche ich dafür eine Genehmigung?«

Reimert starrte sie verblüfft an. »Ein Geschäft?« Schon verschloss sich seine Miene, und sein Blick sollte ihr wohl zeigen, dass ihr Besuch Zeitverschwendung war. »Denkst du an die Verbreitung von erotischer Literatur?«

Marika war es, als hätte sie eine Ohrfeige erhalten. »Glaubst du, ich hätte nichts anderes im Sinn als … so was?«

Reimert antwortete nicht, er verschwieg, was er glaubte. Aber dieses

Schweigen hatte zwei Facetten. Die Verächtlichkeit war leicht zu erkennen, doch ein wenig Respekt schimmerte auch durch sie hindurch.

Das gab Marika den Mut, weiterzusprechen. »Es geht um Jacob. Er arbeitet mit den Kakaobohnen, er stellt Schokolade her.«

»Das habe ich schon gemerkt.«

»Phantastische Schokolade! Ich durfte sie probieren. Er hat dünnes Blech in deiner Scheune gefunden und daraus hübsche Figuren gemacht. Herzen, Sterne, Fische und Muscheln. Formen, in die er die Schokolade gießt und erstarren lässt. Wenn er sie aus den Formen löst, hat er sehr hübsche Schokoladenfiguren.«

In Reimerts Gesicht zeigte sich Interesse. »Die willst du verkaufen?«

Marika nickte eifrig. »Die Einweihung des Bahndamms ist eine wunderbare Gelegenheit. Wenn die Schokolade Absatz findet, kann man überlegen, wie man die Herstellung vereinfacht. Eine richtige Fabrikation müsste daraus werden. Dann würde es sich lohnen, ein kleines Geschäft zu eröffnen. Direkt am Strand! Ich habe Jacob gesagt, er soll sich um maritime Formen kümmern. Herzen und Sterne sind keine guten Sylt-Andenken, aber Fische und Muscheln. Heute will er versuchen, Schokolade in die Form einer sich überschlagenden Welle zu gießen. Vielleicht schafft er auch eine Möwe mit ausgebreiteten Flügeln.« Marikas Stimme wurde immer lauter und leidenschaftlicher. »Man wird uns die Schokolade aus den Händen reißen. Diejenigen, die heimfahren, werden sie als Mitbringsel mitnehmen.«

Nun war es ihr gelungen, Reimerts Interesse zu wecken. Sie merkte es schnell. Er blickte sie plötzlich nachdenklich an, so wie er sie angesehen hatte, als sie auf Sylt erschienen war. Und er zeigte, dass er sie voll und ganz verstanden hatte. »Du denkst an einen beweglichen Stand am Bahnhof? Dort, wo die Schaulustigen auf den ersten Zug warten, der über den Bahndamm kommt?«

»Genau!« Marika strahlte. »Aber an dem Tag müssen wir das Geschäft schon perfekt beherrschen. Wir müssen also den Stand schon vorher aufbauen und sehen, wie sich der Verkauf anlässt.«

»Eine gute Idee«, gab Reimert zurück. »Es befinden sich bereits viele Gäste auf der Insel, die vor allem wegen der Einweihung angereist sind.

Sie wollen erleben, wie Hindenburg auf Sylt ankommt. Und alle werden für die Rückreise die Eisenbahn benutzen.«

Marika kam eine weitere Idee. »Ich werde Jacob fragen, ob er die Form einer Lokomotive herstellen kann. Dann verkaufen wir Eisenbahn-Schokolade.«

Nun hatte sich Marikas Begeisterung auf Reimert übertragen. »Ich kann ihm dabei helfen. Und ich weiß auch, wie wir an einen Stand mit Rädern kommen können. Der alte Johan hatte früher einen Fischstand. Der steht seit der Beinamputation hinter seinem Haus. Den richten wir wieder her!«

Sie entwickelten eine Idee nach der anderen, verwarfen die meisten wieder, machten sich gegenseitig mit neuen Ideen Mut und lachten gemeinsam über die verrücktesten, die niemals zu verwirklichen sein würden.

Am Ende sagte Marika: »Eigentlich passen wir gut zusammen. Es tut mir so leid, dass ich dich angesteckt habe.«

Das Lachen verschwand zwar aus Reimerts Gesicht, aber die Verächtlichkeit kehrte nicht zurück. »Wenn du nicht Tessas Mutter wärst …« Er atmete tief ein und aus. »Da du eine so wunderbare Tochter hast, kannst du kein schlechter Mensch sein.«

Das war es also, was ihr das kleine Quantum Respekt eingebracht hatte! Wie gut, dass Reimert nicht wusste, wie es wirklich um ihre Mutterschaft bestellt war! Und wie gut, dass Tessa das Geheimnis ihrer Adoption wahrte, ohne dass sie darum gebeten worden war.

Marika lächelte traurig. In Berlin war sie selbstbewusst durchs Leben gegangen, war stolz darauf gewesen, die neue Lebensart ergriffen zu haben, die man den Frauen plötzlich anbot, hatte sich stark und unabhängig gefühlt. Nun war das alles nichts mehr wert. Was sie Fortschritt genannt hatte, war wieder zum Sittenverfall geworden, und eine Frau wurde hier, so wie in den Zeiten zuvor, an ihrer Fruchtbarkeit und dem Erfolg ihrer Kinder gemessen. Was half der Fortschritt, wenn es ihn nur in den Metropolen gab und auf den Inseln die Zeit stehen blieb?

Sie wollte das Gespräch nicht weiterführen und erhob sich. »Es tut mir leid für dich, dass du keine Tochter hast, an der du gemessen werden kannst.« Sein verblüfftes Gesicht zeigte ihr, dass sie ins Schwarze getroffen hatte. »Ach so«, tat sie erstaunt, »Männer können auch gute Menschen sein, wenn sie keinen präsentablen Nachwuchs haben. Und Männer dürfen sich sexuelle Freiheiten nehmen, ohne unmoralisch genannt zu werden.«

»Wenn ein Mann dadurch eine Frau mit einem Tripper ansteckt, ist das genauso unmoralisch«, antwortete Reimert mit schneidender Stimme.

Marikas Miene wurde prompt wieder schuldbewusst. Sie fürchtete, dass sie auf dem besten Wege war, Reimerts Hilfe, die sie sich soeben gesichert hatte, zu verspielen. Sie setzte sich wieder. »Ich wusste nichts von meiner Ansteckung, Reimert, das musst du mir glauben.«

Er brauchte eine Weile, bis er zu einer Antwort bereit war, dann sagte er versöhnlich: »Das glaube ich dir.«

Damit hatte er Marika die Erlaubnis erteilt, den ersten Schokoladenstand Sylts zu eröffnen.

Er merkte, dass er versuchte, seine Gedanken abzuwehren, die ihn noch immer besetzt hielten und ihm keinen freien Willen ließen. Ein bisschen sehnte er sich sogar nach dem Teil seiner Amnesie zurück, in dem er glücklich gewesen war, weil er hoffen durfte, dass er zu einer Erinnerung zurückfinden würde, die er begrüßen konnte. Er hatte auf ein glückliches Leben gehofft, auf Menschen, die sich nach ihm sehnten, auf die er sich freuen konnte, mit denen zusammen er eine Zukunft hatte. Auf ein Leben, in das er Tessa mitnehmen konnte!

Seine Erleichterung, als ihm klarwurde, dass er unverheiratet war und es keine Frau in seinem Leben gab, der er verpflichtet war, fiel schnell von ihm ab, als sich das altbekannte Gefühl wieder eingestellt hatte. Dieses Konglomerat aus Angst, Erfolgsdruck und Widerwillen, das ihn niederdrückte, obwohl es die Hoffnung auf eine ferne Zeit gab, in der er selbst derjenige sein würde, der alles anders machen konnte als sein Vater. Nein, er wollte nicht in sein altes Leben zurück! Nicht in die Fabrik, nicht in die Nähe seines Vaters. Noch nicht! Die Reise nach Französisch-Westafrika konnte durch seine Amnesie verlängert werden.

Er hatte eine Chance erhalten! Und wenn sein Vater glauben musste, dass sein Sohn nicht mehr lebte, würde er doch glücklich sein, wenn er am Ende doch zurückkehrte. Er würde ihm vielleicht sogar zeigen können, dass er ihn liebte.

Er betrachtete die kleine Form, die er in der Hand hielt. Eine Welle, die sich überschlug! Mit einem feinen Wirbel in der Mitte und einer schäumenden Krone! Solange er damit beschäftigt war, musste er nicht darüber nachdenken, wie es weitergehen sollte. Ein wenig Aufschub! Ein paar Tage, einige Wochen, den einen oder anderen Monat! Aufschub bis zum nächsten Jahr? Nein, das konnte er seiner Mutter nicht antun. Und Lilli auch nicht. Aber so lange, bis er wusste, ob er Tessas Liebe für sich gewinnen konnte. So lange, bis sie bereit war, mit ihm nach Berlin zu kommen. In sein Leben!

Kleiner musste sie sein, die Welle, deutlicher die Linien, die die Bewegung zeigten, klarer ihr Höhepunkt, in dem sie brach. Ach, Mama! Sie würde sich große Sorgen um ihn machen, auf eine Nachricht warten, keinen Schlaf finden, sich mit Schokolade vollstopfen, wie sie es häufig tat, seit sie abends mit fadenscheinigen Gründen das Haus verließ, um erst spät in der Nacht zurückzukehren. Er konnte ihr die Ungewissheit nicht antun. Und Lilli auch nicht!

Nun war sie richtig, die Welle. Er ließ das Werkzeug sinken und betrachtete das Ergebnis seiner Arbeit. Eine hübsche Form, in die er heute noch die Schokoladenmasse gießen würde. Wie oft hatte er seinem Vater vorgeschlagen, solche Schokoladenbilder zu vertreiben! Aber immer war er abgewiesen worden. Friedrich Gottorf klebte am Althergebrachten, neue Ideen wies er oft zurück, noch ehe sämtliche Möglichkeiten bedacht zu haben.

Er spürte, wie sein Atem das Flache verlor, wie er tiefer Luft schöpfen konnte, als wäre sie besser und klarer geworden. Das Schokoladen-Rezept hatte er im Kopf, er wusste genau, worauf es ankam, obwohl in der Berliner Fabrik mit riesigen Mengen gearbeitet wurde, während er jetzt einen Bruchteil dessen herstellte, was täglich in der Fabrik produziert wurde. Er wusste, wie sich die Anteile zueinander verhielten, wie winzig die Spur der Vanille sein musste, die in der Fabrik pfundweise zugefügt wurde, und wie wichtig der Geschmacksstoff der echten Vanille war, die von manchen Konkurrenten durch künstliches Vanillin ersetzt wurde, um die Schokolade billiger verkaufen zu können. Er hatte Angst gehabt, auf Sylt keine Vanille zu bekommen, aber das war zum Glück kein Problem gewesen.

Nur sein Vater und er selbst kannten das Rezept. Die Arbeiter, auch diejenigen in den leitenden Positionen, wussten nur über die Zutaten in den Abläufen Bescheid, für die sie zuständig waren. Von dem Ganzen, dem Zusammenhang aller einzelnen Fortgänge und ihren Inhalten wussten nur Friedrich und Henry Gottorf. Wie stolz war er gewesen, als der Tag gekommen war, an dem er offiziell zum Nachfolger bestimmt worden war und für würdig befunden wurde, das Rezept der Gottorf-Schokolade kennenzulernen. Sein Vater hatte es feierlich aus dem Tresor geholt und ihm vorgelegt. Er durfte es sogar abschreiben und mit nach Hause nehmen, nachdem er versprochen hatte, so sorgfältig damit umzugehen, dass niemand es zu Gesicht bekommen konnte. Aber sein Vater hatte tatsächlich eingesehen, dass er sich gründlich damit beschäftigen wollte.

»Versteck es so gut, dass niemand es entdeckt«, hatte er ihn ermahnt. »Und vernichte es, sobald du es nicht mehr brauchst.«

Das hatte er getan, bevor er nach Afrika aufbrach. Er hatte das Versteck, den Karton mit den alten Spielzeugautos, geöffnet, das Rezept, das er längst auswendig kannte, herausgeholt und verbrannt. Sämtliche Zutaten und auch das Verhältnis der Gewichte zueinander hatte er im Kopf.

Er probierte sein Erzeugnis immer wieder. Ja, was er hervorgebracht hatte, war eindeutig Gottorf-Schokolade. Eigentlich hatte er etwas Neues kreieren wollen, aber anscheinend konnte er nichts anderes als diese Schokolade, deren Geschmacksrichtung sein Großvater erfunden hatte. Von seinem Vater hatte er gelernt, dass dies die beste Schokolade der Welt war. Sie hatte den Schmelz, der aus hochwertiger Frischmilch entstand, die er der Kakaomasse zugesetzt hatte. In der Fabrik wurde Trockenmilch verwendet, in einem sehr sorgfältigen Trocknungsverfahren gewonnen, aber er stellte fest, dass die Verwendung von frischer

Milch den Geschmack nicht veränderte. Im Gegenteil! Auch die Sahne, die er außerdem zugefügt hatte, war nicht geschmacksverändernd gewesen. Sie harmonierte wunderbar mit dem grünen Pfeffer und dem Chili, diesen Gewürzen, die es nur in Gottorf-Schokolade gab. Ihr Erfinder, Henrys Großvater, hatte die Idee gehabt, das Süße der Schokolade mit der Schärfe dieser Aromen zu verbinden, um dem Süßen die Spitzen zu nehmen, es abzurunden und samtener zu machen, indem die Gewürze nur so schwach zugesetzt wurden, dass sie nicht zu schmecken waren. Sie gaben der Schokolade, zusammen mit der Sahne, den vollen, abgerundeten Geschmack.

Aber Henry wusste, dass sein Vater abwinken würde, wenn er den Vorschlag machte, demnächst immer Sahne zuzusetzen. Er würde ihm vorhalten, dass die Gottorf-Schokolade nicht teurer sein dürfe als die der Konkurrenz, und ihm vorrechnen, welche Kosten durch die Kühlung der Sahne auf sie zukommen würden. Welche Neuerungen er seinem Vater auch vorgeschlagen hatte, sie waren entweder ohne Interesse oder mit Verächtlichkeit abgelehnt worden. Henry genoss es, hier, in Reimerts Scheune, mit der Schokolade umgehen zu dürfen, wie er wollte.

Er betrachtete die Muscheln und Fische, die er bereits produziert hatte, mit dem Blick des Schöpfers. Ob sein Vater stolz darauf wäre, dass er auch im Kleinen exakt die Schokolade herstellen konnte, die sein Großvater als Erster in Fabrikation gegeben hatte? Aber die Freude an diesem Gedanken währte nicht lange. Nein, sein Vater war niemals stolz auf ihn gewesen. Was er auch leistete, es war immer zu wenig, seine Bemühungen reichten niemals aus.

Henrys Blick fiel zufällig durch das kleine Fenster der Scheune. Er sah, dass die Sonne bereits ihr Strahlen verlor, dass sie dottergelb geworden war und bald den rötlichen Schimmer annehmen würde, mit dem sie sich vom Tag verabschiedete. In den Hauswinkeln und unter den Baumreihen, die vom Sonnenlicht nicht mehr erreicht wurden, entstand bereits das Grau der Dämmerung. In Berlin, zwischen den Häusern, über den Höfen der Fabrik, würde längst der Schatten liegen, den die Nacht vorauswarf, nur im Garten der wohlhabenden Fabrikantenfamilie Gottorf blieb das Licht ein wenig länger, auf ein paar hundert Quadratmetern Sonne, die ihnen ganz allein gehörten. Dennoch war es keine andere Sonne als die, die für alle schien, wenn sein Vater das auch seinen Arbeitern gern weismachen wollte.

In diesem Augenblick sah er Tessa aus dem Haus treten. Sie machte ein paar Schritte im Gras hin und her, als wäre sie unschlüssig, wohin sie sich wenden sollte, dann kam sie langsam auf die Scheune zu. So langsam, als wäre sie sich ihres Ziels nicht sicher. Er blieb unbeweglich stehen und war dankbar, dass sie, während sie sich näherte, in dem kleinen Quadrat des Fensters blieb. »Tessa!«, flüsterte er. »Tessa!«

Wie würde sein Vater auf Tessa reagieren, wenn er sie ihm vorstellte? Eine Frau, die sich das Recht genommen hatte, eine Universität zu besuchen, die einen Doktortitel trug, einen Beruf ausübte und niemals bereit sein würde, ihr Leben damit zu verbringen, einem Haushalt vorzustehen, den andere organisierten und am Laufen hielten. Würde er seinem Vater diese Schwiegertochter präsentieren können? Nein, er machte sich keine Hoffnungen. Er würde zu hören bekommen, dass er noch immer nicht wisse, worauf es ankam, dass er noch immer nicht gelernt habe, sich wie ein Gottorf zu verhalten, und noch immer nicht einsehe, auf welche Entscheidungen es ankam, wenn man Erbe einer Schokoladenfabrik war.

Dieser Moment, in dem Tessa ein kleines Fensterquadrat ausfüllte, in dem nichts anderes Platz hatte als sie selbst, in dem sie im Näherkommen zunächst heranwuchs und sich dann selbst Kopf für Schulter und Rock für Schuhe herausschnitt, bestärkte Henry in der Sicherheit, dass er noch Zeit brauchte. Er bat seine Mutter und seine Schwester heimlich um Vergebung und hoffte, dass auch Tessa ihm irgendwann seine Lügen verzeihen würde. Noch bevor sie die Tür öffnete, war er fest davon überzeugt, dass er diese Zeit, die er sich nun verschaffte, nötig hatte. Niemand bekam so eine Chance, sein Leben aus dem Lauf herauszunehmen und in einen neuen zu tauchen. Er hatte dieses Glück, wenn es auch aus einem schrecklichen Unglück entstanden war. Es wäre Dummheit, dieses Geschenk nicht anzunehmen.

Als Tessas Gestalt aus dem Fensterquadrat verschwunden war, starrte er die Tür so lange an, bis sie sich öffnete. »Tessa!« Er machte einen Schritt auf sie zu, hätte sie gern in seine Arme geschlossen, merkte aber schnell, dass es etwas gab, was eine Distanz schuf, die er nicht würde überbrücken können. »Willst du sehen, was ich hier tue?«, fragte er unsicher.

Tessa sah sich schweigend um, machte einen Schritt auf den Arbeitstisch zu, der einmal Reimerts Werkbank gewesen war, und nahm die kleinen Formen in die Hand, die er hergestellt hatte: Stern, Herz, Fisch und die aufspringende Welle. »Hübsch.«

Henry öffnete einen Karton, der mit einer Tischdecke ausgelegt war, die Aafke ihm, wenn auch ungern, zur Verfügung gestellt hatte. Dort bewahrte er die Schokoladenteile auf, die bereits in der Form erstarrt und dann herausgebrochen worden waren. Er suchte ein Herz heraus, das besonders gut gelungen war, und machte Anstalten, es ihr in den Mund zu stecken.

Aber Tessa wich zurück, nahm ihm das Herz aus der Hand und schob es sich selbst zwischen die Lippen. Er merkte, dass sie mit dem Vorsatz gekommen war, das Ergebnis seiner Arbeit kritisch zu betrachten. Diese Erkenntnis, dass sie mit der Haltung zu ihm gekommen war, mit der sein Vater stets seine Arbeitsleistung betrachtete, traf ihn hart. Ja, sie wollte beanstanden, was er tat, sie wollte die Stirn runzeln und die Mundwinkel herabziehen. Für irgendetwas wollte sie ihn strafen. Wofür? Das fragte er sich nun genauso, wie er seinen Vater gern gefragt hätte. Nun jedoch schien sie überrascht zu sein, wie gut das Schokoladenherz schmeckte, sie schaffte es nicht, den Genuss hinter einer gleichgültigen oder gar herablassenden Miene zu verbergen. Sie war eben doch anders als sein Vater.

»Gut?«, fragte er hoffnungsvoll.

Tessa legte den Kopf zur Seite und betrachtete ihn aus den Augenwinkeln. »Woher weißt du, wie man Schokolade herstellt?«

Henry zögerte nur einen winzigen Moment, dann wurde ihm klar, dass er sich für die Wahrheit entscheiden musste oder für eine Lüge, mit der er sich eine unbeschwerte Zeit auf Sylt verschaffte. »Wie soll ich diese Frage beantworten, wenn ich mich nicht erinnere?«

»Du weißt noch immer nicht, wer du bist?«

Er versuchte es mit einem naiven Blick und hoffte, dass sie ihm glaubte. »Du wärst die Erste gewesen, die es erfahren hätte.«

Tessa hatte ihre Mutter schon lange nicht mehr so eifrig und fröhlich erlebt. Die neue Aufgabe, die sie sich gestellt hatte, schien sie voll und ganz auszufüllen. Jacob hatte zwar den Versuch gemacht, sich Marikas Plänen zu entziehen, aber das war ihm nicht gelungen. Tessa lächelte in Gedanken daran. Wenn Marika sich etwas in den Kopf gesetzt hatte, konnte niemand sie davon abbringen. Und nachdem Reimert ihr die Erlaubnis erteilt hatte, mit einem Schokoladenstand die Einweihung des Bahndamms zu bereichern, war sie nicht mehr zu halten gewesen. Jacobs Vorwürfe, sie hätte mit ihm reden müssen, bevor sie einen Antrag beim Kurdirektor stellte, hatte sie einfach beiseitegefegt. »Was soll das lange Reden? Aufs Handeln kommt es an.«

Wie immer hatte Reimert Wort gehalten, vom alten Johan den Stand besorgt, der nicht mehr gebraucht wurde, und Jacob dazu gebracht, ihn in wenigen Tagen auf Vordermann zu bringen. Zwar hatte sich wieder einmal gezeigt, dass sein handwerkliches Geschick nicht besonders ausgeprägt war, aber Aafke war eingesprungen und hatte ihren Sohn gerufen, der den Stand im Nu repariert, angestrichen und so hergerichtet hatte, dass er präsentabel aussah.

Nun stand Jacob von morgens bis abends in der Scheune und stellte Fische, Muscheln und Lokomotiven her. Obwohl er kaum noch Zeit zum Essen und Schlafen hatte, trieb Marika ihn immer weiter an. »Wir brauchen Vorrat. Was ist, wenn man uns die Teile aus der Hand reißt? Dann stehen wir irgendwann da und haben nichts mehr, was wir verkaufen können.«

»Das hätte auch Vorteile«, behauptete Jacob. »Was schwer zu bekommen ist, wird automatisch kostbarer.«

Auf dem Weg zum Warmbadehaus machte Tessa einen Abstecher zum Bahnhof, wo demnächst der Reichspräsident aus dem ersten Zug steigen würde, der über den Damm gefahren war! Tatsächlich wurde Marikas Stand von Kaufinteressenten umlagert. Ein echter Blickfang!

Strahlend weiß lackiert, mit großen roten Rädern, die Aafkes Sohn angebracht hatte, damit der Stand von einem Ort zum anderen gerollt werden konnte, einer großen Verkaufsfläche und vielen Fächern darunter, in denen Marika die Ware aufbewahrte, die bei Bedarf nachgelegt werden sollte. Ein Stoffdach, das Aafke genäht hatte, sorgte dafür, dass die Schokolade niemals der Sonne ausgesetzt wurde. Sie hatte sich sogar überreden lassen, Marika aus demselben Stoff ein Hütchen zu nähen, auf dem sie ein Schild anbrachte, das Marika selbst gemalt hatte: »Marikas Schokoladenstand«.

Nicht nur die Schokolade, auch ihre Mutter sah zum Anbeißen aus, fand Tessa. Und ihr schoss der Gedanke durch den Kopf, dass eigentlich jeder, der sie beide sah, auf die Idee kommen musste, dass sie nicht Mutter und Tochter sein konnten, so unterschiedlich, wie sie waren. Ihre Mutter so jung und attraktiv, sie selbst so blass und unscheinbar. Ihre Mutter war modern im kurzen Rock und mit Bubikopf, die Tochter dagegen hatte einen Knoten im Nacken, trug einen langen Rock und eine Bluse, die bis zur Kinnspitze geschlossen war. Nein, sie ähnelten sich überhaupt nicht. Warum hatte sie das früher nie bemerkt?

Auch Marika hatte viel gearbeitet in letzter Zeit, hatte für Dekorationen in Form von bunten Zuckerperlen gesorgt, und jedes Teil so liebevoll verpackt, dass die Kunden es mitnehmen konnten, ohne dass die Schokolade in ihren Händen schmolz.

Tessa betrachtete ungläubig das Interesse der Badegäste und lächelte, als sie die Stimme ihrer Mutter hörte, die die Waren anpries, als hätte sie ihr Leben lang nichts anderes getan. Ob Marika wirklich einen neuen Lebenssinn gefunden hatte? Aber wie sollte sie dieses Geschäft weiterführen, wenn Jacob endlich damit herausrückte, wer er war? Noch immer war Tessa der festen Überzeugung, dass er seine Amnesie längst überwunden hatte, ohne es zu gestehen. Wie konnte sie ihn nur dazu bringen, ihr endlich die Wahrheit zu sagen? Wenn es so war, wie sie vermutete, wenn er tatsächlich verheiratet war, dann wollte sie es wissen. Dann konnte alles nur schlimmer werden, wenn er es verschwieg. Besser der bitteren Wahrheit ins Auge sehen, als zu hoffen, dass sie ein glückliches Ende erwartete.

Tessa dachte an Kurt, an seine besitzergreifende Liebe, die vermutlich echt gewesen war, aber nicht ohne die Ansprüche und Forderungen, die er von seinen Eltern übernommen hatte. Sie dachte an Reimert, an das Gefühl, das in ihr aufgesprungen war, als sie ihn zum ersten Mal sah, und an seine Abwehr, als sie ihm deutlich gemacht hatte, was sie für ihn empfand. Sie war ihm mittlerweile dankbar dafür. Er war ehrlich gewesen, er hatte versucht, sie nicht zu verletzen, aber nichts getan, was falsche Hoffnungen in ihr weckte. Manchmal hielt sie es sogar für möglich, dass er die Beziehung zu ihrer Mutter nur eingegangen war, um ihr jede Hoffnung zu nehmen.

Während sie weiter das Treiben an Marikas Schokoladenstand betrachtete, versuchte sie, ihre Gedanken den Gefühlen folgen zu lassen, die sie gehabt hatte, während sie mit Kurt zusammen war und als sie Reimert kennengelernt hatte. Ähnelten diese Gefühle dem, was sie für Jacob empfand?

Sie musste sich ganz auf diese Frage konzentrieren, dann wusste sie, dass die Gefühle für Jacob neu waren, ganz anders als die Liebe zu Kurt, der viel Vernunft beigemischt gewesen war, anders auch als das kurze, aufbrausende Gefühl für Reimert, als die Vernunft komplett gefehlt hatte. Nun aber diese ruhigen Gefühle für Jacob, ohne jegliche Vernunft, ohne Aufbrausen, aber voller Zärtlichkeit! Wie ein Strom waren diese Gefühle, ein warmer Fluss ohne Untiefen, ohne Strudel, in den sie sich legen und treiben lassen konnte. Wunderbar! Aber sie strandete sofort in einer tiefen Traurigkeit, wenn sie daran dachte, dass Jacob einen guten Grund haben musste, ihr die Wahrheit vorzuenthalten. Wie lange würde er das noch versuchen?

Sie wurde aus ihren Gedanken gerissen, als sie die Stimme eines Mannes hörte, die laut und barsch war. Sie machte ein paar Schritte vor, um besser sehen zu können. »Was ist das für Schokolade?«, fragte der Mann. »Was verkaufen Sie da?«

Marikas Antwort kam kess und respektlos: »Fisch und Muscheln, weil wir auf Sylt sind! Lokomotiven, weil bald der erste Zug über den neuen Damm fahren wird!«

Das war nicht die Antwort, die der Mann hören wollte. Er hielt die

Hälfte einer Schokoladenlokomotive in der Hand und schob sich nun die zweite Hälfte in den Mund. »Ich kenne diese Schokolade. Die wird auch in Berlin verkauft.«

»Das kann nicht sein«, antwortete Marika. »Die Schokolade wird hier auf Sylt hergestellt. Nach einer Rezeptur, die sonst keiner kennt.«

Der Mann betrachtete sie aus zusammengekniffenen Augen. Dann drehte er sich um und ging davon. Ohne ein weiteres Wort und ohne einen Gruß.

Tessa ging zu ihrer Mutter. »Wer war das?«

Marika zuckte die Achseln. »Keine Ahnung.«

Für ein weiteres Gespräch hatte sie keine Zeit. Neue Kunden waren an ihren Stand getreten und bewunderten die Schokoladenfigürchen.

Nachdenklich ging Tessa zum Warmbadehaus. Die Worte des Fremden beunruhigten sie. Der Mann hatte vorwurfsvoll ausgesehen, sogar feindselig. Und er schien sich seiner Sache sehr sicher gewesen zu sein. Was konnte das bedeuten?

Friedrich Gottorf merkte, dass er ungeduldig wurde. Vielleicht war es doch ein Fehler gewesen, Notker einzustellen? Er wollte unbedingt, dass seine Fabrik im Familienbesitz blieb, und der Sohn seiner Schwester war intelligent genug, um sein Nachfolger werden zu können. Nur von Schokolade verstand er nichts. Henry war mit Schokolade aufgewachsen, hatte viel genascht, so lange, bis er dahin gekommen war, wo alle landeten, die damit zu tun hatten: Er lehnte ab, wenn er Schokolade essen sollte, er hatte zu viel davon gegessen.

Notker gab sich Mühe, aber Friedrich merkte es Tag für Tag. Seinen Neffen verband nichts mit ihrem Geschäft. Für ihn war das, was in den Fabrikhallen hergestellt wurde, ein Artikel wie jeder andere. Notker war Jurist, in der Lage, eine Firma zu leiten, aber ihm fehlte die Liebe zur Schokolade. Henry hatte sie gehabt. Er hatte immer verstanden, was sein Vater meinte, ohne lange nachzufragen. Henry hatte schon als Kind seinen Vater über Schokolade reden hören, für ihn hatte sie zum Leben gehört, für Notker nicht.

Nun war er mit einer Idee zu seinem Onkel gekommen, die er für sensationell hielt. Er konnte nicht wissen, dass Henry bereits eine Abfuhr erhalten hatte, als er mit derselben Idee gekommen war.

»Schokoladenfiguren! Andere Firmen machen das auch! Zu Weihnachten Schokoladenengel, Sterne und Nikoläuse, zu Ostern Schokoladenhasen. Ich könnte Versuche in Auftrag geben. Wir müssen uns natürlich Gedanken über die Verpackung machen.«

Friedrich hatte seinen Neffen betrachtet, als hätte dieser ihm vorgeschlagen, der Vollmilchschokolade Milch beizufügen. »Ich halte nicht viel davon«, hatte er vorsichtig geantwortet. Notker war nicht sein Sohn, mit ihm konnte er nicht umspringen wie mit Henry. Notker konnte kündigen, seine Schwester konnte sich bei Friedrich beklagen, dass er nicht freundlich mit ihrem Sohn umging, bei Henry brauchte er diese Sorgen nicht zu haben. Henry war sein Nachfolger gewesen, er konnte hart angefasst werden. Was hätte er schon tun können, um sich zu wehren?

»Was die Konkurrenz macht, sollten wir auch versuchen«, sagte Notker.

Friedrich kämpfte den Gedanken nieder, dass es vielleicht besser gewesen wäre, Henry wie einen gleichrangigen Partner zu behandeln. »Wer an Schokolade denkt, hat rechteckige Tafeln vor Augen«, sagte er müde.

Aber Notker ließ sich nicht beirren. »Wir könnten es noch bis Weihnachten schaffen«, erklärte er. »Lass es uns mit Weihnachtsmännern versuchen.«

Friedrich strich sich über die Stirn. Und als Traute Berber hereinkam, um ein Telefongespräch anzumelden, sagte er der Einfachheit halber: »Also gut, Notker. Kümmere dich darum.«

Notker lief tatendurstig aus dem Büro, dann erst ergänzte die Sekretärin: »Ein Gespräch von Sylt. Herr Bahr möchte Sie sprechen. Er sagt, es sei dringend.«

»Sylt?« Friedrich Gottorf runzelte die Stirn. »Georg Bahr macht dort Urlaub. Was gibt es denn so Wichtiges, dass er mich von dort anruft?«

Wenige Minuten später wusste er es. Und er zögerte nicht lange, sondern ließ sich schon Augenblicke später mit dem Polizeipräsidenten verbinden. »Ich glaube, ich weiß jetzt, wo Marika Melford sich aufhält.« Kurz und bündig berichtete er Erwin Markmann, was er soeben erfahren hatte. »Anscheinend ist sie auf Sylt. Und dort verkauft sie Schokolade!«

»Schokolade?« Der Polizeipräsident konnte es nicht fassen. »Das ist aber ein seltsamer Zufall.«

»Das ist kein Zufall«, brüllte Gottorf, dem nun die Nerven durchgingen. »Sie verkauft Schokolade, die so schmeckt wie Gottorf-Schokolade! Kapieren Sie, was das bedeutet?«

Es blieb still in der Leitung, der Polizeipräsident verstand es anscheinend nicht.

»Sie muss irgendwie an mein Rezept gekommen sein«, fuhr Friedrich mit verminderter Lautstärke fort. »Entweder hat meine Frau es ihr gegeben, oder die Melford hat es ihr gestohlen.«

Erwin Markmann hatte sich nun gefangen. »Die zweite Möglichkeit wäre wesentlich besser«, entgegnete er trocken.

Friedrich Gottorf verstand ihn sofort. »Gegen Diebstahl kann man vorgehen. Die Dummheit einer verliebten Frau steht leider nicht unter Strafe.« Er griff hinter seinen Hemdkragen, als wollte er prüfen, ob er ihm die Luft abschnürte. »Sorgen Sie dafür, dass die Melford verhaftet wird.«

Der Polizeipräsident begann herumzudrucksen. »So einfach, wie Sie sich das vorstellen, ist das nicht. Ich bin für Berlin zuständig. Auf Sylt kann ich keine Verhaftungen vornehmen, da sind mir die Hände gebunden.«

»Habe ich schon erwähnt, dass Ihr Sohn dabei erwischt wurde, wie er sich hinter einer Maschine schlafen legte?«

Der Polizeipräsident verstand diese Frage auf Anhieb. »Aber was ist, wenn diese Frau, die auf Sylt Schokolade verkauft, gar nicht Frau Melford ist?«, fragte er verzweifelt.

»Georg Bahr hat sie mir beschrieben«, gab Gottorf zurück. »Es besteht kein Zweifel.«

»Was macht sie auf Sylt?«

»Vielleicht Urlaub?«, brüllte Friedrich Gottorf ins Telefon. »So eine bringt es fertig, sich von dem Selbstmord meiner Frau an der Nordsee zu erholen.«

Erwin Markmann wurde trotz allem nicht von Gefühlen, sondern von Überlegungen gelenkt. »Die Tochter ist aus Berlin weggezogen, das hatte ich ja herausgefunden. Vielleicht hat sie eine Stelle als Ärztin auf Sylt gefunden?«

»Und die Mutter ist ihr gefolgt«, ergänzte Friedrich Gottorf zufrieden. »Also finden Sie heraus, ob auf Sylt neuerdings ein weiblicher Arzt praktiziert. Das ist dann der unumstößliche Beweis, dass Marika Melford auch auf Sylt ist.«

Erwin Markmann stimmte zu. »Ich kenne den Bürgermeister von Westerland«, fiel ihm ein. »Vielleicht kann ich Rasmus Dirks dazu bewegen, die Melford zu verhaften.« Seine Stimme jubelte, er hatte die Anstellung seines Sohnes gerettet.

Friedrich Gottorf atmete erleichtert auf. »Na, also! Endlich beweisen Sie, dass Sie das Geld wert sind, das ich Ihnen für den Erfolgsfall versprochen habe!«

Babette von Keller hatte sich von ihren Töchtern zum Bahnhof locken lassen. Dass es dort einen beweglichen Stand gab, der Schokolade-Lokomotiven verkaufte, hatte sich unter den jungen Leuten schnell herumgesprochen.

»Die sind entzückend«, schwärmte Nora. »Kaufst du mir eine?«

Babette hatte lächelnd eingewilligt, allerdings die Bedingung daran geknüpft, dass ihre Töchter ihre Sonnenschirme mitnahmen und aufspannten. »Denkt an euren Teint.«

»Die Sonne geht bald unter«, maulte Katharina.

Aber Babette war unerbittlich. »Sie hat noch viel Kraft. Und an der See ist sie besonders schädigend.«

Norma sah ihrer Mutter kritisch ins Gesicht. »Du hast noch eine sehr glatte Haut, Mama. Das haben wir sicherlich geerbt.«

»Ich habe immer dafür gesorgt, dass mein Gesicht keine Sonne abbekam.« Babette streckte ihren Töchtern die weißen Sonnenschirme hin, die aus Spitze bestanden und einen Volant hatten, mit dem der Wind spielen konnte. Erst als die beiden sie, wenn auch murrend, in Empfang genommen hatten, war Babette bereit, das Haus zu verlassen.

Alwin von Keller hatte es sich auf einer Liege gemütlich gemacht und nickte Frau und Töchtern wohlwollend zu. »Amüsiert euch«, trug er ihnen auf und griff nach seiner Zeitung.

Auch diesmal standen viele Kunden vor dem Schokoladenstand, Marika als strahlender Mittelpunkt. Zwar war ihr Gesicht schweißbedeckt, ihr Lippenstift war verschmiert, das Hütchen auf ihrem Bubikopf saß schief, und ihre weiße Schürze war nicht mehr sauber, aber sie strahlte so viel Freude und Begeisterung aus, dass jeder darüber hinwegsah.

Babette war überrascht, als sie Marika erkannte. »Die Mutter der Kurärztin?«

Norma sah sie erschrocken an. »Sie arbeitet? Ist ihre Tochter etwa nicht bereit, sie zu unterhalten?«

Babette lächelte. »Es soll neuerdings Frauen geben, die ihr Geld selbst verdienen wollen.« Norma schüttelte verständnislos den Kopf, und Babette fragte sich, ob ihre Älteste eigentlich ausreichend auf das Leben vorbereitet war. »Manche müssen es auch«, ergänzte sie.

Aber darauf hörten Norma und Katharina nicht mehr. Sie ließen sich von ihrer Mutter Geld aushändigen, damit sie sich mit den Schokoladenfiguren eindecken konnten, die Marika anbot.

Babette betrachtete die beiden lächelnd, als sie mit einem Mal von hinten angesprochen wurde. »Frau von Keller! Wie nett, Sie zu sehen!«

»Frau Doktor Melford!« Babette freute sich ebenso, streckte Tessa die Hand hin und tuschelte: »Ich habe schon aller Welt erzählt, dass Sie einem Hotelgast geholfen haben. Ich habe sogar behauptet, er wäre sonst gestorben.«

Tessa bedankte sich mit einem verschwörerischen Lachen. »Vielleicht hilft es.«

»Ich selbst war ja länger nicht in Ihrer Praxis.«

Tessas Lächeln vertiefte sich. »Darüber muss man sich als Ärztin freuen. Ansonsten tut es mir leid, dass wir uns nicht mehr sehen.«

Babette senkte ihre Stimme. »Ich habe schon daran gedacht, Sie trotzdem aufzusuchen. Aber mein Mann will das nicht einsehen. Er merkt ja, dass ich nicht mehr unter Migräne leide.«

»Das freut mich sehr«, sagte Tessa herzlich. »Aber vielleicht könnten wir mal zusammen einen Kaffee trinken?«

»Das wäre wunderbar«, strahlte Babette. Dann wies sie unauffällig zu Marika. »Was Ihre Mutter da auf die Beine gestellt hat …«

Tessa zeigte, dass sie stolz auf Marika war, und erzählte Babette, wie ihre Mutter diese Idee bekommen und unverzüglich in die Tat umgesetzt hatte.

Babette war ernst geworden, aber in ihren Augen stand immer noch ein Lächeln, als sie sagte: »Ich freue mich, dass Sie nach wie vor zu Ihrer Mutter stehen.«

Tessas Lächeln wurde tiefer und noch herzlicher. »Sie bleibt meine Mutter. Daran wird sich nichts ändern.« Ein Zögern folgte, so dass Babette sich mit einer Entgegnung zurückhielt und auf das wartete, was anscheinend noch kommen sollte. »Anfangs war ich der Meinung«, ergänzte Tessa nun, »dass meine leibliche Mutter mich nichts angeht. Sie wollte mich nicht, warum soll ich mich für sie interessieren? Aber … ich frage mich doch immer öfter, ob sie noch hier lebt, ob es eine Möglichkeit gibt, sie kennenzulernen, ob ich die Chance haben könnte, sie zu fragen, warum sie mich nicht wollte.«

Babette hatte Verständnis. »Gibt es keinen Weg zu ihr?«

Tessa schüttelte den Kopf. »Meine Mutter weiß ja nichts von ihr. Sie hat sie damals auch nicht gesehen. Ich muss mich wohl damit abfinden, nie etwas von ihr zu erfahren.«

»Das tut Ihnen weh?«

Tessa zögerte, dann nickte sie. »Ja, es macht mich traurig. Ich sehe, seit ich Bescheid weiß, jeder Frau, die im passenden Alter ist, ins Gesicht und frage mich, ob das meine Mutter sein könnte.«

Babettes Aufmerksamkeit wurde plötzlich abgelenkt. Sie stieß Tessa leicht mit dem Ellbogen an und winkte mit dem Kinn zu zwei schwarz gekleideten Menschen, einer Frau und einem Mann, die in einiger Entfernung vorbeigingen. Die Einzigen, die nicht auf den Schokoladenstand achteten.

»Das sind die Jansens«, flüsterte Babette. »Anscheinend kommen sie von Mettas Beerdigung zurück.«

Tessa betrachtete das Ehepaar voller Mitleid. Wenn sie auch vor vielen Jahren das junge Mädchen, das ihnen anvertraut gewesen war, schlecht behandelt hatten, jetzt waren sie nur zu bedauern. Die Trauer um ihre Tochter drückte sie nieder, das Leid schien an ihnen zu zehren und sie zu schwächen. Ihre Schritte waren schleppend, als hätten sie nicht mehr die Kraft, nach Hause zu kommen.

Vor ihnen ging ein junger Mann, der einen Koffer trug, den er nun abstellte. Ungeduldig sah er den beiden entgegen, und Tessa merkte jetzt erst, dass er zu den Jansens gehörte.

»Das ist Fokko«, flüsterte Babette. »Der Sohn. Er hat seine Eltern anscheinend von der Bahn abgeholt.«

Sie starrte ihn an, und Tessa hätte sie gern darauf aufmerksam gemacht, dass bereits einige Badegäste auf sie aufmerksam wurden. Babette von Keller wusste sich immer einwandfrei zu benehmen. Dass sie jetzt einen Arbeiter in schmutziger Kleidung fixierte, fiel auf. Aber sie selbst schien nicht zu bemerken, dass sie sich ungebührlich verhielt.

»Er hat mir nie geholfen«, raunte Babette. »Immer hat er weggesehen, wenn Metta gemein zu mir war oder wenn Frau Jansen mir weniger zu essen gab als den anderen. Er hat nie was gesagt. Einmal ist er sogar an mein Bett gekommen und …« Sie brach ab und schaute sich erschrocken um. »Mein Gott, was rede ich da?«

Tessa berührte sanft ihren Arm. »Vielleicht sollten Sie doch noch einmal in meine Praxis kommen?«

Babette antwortete nicht, denn in diesem Augenblick wurde Fokko auf sie aufmerksam. Eigentlich wollte er gerade den Koffer wieder aufnehmen, weil seine Eltern endlich herangekommen waren, da schien er den Blick zu spüren. Und so plötzlich richtete er seine Augen auf sie, dass Babette zusammenzuckte. Erschrocken wollte sie herumfahren, dann fiel ihr ein, dass sie sich damit noch auffälliger verhielt, und schaute so angestrengt zur Seite, als gäbe es dort etwas, was ihr Interesse erregt hatte.

Tessa machte sich nicht die Mühe, ihre Aufmerksamkeit zu verschleiern. Sie ließ die Augen nicht von dem jungen Mann, der Babette aus zusammengekniffenen Augen musterte. Seine Eltern gingen an ihm vorbei, ohne dass er es bemerkte. Erst als sie schon einige Meter voraus waren, nahm er ihren Koffer auf und folgte ihnen eilig. Aber nach ein paar Metern wandte er sich noch einmal um, als wollte er sich vergewissern, dass er Babette von Keller wirklich gesehen hatte.

Der Abend brach herein, ein heller, milder Abend. Tessas Sprechstunde war noch nicht vorbei, aber sie hatte die Untätigkeit nicht mehr ertragen und die Praxis vor der Zeit abgeschlossen. Ständig hatte sie an ihre Mutter denken müssen. Würde Marika die Arbeit am Verkaufsstand aushalten? Würde sie es schaffen, stundenlang auf den Beinen zu sein und Schokolade anzubieten?

Tessa dachte auch an ihre einzige Patientin. Als sie sich von Babette von Keller verabschiedet hatte, waren die beiden Töchter vor ihr hergelaufen, jede mit mehreren Schokoladenlokomotiven in der Hand. Kichernd hatten sie überlegt, ob sie an alle gedacht hatten, denen sie später von der Insel eine Erinnerung mitbringen wollten. Und Babette hatte zum Abschied gesagt: »Ich werde einen Grund finden, damit mein Mann mich noch einmal in Ihre Sprechstunde lässt.«

»Kommen Sie dann einfach vorbei«, hatte Tessa vorgeschlagen. »Einen Termin brauchen Sie nicht. Mein Wartezimmer ist nach wie vor leer.«

Das Warten auf Patienten hatte sie mehr erschöpft, als eine befriedigende Arbeit es vermocht hätte. Sie wollte bald nach Hause, sich auf das Essen freuen, das Aafke vorbereitet hatte, Jacob bei der Arbeit zusehen, ihn in ein Gespräch verwickeln, in dem er vielleicht etwas verraten würde. Aber der Anblick des Schokoladenstandes, vor allem der Anblick von Marikas Eifer, hielt sie zurück. Hatte ihre Mutter jetzt etwas gefunden, was sie ausfüllen konnte? Etwas anderes als die Besuche in den Berliner Clubs, von denen sie oft gesprochen hatte, als wären sie ein wichtiges Geschäft, das nicht versäumt werden durfte?

Marika winkte sie zu sich heran. »Ich brauche Nachschub«, sagte sie zu Tessa. »Kannst du nachsehen, wo Jacob bleibt?«

Tessa wollte gerade losgehen, da sah sie ihn von weitem. Er kam angelaufen, so schnell das mit dem großen Korb in seiner Armbeuge möglich war, der schwer zu sein schien.

Sie sah ihm entgegen, freute sich daran, ihn aus der Ferne zu betrachten, ohne dass er es bemerkte, beobachtete jede Einzelheit seines Ganges, seiner Bewegungen … und fiel zurück in die Enttäuschung, die er ihr zufügte. Es konnte nicht sein, dass er diese perfekte Schokolade herstellte, ohne zu wissen, wie und wo er es gelernt hatte. Sie las es in seinen Augen und sah es an seinen fahrigen Händen, dass er seine Identität zurück hatte. Warum verriet er sich nicht? Tessa schüttelte die Frage gleich wieder ab. Es hatte keinen Sinn, darüber nachzudenken. Es gab nur einen einzigen Grund dafür …

Sie stutzte, als Jacob, der nicht mehr weit entfernt war, trotz seiner Eile seinen Schritt verlangsamte, einen langen Hals machte und schließlich stehenblieb. Nicht nur das, er machte sogar einen Schritt zur Seite und suchte Schutz hinter einer Kutsche, ohne dass der Kutscher auf dem Bock es bemerkte. Er versteckte sich. Vor wem?

Tessas Blick suchte herum und fiel dann auf den Mann, der Marika vor Stunden so barsch nach dem Ursprung der Schokolade gefragt hatte. Er hielt sich in der Nähe auf, ohne jedoch noch einmal an den Stand zu treten, beobachtete Marika genau und zog dann einen kleinen Schreibblock aus der Tasche, um sich etwas zu notieren. Ein Kontrolleur der Westerländer Kurverwaltung? Nein, dann hätte er Marika nach einer Genehmigung für ihren Stand gefragt, und sie hätte vorweisen können, was Reimert ihr bescheinigt hatte. Oder am Ende jemand, der von ihrer Erkrankung wusste? Tessa wurde heiß und kalt. Sie hatte Marika eindringlich gebeten, es mit der Hygiene sehr genau zu nehmen. Zwar war sie sicher, dass ihre Mutter sich daran hielt, aber was half das, wenn jemand ein Gesundheitszeugnis sehen wollte, das Marika nicht vorweisen konnte?

Tessas Blick wanderte wieder zu Jacob, der sich noch immer hinter der Kutsche duckte. Es sah so aus, als beobachtete er den Mann, als wollte er eine Begegnung mit ihm vermeiden.

Der Mann machte sich noch ein paar Notizen, dann ging er Richtung Friedrichstraße davon. Einmal drehte er sich um, dann war er verschwunden. Und ein paar Sekunden später erschien Jacob neben dem Stand und belud alle Fächer mit dem Nachschub.

Tessa wartete genau so lange, bis das erledigt war. Als Jacob nach seinem leeren Korb griff, um sich auf den Rückweg zu machen, stellte sie sich ihm in den Weg.

Über sein Gesicht ging ein Leuchten. »Tessa! Wie schön! Ist die Sprechstunde schon zu Ende?«

»Ich muss mit dir reden.«

Sein Lächeln erlosch. »Ist was passiert?«

»Vielleicht. Du wirst es mir erklären …«

XI.

Lilli schäumte vor Wut. Die Frage, warum sie gekommen war, obwohl sie doch bei ihrem Auszug angekündigt hatte, sich so bald nicht wieder blicken lassen zu wollen, beantwortete sie nicht. Sie war in das Büro ihres Vaters geschneit, während er mit Georg Bahr telefonierte, hatte sich von Traute Berber nicht aufhalten lassen, sich aber zurückgezogen, als ihr Vater keine Anstalten machte, sein Telefonat abzubrechen. Dann war sie verschwunden und kehrte erst nach einer Viertelstunde zurück.

»Ich war bei Notker«, sagte sie statt einer Begrüßung. »Ich wollte ihm guten Tag sagen und mit ihm plaudern, bis du mit deinem Telefongespräch fertig bist.«

»Nett von dir«, antwortete Friedrich Gottorf friedfertig. »Er ist ja dein Cousin.«

Er wollte die Frage nach dem Grund ihres Besuches wiederholen, kam aber nicht dazu. Lilli funkelte ihn zornig an. »Wieso erlaubst du Notker etwas, worum Henry dich schon lange vergeblich bittet?«

Friedrich ahnte, wovon sie sprach, gab sich aber unwissend. »Was meinst du?«

»Die Schokoladenfiguren! Seit Henry in die Firma eingestiegen ist, möchte er sie produzieren. Aber du hast es nicht zugelassen. Notker ist erst seit ein paar Wochen hier, und er hat schon die Erlaubnis bekommen.«

»Noch nicht«, wich Friedrich aus. »Er hat nur die Erlaubnis zu prüfen, ob sich die Fertigung lohnen wird.«

Er betrachtete Lilli missbilligend. Am liebsten hätte er ihr gesagt, was er von ihrer unordentlichen Frisur hielt, und sie gebeten, sich die Haare festzustecken, die über ihren Ohren abstanden, aber er verkniff sich die Kritik. Er äußerte sich nicht einmal zu den verschiedenfarbigen Schnürsenkeln, die Lilli in ihre Stiefeletten gezogen hatte. Dass seine Tochter so wenig auf ihr korrektes Aussehen achtete, war schon immer ein Problem zwischen ihnen gewesen. Edith hatte eben viel zu wenig auf Lilli geachtet, als sie noch formbar gewesen war!

»Warum durfte Henry das nicht?«

»Weil er mein Sohn war.«

»Sprich nicht in der Vergangenheit von ihm. Wir wissen nicht, ob er tot ist. Vielleicht lebt er noch.«

Friedrich stöhnte. »Mach dir nichts vor, Lilli. Hätte er das Unglück überlebt, hätte er sich längst bei uns gemeldet.«

»Vielleicht war er nicht auf dem Schiff.«

»Auch dann hätte er sich gemeldet.«

Lilli lief vor seinem Schreibtisch hin und her. »Du hast ihn nie richtig geliebt. Mich auch nicht. Und Mama?« Sie blieb vor ihm stehen, die Hände in die Seiten gestemmt. »Kannst du überhaupt lieben? Weißt du, was das für ein Gefühl ist?«

Friedrich Gottorf stand auf. Am liebsten hätte er seine Tochter mit ein paar harschen Worten zur Räson gebracht, aber er wusste, dass er damit alles noch schlimmer machen würde. Wenn Lilli zornig war, wurde sie unberechenbar. Am besten war es dann, ihr so wenig Angriffsfläche wie möglich zu bieten. »Ich liebe meine Familie«, sagte er steif und stellte fest, wie schwer es war, dieses Wort »liebe« auszusprechen. Er wusste nicht, ob er es jemals getan hatte. Als er Edith seinen Heiratsantrag machte? Hatte er da von Liebe gesprochen? Er wusste es nicht mehr. Die Wiederholung wurde schon leichter. »Natürlich liebe ich meine Familie.«

»Das, was von ihr übrig ist«, höhnte Lilli. »Und wie kommt es, dass niemand von uns sich jemals von dir geliebt gefühlt hat? Ich nicht, Mama nicht und Henry erst recht nicht.«

»Henry war mein Nachfolger. Einen Nachfolger liebt man nicht, den macht man stark für seine Aufgaben.«

»Notker nicht?«

»Er ist mein Neffe. Nicht so wichtig wie ein Sohn.« Friedrich baute sich vor Lilli auf, als wollte er eine längere Rede halten. Nachdem er nun einmal das Wort Liebe in den Mund genommen hatte, machte es ihm plötzlich nichts mehr aus, mit diesem Gefühl zu argumentieren. »Wer seine Kinder liebt, der züchtigt sie. Oder … er geht so hart mit ihnen um, dass sie ihr Leben meistern und erfolgreich sein können. Dafür werden die Kinder später ihre Eltern lieben.«

Lilli starrte ihn an, als hätte er Chinesisch mit ihr gesprochen. Die Tränen stiegen ihr in die Augen, während sie hervorstieß: »Henry hat unter deiner Lieblosigkeit gelitten wie ein Hund. Für diese schlechte Behandlung hätte er dich nie geliebt. Niemals!«

»Jetzt redest du auch von ihm, als lebte er nicht mehr.« Friedrich war zufrieden, weil er wieder mal der Stärkere war.

Lilli drehte sich wortlos um und rauschte aus dem Büro. Die Tür knallte ins Schloss, was Friedrich Gottorf nur mit einem müden Lächeln quittierte. Er hörte einen erschrockenen Laut von Traute Berber, dann fiel auch die Tür des Vorzimmers ins Schloss, als wäre ein Schuss gefallen.

Friedrich stand auf und trat ans Fenster. Bald sah er Lilli über den Hof laufen und in der Fabrikhalle verschwinden. Was wollte sie dort? Hatte sie immer noch nicht eingesehen, dass in der Schokoladenfabrik ihres Vaters kein Platz für sie war?

Gern hätte er sie aus der Halle geholt, wie er es schon oft getan hatte, und sie darauf hingewiesen, dass sie sich nicht mehr in dem Leben ihres Vaters herumdrücken sollte. Sie hatte es gegen seinen Willen verlassen, weil sie ein neues Leben beginnen wollte. Die Werkhalle der Schokoladenfabrik Gottorf ging sie nun noch weniger an als früher.

Aber er hatte nicht die Kraft, sie auf den Platz zu verweisen, der ihr zustand. Trotzdem hätte er gerne gewusst, warum Lilli eigentlich gekommen war. Hatte sie die Absicht gehabt, einen Besuch bei ihrem Vater zu machen? Den harten Worten, die beim Abschied gefallen waren, versöhnliche hinzuzufügen? Wäre sie bereit gewesen, ihm nach Hause zu folgen und dort das Abendessen mit ihm einzunehmen? Friedrich Gottorf bedauerte, dass es dazu nicht gekommen war. So würde ihm wieder ein einsamer Abend bevorstehen …

Sie gingen zum Strand und beschlossen, vom Strandübergang Miramar gen Süden zu laufen und den nächsten Übergang zu nehmen, um nach Hause zurückzukehren. Dieser Plan war mit wenigen Worten gefasst worden, kühl und sachlich, danach waren sie schweigend nebeneinanderher gegangen. Jacobs Frage, was sie mit ihm besprechen wolle, ließ Tessa unbeantwortet.

Erst als sie an der Wasserkante angekommen waren, sagte sie: »Da war ein Mann am Schokoladenstand. Einer, den du anscheinend kanntest. Du hast dich vor ihm versteckt.«

Sie sah das Erschrecken in Jacobs Augen und entzog ihm ihre Hand, nach der er greifen wollte, als brauchte er Halt. Langsam setzte sie einen Fuß vor den nächsten und betrachtete ihre Fußspitzen, wie sie sich in den Sand gruben und wieder auftauchten, wie der feuchte Sand aufspritzte und ihre Spuren umkränzte.

»Du hast diesen Mann erkannt«, fuhr sie fort. »Aber du wolltest von ihm nicht gesehen werden. Warum nicht?«

»Er ist ein Bekannter meines Vaters.«

»Du möchtest nicht, dass jemand erfährt, wo du bist.«

Nun blieb Jacob stehen, griff nach Tessas Arm und zwang sie, ebenfalls stehenzubleiben. Die Angst, die sie jetzt in seinen Augen sah, hatte sie genauso heftig und verzweifelt dort gefunden, als er zum ersten Mal aufgewacht war und einsehen musste, dass er Namen und Identität verloren hatte. Diese Angst war nun bewältigt, eine andere war hinzugekommen.

»Du hast recht«, sagte er, mehr nicht.

»Du hast deine Erinnerung zurück.«

Er nickte. »Ja, seit ein paar Tagen.«

»Seit du dich mit der Schokolade befasst.«

»Sie hat mich zurückgeführt. Mit jedem Handgriff ein Stück.«

»Du weißt jetzt, wie du heißt und wer du bist.«

»Ja.«

Tessa atmete tief durch, ehe sie fortfuhr: »Und du weißt, dass du verheiratet bist.«

»Nein, das bin ich nicht.«

Sie starrte ihn misstrauisch an. Welchen Grund konnte es noch geben, ihr seine Identität zu verschweigen?

Er griff nach ihrer Hand, sie gingen weiter, langsam, im Gleichschritt, die Blicke auf ihre Füße gerichtet, trotz der offenen Fragen, die sie trennten, im harmonischen Gleichmaß.

»Ich heiße Henry«, begann er und drückte ihre Hand so fest, dass es beinahe wehtat. Dann fragte er: »Gefällt dir der Name Jacob besser?«

Tessa schüttelte den Kopf. »Der eine Name ist so schön wie der andere. Mich interessiert nur eins: Warum hast du nicht verraten, dass deine Amnesie überwunden ist? Ich spüre schon seit Tagen, dass du so weit bist. Warum hast du nichts gesagt? Wenn du nicht verheiratet bist, dann bist du … verlobt?«

Henry schüttelte den Kopf. »Nein, es gibt keine Frau.«

»Aber es muss einen Grund geben. Warum hast du geschwiegen?«

»Der Grund ist … mein Vater.«

Nun erfuhr Tessa, dass Henry der Erbe einer großen Fabrik war, dass er eine Schwester hatte, die gerne ins Geschäft eingestiegen wäre, dass aber er, der einzige Sohn, ausersehen war, dem Vater auf den Direktorenstuhl zu folgen. »Die Zusammenarbeit mit ihm ist eine einzige Qual. Er bevormundet mich, macht mich vor den Mitarbeitern lächerlich, kritisiert mich, hält mich für einen Versager und ist nie zufrieden mit mir.«

»Warum warst du auf dem Schiff?«, fragte Tessa.

»Meine Mutter hatte es durchgesetzt. Ich durfte nach Afrika reisen und mich dort nach neuen Möglichkeiten für den Einkauf der Kakaobohnen umsehen.« Henry lächelte versonnen. »Mama ist eine wunderbare Frau. Sie wusste, dass ich eine Auszeit nötig hatte. Und vor allem Abstand von meinem Vater.«

Tessa sah aufs Meer hinaus, das an diesem Tag von einem tiefen Blau war, gekrönt von schneeweißer Gischt, betupft von flinken Sonnenstrahlen, die wie Lametta auf dem Wasser flimmerten. »Ich verstehe noch immer nicht, warum du geschwiegen hast, als deine Erinnerung zurückgekehrt war.«

Henry fiel es schwer, die Wahrheit zu gestehen, das spürte sie. »Ich möchte noch nicht zurück in mein altes Leben«, bekannte er schließlich. »Ich möchte dich nicht verlassen, ich fühle mich wohl hier. Es ist so schön, mit dir zusammen zu sein, mit dir zur frühstücken, mittags auf dich zu warten, den Abend mit dir zu verbringen. Und jetzt die Idee deiner Mutter … Ich kann zum ersten Mal tun, was ich für richtig halte. Alles so machen, wie ich es für gut befinde. Ich muss mich nicht fragen, was mein Vater davon halten wird. Hier bin ich nicht der Sohn meines Vaters. Ich bin ich! Das war ich noch nie. Bisher musste ich immer der Erbe der Gottorf-Werke sein.«

»Gottorf?« Tessa spürte, wie die Erkenntnis durch ihren Körper rieselte, vom Kopf bis zu den Füßen, und dann wie eine Flamme in ihr Herz schoss. Friedrich Gottorf! Edith Gottorf! Sie starrte Henry an, als hätte er sich in den letzten Minuten verändert, als müsste sie sich sein Gesicht neu einprägen, als hätte sie einen Menschen vor sich, der sich in wenigen Minuten in einen anderen verwandelt hatte. Henry Gottorf!

Er bemerkte nichts davon. Er starrte auf den Horizont, war wohl mit den Gedanken in Berlin, bei seiner Familie, in der Fabrik, sah nicht das Meer, fühlte nicht den Sand unter seinen Füßen, war nicht Teil dieser Natur, sondern roch die Luft der Großstadt und hörte den Lärm, der dort nie zur Ruhe kam. »Ich habe ein schlechtes Gewissen«, sagte er leise. »Meine Mutter wird denken, dass ich bei dem Untergang der ›Jacob Le Maire‹ umgekommen bin. Und Lilli auch. Sie werden verzweifelt sein, um mich trauern, um mich weinen. Mein Vater … ja, der wohl auch, aber er …« Henry zögerte und setzte dann beherzt fort: »Vielleicht merkt er jetzt, dass ihm sein Sohn etwas bedeutet, dass ich mehr für ihn bin als nur sein Nachfolger.«

»Deine Mutter …«, flüsterte Tessa, brachte es aber nicht fertig, den Satz zu Ende zu führen.

Henry sah sie fragend an, schien nun etwas von ihrer Verwirrung zu spüren, kämpfte aber noch zu sehr mit den eigenen Fesseln. »Für meine Mutter muss ich endlich mit der Wahrheit heraus. Ich darf sie nicht länger trauern lassen.«

Marika war erschöpft, als sie nach Hause kam. Die Schokolade war ausverkauft, ihre Kasse bis zum Rand gefüllt. Ihr Herz lief über vor Glück. Die Schmerzen in ihren Füßen waren vergessen, als sie auf einen Stuhl gesunken war und die Beine von sich strecken konnte. »War das ein Tag!«

Trotz ihrer Erschöpfung fühlte sie sich so gut wie schon lange nicht mehr. Müde sein von einer Arbeit, die etwas eingebracht hatte, war doch ganz anders als die Müdigkeit nach einer durchtanzten Nacht, die immer auch einen schalen Nachgeschmack zurückließ. Sie war wieder etwas wert! In Berlin hatte sie sich darüber amüsiert, dass es ihre einzige Aufgabe war, das Geld auszugeben, das ihr Mann ihr vermacht hatte, aber dass dieses Leben nicht in ein friedliches Alter münden konnte, war ihr eigentlich immer klar gewesen. Die Hände in den Schoß legen, nachdem die schönsten Jahre verprasst worden waren? Nein, unmöglich. Ausruhen ließ sich nur auf den Früchten einer Tätigkeit, auf die man als alter Mensch stolz sein konnte, mit der man sich und seine Lieben durchgebracht hatte.

Marika bestand darauf, dass Tessa und Jacob zusahen, wie sie feierlich ihre Kassette öffnete und das Geld zu zählen begann. Es dauerte lange, denn Marika genoss es, jedes einzelne Geldstück in die Hände zu nehmen und zu den anderen zu legen. Dass Tessa nervös wurde, bekam sie zwar mit, sah aber darüber hinweg, und dass Jacob nicht recht bei der Sache war, schob sie auf seine Anspannung. Kein Wunder, dass er sich noch nicht zufriedengeben wollte mit dem, was sie heute erreicht hatten! Sie mussten nun unbedingt klären, wie es weitergehen sollte, wie Jacob es schaffen würde, so schnell wie möglich neue Ware herzustellen, damit sie sie verkaufen konnte. Da war es kein Wunder, dass er nervös und unaufmerksam war. Es würde schwierig werden, das war nach dem erfolgreichen Verkaufstag klar, genug von den Schokoladenlokomotiven herzustellen, die besonders reißenden Absatz gefunden hatten.

»Die Fische und Muscheln können wir weglassen«, sagte Marika, während sie ein Päckchen Geldscheine zurechtklopfte. »Die Lokomotiven sind ein Schlager! Jedenfalls so lange, bis Hindenburg den Bahndamm eingeweiht hat.«

»Wir müssen einige Tage Pause machen«, gab Jacob zurück. »So schnell kann ich die Lokomotiven nicht herstellen. Aber wenn ich ein paar Tage fleißig produziere, haben wir, wenn die Einweihungsfeierlichkeiten beginnen, genug Vorrat.«

Marika war nicht zufrieden mit diesem Vorschlag, aber sie musste ihn wohl oder übel akzeptieren. Am liebsten wäre sie gleich am nächsten Morgen wieder losgezogen und hätte mit dem Verkauf weitergemacht. Aber sie sah ein, dass es nicht möglich war, und sagte sich, dass es ihr guttun würde, die schmerzenden Glieder am nächsten Tag zu schonen. Sie verzog das Gesicht, als sie zu ihren Füßen griff und sie massierte.

Tessa erhob sich. »Ich habe eine gute Salbe für deine Füße. Komm mit ins Schlafzimmer. Sie wird dir guttun.«

Marika zog einen Schmollmund. »Warum holst du die Salbe nicht in die Küche? Meinst du, Jacob hat noch nie nackte Frauenfüße gesehen?«

Aber Tessa blieb dabei. »Besser, wir machen das im Schlafzimmer.« Sie hörten ein Rumoren an der Eingangstür. Als sie sich öffnete, wussten sie, dass es Aafke sein musste. Eigentlich hatte sie längst Feierabend, aber Marika hatte damit gerechnet, dass die Neugier sie zurückrufen würde. Da Aafke an der Erneuerung des alten Fischstandes und seiner Dekoration großen Anteil hatte, wollte sie natürlich wissen, ob ihr Arbeitseinsatz sich gelohnt hatte.

»Aafke möchte sicherlich nicht«, sagte Tessa hastig, »dass wir in ihrer Küche Fußpflege betreiben.«

Das sah Marika ein, die sich oft genug von Aafke hatte maßregeln lassen müssen und verhindern wollte, sie schon wieder gegen sich aufzubringen. Stöhnend erhob sie sich und folgte ihrer Tochter. Dem fragenden Blick von Aafke, die sie in der Diele trafen, begegnete Marika mit einem Nicken Richtung Küche. »Lassen Sie sich von Jacob erzählen, wie erfolgreich der Schokoladenstand war.«

Über Aafkes Gesicht ging ein Leuchten. »Die Leute haben die Schokolade gekauft?«

»Wie verrückt«, gab Marika lachend zurück und freute sich, dass ihr einfiel zu ergänzen: »Kein Wunder bei dem hübschen Stand! Ihre Näharbeit hat sich gelohnt, Frau Witt.«

Aafke strahlte. »Sehen Sie, Frau Melford, aus Ihnen wird doch noch eine achtbare Dame.«

Marika holte tief Luft, aber Tessa verhinderte eine scharfe Antwort, indem sie ihre Mutter ins Schlafzimmer schob.

»Das ist doch …«, setzte Marika an.

Aber Tessa ließ sie nicht zu Wort kommen. »Ich muss mit dir reden, Mama.«

Marika betrachtete ihre Tochter verwirrt. »Ich dachte, du willst mir die Füße eincremen?«

Tessa öffnete die Kommode, in der sie Salben und Tinkturen aufbewahrte, die im Alltag nützlich sein konnten, und holte eine Tube heraus. Marika nahm auf der Bettkante Platz und zog sich die Strümpfe aus.

»Ich muss mit dir allein reden«, erklärte Tessa. »Deswegen habe ich dich ins Schlafzimmer gelockt.«

Marika hielt noch ihre Strümpfe in der Hand. Entgeistert warf sie sie an den Boden. »Ist was passiert?«

Tessa ging vor ihr auf die Knie und nahm den ersten Fuß in ihre Hände. Während sie die Salbe auftrug, sagte sie leise: »Jacob hat sein Gedächtnis wieder.«

Marika vergaß ihre Müdigkeit. »Das wundert mich nicht. Seit Tagen kommt es mir so vor, als wäre er seiner Vergangenheit auf die Spur. Die Schokolade! Sie hat es bewirkt. Richtig?«

Tessa nickte und ließ den Blick nicht von Marikas Füßen. Sanft massierte sie die Salbe ein. »Ja, die Schokolade. Sie hat ihm geholfen, die Amnesie zu überwinden.«

»Und? Wie heißt er? Woher kommt er? Und warum hat er mir nicht verraten, wer er ist?«

Tessa ließ den Fuß sinken, machte aber keine Anstalten, sich auch des anderen Fußes anzunehmen. Sie erhob sich und setzte sich neben Marika. »Er braucht noch eine Weile, bis er sich an seine wiedergefundene Identität gewöhnt hat. Er kann noch nicht darüber reden. Erst wenn er weiß, wie er damit umgehen soll.«

Marika sah ihre Tochter erschrocken an. »Was soll das heißen? Ist er ein Gangster und hat es zwischendurch vergessen? Oder der Sohn eines Kriminellen? Ist er auf der Flucht vor der Polizei, und jetzt ist es ihm wieder eingefallen?«

Tessa nahm ihre Hand und drückte sie so beruhigend, dass Marika sie nun skeptisch ansah. »Nein, er stammt aus guter Familie. Aus … einer Familie, die du kennst, Mama.«

Nun durchfuhr Marika Angst. Sie spürte, dass etwas auf sie zukam, was ihr neues Glück zerstören konnte. »Sag schon.«

»Er heißt Henry Gottorf. Er ist Ediths Sohn!«

Marika starrte ihre Tochter an, ohne sie zu sehen. Ihr Blick ging durch Tessas Augen hindurch, gaukelte ihr Ediths trauriges Gesicht vor, ihr mühsam beherrschtes Mienenspiel, als Marika ihr gestand, dass ihre Liebe nicht stark genug war. Und dann erblickte sie, was sie zum Glück nicht hatte sehen müssen. Sie hatte ihrer Phantasie verboten, sich diese Bilder auszumalen, aber jetzt sah sie Ediths Füße, die unsicher auf dem Brückengeländer standen, sah ihren Körper fliegen, hörte ihren Schrei, das Kreischen der Bremsen, den Aufschlag …

»Mein Gott! Weiß er, dass seine Mutter tot ist?«

Tessa sah sie nicht an, während sie den Kopf schüttelte. »Ich habe es nicht fertiggebracht, es ihm zu sagen. Er freut sich auf seine Mutter und seine Schwester. Und er hat Schuldgefühle, weil er ihnen die Trauer und Verzweiflung länger zumutet, als es sein muss.«

»Auf seinen Vater freut er sich nicht«, flüsterte Marika tonlos. »Edith hat mir erzählt, wie schwierig das Verhältnis zwischen Vater und Sohn ist.«

Tessa kniete sich wieder vor Marikas Füße, um nun auch den zweiten Fuß einzucremen. »Ich finde, du solltest es ihm sagen, Mama. Das bist du Edith schuldig. Meinst du nicht auch?«

Marikas Augen füllten sich mit Tränen. Es fiel ihr schwer, aber sie nickte tapfer. »Ja, das bin ich ihr wohl schuldig. Sie liebte ihren Jungen abgöttisch.«

»Wenn du willst, helfe ich dir. Ich könnte dabei sein, wenn du es ihm sagst. Vielleicht fällt es dir dann leichter.«

Marika entzog Tessa ihren Fuß. Sie wollte sie nicht mehr auf dem Boden knien sehen, sondern an ihrer Seite haben. »Danke.«

Tessa setzte sich wieder neben sie. »Es wird nicht leicht. Er fürchtet sich davor, nach Berlin zurückzukehren. Nur der Gedanke an seine Mutter und an seine Schwester geben ihm Kraft.«

»Du meinst, wir sollten es ihm doch nicht sagen?«

»Wir dürfen ihn nicht belügen. Das würde er uns nicht verzeihen.«

Marika tätschelte Tessas Hand. »Du liebst ihn. Stimmt's?«

Tessa nickte, ohne sie anzusehen. »Aber aus uns kann nichts werden. Oder glaubst du, dass Friedrich Gottorf eine Schwiegertochter akzeptiert, die eigene berufliche Pläne hat?«

»Niemals!«

»Und dann noch die Tochter von Marika Melford, mit der seine Frau ein Verhältnis hatte?«

»Du lieber Himmel! Nein!«

»Die ohne deine Liebe nicht weiterleben wollte?«

»Nein, nein, nein!«

Schweigen drängte sich zwischen sie, tonloses Resignieren, stille Kapitulation.

Schließlich fragte Marika flüsternd: »Weiß Henry, dass es unseren Namen schon in seiner Vergangenheit gegeben hat?«

Tessa schüttelte den Kopf. »Nein, er hat vorher nie von einer Marika Melford gehört.« Sie seufzte tief auf. »Vielleicht wird er auch mich ablehnen, wenn er hört …«

Marika ließ sie nicht aussprechen. Was Tessa sagen wollte, war so schrecklich, dass sie es nicht hören mochte. »Wenn er mit einer Frau nichts zu tun haben will, die eine Mutter wie mich hat, dann verrate ich ihm, dass ich gar nicht deine Mutter bin. Wenn ich einen schlechten Charakter habe, kann ich ihn dir nicht vererbt haben.«

Tessa konnte darauf nicht antworten, denn in diesem Moment pochte es an der Haustür. Laut und herrisch! »Aufmachen!«, rief eine Stimme. »Polizei!«

»Was hat das zu bedeuten?«, flüsterte Marika. »Ob das was mit meinem Schokoladenstand zu tun hat? Reimert hat mir doch die Genehmigung gegeben ...«

Aafke war zu hören. »Was ist das denn für ein Parammel?« Sie hörten, wie Aafke die Eingangstür öffnete. »Polizei? Um diese Zeit? Was wollen Sie? Dies hier ist ein anständiges Haus!«

»Wir wollen zu Marika Melford. Wohnt die hier?«

»Ja, schon ... aber ...« Aafke hatte nur ganz kurz leise und ängstlich geklungen, nun rief sie empört: »Was erlauben Sie sich? Sie können doch hier nicht einfach eindringen!«

Schritte verklangen in der Küche, Rumoren war zu hören, dann Henrys Stimme, der sich anscheinend an Aafkes Seite gestellt hatte und die Polizisten zur Mäßigung aufrief.

»Wer sind Sie überhaupt?«, wurde er gefragt.

Henrys Stimme war leise und beherrscht: »Ich leide unter Amnesie. Meinen Namen kann ich Ihnen nicht nennen.«

Nun mischte sich eine zweite Stimme ein: »Das ist der Schiffbrüchige, der seinen Namen vergessen hat. Er interessiert uns nicht.«

Tessa sprang auf und schob Marika zum Fenster. »Verschwinde, Mama. Lauf zu Reimert, der hilft dir.«

»Warum? Ich habe nichts Böses getan!« Mit einer heftigen Bewegung befreite Marika sich von Tessas Arm.

»Wo ist Marika Melford?«, hörte sie nun wieder die Stimme des Polizisten, die drohender geworden war. »Sollen wir eine Hausdurchsuchung vornehmen?«

»Sie ist im Schlafzimmer«, war Aafke zu vernehmen. »Sie werden doch nicht eine Dame beim Umziehen stören wollen?«

»Dann holen Sie die Frau heraus!«

Aafkes Schritte kamen auf die Schlafzimmertür zu. Tessa riss das Fenster auf und forderte ihre Mutter auf: »Spring!«

»Warum?« Marika kniete zwar auf dem Fensterbrett, aber nur, weil

Tessa derart energisch mit ihr umging, dass sie es nicht wagte, ihr etwas entgegenzusetzen.

»Es könnte mit Friedrich Gottorf zu tun haben«, zischte Tessa. »Vielleicht hat er herausgefunden, dass du hier bist.«

»Wie denn?«, wagte Marika noch zu fragen, dann sprang sie.

An der Tür klopfte es, Aafkes Stimme war zu hören: »Frau Melford? Fräulein Doktor?«

»Ich komme!«, rief Tessa zurück, dann beugte sie sich aus dem Fenster. »Lauf zu Reimert.«

Sie schloss das Fenster, die Schlafzimmertür fiel ins Schloss. Tessa machte sich daran, in die Küche zu gehen, um den Polizisten etwas zu erzählen, was sie über kurz oder lang als Lüge entlarven mussten.

Marika huschte geduckt am Haus entlang und lief dann auf Reimerts Haus zu, indem sie sich immer wieder umblickte und sicherstellte, dass sie vom Küchenfenster aus nicht zu sehen war. In Reimerts Wohnzimmer brannte die Petroleumlampe. Sie huschte unters Fenster, warf einen Blick ins Zimmer, dann pochte sie an die Scheibe …

Henry sah Tessa fragend an, als sie die Küche betrat, aber ihre Augen antworteten nicht. Steif und würdevoll blieb sie in der Nähe der Tür stehen und blickte die beiden Polizisten an, die prompt einen Teil ihres Selbstbewusstseins einbüßten.

»Sie wünschen bitte?«

Der Jüngere der beiden starrte sie an, als hätte er sich schon lange gefragt, wie eine Frau aussehen mochte, die einen Doktortitel trug. Der Ältere räusperte sich schließlich und antwortete: »Wir wollen zu Marika Melford.«

»Sie kommt gleich zurück«, behauptete Tessa und warf einen Blick aus dem Fenster in den Garten. Das kleine Holzhaus, in dem man seine Notdurft verrichtete, war von der Dunkelheit längst verschluckt worden. Die Polizisten verstanden den Hinweis und nahmen wieder Platz. Tessa setzte sich zu ihnen.

Henry beobachtete sie genau. Was ging hier vor? Auch Aafkes Blick wanderte aufmerksam von einem zum anderen. Ganz gegen ihre Gewohnheit schwieg sie und kommentierte nicht, was sie sah. Der Blick, den sie Henry zuwarf, war jedoch eindeutig: Sie machte sich Sorgen.

»Was wollen Sie von meiner Mutter?«, fragte Tessa.

»Das können wir nur ihr selbst sagen«, war die Antwort.

Nun hatte Aafke genug geschwiegen. »Stell dich nicht so an, Sven. Gleich, wenn Frau Melford vom Plumpsklo zurück ist, wird sie es ja doch erfahren.«

»Ich sage nichts«, antwortete der Polizist, der Sven hieß, und presste die Lippen so fest zusammen, als sollte kein Sterbenswörtchen aus seinem Mund kommen.

»Weil wir nichts wissen«, ergänzte nun der andere, der Broder hieß. »Wir folgen nur den Anweisungen des Bürgermeisters.«

Tessa beugte sich überrascht vor. »Der Bürgermeister schickt Sie?«

Die Polizisten wollten darauf nichts sagen, aber ihre Köpfe bewegten sich, als bejahten sie. Hinter Henrys Stirn jagten die Gedanken. Konnte das etwas mit seiner Schokoladenproduktion zu tun haben? Oder mit Marikas Stand? Aber das konnte nicht sein, schließlich hatte der Kurdirektor die Genehmigung dafür erteilt. Oder ging es um Marika selbst? Oder … hatte es mit Georg Bahr zu tun? Tessa hatte ihm erzählt, dass er die Schokolade probiert und festgestellt hatte, dass sie genau wie Gottorf-Schokolade schmeckte. Womöglich war es ein Fehler gewesen, dieselbe Rezeptur zu wählen, die gleichen Zutaten, das gleiche Mischungsverhältnis. Ganz automatisch hatte Henry das getan, was er gelernt hatte, hatte damit angefangen, als er noch nicht gewusst hatte, wer er war, und hatte sein Werk fortgesetzt, als er genau wusste, dass es um ein Rezept ging, das in der Familie Gottorf von einem Nachfolger auf den nächsten überging.

Tessa insistierte weiter: »Was will der Bürgermeister von meiner Mutter?«

Statt zu antworten, stand Sven auf und ging zum Fenster. »Wie lange dauert das noch?«

Erst zehn Minuten später kam er auf die Idee, den Weg zum Holzhäuschen zu gehen, um zu kontrollieren, wo Marika Melford blieb. Er ordnete an, dass Tessa ihm zu folgen und nachzusehen habe, ob ihre Mutter immer noch auf dem Plumpsklo war. Auch Aafke hätte sie gern begleitet, wurde aber von den Polizisten daran gehindert. Henry stellte sich neben sie ans Fenster und blickte dem Lichtkegel der Taschenlampe nach, der sich zügig auf das Holzhaus zubewegte, dort in einem großen leuchtenden Kreis verharrte und schließlich unruhig hin und her zuckte.

»Sie ist nicht mehr da«, sagte Henry.

»Sie war da nie«, gab Aafke zurück.

Henry nickte, er hatte die gleichen Gedanken wie Aafke. »Sie muss aus dem Fenster gesprungen sein.«

»Warum?«, fragte Aafke. »Hat sie ein schlechtes Gewissen?« Als Henry nicht antwortete, fügte sie an: »Sie ist mir gleich verdächtig vorgekommen. Wenn sie nicht die Mutter von unserem Fräulein Doktor wäre …« Den Rest ließ sie ungesagt. Jeder wusste ja, was sie von Marikas gewagter Kleidung, ihrer Frisur, ihren Zigarettenspitzen, ihrer Angewohnheit, in der Küche zu rauchen, und erst recht von ihrer erotischen Lyrik hielt.

Henry setzte sich wieder und wartete darauf, dass Tessa mit den Polizisten zurückkehrte. Aber er dachte nicht an Marika, schloss sich den Fragen, die Aafke sich unaufhörlich stellte, nicht an, dachte nur an das Gespräch, das er mit Tessa am Strand geführt hatte. Er musste zurück nach Berlin. Das wusste er mit einem Mal ganz sicher. Als er es an der Wasserkante ausgesprochen hatte, hatte er begriffen, dass er es nicht mehr aufschieben durfte. Seiner Mutter und Lilli zuliebe! Gleich am nächsten Tag würde er die Inselbahn nach Munkmarsch nehmen und den ersten Dampfer besteigen. Es wurde Zeit, dass er Klarheit in sein Leben brachte. So oder so …

Der Bürgermeister erschien, als Tessa mit den beiden Polizisten wieder in der Küche saß. Geduldig behauptete sie ein ums andere Mal, dass sie keine Ahnung habe, warum ihre Mutter geflüchtet sei und wo sie sich aufhalten könne.

»Das soll wohl etwas mit unserem Besuch zu tun haben«, mutmaßte

Broder. »Die Dame ist abgehauen. Das heißt dann wohl, dass sie ein schlechtes Gewissen hat.«

»Also stimmt es, was man ihr vorwirft«, bestätigte Sven.

Tessa wurde zornig. »Und was wirft man ihr vor? Nun rücken Sie doch endlich mit der Sprache raus!«

Aber als sie in die Gesichter der Polizisten sah, konnte sie glauben, dass die beiden tatsächlich keine Ahnung hatten, warum sie Marika Melford verhaften sollten.

Broder warf einen Blick zu der Flasche mit dem Kräuterschnaps, den Aafke selber machte und nicht nur in Reimerts, sondern auch in Tessas Küche aufs Regalbrett gestellt hatte. Für sie war er eine Medizin, von der sie jeden Abend ein Gläschen nahm, bevor sie nach Hause ging. Aafke verstand und stellte die Flasche auf den Tisch.

»Dann müssen wir eine Fahndung einleiten«, meinte Sven.

»In der Dunkelheit bringt das nichts«, antwortete Broder und sah zufrieden zu, wie Aafke die Gläser füllte.

Tessa und Henry lehnten ab, aber Aafke war der Meinung, dass bei dieser ganzen Aufregung ein Schnaps am besten half. Dass man auf einem Bein nicht gut stehen konnte, war jedem Sylter bekannt, und dass es sich nicht lohnte, eine zur Hälfte geleerte Flasche in den Vorrat zurückzustellen, ebenfalls.

Als es an der Tür pochte, hatten die beiden Polizisten vergessen, warum sie eigentlich da waren, und Aafke hatte verdrängt, dass ein Mitglied ihres Haushaltes verschwunden war. Aber das Erscheinen des Bürgermeisters half ihnen auf die Sprünge. Sven und Broder kamen viel zu spät auf die Idee, ihre Schnapsgläser zu verstecken, und Aafke hätte sowieso niemanden glauben machen können, dass sie stocknüchtern sei.

»Auch ein Schnäpschen, Herr Bürgermeister?«

Rasmus Dirks war empört über die Pflichtvergessenheit der beiden Polizisten und vor allem darüber, dass Marika Melford die Flucht gelungen war. Aafkes Verfassung kümmere ihn nicht, betonte er, aber dass sie die beiden Ordnungshüter mit der Verabreichung von alkoholischen Getränken von ihrer Pflicht weggelockt habe, ging ihn durchaus etwas an. »Darüber sprechen wir noch«, drohte er.

Aafke konnte nichts Verwerfliches darin erkennen, dass zwei Mannsbilder ihrem Kräuterschnaps zugesprochen hatten, war jedoch nicht mehr in der Lage, diesen komplizierten Sachverhalt in Worte zu fassen. Sie brummte nur etwas von Tüdelkraam und Trüselköppen und ging Sven und Broder hinterher, die sich eilig aufmachten, um nach Marika Melford zu suchen. Aafke warf sich ihr wollenes Tuch um und verkündete, dass es nun auch für sie Zeit würde.

Henry stand auf und verließ nach einem kurzen Gute-Nacht-Gruß die Küche. »Mich brauchen Sie sicherlich nicht.«

Rasmus Dirks sah ihm nach. »Hat er das Gedächtnis immer noch nicht zurück?«

Tessa schüttelte den Kopf. Wenn Marika verhaftet werden sollte, musste das etwas mit Friedrich Gottorf zu tun haben. Da war es vernünftiger, wenn Dirks den Namen des Schiffbrüchigen nicht kannte. Sollte es von Vorteil sein, ihn zu verraten, war es immer noch früh genug, das Geheimnis zu lüften.

Der Bürgermeister nahm zwar die Einladung an, sich an den Tisch zu setzen, einen Schnaps lehnte er jedoch ab. Für einen Tee sei er aber dankbar, ergänzte er in Aafkes Richtung. »Falls Sie dazu in der Lage sind.« Er betrachtete die Haushälterin misstrauisch.

Tessa lenkte ihn von Aafkes Versuchen ab, vier Löffel Tee in die Kanne zu zählen. »Was werfen Sie meiner Mutter vor?«

Rasmus Dirks grinste hässlich. »Sie weiß es anscheinend. Sonst wäre sie nicht weggelaufen.«

»Würden Sie es mir bitte sagen?«

Seine Augen verengten sich. »Sie wollen behaupten, Sie sind ahnungslos? Ihre Mutter hat Ihnen nichts gesagt?«

Tessa schüttelte ungeduldig den Kopf. Sie gab sich große Mühe, sich ihre Sorgen nicht anmerken zu lassen. Marika hatte gewusst, dass Friedrich Gottorf nach ihr suchte, aber was hatte er gefunden, das man ihr vorwerfen konnte? Marikas moralische Schuld war vor Gericht nicht einklagbar, das wusste auch Friedrich Gottorf.

»Ihre Mutter hat das Rezept der Gottorf-Schokolade gestohlen«, verkündete Rasmus Dirks feierlich. »Jemand, der mit den Gottorfs gut bekannt ist, hat die Schokolade gegessen, die Ihre Mutter am Bahnhof verkauft hat. Er hat sie zweifelsfrei erkannt. Die Schokolade ist nach dem Geheimrezept der Gottorfs hergestellt worden.«

Tessa schloss kurz die Augen. Der Mann am Schokoladenstand! Henry hatte seinen Namen gekannt. Georg Bahr! Sein Vater hatte also keinen Verdacht gegen Marika konstruiert, sondern etwas gefunden, was er tatsächlich für einen Straftat hielt. Machte es die Sache einfacher, weil dieser Vorwurf leicht zu entkräften war? Sie versuchte, kühl zu bleiben. »Wie sollte meine Mutter an dieses Rezept gekommen sein?«

»Herr Gottorf hat mir erklärt, dass Ihre Mutter mit Edith Gottorf befreundet war. Wahrscheinlich ist sie in seinem Hause ein und aus gegangen und hat die Gelegenheit genutzt, das Rezept zu stehlen.«

Jetzt wäre der richtige Augenblick gewesen, dem Bürgermeister die Wahrheit zu sagen, ihm zu erklären, dass der Sohn Friedrich Gottorfs das Schokoladenrezept im Kopf habe, dass er es gewesen war, der die Schokolade hergestellt hatte. Aber was, wenn Dirks noch in dieser Nacht ein Telefongespräch nach Berlin anmeldete und Kontakt mit Henrys Vater aufnahm? Dann würde Friedrich Gottorf von Rasmus Dirks erfahren, dass sein Sohn lebte, noch ehe Henry selbst Gelegenheit hatte, nach Berlin zu reisen. Das musste auf jeden Fall verhindert werden. Henry musste seinem Vater selbst erklären, was geschehen war. Unbedingt! Friedrich Gottorf würde seinem Sohn niemals verzeihen, durch Zufall davon erfahren zu haben, dass er noch lebte.

Tessa beschloss, nichts zu den Vorwürfen des Bürgermeisters zu sagen. Die Wahrheit würde sich bald herausstellen. Henry musste nach Berlin zurück und alles klären. Sie seufzte heimlich. Friedrich Gottorf würde von da an nicht nur Marika, sondern auch deren Tochter hassen.

Sie brachte den Bürgermeister zur Tür, verabschiedete ihn höflich und sagte nichts, als er über ihren denkbar ungünstigen Start auf Sylt schwadronierte, der sie eigentlich davon überzeugen sollte, dass sie als Kurärztin hier keine Zukunft habe. »Eine Ärztin ohne Patienten! Das kann Sie doch nicht zufriedenstellen! Und dann der Todesfall auf dem Bahndamm …«

»… an dem ich nicht schuld bin.«

»Glück für Sie, dass die Grothes stillhalten!«

»Sie wissen, dass ich nicht schuld bin.«

Aber Dirks hörte ihr nicht zu. »Und dann noch der Auftritt Ihrer Mutter, dieser literarische Salon mit den unanständigen Texten! Und als Höhepunkt ihre Verhaftung, der sie sich durch Flucht entzogen hat! Wie wollen Sie hier jemals Fuß fassen?«

Tessa zog es vor, darauf nicht zu antworten. Sie sah den Bürgermeister nur ernst an und schwieg. So lange, bis er sich beeilte, ihrem Schweigen zu entkommen. »Dann also gute Nacht!«

Tessa wartete, bis er die Bismarckstraße hinabgegangen und um die nächste Straßenecke verschwunden war. Dann ging sie durch die Hintertür und lief zu Reimerts Haus. Aber dort war alles dunkel. Dankbarkeit erfüllte sie. Reimert brachte Marika an einen sicheren Ort, daran hatte sie keinen Zweifel. Er war eben immer zur Stelle, wenn er gebraucht wurde. Sie würde versuchen, so lange wach zu bleiben, bis er zurückkehrte. Wo immer ihre Mutter jetzt war, sie musste versorgt werden, zu essen und zu trinken bekommen. Es würde ja nur für ein paar Tage sein. Sobald Henry in Berlin dafür gesorgt hatte, dass die Anzeige zurückgenommen wurde, konnte Marika sich wieder auf die Straße trauen.

Sie betrachtete ihr Haus. Henrys Fenster war dunkel. Ob er schon schlief? Auch er musste erschöpft sein nach dem langen Arbeitstag, an dem er sich keine Ruhe gegönnt hatte. »Schade«, flüsterte sie. Sie hätte gerne noch mit ihm geredet, ihm erzählt, was sie vom Bürgermeister erfahren hatte, und mit ihm besprochen, wie sie nun vorgehen sollten. Ob es einen Sinn hatte, an seine Tür zu klopfen? Ob sie an sein Bett gehen und ihn wecken sollte?

Eine Weile stand sie vor seiner Schlafzimmertür, dann aber machte sie kehrt und ging in ihr eigenes Schlafzimmer. Die Petroleumlampe machte sie nicht an, mittlerweile kannte sie sich in diesem Zimmer so gut aus, dass sie im Dunkeln ihr Nachtzeug fand. Sie seufzte auf, als sie sich das lange, steif gebügelte Nachthemd überzog. Sie würde die Nähe ihrer Mutter vermissen. Nach Henrys Einzug war es nicht leicht gewesen, sich daran zu gewöhnen, das Bett mit jemandem zu teilen, aber dann hatte sie es genossen, die Wärme ihrer Mutter zu spüren, die Finsternis mit ein paar geflüsterten Erinnerungen zu durchdringen, etwas zu besprechen, was nur sie beide anging, ermutigende oder tröstliche Worte zu hören … und darüber einzuschlafen.

Dass sie in diesem Zimmer nicht allein war, hatte sie nicht bemerkt. Die Erkenntnis kam erst, als sie unter die Decke kriechen wollte. Darunter war es warm, ihre Hände berührten weiche Haut, jemand griff nach ihr und zog sie an sich.

Reimert trieb Marika voran. »Gleich sind wir da.«

Marika stöhnte. »Wie lange noch?«

Der Ostbahnhof kam in Sicht, sie umgingen das Bahnhofsgebäude und liefen an den Geleisen der Inselbahn entlang Richtung Norden. Die Straßen waren menschenleer, in den meisten Häusern brannte kein Licht mehr. Der Bahnhof lag verlassen da, die Waggons der Inselbahn standen auf einem Nebengleis, die Lokomotiven in einem eigens dafür gebauten Schuppen.

»Wo soll ich mich hier verstecken?«, fragte Marika.

Reimert wies auf ein baufälliges Haus in der Nähe. »Dort hat mal ein Lokomotivführer gewohnt. Er ist vor ein paar Monaten gestorben, seine Erben zanken sich um das Häuschen. Deswegen steht es noch leer.«

Marika betrachtete es skeptisch. »Du meinst, da kann ich rein?«

Reimert lehnte sich an die Bretterwand des Lokomotivschuppens und verschränkte die Arme. »Ehe ich mich des Einbruchs schuldig mache, erzähl mir erst mal, was eigentlich los ist. Warum sollst du verhaftet werden?«

Marika lehnte sich neben ihn. »Mein Leben in Berlin hat mich eingeholt.« So kurz wie möglich und so ausführlich wie nötig erzählte sie ihm von Edith, von der Empörung des Ehemannes, als dieser bemerkte, dass seine Frau eine lesbische Beziehung eingegangen war, von ihren eigenen Gefühlen für Edith, die nicht tief genug waren, und schließlich von Ediths Selbstmord. Sie begann zu weinen, teils vor Erschöpfung, teils aus Trauer um Edith. »Ich wollte das nicht«, schluchzte sie.

Reimert betrachtete sie mit einem Blick, den er nicht mehr für sie übriggehabt hatte, nachdem er von seinem Tripper erfuhr. »Der Ehemann ist dir auf den Fersen?«

Marika starrte in die finstere Nacht, dachte an Berlin und an die Lichter, die dort niemals ausgingen, dann nickte sie. »Er hat schon in Berlin versucht, mich verhaften zu lassen. Aber ich konnte entwischen.«

»Deswegen bist du nach Sylt gekommen?«

Marika schluckte. »Ich dachte, hier findet er mich nicht.«

»Wie ist er dir auf die Schliche gekommen? Und was hat er gegen dich in der Hand, dass er dich verhaften lassen kann?«

»Ich habe mir nichts zuschulden kommen lassen, was mich vor Gericht bringen kann. Aber Friedrich Gottorf hat die Macht und das Geld, Leute zu bestechen und Beweise zu manipulieren.«

Nun erzählte sie ihm auch noch den Rest. Dass der Schiffbrüchige endlich sein Gedächtnis zurückhatte, dass er seinen Namen kannte und nun wusste, woher er kam, und dass es ausgerechnet der Sohn von Friedrich und Edith Gottorf war, der in ihrem Haus wohnte. »Vielleicht hat sein Vater mit ihm über mich gesprochen. Dann kennt er meinen Namen. Vielleicht hat er Tessa gegenüber nur so getan, als wüsste er nichts von mir und vom Tod seiner Mutter. Vielleicht hat er unterwegs die Nachricht erhalten, dass sie sich vor einen Zug geworfen hat. Und auch, warum. Und jetzt will er den Tod seiner Mutter rächen, indem er mich ans Messer liefert.«

Reimert schüttelte den Kopf, als müsste er alles, was er gerade gehört hatte, zurechtrücken. »Mal sehen, was Tessa morgen früh sagt. Sie wird wissen, was man dir vorwirft.« Er ging auf das verlassene Haus zu und winkte Marika, ihm zu folgen. »Jetzt werden wir erst mal dafür sorgen, dass du heute Nacht sicher schlafen kannst.«

Das Haus bot keinen großen Widerstand. Die Läden hingen fast alle schief in den Angeln, die Fenster dahinter waren nicht verschlossen, die Flügel standen weit offen. Fensterriegel und alles, was die Eigentümer der umliegenden Häuser gebrauchen konnten, waren abmontiert worden. Nach jedem Streifzug durch dieses unbewohnte Haus waren die Fensterläden so gut es ging wieder geschlossen worden, damit niemand auf den ersten Blick sah, dass dieses Gebäude ausgeweidet worden war.

Reimert merkte schnell, dass auch die Tür kein Schloss und keinen Griff mehr besaß, und drückte sie kurzerhand auf.

»Gemütlich ist es nicht gerade«, murmelte er, »aber das Gefängnis von Westerland ist auch nicht besonders komfortabel. Und hier gibt's wenigstens keine Gitter vor den Fenstern.«

Er drehte sich nicht zu Marika um, weil er ihr Gesicht nicht sehen und kein Jammern und Klagen hören wollte. Es fiel ihm schwer, sie hier allein zurückzulassen, aber ihm war auf die Schnelle kein anderes Versteck eingefallen, wo man Marika nicht suchen würde. In seinem eigenen Haus würde die Polizei womöglich nachsehen, das Risiko konnte er nicht eingehen.

Marika war es, die sich weiter ins Haus hinein traute. »Hast du Streichhölzer dabei?«

Er tastete seine Jackentaschen ab, dann zog er aufatmend ein Streichholzpäckchen heraus. Er ließ ein Hölzchen aufflammen, war aber froh, als es wieder erlosch. Der Anblick dieser Behausung war deprimierend. Der Boden war mit Abfall übersät, den der Vorbesitzer zurückgelassen hatte, leises Geraschel ließ vermuten, dass sich mittlerweile Untermieter eingestellt hatten, mit denen Marika die Nacht würde verbringen müssen. Ein widerlicher Geruch stand zwischen den Wänden. Es roch nach Schmutz, nach Exkrementen und Fäulnis.

Reimert ließ Marika stehen, die sich keinen Meter mehr weiter bewegte, als wäre sie erstarrt, und inspizierte den zweiten Raum, den das Haus besaß. Dort sah es genauso trostlos aus wie im ersten. »Das geht nicht«, flüsterte er. »Hier kannst du dich ja nicht mal hinlegen, um zu schlafen. Es gibt nichts, worauf du Platz nehmen kannst. Nur den schmutzigen Boden.«

»Wenigstens ist es nicht kalt«, hörte er Marika wispern.

Ihre Tapferkeit rührte ihn, die Sympathie, die er anfänglich für sie empfunden hatte, kehrte allmählich zurück. Dass sie ihn angesteckt hatte, war eine Sache, dass sie Tessa aufgezogen hatte, eine andere. Dafür wollte er ihr dankbar sein.

»Hier lasse ich dich nicht«, sagte er und zog sie aus dem Haus. »Es gibt einen Heuschober in der Nähe. Der ist natürlich nicht so sicher wie dieses Haus, aber wenigstens ist es dort sauber, und für eine Nacht wird es gehen. Du kannst dich ins Heu legen und schlafen. Morgen früh hole ich dich ab und bringe dich an einen sicheren Ort.«

Marika folgte ihm erleichtert. »Woher kennst du diesen Heuschober?«

Reimert blieb erschrocken stehen. Dass es diesen Heuschober nicht mehr geben könnte, kam ihm erst jetzt in den Sinn. Der geheime Ort, an dem er sich mit Metta getroffen hatte! Wo ihre Liebe begonnen und geendet hatte! Wo er stundenlang geweint und dann stundenlang getobt hatte. Diesen Ort hatte er eigentlich niemals wieder aufsuchen wollen.

»Es ist viele Jahre her, dass ich ihn kannte«, murmelte er. »Vielleicht gibt es ihn gar nicht mehr.« Er griff nach Marikas Hand und spürte ihre Dankbarkeit, mit der sie sich ihm überließ. »Wir werden nachsehen.«

Es gab den Heuschober noch, und er roch noch so wie damals und sah auch noch so aus. Eine Wolke war am Mond vorübergezogen, sein silbernes Licht sickerte durch die Lücken in der Bretterwand, es schien, als hätte dieser Schober auf ihn gewartet.

Reimert zog seine Jacke aus und legte sie über einen Heuballen. »Heute Nacht bist du hier auf jeden Fall sicher. Bis morgen früh lasse ich mir etwas anderes einfallen.«

»Danke.« Marika legte eine Hand auf seinen Arm. »Ich weiß, was es für dich bedeuten muss, ausgerechnet mir zu helfen.«

»Ich helfe vor allem Tessa«, sagte er steif.

Aber als ihre Hand herabfiel, als er ihre Enttäuschung spürte, setzte er hastig hinzu: »Natürlich auch dir. Du hast es verdient. Du bist es gewesen, die Tessa aufgezogen und zu dem gemacht hat, was sie ist.«

Er hörte, dass Marika scharf den Atem einsog. Sie stellte sich direkt vor ihn hin und sah ihn an. Zwar war der Mond nun wieder wolkenverhüllt, aber es blieb hell genug, um sich ins Gesicht sehen zu können. »Du weißt es?«, fragte sie.

Reimert hätte gern den Kopf geschüttelt, so getan, als verstünde er ihre Frage nicht … aber ihm war klar, dass Marika ihm nicht glauben würde. Also nickte er. »Ihr habt Tessa adoptiert, du und dein Mann.«

»Woher weißt du das?«

»Tessa hat es mir erzählt.«

Marika drehte sich wieder weg. »Aha. Und ich dachte, sie hätte mit niemandem darüber gesprochen. Sie weiß es ja selbst erst seit kurzem.«

Reimert antwortete nicht darauf. »Ich hoffe, du hast eine einigermaßen angenehme Nacht.«

Marika legte sich hin und wickelte sich in seine Jacke. »Danke.«

Auf der Weide, zu der der Heuschober gehörte, blieb er eine Weile stehen und sah zurück. Er hatte nur ihnen beiden gehört, nur Metta und ihm. Dem Bauern, der ihn nutzte, natürlich auch, aber der hatte niemals sein Herz dort gelassen, er zählte nicht. Der Heuschober war ihr Zuhause gewesen, so lange, bis Metta eines Tages vor dem Eingang stehengeblieben war und sich geweigert hatte, ihn zu betreten. Und nun lag die Frau dort, die Tessa aufgezogen hatte.

Reimert machte sich mit großen, energischen Schritten auf den Rückweg. Er musste sich unbedingt überlegen, wo er Marika am nächsten Tag hinbringen konnte. Sie durfte auf keinen Fall länger dort bleiben, als unbedingt nötig war.

XII.

Der Wind strich ums Haus, leise und sacht, als wollte er sie nicht stören, die Wolken jagten am Mond vorbei, als sollte es kein Licht geben, das etwas verriet, die Geräusche der Nacht waren weit entfernt, als wollten sie zeigen, dass nichts den Zauber dieser dunklen Stunden antasten würde.

Tessa starrte an die Zimmerdecke. Henry waren die Augen zugefallen, sie lauschte auf seine gleichmäßigen Atemzüge. Seine Hand lag noch in ihrer, sein Körper war so nah, dass sich ihre Haut berührte, immer noch feucht, immer noch heiß.

Sie hatten kein Wort gesprochen, als sie zu ihm ins Bett geschlüpft war. Seine Hände hatten gefragt, und ihr Körper hatte ohne Zögern geantwortet. Er war über sie gekommen mit leidenschaftlichem Begehren, und sie hatte ihn mit der gleichen Leidenschaft in sich aufgenommen. Alle Fragen und Antworten, die Trauer und die Verzweiflung waren von ihnen abgefallen, der Rhythmus ihrer Körper hatte alles weggewischt, was sie belastet hatte.

Erst jetzt kehrte eins nach dem anderen zurück, während Tessa noch wach lag und Henry bereits schlief. Vorher hatten seine Liebesbeteuerungen alles ferngehalten, jetzt sickerte es, als liefen Angst und Not den Berg hinab, wieder zurück. Wo es für kurze Zeit nur Liebe, nur Henry, nur ihre Gemeinsamkeit, nichts als Hoffnung auf ein gutes Ende und sogar die Sicherheit gegeben hatte, dass die Kraft der Liebe alles überwinden konnte, entstanden wieder die Fragen, die der Liebe die Kraft nahmen.

Sie musste ihm sagen, dass seine Mutter tot war. Marika konnte es nicht mehr, sie wartete in einem Versteck, aber er musste es erfahren, bevor er nach Munkmarsch aufbrach. Wenn er in Berlin erfuhr, dass er auf Sylt belogen worden war, würde es keine Rückkehr geben. Und dann vielleicht auch keine Rehabilitation für Marika. Henry musste ohne Hass auf Tessas Mutter sein, nur dann würde er seinen Vater davon überzeugen können, dass ihr Unrecht geschah.

Tessa merkte, dass der Schlaf, der eben nach ihr greifen wollte, sie wieder verließ, ihre Gedanken hielten sie wach. Wie würde Henry reagieren, wenn er erfuhr, dass seine Mutter ihr Leben weggeworfen hatte, weil sie sich eine Zukunft ohne Marika nicht vorstellen konnte? Wenn auch er sagte, dass Marika schuld an Ediths Tod war, würde er dann zurückkehren?

»Ich hole dich«, hatte er noch kurz vor dem Einschlafen geflüstert, »ich hole dich an meine Seite.«

Tessa hatte genickt, seinen Körper geküsst und ihm mit jedem Kuss ein »Ja« auferlegt. Aber nun, als die Hitze der Liebe sie langsam verließ, war sie nicht mehr so sicher. Jetzt würden ihre Küsse nicht mehr »Ja« auf Henrys Körper hauchen, sondern »Vielleicht«, »Hoffentlich« und hin und wieder auch »Nein, wir werden es nicht schaffen«.

Sie fror und schmiegte sich an Henry, um sich von seiner Wärme etwas zu holen. Er seufzte im Schlaf, als sie ihn berührte, drehte sich zu ihr und umschlang sie mit beiden Armen. Aber nur ihr Körper wurde gewärmt, Herz und Seele froren immer noch. Friedrich Gottorf würde sie nicht akzeptieren, würde sie nicht an Henrys Seite lassen, würde niemals die Tochter der Frau in seinem Haus dulden, die Henrys Mutter auf dem Gewissen hatte. Dass er auch keine Schwiegertochter dulden würde, die als Ärztin arbeiten wollte, war nicht einmal wichtig.

Sie hätte gern aus diesen glücklichen Stunden eine Nacht voller Wahrheit und Ehrlichkeit gemacht. Wohl deswegen hatte sie Henry erzählt, dass sie ein Adoptivkind war und seit kurzem wusste, dass sie auf Sylt zur Welt gekommen und von Marika und Wieland Melford nach ihrer Geburt mit nach Berlin genommen worden war. »Meine Mutter hat es mir erst jetzt verraten.«

Wie sie dahintergekommen war, dass sie nicht Marikas Tochter sein konnte, verriet sie jedoch nicht. Der Wunsch, Marika zu beschützen, war noch größer als das Bedürfnis, mit rückhaltloser Ehrlichkeit aus dieser Nacht etwas ganz Besonderes zu machen. Aber sie verriet Henry, was selbst Marika nicht wusste: dass sie oft an ihre leibliche Mutter dachte, dass sie sich vorstellte, sie könnte ihr hier auf Sylt begegnen. Ihm bekannte sie sogar, dass sie sich wünschte, die Frau kennenzulernen, die sie geboren hatte, obwohl sie anfänglich der Meinung gewesen war, sie wolle von der Frau, die sie weggegeben hatte, nichts hören und sehen.

»Niemand weiß davon, dass ich nicht Marikas Tochter bin«, hatte sie gesagt, um Henry zu zeigen, dass er durch diese Nacht zu einem Auserwählten geworden war, zu dem einen Mann, dem sie ein Vertrauen schenkte, das nur er erhielt. »Nur Reimert.«

»Sonst weiß es niemand?«, vergewisserte er sich. Und sie merkte, wie glücklich es ihn machte, dass er ihr Vertrauter geworden war. Als Henry eingeschlafen war, hatte sie sich eine Weile in das Glück der Ehrlichkeit geschmiegt, bis ihr aufgegangen war, dass sie sich etwas vormachte. Sie hatte nichts von Marikas Geschlechtskrankheit erwähnt, hatte Henry nicht gestanden, dass sie Reimert für eine Weile einen brutalen Vergewaltiger genannt hatte, und noch immer wusste Henry nicht, dass seine Mutter tot war. Nein, sie war nicht ehrlich gewesen, sie hatte Henry und auch sich selbst etwas vorgemacht.

Tessa fielen die Augen zu. Vielleicht würde es noch viele Nächte geben, in denen Henry alles erfahren sollte, was zu ihrem Leben gehörte. Vielleicht? Dieses Wort mit dem übergroßen Fragezeichen schwebte an der Decke, schien immer schwerer zu werden und machte Anstalten, auf sie herabzustürzen. Dass seine Mutter nicht mehr lebte, musste sie ihm gleich nach dem Aufwachen gestehen. Noch bevor er nach Munkmarsch aufbrach. Dann würde er auch erfahren, warum Edith sich das Leben genommen hatte. Und wenn das Glück dieser Nacht dann zunichtegemacht worden war, dann wollte sie das Unglück tragen, als hätte sie selbst das Glück zerlogen und zerschwiegen. Vielleicht war es ja möglich, ein zufriedenes Leben zu führen, wenn man einmal eine solche Nacht erlebt hatte wie diese mit Henry …

Als sie erwachte, wusste sie zunächst nicht, wo sie war. Der Geruch war fremd, die Geräusche machten ihr Angst, das Gefühl unter ihren Händen ließ sich nicht identifizieren. Harte Halme, kitzelnde Rispen, ein kratzender Laut, wenn sie sich bewegte. Es roch wie der fliegende Sommer, wenn er gerade von den Stängeln fällt, aber auch ein bisschen wie Herbst, solange er noch fruchtbar ist.

Als Marika klarwurde, wo sie sich befand, setzte sie sich erschrocken auf. Nun wusste sie, was sie geweckt hatte. Stimmen! Fremde Stimmen, die sie nicht kannte. In ihrer Nähe wurde geflüstert. Aufrecht saß sie da, starrte ins Dunkel, nahm irgendwann die Ritzen in der Holzwand wahr, durch die schwach das Mondlicht sickerte.

Auf der anderen Seiten der Wand gab es zwei oder drei Menschen, die sich immer sicherer fühlten, immer unbefangener redeten. Marikas Herz begann zu pochen. Hoffentlich kamen sie nicht auf die Idee, den Heuschober zu betreten!

Bewegungslos blieb sie sitzen, um kein weiteres Geräusch zu verursachen. Allmählich konnte sie eine Stimme von der anderen unterscheiden. Männerstimmen! Zwei erwachsene und dazu eine, die wie die Stimme eines großen Jungen klang, der aber den Stimmbruch schon hinter sich hatte. Während die beiden älteren Männer sich mit großer Sicherheit ausdrückten, drangen aus dem Mund des Jüngeren kindliche

Laute, auf die die beiden anderen meist gar nicht reagierten. Es waren keine vollständigen Sätze, meist nur Bruchstücke, Wortwiederholungen, Bestätigungen.

Marika war viel zu ängstlich, um zuzuhören, war nur mit dem Gedanken beschäftigt, was geschehen würde, wenn diese Männer da draußen auf sie aufmerksam wurden. Es musste tiefe Nacht sein! Warum schliefen sie nicht? Was taten sie dort? Was war das für ein verschwörerisches Treffen? Ob etwas Verbotenes, Kriminelles dahintersteckte? Männer, die tagsüber schwer arbeiteten, brauchten nachts ihren Schlaf. Wenn sie darauf verzichteten, dann musste das einen Grund haben. Marika spürte, dass sie zu zittern begann. Irgendwelche Halunken, die ausgerechnet in dieser Nacht etwas Gefährliches planten? Die würden nicht zulassen, dass es eine Zeugin gab, die sie später verraten konnte.

Sie zuckte zusammen, als ihr Nachname fiel. »Die Melford fühlt sich jetzt sicher. Sie meint, die Sache hat sich erledigt. Aber da machen wir nicht mit.«

»Am Ende zeigt sie uns doch noch an wegen unterlassener … wie heißt das noch?«

»Schietegal! Jedenfalls sitzt sie dann am längeren Hebel. Wir müssen ihr zuvorkommen.«

»Die will ja sowieso keiner hier. Jeder wird uns dankbar sein, wenn sie weg ist.«

Die kindliche Stimme lachte. »Mausetot!«

Das Grinsen färbte auch die nächste Stimme: »So 'n Pech aber auch! Läuft die einfach so weit ins Watt, dass sie von der Flut überrascht wird!«

»Und die Wunde am Hinterkopf? Ja, das passiert schon mal, wenn man in Panik gerät, dass man sich den Schädel einschlägt.«

»Nachfragen wird da niemand. Doktor Mommsen stellt gerne den Totenschein aus, wetten? Der wollte, dass sein Neffe Kurarzt wird. Und der Bürgermeister auch. Aber der Kurdirektor hat ja nicht lockergelassen, der wollte unbedingt die Melford.«

»So ein Idiot!«

Ein kurzes Schweigen tat sich auf. Marika merkte, dass ihr der Schweiß am Körper hinablief und sie gleichzeitig erbärmlich fror. Sie presste die Kiefer fest zusammen, damit ihr die Zähne nicht aufeinanderschlugen.

Die Stimme, die jetzt sprach, klang nicht mehr so flegelhaft, sondern ernster und mit einem gewissen Respekt. »Was den Kurdirektor angeht … da müssen wir vorsichtig sein. Der hat viel Einfluss. Und der hält die Hand über die Kurärztin.«

»Am besten, den erledigen wir gleich mit«, kam es zurück.

Die andere Stimme war immer noch ernst. »Gar keine schlechte Idee. Aber dafür brauchen wir einen guten Plan …«

Als die Stimmen sich entfernten, als Marika Schritte im Gras rascheln hörte, als das Wippen der Schatten zwischen den Brettern der Holzwand ein Ende hatte und sie schließlich wieder mit der Nacht allein war, atmete sie hörbar aus. Ihr war, als hätte sie die ganze Zeit die Luft angehalten.

Tessa war in Gefahr! Nur dieser Gedanke hatte Platz in ihrem Kopf. Ob die drei Kerle schon in dieser Nacht über sie herfallen wollten? Wann und wo würden sie ihr auflauern? Tessa musste gewarnt werden. Sie musste wissen, dass sie sich nicht mehr allein auf die Straße trauen durfte. Sie musste dafür sorgen, dass sie nie allein war. Sie musste ihre Praxis abschließen, damit sie dort nicht überfallen werden konnte. Sie musste …

Marika stand schon neben dem Heuballen, auf dem sie geschlafen hatte, und zog ihre Schuhe an. Sie musste zu Tessa! Sie warnen! Ihr erzählen, in welcher Gefahr sie schwebte. »Mein Kind«, schluchzte sie. »Dass dir nur nichts geschieht!«

Der Mond warf einen langen Schatten, in den sie treten und sich erst einmal vorsichtig umschauen konnte. Erst als sie sicher war, dass die drei Kerle nicht mehr zu sehen waren, lief sie los. Hinein in die schwarze Nacht, auf die wenigen Lichter los, die es in Westerland auch nachts gab, weil die großen Hotels ihre Eingänge stets beleuchteten.

Kein Mensch begegnete ihr, die Lautlosigkeit, die in ihr zunächst Angst erzeugte, wog sie bald in Sicherheit. Sie machte sich nicht mehr die Mühe, voranzuschleichen, sie lief so schnell sie konnte, egal, wie laut ihre Schritte hallten. Sie überquerte die Stephanstraße und lief am

Kurhaus vorbei, in die Strandstraße hinein. Doch schon nach wenigen Metern blieb sie stehen und drückte sich in den Eingang eines Ladens »für Bedarfsartikel«. Die Strandstraße war gesäumt von solchen Verkaufsbuden, die sich bis zum Strandübergang hinzogen. Zwischen zweien blieb sie stehen und lauschte. Hatte sie etwas gehört? Schritte? Stimmen? Noch sah sie niemanden, aber dass sich jemand näherte, wusste sie mit einem Mal genau.

Und da sah sie auch schon die beiden Männer, die die Strandstraße entlanggingen. Zwei Polizisten! Marika erkannte ihre Uniformen. Wieso patrouillierten sie mitten in der Nacht? Oder hatte sie sich geirrt? Nahte der Morgen bereits? Begannen die Polizeistreifen mit ihrem Dienst schon bei Dunkelheit?

Doch dann sah sie, dass die beiden Polizisten nicht mehr ganz nüchtern waren. Einer schwankte besonders stark, der andere trieb sein Spiel mit ihm, stützte ihn in einem Moment, stieß ihn im nächsten weg und amüsierte sich dann über seinen torkelnden Schritt und sein Bemühen, nicht zu stürzen. »Das war wohl ein Kräuterschnaps zu viel!«

»Das kommt nur davon, weil ich so müde bin«, war die Antwort. »Glaubt der Bürgermeister wirklich, dass wir die Melford heute Nacht noch finden? Die hat sich längst versteckt. Bevor es hell wird, kommt die garantiert nicht heraus.«

»Wenn ich die erwische! Die kann was erleben! Patrouille mitten in der Nacht, das haben wir ihr zu verdanken! So was gab's ja noch nie!«

Marika zitterte vor Angst. Der Bürgermeister ließ sie suchen? Also hatte Tessa recht gehabt. Friedrich Gottorfs Arm reichte weit. Sie musste plötzlich an Brigitte denken, die ihr geholfen hatte, Ediths Mann zu entwischen. Ob es ihr noch einmal gelingen würde, seiner Macht zu entkommen?

»Ich muss es schaffen«, flüsterte sie vor sich hin. Wenn sie gefasst wurde, hatte sie keine Chance. Friedrich Gottorfs Hass war groß, er würde ihr keine Möglichkeit geben, ihre Unschuld zu beweisen. Sie wusste ja nicht einmal, was man ihr vorwerfen würde, welch teuflischen Plan er geschmiedet hatte.

Vorsichtig machte sie einen Schritt zurück, dann noch einen und einen letzten. Nun stand sie hinter einem der kleinen Holzhäuser und war von der Straße aus nicht mehr zu sehen. Sie hörte die Schritte der beiden Polizisten und auch ihr Gemurmel, lehnte sich an die Holzwand und wartete. Sobald die beiden am Ende der Strandstraße angekommen waren, würde sie das Versteck aufgeben. Keinen Augenblick früher.

Vorsichtig sah sie sich um. Schade, dass sie nicht über die Dünen weiterlaufen konnte. Aber die Eigentümer der Verkaufsbuden hatten zwei, drei Meter hinter ihrem Besitz einen Stacheldrahtzaun gezogen, damit niemand sich ihrer Vorräte bemächtigen konnte. Marika musste also irgendwann zurück auf die Straße und dann so schnell wie möglich Richtung Friedrichstraße, wo es noch einmal gefährlich werden konnte. Wenn noch Kutschen unterwegs waren oder Männer, die von zweifelhaften Vergnügungen erst jetzt zurückkehrten, dann würde sie ihnen in der Friedrichstraße begegnen. Wenn sie diese erst überquert hatte und in die Bismarckstraße eingebogen war, durfte sie sich sicherer fühlen.

Sie lauschte eine Weile auf die Stille, zu der das Rauschen des Meeres und das Auslaufen der Brandung gehörte, dann drückte sie sich zwischen den Verkaufsbuden hindurch und blickte vorsichtig nach links und rechts. Doch bevor sie auf die Straße treten konnte, hörte sie erneut Stimmen. Auch diesmal waren es zwei Männer, aber sie sah gleich, dass sie von denen nichts zu befürchten hatte. Zwei Gigolos, die ihrer Aufgabe als Eintänzer eine weitere Aufgabe hinzugefügt hatten. Vermutlich waren sie soeben aus einem fremden Bett aufgestanden und wollten sich nun bis zum Nachmittag ausschlafen.

Trotzdem war sie froh, dass sie von ihnen nicht gesehen worden war. Einige dieser Gigolos, die in den Hotels arbeiteten, gingen sehr respektlos mit Frauen um, die ihrer Meinung viel zu freizügig waren, um sich Ehrerbietung ausbitten zu dürfen. Und Marika sah in diesem Augenblick nicht so aus wie eine ehrbare Frau, der mit Anstand begegnet werden musste.

Die beiden jungen Männer waren in die Neustraße eingebogen, erleichtert setzte Marika einen Fuß auf die Straße. Doch noch ehe sie loslaufen konnte, hörte sie einen Ruf: »Da ist sie!«

Sie sah sich nicht um, sondern rannte los. Links sah sie die Villa Roth liegen, dahinter das Haus Osborne, vor der Friedrichstraße das Grand-Hotel. Die Richtung stimmte also. Erst wenn es ihr gelungen war, aus der Sichtweite der beiden zu kommen, würde sie in die Bismarckstraße einbiegen können. Aber sie musste vorsichtig sein. In Tessas Haus würde man zuerst nach ihr suchen. Vielleicht war es besser, bis zum nächsten Tag zu warten?

Nun wagte sie doch einen Blick zurück und stellte fest, dass die Verfolger näher kamen. Obwohl sie augenscheinlich alkoholisiert waren, schienen sie durchtrainierter zu sein als sie. Hätte sie nur bequeme Schuhe angezogen! In ihren Spangenschuhen, die zum Tanzen genau richtig waren, knickte sie ständig um und kam nur mühsam voran. Als sie sich noch einmal umsah, konnte sie bereits den Triumph in dem Gesicht ihres ersten Verfolgers erkennen. Sein Lächeln war siegessicher. Marika begann zu stöhnen. Sie konnte nicht mehr! Sie war am Ende ihrer Kräfte.

Den Schrei in ihrem Rücken hörte sie zum Glück. Sie warf erneut einen Blick zurück und sah, dass ihr erster Verfolger gestürzt war und am Boden lag. Der zweite war im Nu bei ihm und half ihm beim Aufstehen. Diese Gelegenheit musste sie nutzen! Das Schicksal hatte ihr eine Chance gegeben. Wenn es ihr nicht gelang, danach zu greifen, würde sie sich das nie verzeihen.

Die jungen Mädchen tauchten unvermittelt vor ihr auf. An ihnen erkannte sie, dass der Morgen tatsächlich nicht mehr weit war. Die Zimmermädchen des Grand-Hotels begannen ihre Arbeit vor Morgengrauen, damit dann, wenn die Gäste aufwachten, alles bereit war. Zum Glück drehten sie Marika den Rücken zu und steuerten einen Hintereingang an, während sie miteinander schwatzten und lachten. Direkt hinter dem Haus Osborne bog Marika in den Garten der Villa ein, um sich den Blicken ihrer Verfolger zu entziehen. Ein Blick zurück zeigte ihr, dass die beiden gerade wieder lostrabten, aber noch mit dem rechten Fuß des ersten Verfolgers beschäftigt waren, der Mühe mit dem Auftreten hatte. Er starrte auf seinen Fuß, der andere beobachtete seine Bemühungen, wieder in einen schnellen Lauf zu kommen … Als Marika hinter dem Haus Osborne verschwand, hatten die beiden noch nicht aufgesehen.

Natürlich war damit nur ein Etappensieg errungen. Die Polizisten würden sie genau dort vermuten, wo sie nun war. Sie huschte hinter einen Bretterstapel und rang mit der Entscheidung, sich dort verborgen zu halten oder zu versuchen, weiterzukommen. Im ersten Fall würde man sie finden, im zweiten sehen, sobald die Verfolger herangekommen waren. Also weiter!

Die Dienstmädchen waren im Nu in dem niedrigen Hintereingang des Grand-Hotels verschwunden. Die Tür hatten sie offenstehen lassen, anscheinend erwarteten sie noch weitere Kolleginnen. Das war ihre Chance! Marika nahm alle Kraft zusammen, warf einen letzten Blick zurück, stellte fest, dass die Polizisten noch nicht zu sehen waren, und lief los, so schnell ihre Füße sie trugen. Sie rannte um ihr Leben und um das Leben ihrer Tochter. Die Angst und der feste Wille, Tessa vor der Gefahr zu schützen, verliehen ihr Flügel. Am Ende bewahrheitete sich genau das, was sie ihrer Tochter oft gepredigt hatte: Wenn du mutig und stark bist, bekommst du das Glück als Zugabe.

Marika Melford war stark und erreichte den Dienstboteneingang, ehe die Verfolger auf sie aufmerksam wurden. Ihr Mut reichte aus, den Gang zu betreten, der zur Wäschekammer, in die Waschküche, in den Bügelraum führten, und so schenkte ihr das Glück den Sieg, obwohl es kurz vorher noch so ausgesehen hatte, als könnte sie nur verlieren.

Sie huschte in den erstbesten Raum, und das Glück hielt an. Niemand befand sich dort, und ein riesiger Wäscheberg bewahrte sie davor, ertappt und verjagt zu werden. Als sie sich dahintergehockt hatte, versuchte sie, ihre Atmung zu beruhigen und nicht mehr zu keuchen. Noch immer jagte ihr Puls, aber es gelang ihr, gleichmäßig zu atmen und sogar ihr Zittern zu unterdrücken. Sie hörte die Mädchen in einem anderen Raum – aber dann plötzlich schwere Schritte und herrische Stimmen. »Polizei!«

Die Stimmen der Mädchen wurden aufgeregt und kamen näher. Vor der offenen Tür schienen sie stehenzubleiben, und eine helle Stimme fragte: »Was wollen Sie von uns?«

»Haben Sie eine Frau gesehen? Mitte vierzig, mit Bubikopf.«

Eine klare Antwort blieb aus, aber die Laute, die an Marikas Ohr drangen, klangen verneinend, uninteressiert, ratlos. Schließlich sagte eine: »Hier ist niemand reingekommen.«

Die Polizisten schienen noch zu zweifeln. »Sind Sie sicher? Könnte die Frau nicht unbemerkt hier eingedrungen sein?«

Füße scharrten, sie schien Anstalten zu machen, die Räume zu durchsuchen. Marika brach der Schweiß aus, das Zittern, das sie gerade noch unterdrückt hatte, brach wieder hervor.

Aber auch hier hatte sie Glück. Die Dienstmädchen schienen keine hohe Meinung von der Polizei zu haben und nicht die Absicht, ihr zu helfen. »Unmöglich! Das hätten wir gemerkt.«

Zwar folgten noch einige Diskussionen, aber am Ende hörte Marika Abschiedsworte, und hinter den beiden Polizisten fiel die Tür ins Schloss.

»Diese Tuffelköppe! Gestern noch hat mir einer von denen unterstellt, ich führe einen unsittlichen Lebenswandel. Auf Sylt würde es nicht gerne gesehen, wenn man unverheiratet mit einem Mann zusammenlebt.« Sie kicherte böse. »Und heute soll ich so einem Dämelack helfen? Da können die lange drauf warten.«

Die junge Frau erntete viel Zustimmung, und während alle von ihren Erlebnissen mit der Sylter Polizei etwas zu berichten hatten, gingen sie wieder in den Umkleideraum, um sich für die Arbeit umzuziehen.

Marika blieb hinter dem Wäscheberg hocken. Nach der ersten Erleichterung kroch nun erneut die Furcht auf sie zu. Wie kam sie hier weg? Und vor allem: Wo sollte sie hin?

Tessa schreckte hoch, als es an der Tür pochte. »Fräulein Doktor!«

Sie starrte benommen in die Dunkelheit, fragte sich, ob die Stimme aus einem Traum in ihr Bewusstsein gedrungen war und zu welchem Traum sie gehörte.

»Fräulein Doktor!«

Nein, diese Stimme war nicht Teil eines Traums, sie war Wirklichkeit. Tessa sprang aus dem Bett und lief zur Tür. Sie hörte, dass Henry sich regte, aber auch er schien Zeit zu brauchen, sich zurechtzufinden.

»Fräulein Doktor!«

Tessa riss die Tür auf und stand vor Aafke. »Frau Witt! Was ist passiert?«

»Der Lütte! Er hat hohes Fieber und so heftige Halsschmerzen, dass er kaum reden kann.«

Der Lütte, das war Aafkes jüngstes Enkelkind, an dem sie besonders hing. Sie erzählte oft von ihm, lachte über seine ulkigen Versuche zu sprechen, war dann immer voller Stolz, weil sie den Lütten für besonders intelligent hielt.

»Bitte, helfen Sie ihm.«

»Ich komme sofort, ziehe mir nur schnell was über.«

Sie drückte die Schlafzimmertür ins Schloss und tastete sich durch die Dunkelheit zum Schrank.

»Was ist los?«, hörte sie Henrys Stimme.

»Aafkes Enkelkind ist krank. Ich muss zu ihm.«

»Wird es lange dauern?«

»Sicherlich bin ich zurück, wenn du nach Munkmarsch aufbrichst. Wann geht das Schiff?«

»Schon gegen zehn.«

Sie trug bereits ihre Unterwäsche, zog sich eine Bluse über und stieg in ihren Rock. »Wie spät mag es sein?«

Henry gähnte. »Es ist noch stockdunkel.«

Sie ging zu ihm, stieß ihr Knie an dem Bettgestell, stöhnte auf, fand dann aber seine Hand, die Bettkante und ließ sich kurz neben ihm nieder. Sie tastete unter die Decke und schloss die Augen, als sie die Wärme spürte, die von seinem Körper ausging. Seine Haut war weich, die Haare auf seiner Brust kringelten sich unter ihren Fingern, in seinem Nabel stand Schweiß, die Schambehaarung war feucht. Er stöhnte auf und drängte sich ihr entgegen.

Aber sie zog ihre Hand zurück. »Halt alles schön warm«, wisperte sie. »Wenn ich zurück bin, will ich mich bei dir aufwärmen.«

»Beeil dich«, raunte er zurück.

Aafke hatte in der Küche die Petroleumlampe entzündet. Sie ging zwischen Herd und Tisch auf und ab, als Tessa aus dem Schlafzimmer trat. Ob sie bemerkt hatte, dass die Kurärztin in ihrem Schlafzimmer nicht allein gewesen war? Sie ließ es nicht erkennen. »Ich habe schon alles bereitgestellt«, sagte sie, zeigte auf die Arzttasche, die auf einem Stuhl stand, und löschte die Lampe wieder, als Tessa die Tasche ergriff. Ohne ein weiteres Wort ging sie aus dem Haus, mit eiligen Schritten, ohne darauf zu achten, ob Tessa ihr folgen konnte.

Sie hätte gern gefragt, wie weit der Weg war. Aber sie verbat es sich, als ihr klarwurde, dass sie nicht wusste, welche Strecke Aafke jeden Morgen zurücklegte, um zur Arbeit zu kommen, und am Abend, wenn sie müde war, um nach Hause zurückzukehren. Aafke war immer pünktlich zur Stelle, war schon bei der Arbeit, wenn ihre Herrschaft sich aus den Federn erhob, und ließ die Hände erst ruhen, wenn es nichts mehr zu tun gab. Tessa nahm sich vor, mit Aafke öfter ein ganz privates Gespräch zu führen, sie nach ihrer Familie zu fragen und sich zu erkundigen, wie sie das Leben, das sie führte, bewältigte.

Als sie an Reimerts Haus vorbeigingen, betrachtete Tessa aufmerksam die Fenster. Aber natürlich war nicht zu erkennen, ob Reimert hinter ihnen schlief oder ob er noch nicht wieder zu Hause war. Wo mochte er Marika untergebracht haben? Tessa spürte, dass bei dieser Frage keine Unruhe in ihr aufstieg. Reimert würde alles richtig machen, auf ihn war Verlass.

In diesem Augenblick entdeckte Tessa den hellen Schimmer am Horizont. Der Morgen war nicht mehr weit. Also würde Reimert längst schlafen, auch Marika würde sich irgendwo ausruhen, und später, wenn die Sonne am Himmel stand, würden sie überlegen, wie es weitergehen sollte.

Der Weg war zum Glück nicht weit. Tessa war nicht nur erleichtert, weil sie so dem Kind schnell zur Hilfe eilen konnte, sie war auch erleichtert, als sie erkannte, dass Aafkes Weg zur Arbeit nur wenige Minuten in Anspruch nahm. Aafke wies auf ein kleines Haus am rechten Straßenrand. Es war das einzige Haus, hinter dessen Fenstern Licht brannte. Wortlos gingen sie darauf zu. Noch ehe sich die Tür öffnete, hörten sie ein Kind weinen und die besänftigende Stimme einer Frau.

Reimert blieb stehen, stopfte seine Hose in die Stiefel und hielt sich damit so lange auf, als brauche er Zeit und müsse Kraft sammeln für die nächsten Schritte. Tatsächlich bewegte er sich dann gegen seine sonstige Gewohnheit nur langsam voran. Sein energisches Voranschreiten hatte er verloren, die aufrechte Haltung ebenfalls. Er bewegte sich wie ein alter Mann, für den es ein mächtiger, lange vorbereiteter Entschluss gewesen war, das Haus zu verlassen. Immer wieder blieb er stehen, drückte seinen Hut auf den Kopf, als wollte er verhindern, dass ihn der Wind herunterriss, dann ging er weiter, in Gedanken versunken. Als ihm jemand entgegenkam und ihn grüßte, tippte er nur mit dem rechten Zeigefinger an den Hutrand, ohne den anderen anzusehen.

Erst als er in die Bismarckstraße einbog und sein Anwesen in Sicht kam, schien die Lebendigkeit zurückzukehren. Er reckte den Hals, wurde wieder aufmerksam, ging schneller und nahm die Hände aus den Hosentaschen, als wollte er nach etwas greifen. Als er näher herangekommen war und die Kutsche erkannte, die vor Tessas Haus stand, begann er sogar zu laufen.

Henry empfing ihn mit ratloser Miene an der Tür. Er zeigte mit dem Daumen über die Schulter zurück ins Haus. »Der Bürgermeister!«, sagte er leise. »Er behauptet, er dürfe das.«

»Eine Hausdurchsuchung?« Reimert war fassungslos. »Warum?«

»Mir sagt er nichts«, antwortete Henry.

»Wo ist Tessa?« Wütend trat Reimert ein.

»Aafkes Enkelkind ist krank. Sie ist schon vor Morgengrauen los, um dem Kleinen zu helfen.« Henry hob eine Tasche auf, die zu seinen Füßen stand. »Ich bin froh, dass Sie da sind. Ich hätte den Bürgermeister nicht gern hier allein gelassen.«

Reimert sah ihn erstaunt an. »Sie wollen weg?«

Henry nickte. »Die Inselbahn fährt gleich. Ich muss nach Munkmarsch. Ich habe Tessa einen Brief auf den Küchentisch gelegt. Eigentlich wollte sie ja rechtzeitig zurück sein …«

Reimert hörte sich den Rest nicht an, schob Henry zur Seite und riss die Schlafzimmertür auf, hinter der er es rumoren hörte. Der Bürgermeister beugte sich über den Inhalt einer Nachttischschublade, ein Polizist durchwühlte den Kleiderschrank.

»Was machen Sie hier?«, brüllte Reimert.

Aber Rasmus Dirks ließ sich nicht beeindrucken. »Das geht Sie gar nichts an.«

»Dies ist mein Haus! Daran ändert die Tatsache nichts, dass ich es der Kurärztin vermietet habe.«

Das schien der Bürgermeister vergessen zu haben. »Also gut«, räumte er ein. »Aber wenn Gefahr im Verzuge ist, darf ich eine Hausdurchsuchung auch dann durchführen, wenn der Mieter oder der Hausbesitzer nicht anwesend sind.«

»Was für eine Gefahr?«

Der Bürgermeister fühlte sich wohl in seiner Macht, die er hier demonstrieren durfte. »Es geht um Marika Melford. Sie hat sich ihrer Verhaftung entzogen.« Er wedelte mit dem rechten Zeigefinger vor Reimerts Gesicht hin und her, als dieser etwas erwidern wollte. »Nein, nein, ich spreche nicht von gestern Abend, sondern von der vergangenen Nacht.«

Reimert wurde plötzlich von Schwindel erfasst. Er ließ sich auf die Kante von Tessas Bett sinken. »Was ist passiert?«

»Sie wurde von meinen beiden Beamten gesehen. Mitten in der Nacht! Auf der Strandstraße! Ich frage Sie, Herr Kurdirektor: Was macht ein Weibsbild nachts allein auf der Straße?«

Reimert war unfähig, darauf zu antworten, er zuckte nur mit den Schultern.

Der Bürgermeister ließ ihn zappeln und machte mit der Durchsuchung des Nachttisches weiter. Erst als er die Schublade zuschob und die Klappe im unteren Teil des Nachttisches öffnete, fuhr er fort: »Sie ist geflohen. Als wäre der Teufel hinter ihr her! Leider ist einer meiner Beamten gestürzt und hat sich verletzt. Sonst säße sie jetzt hinter Gittern.« Er hielt plötzlich ein Päckchen in der Hand und richtete sich auf. Stirnrunzelnd versuchte er den Aufdruck zu entziffern, als es ihm nicht gelang, ging er zum Fenster, wo genug Licht hereinfiel. »Eine Frau, die nichts zu verbergen hat, läuft nicht vor der Polizei davon! Da müssen Sie mir doch recht geben, Herr Kurdirektor!« Nun schien er endlich lesen zu können, was auf der Schachtel stand. »Sieh mal einer an! Salvarsan!«

Er starrte Reimert so lange an, bis dieser sich erhob. Er wollte dem Bürgermeister Auge in Auge gegenüberstehen, auf keinen Fall würde er akzeptieren, dass Dirks auf ihn herabblickte. Reimert ahnte, was der Bürgermeister in der Hand hielt, und er machte sich keine Illusionen, zu welchen Schlüssen er kommen würde.

»Ist das nicht ein Medikament, das bei bestimmten … Geschlechtskrankheiten eingesetzt wird?« Er betonte das Wort und zog es so weit wie möglich in die Breite. »Beim Tripper?«

Reimert versuchte es mit Angriff. »Sie scheinen sich auszukennen.«

Rasmus Dirks trat auf ihn zu. »Sie etwa nicht? Sie haben doch mit dieser Frau das Bett geteilt. Oder wollen Sie behaupten, dass die Kurärztin den Tripper hat?«

Reimert erschrak. »Tessa nicht!«

Rasmus Dirks grinste breit. »Das habe ich auch nicht erwartet. Man kann ja gegen die Kurärztin einiges vorbringen, aber so ein Flittchen wie ihre Mutter ist sie nicht.«

Reimert kniff die Augen zusammen und starrte den Bürgermeister feindselig an. »Wagen Sie es nicht, Frau Melford noch einmal so zu nennen.«

Aber der Bürgermeister ließ sich nicht beirren. »Immer schön ritterlich, der Herr Kurdirektor! Bravo! Kompliment! Und das, obwohl die Dame Sie angesteckt haben dürfte?«

»Was wissen Sie schon?«

»Ich weiß zumindest, dass mittlerweile Schluss ist mit der plötzlichen Liebe. Der sehr plötzlichen«, ergänzte er anzüglich. »Genauso plötzlich war sie vorbei.«

»Das geht Sie gar nichts an.«

Der Bürgermeister gab sich jovial. »Da haben Sie natürlich recht. Wenn Sie nun auch den Tripper haben, sind Sie weiß Gott schon gestraft genug.«

»Wehe, Sie verlieren darüber ein Wort …«

»Ich?« Rasmus Dirks zeigte auf seine eigene Brust. »Niemals! Amtsgeheimnis! So was nehme ich sehr genau.« Er gab dem Polizisten die Anweisung, im Wohnzimmer weiterzusuchen. »Alles Verdächtige wird beschlagnahmt! Aber schauen Sie vor allem die schriftlichen Unterlagen durch. Wenn wir das Schokoladenrezept finden, ist die Frau überführt.« Er wandte sich lächelnd an Reimert. »Das ist sie eigentlich jetzt schon. Für eine Verhaftung reicht es allemal aus. Aber ein zusätzliches Beweismittel macht ihre Verurteilung leichter.«

Reimert ging ohne ein Wort in die Küche, wo es kalt und ungemütlich war. Der Herd war noch nicht angefeuert, es gab kein heißes Wasser für einen Tee. Auf dem Küchentisch lag ein zusammengefaltetes Blatt Papier. Reimert nahm es an sich und steckte es in seine Jackentasche. Als der Bürgermeister ihm in die Küche folgte, machte er sich am Herd zu schaffen, damit es endlich warm in der Küche wurde.

Die Stimmen waren nun endlich verstummt. Eine Tür war ins Schloss gefallen, Stille hüllte sie ein. Die Mädchen waren aufgebrochen, sich um die Räume der Hotelgäste zu kümmern, die jetzt beim Frühstück saßen und in ein aufgeräumtes Zimmer mit gemachten Betten zurückkehren wollten.

Marika erhob sich und dehnte ihren Rücken. Sie fühlte sich steif und unbeweglich, seit mehreren Stunden hockte sie nun hinter dem Wäscheberg, immer in der Angst, entdeckt zu werden, stets auf alles gefasst, wenn sich Schritte näherten. Es konnte nicht mehr lange dauern, bis sich jemand um die Schmutzwäsche kümmern würde. Dann musste sie verschwunden sein! Aber bis zu diesem Augenblick war ihr keine Idee gekommen, wie und wohin sie flüchten sollte. Auf dem Flur war ein ständiges Hin und Her gewesen, sie hatte es nicht wagen können, einen Fluchtversuch zu unternehmen, denn der Weg führte unweigerlich über diesen Flur. Und selbst wenn es ihr gelungen wäre … wohin sollte sie fliehen? Konnte sie es wagen, zu Tessas Haus zu gehen? Was, wenn dort die Polizisten auf sie warteten?

Jetzt war sie zum Glück allein und konnte sich umsehen. Vorsichtig ging sie von Tür zu Tür, bis sie in einen großen Raum blickte, der offenbar als Umkleide diente. Es gab einige metallene Spinde und viele Haken an der Wand, an der die private Kleidung der Zimmermädchen hing, wollene Tücher, Strickjacken, bunte Schürzen und dunkle

Strümpfe. Wenn sie sich im Hotel blicken ließen, mussten alle schneeweiße Schürzen umgebunden haben, helle Strümpfe tragen und blank polierte Schuhe. Auf dem Kopf saß bei allen ein weißes Häubchen, das hatte Marika oft gesehen.

Sie huschte in den Raum und sah sich um. Einem der Mädchen die Kleidung zu stehlen, damit sie auf der Straße nicht erkannt wurde, brachte sie nicht fertig, aber als sie eine Diensttracht an einem Haken entdeckte, wusste sie, was sie zu tun hatte. Das blau-weiß gestreifte Kleid gehörte vielleicht einem Mädchen, das an diesem Tag krank geworden war? Sie raffte alles vor der Brust zusammen und zog sich erneut in die Wäschekammer zurück. Im Nu hatte sie sich umgezogen, sah an sich herab und war sicher, dass niemand sie beachten würde, wenn sie so auf die Straße trat. Dass ihre Spangenschuhe nicht zu der Dienstmädchentracht passten, würde niemandem auffallen.

Ein paar Minuten später stand sie im Hof des Grand-Hotels, ihr Kleid unter der Schürze versteckt. Vorsichtig sah sie sich um. Erst, als sie sicher war, dass niemand sie beobachtete, lief sie los. Sie würde versuchen, sich vorsichtig Tessas Haus zu nähern. Vielleicht konnte sie von außen erkennen, ob es ungefährlich war, sich drinnen blicken zu lassen. Oder sie würde zunächst bei Reimert anklopfen, dort war die Gefahr geringer. Wie es ihm ging, nachdem er sie vergeblich im Heuschober gesucht hatte, mochte sie sich gar nicht vorstellen.

Sie hielt den Blick gesenkt, als sie die Friedrichstraße überquerte und in die Bismarckstraße einbog. Schon wähnte sie sich in Sicherheit, aber da sah sie die Kutsche vor Tessas Tür stehen. Dieselbe hatte sie auch schon vor dem Rathaus stehen sehen. Der Bürgermeister? Sie wagte sich ein paar Schritte weiter heran, dann erkannte sie den Kutscher, der gelangweilt auf dem Bock saß. Ja, das war die Kutsche des Bürgermeisters!

Marika zauderte nur kurz, dann entschloss sie sich zur Umkehr. Nein, sie durfte nichts riskieren. Besser, sie näherte sich Tessa nicht. Wenn man sie suchte, dann dort, wo ihre Tochter war. Oder konnte sie es wagen, an ihre Praxistür zu klopfen? Aber auch von diesem Plan nahm sie Abstand. Wenn der Bürgermeister in ihrem Haus war, würde Tessa daheim sein.

Wie ein geprügelter Hund schlich Marika zurück. Ihre Schritte wurden immer langsamer, je näher sie der Friedrichstraße kam. Wohin sollte sie sich wenden? Zurück ins Grand-Hotel? Nein, das war zu gefährlich. Wieder in den Heuschober? Ja, das war wohl das Beste. Dort würde Reimert sie finden. Sie blieb stehen und sah sich um. Würde er wirklich noch einmal dorthin zurückkehren? Da er sie im Schober nicht vorgefunden hatte, rechnete er vielleicht damit, dass sie ein anderes Versteck gefunden hatte. Er würde sich vergeblich fragen, wohin sie geflüchtet sein mochte. Und vor allem, warum …

Der Heuschober war nicht der richtige Ort. Marika gestand sich nun auch ihre Angst ein. Dort waren die Menschen, die Tessa nach dem Leben trachteten, dort war sie nicht sicher. Was würde geschehen, wenn diese Männer sie dort entdeckten? Marika spürte eine Gänsehaut auf ihrem Rücken. Nein, bloß nicht diesen Kerlen in die Hände fallen! Das war nicht besser, als von Friedrich Gottorfs Häschern gefangen zu werden.

Sie hatte noch immer keinen Entschluss gefasst, als sie eine Frau bemerkte, die Richtung Strand ging. Ein Gast des Grand-Hotels! Eine Frau, die eigentlich zu denen gehörte, die nur in Begleitung ausgingen. Aber nun war sie allein. Sie spannte einen Sonnenschirm auf und hielt auf den Strandübergang zu. Babette von Keller schien die Absicht zu haben, einen Spaziergang an der Wasserkante zu machen. Dort waren um diese Zeit schon einige Badegäste unterwegs. Sie vertraten sich nach dem Frühstück die Beine und genossen die klare Luft, die am Morgen kühler und aromatischer war als am Nachmittag.

Nun erkannte Marika ihre Chance. Sie folgte Babette von Keller in angemessenem Abstand und hoffte, dass sich in der Weite des Strandes eine passende Gelegenheit ergeben würde …

Tessa war erschöpft, als sie heimkam, sehr müde, aber auch zufrieden. Aafke betrat hinter ihr das Haus und begann schon in der Tür zu reden. »Ne, wie großartig Sie das aber auch gemacht haben! Wer hätte gedacht, dass der Lütte Scharlach hat!«

»Sie müssen darauf achten …« Tessa öffnete die Tür der Küche und brach ab, als sie Reimert dort vorfand. »Du bist nicht im Rathaus?«

Er schüttelte den Kopf. »Ich muss mit dir reden.«

Aafke drängte sich an Tessa vorbei, ging zum Herd und schimpfte, weil der Kurdirektor es nicht geschafft hatte, dort ein ordentliches Feuer zu entfachen. »Wie soll ich Teewasser aufsetzen, wenn die Herdplatte gerade mal lauwarm ist?« Während sie anfeuerte, pries sie die Fähigkeiten der Kurärztin, als wäre es Tessa gelungen, ihren Enkel dem Tod von der Schippe zu reißen. »Scharlach hatte keins meiner Enkelkinder. Als ich diesen schrecklichen Ausschlag sah, dachte ich, der Lütte stirbt uns weg …«

Tessa versuchte sich aus dem Raum zu stehlen, aber Reimert hielt sie zurück. Er griff in seine Jacke und zog den Brief hervor, den er auf dem Küchentisch gefunden hatte. »Er ist schon nach Munkmarsch unterwegs. Den hat er zurückgelassen.« Verwundert nahm Tessa den Umschlag in Empfang, und Reimert ergänzte: »Ich habe ihn an mich genommen, damit er dem Bürgermeister nicht in die Hände fällt.«

Tessa sah ihn verblüfft an, und Aafke ließ den Schürhaken sinken. »Rasmus Dirks war hier?«

»Zusammen mit einem Polizisten. Hausdurchsuchung! Sie wollten das Rezept finden, das deine Mutter angeblich bei den Gottorfs gestohlen hat.«

Tessa ließ sich erschüttert auf einen Stuhl sinken. »Wie geht es Mama?«

Reimert starrte auf seine Hände und antwortete nicht. Während Aafke sich weiter um das Feuer kümmerte und dabei über die Obrigkeit lamentierte, wiederholte sie: »Was ist mit ihr?«

Nun blickte Reimert auf. »Sie ist weg.« In wenigen Worten erklärte er Tessa, wohin er Marika gebracht hatte. »Als ich sie heute Morgen in ein anderes Versteck bringen wollte, war der Heuschober leer.«

Tessa spürte, wie die Angst ihren Nacken hochkroch und sich festbiss. Sie schüttelte den Kopf, schaffte es aber nicht, die Angst zu lösen. »Was kann das bedeuten?«

Reimert zuckte die Schultern. »Ich weiß es nicht.«

»Du wolltest sie an einen sicheren Ort bringen.«

Reimert erzählte ihr von dem Haus am Bahnhof, von dem Schmutz und den Ratten. »Dort konnte sie nicht bleiben. Das hätte sie nicht ausgehalten.«

»Hat sie etwas in dem Heuschober zurückgelassen? Gibt es irgendwelche Spuren?«

Reimert schüttelte den Kopf. »Aber die Tür stand offen.«

Tessa erhob sich und ging in den Garten. Sie war froh, dass ihr niemand folgte, ein paar Minuten des Alleinseins brauchte sie jetzt unbedingt. Nachdenken, sich fassen, überlegen, was zu tun war. Wo mochte ihre Mutter sein? Im Gefängnis? Wenn ja, würde es schwer sein, für ihre Befreiung zu sorgen. Sie musste warten, bis Henry zurück war. Er würde dafür sorgen, dass sein Vater von der Idee abließ, Marika könne ihn bestohlen haben.

Sie wanderte durchs hohe Gras, wunderte sich darüber, dass es immer noch feucht war, und riss den Gräsern mit der rechten Hand die Rispen ab, während ihre linke mit dem Brief spielte, den Henry ihr zurückgelassen hatte. Nun war das geschehen, was sie unbedingt hatte verhindern wollen. Henry war nach Berlin unterwegs, ohne zu wissen, dass seine Mutter tot war. Nach dieser wunderbaren Nacht, bevor sie sich den Problemen stellten, die auf sie zukommen würden, hatte sie ihm die schreckliche Wahrheit gestehen wollen. Aber nun war er fort.

Sie ging zur Scheune, lehnte sich an die Wand neben der Tür, wo sie von der Sonne beschienen wurde, und zog den Brief aus dem Umschlag.

Meine geliebte Tessa!
Schade, dass ich Sylt verlassen muss, ohne Dich noch einmal geküsst zu haben. Aber ein krankes Kind geht natürlich vor. Und unsere Trennung wird ja nicht von langer Dauer sein. Bald werde ich zurückkommen. In Berlin sorge ich dafür, dass mein Vater die Anschuldigungen gegen Deine Mutter umgehend zurücknimmt, und dann werde ich ihm sagen, dass ich den Rest meines Lebens mit Dir teilen will. Eigentlich hatte ich Dir zum Abschied einen Heiratsantrag machen wollen, aber nun mache ich ihn eben, wenn ich zurück bin. Ich hoffe, Du sagst Ja …

Tessa ließ den Brief sinken. Er hatte ihr nach dem Aufwachen einen Heiratsantrag machen und sie ihm vom Tod seiner Mutter erzählen wollen. Ihre Hoffnung sank, ihr Mut folgte auf dem Fuß. Als ihre Beine zu zittern begannen, ließ sie sich an der Wand der Scheune zu Boden gleiten und legte den Kopf auf die Knie. Sie würde Henry nicht wiedersehen. Wenn er erfuhr, dass seine Mutter nicht mehr lebte, musste er sich fragen, warum Tessa geschwiegen hatte. Wenn man ihm sagte, dass ihre Mutter schuld an Ediths Selbstmord war, würde er an einen Heiratsantrag nicht mehr denken. Und wenn seine Enttäuschung so groß war, wie sie vermutete, würde er nicht mehr dafür sorgen, dass Marika Gerechtigkeit wiederfuhr. Vielleicht hatte ihre Mutter dann sogar einen zweiten Feind bekommen. Die Gottorfs würden sie bis ans Ende der Welt jagen, um Ediths Tod zu rächen, und keine Ruhe geben, bis sie im Gefängnis saß. Für eine Tat, die sie nicht begangen hatte.

Eine Tür klappte, Reimerts Stimme drang an ihr Ohr. »Tessa? Besuch für dich!«

Babette von Keller hatte sich im Wohnzimmer niedergelassen und wartete auf das Erscheinen der Kurärztin. Sie war unruhig, hatte Mühe, ihre Füße parallel und den Rücken aufrecht zu halten, ohne sich anzulehnen. Ihre Hände lagen im Schoß, nur ihnen gestattete sie ein paar nervöse Bewegungen, trotzdem wirkte sie auf einen flüchtigen Betrachter so ruhig und souverän, wie man es ihr beigebracht hatte. Eine Dame trug keine Erregung nach außen, hielt immer die Kinnspitze hoch und sorgte für eine leicht blasierte Miene, gleichgültig welcher Aufruhr in ihrem Innern herrschte. Babette wusste, was sich gehörte, wenn sie auch an diesem Vormittag schon wieder alleine das Hotel verlassen hatte, um ohne Begleitung einen Spaziergang am Strand zu machen. Ihr Mann schien sich sogar mit der neuen Selbstständigkeit seiner Frau abzufinden, jedenfalls hatte er nicht versucht, sie zurückzuhalten. Es machte sie glücklich, dass er sie während dieses Urlaubs auf Sylt nicht zur Etikette zwang. Aus dem gleichen Grunde war sie aber auch besonders unruhig. Sie hatte Alwin belogen und hinter seinem Rücken etwas getan, was er niemals billigen würde. Das hatte er nicht verdient!

Sie hörte Tessas Stimme und dann ihre Schritte, kurz darauf erschien sie im Wohnzimmer und begrüßte sie. »Wie nett, dass Sie mich besuchen.« Tessa blieb stehen. »Möchten Sie einen Tee? Ich sage Frau Witt schnell Bescheid …«

Aber Babette unterbrach sie mit einer Handbewegung. »Ich habe nicht viel Zeit. Und außerdem … ich bin aus einem besonderen Grunde hier.«

Nun nahm Tessa Platz, ihr Gesicht wurde sorgenvoll. »Geht es Ihnen nicht gut? Es tut mir leid, dass Sie mich heute nicht in der Praxis angetroffen haben. Es gab am frühen Morgen einen Notfall …«

Wieder verhinderte Babette von Keller jedes weitere Wort, indem sie nur kurz die Hand hob. »Es geht um Ihre Mutter.« Sie sah, dass Tessa erstarrte, und ergänzte schnell: »Keine Sorge, sie ist wohlauf.«

»Woher wissen Sie das?«, brachte Tessa mühsam heraus.

Babette erinnerte sich daran, dass Aafke Witt im Haus war und sich womöglich auch der Kurdirektor in der Küche aufhielt. Deshalb erzählte sie mit sehr leiser Stimme, dass sie am Morgen einen Strandspaziergang unternehmen wollte und plötzlich von einer Frau angesprochen worden war. »Ihre Mutter! Sie trug die Zimmermädchentracht des Grand-Hotels.«

»Was? Warum?«

»Ich soll Sie warnen. Sie sind in Lebensgefahr!«

Tessa schloss kurz die Augen und atmete tief durch. Dann erst war sie fähig, sich anzuhören, was Babette von Keller ihr zu sagen hatte. Dass Marika drei Männer belauscht hatte, die sich für den Tod von Nermin Grothe rächen und die Kurärztin loswerden wollten, ertrug sie mit eisiger Miene.

»Sie ist aus dem Heuschober geflohen, um Sie zu warnen«, fuhr Babette fort. »Aber dann wurde sie von zwei Polizisten entdeckt …«

»Wo ist sie jetzt?«

Babette von Keller zögerte, als hätte sie plötzlich Angst vor ihrem heroischen Entschluss, auf den sie vor einer Stunde noch stolz gewesen war. »Im Grand-Hotel. Ich habe ein Zimmer für sie gemietet. Dem Hoteldirektor habe ich gesagt, es handle sich um eine schwer erkrankte Freundin, die absolute Ruhe brauche.« Sie sah Tessa ängstlich an, in deren Gesicht sich das Erstaunen allmählich in Fassungslosigkeit verwandelte. Schnell ergänzte Babette: »Mir fiel auf die Schnelle nichts Besseres ein. Sie darf sich nicht auf der Straße blicken lassen.«

Tessas Miene zeigte noch immer nicht die Erleichterung, auf die sie gehofft hatte. »Hat sie Ihnen erzählt, warum sie gesucht wird?«

Babette nickte. »Nur kurz. Irgendein Missverständnis … Jedenfalls glaube ich ihr, dass sie unschuldig ist.«

In der Stille, die jetzt eintrat, hörte man eine Fliege surren, Aafkes Gemurmel in der Küche und den summenden Wasserkessel. Babette fürchtete schon, das Schweigen würde sie trennen, aber dann fragte Tessa mit warmer Stimme: »Warum tun Sie das für mich und meine Mutter?«

Babette lächelte beruhigt. »Weil ich Ihnen dankbar bin. Und weil ich Ihre Mutter mag.«

Tessa nickte, als hielte sie diese Begründung für stichhaltig. »Diese drei Männer … das sind wahrscheinlich die Söhne der Familie Grothe?«

»Ihre Mutter ist davon überzeugt.«

»Ob man diese Drohungen ernst nehmen muss?«

Babette zuckte hilflos mit den Schultern. »Ich weiß nicht.«

Tessa stand auf und sagte: »Ich glaube, wir trinken jetzt doch besser einen Tee. Ich fühle mich verpflichtet, Ihnen die ganze Wahrheit zu sagen. Warum meine Mutter verfolgt wird …«

XIII.

Henry stand am Potsdamer Platz und hätte sich am liebsten die Ohren zugehalten. Der Lärm, der über den Platz fegte, tat ihm weh. Unzählige Kutschen passierten ihn, kreuz und quer, ohne Regeln, nur nach dem Gesetz des Stärkeren. Kutscher schrien und ließen die Peitschen knallen, dazwischen tuckerten Automobile herum, die grelle Hupen besaßen, die die Fahrer mit großem Vergnügen betätigten. Wer die Fahrbahn betrat, wurde angeschrien oder angehupt und auf diese Weise zur Vorsicht ermahnt. Wer dann den Weg auf die andere Straßenseite geschafft hatte, wusste nicht, welche Warnung ihm oder einem anderen gegolten hatte, ob er selbst gerade mit dem Leben davongekommen war oder ein anderer seine Gesundheit einem beherzten Bierkutscher zu verdanken hatte.

Er betrachtete das Durcheinander, schloss dann kurz die Augen und versuchte sich vorzustellen, eiskalter Wind striche über sein Gesicht. Sylt! Während in Berlin alle Neuigkeiten bejubelt und beklatscht und die Stadt täglich neu erfunden wurden, gab es auf Sylt noch das Misstrauen, das sich jedem Fortschritt entgegenstellte. Berlin schien in den Monaten seiner Abwesenheit schon wieder Tabula rasa mit seiner Vergangenheit gemacht zu haben, auf Sylt dagegen kam der Fortschritt nur in winzigen Schritten voran. Und was es in Berlin schon vor einem Jahr gegeben hatte, war inzwischen hoffnungslos veraltet, während Henry auf Sylt die Sicherheit genossen hatte, die eine lange Tradition mit sich brachte.

Er bahnte sich einen Weg durch das Gewimmel, lief zwischen einem großen geschlossenen Kastenwagen und einem zierlichen Einspänner hindurch, in dem niemand saß, und atmete auf, als er heil auf der andere Straßenseite angekommen war. Doch nur kurz, dann taumelte er erschrocken zurück, weil ein Automobil so nah an ihm vorbeifuhr, dass ihm der Benzingestank den Atem nahm. Eine Frau in einem langen schwarzen Mantel schrie ihm unter der schwarzen Krempe ihres Hutes etwas zu, was er nicht verstand, eine junge Dame sorgte mit großen Schritten, die noch vor ein paar Jahren als undamenhaft gegolten hatten, dafür, dass ihr kurzer Rock kokett wippte und sich mit jedem Schritt ein Knie zeigte. Erst jetzt wurde ihm klar, dass Tessa in dieser Umgebung noch mehr Fortschritt bewiesen haben musste als mit ihrem Wunsch zu studieren. Trotz dieses außergewöhnlichen Verlangens hatte sie sich ein zweites Mal gegen die Strömung gestellt, indem sie sich, was ihre Kleidung und ihre Frisur betraf, traditionsgebunden gab. Fast so wie die Gouvernante, die Henrys Weg kreuzte und die Nase rümpfte, als röche der Fortschritt schlecht.

Bewunderung stieg in ihm hoch. Tessa wusste, was wirklich wichtig war. Nicht kurze Röcke oder neue Frisuren, nicht das Sprengen eines kleinbürgerlichen Rahmens und das Geschrei nach jedweder Ausschweifung. Nein, sie hatte verstanden, worauf es ankam, wenn es einer Frau plötzlich möglich war, etwas Neues zu wagen. Tessa hatte nach der einzigen Chance gegriffen, die die neuen Aussichten der Frauen in die Zukunft tragen würde, auf Spangenschuhe und Bubiköpfe, aufs Charlestontanzen und den Besuch von Lesbenclubs kam es ihr nicht an. Dass Tessa eine außergewöhnliche Frau war, hatte er schon auf Sylt erkannt, im aufgewühlten Berlin jedoch erschienen ihm ihre zuverlässige Ruhe und ihre Beständigkeit wie ein Kleinod, das er in einem Korb voller Nichtigkeiten entdeckt hatte.

Als er den Schornstein der Gottorf-Werke sah, der aus einem der Hinterhöfe stach wie ein Dorn durch eine schadhafte Decke, beschlich ihn mit einem Mal Angst. Was mutete er seiner Mutter zu? War sie vielleicht gerade in diesen Tagen an dem Punkt angekommen, der allen Trauernden Erlösung versprach? Hatte sie sich gerade jetzt damit abgefunden, dass der Sohn nicht zu ihr zurückkommen würde? Was mochte die Freude über seine unerwartete Rückkehr mit ihr machen? Sie war nicht die Stärkste, weder physisch noch psychisch. Schon vor seiner Abreise war sie labil gewesen, launisch und unberechenbar, manchmal aufgeheitert, als wäre sie betrunken, dann wieder depressiv und verschlossen. Er hatte gespürt, dass sie sich in einer Lebenskrise befand, aber genau wie Lilli hilflos danebengestanden und nicht gewusst, wie seiner Mutter zu helfen war. Schließlich war er mit seiner Schwester darin übereingekommen, dass es Sache ihres Vaters sei, sich der Stimmungen seiner Frau anzunehmen. Wenn ihre Mutter unglücklich in ihrer Ehe war, dann konnte es nicht die Sache ihrer Kinder sein, sie wieder glücklich zu machen. So einfach hatten sie es sich gemacht!

Nun kam Henry diese Einstellung rücksichtslos und grausam vor. So hatten sie die Schuld weggeschoben und die Pflicht, sich um die Mutter zu kümmern, gleich mit. Eine unglückliche Ehe! Das bedeutete, dass der Vater dafür zuständig war, seine Frau wieder glücklich zu machen. Jetzt erst ließ Henry den Gedanken zu, dass das Unglück seiner Mutter auch ganz woanders entstanden sein konnte. Vielleicht hatte es sich nur in dieser kargen, einsilbigen Ehe fortgesetzt?

Die Dunkelheit senkte sich auf die Straßen Berlins hinab, in den Hinterhöfen würde es jetzt schon finster sein. Die Arbeiter waren daheim bei ihren Familien, nur die Männer der Nachtschicht waren noch tätig, denn in der Schokoladenfabrik Gottorf standen die Maschinen nie still. Nacht für Nacht kümmerte sich ein Dutzend Männer darum, dass die Produktion am nächsten Morgen sogleich fortgesetzt werden konnte, indem sie in den Werkhallen dafür sorgten, dass die Maschinen im Leerlauf weitermachten und zu Arbeitsbeginn im Nu hochgefahren werden konnten.

Ihr Summen, das bis auf den Hof drang, hatte Henry durch seine Kindheit begleitet und war Teil seines Lebens gewesen. Ein Heimatgefühl beschlich ihn, das ihm jedoch nicht willkommen war. So sehr wollte er sich nicht auf sein Zuhause und seine Familie freuen, nein, so sehr nicht. Nur so weit, dass es ihm leichtfallen würde, wieder nach Sylt zurückzukehren.

Er blieb in der Mitte des ersten Hofes stehen und blickte zu den Fenstern der Verwaltungsräume hoch. Im Büro seines Vaters war es dunkel, auch im Vorzimmer brannte kein Licht. Ob die Familie beim Abendessen saß? Oder ob Frau Lewitz schon das Geschirr abgetragen hatte und nach Hause gegangen war? Dann blätterte sein Vater jetzt in der Zeitung, seine Mutter saß lesend im Wintergarten, und Lilli beschäftigte sich mit Handarbeiten, die sie hasste, die sich aber für eine Tochter aus gutem Hause als einzig sinnvolle Freizeitbeschäftigung schickten.

Er schritt auf die Tür des Privathauses zu, ohne zu wissen, wie er mit dem Durcheinander aus Vorfreude und Angst, Verbundenheit und Sorge umgehen sollte. All das war in ihm, aber kein Gefühl trat hervor und erlangte die Vorherrschaft. Die Freude auf seine Familie wurde niedergedrückt von der Angst, die er empfand, wenn er daran dachte, seinem Vater von Doktor Tessa Melford zu erzählen, das Glück, wieder zu Hause zu sein, wurde absorbiert von der Sorge um seine Mutter, die das Glück über die Heimkehr des Sohnes womöglich genauso schwer treffen würde wie die Nachricht von seinem Tod. Wie sollte er sie darauf vorbereiten, damit ihr Herz das unverhoffte Glück aushielt?

Er trat auf die Tür zu und lauschte. Dahinter war alles still. Henry hörte keine Stimmen, nicht Lillis Lachen, kein mahnendes Wort von seinem Vater. Die Stimme seiner Mutter war ohnehin selten zu hören gewesen. In den Wochen vor seiner Abreise war sie noch stiller gewesen als sonst, im ganzen Haus war es immer lautloser geworden. Er hob die Hand, um zu klopfen, zögerte … dann pochten seine Knöchel an das Holz des Türrahmens. Hinter der Glasscheibe, die in Augenhöhe angebracht war, glomm ein Licht auf. Die Tür des Wohnzimmers, in dem ein schwaches Licht brannte, hatte sich geöffnet, Schritte kamen über den Flur auf die Haustür zu. Als die Klinke heruntergedrückt wurde, überfielen Henry Angst und Vorfreude gleichzeitig. Worauf er sich freute, wusste er, wovor er Angst hatte, konnte er nur ahnen.

Die Tür öffnete sich, und sein Vater stand vor ihm. Seine Augen schienen geblendet zu sein, er kniff sie zusammen, weil er den Besucher nicht erkennen konnte. Oder traute er seinen Augen nicht? Er sah schlecht aus, das war Henrys erster Gedanke, bleich und übermüdet.

Henry trat einen Schritt vor, damit das Licht auf sein Gesicht fiel. »Ich bin's, Vater.«

Friedrich Gottorf wich zurück, als wäre ihm ein Geist erschienen. Jegliche Farbe fiel aus seinem Gesicht, er taumelte rückwärts, dann griff er nach der offenen Tür, als brauchte er etwas, um sich festzuhalten. »Das kann nicht sein.«

Henry hatte den Drang, so schnell wie möglich zu erklären, warum er gekommen war, warum er lebte. »Ich war auf Sylt gestrandet, Vater. Als einziger Überlebender der ›Jacob Le Maire‹. Ich hatte mein Gedächtnis verloren, deswegen konnte ich nicht eher heimkommen …«

Nun trat er ein, nun war er wieder der Sohn des Hauses, der nicht warten musste, bis er hereingebeten wurde. Sein Vater wich weiter zurück, bis er mit dem Rücken an der Wand des Flurs stand. Seine Knie gaben nach, er machte Anstalten, an der Wand zu Boden zu sinken.

Henry griff nach seinem Arm und stützte ihn. Aber er hatte Mühe, seinen Vater zu halten, der nun die Augen schloss und mühsam gegen seine Schwäche ankämpfte. Henry hielt ihn, damit er nicht hinfiel, dann merkte er, dass die Kraft seines Vaters zurückkehrte. Friedrich Gottorf atmete tief durch, richtete seinen Körper auf, öffnete die Augen wieder und starrte seinem Sohn ins Gesicht. Nun schien er zu glauben, dass er nicht das Opfer einer Sinnestäuschung geworden war. »Du bist es wirklich?«

Henry führte ihn zur Wohnzimmertür. »Es tut mir leid. Ich hatte nicht die Möglichkeit, dich darauf vorzubereiten.« Er blickte zu der offenstehenden Tür und ergänzte leise: »Willst du erst mit Mama und mit Lilli sprechen, bevor ich mich blicken lasse?«

Friedrich antwortete nicht. Mit einem Mal schien er wieder der Alte zu werden, der Mann, der sich nicht bezwingen ließ, der Fabrikant, der nie eine Schwäche zeigte, der Haushaltungsvorstand, der pflichtbewusst, aber unbeugsam und mit aller Strenge für seine Familie sorgte. Er schüttelte Henrys Arm ab und ging vor ihm ins Wohnzimmer. »Ich bin allein.«

Henry zögerte erneut. Er hatte sich nie wohlgefühlt, wenn er mit seinem Vater allein im Haus war. Nur selten war das vorgekommen, und dann hatte er jedes Mal die Rückkehr seiner Mutter herbeigesehnt oder sich gewünscht, dass wenigstens Lilli nach Hause kam oder Frau Lewitz erschien. »Wo sind Mama und Lilli?«

Friedrich Gottorf drehte sich zu ihm um und sah ihn lange an, ohne zu antworten. Henry wiederholte seine Frage nicht, er wartete ab, spürte ein angstvolles Zittern in sich, das Vibrieren einer Ahnung … und wusste mit einem Mal, dass die Antwort auf seine Frage schrecklich sein würde. Er starrte seinen Vater an, hätte ihn am liebsten gebeten, auf eine Antwort zu verzichten, wusste aber gleichzeitig, dass es sinnlos war, vor dem Schicksal davonlaufen zu wollen.

Schließlich sagte Friedrich Gottorf: »Lilli ist ausgezogen. Sie will sich ihr Geld selber verdienen.«

»Und Mama?«, fragte eine fremde Stimme, die Henry kaum als seine eigene identifizieren konnte.

Aber diesmal konnte Friedrich Gottorf auf eine Antwort verzichten. Als Henry sah, dass sich die Augen seines Vaters mit Tränen füllten, wusste er, dass seine Mutter tot war. Noch nie hatte er seinen Vater weinen sehen …

Reimert wartete in der Nähe des Bahnhofs. Hier musste Fokko vorbeikommen, wenn er zur Arbeit ging. Vor seinem Haus oder vor dem Bretterverschlag, in dem die Arbeiter ihre Gerätschaften aufnahmen, bevor sie zu ihrem Arbeitsplatz gingen, wollte er nicht auf ihn warten. Es lag ihm daran, ihn glauben zu lassen, dass es sich um ein zufälliges Treffen handelte. Er musste mit ihm reden, heute noch! Die Lage war ernst, er durfte keine Zeit verlieren. Tessa vertraute ihm. Sie hatte die Erfahrung gemacht, dass mit seiner Hilfe immer zu rechnen war, und er wollte sie auch diesmal nicht enttäuschen. Natürlich war er auch in großer Sorge um sie. Seine Angst war sogar viel mächtiger als ihre eigene. Sie konnte sich nicht vorstellen, dass ihr jemand nach dem Leben trachtete, dass der Wunsch nach Rache so überragend und zu einer derart rohen Macht geworden war, weil er aus Ungerechtigkeit entstanden war. Die Grothes wussten, dass Tessa nicht schuld an Nermins Tod war, aber wenn sie sie verschonten, würden sie ihre eigene Schuld eingestehen, und das kam für keinen der Grothe-Söhne infrage. Damit hätten sie ihr Gesicht verloren, von da an würde sogar ihre eigene Mutter mit Ansprüchen kommen. So etwas konnte ein Grothe, der Männlichkeit mit Despotismus, Undankbarkeit und Rohheit gleichsetzte, nicht auf sich sitzen lassen.

Zehn Minuten später sah er ihn kommen. Reimert zog sich hinter einen Busch zurück und wartete, bis er vorüber war, dann folgte er ihm unauffällig, beschleunigte seinen Schritt und war im Nu hinter Fokko. »Pünktlich wie immer! Auf so einen Mitarbeiter kann jeder stolz sein!«

Fokko blieb stehen und sah sich um. »Bei dir scheint es ja nicht so drauf anzukommen. Als Kurdirektor kann man mit der Arbeit anfangen, wann man will?«

Reimert schluckte seinen Ärger hinunter. »Die Arbeiten am Bahndamm sind bald erledigt. Nur noch ein paar Tage. Hat's geklappt mit der Weiterbeschäftigung? Kannst du zukünftig bei den Kontroll- und Instandsetzungsarbeiten mitmachen?«

Fokko warf ihm einen Blick zu. »Wahrscheinlich«, brummte er. »Sicher ist es noch nicht. Da haben sich viele beworben.«

»Vielleicht kann ich was für dich tun.«

Fokko blickte auf seine Füße und änderte sein Tempo nicht. »Und ich soll dafür etwas für dich tun?«

»Eine Hand wäscht die andere. Du hast mich auch mal um etwas gebeten. Schon vergessen? Du wolltest nicht, dass Nermins Tod vor Gericht kommt.«

»Ich weiß, dass du versucht hast, die Grothes zu bestechen. Aber sie haben sich nicht darauf eingelassen.«

»Sie haben die Kurärztin nicht angezeigt. Nur darauf kommt es an. Das war es, was du wolltest.«

»Anders rum! Ich wollte, dass die Kurärztin die Arbeiter nicht anzeigt.«

»Das hat sie nicht getan. Eins bedingt das andere. Ich habe mit ihr geredet, und sie hat von einer Anzeige Abstand genommen. Du kannst also zufrieden sein. Unsere Abmachung gilt.«

Nun blieb Fokko stehen. »Von mir hat keiner erfahren, was damals mit Laurids war.«

»Ich habe nichts anderes erwartet.« Reimert machte einen Schritt auf Fokko zu und erschrak, als dieser zurückwich.

»Komm mir nicht zu nahe!«

»Warum hast du Angst vor mir?«, fragte Reimert erstaunt. »Ich will doch nur mit dir reden. Über die Grothes.«

»Was gibt's über die zu reden?« Fokko machte einen weiteren Schritt zurück.

»Ich habe gehört, dass sie einen Anschlag auf die Kurärztin planen.«

»Wer sagt das?«

Reimert versuchte es mit einer undurchdringlichen Miene. »Ich habe meine Kontakte überall. Wenn so was im Busch ist, dann erfahre ich es.« Er hoffte, dass er Fokko mit dieser Behauptung beeindrucken konnte. »Du kennst die Grothes. Was haben sie vor?«

»Weiß ich nicht.« Fokko machte einen weiteren Schritt zurück. »Und wenn, warum sollte ich es dir verraten?«

»Weil es gut wäre, wenn wir zu einer weiteren Vereinbarung kämen.«

»Gut für mich? Oder gut für dich?«

»Gut für uns beide. Wenn der Kurärztin ein Haar gekrümmt wird, kommt auch der Unfall auf dem Bahndamm zur Sprache. Dann landest du doch noch vor Gericht. Und was ist dann mit deiner Stelle?« Reimert machte eine wohldosierte Pause, ehe er fortfuhr: »Du solltest mir sagen, was die Grothes planen. Ich werde dann dafür sorgen, dass du die Stelle bekommst.«

Die Angst, die er in Fokko erzeugen wollte, zeigte sich noch immer nicht auf dessen Gesicht. »Wenn die Kurärztin tot ist, kann sie die Arbeiter nicht mehr anzeigen.«

»Tot?« Nun war Reimert alarmiert. »Es soll also ein Mordanschlag auf sie verübt werden?«

Fokko merkte, dass er sich zu weit vorgewagt hatte. »Ich weiß gar nichts.«

Reimert machte den Versuch, ihn beim Kragen zu packen, aber Fokko war erstaunlich wendig. Reimert griff ins Leere.

»Geh weg«, kreischte Fokko. »Am Ende steckst du mich noch an.«

Reimert ließ erschüttert die Hände sinken. »Womit?«

»Tu nicht so dämlich! Meinst du, ich wüsste nicht, dass du den Tripper hast? Alle wissen es! Die Mutter von der Kurärztin hat ihn, also wirst du ihn wohl auch haben. Sie hat ja lange genug in deinem Bett geschlafen.«

»Woher weißt du, dass Marika Melford krank ist?«

»Ganz Westerland weiß es. Überall wird darüber geredet. Also erzähl mir nicht, dass du was für mich tun kannst. Mit deinem Einfluss ist es nicht mehr weit her. Ein Kurdirektor, der den Tripper hat! Wer hört schon auf so einen?«

Reimert kochte vor Wut. Seine Fäuste öffneten und schlossen sich, nur mit äußerster Kraftanstrengung konnte er sich beherrschen. »Das sind Gerüchte«, stieß er hervor, »und ich werde denjenigen, der sie in die Welt gesetzt hat, zur Rechenschaft ziehen.«

Fokko zog verächtlich die Mundwinkel herab. »Es bleibt dabei: Wenn Nermins Tod vor Gericht kommt, erfährt alle Welt, warum Laurids damals die Insel verlassen hat und nie wieder zurückgekommen ist. Da endet unser Geschäft, Reimert Cruse. Was mit der Kurärztin geschieht, interessiert mich nicht.«

Reimert starrte ihm nach und fühlte sich so hilflos wie schon lange nicht mehr. So hilflos wie damals, als Metta ihn verließ. Damals hatte er sich fest vorgenommen: Schluss mit dieser Hilflosigkeit! Nie wieder wollte er sich einem anderen Menschen ausliefern! Das war der Antrieb für den Plan gewesen, eine Position auf Sylt zu erringen, zu der keine Hilflosigkeit passte. Er war Kurdirektor geworden, um endlich Macht zu haben, um sein Geschick selber lenken zu können. Und diese Macht sollte er nun verlieren, weil er eine kurze, unbedachte Beziehung mit einer Frau eingegangen war, in die er nicht einmal verliebt war? Die Dankbarkeit, die ihn zu Marika Melford geführt hatte, sollte ihm jetzt zum Verhängnis werden?

»Nein! Niemals!«

Tessa merkte, dass Aafke Witt sie beobachtete. Prompt gab sie sich einen Ruck und sah von ihrem Teebecher auf. »Ist was?«

Aafke wandte sich wieder dem Spülen zu. »Gut, dass Sie heute nicht in die Praxis gehen.«

Tessa seufzte. »Reimert sagt, es ist zu gefährlich.«

»Er hat recht! Die Grothes sind ein unangenehmer Haufen.«

»Es widerstrebt mir, mich vor denen zu verstecken. Ich habe ein reines Gewissen.«

»Was nützt Ihnen das, wenn Sie tot sind? Ihr reines Gewissen lebt dann auch nicht mehr. Besser, Sie gehen nicht allein aus dem Haus.«

»Wie lange soll das dauern?«

»Jedenfalls so lange, bis Ihre Mutter sich auch wieder auf der Straße blicken lassen kann.« Aafke strich sich mit der feuchten Hand über die Stirn. »Das ist aber auch ein Durcheinander in diesem Haus! Ne, ne …«

Tessa betrachtete sie. Am liebsten hätte sie Aafke ein weiteres Mal dazu ermahnt, Stillschweigen zu bewahren. Aber sie hatte es schon mindestens dreimal getan und irgendwann erreicht, dass Aafke zornig aufgefahren war. Ob das Fräulein Doktor sie etwa für schwatzhaft hielte, hatte sie gefragt. »Ich bin doch kein Babbelgütje!«

Was immer das sein mochte, Tessa musste darauf hoffen, dass Aafkes Mund verschlossen bleiben würde. Die Haushälterin war stolz darauf, dass man ihr etwas sehr Wichtiges, sehr Persönliches anvertraute, und hatte mehrfach beteuert, dass kein Wort über ihre Lippen kommen würde. »Nicht mal unter der Folter!«

Reimert war es nicht recht gewesen, aber schließlich hatte er sich damit abgefunden, dass Aafke nicht auszuschließen gewesen war, als Babette von Keller ins Vertrauen gezogen wurde. Die Haushälterin wegzuschicken, das wäre einer schweren Beleidigung gleichgekommen. So hatte Aafke also mit am Tisch gesessen, als Babette von Keller erfuhr, warum Marika von Friedrich Gottorf bedroht wurde. Und Tessa hatte es der Haushälterin hoch angerechnet, dass sie sich jede Verurteilung versagt hatte.

Am Ende hatte Babette eine Hand auf Tessas gelegt. »Ich sorge dafür, dass Ihre Mutter noch eine Weile im Hotel bleiben kann. Dort wird ihr nichts zustoßen.«

Tessa war so dankbar, dass sie Babette am liebsten umarmt hätte. Aber sie traute sich nicht, ihre Zuneigung so offen zu zeigen. Babette von Keller gehörte nicht zu den Frauen, die offen mit ihren Gefühlen umgingen. Die Damen der Gesellschaft rümpften die Nasen, wenn Sympathie oder gar Liebe anders als mit höflichen Worten zum Ausdruck gebracht wurde.

So beschränkte sie sich darauf, sich zuvorkommend für die Hilfe zu bedanken. »Es kann nicht lange dauern. Sobald sich herausgestellt hat, dass meine Mutter das Rezept nicht gestohlen hat, kann ihr niemand mehr was.«

Babette hatte sie fragend angesehen. »Aber was, wenn der junge Herr Gottorf nicht mehr daran interessiert ist, Ihre Mutter zu rehabilitieren?«

Tessa wusste, was sie sagen wollte. »Sie meinen, wenn er erfährt, dass seine Mutter sich das Leben genommen hat, weil sie von meiner Mutter nicht mehr geliebt wurde? Wenn er zu der Ansicht kommt, Gefängnis ist die gerechte Strafe für sie? Und wenn er glaubt, dass die Tochter nicht besser sein kann als die Mutter?«

Babette nickte, und Aafke Witt sah gespannt von einer zur anderen und dann Reimert Cruse ins Gesicht.

Tessa blickte unglücklich vor sich hin. »Ich hatte es ihm sagen wollen, bevor er nach Berlin aufbrach.«

Jeder der drei hatte verstanden, dass sie Henrys letzte Nacht auf Sylt mit ihm gemeinsam verbracht hatte. Sie musste es zum Glück nicht erklären, eine zarte Andeutung hatte ausgereicht. Auch für Aafke. Und die hatte sich sogar zurückgehalten und darauf verzichtet, von dem Schweinkram zu reden, mit dem sie jede Form von Sexualität beurteilte, die nichts mit ehelicher Pflichterfüllung zu tun hatte.

Aafke unterbrach ihre schweren Gedanken. »Es ist aber auch schlimm für Jacob … ich meine, für Herrn Gottorf, dass er bei seiner Heimkehr vom Tod seiner Mutter erfahren muss …«

Tessa nickte. »Wenn er nun vor lauter Enttäuschung nichts mehr von sich hören lässt … und nicht dafür sorgt, dass meine Mutter rehabilitiert wird … und seinem Vater nichts davon sagt, dass er mir einen Antrag gemacht hat …«

Aafke ließ ein Glas ins Spülwasser fallen. »Er will Sie heiraten?«

»Jetzt vermutlich nicht mehr. Sein Vater wird es nicht zulassen. Und er selbst wird es wohl auch nicht mehr wollen.«

Aafke bewies, dass sie alle zwischenmenschlichen Verstrickungen verstanden hatte: »Und wenn er es noch will, wird sein Vater erst recht dafür sorgen, dass Ihre Mutter verhaftet wird. Dann kann er sich nicht nur an Ihrer Mutter, sondern auch gleich an Ihnen dafür rächen, dass Sie seinem Sohn schöne Augen gemacht haben. So gründlich wird er sich rächen, dass sein Sohn gar nicht mehr daran denkt, Sie zu heiraten.«

Tessa stützte deprimiert den Kopf auf. Aafke hatte recht. So oder so war alles verkorkst. Schon auf der Universität war es jeder Frau gesagt worden, die ein Studium absolvieren wollte. Ihre Aussichten, neben der akademischen Bildung auch noch einen Ehemann und Kinder zu bekommen, waren denkbar schlecht.

Sie suchte nach anderen Gedanken. »Ist es nicht ein unglaublicher Zufall, dass die von Kellers und die Gottorfs sich kennen?«

Aafkes Verwunderung hielt sich in Grenzen. »So ist das hier auf Sylt auch. Die vornehmen Leute kennen sich, und die armen Schlucker kennen sich auch. Aber die vornehmen Leute kennen die armen Schlucker nicht.«

»Edith Gottorf und Babette von Keller waren gemeinsam auf der Bräuteschule.«

Aafke begann das Geschirr abzutrocknen, das sie gespült hatte. »Bräuteschule! So was gibt's auf Sylt nicht. Hier bekommt man einen Ring an den Finger gesteckt, sofern sich der Mann so was leisten kann, und dann ist man verlobt. Wie man ein Labskaus kocht und die Wäsche sauber kriegt, hat man schon bei der Mutter gelernt. Ganz ohne Bräuteschule!«

Tessa lächelte in sich hinein. Aafke und ihre Abneigung gegen alles, was es in ihrer eigenen Welt nicht gab! Doch sie wurde schnell wieder ernst. Edith Gottorf, die Tessa kaum kannte und an die sie, seit sie auf Sylt war, nur selten gedacht hatte, war ihr näher gekommen, während Babette gestern von ihr erzählt hatte, näher, als es jemals die wenigen Bemerkungen ihrer Mutter vermocht hatten. Durch Babette war der Mensch Edith Gottorf vor Tessas Augen erschienen, die Frau, die mit den gleichen Hoffnungen wie viele andere junge Mädchen ins Leben gegangen war, zu dem unter allen Umständen ein Mann und Kinder gehörten. Wenn ihre Mutter Ediths Namen erwähnte, hatte Tessa an eine Frau gedacht, die ihren Platz im Leben nicht gefunden hatte, eine schwache Frau, die nicht aus eigener Kraft ihr Leben zu verändern vermochte, sie hatte an Edith gedacht, wie sie sich an ihre Mutter klammerte, sich an ihre Seite drängte und sie dadurch von sich wegschob, wie sie eifersüchtig darüber wachte, dass Marikas Aufmerksamkeit für sie nicht nachließ, die versuchte, für Marika sogar wichtiger zu sein als die Tochter, die Frau, die Marika Schritt für Schritt verlor, weil sie sie mit Haut und Haaren besitzen wollte.

»Edith war immer ein ängstlicher Mensch«, hatte Babette von Keller erzählt, »sehr angepasst, stets darauf bedacht, niemanden mit einer anderen Meinung zu brüskieren. Meistens bildete sie sich ihre Meinung nach den anderen. Sie hatte keine eigene. Eigentlich hatte sie gar nichts Eigenes. Sie war die Tochter ihrer Eltern gewesen, dann wurde sie die Frau ihres Mannes und die Mutter ihrer Kinder. Wahrscheinlich war sie für Marika Melford das erste Mal der Mensch Edith Gottorf.« Sie war kurz verstummt, Tessa hatte ihr angesehen, dass auch sie zu den vielen Frauen gehörte, die nicht als eigenständige Menschen, sondern als Töchter, Ehefrauen und Mütter gesehen wurden und sich außerhalb dieser festgelegten Funktionen unsicher und verloren fühlten. Sie hatte aber auch gespürt, dass Babette von Keller auf dem besten Wege war, sich aus dieser Vorbestimmung zu lösen. Tessa glaubte daran, dass sie es schaffen würde. Sie hatte es ja auch geschafft, sich aus einem Teil ihrer Vergangenheit zu lösen, indem sie endlich über ihre Vergewaltigung gesprochen und sie damit Stück für Stück bewältigt hatte. Babette von Keller hatte den Weg zu ihrem Ziel genau abgesteckt. Sie wollte nicht, wie Edith es versucht hatte, alles hinter sich lassen, die Vergangenheit infrage stellen oder wegwerfen, wie es viele Frauen in dieser Zeit in Berlin taten. Nein, sie ging einen leichteren Weg. Sie blieb in ihrem Raum, in dem sie sich sicher und geborgen fühlte, wagte es jetzt aber, gelegentlich die Tür zu öffnen und herauszutreten, während sie früher nur aus dem Fenster geschaut hatte. Sie würde darauf achten, dass die Tür niemals hinter ihr ins Schloss fiel, sie würde immer wieder dorthin zurückkehren, wo sie sich nach jedem Exkurs noch glücklicher fühlen konnte als vorher.

»Edith war stolz, als Friedrich Gottorf um ihre Hand anhielt«, hatte Babette weitererzählt. »Eine gute Partie! So einen Ehemann wollten wir alle. Edith war die Erste von uns, die heiratete, ich folgte ihr ein Jahr später in den Ehestand. Wir haben uns noch ein paarmal getroffen, denn auch unsere Männer verstanden sich gut. Noch heute bekommen wir zu jedem Weihnachtsfest ein Paket mit Gottorf-Schokolade, obwohl die Korrespondenz zwischen Edith und mir mittlerweile eingeschlafen war. Wir haben uns nur noch zu unseren Geburtstagen geschrieben. Wahrscheinlich hatte Friedrich Gottorf seiner Sekretärin einmal die Anweisung gegeben, uns vor Weihnachten, wie all den vielen Geschäftsfreunden, ein Paket zu schicken, und vergessen, diesen Auftrag wieder zurückzunehmen.« Sie hatte gelacht, war dann aber ernst und nachdenklich geworden. »Einmal hat es auch einen Kontakt zwischen unseren Ehemännern gegeben, der uns Frauen ausschloss.

Friedrich Gottorf brauchte irgendeine Droge und bat meinen Mann, sie ihm zu beschaffen. Für Alwin als Apotheker natürlich kein Problem! Er hat mir nie gesagt, was Gottorf damit vorhatte, aber er hat ihm nicht gern geholfen, daran erinnere ich mich genau. Ich hatte damals den Eindruck, als wollte Ediths Mann jemandem etwas unterschieben, einem unliebsamen Geschäftskonkurrenten vielleicht, dem er den Ruf zerstören wollte. Ja, Friedrich Gottorf ist so einer! Er geht über Leichen, damit er bekommt, was er will.«

Diesen Satz hatte Tessa noch nicht vergessen, als Reimert die Küche betrat. Er sah müde und abgespannt aus.

Tessa betrachtete ihn besorgt. »Du hast nichts erreicht?«

Reimert entzog sich ihrem Blick und setzte sich auf Aafkes Angebot, ihm einen Tee zu kochen. »Besser, wir belassen es dabei. Du gehst nicht mehr allein aus dem Haus. Und auf keinen Fall hältst du dich allein in deiner Praxis auf.«

Tessa konnte nur flüstern, zu lauten Worten fühlte sie sich nicht in der Lage. »Du wolltest mit Frau Grothe sprechen.«

»Ja, ja, aber es hat nicht viel gebracht. Sie will ihren Söhnen die Ohren langziehen. Sie glaubt aber, dass das Gespräch, das deine Mutter gehört hat, unter Alkoholeinfluss geführt worden ist und weiter keine Bedeutung hat. Aber … sicher ist sicher.«

Tessa wurde von einer gewaltigen Mutlosigkeit gepackt. »Sie haben es also wirklich geschafft.«

Sogar Aafke sprach leise. »Was meinen Sie damit, Fräulein Doktor?«

»Ich muss hier weg. Sobald meine Mutter sich aus ihrem Versteck trauen kann, gehen wir nach Berlin zurück. Dort ist sie genauso wenig sicher wie hier. Wenn Friedrichs Gottorfs Arm sogar bis nach Sylt reicht, kann sie auch in Berlin versuchen, ihre Unschuld zu beweisen.«

»Aber Sie sind in Berlin sicherer«, stellte Aafke fest und machte keinen Hehl daraus, wie sehr sie es bedauerte, dass sie demnächst nicht mehr für die Kurärztin würde arbeiten können.

Reimert sagte nichts. Er ließ den Kopf hängen wie jemand, der soeben den wichtigsten Kampf seines Lebens verloren hatte.

Friedrich Gottorf erwachte nach einer unruhigen Nacht, in der er sich herumgewälzt hatte, immer wieder aufgeschreckt war und sich mehr als einmal überlegt hatte, aufzustehen, in die Küche zu gehen und sich einen Kaffee zu kochen. Oder in die Bibliothek und sich dort über die Whiskeyflasche herzumachen! Jedes Mal aber war er, ehe er den Vorsatz in die Tat umsetzen konnte, wieder eingeschlafen, in den Traum zurückgefallen, der ihn aufgeschreckt hatte, in die Angst, die Erwartung, die Verzweiflung, die Hoffnung. Und dann war wieder die Entmutigung über ihn hergefallen, die auch dazu geführt hatte, dass er sich mit Henrys Tod abfand. Zu schnell! Sein Sohn lebte! Lilli hatte recht gehabt, als sie immer wieder sagte, dass sie nicht an Henrys Tod glauben wolle. Aber Friedrich Gottorf war kein Mensch, der lange mit einer Hoffnung leben konnte, er brauchte Gewissheiten. Als die Nacht vor seinem Fenster grau wurde, gestand er sich endlich ein, dass er zu früh gehandelt hatte. Er hätte warten müssen, dann könnte er jetzt über Henrys Heimkehr glücklich sein.

Er starrte das Fenster an und sah dem Morgen zu, wie er höher stieg und sein erstes Licht in die Hinterhöfe fallen ließ. Als sich das Summen der Maschinen in der Werkshalle veränderte, erhob er sich. Bald würden die Arbeiter der ersten Schicht eintreffen, die Geräusche der Maschinen würden weiter anschwellen, der Geruch des jungen Morgens würde sich bald mit den Ausdünstungen des Tages füllen und in zwei, drei Stunden seine Frische verloren haben.

Sonst stand er immer später auf, seit Ediths Tod und Lillis Auszug noch später, damit er nicht allein war, wenn er ins Erdgeschoss ging. Frau Lewitz erwartete ihn dann mit der Illusion, dass sich nichts geändert hatte. Auch früher war er allein gewesen, weil Edith und Lilli länger schliefen, aber dieses Alleinsein hatte eine Tür gehabt, durch die jederzeit jemand eintreten konnte. Nun war sie geschlossen, diese Tür zu seiner Einsamkeit.

Es war dunkel und kalt im Erdgeschoss, als er am Fuß der Treppe angekommen war. Henry würde wohl noch lange schlafen. Als er endlich zu Bett gegangen war, hatte die Erschöpfung in seinen Augen gestanden, sein Gesicht war grau gewesen vor Müdigkeit. Der Tod seiner

Mutter hatte ihm alle Kraft genommen. Friedrich hatte es nicht einmal geschafft, ihn zu ermahnen, dass ein Mann nicht weinte.

Er stand in der Küche, konnte sich aber nicht entschließen, noch einmal den Versuch zu machen, sich selbst einen Kaffee zu kochen. Er würde später Traute Berber bitten, sich darum zu kümmern, und in zwei oder drei Stunden zurückkehren, um zu sehen, ob es möglich war, mit Henry gemeinsam ein Frühstück einzunehmen. Es gab so viel zu besprechen, was in der vergangenen Nacht keinen Platz in Henrys Trauer gehabt hatte. Sie mussten so bald wie möglich wieder zu der Ordnung zurückfinden, in der früher ihr Leben abgelaufen war. Die Zweifel, dass die Vergangenheit nicht noch einmal heraufzubeschwören war, fielen ihn zwar an, aber er parierte den Angriff, weil er selbstverständlich der Stärkere war.

An der Haustür machte er kehrt und ging in die Küche zurück. Aus einer Schublade suchte er einen Zettel und einen Stift heraus und schrieb: »Nicht erschrecken, wenn Henry die Treppe herunterkommt!«

Zufrieden über seinen Vorausblick verließ er das Haus, überquerte den Hof und betrat das Gebäude, in dem sein Büro untergebracht war. Auch dort war es noch dunkel und kalt, das penibel aufgeräumte Vorzimmer erschien ihm öde und leblos, obwohl er immer großen Wert darauf legte, dass Traute Berber ihren Arbeitsplatz exakt so verließ, wie er ihn jetzt vorfand.

Er ging in das Büro, das früher Henry gehört hatte. Notker hatte zunächst vorsichtig, dann aber immer sicherer dem Zimmer eine eigene Note gegeben. Nun gab es dort nichts mehr, was an Henry erinnerte. Friedrich nahm ein paar Kieselsteine auf, die Notker an irgendeinem Strand gefunden und zur Erinnerung auf die Fensterbank neben einen Blumentopf gelegt hatte. Er wog sie in der Hand, dann warf er sie in den Papierkorb. Dieser war selbstverständlich am Abend geleert worden, die Steine schlugen auf dem Boden des Korbs auf und verursachten ein Geräusch, das Friedrich Gottorf wehtat. Er würde mit seinem Neffen reden müssen, so bald wie möglich.

Dass ihm gerade jetzt das Versprechen einfiel, das er Henry geben musste, war lästig. War er überhaupt an dieses Versprechen gebunden, das er nicht freiwillig gegeben hatte? Das er aufgrund der ungewöhnlichen Situation überhaupt nicht verweigern konnte? Das er geben musste, damit Henrys Verzweiflung nicht zu einem Unglück führte?

Er atmete tief durch, Erleichterung durchflutete ihn. Er merkte, dass er auf einem guten Weg war. Niemand konnte ihm später vorhalten, er habe sein Versprechen nicht gehalten, wenn er etwas tat, was einfach getan werden musste. Er würde es vorsichtig angehen, am besten, er telefonierte so bald wie möglich mit dem Polizeipräsidenten, um alles zu besprechen. Dann würde sich ein Weg finden. Für alles andere auch. Sein Sohn war wieder zu Hause! Er lebte, nur darauf kam es an. Er hatte seinen Nachfolger zurück.

Marika stand hinter der Gardine und sah hinaus. Babette hatte ihr eingeschärft, sich auf keinen Fall am Fenster blicken zu lassen, aber im Schutz der Gardine fühlte sie sich sicher.

Vor wenigen Minuten war Babette von Keller bei ihr gewesen und hatte ihr etwas zu lesen gebracht, damit ihr die Zeit nicht zu lang wurde. »Ihre Tochter würde Sie gerne besuchen, aber ich habe ihr abgeraten. Besser, wir gehen kein Risiko ein.« Und leise hatte sie ergänzt: »Es wäre auch für mich sehr unangenehm, wenn herauskäme, dass ich Sie hier verstecke.«

Marika brauchte keine weiteren Erklärungen. Natürlich wäre Babettes Mann nicht damit einverstanden, dass seine Frau der Kurärztin half. Schlimm genug, dass Babette sich von ihr behandeln ließ und sogar behauptete, sie sei mit Tessas Hilfe von ihrer Migräne geheilt worden! Babette hatte ihr davon erzählt. In den Stunden, in denen sie bei Marika gewesen war, um ihr die Zeit zu vertreiben, hatte es viele Gespräche gegeben, die immer vertrauter geworden waren. Marika fühlte sich wohl in Babettes Gegenwart, und dieser schien es genauso zu gehen. Die Frage, warum sie bereit war, so viel für Marika zu tun, hatte sie ein ums andere Mal zurückgewiesen. »Ich glaube, dass Sie unschuldig sind, und Ihrer Tochter bin ich dankbar. Ist das nicht Grund genug?«

»Aber was ist mit Ihrem Mann?«, hatte Marika beharrt. »Wird er nicht misstrauisch? Wollen Sie ihm weismachen, Sie gehen stundenlang alleine aus? Ich weiß doch, dass es in Ihren Kreisen nicht gern gesehen wird, wenn sich eine Frau ohne Begleitung in die Öffentlichkeit begibt.«

Babette war verlegen geworden, und dann hatte sich herausgestellt, dass sie ihren Mann sogar belog. Eine Tatsache, die ihr schwer auf der Seele lag. »Er hat das nicht verdient. Aber … wer A sagt, muss auch B sagen. Er glaubt mir, dass ich nach dem Frühstück gerne am Meer spazieren gehe, während er lieber auf der Terrasse die Sonne genießt. Er glaubt mir auch, dass ich mich gelegentlich mit anderen Damen zum Tee im Miramar treffe. Und gegen ein Kränzchen in einem so guten Hotel ist doch wirklich nichts einzuwenden. Nur ein paar Schritte vom Grand-Hotel entfernt …«

Marika steckte die Nase in die Gardine, um besser sehen zu können. Der Mann, der aufs Grand-Hotel zukam, ging langsam, schien in Gedanken versunken zu sein, reagierte nur knapp auf die Grüße anderer Feriengäste, zog jedes Mal geistesabwesend den Hut und starrte anschließend wieder auf die Fenster des Grand-Hotels.

Marika machte einen Schritt zurück. Suchte Alwin von Keller etwa seine Frau? Babette hatte zu ihm auf die Terrasse gehen wollen, ihm weismachen, dass sie von einem Spaziergang am Meer zurückgekehrt sei. Wie würde sie reagieren, wenn sie ihren Mann dort nicht vorfand? Und wie würde er ihr erklären, dass er sich anders entschlossen hatte? Weil er den Strandspaziergang mit seiner Frau zusammen machen wollte? Oder weil es ihm darum ging, sie zu kontrollieren? Wenn das so war, dann hatte er sie am Strand nicht angetroffen und fragte sich jetzt womöglich, was sie vor ihm verbarg.

Marikas Herz schlug schneller, die Angst erzeugte in ihr die Atemlosigkeit, die nach einem schnellen Lauf entstand. Ruhig bleiben! Warten, bis sie wieder zu Luft kam und klar denken konnte! Den Wunsch, aus dem Zimmer zu fliehen, Babette zu suchen und sie zu warnen, verwarf sie gleich wieder. Nein, sie hatte versprochen, sich im Hotel nicht blicken zu lassen!

Sie lief zur Tür und drehte den Schlüssel herum. Vorsichtshalber bewegte sie die Klinke, die Tür war verschlossen. Wenn das Zimmermädchen die Handtücher wechseln wollte, würde es daran denken, dass die Bewohnerin dieses Zimmer angeblich schwerkrank war, und kehrtmachen. Es konnte nichts passieren. Babette würde, wenn sie die Tür verschlossen vorfand, leise klopfen, zweimal lang, dreimal kurz. Marika war also sicher.

Sie zwang sich, zu einer der Zeitschriften zu greifen, die Babette ihr gebracht hatte, und begann zu blättern. Unkonzentriert, ohne mehr wahrzunehmen als die Überschriften. Nicht lange, dann hörte sie feste Schritte auf dem Flur. Männliche Schritte! Sie lauschte, erwartete, dass sie vorübergingen, fühlte ihr Herz klopfen, als sie sich verlangsamten und schließlich nicht mehr zu hören waren. Der Mann war stehengeblieben. Vor ihrer Tür?

Sie erhob sich lautlos und schlich sich zur Tür. Alles war still, als gäbe es niemanden auf der anderen Seite, der ebenso lauschte wie sie. Schon glaubte sie, sich geirrt zu haben, und wollte zu ihrem Sessel zurück, da vernahm sie das winzige Geräusch. Keine Schritte, nur ein Rascheln, ein leises Knirschen, das Drehen eines Absatzes, die Bewegung eines Rockschoßes. Noch einmal dieses flatternde Geräusch, dann plötzlich leises Klopfen. Vorsichtig, geradezu ängstlich. Aber nur kurz, dann war es vorbei mit der Zurückhaltung. Jemand pochte herrisch an die Tür. Einmal, zweimal!

Marika wagte nicht, sich zu rühren. Noch einmal klopfte es, dann wurde mit der Faust gegen die Tür geschlagen. Die Ruhe, die daraufhin eintrat, war eine eisige Stille, aufgeladen mit Wut und Angst. Und nun bewegte sich die Klinke abwärts. Sie knirschte, Marika starrte sie an, beobachtete gebannt das Rütteln der Tür, dann, wie die Klinke sich wieder hob. Nun war die Stille voller Resignation. Die Schritte, die sich entfernten, waren leichter als jene, die auf die Tür zugekommen waren.

XIV.

Henry zögerte, als er in den schmalen Weg einbog, den der Friedhofswärter ihm beschrieben hatte. Die Blumen in seiner Hand begannen zu zittern, rosa Nelken, wie seine Mutter sie geliebt hatte. Er blieb stehen, blickte zum Ende des Weges … dann machte er kehrt und ging auf den Hauptweg zurück. Ein kleiner Aufschub, eine Gnadenfrist.

In der Nähe gab es eine Bank unter einer Weide mit tief herabhängenden Zweigen. Dort ließ er sich nieder, lehnte sich zurück, starrte in den Himmel und tastete mit den Fingerspitzen über die Blütenränder der Nelken. Wenn doch Tessa an seiner Seite wäre! Er richtete sich auf und legte die Nelken neben sich auf die Bank. Tessa war mit einem Mal so weit entfernt, als wäre seine Liebe zu ihr von der Amnesie durchschnitten gewesen wie die Liebe zu seiner Mutter. Als müsste er sie erst wiederfinden und könnte seiner Erinnerung noch nicht trauen. Tessa vor seiner Abreise nach Berlin und Tessa danach! Tessa vor der schrecklichen Wahrheit und danach! Wann war sie ihr begegnet? Kannte sie die Wahrheit überhaupt? Hatte sie in der Nacht vor seiner Abreise gewusst, was ihn erwartete? Hatte sie geschwiegen, um dieser Nacht ihren Zauber zu erhalten? War es tatsächlich möglich, dass sie in einer Nacht glücklich gewesen war, obwohl sie wusste, dass der anbrechende Tag eine schreckliche Gewissheit für ihn bereithielt?

Die Wahrheit, die sein Vater ihm entgegengehalten hatte, war so schrecklich gewesen, dass er sie zunächst nicht hatte glauben können. Seine Mutter und eine lesbische Beziehung? Zwar wusste Henry von den homosexuellen Clubs, die in Berlin aus dem Boden gesprossen waren, aber dass seine Mutter dort verkehrte, weil sie in eine Frau verliebt war, konnte er sich nicht vorstellen. Doch dann hatte sein Vater einen Namen genannt.

»Marika Melford! Diese Frau hat auf Sylt Gottorf-Schokolade verkauft! Sie muss deiner Mutter das Rezept gestohlen haben!«

Henry war noch einmal in Tränen ausgebrochen. Er wusste, dass sein Vater es hasste, wenn Männer weinten, aber er konnte nicht anders. Seine Mutter war tot, weil sie eine Frau geliebt hatte, die sich von ihr trennte. Und er, ihr Sohn, hatte nichts von ihrer Not gewusst. Er konnte sich nicht vorstellen, welche Verzweiflung in seiner Mutter gewesen war, dass sie nicht mehr weiterleben wollte, nachdem Marika Melford sich von ihr abgewandt hatte. Tessas Mutter! Er mochte sie, hatte sich ihr anvertraut, hatte ihr von seiner Liebe zu Tessa erzählt. Und ausgerechnet diese Frau hatte seine Mutter ins Unglück gestürzt.

Er hatte sich die Tränen erst abgewischt, nachdem sein Vater ihn mehrmals ermahnt hatte: »Sei keine Memme! Hör auf zu heulen!«

»Marika hat das Rezept nicht gestohlen!« Henry war aufgestanden und seinem Vater gegenübergetreten. »Ich habe die Schokolade gemacht. Ganz automatisch nach unserem Rezept! Als ich die Kakaobohnen fand, wurde etwas in mir ausgelöst. Das erste Zipfelchen meiner Erinnerung zeigte sich mit ihnen. Und während ich sie bearbeitet habe, kam immer mehr zum Vorschein. Als die Schokolade fertig war, wusste ich wieder, wer ich war.« Er sah in den Augen seines Vaters, dass diesem die Wahrheit nicht gefiel. »Du tust Marika Melford unrecht. Sie hat die Schokolade nur verkauft. Das Rezept kennt sie nicht. Das ist in meinem Kopf. Nur dort. Du musst die Anzeige gegen sie zurücknehmen. Sie ist keine Diebin.«

Sein Vater zögerte. Henry wurde klar, dass ihm der Verdacht gegen Marika gerade recht gekommen war. Er wollte Rache. Sie sollte dafür leiden, dass sie ihm die Frau weggenommen hatte.

»Versprich mir, dass du die Anzeige zurücknimmst.«

Friedrich hatte sich gewunden, aber schließlich hatte er eingeschlagen, als Henry ihm die Hand hinhielt. »Also gut, versprochen.«

Henry war erleichtert gewesen. Auf ein Versprechen seines Vaters konnte er sich verlassen. Friedrich Gottorf war ein Ehrenmann. Schon als kleiner Junge hatte er von ihm gelernt, dass ein Versprechen gehalten werden musste. Unter allen Umständen! Dann aber war das Gespräch auf Tessa gekommen …

Henry erhob sich schwerfällig von der Friedhofsbank, gebückt stand er da, als lastete etwas Schweres auf seinen Schultern, was ihn niederdrückte, was er sein Leben lang mit sich herumschleppen musste, ein Gewicht, unter dem er sich nie wieder würde aufrichten können. Sein Vater hatte es klipp und klar gesagt: »Die Tochter dieser Frau? Niemals! Wenn du sie heiratest, bist du nicht mehr mein Sohn.«

Sämtliche Argumente, die er sich während der Reise nach Berlin zurechtgelegt hatte, waren nicht mehr stichhaltig gewesen. Er hatte sie gar nicht mehr ausgesprochen, er sah ein, dass nichts seinen Vater überzeugen würde. Er konnte ihn sogar verstehen. Und als er schlafen gegangen war, wusste er mit einem Mal nicht mehr, ob er es wirklich schaffen würde, für seine Liebe zu Tessa zu kämpfen. Er spürte die gleiche Verbitterung in sich, die in seinem Vater blanken Hass erzeugt hatte. Tessas Mutter hatte ihm seine Mutter genommen! Und Tessa musste gewusst haben, dass sie nicht mehr am Leben war. Warum hatte sie ihm nichts gesagt? Warum hatte sie ihm diesen Schmerz zugemutet, der nach der Vorfreude während der Reise tausendmal stärker gewesen war, als wenn er sich noch auf Sylt in Tessas Armen hätte ausweinen können. Aber sie hatte sich seinem Schmerz feige entzogen.

Als er aufgestanden war, hatte er sich seinem Vater näher gefühlt als jemals zuvor in seinem Leben. Er konnte sogar glauben, dass eine solche Enttäuschung aus einem Menschen das machen konnte, was sein Vater war: einen unbeugsamen, lieblosen, despotischen Egoisten. Ohne Tessa, nach dieser großen Enttäuschung, würde er wohl auch so werden. Eine schlimme Vorstellung einerseits, aber das Allerschlimmste war, dass sie ihn nicht schreckte.

Dann aber war das geschehen, was er zum ersten Mal als Heranwachsender hatte erleben müssen: dass sich immer dann, wenn es so aussah, als könnte sich die Kluft zwischen seinem Vater und ihm schließen, etwas ereignete, was sie noch breiter machte, noch unüberwindbarer. Niemals wieder hatte er den Versuch gemacht, diese Kluft zu überwinden.

Frau Lewitz hatte ihn an ihr Herz gedrückt, hatte geweint und ihm tausendmal versichert, dass sie aus Freude weine, und ihm einen Kaffee gekocht, der ihm Sodbrennen verursachte, weil er sich mittlerweile an den Tee gewöhnt hatte, den Aafke ihm jeden Morgen vorsetzte. Aber das hatte er Frau Lewitz natürlich verschwiegen. Er hatte auch brav das dick mit Butter bestrichene Brot gegessen und die Marmelade genascht, die er schon als Kind geliebt hatte. Dann war er über den Hof gegangen, hatte dafür gesorgt, dass niemand ihm ins Gesicht sah, der noch nicht wusste, dass der Nachfolger des Firmenbesitzers am Leben war, war die Treppe hochgestiegen und hatte Traute Berber begrüßt, die ebenfalls in Tränen ausgebrochen war, als sie ihn sah.

»Ihr Vater scheint schon seit Stunden zu arbeiten«, hatte sie ihm erklärt. »Er telefoniert mit dem Polizeipräsidenten.«

Henry hatte abgewinkt. »Ich kann später mit ihm besprechen, wie es weitergehen soll. Erst mal sehen, was sich in der Zwischenzeit getan hat …«

Den Blick Traute Berbers hatte er sich nicht erklären können. Erst in dem Moment, in dem er die Tür seines Büros geöffnet hatte und seinen Cousin Notker an seinem Schreibtisch sitzen sah …

Henry wischte die Erinnerung beiseite und bog noch einmal in den schmalen Weg ein, ging an den vielen Gräbern vorbei, die ihn säumten, sah nicht voraus, blickte nur einen Grabstein nach dem anderen an, einmal links, einmal rechts, immer nur den Stein des Grabes, an dem er gerade vorüberging. Er wollte nicht wissen, wann er dort ankommen würde, wo seine Mutter ihre letzte Ruhe gefunden hatte, wollte diesen Flecken nicht erwarten, ihm nicht entgegensehen. Als sein Blick auf ihren Namen traf, war es, als hätte er sie gerade in diesem Augenblick verloren. Als kniete er vor ihrer Leiche, als schlösse er ihr die Augen, als hielte er sie ein letztes Mal im Arm. Die Buchstaben auf dem kunstvoll verschnörkelten Holzkreuz waren nun das, was ihm von ihr geblieben war. Ihr Name!

Mit einem Mal legte sich eine große Erleichterung über seine Trauer und deckte sie zu. Seine Mutter hatte nicht erleben müssen, was mit ihrem Ältesten geschah, hatte keine Angst um sein Leben haben und nicht den Schmerz ertragen müssen, als es hieß, Henry sei ums Leben gekommen. Das war ihr erspart geblieben. Und sie hatte auch nicht miterleben müssen, wie schnell sich sein Vater damit abgefunden hatte, dass sein Nachfolger nicht mehr zur Verfügung stand. Henrys Stuhl war schon bald wieder besetzt worden. Das hätte seiner Mutter das Herz gebrochen.

Notker war erschrocken aufgesprungen, als Henry in der Tür erschien. Er war blass geworden, hatte die Augen aufgerissen, als wäre ein Geist vor ihm erschienen, seine Hände zitterten, und auf seiner Stirn bildeten sich dicke Schweißperlen.

»Was machst du hier?«, fragte Henry, obwohl er sofort wusste, warum Notker an seinem Schreibtisch saß.

Notker begann zu stottern, wollte auf ihn zugehen, um ihn zu begrüßen, blieb dann aber, wo er war, als müsste er sich erst davon überzeugen, dass ein Mensch von Fleisch und Blut vor ihm stand. Schließlich rettete er sich in die Gegenfrage: »Und du? Was machst du hier? Ich dachte, du bist …«

»Tot?« Henry überkam eine große Ruhe. Und kalt wurde es in ihm, eiskalt. »Ja, so kann's gehen«, sagte er leichthin und weidete sich an der Qual in Notkers Gesicht, obwohl er sich gleichzeitig sagte, dass sein Cousin nicht schuld war an seiner großen Enttäuschung. Notker konnte nichts dafür, dass der Nachfolger der Gottorf-Werke hier keinen Platz mehr hatte.

Henry ging vor dem Schreibtisch auf und ab, während Notker es nicht wagte, sich wieder zu setzen, und betrachtete jede Einzelheit, jedes Teil, das es nicht gegeben hatte, als dieses Büro noch ihm gehörte.

Er nahm die Einladungskarte auf, die an einer Akte lehnte, als sollte sie für jeden sofort sichtbar sein. »Mein Vater ist also von Hindenburg persönlich gebeten worden, an der ersten Fahrt über den Bahndamm teilzunehmen?«

»Er hat mir die Karte überlassen«, antwortete Notker, der nun sehr bedrückt wirkte. »Er meinte, ich solle bei dieser Gelegenheit Geschäftskontakte knüpfen.«

»Ja, Geschäftskontakte sind wichtig.«

»Morgen früh geht's los«, ergänzte Notker.

Henry setzte seine Wanderung fort, von seinem Cousin mit ängstlichen Augen beobachtet. Vor dem Papierkorb blieb er plötzlich stehen. »Was ist denn das?« Er wies auf die Kieselsteine in dem ansonsten leeren Korb.

Notker beugte sich über den Schreibtisch und sah verwirrt in den Papierkorb. »Eine Erinnerung«, stotterte er. »Eigentlich liegen die Steine neben dem Blumentopf.«

»Wo sind meine Modellflugzeuge?«, fragte Henry, wartete aber eine Antwort nicht ab, sondern ging zu dem brusthohen Schrank, auf dem einige Zeichnungen ausgebreitet waren, wo sonst seine Modellflugzeuge gestanden hatten.

Notker wurde von Erschöpfung übermannt. Er sank auf den Schreibtischstuhl zurück und wischte sich die Stirn ab. »Ich konnte ja nicht ahnen …«, begann er kläglich. »Wenn ich gewusst hätte, dass du …«

Plötzlich war es mit Henrys zur Schau getragenem Gleichmut vorbei. Erregt griff er nach den Zeichnungen und legte sie auf den Schreibtisch, um sie besser betrachten zu können. »Schokoladenfiguren? Ihr plant, Schokoladenfiguren herzustellen?«

Notker war froh über diese Frage, die aus dem Persönlichen hinausführte. Im Beruflichen fühlte er sich sicherer. »Es war meine Idee«, verkündete er stolz. »Onkel Friedrich hatte zunächst Zweifel, aber dann hat er mir erlaubt, eine Kalkulation anzustellen, ob sich die Produktion lohnt.«

»Und?«, fragte Henry mit tonloser Stimme, ohne den Blick von den Zeichnungen zu nehmen. »Lohnt es sich?«

»Ich bin sicher«, kam es eifrig zurück. »Aber die Kalkulationen sind noch nicht abgeschlossen. Wenn ich deinem Vater ein positives Ergebnis vorlegen kann, werden wir bald in Produktion gehen.« Er schien nicht zu merken, was dieser Augenblick für Henry bedeutete, wie groß seine Enttäuschung war, wie gewaltig die Abfuhr. »Was meinst du, Henry? Haben diese Schokoladenfiguren eine Zukunft?«

Henry antwortete nicht. »Warst du auf der Beerdigung meiner Mutter?«, fragte er stattdessen.

»Selbstverständlich!«

»Dann kannst du mir erklären, wo sie begraben liegt?«

»Natürlich! Aber willst du mir nicht erst erzählen, wie du das Schiffsunglück überlebt hast?«

»Später! Zunächst möchte ich das Grab meiner Mutter besuchen. Sag meinem Vater, ich weiß nicht, wann ich zurückkomme.« Er ging zur Tür, zögerte und zeigte dann auf die Pläne. »Und sag ihm auch, dass mir deine Entwürfe sehr gut gefallen.«

Jetzt erst merkte Henry, dass er vor dem Grab seiner Mutter laut gesprochen hatte, dass er ihrem Namen erzählt hatte, wie sehr er sich von seinem Vater verraten fühlte, zurückgewiesen, gekränkt, geohrfeigt. »Ich habe alles verloren, Mama. Sogar das, was ich nie haben wollte, worunter ich gelitten habe. Nicht einmal das ist mir geblieben. Dich habe ich verloren, meinen Posten als Nachfolger, mein Büro, meinen Schreibtisch, Lilli. Ich weiß nicht, wo meine Schwester wohnt, Vater kennt ihre Adresse angeblich nicht. Und ich habe Tessa verloren. So, wie du ihre Mutter verloren hast, kann ich ihre Tochter nicht heiraten. Vielleicht hast du dich auch in Marika getäuscht? Vielleicht hast du dein Leben umsonst weggeworfen? Vielleicht war sie dieses Opfer gar nicht wert? Tessa hat mir genauso wehgetan. Sie hat mich nach Berlin fahren lassen, obwohl sie gewusst haben muss, dass du mich hier nicht erwartest. Sie wusste, wie sehr ich mich auf dich freue, und hat mir nichts gesagt. Ach, Mama …«

Er wurde durch einen Schrei unterbrochen. Er gellte über den Friedhof, so laut, dass das Zwitschern der Vögel für Augenblicke erstarb und die Stille, die auf jedem Friedhof über allen Gräbern liegt, brach. »Henry!«

Der Sommer hatte sich fast unbemerkt breitgemacht. Plötzlich saß er im Dünengras, befreite die Sandböen vom kalten Wind und huschte unter den ausgebreiteten Flügeln der Möwen her. Die Luft schien sich über Nacht erwärmt zu haben, obwohl schon vor Tagen der Wind lauer und die Sonne kräftiger geworden war. Nun jedenfalls stand der Sommer vor den Fenstern, freudig begrüßt. Die Frauen spannten ihre Schirme auf und holten die weißen Kleider heraus, die Männer winkten mit weißen Strohhüten und steckten sich eine Blume ins Knopfloch.

Tessa ging in den Garten, stieg durchs Gras, wanderte zur Scheune und rang mit sich, ob sie das Tor öffnen sollte. Sie beließ es dann dabei, durch ein Fenster zu sehen und sich vorzustellen, Henry stünde dort an dem langen Tisch, nachdenklich, in sich gekehrt, ganz auf seine Tätigkeit und auf die Schokolade konzentriert.

Aafkes warnende Stimme holte sie zurück. »Vorsicht, Fräulein Doktor! Man kann Sie von der Straße aus sehen.«

Tessa winkte ärgerlich ab. Reimert hatte seine Haushälterin gründlich instruiert, sie ließ Tessa keinen Augenblick aus den Augen. »Sie haben beim Kurdirektor noch nicht für Ordnung gesorgt. Nebenan steht vermutlich noch das schmutzige Geschirr auf dem Tisch.«

»Er sagt, ich soll Sie nicht allein lassen.«

Tessa ging in die Küche zurück. »Wenn es wirklich einen Anschlag auf mich geben sollte, dann wird er geplant und vorbereitet sein. Niemand wird blindlings auf mich einschlagen, weil ich mich zufällig irgendwo blicken lasse.«

Aber Aafke war anderer Meinung. »Vorbereiten lässt sich ein Anschlag auch, indem die Grothes wissen, dass Sie sich im Haus und im Garten aufhalten.«

»Dann werden Sie es nicht verhindern können.«

»Versuchen werde ich es aber! Es wird ja auch immer gefährlicher. Die Insel ist so voll wie sonst nie. Wegen der Einweihung des Bahndamms! Und wo es voll ist, ist es auch unübersichtlich. Mit einem Mal haben Sie ein Messer im Rücken, und hinterher kann keiner sagen, wer's gewesen ist.«

»Und wenn schon!« Tessa ging ins Schlafzimmer und kehrte mit einer Medikamentenschachtel zurück. »Ich muss zu meiner Mutter. Sie ist schon seit Tagen ohne das Salvarsan.«

Aafke warf die Bürste zur Seite, mit der sie gerade den Spülstein bearbeitete. »Der Kurdirektor hat gesagt, Sie sollen nicht aus dem Haus gehen.«

Tessa antwortete ihr, indem sie ihre Schuhe anzog.

»Frau von Keller möchte auch nicht, dass Sie im Hotel erscheinen.«

»Aber das Klopfzeichen hat sie mir trotzdem verraten.«

Aafke trocknete sich die Hände ab. »Dann komme ich mit. Das ist das Mindeste.« Sie band sich die Schürze ab und warf sich ein Tuch über. »Wenn das der Kurdirektor erfährt!«

Während sie die Bismarckstraße hinabgingen, versuchte Tessa sich nicht anmerken zu lassen, dass sie genauso unruhig war wie Aafke. Sie blickte aufmerksam nach rechts und links, suchte in der Miene aller Entgegenkommenden nach einer Bedrohung und atmete jedes Mal auf, wenn die Gefahr vorüber war, die gar keine gewesen war. So sehr konzentrierte sie sich auf einen möglichen Angriff, dass ihr nicht auffiel, was sie unter anderen Umständen sofort bemerkt hätte. Erst als Aafke sie darauf hinwies, wurde es auch ihr klar. »Die Leute grüßen Sie nicht mehr, Fräulein Doktor! Niemand!«

Sie hatte recht! Geik Lorenzen, der Tierarzt, wechselte die Straßenseite und sah in den Himmel, ein Bademeister, den Tessa aus dem Warmbadehaus kannte, starrte ihr sogar dreist ins Gesicht, spuckte aus und ging wortlos weiter, ohne Tessas Gruß zu erwidern. Eine Nachbarin sah in den Himmel und ging grußlos vorüber.

Tessa sagte nichts dazu, aber Aafke machte aus ihrer Sorge keinen Hehl. »Was für ein Bullerballer! Man sollte ihm in den Moors treten, diesem Töffel!«

Tessa machte eine besänftigende Bewegung, doch Aafke schimpfte weiter. »Da stimmt was nicht! Da ist was gegen Sie im Gange, Fräulein Doktor!« Sie blieb stehen und hielt Tessa am Ärmel fest. »Besser, wir gehen wieder nach Hause.«

Tessa wollte jedoch nicht klein beigeben. »Meine Mutter braucht ihr Medikament.«

»Ich kann es ihr bringen. Später, wenn der Kurdirektor zurück ist und auf Sie aufpassen kann.«

Aber Tessa machte sich frei und schritt nun besonders zügig aus. »Ich bin kein Kind, auf das man aufpassen muss.«

Im Nu waren sie am Grand-Hotel angekommen. Tessa trat ein, ohne zu zögern, und wandte sich an einen Pagen, um zu erfahren, wo sich Frau von Keller befand.

»Auf der Terrasse, gnädige Frau!«

Tessa wandte sich an Aafke, die sich in der vornehmen, gedämpften Umgebung unwohl fühlte. »Keine Sorge, ich gehe nicht auf die Terrasse. Bleiben Sie hier. Ich husche schnell zu meiner Mutter ins Zimmer. Es wird nicht lange dauern.«

Aber als sie sich umwandte, um zur Treppe zu gehen, hatte sich ihr jemand in den Weg gestellt.

»Darf ich fragen, was Sie von meiner Frau wollen?« Alwin von Kellers Stimme war eiskalt, seine Miene ohne Freundlichkeit.

Tessa bemühte sich dennoch um Konzilianz. »Ich besuche einen kranken Hotelgast. Da dachte ich, ich frage bei dieser Gelegenheit Ihre Frau nach ihrem Befinden.«

»Danke, sie ist wohlauf. Mit Ihrer Gesprächstherapie kommen Sie bei ihr nicht weiter. Sollten Sie noch eine Rechnung schicken, werde ich sie nicht bezahlen.«

Tessas Haltung blieb unbeugsam. »Dass diese Gesprächstherapie Ihrer Frau geholfen hat, zählt nicht?«

»Die Luftveränderung hat ihr geholfen«, entgegnete Alwin von Keller. »Und wenn sie in Lübeck wieder unter ihrer Migräne leidet, werde ich ihr bestimmt keine Gesprächstherapie erlauben.«

»Wie Sie meinen.« Tessa bemühte sich, ihre Unruhe nicht merken zu lassen. Was sollte sie tun? Das Hotel wieder verlassen? Dann wusste Alwin von Keller, dass sie ihn belogen hatte und nicht hergekommen war, um einen Patienten zu besuchen. Aber jetzt noch in Marikas Zimmer gehen? Dann konnte ihre Mutter in große Gefahr geraten, falls von Keller ihr folgte.

Bevor sie eine Entscheidung getroffen hatte, fuhr er fort, und seine Stimme war noch kälter, noch klirrender: »Verlassen Sie dieses Haus sofort! Ich kann auch den Hoteldirektor rufen, aber wenn Sie Aufsehen vermeiden wollen, gehen Sie, bevor ich ihn verständige.«

»Warum sollte ich mich Ihrem Wunsch fügen?«, fragte Tessa, die sich nicht halb so sicher fühlte, wie sie sich gab.

»Weil Sie vielleicht nicht möchten, dass ich laut und deutlich über die Geschlechtskrankheit spreche, die in Ihrer Familie ausgebrochen ist? Es heißt, Ihre Mutter sei betroffen, aber es ist ja auch möglich, dass Sie diejenige sind, die in Berlin ein Lotterleben geführt hat.« Er maß sie mit einem Blick vom hohen Kragen bis zu ihren soliden Schnürschuhen. »Ich lasse mich nicht von Ihrer Verkleidung täuschen. Wahrscheinlich sind Sie beide vom Tripper befallen, Sie und Ihre Mutter. Wie konnten Sie es zulassen, dass Ihre Mutter ein Verhältnis mit dem Kurdirektor eingeht? War es Ihnen völlig egal, dass sie ihn mit dem Tripper ansteckt?«

Seine Stimme war lauter geworden, einige Hotelgäste steckten bereits die Köpfe zusammen und tuschelten.

»Das ist Rufmord«, warnte Tessa leise.

»Überlegen Sie sich, was Sie sagen.« Alwin von Keller verschränkte die Arme vor seiner Brust. »Ich rate Ihnen, sich nicht mit mir anzulegen.«

Tessa fühlte, dass Aafke ihren Ärmel berührte und verzweifelte Gesten machte, um sie zum Gehen aufzufordern. Sie hätte sich gern widersetzt, hätte Alwin von Keller mit Vergnügen ins Gesicht gelacht und ihm gezeigt, dass sie keine Angst vor ihm hatte … aber das wäre ihr nicht gelungen. Sie hatte Angst vor ihm, sie hatte Angst um ihre Mutter und große Angst, dass alles noch schlimmer wurde, wenn sie falsch reagierte. Womöglich stand ihre ganze berufliche Zukunft auf dem Spiel, die Alwin von Keller als Apotheker mit einem Schlage vernichten konnte.

Ohne ein weiteres Wort drehte sie sich um und ging zum Ausgang. Dass Babette von Keller in der Tür zur Terrasse erschien, nahm sie zwar zur Kenntnis, sie blickte sie aber nicht an. Hocherhobenen Hauptes verließ sie das Hotel, von Aafke mit winzigen, eiligen Schritten gefolgt.

»Das ist es also! Der Bürgermeister, dieser Kunkelpott, hat erzählt, was er bei der Hausdurchsuchung gefunden hat.«

Tessa antwortete nicht, veränderte ihren Schritt nicht und merkte, dass ihr Atem sich allmählich normalisierte. Als Doktor Mommsen ihr entgegentrat, war ihr die Erregung nicht mehr anzumerken.

Er lüftete den Hut und fragte: »Was höre ich da, Frau Kollegin? Sie behandeln den Tripper nicht mit Quecksilbersalbe?«

Er hatte laut gesprochen, so dass zwei Herren, die ihnen entgegenkamen, stockten und sich bedeutungsvolle Blicke zuwarfen.

»Es gibt inzwischen bessere Methoden«, entgegnete Tessa. »Quecksilber ist hochgiftig. Die Körperbehaarung und die Zähne können ausfallen, und wenn es ganz schlimm kommt, leitet es einen rapiden Verfall sämtlicher Körperfunktionen ein. Oder haben Sie noch nie von einer Quecksilbervergiftung gehört?«

»Vielleicht ist eine Gesprächstherapie besser?« Doktor Mommsen lachte, und Tessa merkte, dass in die Gesichter eines Paares, das an ihnen vorüberging, ein verächtliches Grinsen stieg.

»Sie sollten Ihre ärztliche Schweigepflicht nicht vergessen«, zischte Tessa ihm zu.

»Ich?« Doktor Mommsen zeigte auf seine eigene Brust. »Sie wollen mir vorwerfen, nicht verschwiegen zu sein? Über wen wird denn in ganz Westerland geredet? Etwa über meine Patienten? O nein, meine Liebe! Marika Melford ist Ihre Patientin, nicht meine. Wenn über sie und ihren Tripper geredet wird, kann die Information nur aus Ihrem eigenen Haus kommen.«

Tessas Antwort kam leise: »Sie wissen selbst, wie diese Information an die Öffentlichkeit gelangt ist.«

Doktor Mommsen tat so, als verstünde er sie nicht. »Ihre Mutter wird schon wissen, warum sie sich zurzeit nicht blicken lässt. Eine Frau mit einer Geschlechtskrankheit, die an einem Schokoladenstand arbeitet? Der Kurdirektor wird Ärger bekommen, weil er dazu die Genehmigung erteilt hat.«

»Lassen Sie Reimert Cruse aus dem Spiel.«

»Sie finden es in Ordnung, dass eine Frau, die an einer ansteckenden Krankheit leidet, mit Lebensmitteln hantiert?«

Tessa verzichtete auf eine Antwort und ging an Doktor Mommsen vorbei, ohne ihm einen Abschiedsgruß zu schenken.

»Schönen Tag noch, Frau Kollegin«, rief er ihr nach. »So viel Zeit muss sein! Aber wenn man bedenkt, was Sie für eine Kinderstube genossen haben …«

Den Rest hörte Tessa zum Glück nicht mehr. Doch sie konnte sich vorstellen, dass einige Badegäste auf Doktor Mommsens Rede aufmerksam geworden waren und ihn nun bedrängten, noch weitere Einzelheiten preiszugeben.

»Ich muss hier weg«, flüsterte sie, ohne zu wissen, ob Aafke sie hörte. »Sobald meine Mutter sich nicht mehr verstecken muss, verlasse ich Sylt. Hoffentlich macht Henry sein Versprechen wahr. Hoffentlich zieht sein Vater die Anzeige zurück …«

Lilli lag in seinen Armen und weinte. Henry drückte sie an sich, strich ihr immer wieder übers Haar, flüsterte ihr beruhigende Worte zu, benutzte alle Kosenamen aus ihrer Kindheit … und schob sie schließlich behutsam von sich weg, damit er ihr ins Gesicht sehen konnte. Ihre Wangen waren feucht, die Augen voller Tränen, die Haare standen ihr wirr vom Kopf ab.

Henry musste lächeln. »Wenn Vater dich so sähe …«

Diesen Einwand wischte Lilli mit einer ärgerlichen Geste beiseite. »Er wollte nicht glauben, dass du noch lebst.« Sie griff nach seiner Hand und drehte sich zum Grab ihrer Mutter. »Mama«, sagte sie leise, mit einem Schluchzen in der Kehle, das nah am Lachen war. »Er ist wieder da. Habe ich es dir nicht gesagt? Henry konnte nicht tot sein. Ich hab's gewusst.« Sie wandte sich ihm wieder zu, und nun sah sie endlich so glücklich aus, wie Henry es sich wünschte. »Du musst mir alles erzählen.«

»Du mir auch«, antwortete Henry. »Bei dir hat sich ja auch einiges getan.«

Sie nahmen sich bei der Hand und gingen auf den Hauptweg zurück. »Du zuerst«, sagte Lilli.

Henry wusste, dass sie etwas von dem Schiffsunglück hören wollte, davon, wie er sich gerettet hatte, warum er nicht eher nach Berlin zurückgekehrt war … aber eine Frage war für ihn viel drängender: »Wie hat Vater reagiert, als er glaubte, ich sei tot? War er traurig? Verzweifelt? Und wenn, dann vor allem deshalb, weil er seinen Nachfolger verlor? Oder hat er auch um seinen Sohn getrauert?«

Lilli zögerte. »Er ist so schwer zu durchschauen. Und er hält es für Schwäche, wenn ein Mann Gefühle zeigt.« Noch einmal zögerte sie, dann aber kam es mit fester Stimme heraus: »Ich glaube, dass er um dich getrauert hat.«

»Aber er hat nicht gezögert, mich zu ersetzen. Er hat alles, was mir gehört, aus dem Büro verbannt.«

»Weil Notker nicht das Gefühl haben sollte, er sei nur ein Lückenbüßer.«

»Und warum darf Notker sich um die Produktion von Schokoladenfiguren kümmern? Mich hat er einen Idioten genannt, als ich ihm mit dieser Idee kam.«

Lilli zuckte unglücklich die Schultern. »Ich weiß es nicht. Hast du ihn gefragt?«

Ja, das hatte Henry getan. Friedrich Gottorf war gerade aus seinem Büro gekommen, als Henry am Morgen das Vorzimmer betrat. Überrascht hatte er seinen Sohn angeblickt. »Schon wieder bei der Arbeit? Ich habe noch nicht mit dir gerechnet.«

»Du scheinst überhaupt nicht mehr mit mir gerechnet zu haben«, entgegnete Henry. »Du hast mich längst aus deinem Leben gestrichen. Notker hat meinen Platz eingenommen. Wenn du mich so schnell ersetzen musstest, warum dann nicht durch Lilli?«

»Du weißt, was ich von Frauen halte, die berufstätig sein wollen.« Friedrich Gottorf griff nach dem Arm seines Sohnes und zog ihn in sein Büro. Traute Berber sollte anscheinend von diesem Streit nichts mitbekommen. »Ich dachte, du bist tot«, fuhr er erst fort, als er die Tür hinter sich geschlossen hatte. »Wie konnte ich ahnen, dass du das schreckliche Unglück überlebt hast?«

Henry blieb aufrecht stehen, reagierte nicht auf die Geste seines Vaters, die ihn aufforderte, sich zu setzen. »Warum darf Notker sich um die Produktion von Schokoladenfiguren kümmern? Warum hast du mir diesen Wunsch immer wieder verwehrt?«

Die Antwort verblüffte Henry: »Du bist mein Sohn, Notker ist mein Neffe.«

»Es ging um die Firma. Ich bin davon überzeugt, dass solche Schokoladenfiguren ein gutes Geschäft sein können.«

»Ich bin es nicht«, antwortete sein Vater kurz und bündig.

»Trotzdem darf Notker sich darum kümmern.«

»Weil er einen Anreiz braucht«, fuhr Friedrich Gottorf auf, »damit ihm die Arbeit Spaß macht.«

»So was brauchte ich nicht?«

»Natürlich nicht! Dir gehört diese Arbeit! So, wie dir eines Tages die Fabrik gehören wird. Du bist für diese Arbeit geboren.«

»Was ist, wenn ich die Arbeit gar nicht mehr will? Und die Fabrik auch nicht?«

»Red keinen Unsinn! Du gehörst hierher!«

Henry zögerte. Seine Gedanken flogen zu Tessa. Er sah ihr Gesicht vor sich, fühlte ihre Wärme, ihren Körper, hörte ihre Stimme … Dies war vielleicht der Moment, seinen Vater zu zwingen. Entweder mit Tessa oder gar nicht! Wenn er der Nachfolger seines Vaters bleiben sollte, dann nur mit Tessa an seiner Seite! Aber …

Friedrich bemerkte das Zögern seines Sohnes. »Das mit Notker regel ich schon.«

Aber … wollte er noch ein Leben an Tessas Seite? Konnte er ihrer Liebe trauen? Und konnte er wirklich mit der Tochter der Frau glücklich werden, die ihm die Mutter genommen hatte?

»Notker hat ein gutes Examen gemacht. Er wird woanders eine Anstellung finden.«

Und dann … würde Tessa dieses Leben an seiner Seite wollen? Sie hatte ihren Beruf, für den er sie bewunderte. Sie würde Ärztin sein wollen, und er konnte sich nichts anderes für sie vorstellen. Die Rolle, zu der seine Mutter gezwungen worden war, würde Tessa nicht ausfüllen wollen.

»Nenn mir Lillis Adresse.«

»Lilli will nichts mehr mit der Familie zu tun haben.«

»Ich will trotzdem wissen, wo sie wohnt. Sie muss wissen, dass ich noch lebe.«

»Ich weiß nicht, wo sie wohnt. Sie kommt gelegentlich vorbei. Dann wird sie es erfahren. Wenn sie nicht vorbeikommt, geschieht es ihr recht, dass sie nichts davon weiß.«

Henry hatte sich noch nie erlaubt, seinen Vater anzubrüllen. »Verdammt, es geht nicht um dich, sondern um mich! Und um Lilli! Hör endlich auf, uns zu manipulieren.«

Empört war Friedrich aufgesprungen. »Wie redest du mit mir?«

»Wie jemand, der sich durchaus vorstellen kann, etwas anderes zu tun, als die Gottorf-Werke weiterzuführen.«

»Hast du bei diesem Schiffsunglück den Verstand verloren?«

Henry war dicht an den Schreibtisch seines Vaters herangetreten. Er betrachtete das strenge Gesicht, die Falten um die Augen, die keine Lachfalten waren, die Kerben, die seine Mundwinkel nach unten zogen, die steile Falte zwischen seinen Brauen, die Augen, die nie ein Gefühl widerspiegelten. Woher er den Mut nahm, konnte er später nicht erklären, aber tatsächlich sagte er: »Es gibt zwei Bedingungen, die erfüllt sein müssen, wenn ich dein Nachfolger bleiben soll.«

Friedrich Gottorfs Stimme war leise, aber schneidend. »Du willst mich erpressen?«

Henry überhörte seine Frage. Er spürte, dass die vertraute Angst wieder von ihm Besitz ergriff, deswegen redete er schnell weiter, ehe ihn der Mut verließ: »Du versprichst mir, dass Marika Melford rehabilitiert wird. Du ziehst die Anzeige gegen sie zurück.« Sein Vater antwortete nicht, und Henrys Angst verflüchtigte sich auf wundersame Weise. »Versprich es mir.« Er streckte seinem Vater die Hand hin.

Friedrich Gottorf fiel es schwer, aber nach kurzem Zögern schlug er ein. »Versprochen.«

Henry war zur Tür gegangen, aufrecht, mit geradem Rücken. »Und wenn ich Doktor Tessa Melford heiraten möchte, wirst du mich nicht daran hindern.«

Lilli blieb stehen und starrte ihren Bruder aus weit aufgerissenen Augen an. »Das hast du ihm gesagt?«

Henry nickte. »Allerdings … ob Tessa die Richtige für mich ist … ob sie das Leben an meiner Seite überhaupt will …« Er stockte und sah Lilli eindringlich an. »Marika Melford würde dann zu unserer Familie gehören. Könntest du damit leben?«

Friedrich Gottorf hatte sich mit dem Polizeipräsidenten im Romanischen Café am Kurfürstendamm getroffen. Es war im Weltkrieg entstanden und hatte sich mittlerweile zum Intellektuellen- und Künstlertreffpunkt gemausert. Im Romanischen Café verkehrten bekannte Künstler und jene, die es werden wollten und Kontakte suchten. Wer es bereits geschafft hatte, nahm Platz im sogenannten »Bassin für Schwimmer«, einem Gewölbe mit etwa zwanzig Tischen, alle anderen setzten sich ins »Bassin für Nichtschwimmer«, einem riesigen rechteckigen Raum mit über siebzig Tischen, einer Säule in der Mitte und großen Fenstern, die auf den Kurfürstendamm hinausführten.

Friedrich steuerte einen Tisch im »Bassin für Schwimmer« an, denn er gehörte selbstverständlich zu den Erfolgreichen der Stadt, wenn auch nicht zu den Künstlern, die hier besonders gern gesehen wurden. Er ließ sich mit Erwin Markmann in einer Ecke nieder, wo es ruhig war und niemand ihr Gespräch hören konnte. Die meisten Gäste saßen an diesem Tag an den Tischen vor dem Café, unter großen Sonnenschirmen, und betrachteten das Treiben auf der Straße.

Eine Kellnerin trat an ihren Tisch. »Herr Polizeipräsident? Herr Gottorf? Sie wünschen bitte?«

Beide Herren erkundigten sich nicht danach, woher ihre Namen bekannt waren, sie gehörten zu den Männern Berlins, die man kannte. Ohne die Kellnerin eines zweiten Blickes zu würdigen, bestellte Friedrich Gottorf eine Tasse Kaffee und Erwin Markmann einen Tee.

Die Kellnerin verschwand hinter einem Paravent, man hörte sie dort mit Geschirr klappern. Bis ihnen serviert wurde, sprach Friedrich Gottorf über das schöne Wetter, das hoffentlich noch lange anhalten würde, Erwin Markmann redete über den zunehmenden Autoverkehr, dann erst kamen sie auf persönliche Themen zu sprechen. Friedrich erwähnte den Bahndamm nach Sylt, den Hindenburg einweihen würde, und hielt nicht damit hinterm Berg, dass er eine persönliche Einladung vom Reichspräsidenten erhalten hatte. »Aber ich habe sie meinem Neffen überlassen. Es ist wichtig, dass Notker sich mit einflussreichen Leuten bekanntmacht, das gehört zum Geschäft.«

Der Polizeipräsident bestätigte seine Worte. Sein Blick folgte der rechten Hand Gottorfs, die auf die linke Seite seines Jacketts klopfte. Dort gab es eine Wölbung, die Erwin Markmann interessierte. Er brauchte nicht zu fragen, was sich dort befand, es war nicht das erste Mal, dass er mit dem Besitzer der Schokoladenfabrik etwas besprach und dann, nach der Einigung, ein dicker Briefumschlag den Besitzer wechselte.

Friedrich wartete, bis ihnen Kaffee und Tee serviert worden war, dann hielt er es für angezeigt, den persönlichen Worten überaus private folgen zu lassen. »Gestern ist mein Sohn nach Hause zurückgekehrt. Er ist wohlauf.«

Der Polizeipräsident sah ihn überrascht an. »Das ist ja wunderbar!« Umständlich gratulierte er ihm, darauf bedacht, nicht allzu persönlich zu werden, was Friedrich Gottorf nicht leiden konnte, und auf keinen Fall emotional, was der erfolgreiche Fabrikant noch weniger leiden konnte.

Die Glückwünsche des Polizeipräsidenten fielen zum Glück angemessen aus. Friedrich Gottorf war zufrieden, seine Freude über die Rückkehr seines Sohnes nicht schildern zu müssen. Es genügte, über Henrys Amnesie zu reden, womit erklärt war, warum er fälschlicherweise für tot gehalten worden war.

Er ließ Erwin Markmann keine Zeit für eine Antwort. »Stehen Sie im Kontakt mit Rasmus Dirks?«, fragte er. »Ist die Melford gefunden worden?«

Der Polizeipräsident hob bedauernd die Schultern. »Sie ist wie vom Erdboden verschluckt. Sie können also beruhigt sein, es wird auf Sylt keine Schokolade mehr verkauft, die so schmeckt wie die Gottorf-Schokolade.«

»Ich bin erst beruhigt, wenn diese Frau hinter Schloss und Riegel sitzt.« Friedrich zog ein Blatt hervor und legte es auf den Tisch. »Das ist das Rezept. Der Beweis, dass die Melford mich bestohlen hat.«

»Der Bürgermeister hat es bei der Hausdurchsuchung leider nicht gefunden.«

»Deswegen habe ich es mitgebracht.« In Friedrichs Stimme stieg Ungeduld. »Ich weiß mittlerweile, dass das Rezept nicht gestohlen wurde.«

Markmann riss die Augen auf. »Nicht?«

»Mein Sohn war es, der die Schokolade hergestellt hat, als er noch unter seiner Amnesie litt, die Melford hat die Schokolade nur verkauft.« Aus der Ungeduld in seiner Stimme wurde ein kleiner Stolz. »Henry hatte das Rezept im Kopf. Auch, als er vergessen hatte, wer er war. Ein echter Gottorf hat die Schokolade eben in sich.«

Markmann brauchte eine Weile, bis ihm die Konsequenz klarwurde. »Wenn wir die Melford wegen Diebstahls belangen wollen, muss ihr das Rezept untergeschoben werden.«

»Endlich kapieren Sie!«, seufzte Friedrich. »Und Sie sorgen dann dafür, dass der Bürgermeister die Hausdurchsuchung wiederholt.«

»Kein Problem.« Markmann starrte immer noch das Blatt an, das auf dem Tisch lag. »Aber wie sollen wir ihr das Rezept unterschieben?«

»Darum kümmere ich mich selbst.« Friedrich klopfte erneut auf die Innentasche seiner Jacke, diesmal war sogar zu hören, dass der Umschlag, der sich darunter befand, sehr dick war. »Ich habe den Betrag verdoppelt, mein lieber Markmann, damit mein Sohn in Kürze erfährt, dass ich die Anzeige gegen Marika Melford zurückgezogen habe.«

Erwin Markmann hatte Schwierigkeiten mitzukommen. »Warum denn das?«

»Henry will es so«, antwortete Friedrich knapp. »Und ich musste ihm versprechen, dafür zu sorgen. Aber das kommt natürlich nicht infrage. Mein Plan ist wichtiger als zuvor. Es haben sich noch weitere Aspekte ergeben.« Er blickte in das ratlose Gesicht des Polizeipräsidenten und sah sich gezwungen, den sachlichen ein paar persönliche Gründe anzufügen, was er sehr ungern tat. »Ich muss befürchten, dass mein Sohn die Tochter dieser Frau heiraten will.«

Erwin Markmann war drauf und dran, ihn auszulachen. Er beherrschte sich nur mit Mühe. »Die Tochter ist eine von diesen Weibern, die die Universität gestürmt haben. Eine Ärztin, eine Frau mit einem Doktortitel! So eine will Ihr Sohn heiraten?«

»Die Empörung ist ganz auf meiner Seite«, erwiderte Friedrich. »Und ich bin erfreut, dass Sie erkannt haben, wie wichtig es ist, nicht nur die Mutter ins Gefängnis zu bringen, sondern die Tochter gleich mit.« Er sah das Erschrecken, das in das Gesicht des Polizeipräsidenten stieg. »Keine Sorge, auch darum kümmere ich mich selbst.«

»Wie wollen Sie das tun?«

»Noch weiß ich es nicht. Aber mir wird schon etwas einfallen. Ich bin mit einem Apotheker in Lübeck gut bekannt. Er braucht mir nur eine größere Menge Kokain zu besorgen, die ich in die Praxis der Kurärztin schmuggeln lasse.«

Der Polizeipräsident war auf Anhieb nicht überzeugt. »Dazu ist dieser Apotheker bereit?«

»Ich habe was gut bei ihm. Mit einem Apotheker sollte man sich gutstellen. Einer meiner Geschäftsgrundsätze.«

Der Polizeipräsident lachte meckernd, weil er sah, dass es von ihm erwartet wurde. Und seine Augen nahmen einen Ausdruck der Bewunderung an, weil auch das offensichtlich von ihm erwartet wurde, während Friedrich Gottorf fortfuhr: »Wenn er die Kunden und Lieferanten seiner Apotheken in der Adventszeit mit Schokolade beschenkt, hat er sie bisher immer kostenlos von mir bekommen. Diese kleine Investition wird sich nun auszahlen.« Friedrich hob beschwichtigend die Hände. »Sie sollen nichts tun, was Ihnen Schwierigkeiten mit Ihrem Amt einbringen könnte, mein lieber Markmann. Sie müssen nur den Kontakt zu dem Bürgermeister für mich herstellen.«

»Kein Problem«, bestätigte Markmann eilfertig. »Dem ist die Kurärztin längst ein Dorn im Auge. Ein Verwandter wollte eigentlich den Posten haben, aber auf Sylt gibt es einen sehr starken Kurdirektor. Der hat die Einstellung eines weiblichen Kurarztes durchgesetzt.« Seine Stimme wurde leise, er beugte sich zu Friedrich Gottorf. »Die Melford ist übrigens schon nach wenigen Tagen in sein Bett gestiegen. Und der Bürgermeister hat, als er das Haus der Kurärztin durchsuchte, ein Medikament gegen Geschlechtskrankheiten gefunden. Vielleicht lässt sich das irgendwie gegen die beiden Damen verwenden?«

Gottorf sah nun sehr zufrieden aus. »Ich werde für ein paar Tage auf Geschäftsreise gehen. Wenn ich zurückkomme, hat sich die Sache hoffentlich geklärt.«

Nun tat er endlich das, worauf der Polizeipräsident seit Beginn der Unterhaltung wartete. Er zog den dicken Umschlag aus seiner Jackentasche und schob ihn Markmann entgegen. »Die erste Hälfte«, sagte er leise. »Die zweite folgt, wenn wir die beiden Melfords los sind.«

Er rief nach der Kellnerin, die so schnell neben seinem Tisch erschien, dass er sich fragte, wo sie sich in den letzten Minuten aufgehalten hatte.

XV.

Westerland erblühte in seiner Bedeutung. Sämtliche Masten und Pfähle waren umkränzt, auch über den Straßen hingen Girlanden. Das große Ereignis, die Einweihung des Bahndamms, der noch keinen Namen hatte, stand unmittelbar bevor. Die Sylterinnen hatten ihre Trachten hervorgeholt, die schwarzen Anzüge ihrer Männer gebürstet und den Zylinder vom Schrank genommen, wo er nach jeder Hochzeit und Beerdigung landete, weil er dort am wenigsten Platz wegnahm. Die Mütter die kleinen Mädchen sorgten für helle Kleider und weiße Strümpfe und flochten Blumenkränze, die den Kleinen aufs Haar gesetzt werden sollten, während die Jungen schon jetzt ermahnt wurden, auf ihre Matrosenanzüge achtzugeben.

Reimert Cruse betrachtete das Bahnhofsgebäude, vor dem gefegt und geschrubbt wurde, und blickte ein paar Syltern in glänzenden Rüstungen hinterher, die sich auf den Festzug vorbereiteten, der vor dem Rathaus vorbeiziehen sollte, unter den Augen Paul von Hindenburgs. Auch andere hatten sich in mittelalterlicher Kostümierung zum Rathaus aufgemacht, um dort für die Parade zu üben.

Viele Gäste, die dem denkwürdigen Ereignis beiwohnen wollten, waren schon auf der Insel, alle anderen trafen nun ein, in dem Bewusstsein, zum letzten Mal den umständlichen Weg über Hoyer-Schleuse nehmen zu müssen, das nun zu Dänemark gehörte, und dort in einen Dampfer umzusteigen, der sie nach Munkmarsch brachte. Die Reise dauerte gut acht Stunden und war außerdem von den Gezeiten abhängig, jetzt aber würde sich alles ändern. Der Kurdirektor war sicher, dass von nun an der Strom der Feriengäste immer dichter werden und bald unaufhaltsam sein würde. Aber trotz der Erwartung fühlte er sich nicht wohl. Er wurde von den Syltern geschnitten. Dass Marika Melford ihn mit dem Tripper angesteckt hatte, schien für jeden eine bewiesene Tatsache zu sein. Von seinen Beschwerden, die nach wie vor stark waren, ganz zu schweigen. Aafke tat zwar ihr Bestes, sämtliche Mutmaßungen zu dementieren, aber glauben wollte ihr niemand. Reimert war, genau wie Tessa, zu einem Aussätzigen geworden. Hätte er sich nicht vor vielen

Jahren geschworen, Marika für den Rest seines Lebens dankbar zu sein, hätte der Hass ihn längst verbrannt.

»Alles zu Ihrer Zufriedenheit?« Der Bürgermeister war von hinten herangetreten, ohne dass Reimert es bemerkt hatte.

»Wir sind gut in der Zeit«, gab er zur Antwort. »Hoffentlich hält das Wetter.«

Der Bürgermeister wechselte das Thema so rasant, dass Reimert sich regelrecht erschrak. »Sie wissen immer noch nicht, wo die Mutter der Kurärztin sich aufhält?«

Reimert feuerte zurück: »Und Sie haben vermutlich keine Ahnung, warum mein Name neuerdings in Verbindung mit einer Geschlechtskrankheit genannt wird?«

Rasmus Dirks gab sich überrascht. »Sie auch? Ich dachte, nur die Melford ...« Er schlug sich vor die Stirn, als wäre ihm gerade erst ein Gedanke gekommen. »Natürlich! Sie und die Melford haben ja ... Tja, da liegt so ein Gedanke nahe.«

Reimert trat einen Schritt an ihn heran. »Ich warne Sie! Wer es wagt, mich zu denunzieren, wird das bereuen. Ich zeige jeden an, der Gerüchte über mich verbreitet.«

»Hoppla, Herr Kurdirektor! Sie wollen mit Kanonen auf Spatzen schießen? Da könnte man ja meinen, Sie hätten ein schlechtes Gewissen.«

»Vorsicht, Herr Bürgermeister! Noch ein Wort, und ich vergesse mich.«

Rasmus Dirks nickte bekümmert. »Ja, so war Ihr Vater auch!« Er warf einen bedeutungsvollen Blick zu Reimerts Händen, die sich in einem unheilvollen Rhythmus ballten und öffneten. »Der konnte auch nur mit den Fäusten argumentieren.« Er lächelte, als er sah, dass Reimert seine Hände in die Hosentaschen steckte. »Ich hoffe, Sie können sich besser beherrschen. Ihr Ruf hat bereits schwer gelitten, seit das Fräulein Doktor auf der Insel ist.« Er lachte Reimert ins Gesicht. »Jetzt noch eine Schlägerei mit dem Bürgermeister ... dann können Sie einpacken.«

Reimert sah ihm aus zusammengekniffenen Augen nach und zog vorsichtig die Fäuste aus den Hosentaschen. In einem Punkt hatte

Rasmus Dirks recht: Er durfte sich nicht gehen lassen. Er war nicht so wie sein Vater! Er nicht!

Reimert kehrte dem Bahnhof den Rücken und schlug den Weg zum Rathaus ein, wo er kontrollieren wollte, ob die Vorbereitungen auf die Parade ungestört liefen. Eins der Eisboote, das früher im Winter ein gängiges Verkehrsmittel zwischen dem Festland und Sylt gewesen war, wurde vor ihm hergeschoben. Es sollte dem Reichspräsidenten vorgeführt werden, genau wie das Spülrohr, das soeben auf einem Pferdewagen Richtung Rathaus transportiert wurde, als symbolisches Hilfsmittel des Dammbaus. Acht weitere Männer trugen den Nachbau eines alten Wikingerschiffes vor ihm her. Der Festzug zu Ehren Hindenburgs würde vor allem eine Präsentation der Vergangenheit und ihrer Bewältigung sein.

Er sah Fokko schon von weitem, ließ sich aber nicht anmerken, dass er ihn erkannt hatte. Doch die Hoffnung, einem Gespräch mit Mettas Bruder zu entgehen, erfüllte sich nicht.

Fokko hielt sich nicht lange mit Vorreden auf. Nach einem kurzen Gruß kam er gleich zur Sache. »Man hat mir gesagt, du hast ein gutes Wort für mich eingelegt.«

Reimert atmete auf, ohne es Fokko merken zu lassen. »So war die Verabredung.«

Fokko schien plötzlich keine Angst mehr vor einer Ansteckung zu haben. Er trat dicht an Reimert heran. »Ich halte meinen Teil ebenfalls ein. Von mir erfährt keiner …«

»Ich habe nichts anderes erwartet.«

»Wenn allerdings Laurids selbst darüber redet, dann kannst du das mir nicht anlasten.«

Reimert spürte, dass ihn eine Vorahnung durchzuckte. Was wollte Fokko damit sagen?

»Ich habe gerade gehört«, raunte Fokko, »dass Laurids auf dem Dampfer war, der heute Morgen in Munkmarsch angelegt hat. Jemand will ihn erkannt haben.«

Nun schaffte Reimert es nicht mehr, seine Erregung zu verbergen. »Ist das sicher?«

Fokko zuckte die Schultern. »Ich selber habe ihn nicht gesehen. Und es ist verdammt lange her, dass er das letzte Mal auf Sylt war. Vermutlich hat er sich verändert. Kann also ein Irrtum sein …«

Es war Lillis Idee gewesen, ins Romanische Café am Kurfürstendamm zu gehen. Draußen, unter den Sonnenschirmen, war es Henry jedoch zu voll. »Da kann uns ja jeder zuhören.«

Also betraten sie das kühle Innere des Cafés und sahen sich in dem großen »Bassin für Nichtschwimmer« nach einem geeigneten Tisch um. Das »Bassin für Schwimmer« kam für sie nicht infrage. »Nicht einmal für dich als Erbe der Gottorf-Werke«, meinte Lilli. »Ich möchte nicht riskieren, da rausgeworfen zu werden.«

Aber kaum hatten sie sich an einem der Tische niedergelassen, trat eine Kellnerin auf sie zu und wies auf den Eingang, der von einem Pagen bewacht wurde. »Wollen Sie nicht dort Platz nehmen?«, fragte sie.

Henry und Lilli sahen sie unsicher an. »Sie meinen … wir dürfen …?«

»Ich irre mich doch nicht?«, gab sie zurück. »Sie sind doch die Kinder von Edith Gottorf?«

Nachdem beide genickt hatten, gab die Kellnerin dem Pagen einen Wink, der prompt zur Seite trat und den Raum freigab, in dem ein paar Journalisten sich die Köpfe heiß redeten und ein Literat sich über sein aktuelles Manuskript beugte.

»Ich heiße Brigitte«, erklärte die Kellnerin und fragte nach ihren Wünschen.

Lilli sah ihr nachdenklich hinterher. »Woher kennt sie uns?«

Henry winkte ab. »Sie kennt nicht uns, sondern unseren Vater. Wetten?«

»Aber sie hat Mamas Namen genannt.«

Brigitte servierte ihnen Tee und Apfelkuchen und hielt sich von da an in ihrer Nähe auf. »Wenn Sie noch Wünsche haben …«

Lilli griff nach Henrys Hand. »Ich bin so froh, dass du dieses schreckliche Unglück überstanden hast.«

Auf dem Weg vom Friedhof zum Kurfürstendamm hatte er ihr alles erzählt, was ihm widerfahren war, und seine kleine Schwester ausgiebig dafür bewundert, dass sie es geschafft hatte, sich von ihrem Vater zu befreien. Dass ihr der Kurs, den sie besuchte, sogar Spaß machte, wunderte ihn nicht. »Du hast immer schon ein gutes Gespür fürs Geschäft, für alles Kaufmännische gehabt.«

Lilli lachte verächtlich. »Das gibt sogar unser Vater zu. Aber ich bin ja leider nur eine Frau ...« Sie schüttelte ihre Enttäuschung ab und beugte sich interessiert vor. »Erzähl mir mehr von Tessa.«

Henry lächelte. »Ich habe dir schon alles verraten.«

»Ich möchte sie kennenlernen. Dann kann ich dir sagen, ob du sie heiraten sollst oder nicht.«

»Könntest du es ertragen, dass ihre Mutter ...«

Lilli unterbrach ihn. »Tessa hat damit nichts zu tun.«

»Aber Tessa und ihre Mutter gehören zusammen. Wenn ich Tessa liebe, darf ich ihre Mutter nicht ablehnen. Und du auch nicht!«

Lilli wurde nachdenklich, schien sich ihrer eigenen emotionalen Stärke nicht ganz sicher zu sein. »Erst mal musst du für Gerechtigkeit sorgen«, stellte sie dann fest. »Danach sehen wir weiter.«

Henry nickte. »Vater hat es mir versprochen. Er wird dafür sorgen, dass Marika Melford rehabilitiert wird. Dann kann sie aus ihrem Versteck heraus. Vielleicht wird dann alles gut.«

»Hoffst du wirklich, dass er mit Doktor Tessa Melford als Schwiegertochter einverstanden sein wird?«

Henry hätte gerne genickt, aber dazu fehlte ihm die Zuversicht. »Ich habe es zur Bedingung gemacht. Sollte er nicht zustimmen, bleibt es dabei, dass Notker sein Nachfolger wird.«

»Und du? Womit willst du dein Geld verdienen?«

Henry lächelte sie zärtlich an. »Ich mache es einfach so wie du. Ich suche mir eine Arbeit.«

Sie waren beide überrascht, als die Kellnerin zu ihnen trat, obwohl sie weder gegessen noch getrunken hatten. »Darf ich mich zu Ihnen setzen?«, fragte sie. »Ich glaube, es gibt etwas, was Sie wissen sollten.«

Henry war drauf und dran, dieses Ansinnen abzulehnen und die Kellnerin in ihre Schranken zu weisen, aber Lilli verhinderte es. »Sie wissen etwas. Woher kennen Sie uns?«

»Ich habe früher im ›Top-Keller‹ gearbeitet«, erklärte die Kellnerin. »Dort hat Ihre Mutter häufig verkehrt. Zusammen mit Marika Melford.«

Nun war auch Henry damit einverstanden, dass Brigitte sich zu ihnen setzte. »Was wissen Sie?«

Brigitte sah die beiden nicht an, während sie antwortete: »Ihr Vater war heute auch schon da. Zusammen mit dem Polizeipräsidenten.« Sie warf Lilli und Henry einen scheuen Blick zu. »Ich habe gelauscht. Ich weiß, dass Ihr Vater hinter Marika her ist. Sie sollte schon einmal verhaftet werden, hier in Berlin. Das konnte ich zum Glück in letzter Minute verhindern. Sie hat bei mir gewohnt, bis sie sich nach Sylt absetzen konnte. Ihr Vater will sich an ihr rächen. Und das hat nichts damit zu tun, dass sie auf Sylt Schokolade verkauft hat.«

Henry wurde ungeduldig. »Er glaubt, dass Marika Melford seine Ehe zerstört hat. Aber er konnte nicht wissen, warum sie auf Sylt Schokolade verkaufte, die nach unserem Rezept hergestellt worden war.«

»Mag sein«, entgegnete Brigitte. »Aber das Versprechen, das er Ihnen gegeben hat, wird er nicht einlösen. Ich habe es selbst gehört. Er hat über den Polizeipräsidenten Kontakt zum Sylter Bürgermeister aufgenommen. Marika Melford soll verhaftet werden, sobald sie sich wieder auf die Straße traut.«

»Das kann nicht sein!«, rief Henry. »Es ist erwiesen, dass sie das Rezept nicht gestohlen hat.«

»Ihr Vater wird trotzdem Anklage erheben«, antwortete Brigitte. »Ich weiß es. Und er wird dafür sorgen, dass man auch Doktor Tessa Melford verhaftet. Ich weiß nicht genau, was er plant, aber er lässt es sich einiges kosten, damit er Mutter und Tochter ein für alle Mal loswird. Ihr Vater hat das Geld und die Macht dazu, das wissen Sie. Er bekommt, was er will.«

Tessa riss ein Blatt des Wandkalenders ab, den Aafke in der Küche aufgehängt hatte. 1.6.1927 – der große Tag war da! Bald würden täglich fünf Züge über den neuen Bahndamm fahren und immer mehr Feriengäste auf die Insel bringen. An diesem Tag würden die letzten über

Hoyer-Schleuse und Munkmarsch auf Sylt eintreffen, diejenigen, die es gerade noch geschafft hatten, vor den großen Feierlichkeiten anzukommen. Eine auserlesene Gruppe – bekannte Geschäftsleute, Politiker, Künstler – würde mit dem Reichspräsidenten zusammen in dem ersten offiziellen Zug über den Bahndamm reisen. Leiterwagen würden am Bahnhof Westerland bereitstehen, blitzsauber und mit Girlanden geschmückt, um all diejenigen Richtung Morsum zu fahren, die dabei sein wollten, wenn der Zug am ersten Bahnhof der Insel anhielt. In Morsum würde Reichspräsident Hindenburg zum ersten Mal aussteigen und sich feiern lassen.

»Eigentlich sollte es heute mit dem Schokoladenverkauf so richtig losgehen«, brummte Aafke.

Tessa seufzte. Auch sie hatte gerade an ihre Mutter gedacht. »Ich hatte fest damit gerechnet, dass Mama bei den Feierlichkeiten dabei sein kann. Stattdessen sitzt sie immer noch in dem Hotelzimmer und wartet.«

»Es hätte schlimmer kommen können«, meinte Aafke. »Im Grand-Hotel wartet es sich leichter als in einem Heuschober.« Resolut wischte sie die Krümel vom Tisch, dann faltete sie das Spültuch sorgfältig zusammen. »Ich gehe gleich zu ihr und bringe ihr das Medikament.«

Tessa sah sie zweifelnd an. »Sie trauen sich allein ins Grand-Hotel?«

Aafke winkte verächtlich ab und machte sich damit mehr Mut, als sie wirklich aufbrachte. »Da summt es heute vermutlich wie in einem Bienenstock. Niemand wird auf mich achten.«

Reimert betrat die Küche. Noch hatte er seine Alltagskleidung an, eine derbe Hose, die er wie immer in die Stiefel gesteckt hatte, darüber die olivfarbene Jacke, die er am liebsten trug. »Ich habe den Wagen angespannt«, sagte er zu Aafke. »Sie möchten sicherlich nach Morsum? Dort wird mehr los sein als in Westerland, wo die Honoratioren stehen und bestenfalls kurz ihre Hüte lüften. Hinter Morsum werden die Musiker aufgestellt, der Kinderchor auch. Wenn die ersten Räder des Zuges auf die Insel rollen, wird der Reichspräsident einen kurzen Stopp einlegen. In Morsum wird richtig was los sein!«

»Sie gehören zu den Honoratioren«, erinnerte ihn Aafke. »Sie müssen neben dem Bürgermeister stehen!«

Reimert grinste. »Das habe ich schon geregelt. Der Kurdirektor wird den Reichspräsidenten auf den ersten Metern der Insel begrüßen. Rasmus Dirks ist froh, dass ich das übernehme. Er möchte lieber am Bahnhof Westerland auf ihn warten.« Er setzte sich zu Tessa an den Tisch, seine Hände fuhren nervös über die Decke, sein linker Fuß wippte.

Tessa beobachtete ihn besorgt. »Hast du Angst, dass was schiefgeht?«

Reimert blickte aus dem Fenster. »Das Wetter könnte uns einen Strich durch die Rechnung machen. Es sieht nach Regen aus.«

»Das ist alles?«

Reimert ließ die Frage verklingen, ohne etwas zu entgegnen. Als er glaubte, dass Tessa auf eine Antwort nicht mehr wartete, fragte er: »Henry Gottorf hat noch nichts von sich hören lassen?«

Tessa nickte bedrückt. »Er weiß, dass ich in der Praxis ein Telefon habe. Aber ich bin seit Tagen nicht mehr dort gewesen.«

»Aus Sicherheitsgründen«, bestätigte Reimert. »Aber er hätte auch im Rathaus anrufen können. Er weiß, dass er mich telefonisch erreichen kann.« Er zog eine kleine Grimasse. »Jedenfalls dann, wenn das Telefon funktioniert, was leider nicht immer der Fall ist.« Er räusperte sich umständlich, ehe er fortfuhr: »Es wäre gut, endlich zu wissen, dass Friedrich Gottorf die Anzeige gegen deine Mutter zurückgezogen hat.«

»So lange muss Mama noch da bleiben, wo sie ist.«

»Und die Feriengäste werden vergeblich nach den Schokoladenlokomotiven fragen.«

Reimert sah Tessa nachdenklich an. »Was ist, wenn Friedrich Gottorf sich weigert, Marika zu rehabilitieren?«

Tessa schüttelte heftig den Kopf. »Das wird Henry nicht zulassen.«

»Hoffentlich hast du recht«, sagte Reimert so leise, dass Tessas Sorge anstieg.

Sie betrachtete seine zuckenden Mundwinkel, den abwesenden Blick, der etwas anderes zu sehen schien als diese Küche, seine Haushälterin und die Kurärztin. War das wirklich nur das Lampenfieber eines Mannes, der dafür zu sorgen hatte, dass der Reichspräsident angemessen empfangen wurde?

»Ich werde übrigens heute nicht im Haus bleiben«, verkündete sie mit leiser Stimme. »Ich will sehen, wie der Zug ankommt. Ich fahre mit dir nach Morsum.«

Reimert sah sie erschrocken an. »Das ist zu gefährlich.«

Aber Tessa war entschlossen, sich nicht zurückhalten zu lassen. »Die Grothes haben bis jetzt nicht zugeschlagen, sie werden es auch heute nicht tun. Überall ist viel los, es würde Hunderte von Zeugen geben. Das werden sie nicht riskieren.«

»Denen traue ich alles zu«, meinte Reimert.

Aafke unterstützte ihn heftig in dieser Ansicht. »Die Grothes sind allesamt Bölker, Krawallmacher! Und der Jüngste ist ein Töffel. Der wird von seinen Brüdern gerne vorgeschickt. Dem kann man nämlich nichts anhaben. Der ist nicht … wie nennt man das, Herr Kurdirektor?«

»Nicht strafmündig«, erklärte Reimert, und seine Miene wurde noch besorgter. »Aafke hat recht. Hennes wird niemals ins Gefängnis kommen, schlimmstenfalls in eine Anstalt auf dem Festland. Aber dort wird er wohl sowieso irgendwann landen.«

Tessa wollte sich diese Gedanken nicht machen. »Wenn ich zu Hause bleibe, werde ich so allein sein wie sonst kein einziger Sylter. Alle sind am Bahnhof, in Morsum oder irgendwo an der Bahnstrecke. Wenn die Grothes merken, dass ich allein zu Hause bin, haben sie erst recht leichtes Spiel. Wie soll ich mich gegen diese kräftigen Kerle wehren? Eine verschlossene Tür ist für die kein Hindernis.«

Reimert musste zugeben, dass sie recht hatte. Erwartungsvoll sah er Aafke an, aber Tessa ließ nicht zu, dass er die Frage stellte, die ihm auf den Lippen lag. »Erstens kommt es nicht infrage, dass Aafke auf das große Fest verzichtet, und außerdem können zwei Frauen gegen drei kräftige Kerle genauso wenig ausrichten wie eine Frau allein.«

Reimert wand sich, sah aber schließlich ein, dass sie auch hier recht hatte. »Ich werde dich nicht aus den Augen lassen.«

Sie lehnte sich zurück und verschränkte zufrieden die Arme vor der Brust. »Außerdem käme es einem Geständnis gleich, wenn ich mich heute im Haus verstecke. Ich habe nichts getan, wofür ich mich schämen muss!«

Als sich der Zug in Husum wieder in Bewegung setzte, öffnete Henry das Fenster und blickte voraus, ohne sich von den Rauchschwaden, die die Lokomotive ausstieß, stören zu lassen. Auch das auffällige Husten in seinem Rücken ignorierte er. Jedenfalls so lange, bis die Dame, die damit ihren Unmut bekundete, deutlicher wurde und kategorisch verlangte, dass das Fenster geschlossen wurde. »Wollen Sie mich vergiften, junger Mann?«

Bis zu diesem Zeitpunkt war sie sehr an seiner Bekanntschaft interessiert gewesen, weil ihr aufgegangen war, dass er zu denen gehörte, die in Klanxbüll in den Zug des Reichspräsidenten umsteigen würden. Nur wenigen war das vergönnt, das war auch dieser Dame bekannt. Wer eine persönliche Einladung vorweisen konnte, musste zu den wichtigsten Leuten des Landes gehören. Vergeblich hatte sie, nachdem sie in Hamburg zugestiegen war, herauszufinden versucht, welchen Namen Henry trug und welche besonderen Umstände ihn zu einem Auserwählten Paul von Hindenburgs gemacht hatten. Aber Henry hatte geschwiegen und sich damit noch interessanter gemacht. Dennoch wurde ihm nicht das Recht zugebilligt, den Qualm der Lokomotive ins Abteil eindringen zu lassen.

»Wer aus guter Familie stammt, sollte gelernt haben, einer Dame so etwas nicht zuzumuten.«

Henry entschuldigte sich artig, schloss das Fenster und übte sich erneut in Schweigen. Seine Gedanken waren bei Tessa, er stellte sich ihr Lachen vor, wenn sie ihn erkannte, das Glück in ihren Augen, wenn …

Das war der Augenblick, in dem seine Vorstellung bereits verschwamm. Konnte er den schriftlich vorbereiteten Heiratsantrag wirklich wiederholen? Was würde aus ihrem Glück werden, wenn sie erfuhr, dass sein Vater ihn betrog, dass er sein Versprechen nicht einhalten wollte? Dass nicht nur ihre Mutter in Gefahr war, sondern auch sie selbst? Dass Friedrich Gottorf ein Mann war, der über Leichen ging?

Henry vermutete, dass sein Vater aus gutem Grunde zu einer Geschäftsreise aufgebrochen war, ohne sich von ihm zu verabschieden. Als er aus dem Romanischen Café zurückgekehrt war, hatte er ihn nicht mehr im Büro angetroffen.

Traute Berber hatte ihn vorwurfsvoll angesehen. »Ihr Vater wusste nicht, wo Sie sich aufhielten.«

Friedrich Gottorf hatte weder seiner Sekretärin noch seinem Neffen verraten, wohin seine Geschäftsreise ging. Notker hatte ratlos ausgesehen. »Eigentlich merkwürdig. Ich weiß, wie wichtig es ihm ist, dass immer einer von der Geschäftsleitung im Haus ist. Nun fährt er einfach weg, ohne zu sagen, wohin, obwohl er weiß, dass ich die Einladung vom Reichspräsidenten habe …«

Er hatte sie nicht mehr lange. Sie stand noch immer an ihrem exponierten Platz, und Notker schluckte nur, als Henry sie an sich nahm. Dann rang er seine Enttäuschung hinunter und sah seinen Cousin so traurig und gleichzeitig so herzzerreißend sanftmütig an, dass Henry drauf und dran war, ihm die Einladung zurückzugeben.

Aber Notker lehnte schon ab, ehe Henry seinem Schuldgefühl nachgeben konnte. »Die Einladung steht dir zu. Wenn dein Vater gewusst hätte, dass du lebst, hätte er dir die Einladung überlassen.«

Mittlerweile hatte Henry sein schlechtes Gewissen längst überwunden. Was er tat, geschah für Tessas Sicherheit. Er wusste nicht, was sein Vater plante, aber er würde Tessa nur helfen können, wenn er in ihrer Nähe war. Ihr und auch ihrer Mutter. Friedrich Gottorf hatte vermutlich längst seine Helfershelfer auf der Insel. Der Bürgermeister war bestochen worden, der wiederum würde Leute kennen, die für ihn die Drecksarbeit machten. Wenn er nur wüsste, was sein Vater plante! Aber was immer er im Schilde führte, Henry würde es vereiteln! Er würde dafür sorgen, dass Tessa nichts geschah.

Mit einem Lächeln lehnte er sich zurück und schloss die Augen. Was für ein wunderbares Gefühl! Er genoss es zum ersten Mal! Noch nie hatte er die Kraft in sich gespürt, das Richtige zu tun, auch wenn es den Wünschen seines Vaters zuwiderlief.

Marika steckte ihre Nase in die Gardine und sah Aafke nach, die mit resoluten Schritten davonging. Dass ausgerechnet die Haushälterin, die von Anfang an nur Verachtung für sie übriggehabt hatte, ihr nun half, erfüllte sie mit einem Glück, das ganz neu war. Das Glück, das Tessas

Namen trug, war ihr vertraut, dieses Glück jedoch war fremd. Jemand, der mit ihrer Art zu leben nicht einverstanden war, hatte sich dennoch bereiterklärt, ihr zu helfen. Nicht einmal die Einschränkung, dass sie diese Hilfe vor allem Tessa verdankte, machte dieses Glück kleiner.

Auch Babette von Kellers Hilfe verdankte sie Tessa. Diese Hilfe jedoch, die anfänglich ebenfalls ein großes Glück gewesen war, wurde mehr und mehr zur Belastung. Babette wollte nicht glauben, dass ihr Mann ihr auf der Spur war. Dass jemand an der Tür gerüttelt und versuchte hatte, in Marikas Zimmer einzudringen, konnte nach ihrer Ansicht nur auf einem Versehen beruhen. »Ein Zimmermädchen, das sich in der Tür geirrt hat!«

Marika machte sich große Sorgen, nicht nur um sich selbst, auch um Babette. Was würde geschehen, wenn Alwin von Keller hinter das Geheimnis seiner Frau kam? Wie würde er reagieren? Würde er Verständnis für die Hilfsbereitschaft seiner Frau haben? Marika konnte ja selbst nicht verstehen, dass Babettes Dankbarkeit so weit führte, dass sie dieses Risiko einging. Wenn sie ganz ehrlich war – und in diesem Augenblick war sie es –, hatte sie schon oft die Frage bedrängt, ob es in Babettes Motivation etwas gab, von dem sie nichts wusste.

Sie wollte sich gerade vom Fenster abwenden, da sah sie ihn: einen Mann, der einem Pagen folgte. Dieser trug einen schweren Koffer zum Eingang des Grand-Hotels, der Mann, den Marika nur zweimal in Berlin gesehen hatte, folgte ihm.

Trotz der Entfernung erkannte sie ihn sofort. Sie hatte seinen stolzen Gang bewundert, als sie ihn zum ersten Mal sah, hatte ihn attraktiv gefunden, obwohl sie es nicht wollte, hatte sogar Zweifel empfunden, weil sie seine aufrechte Haltung, die so viel Geradlinigkeit ausdrückte, nicht mit der Gefühllosigkeit in Einklang bringen konnte, von der Edith ihr erzählt hatte. Aber später hatte sie ihn einmal zufällig aus der Nähe gesehen, in einem Kaffeehaus, in dem er mit einem Geschäftspartner eingekehrt war. Sie hatte am Nebentisch gesessen, und er hatte keine Ahnung gehabt, wer sie war. An diesem Tag hatte sie seine Augen gesehen und erkannt, dass die Aufrichtigkeit, die er in seiner Haltung ausdrückte, auch viel Unbarmherzigkeit enthielt.

Langsam löste sie sich von der Gardine, schwerfällig machte sie ein paar Schritte ins Zimmer. Sie war wie gelähmt. Was machte Friedrich Gottorf auf Sylt? Diese Frage fuhr ihr wie ein großer Schrecken in die Glieder. Mit ein paar Schritten war sie bei der Tür, kontrollierte, ob sie verschlossen war, und drehte den Schlüssel noch einmal um. War er hier, weil er wusste, dass sie sich im Grand-Hotel versteckte? Oder war es ein Zufall, dass er ausgerechnet hier abstieg? Vielleicht hatte er im Miramar kein Zimmer mehr bekommen und sich so für das zweitbeste Hotel Sylts entscheiden müssen?

Ihre Atmung beruhigte sich allmählich wieder, sie konnte nun klar denken. Nein, es war unmöglich, dass Friedrich Gottorf von ihrem Aufenthaltsort wusste. Babette hatte nur Tessa und Reimert eingeweiht. Und … Aafke. Marika ließ sich aufs Bett sinken, weil ihre Beine sie mit einem Mal nicht mehr trugen. Spielte die Haushälterin ein falsches Spiel? Hatte sie Marika jetzt den Denkzettel verpasst, den eine Frau mit ihrem Lebenswandel schon lange verdiente?

Marika war den Tränen nah, als sie sich erhob und erneut ans Fenster trat. Babette von Keller würde heute, zusammen mit ihrem Mann, den Feierlichkeiten der Bahndammeinweihung beiwohnen. Sie würde keine Zeit haben, sich um ihren Schützling zu kümmern. Marika blieb nichts anderes übrig, als auszuharren und zu hoffen, dass Ediths Witwer sie nicht fand. Oder gab es einen anderen Weg …?

Friedrich Gottorf glaubte zu erkennen, dass seine Mission unter einem guten Stern stand, als er Alwin von Keller im Hotelfoyer sitzen sah. Er blätterte gelangweilt in einer Zeitung wie ein Ehemann, der darauf wartete, dass seine Frau endlich mit ihrer aufwendigen Toilette fertig war. Zum Glück war Friedrich, als er in Lübeck angerufen hatte, an eine Mitarbeiterin Alwin von Kellers geraten, die ihn kannte und wusste, woher die Schokoladentafeln kamen, mit denen ihr Chef kurz vor Weihnachten die Freunde seines Hauses zwang, den Von-Keller-Apotheken die Treue zu halten. Womöglich durfte er sein Anliegen sogar einer Person vortragen, die gelegentlich eine Tafel Schokolade in ihrer Kitteltasche verschwinden ließ, um sie zu Weihnachten zu verschenken?

Jedenfalls war die Dame ohne Arg gewesen, als er danach fragte, wo Alwin von Keller sich aufhielt. Dass er nun dem Zufall nicht einmal auf die Sprünge helfen musste, beförderte Friedrich Gottorf schlagartig in Hochstimmung. Beschwingt ging er auf Alwin von Keller zu. »Was für eine Freude!«

Die Freude war ganz auf der Seite des Apothekers, der sich schon wenige Minuten später nichts Schöneres vorstellen konnte, als Friedrich Gottorf mit einer kleinen Gefälligkeit unter die Arme zu greifen. Worum es sich handeln sollte, erkannte er zwar noch nicht, aber nachdem er ihm zum Tode seiner Frau noch einmal persönlich kondoliert hatte, war das Gesicht Friedrich Gottorfs so voller Betroffenheit und schwer bewältigter Trauer gewesen, dass es völlig unmöglich war, ihm eine Bitte abzuschlagen. Alwin von Keller machte sich keine Illusionen, das sah Friedrich sofort. Er war ein Mann, der wusste, dass eine Hand die andere wusch und dass man unmöglich Jahr für Jahr ein großzügiges Geschenk annehmen konnte, ohne damit zu rechnen, dass irgendwann eine Gegenleistung fällig war. Im Übrigen war es für keinen Apotheker etwas Neues oder Ungewöhnliches, ein rezeptpflichtiges Medikament einem geschätzten Bekannten ohne lästige Formalitäten in die Hand zu drücken. Von der besonderen Bekanntschaft der Melfords mit den Gottorfs wusste er zwar nichts, aber dass ein besorgter Vater die Ehe seines Sohnes mit einer Frau verhindern wollte, die nicht im mindesten dazu geeignet war, an der Seite eines Fabrikbesitzers unauffällig seinem Haushalt vorzustehen und sich ansonsten im Hintergrund zu halten, das sah er sofort ein. Auch er selbst hätte niemals eine Frau geheiratet, die solch egoistische Ziele verfolgte.

Als Alwin von Keller begriff, dass es sich bei der Frau, die Friedrich Gottorf begreiflicherweise ein Dorn im Auge war, um Doktor Tessa Melford handelte, nahm sein Verständnis für den leidgeprüften Vater Formen an, die Friedrich sich nicht hatte träumen lassen. »Meine Frau lässt sich von ihr behandeln«, seufzte er. »Oder vielmehr … sie hat sich von ihr behandeln lassen. Bis ich es ihr verboten habe«, ergänzte er, obwohl das nicht ganz der Wahrheit entsprach. Aber er kannte Friedrich Gottorf und wusste, dass dieser kein Verständnis für Männer hatte, die aus Liebe zu ihren Frauen über den eigenen Schatten sprangen. »Wissen Sie, womit die Kurärztin meine Frau behandelt hat?« Er sah Friedrich Gottorf auffordernd an und bemerkte, dass dieser bereit war, sich über alles zu empören, was ihm nun zu Ohren kommen würde. »Die Rechnungen, die ich bezahlt habe, sind für Gespräche fällig geworden. Gesprächstherapie nennt sie das!«

Friedrich Gottorf brach in schallendes Gelächter aus. »Sie redet mit ihren Patienten und lässt sich das auch noch bezahlen?«

Alwin von Keller fühlte sich verstanden. »Aber damit ist nun Schluss.«

»Dann sind Sie sicherlich auch der Meinung, dass man sie aus dem Verkehr ziehen sollte? Ehe sie mit ihrer Quacksalberei noch weitere Ehemänner schröpft, die es sich leisten können, viel Geld für die Gesundheit ihrer Frau auszugeben?«

Alwin nickte entschlossen. »Ganz Sylt wird froh sein. Niemand konsultiert sie, außer meiner Frau. Niemand will sie hier haben. Der Kurdirektor hat ihre Einstellung durchgesetzt, aus welchen Gründen auch immer.« Er beugte sich an Friedrichs Ohr. »Man munkelt sogar, dass sie unter dem Tripper leidet. Entweder sie oder ihre Mutter. Vielleicht beide. Und der Kurdirektor hat sich mit großer Wahrscheinlichkeit angesteckt.«

»Bei wem?«, fragte Friedrich hoffnungsvoll.

»Bei der Mutter«, gab Alwin zurück. »Die ist schon nach drei Tagen in sein Bett gesprungen.«

Friedrich schlug die Hände über dem Kopf zusammen. »Sodom und Gomorrha! Es ist also zum Besten aller, wenn wir diesem Treiben ein Ende bereiten.«

Alwin nickte, wurde dann aber ängstlich. »Ich werde Ihnen was besorgen, aber mein Name darf nicht genannt werden.«

»Selbstverständlich, mein Lieber! Ich brauche nur eine Droge, die ich demjenigen aushändigen werde, der sie der Melford in die Praxis schmuggelt. Eine Durchsuchung der Praxis lässt sich ebenfalls leicht arrangieren. Und danach – schwups! – ist die Insel Sylt von ihrem weiblichen Kurarzt befreit. Dann geht alles wieder seinen rechten Gang.« Er beugte sich vor und ergänzte leise: »Ich schlage Kokain vor.«

Die Herren waren darauf und dran, auf ihren heroischen Entschluss ein Glas zu trinken, wurden daran jedoch von einer sanften weiblichen Stimme gehindert. »Herr Gottorf! Sie hier?«

Friedrich Gottorf sprang auf und neigte sich über Babettes Hand. »Wie wunderbar, Sie wiederzusehen, gnädige Frau!«

Reimert saß auf dem Bock, Tessa daneben. Der Kurdirektor trug einen schwarzen Anzug, wie es sich gehörte, wenn ein Staatsoberhaupt erwartet wurde, Tessa hatte ebenfalls ein Festtagskleid angezogen. Hinter ihnen hockte Aafke in dem langen schwarzen Rock, der sowohl für Beerdigungen als auch für Hochzeiten angemessen war. Sie hatten Tinnum und Keitum passiert, die Pferde fielen in einen leichten Trab, während sie auf Morsum zufuhren. Sie waren nicht die Einzigen. Viele waren in Leiterwagen und Kutschen unterwegs, um den Zug dort zu sehen, wo er vom Watt auf die Insel fuhr. Einige wollten auch am Morsumer Bahnhof auf den Reichspräsidenten warten, denn dort würde er aussteigen, um sich auf der Insel von den Einwohnern außeramtlich begrüßen zu lassen. In Westerland wartete dann am Hauptbahnhof der offizielle Empfang auf ihn.

Tessa beobachtete Reimert von der Seite, der es jedoch nicht zu bemerken schien. Starr sah er geradeaus, hielt locker die Zügel in der Hand, seine Hände waren jedoch noch immer nervös, sein rechtes Knie wippte in einem schnellen Rhythmus.

»Was ist los?«, fragte Tessa so leise, dass Aafke sie nicht hören konnte. »Dich bedrückt doch etwas. Hast du wirklich Angst, dass heute ein Anschlag auf mich verübt wird?«

Reimert sah sie erschrocken an. Er schien von weither zu kommen. Aus einer Erinnerung, die ihm zu schaffen machte?

»Oder ist es etwas anderes?«

Er nickte, holte Luft, als wollte er antworten, unterließ es dann aber und entschloss sich schon im nächsten Augenblick wieder anders. »Ich habe gehört, dass mein Bruder auf der Insel gesehen wurde.«

»Laurids?« Tessa musste sich große Mühe geben, um ihr Erschrecken zu verbergen. Der Vergewaltiger von Babette von Keller! Was, wenn sie ihn erkannte? Was, wenn er bei dem schönen Wetter die Ärmel hochgekrempelt hatte und sein Muttermal zeigte? »Warum?«, fragte sie hilflos. »Er war doch so lange nicht auf Sylt.«

»Über zwanzig Jahre.«

»Vielleicht eine Verwechslung! Warum sollte er jetzt wieder auftauchen?«

Reimert sah so aus, als fiele ihm durchaus ein Grund ein, aber er sprach ihn nicht aus. Was ging in seinem Kopf vor?

»Freust du dich gar nicht, ihn wiederzusehen?«

»Oh, nein!« Die Antwort kam heftig und ohne Zögern.

Tessa wusste, warum er so harsch reagierte. Sie wusste ebenfalls, warum er nicht darüber nachdenken musste, ob er seinen Bruder wiedersehen wollte. Nein, er wollte es nicht. Er konnte Laurids nicht verzeihen, was er damals getan hatte. Wieder einmal fragte sie sich, ob Reimert den Namen des Opfers kannte. Wusste er, dass es Babette von Keller war, der von seinem Bruder damals Gewalt angetan wurde? Machte er sich jetzt womöglich Sorgen, dass es zu einer Begegnung zwischen den beiden kam? Tessa merkte, dass sie den Atem anhielt. Erst ganz allmählich konnte sie sich wieder entspannen. Nein, Babette hatte keine Erinnerung an ihren Vergewaltiger, sie hatte ihn nicht gesehen, nur an dem Muttermal würde sie ihn identifizieren können. Hoffentlich ging alles gut. Einer Gegenüberstellung war Babette nicht gewachsen. Sie hatte es ja nicht einmal geschafft, mit ihrem Mann über ihre Vergewaltigung zu reden. Die tiefsten Wunden waren zwar in der Gesprächstherapie geheilt worden, aber eine Gegenüberstellung mit ihrem Vergewaltiger konnte alle Bemühungen wieder zunichtemachen.

Die Vorfreude auf das große Ereignis war mit einem Mal dahin. Nun drängte sich auch wieder die Angst heran, dass die Grothe-Söhne irgendwo lauerten, um Rache für ihren toten Bruder zu nehmen. Welche Gelegenheit würden sie nutzen? Tessa sah sich vorsichtig um. Nein, nicht hier! Die Weiden waren bis zum Horizont zu überblicken, es gab kaum eine Gelegenheit, sich zu verbergen. Sie atmete langsam ein und aus. Nein, sie brauchte keine Angst zu haben.

Paul von Hindenburg war kein Mann vieler Worte. Er reichte jedem die Hand, der ihm vorgestellt wurde, ließ aber erkennen, dass sein Interesse am Einzelnen gering war. Henry war sicher, dass der Reichspräsident ihn in dem Augenblick vergessen hatte, als er sich dem Nächsten zuwandte.

Das war ihm recht. Während die meisten darauf bedacht waren, so nah wie möglich an den Reichspräsidenten heranzukommen, womöglich sogar in dem Salonwagen zu reisen, den er besteigen sollte, war Henry damit zufrieden, die Stufen des allerletzten Wagens zu erklimmen und sich dort niederzulassen.

Der Festlandbahnhof Klanxbüll war schwarz von Menschen. Alles, was Beine hatte, war zum Bahnhof gelaufen, um den mit Girlanden geschmückten Zug, den Reichspräsidenten und seine vornehmen Gäste zu sehen. Kinder schwenkten Fähnchen, die Männer ihre Hüte, und einige der ganz verwegenen jungen Frauen warfen dem Reichspräsidenten Handküsse zu, die er jedoch ignorierte.

Henry kam es so vor, als sei er selbst einer der Zaungäste, als gehörte er gar nicht dazu. Dass es Menschen gab, die ihn nur deswegen bewunderten und beneideten, weil er als Sohn eines reichen und bekannten Fabrikanten eine Einladung zu dieser Fahrt in der Tasche hatte, war für ihn schwer nachzuempfinden. In ihm war kein Glück, keine Freude darüber, dass er zu diesen Auserwählten gehörte, er fühlte nichts anderes als Erwartung. Seine Gedanken und Gefühle waren aufs Ende dieser Fahrt gerichtet, auf sein Wiedersehen mit Tessa. Aber wenn er ihren Namen auf die Lippen nahm, ihn leise aussprach, ihn schmeckte und küsste, dann konnte er doch kein reines Glück genießen. Der Geschmack der Angst verdarb ihm den Genuss.

Dann jedoch vergaß er sowohl die Angst als auch seine Erwartung für eine Weile, als der Zug sich in Bewegung setzte, von »Hurra«-Rufen und winkenden Fähnchen begleitet. An der Bahnstrecke standen ebenfalls jubelnde Menschen, die Fenster des Zuges wurden geöffnet, nicht nur Hindenburg, auch alle anderen Reisenden des Jubiläumszuges winkten den Schaulustigen zu. Henry wurde in Windeseile ein Teil der Begeisterung.

Dann jedoch entfernten sie sich von der Bebauung so weit, dass nur noch gelegentlich jemand am Wegesrand erschien, ein Bauer, eine Landarbeiterin, und schließlich gab es nur noch Wiesen, die bis zum Horizont reichten, Schafherden, die sich nicht um die schnaufende Lokomotive scherten, und schließlich die Gewissheit, dass das Meer sie erwartete. Henry konnte von weitem einen Leiterwagen erkennen, auf dem ein Dutzend Menschen saß. Sie erhoben sich und empfingen den Zug auf den letzten Metern des Festlandes mit lauten Rufen. Genau dort hatten sie sich aufgestellt, wo der Zug den Weg ins Watt antreten würde. Das Wasser stand hoch, eine sich kräuselnde, graue Weite, vom Licht gesprenkelt, durch die der Bahndamm seine Spur zog, darüber ein Himmel, der noch vor einer Stunde von makellosem Blau gewesen war. Jetzt zogen Wolken auf, weiße, die vorüberjagten, graue, die über dem Watt stehen blieben, dunkle, die sich über ihnen türmten und dann auf sie herabfielen und sie verschluckten. Der Himmel stand fragend über dem Werk der Neuzeit, als sollte während dieser Einweihungsfahrt die Entscheidung fallen, ob der Damm demnächst zu Sylt gehören durfte.

Henry lehnte sich zurück und spürte eine große Ruhe auf sich zukommen. Sie legte sich über ihn, wie die Wolken sich über den Bahndamm senkten. Dunkel, aber ohne Bedrohung. Er spürte es ganz deutlich: Das Schicksal nahm seinen Lauf …

Babette von Keller huschte über den Flur, sah sich vorsichtig um, dann klopfte sie: zweimal kurz, dreimal lang.

Marika öffnete und sah sie verwundert an. »Sie sind nicht auf der Einweihungsfeier?«

Babette drängte sich in den Raum. »Wir wollten gerade aufbrechen, da traf mein Mann einen Bekannten. Unten, im Foyer. Ich habe gesagt, ich hätte etwas vergessen …«

»Friedrich Gottorf?«

Babette sah Marika verblüfft an. »Woher wissen Sie das?«

»Ich habe ihn vom Fenster aus gesehen.«

Babette ließ sich in einen Sessel sinken, während Marika stehenblieb.

Nervös fuhr sie sich durch die Haare, die glatt und glänzend waren, weil sie sich den Tag damit vertrieb, sie zu bürsten. »Was mag das bedeuten?«

»Sie glauben, er ist Ihretwegen hier?«

»Oder wegen Tessa.« Marika ging nervös auf und ab. »Lieber Himmel, was führt der Kerl im Schilde?«

»Könnte er nicht nach Sylt gekommen sein, weil er Ihre Unschuld beweisen will? Er muss jetzt wissen, dass Sie das Schokoladenrezept nicht gestohlen haben.«

Marika schüttelte sie den Kopf. »Ich schaffe es nicht, mir Friedrich Gottorf mit besten Absichten vorzustellen.«

»Kennen Sie ihn so gut?«

»Ich weiß nur das, was Edith mir erzählt hat.«

»Vielleicht hat sie Ihnen einen falschen Eindruck vermittelt? Enttäuschte Ehefrauen sind nicht objektiv.«

Marika sah sie nachdenklich an. Erst als es Babette unbehaglich wurde, sagte sie: »Ich muss mir ein neues Versteck suchen. Die Sache ist zu heikel.«

»Nein! Hier sind Sie sicher!«

»Ich glaube, dass Ihr Mann etwas gemerkt hat, das habe ich Ihnen schon einmal gesagt. Und jetzt noch Friedrich Gottorf …«

»Wo wollen Sie denn hin?«

Marika zögerte, darauf wusste sie nichts zu antworten. Stattdessen fragte sie: »Warum tun Sie das alles für mich? Und für Tessa?« Sie stockte und fuhr dann hastig fort: »Ich bin Ihnen sehr dankbar, Frau von Keller, aber … ich werde das Gefühl nicht los, dass es nicht nur um Ihre Migräne geht, von der Tessa Sie geheilt hat.«

Babette von Keller blickte auf ihre Hände, dann straffte sich ihr Körper, und sie wollte eine Antwort geben … Aber in diesem Moment sprang die Tür auf. Alwin von Keller stand auf der Schwelle, mit hochrotem Kopf und schweißbedeckter Stirn. »Aha! So ist das also!«

Babette war in die Höhe gefahren und starrte ihren Mann fassungslos an, während Marika sich in die äußerste Ecke des Zimmers verzog, als fürchtete sie einen tätlichen Angriff.

Alwin maß seine Frau mit einem kalten Blick. »Kannst du mir das bitte erklären?«

Babette blickte in seine Augen, die noch nie so gnadenlos auf sie gerichtet gewesen waren. Zwei, drei Sekunden stand das Schweigen zwischen ihnen wie eine erhobene Hand, dann sagte sie leise, aber doch so, dass es in die Stille schnitt wie ein scharfes Messer: »Ja, das kann ich …«

Tessa stieg vom Wagen und sah sich suchend um. Wie viele Menschen hier warteten! In der Einöde, auf dem allerersten Zipfelchen von Sylt, wo es normalerweise menschenleer war! Aber gerade hier war es für viele Schaulustige besonders interessant, denn genau an diesem Punkt würde der Zug mit dem Reichspräsidenten auf die Insel rollen. Fünfzig bis sechzig Leute waren es, die hier auf ihn warteten, meist junge Leute, denen es nicht wichtig war, dabei zu sein, wenn Paul von Hindenburg den Honoratioren die Hand schüttelte.

Ein Akkordeonspieler tauchte auf, spielte Seemannslieder, die begeistert mitgesungen wurden, ein Fischer ging durch die Menge und bot Marinaden an. Sowohl der Musikant als auch der Fischer machten gute Geschäfte.

Die Sorge, die Tessa kurz die Kehle zugeschnürt hatte, als sie auf die Menschen zugefahren waren, löste sich nun. Hier gab es keine Gefahr! Sie war sicher, dass sie sich an dieser Stelle der Insel sicher fühlen durfte. Was sollte hier passieren? Niemand konnte sie unbemerkt angreifen.

»Es weiß keiner, dass wir hier auf den Zug warten«, murmelte sie. Ihr Blick fiel auf Aafke, deren offene Miene sich mit einem Mal verfinsterte. Ihr Blick, der gerade noch gestrahlt hatte, wurde unsicher. »Oder haben Sie davon gesprochen?«

Aafke schüttelte den Kopf. »Nur, dass ich selbst am liebsten an dieser Stelle auf den Reichspräsidenten warten würde …«

Reimerts Gesicht wurde prompt wachsam. »Dann können die Grothes sich denken, dass auch Tessa hier sein wird.«

Tessa wies seine Sorgen barsch zurück. »Genauso gut könnten sie sich denken, dass ich allein zu Hause bin.«

Sie wollte weg von Reimert und seiner Sorge, auch weg von Aafke und ihrem Schuldbewusstsein, endlich wollte sie mal wieder unbeschwert ein Ereignis genießen. Sie machte einen Schritt auf eine Gruppe zu, in der zwei Bademeisterinnen sich aufhielten, die sie kannte, aber kaum war ihre Absicht bemerkt worden, schloss sich der Kreis, breite Rücken wandten sich ihr zu, jeder Einzelne zeigte die Ablehnung, die der Kurärztin entgegenschlug. Nur Aafkes Schwiegertochter reagierte freundlich und antwortete auf die Frage, wie es ihrem kleinen Sohn ging: »Er hat sich gut erholt. Und seine Geschwister sind nicht angesteckt worden.«

Aafkes Schwiegertochter wurde verlegen, wusste nicht, wie sie das Gespräch fortsetzen sollte, wusste augenscheinlich auch nicht, ob sie das überhaupt wollte, und schaffte es nicht, ihren Konflikt zu verbergen. Einerseits musste sie der Kurärztin dankbar sein, die sich ihres Kindes angenommen hatte, andererseits wollte sie nicht zur Außenseiterin werden, indem sie sich auf die Seite der Frau stellte, die von allen anderen abgelehnt wurde.

Tessa machte es ihr leicht, indem sie ihr einen schönen Tag wünschte und sich von ihr abwandte. Sie freute sich, als ihr Blick auf Babette von Kellers Kinder fiel, die beiden Schwestern, die gemeinsam mit ihrem Bruder neben einer Kutsche mit dem Aufdruck »Grand-Hotel« standen und mit anderen jungen Leuten schwatzten und lachten. Babettes Kinder gehörten nicht zu denen, die sie ablehnten.

Sie machte ein paar Schritte auf die drei zu und lächelte, als Norma auf sie aufmerksam wurde. »Guten Tag, Fräulein von Keller.«

Norma antwortete freundlich: »Guten Tag. Man hat Sie lange nicht gesehen.«

Tessa hatte den Wunsch, etwas Unverbindliches zu sagen. Sie zeigte auf den Wagen, mit dem Norma und ihre Geschwister gekommen waren. »Der ist besonders hübsch geschmückt. Das Grand-Hotel hat sich viel Mühe gegeben.«

Norma lächelte. »Der Kutscher hat mir sogar versprochen, die Girlanden heute Abend noch nicht abzunehmen. Ich darf morgen mit der geschmückten Kutsche zur Kirche fahren.«

»Sie hat morgen Geburtstag«, ging Katharina dazwischen.

Tessa war verwirrt. »Ihre Mutter hat mir erzählt, dass Sie am selben Tag wie ich Geburtstag haben. Am 18. April!«

»Das muss ein Missverständnis sein«, gab Norma zurück.

Aber Tessa ließ nicht locker. »Sind Sie nicht die älteste Tochter? Ihre Mutter hat mir gesagt, ihre erstgeborene Tochter wäre auch am 18. April geboren.«

»Ich bin die Älteste«, antwortete Norma und bedachte Tessa nun mit einem so seltsamen Blick, dass diese es vorzog zu schweigen. Eindringlich rief sie sich die Situation ins Gedächtnis zurück. Es war ein paar Tage vor ihrem Geburtstag gewesen. Marikas Glückwunschkarte war bereits eingetroffen, Babette von Keller hatte sie auf dem Schreibtisch in ihrer Praxis gesehen. Als sie ihr gratulieren wollte, hatte Tessa darauf hingewiesen, dass sie ihren Geburtstag erst in einigen Tagen feiern würde, und Babette hatte entgegnet, ihre älteste Tochter sei am selben Tag zur Welt gekommen.

Sie starrte Norma an, als erwartete sie, dass diese sich nun zu einem Irrtum bekannte und ihr Geburtsdatum korrigierte. Babettes älteste Tochter! Was hatte das zu bedeuten?

Aber dann wurde sie abgelenkt. Herbert von Keller zeigte auf den Damm hinaus. »Nun wird's aber Zeit, dass die letzten Arbeiten erledigt werden. Der Zug mit dem Reichspräsidenten wird bald da sein.«

Tatsächlich war ein Trupp von fünf Arbeitern auszumachen, die Spaten und Schaufeln in den Händen hielten. Es sah so aus, als klopften sie etwas fest, was sich gelöst hatte, als gäben sie sich große Mühe, so schnell wie möglich zu arbeiten.

»Sind die Geleise etwa in Gefahr?« Herbert von Keller legte die Hand über die Augen, als blendete ihn die Sonne. »Droht der Damm zu rutschen?«

Tessa hielt nach Reimert Ausschau, um ihn auf die Arbeiter aufmerksam zu machen, aber sie konnte ihn in der Menge nicht ausmachen. Vielleicht fehlte ihr auch einfach die Ruhe, sich sowohl mit diesen Arbeitern als auch mit Reimert zu befassen. Ihre Augen huschten flüchtig zum Damm, flogen nur kurz über die Schaulustigen. Sie war unfähig, sich auf etwas anderes zu konzentrieren als auf das, was Norma gesagt hatte. Babettes Tochter hatte morgen Geburtstag, aber ihre erstgeborene Tochter war am 18. April zur Welt gekommen …

Plötzlich blitzte etwas Bekanntes auf, ein Haarschopf, eine typische Bewegung, eine Geste, die ihr vertraut war. Ja, nun sah sie Reimert. Er stand abseits, die Hände in die Hosentaschen gebohrt, und sah einem Mann entgegen, der auf ihn zutrat. Tessa hatte ihn noch nie gesehen, die Ähnlichkeit zwischen Reimert und diesem Mann war jedoch unverkennbar.

Und schon hörte sie Getuschel in der Nähe. »Laurids Cruse ist zurück.«

Tessa starrte den Mann an. Babettes Vergewaltiger! Und außerdem … der Vater ihrer ältesten Tochter? Tessa stand da und konnte kaum einen klaren Gedanken fassen. Babettes älteste Tochter! Babette, die immer zu ihr stand! Babette, die sogar Marika half! Babette, die nicht mit ihrem Mann über ihr traumatisches Erlebnis reden konnte! Babette, die trotz ihrer Offenheit während der Gesprächstherapie etwas zurückzuhalten schien.

»Babette …« Sie merkte, dass sie den Namen geflüstert hatte, dass aus ihren Gedanken Worte zu werden drohten. Das durfte nicht sein. Auf keinen Fall! Es war zu früh, die Gedanken waren zu neu, zu unerwartet, zu unreif. Und es gab noch keine Worte, die zu diesen Gedanken passten. Nein! Noch nicht!

Reimert blieb stocksteif stehen und sah seinem Bruder entgegen. Langsam, sehr langsam kam Laurids auf ihn zu. Reimert hatte Zeit, ihn zu betrachten, sein dünner gewordenes Haar, die feinen Falten in den Augenwinkeln, das hängende Kinn, die schmaler gewordenen Lippen, die Figur, die gedrungener war, als wäre Laurids kleiner und breiter geworden. Er sah auch das Lächeln auf Laurids Lippen und spürte den Widerwillen, den es in ihm auslöste, sah das Glitzern in seinen Augen, das ihn früher oft alarmiert hatte, manchmal zu Recht, manchmal auch nicht. Er stellte fest, dass Laurids ihn genau fixierte, als wollte er auf seine Reaktion gefasst sein und mit der ungezwungenen Art, in der er sich auf ihn zubewegte, eine Selbstverständlichkeit suggerieren, die es nie wieder zwischen ihnen geben würde. Reimert bewegte sich nicht, kam ihm mit keiner noch so winzigen Bewegung entgegen.

»Moin, Reimert«, sagte Laurids. Seine Stimme hatte sich nicht im Geringsten verändert.

Reimert reagierte nicht, starrte seinen Bruder nur an.

»Ich dachte, dieser Tag ist richtig, sich wiederzusehen.«

Noch immer erwiderte Reimert nichts. Aber als er sah, dass einige Umstehende auf sie aufmerksam wurden, wandte er sich ab und machte ein paar Schritte in die entgegengesetzte Richtung. Nicht so, als wollte er Laurids abschütteln oder vor ihm weglaufen, nur so, dass Laurids begriff: Er wollte keine Zeugen haben. Erst am nächsten Weidenzaun blieb Reimert stehen und drehte sich um.

Laurids war ihm gefolgt. »Metta ist tot«, sagte er.

»Ich weiß«, antwortete Reimert.

»Sie steht nicht mehr zwischen uns.«

»Seit wann bist du auf Sylt?«

»Schon seit ein paar Tagen.

»Wo wohnst du?«

»Bei meinen Schwiegereltern.«

»Und jetzt? Was stellst du dir vor? Sollen wir uns die Hand reichen und alles vergessen, was du getan hast?«

Laurids zögerte, der Sarkasmus in Reimerts Stimme war ihm nicht entgangen. Aber dann sagte er schlicht: »Das wäre schön.«

»Ich kann dir nicht verzeihen, was du getan hast.«

»Noch immer nicht? Nach so vielen Jahren?«

»Es ging um mein Kind.«

Nun blickte Laurids auf seine Fußspitzen, als könnte er Reimerts Blick nicht mehr standhalten. »Wir haben dafür bezahlt, Metta und ich. Unsere Ehe ist kinderlos geblieben.«

Reimerts Antwort wurde von einem Ruf abgeschnitten, der in der Gruppe der Wartenden entstanden war. Er klang besorgt, Unruhe kam auf, jemand wies zum Bahndamm. Reimert spähte hinaus, sah, dass zwei Arbeiter winkten, als brauchten sie Hilfe. Lähmende Stille entstand, das Schweigen, das mit unbeantworteten Fragen und der Angst vor mangelndem Mut einhergeht. Dann ein langgezogener Schrei aus dem Watt, schrill, aber ganz fein. Im Trupp der Arbeiter war er entstanden. Er bildete eine feste Einheit, Mann an Mann, gebeugte Rücken in einem dichten Kreis. Nur einer hatte sich daraus gelöst und lief den Menschen entgegen, die auf den Zug warteten. »Hilfe!«, schrie er. »Wir brauchen einen Arzt.«

Die Silben kamen undeutlich herangeweht, zerschnitten vom Wind, verbraucht von der Entfernung. Aber in der Wiederholung entstand immer mehr Deutlichkeit: »Arzt, Hilfe …«

Ehe Reimert begriff, was sich zutrug, sah er Tessa schon auf den Damm laufen. Sie raffte ihren Rock und sprang von Schwelle zu Schwelle. Der Mann, der sie gerufen hatte, drehte sich um und lief ihr nun voraus. Auf die Gruppe der Arbeiter zu, die ihr aufrecht und ruhig entgegenblickten.

»Das ist eine Falle«, stieß Reimert hervor und begann zu laufen. »Eine Falle!«, schrie er aufgeregt und riss Laurids am Ärmel mit. »Wir müssen Tessa helfen! Bevor der Zug kommt!«

Das Grand-Hotel war verwaist. Alles, was Beine hatte, war unterwegs, entweder zum Bahnhof oder an einen Platz an der Bahnstrecke. Vielen ging es darum, die Ankunft des Zuges in Westerland zu erleben und den Reichspräsidenten zu sehen, einige wollten aber auch beobachten, wie der Zug durchs Watt auf die Insel zukam. Und vielen ging es darum, dabei zu sein, wenn der Zug die Räder auf die Insel setzte.

Friedrich Gottorf war das alles egal. Er war mit anderen Interessen nach Sylt gekommen, und er war auf dem besten Wege, sie in die Tat umzusetzen. Alles lief wie geplant. Mit dem Bürgermeister hatte er sich bereits getroffen, und dieser war in allem seiner Meinung gewesen. Die Kurärztin musste von Sylt verschwinden und ihre Mutter gleich mit. Dass das am besten mit einer Verhaftung möglich war, hatte er sofort eingesehen. »Dann haben wir das Problem ein für alle Mal erledigt«, hatte Rasmus Dirks sehr zufrieden gesagt.

Friedrich hatte ihm freundlich zugestimmt und ihm ein großes Paket Schokolade versprochen, das er aufgeben würde, sobald er wieder in Berlin war. Das Geld, das außerdem fließen würde, erwähnte niemand. So etwas war unter Männern wie ihnen nicht nötig. Marika Melford sollte verhaftet werden, nachdem man das Schokoladenrezept in der Praxis ihrer Tochter gefunden hatte, und die Kurärztin selbst würde nach der Durchsuchung ihrer Praxisräume ebenfalls ins Gefängnis wandern. Auf Alwin von Keller war Verlass. Er würde Friedrich das Kokain in die Hand drücken, was den Polizisten bei der Durchsuchung der Praxisräume in die Hände fallen würde. Ein Apotheker kannte den anderen, jeder war bereit, einem Kollegen unter die Arme zu greifen, ohne dass ein Rezept vorgelegt wurde. In Berlin verhielten sich die Apotheker genauso wie auf Sylt, davon war Friedrich Gottorf überzeugt.

Auch eine Sylter Apotheke führte selbstverständlich Kokain, diese »Champagnerdroge der Reichen«, wenn sie auch nicht für die Sylter Bevölkerung vorgehalten wurde, sondern für die Feriengäste, die an Kokain gewöhnt waren. In Berlin konnte man es fast an jeder Straßenecke kaufen, auf Sylt jedoch waren Rauschmittel alles andere als an der Tagesordnung. Eine Kurärztin, die in ihrer Praxis eine größere Menge Kokain aufbewahrte, würde auf der Insel nicht tragbar sein.

Friedrich machte im Foyer ein paar Schritte hin und her. Wo Alwin von Keller nur blieb? Zwar hatte er nicht versprochen, ihm das Kokain noch vor der Ankunft des Jubiläumszuges zu geben, aber Friedrich hatte dennoch damit gerechnet.

»Meine Frau darf nichts davon mitbekommen«, hatte von Keller sich entschuldigt, und Friedrich Gottorf hatte nur mit Mühe ein verächtliches Lächeln unterdrücken können. Ein Mann, der sich von seiner Frau beherrschen ließ? Friedrich Gottorf hatte kein Verständnis für solche Männer.

Er überlegte, ob es sinnvoll war, zum Bahnhof zu gehen, um der Ankunft des Jubiläumszuges entgegenzusehen. Dort würde er die von Kellers vermutlich antreffen. Aber würde Alwin von Keller das Kokain bei sich tragen? Und würde es eine Gelegenheit geben, es unauffällig zu überreichen? Außerdem … Notker, der in der Gesellschaft von Paul von Hindenburgs war, hatte keine Ahnung, dass er seinen Onkel hier antreffen würde. Wie sollte er ihm erklären, warum er Hals über Kopf nach Sylt gereist war? Und warum er niemandem sein Reiseziel verraten hatte? Es würde nicht leicht sein, Notker die Wahrheit zu gestehen. Sein Neffe war von einer geradezu naiven Aufrichtigkeit, die im Geschäftsleben nur hinderlich sein konnte. Er würde kein Verständnis dafür haben, dass sein Onkel zwei Frauen durch eine bösartige Manipulation hinter Gitter bringen wollte, um sich an der einen zu rächen und die andere wegschließen zu lassen, bis Henry von seiner Liebe zu ihr geheilt war. Vielleicht war es besser, er sorgte so schnell wie möglich dafür, dass Alwin ihm das Kokain aushändigte und der Bürgermeister den Schlüssel benutzte, mit dem er die Praxis der Kurärztin betreten konnte. Eine weitere Hausdurchsuchung zu veranlassen, die auf die Praxisräume der Tochter ausgedehnt wurde, sei eine Kleinigkeit, hatte Rasmus Dirks versichert, und Gründe, warum auch die Praxisräume der Tochter durchsucht werden mussten, ließen sich finden. Wenn dann sowohl das gestohlene Rezept als auch eine größere Menge Kokain gefunden wurden, waren Mutter und Tochter geliefert. Beide! Henry würde nicht mehr im Traum daran denken, eine solche Frau zu heiraten. Und wenn doch, würde er lange warten müssen, bis Doktor Tessa Melford wieder auf freiem Fuße war. Während dieser Zeit würde sein Vater ihn auf den rechten Weg zurückführen, auf dem sich sicherlich eine passende Frau für den Nachfolger der Gottorf-Werke finden würde. Wenn alles in die Wege geleitet war, wollte Friedrich nach Berlin zurückfahren, ohne dass Notker ihn gesehen hatte, und dann musste er darangehen, mit seinem Neffen eine Abfindung auszuhandeln, damit dieser bereit war, den Stuhl des Nachfolgers wieder zu räumen. Friedrich Gottorf war guten Mutes.

Ein älteres Ehepaar betrat das Grand-Hotel, vom Chef der Rezeption mit vielen Verbeugungen empfangen, allerdings auch mit allergrößtem Bedauern. »Sie haben nicht reservieren lassen? Dann tut es mir außerordentlich leid …«

Er empfahl den Herrschaften ein paar kleinere Hotels und komplimentierte sie mit vielen schönen Worten und der Hoffnung hinaus, dem Grand-Hotel bald wieder die Ehre zu erweisen. Als er an seinen

Empfangstresen zurückkehrte, sagte er zu Friedrich: »Auf der Insel gibt es kaum noch freie Zimmer. Wegen der Einweihungsfeierlichkeiten!«

Friedrich wunderte sich. »Dann hatte ich wohl Glück.«

Nun war das Erstaunen beim Rezeptionschef. »Sie haben das Zimmer bekommen, das Sie für Ihren Mitarbeiter reserviert hatten. Seine Absage war gerade eingetroffen, als Sie ankamen, Herr Gottorf. Sonst hätte ich auch Ihnen nicht dienen können.«

Friedrich glaubte, sich verhört zu haben. Er stand auf und trat an den Tresen. »Was sagen Sie da? Mein Neffe hat das Zimmer abbestellt?«

Die Miene des Empfangschefs wurde unsicher. »Sie wissen nichts davon? Wie merkwürdig! Als Sie eintrafen, habe ich mich noch gefragt, warum Ihr Neffe nicht gesagt hat, dass das Zimmer von Ihnen bezogen werden soll. Es war ja völlig unnötig, es abzubestellen …«

Friedrich unterbrach die Beteuerungen mit einer strikten Geste. »Irgendein Missverständnis. Vermutlich hat meine Sekretärin etwas durcheinandergebracht.«

Der Empfangschef lächelte erleichtert, versicherte Friedrich, man hätte, wenn das Zimmer bereits anderweitig vergeben gewesen wäre, selbstverständlich alles getan, um den Chef der Gottorf-Werke angemessen unterzubringen, aber Friedrich hörte sich nicht an, was ihm darüber hinaus noch alles zugesichert wurde. Er verließ das Hotel, blieb eine Weile vor dem Eingang stehen und antwortete nicht auf die Frage des Portiers, ob er eine Kutsche wünsche oder gar mit dem Automobil zum Bahnhof gebracht werden wolle. Friedrich war unfähig, an etwas anderes zu denken als an das, was er soeben erfahren hatte.

Notker hatte die Fahrt nach Sylt abgesagt! Was konnte das bedeuten? Er hatte sich darauf gefreut, war voller Begeisterung gewesen, als sein Onkel ihm Hindenburgs Einladung überließ. Warum hatte er sich anders besonnen? Friedrich brauchte nicht lange nachzudenken, um sich diese Fragen zu beantworten: Jemand musste Notker genötigt haben, auf die Reise nach Sylt zu verzichten. Und dafür kam nur einer in Betracht. Henry! Was wollte sein Sohn hier? Die Pläne seines Vaters durchkreuzen? Nein, unmöglich! Henry konnte nicht ahnen, was

Friedrich vorhatte. Wahrscheinlich war es nur die lächerliche Sehnsucht nach seinem Liebchen! Friedrich kam in diesem Augenblick zum ersten Mal der Gedanke, dass das Schiffsunglück, die Strandung auf Sylt, die Zeit der Amnesie etwas in seinem Sohn bewirkt und verändert hatte, was er bei seinen Plänen vergessen hatte.

Er ging die Friedrichstraße hinab und machte sich zum Teil des Menschenstroms, der sich zum Bahnhof bewegte, wo Hindenburg bald ankommen würde. Er wusste nicht, ob es richtig war, sich dort zu zeigen, aber es schien ihm angeraten zu sein, Henry zu beobachten, während er aus dem Zug stieg, und ihm zu folgen. Wenn er auf das Hotelzimmer verzichtete, konnte das nur bedeuten, dass er bei der Kurärztin wohnen wollte.

Er beschleunigte seinen Schritt. Er musste sich beeilen, seine Pläne zu verwirklichen, ehe Henry sie zunichtemachen konnte. Und dann musste er schleunigst von Sylt verschwinden, bevor er von seinem Sohn gesehen wurde. Er durfte nicht mehr in der Nähe sein, wenn die Polizei vor Tessa Melfords Haus erschien, um sie zu verhaften.

XVI.

In Tessas Kopf pochte es mit jedem Schritt: Ich kann helfen, ich werde gebraucht, Sylt wird mich mögen. Und ihr Herz schlug: nicht noch einmal, nie wieder der Vorwurf, ich wäre nicht rechtzeitig gekommen! Sie konzentrierte sich auf ihre Füße, sorgte dafür, dass sie die Schwellen mit der vollen Sohle traf, dass ihre Schritte groß genug waren, dass sie nicht ins Stolpern geriet. Nur gelegentlich warf sie einen Blick voraus, stellte verzweifelt fest, dass der Abstand zu den Arbeitern kaum geringer wurde, dass sie viel weiter draußen waren, als sie vorher gedacht hatte. Sprühnebel stob ihr entgegen, eine Luft, angefüllt mit Feuchtigkeit, mit dem Dunst des Wattenmeeres. Winzige Wellen schlugen an den Bahndamm, der Schlickboden würde erst in ein paar Stunden wieder sichtbar werden.

Die Stimmen in ihrem Rücken hörte sie, kümmerte sich aber zunächst nicht um sie. Dass sie ihr auf den Bahndamm folgten, begriff sie erst kurz darauf. Sie stolperte, drohte zu stürzen, fiel tatsächlich vornüber, schaffte es aber, sich mit den Händen abzufangen und schnell wieder hochzukommen. Ehe sie weiterlief, sah sie sich um. Reimert war es, der ihr folgte! Gott sei Dank, Reimert! Er würde ihr helfen! Erst als sie schon weiterlief, wurde ihr klar, dass Reimert nicht allein war. Jemand lief direkt hinter ihm. Sein Bruder?

Nun blieb Tessa stehen und schaute zurück. Tatsächlich! Reimert wurde von seinem Bruder verfolgt. Von dem Mann, der Babette von Keller vergewaltigt hatte. Von dem Mann, der …

Sie schluchzte auf und schob den Gedanken weg. Nicht jetzt! Nicht denken! Sie versuchte wieder, schnell voranzukommen, schaffte es aber nicht mehr. Etwas nahm ihr die Kraft, was sie unbedingt hatte vergessen wollen und was nun, in der Gestalt von Reimerts Bruder, hinter ihr herlief. Sie konnte nur noch mühsam einen Fuß vor den anderen setzen, und bald schon hörte sie die Schritte auf den Schwellen ganz nah. Tessa gab auf, blieb stehen, drehte sich um, die Augen voller Tränen.

Reimert keuchte heran. »Das ist eine Falle, Tessa!« Als er sie erreichte, sah er sie erschrocken an. »Warum weinst du?«

Laurids erschien hinter Reimert. »Mein Bruder sagt, Sie brauchen Hilfe.«

»Das ist eine Falle«, wiederholte Reimert und wies voran. »Wir hätten es uns denken können. Rache dort, wo Nermin gestorben ist! Auf dem Bahndamm!«

Tessa blickte ihn nicht an, sondern sah in Laurids' Gesicht. »Schick deinen Bruder weg, Reimert.«

»Komm mit mir zurück, Tessa«, bat Reimert.

»Damit es hinterher wieder heißt, ich wäre nicht gekommen, um zu helfen?«

»Ich habe dir doch gesagt …«

»Schick deinen Bruder weg. Ich will ihn nicht sehen. Ich weiß, was er getan hat. Ich weiß, warum du ihn hasst. Ich … ich hasse ihn auch.«

Reimert wurde blass, Laurids machte einen Schritt vor, als wollte er sich verteidigen.

»Sie haben Babette von Keller vergewaltigt«, sagte Tessa so leise zu Laurids, dass es kaum zu verstehen war. Dann blickte sie Reimert an. »Nun weiß ich, warum ich mich nicht in dich verlieben durfte. Warum du so viel für mich tust. Warum du mich gegen alle Widerstände nach Sylt geholt hast. Warum ich die Chance hatte, Kurärztin zu werden.« Sie holte tief Luft und schrie nun: »Weil ich deine Nichte bin! Du musst die ganze Zeit gewusst haben, dass die Vergewaltigung nicht ohne Folgen geblieben ist!«

Sie fuhr herum und lief weiter, froh, dass ihre Schritte nun kein Echo bekamen. Reimert und Laurids hatten anscheinend aufgegeben.

Ohne sich umzusehen, nun in der Gewissheit, dass sie niemand mehr hindern würde, schritt sie auf die Stelle zu, an der sie erwartet wurde. Man würde sie vom Land aus sehen können, wenn auch nur klein und schemenhaft, verschwommen in der aufziehenden Regenwolke. Die Arbeiter würden es nicht wagen, sie anzugreifen. Nein, sie brauchte keine Angst zu haben.

Schließlich konnte sie Hennes Grothe von den anderen unterscheiden. Er hatte ein paar Schritte aus der Gruppe heraus auf sie zugemacht. In der Hand hielt er eine Eisenstange.

»Was ist passiert?«, rief Tessa schon von weitem.

Hennes antwortete nicht, aber eine andere Stimme gab zurück: »Fokko hat sich verletzt. Kommen Sie schnell!«

Nun sah sie zwei Beine zwischen den Füßen der anderen herausragen und lief schneller. Hennes wich zurück, bis er wieder Teil der Gruppe geworden war. Schließlich war Tessa nahe genug herangekommen, um die Gesichter voneinander unterscheiden zu können. In keinem von ihnen stand Sorge, in jedem fand sie nur Abneigung und auch mühsam verborgenen hämischen Triumph. Sie zögerte und sah sich um. Reimert und Laurids standen noch immer auf den Geleisen, sahen aber nicht zu ihr, sondern redeten aufeinander ein. So laut und heftig, dass ihre Stimmen gelegentlich in Sprachfetzen herüberdrangen.

»Reimert wird garantiert auch gleich kommen«, hörte Tessa jemanden sagen. »Der lässt die Kurärztin nie aus den Augen.«

Nun stellte sich der Älteste der Grothe-Brüder neben Hennes.

»Schauen Sie sich Fokko an, Fräulein Doktor! Der blutet wie ein Schwein.«

Tessa machte ein paar weitere Schritte, dann öffnete sich der Kreis, und Tessa konnte den Mann sehen, der auf den Geleisen lag. Er betrachtete sie mit einem schmierigen Grinsen.

Am Ende des Bahndamms, da, wo er in den Horizont stach, waren Rauchwolken über einem dunklen Punkt zu erkennen. Der Kreis der Männer schloss sich um Tessa.

»Mach zu«, sagte jemand zu Hennes Grothe. »Du bist krank, du kommst nicht ins Gefängnis. Also los! Du musst es tun …«

Das Ehepaar von Keller stand am Bahnhof inmitten anderer Ehepaare und einzelner wichtig aussehender Herren. Alwin von Keller trug wie alle Männer, die dort warteten, einen schwarzen Anzug und einen Zylinder, seine linke Hand spielte mit einem Spazierstock. Babette trug ein graues Kostüm, das aus einem langen Rock und einem knappen Jäckchen bestand, aus dem ein weißer Kragen hervorschaute. Ihre Haare waren hoch aufgetürmt, auf den Locken saß ein Hütchen, das bei jedem Windstoß gefährlich schwankte. Eine Hand lag auf dem Arm ihres Mannes, sie hielt sich gerade wie immer, den rechten Arm angewinkelt, darüber ein Täschchen, das aus dem Stoff ihres Kostüms genäht worden war. Auf ihrem Gesicht lag das Lächeln, das sie auf der höheren Töchterschule gelernt hatte, auf Alwins Gesicht der Ernst, der zu dem Ereignis passte, das sie zum Bahnhof von Westerland geführt hatte. Der Vorplatz stand voller Kutschen, die ihre Insassen zum Rathaus bringen würden, sobald der Reichspräsident die erste Kutsche bestiegen und sich auf den Weg gemacht hatte.

Babette brachte es nur mit Mühe fertig, in die Gesichter der Umstehenden zu blicken und ihre Grüße mit einem freundlichen Nicken zu erwidern. Am liebsten hätte sie ihren Blick über die Köpfe aller anderen hinwegschweifen lassen, um sich dem Aufruhr hinzugeben, der in ihrem Inneren herrschte. Aber die Frau des Apothekers Alwin von Keller hatte gelernt, ihre Contenance zu wahren, egal, was sie bewegte. Sie hätte auch um nichts in der Welt gezeigt, was sie für ihren Mann empfand, was zwischen ihnen geschehen war, was ihre Ehe in wenigen Augenblicken verändert, ja geradezu auf den Kopf gestellt hatte.

Sie bemerkte, dass sich in ihrem Rücken etwas tat, dass sich jemand herandrängte, dass andere Platz machen mussten. Sie hörte das Scharren von Füßen, gemurmelte Entschuldigungen, gebrummtes Schimpfen, aber sie drehte sich selbstverständlich nicht um. Dann schob sich jemand an Alwins Seite, lüftete seinen Zylinder und beugte sich so weit vor, dass er auch Babette trotz des dichten Gedränges mit einer Verbeugung begrüßen konnte. »Schön, Sie hier zu treffen, gnädige Frau.«

Babette bedachte Friedrich Gottorf mit einem höflichen Lächeln und ließ sich ihre Unruhe selbstverständlich auch diesmal nicht anmerken. Die Menschen standen zu dicht beieinander. Es war unmöglich, ein vertrauliches Gespräch zu führen.

Alwin deutete eine kleine Verbeugung an. »Darf ich dich für ein paar Augenblicke allein lassen, meine Liebe? Ich habe etwas mit Herrn Gottorf zu besprechen, was keinen Aufschub duldet. Aber es wird nur wenige Augenblicke in Anspruch nehmen.«

Babette deutete mit einem Nicken und einem kleinen Lächeln an, dass sie einverstanden war. Auch jetzt merkte niemand, dass ihr Herz zitterte, während ihr Mann mit Friedrich Gottorf ein paar Schritte zur Seite trat.

Reimert schlug wie ein Besessener auf Hennes ein. Immer und immer wieder! Dessen Brüder, Fokko Jansen und die anderen Dammarbeiter standen zehn, zwanzig Meter entfernt auf den Geleisen, von der rasenden Wut des Kurdirektors eingeschüchtert. Obwohl sie in der Überzahl waren, hatte keiner den Mut gehabt, sich Reimert entgegenzustellen. Alle waren sie zurückgewichen, als er auf sie zugelaufen war, einer nach dem anderen.

In der Entfernung hatten sie ihren Mut wieder zurückgewonnen. »Nur zu, Cruse«, rief einer. »Wir sind Augenzeugen. Deine Tage als Kurdirektor sind gezählt, wenn du Hennes zusammenschlägst.«

Reimert richtete sich auf, seine Augen waren blutunterlaufen, sein

Blick wie der eines Irren, der nicht wusste, was er tut. Nun war es auch Tessa, die sich einen Schritt von ihm entfernte. »Reimert, hör auf.«

Aber Reimert griff nach Hennes' Jacke, zog den völlig verängstigten Jungen wieder in die Höhe, hielt ihn mit der Linken und prügelte mit der Rechten erneut auf ihn ein.

»Schluss jetzt!«, schrie Laurids. »Du bist ja wie unser Vater. So wolltest du nie werden!«

Tessa fuhr zu ihm herum. »Das müssen Sie gerade sagen! Sie ... Vergewaltiger!«

»So was habe ich nie getan«, verteidigte sich Laurids.

»Ich weiß, dass Sie es getan haben«, fuhr Tessa ihn an. »Und ich werde alles daransetzen, damit Sie Ihre gerechte Strafe erhalten!«

»Was reden Sie für einen Unsinn?«, brüllte Laurids zurück.

»Das ist kein Unsinn! Ich kenne Ihr Opfer. Ich weiß, wem Sie das angetan haben. Die Frau hat Sie zwar nicht gesehen, aber sie hat das Muttermal bemerkt.«

»Das hatte auch mein Vater! Und Reimert ebenso!«

Hennes wurde bewusstlos. Reimert stieß ihn von sich und sah zu, wie sein Körper den Bahndamm herunterrollte, bis ins Wasser! Seine Brüder sprangen hinzu und zogen ihn an Land. Der dunkle Punkt hatte sich längst aus dem Horizont gelöst und wuchs heran. Die Rauchwolken der Lokomotive waren mittlerweile zu riechen, ihr Stampfen war zu hören.

»Reimert ist kein Vergewaltiger!«

Reimert schwankte, dann richtete er seinen Blick auf Tessa und Laurids. Er sah aus, als wäre er soeben aus einer tiefen Bewusstlosigkeit erwacht. »Tessa hat recht«, behauptete er und zeigte auf seinen Bruder. »Du hast das Mädchen vergewaltigt.«

»Das stimmt nicht!«, brüllte Laurids.

»Du hast es mir gestanden. Aber ich wollte dich nicht anzeigen.«

Tessa stellte sich an Reimerts Seite. »Stattdessen hat er verlangt, dass Sie Sylt verlassen und nie wieder zurückkehren. Warum mussten Sie auf die Insel zurückkehren? Warum?«

Das Bild der Lokomotive wuchs heran, der Lokführer betätigte die

Pfeife, sie gellte übers Watt. Nun quietschten die Bremsen, Fenster wurden geöffnet, Gesichter zeigten sich. Der Zug verlangsamte sein Tempo, zunächst nur geringfügig, dann kreischten die Bremsen unerträglich laut.

Reimert griff nach Tessas Arm und zog sie von den Geleisen. Kaum war sie auf die Schräge des Bahndamms getreten, geriet sie auf dem Schotter ins Rutschen, fiel hintenüber und strauchelte Richtung Wasserkante. Bevor ihre Füße nass wurden, konnte sie den Sturz jedoch abfangen und sich aufrichten.

Schon war Reimert an ihrer Seite und half ihr auf. Laurids stand über ihnen und blickte auf sie herab. Die Bremsen des Zuges schrien so laut, dass seine Worte nicht zu verstehen waren.

Hennes lag mittlerweile auf dem Trockenen, kam wieder zu sich, stellte aber fest, dass er allein gelassen worden war. Seine Brüder waren auf die andere Seite des Bahndamms geflohen und versuchten nun wohl, sich an dessen Fuß an Land zu retten. Vielleicht hockten sie sich auch irgendwo hin und warteten, bis sie übers Watt zurücklaufen konnten.

Laurids stieg gemächlich zu Tessa und Reimert hinab. Tessa drängte sich ängstlich an Reimert, während sie Laurids entgegensah. »Du hättest es mir sagen können«, flüsterte sie. »Du hättest mir verraten sollen, dass du mein Onkel bist.«

Reimert antwortete ihr nicht, er starrte in das Gesicht seines Bruders. »Konntest du nicht bleiben, wo der Pfeffer wächst? Metta wird immer zwischen uns stehen. Immer! Ob sie tot oder lebendig ist!«

»Wer ist Metta?«, fragte Tessa verwirrt.

Nun waren Stimmen zu hören. Tessa blickte auf und sah etwa zwanzig Meter entfernt die mit Girlanden geschmückte Lokomotive auf den Geleisen stehen, den Salonwagen direkt dahinter, in dem vermutlich der Reichspräsident saß, und die anderen Wagen, an denen sich nun die Fenster öffneten und neugierige Gesichter erschienen. Der Zug war endlich zum Stehen gekommen.

»Wegen Metta musste ich Sylt verlassen«, antwortete Laurids nun und sah seinen Bruder mit einem Blick an, zu dem er sich offenbar zwingen musste. Tessa merkte, dass er Angst hatte. Vor Reimert?

»Nein!«, gab Reimert zurück. »Tessa hat recht. Ich habe dich zum Teufel gejagt, weil du ein Mädchen vergewaltigt hast.«

»Das stimmt nicht«, schrie Laurids. »Metta und ich, wir mussten gehen, weil du nicht ertragen konntest, dass Metta mich liebte.«

»Dich?«, höhnte Reimert. »Von mir war sie schwanger. Nicht von dir!«

Unruhe kam auf, der Bürgermeister trat von einem Bein aufs andere. Sein Versuch, sich besonnen und gelassen zu geben, misslang. »Ganz ruhig, meine Herrschaften!«, rief er über die Köpfe der Wartenden hinweg. »Es kann nicht mehr lange dauern. Vermutlich hat der Reichspräsident zwischendurch anhalten lassen, um das Watt zu bewundern.«

Das leuchtete einigen ein, den meisten jedoch nicht. Und dann kam ein Junge auf einem Fahrrad angefahren, tief über den Lenker gebeugt. So kräftig wie möglich trat er in die Pedalen, fuhr so schnell es ging. Die Gespräche verstummten, gespannt sahen alle dem Jungen entgegen.

Er sprang vom Rad und warf es zu Boden, kaum dass er den Bahnhofsvorplatz erreicht hatte. »Ich soll Bescheid sagen«, keuchte er, »dass der Zug mit einer halben Stunde Verspätung in Klanxbüll losgefahren ist.«

»Die Umstehenden quittierten seine Mitteilung mit einem anerkennenden Lächeln, einige Männer griffen in die Taschen ihrer Anzugjacken und suchten nach ein paar Münzen für den Jungen. Um diese Belohnung brachte er sich jedoch selbst, indem er ergänzte: »Außerdem hat es einen Unfall gegeben.«

Die noblen Herren vergaßen das Trinkgeld, Rasmus Dirks stöhnte auf, seine Frau Omine griff sich entsetzt ans Herz. »Der Reichspräsident ist verunglückt?«

Der Junge winkte ab. »Der Zug musste halten, weil ein paar Arbeiter auf den Geleisen waren. Einer hat sich wohl verletzt. Die Kurärztin ist auf dem Damm. So wie damals, als Nermin Grothe auf dem Bahndamm verblutet ist.«

Babette stöhnte auf. »O Gott, Tessa!«

Friedrich hörte es, auch Alwin von Keller blickte erschrocken auf. Dass seine Frau sich derart gehen ließ und so unverschleiert ihre Gefühle zeigte, schien ihn zu erschüttern. Er machte Anstalten, ihr Gespräch, das noch gar nicht in Gang gekommen war, abzubrechen und zu seiner Frau zu eilen.

Friedrich hielt ihn jedoch zurück. »Was ist mit dem Kokain?«, fragte er flüsternd. »Wann kann ich es bekommen? Ich habe keine Zeit, ich muss zurück nach Berlin.«

Alwin sah zu seiner Frau, während er antwortete: »Ich habe es mir anders überlegt. Mir ist nicht mehr daran gelegen, der Kurärztin zu schaden. Im Gegenteil!«

Friedrich sah ihn sprachlos an. Was redete der Mann?

»Ich stelle sie sogar unter meinen persönlichen Schutz«, fuhr Alwin von Keller fort und richtete seinen Oberkörper auf, als wollte er größer werden als Friedrich Gottorf. »Und ihre Mutter auch.«

»Sind Sie von Sinnen?«, keuchte Friedrich. »Sie haben Jahr für Jahr Geschenke von mir angenommen …«

Alwin ließ ihn nicht ausreden, sondern kehrte zu seiner Frau zurück. Mit einer fürsorglichen Geste nahm er Babettes Arm und stützte sie. »Alles wird gut«, hörte Friedrich ihn sagen. Und er beobachtete, dass Alwin von Keller tröstend lächelte, als er die Tränen in den Augen seiner Frau bemerkte. Friedrich konnte es nicht fassen. Niemals hätte er für möglich gehalten, dass Babette von Keller derart die Contenance verlor. Ein heulendes Weib unter den Honoratioren, die auf den Reichspräsidenten warteten! Unglaublich! Seine Überlegenheit, die noch vor einer Stunde große Sicherheit in ihm erzeugt hatte, verwandelte sich nun in Wut. Auch Edith hatte kurz vor ihrem Tod nicht mehr auf Contenance gesetzt. Und was war dabei herausgekommen?

Mit heftigen Armbewegungen drängte er sich zu dem Paar. »Ich verstehe Sie nicht«, stieß er hervor und starrte Alwin von Kellers Rücken an. Wann drehte der Mann sich endlich zu ihm um? Hatte er nicht gemerkt, dass Friedrich Gottorf ihm gefolgt war? Er wusste nicht, was er tun würde, wenn Alwin von Keller es wagte, ihm weiterhin den Rücken zuzukehren und den Gefühlen seiner Frau mehr Bedeutung beizumessen als seiner Anwesenheit.

Aber Alwin von Keller war noch immer ein Mann, dem Höflichkeit über alles ging. Er wandte sich Friedrich zu und erklärte: »Frau Doktor Tessa Melford ist die Tochter meiner Frau. Sie können sicherlich verstehen, Herr Gottorf, dass wir ihr auf keinen Fall schaden möchten. Marika Melford übrigens auch nicht. Meine Frau ist ihr sehr dankbar, weil sie der Kurärztin eine gute Mutter war. Meiner Frau war es damals leider nicht möglich, ihr Kind selber aufzuziehen …«

Henry war der Erste, der verstand, was auf dem Bahndamm geschah. Er sah Tessa und Reimert am Fuß des Damms stehen, ganz nah am Wasser, und einen weiteren Mann, der ihm fremd war, neben ihnen. Er hörte nun auch ihre Stimmen.

»Du hast es nicht ertragen«, sagte dieser Mann, »dass Metta dein Kind nicht mehr wollte. Als du von der Abtreibung erfahren hast, bist du ausgerastet. Da hast du dich zum ersten Mal so gebärdet wie unser Vater. Metta war es, die du zwingen wolltest. Wahrscheinlich wolltest du sie sogar noch einmal schwängern. Aber sie konnte sich retten und zu mir flüchten.«

»Alles Lüge«, keuchte Reimert. »Glaub ihm kein Wort, Tessa!«

Henry zögerte nur kurz. Als der Zug wieder Fahrt aufnahm, hatte er sich entschieden. Er riss die Waggontür auf und trat auf den Perron. Noch einmal zögerte er, dann sprang er entschlossen ab. Keinen Moment zu früh. Das Tempo nahm zu, wenige Sekunden darauf wäre es zu spät gewesen.

Er wartete nervös, bis auch der letzte Wagen an ihm vorbeigefahren war, der ihm die Sicht auf Tessa nahm, dann schnitt das Geräusch und auch die Wärme des Zuges ab, und kalte, klare Luft prallte ihm ins Gesicht. Vorsichtig setzte er seine Füße auf die Schienen und sah auf der anderen Seite der Geleise hinab. Niemand von denen, die in der Nähe des Wassers standen, bemerkte, dass er den Zug verlassen hatte.

Henry starrte Tessa an, die so gefangen war von dem, was sie hörte, dass sie nicht aufblickte.

»Als er Metta nicht bekommen hatte«, sagte der Fremde, an Tessa gewandt, »hat er sich das nächstbeste Mädchen gegriffen, das ihm über den Weg lief. Stimmt's, Reimert?«

Henry sah, dass Tessa sich behutsam aus den Armen des Kurdirektors löste. Mit einem Mal schien sich die Wahrheit dort unten, am Fuß des Damms, verschoben zu haben. Das Vertrauen, mit dem Tessa sich in Reimerts Arm geschmiegt hatte, war dahin. Kaum sichtbar, aber doch klar erkennbar löste sie sich von seiner Seite. Henry fuhr entsetzt zusammen, als er sah, wie sich das Gesicht des Kurdirektors im Hass verzerrte. Ein ganz anderer Mann stand da neben Tessa, einer, den Henry noch nie gesehen hatte.

»Willst du mir sagen, dass das falsch war?«, fuhr er auf. »Es war richtig! Es muss richtig gewesen sein! Wäre sonst diese Frau dabei herausgekommen? Diese wunderbare Frau? Es gäbe sie nicht, wenn ich nicht getan hätte, was ich einfach tun musste.« Er wollte nach Tessa greifen, aber sie wich zurück. Mit einem Satz war Reimert bei ihr und griff so hart nach ihrem Arm, dass sie aufschrie. »Natürlich habe ich gesehen, dass das Mädchen schwanger geworden war. Und ich habe auch mitbekommen, dass die Melfords das Baby adoptiert haben. All die Jahre habe ich sie im Auge behalten. Ein Berliner Detektiv hat mir regelmäßig Bericht erstattet. Was ich getan habe, kann nicht falsch gewesen sein! Sonst wäre nicht ein Mensch wie Tessa dabei entstanden! Eine Ärztin! Eine Doktorin!«

Tessa versuchte, sich ihm zu entwinden, aber Reimert hielt sie fest, seine Hände waren wie Schraubstöcke. »Meine Tochter! Sie gehört mir!«

»Nein!« Henry hatte genug gehört. Mit ein paar großen Schritten wollte er zu Tessa, geriet aber prompt im Schotter des Bahndamms ins Rutschen und war auf diese Weise schneller bei ihr als gedacht. Reimert und Tessa fingen ihn gemeinsam auf, damit er nicht im Wasser landete.

»Henry!« Tessa sah ihn fassungslos an. »Was machst du hier?«

»Dich zu mir holen«, antwortete Henry. Er streckte die Hand aus, aber Reimert lockerte seinen Griff nicht.

»Lass mich, Reimert«, bat Tessa und bemühte sich um einen sanften Tonfall, wie man ihn Kranken gegenüber anwendet, die keine Einsicht in die Maßnahmen haben, die der Arzt zu ergreifen hat.

Reimerts Blick war scharf, ohne Liebe, aber voller Enthusiasmus. »Willst du mich nicht Vater nennen?«

»Nein!«

»Sag Vater zu mir!«

»Nein! Aber zu Babette von Keller werde ich Mutter sagen.«

»Ich bin dein Vater!« Die Wut, die in Reimerts Zügen erschien, machte Henry Angst. Noch nie hatte er einen Menschen gesehen, den die Wut derart verwandelte.

»Du bist mein Erzeuger«, sagte Tessa ruhig. »Mehr nicht.«

Nun begann Reimert zu schreien, obwohl Henry durchaus zu erkennen glaubte, dass er eigentlich Ruhe bewahren wollte, dass er seine Unbeherrschtheit bereuen würde, dass die Macht, die ihn berauschte, während er seine Stimme erhob, von kurzer Dauer sein würde. »Ich habe mich wie ein Vater verhalten. Ich habe dir die Chance gegeben, als Ärztin zu arbeiten. Ich habe dich beschützt …«

Reimert drehte Hennes den Rücken zu, Tessa und Laurids, die Reimert nicht ins verzerrte Gesicht sehen wollten, ebenfalls. Nur Henry bemerkte, dass der Junge sich aufrappelte und nach der Eisenstange griff, die ihm seine Brüder in die Hand gegeben hatten.

»Vorsicht!«, schrie Henry und zog an Tessas Arm.

Aber Reimert verstand ihn nicht und hielt Tessa umso fester.

Laurids war es, der sich umdrehte und die Gefahr auf sie zukommen sah. Hennes blödes Grinsen, sein einfältiger Augenausdruck, der leicht geöffnete Mund, aus dem Speichel sickerte. »Ich muss es tun«, brabbelte er. »Ich komme nicht ins Gefängnis.«

Jetzt bemerkte auch Reimert, was hinter seinem Rücken geschah. Instinktiv ließ er Tessa los und hob die Arme vors Gesicht. Laurids sprang zu, um sich schützend vor Tessa zu stellen, sie jedoch strauchelte auf Henry zu …

Ein furchtbarer Schrei zerriss die Luft, die über dem Watt stand, still und unbeweglich, noch immer gefüllt mit dem Rauch der Lokomotive, aber erlöst von ihrem Stampfen. Als der Schrei abbrach, flirrte nur noch ein feines Pfeifen durch die Luft. Der Lokführer kündigte auf der Insel das Erscheinen des ersten Zuges an, der über den neuen Bahndamm gefahren war und die Insel Sylt eroberte …

Hennes kümmerte sich nicht darum. Er tat das, was seine Brüder ihm aufgetragen hatten. »Die Kurärztin muss weg!« Und wer sich Hennes in den Weg stellte, der musste auch weg …

XVII.

Der Sommer des Jahres 1927 wurde kühl und verregnet. Am 1. Juni, dem Tag, an dem die Parade Paul von Hindenburgs zu Ehren am Rathaus vorbeizog, setzte starker Regen ein. Der Reichspräsident und die Sylter Honoratioren mussten sich unter die Arkaden des Rathauses zurückziehen und von dort der Parade beiwohnen. Es regnete auch noch, als das Festbankett begann, währenddessen der Bahndamm seinen Namen bekam: Hindenburgdamm. Eine spontane Eingebung des euphorischen Festredners, der dem Reichspräsidenten huldigen, das neue, moderne, zukunftsweisende Bauwerk bejubeln wollte und somit dazu kam, die eine Freude mit der anderen zu verbinden. Seitdem war vom Hindenburgdamm die Rede, über den nun täglich fünf Züge rollten und sicherlich noch mehr Feriengäste auf die Insel gebracht hätten, wenn das Wetter besser gewesen wäre.

Ein freundlicher Spätsommer besänftigte alle, die am Badebetrieb verdienen wollten, dann brach der Herbst mit heftigen Stürmen herein. Erst Mitte November beruhigte sich das Wetter. Der Wind wurde eiskalt, aber still, das Watt fror zu, aber wer aufs Festland wollte, konnte jetzt den Zug nehmen und dachte während Fahrt über den Hindenburgdamm schaudernd an die Eisboote, die vor der Erbauung des Damms zum Einsatz gekommen waren.

Die Adventszeit brach an. Tessa stellte eine Kerze ins Fenster und setzte sich in die Küche, wo Aafke Tee gekocht hatte und damit einverstanden war, dass ihr Weihnachtsgebäck, die Zimtwaffeln und die Ingwer-Butter-Plätzchen, die sie vor Tagen gebacken hatte, gegessen wurden.

Kurz vorher hatte Tessa den Brief gelesen, den sie fast täglich las, jeden Tag mit anderen Empfindungen, mal mit einem Herzen voller Kälte, dann mit tiefem Mitleid, ein anderes Mal mit Abscheu und manchmal sogar mit heimlicher Liebe. Aafke kannte den Inhalt, ohne dass sie den Brief jedoch zu Gesicht bekommen hatte. Nun, in der Wärme der Küche, im Schein der Kerze, mit dem frischen Gebäck zwischen sich, in dieser heimeligen, friedlichen Stimmung beschloss Tessa, dass Aafke jedes Wort kennen sollte, das der Kurdirektor hinterlassen hatte.

Meine geliebte Tochter!
Ich weiß, dass ich alles falsch gemacht habe, dass ich nicht besser geworden bin als mein Vater. Besser vielleicht nur in einem: Ich kann lieben, mein Vater konnte es nicht. Aber anscheinend schaffe ich es nicht, mit Maß zu lieben. Gern hätte ich Deinen Lebensweg weiter begleitet, aber ich sehe ein, dass ich wiedergutmachen muss, was ich angerichtet habe, und das kann ich nur, indem ich gehe. Wenn überhaupt! Aus der beiliegenden Urkunde geht hervor, dass ich Dir mein gesamtes Vermögen überschreibe, mein Haus, mein Grundstück, alles, was ich besitze. Da, wo ich hingehe, brauche ich nichts davon. Ich danke Dir dafür, dass ich für eine begrenzte Zeit Dein Vater sein durfte, der stolz auf Dich war, ich danke Deiner Mutter dafür, dass sie Dich zur Welt gebracht hat, ohne Dir, während sie Dich unter ihrem Herzen trug, den Hass einzugeben, den sie für mich empfunden hat. Und ich danke Marika, dass sie Dich aufgezogen und zu der gemacht hat, die Du bist. Vielleicht kann ich an ihr etwas gutmachen, wenn die Erklärung bekannt wird, die ich beigefügt habe …

Tessa hatte Aafke den Brief vorgelesen, die erklärt hatte, dass sie unmöglich gleichzeitig heulen und lesen könnte und sowieso nicht besonders flott im Lesen war. Jetzt wischte sie sich die Augen trocken. »Mittlerweile glauben es alle, dass der Kurdirektor sich nicht bei Frau Melford, sondern bei einer Hure auf dem Festland angesteckt hat. Wenn sie die Behandlung so fortsetzen, Fräulein Doktor, dass niemand etwas merkt, wird es dabei bleiben. Manche schämen sich sogar, dass sie Ihre Mutter verdächtigt haben, geschlechtskrank zu sein.«

Tessa faltete den Brief sorgfältig zusammen und steckte ihn in die Tasche ihres Arztkittels. Reimert hatte tatsächlich versucht, etwas wiedergutzumachen. Nur die Entschuldigungen, die er bei Babette von Keller vorgebracht hatte, waren nicht auf fruchtbaren Boden gefallen. Sie hatte es strikt abgelehnt, ihm zu verzeihen. Sie war sogar entschlossen gewesen, ihn anzuzeigen, sobald er genesen sein würde, obwohl ihr Mann längst in Erfahrung gebracht hatte, dass die Vergewaltigung verjährt war und nicht mit einer Verurteilung Reimerts gerechnet werden konnte. Dennoch hatte Babette erst Abstand davon genommen, als Reimert mit einem Mal verschwunden war. Die Verletzungen, die Hennes ihm auf dem Bahndamm beigebracht hatte, waren im Großen und Ganzen verheilt, er war von Sylt geflohen und würde wohl nie wieder zurückkehren.

»Trotzdem«, sagte Aafke nachdrücklich, »war er ein guter Mann! Egal, was alle von ihm sagen. Was mit seinem Bruder passiert ist, dafür konnte er nichts.«

Tessa verzichtete auf eine Korrektur. Natürlich trug Reimert auch daran eine Mitschuld. Dass Laurids sein Leben lassen musste, hatte etwas mit Reimerts großer Schuld zu tun, die erst Babettes Leben vergällt und nun seinem Bruder den Tod gebracht hatte. Laurids war es gewesen, der sich schützend vor Tessa gestellt hatte.

An Laurids' Beerdigung hatte er nicht teilnehmen können. Sein Bruder war auf dem Festland an der Seite seiner geliebten Frau Metta beigesetzt worden. Nach Hennes' Angriff, der eigentlich Tessa gegolten hatte, war er zwar noch lebend geborgen worden, aber schon auf dem Transport verstorben. Mit einem Toten und einem Schwerverletzten war Tessa zurückgekehrt, mit dem Mann, der ihr Vater war, und ihrem Onkel, der sie mit seinem Leben verteidigt hatte …

»Frau Grothe kann einem leidtun«, sagte Aafke. »Hennes sitzt in Niebüll in einer geschlossenen Anstalt. Dort wird er wohl für immer bleiben. Nur, weil seine Brüder ihn so gern benutzten, wenn etwas getan werden sollte, worauf Gefängnis stand.«

Auch Nermins Brüder hatten auf Druck der Sylter Bevölkerung die Insel verlassen, Frau Grothe war allein zurückgeblieben.

Die Dämmerung senkte sich auf Reimerts Haus, das nun Tessa gehörte. Nebenan, in dem Häuschen, in das sie nach ihrer Ankunft auf Sylt eingezogen war, ging das Licht an. Marika würde wohl irgendwann nach Berlin zurückkehren, aber noch genoss sie es, in der Nähe ihrer Tochter zu leben, wo sie auch wieder anfing, von einem literarischen Salon zu reden …

Aafke, die es nie lange aushielt, untätig herumzusitzen, erhob sich, um die Teetasse und die Kanne zu spülen. Ihr Blick fiel auf ein Regalbrett und auf den Brief, der dort lag. Mit feuchten Fingern ergriff sie ihn und hielt ihn Tessa hin. »Besser, Sie bewahren ihn in Ihrem Schlafzimmer auf. Hier fällt er am Ende noch ins Spülwasser.«

Babettes Brief war schon wenige Tage nach ihrer Heimfahrt gekommen. Sie war lange auf Sylt geblieben, länger als vorgesehen. Ihr Mann und ihre drei Kinder waren längst nach Lübeck zurückgekehrt, schon ein paar Tage nach der Einweihung des Hindenburgdamms, aber Babette hatte sich nicht von ihrer ältesten Tochter trennen können. Es gab noch so viel Ungesagtes zwischen ihnen, so viel Wunderbares, was so schnell wie möglich Alltag werden musste, damit sie sich in der Sicherheit trennen konnten, dass sich bis zu ihrem Wiedersehen nichts veränderte. Zum Glück hatte Alwin von Keller Verständnis dafür gehabt und Norma, Herbert und Katharina ebenfalls. Mutter und Tochter hatten eine Zeit der Gemeinsamkeit genießen können, die sogar Marika unterstützte, die nur ganz kurz von der Angst gequält worden war, Tessa zu verlieren.

Sie faltete den Brief auseinander und sah über Aafkes Blick hinweg, der ihr suggerieren wollte, dass auch Babettes Worte laut ausgesprochen werden sollten. Aafke hatte noch immer nicht gelernt, dass Persönliches vor dem Allgemeinen geschützt werden musste.

… Der Moment, in dem ich begriff, dass Du das Kind bist, das ich zur Welt gebracht habe und weggeben musste, ist noch immer in meinem Herzen lebendig. Nach wie vor ist der Schreck in mir, das Entsetzen, die Angst, und all das soll auch bleiben, damit das Glück, Dich wiedergefunden zu haben, nicht selbstverständlich wird. Dass ausgerechnet Du die Einzige warst, der ich erzählen konnte, was mir auf Sylt widerfahren war, ist wohl Ironie des Schicksals. Ahnungslos habe ich Dir offenbart, wie Du gezeugt worden bist. Du hast mich gebeten, meinem Vergewaltiger zu verzeihen, aber noch

kann ich es nicht. Das Glück, dass es Dich gibt, kann den Abscheu noch nicht vergessen lassen. Nicht, weil das Glück nicht groß genug ist, sondern weil der Schmerz, den Reimert Cruse mir zugefügt hat, zu groß war. Dass er versucht hat, Dich vor dem Angriff Hennes Grothes zu schützen, rechne ich ihm zwar an, aber letzten Endes war es sein Bruder, der dafür gesorgt hat, dass Dir nichts geschehen ist. So kann ich Reimert nicht einmal dafür dankbar sein, dass er Dich verteidigt hat, obwohl er es zweifellos wollte. Hätte er Dein Leben gerettet, könnte ich vielleicht anders empfinden. Ich hoffe, Du kommst uns bald in Lübeck besuchen, damit Du weißt, wo und wie die Menschen leben, die Deine Familie sind. Aber natürlich werden wir im Frühling wieder nach Sylt kommen. Katharinas Asthma ist in Lübeck prompt wieder stärker geworden. Demnächst will sie sich auch lieber von Dir als von Doktor Mommsen behandeln lassen. Meine Gedanken sind in dieser Zeit oft bei Edith, die ich damals beneidet habe, weil es so schien, als hätte sie in Friedrich Gottorf einen wunderbaren Ehemann gefunden. Heute bin ich unendlich dankbar, dass ich mein Leben mit dem eines Mannes verbunden habe, der mich liebt und an meiner Seite steht, wenn ich ihn brauche. Heute verstehe ich nicht mehr, warum ich mich ihm nicht gleich anvertraut habe …

Tessa ließ den Brief sinken und blickte zur Uhr. »Es wird Zeit. Ich muss in die Praxis.«

Auf dem Weg zum Warmbadehaus kamen ihr einige Sylter entgegen. Jedes Mal, wenn sie freundlich gegrüßt worden war, schoss die Hitze des Glücks durch ihren Körper und wärmte sie. Die Zeit der Ablehnung war vorbei. Der Angriff auf dem Bahndamm hatte all jene aufgerüttelt, die, ohne nachzudenken, der Meinung gefolgt waren, zu der man sie gedrängt hatte. Die Erkenntnis, dass man sich in einigen getäuscht hatte, machte die zusätzliche Erkenntnis leichter, dass auch die Kurärztin eine ganz andere Frau war, als der Schein vorgegaukelt hatte. Der Kurdirektor war nicht der gewesen, für den man ihn gehalten hatte, und die Söhne der Familie Grothe erst recht nicht. Und dass die Kurärztin sich entschlossen hatte, auf Sylt zu bleiben, obwohl man ihr übel mitgespielt hatte, wurde Tessa überall hoch angerechnet. Noch am

Tag der Einweihung des Hindenburgdamms hatte Tessa es gespürt: Sie gehörte nun dazu. Sie war aufgenommen worden in die Gemeinschaft der Sylter. Der Bürgermeister und auch Doktor Mommsen hatten ihren Einfluss verloren. Die Zeit war dahin, in der man ihnen Glauben schenkte, weil ihre Position und ihr gesellschaftliches Gewicht allein dafür sorgten, dass sie glaubhaft waren.

Der kleine Laden in der Friedrichstraße wurde gerade auf Hochglanz gebracht. Eine hübsche Eingangstür hatte er bereits bekommen, große Schaufensterscheiben wurden nun eingesetzt. Weiße Holzläden würden dafür sorgen, dass kein Sturm den Glasscheiben etwas anhaben konnte.

Tessa ging näher heran und blickte in den Laden, in dem bereits einige Möbelstücke standen. Eine weiß gestrichene Theke war zu erkennen, mehrere Regale waren an die Wand geschoben worden, eine gläserne Vitrine stand in einer Ecke, die später sicherlich einen besonders repräsentativen Platz bekommen würde. Ein Anstreicher erschien im Raum, der einen Eimer neben sich abstellte, in dem Tessa schokoladenbraune Farbe ausmachen konnte. Alles in diesem Laden sollte an Schokolade denken lassen. Viel Weiß wie die gute Vollmilch sollte es geben, aber auch viel Braun wie Kakao. Eine wunderbare Kombination, bei der Tessa bereits das Wasser im Mund zusammenlief. Im Frühling, wenn die ersten Badegäste des nächsten Jahres auf Sylt ankamen, würde der Laden fertig sein. Und Tessa war sehr zuversichtlich, dass er viele Kunden anlocken würde. Selbstverständlich sollten auch Schokoladenlokomotiven im Angebot sein, die kurz vor der Einweihung des Hindenburgdamms so erfolgreich verkauft worden waren. Dass die Züge, die über den Damm kamen, längst zum Alltag von Sylt gehörten, spielte dabei keine Rolle.

Tessa wollte sich soeben abwenden, da sah sie zwei Arbeiter kommen, die mit einem schmalen langen Schild auf den Laden zugingen. Sie legte den Kopf auf die Seite, um lesen zu können, was auf dem Schild stand: »Gottorf-Schokolade – Filiale Sylt – Inhaberin: Lilli Schuster«.

Tessa dachte an den Brief, den Notker seinem Cousin geschickt hatte. *Ich habe ein Angebot aus München angenommen, ich brauche berufliche Sicherheit. Nachfolger Deines Vaters wäre ich nur auf Zeit. Er hat sich noch längst nicht damit abgefunden, dass Dir die Gottorf-Schokolade unwichtig geworden ist, aber er könnte sich damit abfinden, dass eine Frau seine Nachfolge antritt. Ehe Du vielleicht doch zurückkommst, mein lieber Cousin, und bevor Lilli hier das Ruder übernehmen darf, streiche ich die Segel …*

»Wie geht's dem Kurdirektor?«, fragte einer der Arbeiter. »Gefällt ihm das neue Leben?«

»Sehr gut«, antwortete Tessa und freute sich darüber, dass sie angesprochen worden war. Noch immer war jeder noch so banale Kontakt etwas Besonderes für sie, ein Erfolg, ein Beweis dafür, dass sie auf Sylt angekommen und zu Hause war.

Sie ging aufs Warmbadehaus zu, winkte einem Bademeister zu, der ihr einen Gruß zurief, und schenkte einem Badegast ein Lächeln, der von ihr eine Badekur verordnet bekommen hatte. Sie genoss das warme Gefühl, gebraucht zu werden. Dass Reimert Cruse durch seine Flucht von Sylt noch mehr für sie hatte tun können als durch seine bedeutende und einflussreiche Gegenwart, sorgte in Tessa immer wieder für Verunsicherung und Verwirrung. Das waren die Augenblicke, in denen sie nicht wusste, ob es wirklich auf Gerechtigkeit ankam oder ob es auch etwas geben durfte, was ungerecht, aber dennoch richtig war.

Sie änderte die Richtung und betrat nicht das Warmbadehaus, sondern das Rathaus. Dies war auch einer der Augenblicke, in denen sie Henry brauchte, in denen sie sich vergewissern musste, dass es ihn gab, dass er zu ihr gehörte, dass er glücklich an ihrer Seite war, dass sie ihn nicht festhalten musste, damit er blieb.

Das Vorzimmer des Kurdirektors war verwaist, die Tür zu seinem Büro stand offen. Tessa blickte durch den Spalt, sah Henry am Schreibtisch sitzen, auf ein Schriftstück konzentriert, das vor ihm lag. Das Angebot, Kurdirektor von Westerland zu werden, hatte er dem Bürgermeister zu verdanken, Rasmus Dirks' persönlicher Rache an Friedrich Gottorf. Was dieser versprochen hatte, war nicht eingetreten, die Kurärztin gab es immer noch, ihre Mutter erfreute sich nach wie vor an der Freiheit, und der Neffe des Bürgermeisters war ohne Chance, Kurarzt von Sylt zu werden. Da geschah es dem Schokoladenfabrikanten ganz recht, wenn er dafür seinen Nachfolger verlor, der ohne ein sicheres Einkommen vielleicht doch irgendwann hinter seinen Schreibtisch in Berlin zurückgekehrt wäre. Für dieses sichere Einkommen hatte Rasmus Dirks gesorgt und auch dafür, dass Henry Gottorf nicht den Wunsch verspürte, Sylt zu verlassen, wo die Kurärztin nun doch ihren Platz gefunden hatte. Nermin Grothes Tod blieb damit ungesühnt. Seine Mutter, müde und verhärmt, wie sie war, hatte es vorgezogen, den Weg des geringsten Widerstands zu gehen und Nermins Kollegen ungeschoren davonkommen zu lassen.

Tessa lehnte sich gegen den Türrahmen, weil sie eine plötzliche Schwäche überfiel. Alles, was ihr auf Sylt angetan worden war, hatte sich nun ins Gegenteil verkehrt. Auf Sylt hatte ihr Leben begonnen, auf Sylt entschied sich ihr Schicksal.

Henry sah auf, in Gedanken noch bei dem Schriftstück, mit dem er sich eben befasst hatte. Als das Erkennen in seinen Blick, das Lächeln in seine Mundwinkel stieg und die Liebe an seinen Augen abzulesen war, ging Tessa wortlos zu ihm. Er stand auf und zog sie in seine Arme, ebenso wortlos. Schweigend standen sie da, eng umschlungen, aneinandergeschmiegt, miteinander verschmolzen. Die Kurärztin und der neue Kurdirektor von Sylt …

Ich danke meiner Freundin Gisela Tinnermann,
die sich mal wieder als meine Erstleserin unentbehrlich gemacht hat!